Jean Rhys Werke
Dritter Band

Jean Rhys

Werke in vier Bänden

ERSTER BAND
Quartett
Roman
Nach der Trennung von
Mr. Mackenzie
Roman

ZWEITER BAND
Guten Morgen, Mitternacht
Roman
Irrfahrt im Dunkel
Roman

DRITTER BAND
Adieu Marcus, adieu Rose
Erzählungen

VIERTER BAND
Sargassomeer
Roman
Lächeln, bitte!
Unvollendete Erinnerungen

Jean Rhys

Adieu Marcus, adieu Rose

Erzählungen

Rogner & Bernhard bei Zweitausendeins

Editorische Notiz

Der vorliegende, chronologisch angeordnete Band enthält sämtliche Erzählungen von Jean Rhys mit Ausnahme von 13 Geschichten aus *The Left Bank* (erstmals 1927 in London bei Jonathan Cape erschienen), welche die Autorin nicht in die Neuauflage von 1968 *(Tigers Are Better-looking, With a Selection from The Left Bank,* André Deutsch, London), die gleichzeitig eine Reihe neuer Geschichten enthielt, aufzunehmen wünschte. Die von Grete Felten übersetzten Erzählungen (»Illusion«, »Aus einem französischen Gefängnis«, »La grosse Fifi«, »Bis September, Petronella«, »Nennt es meinetwegen Jazz«, »Tiger sind hübscher«, »Außerhalb der Maschine«, »Lotus«) entstammen dem Band *Die dicke Fifi, Geschichten aus London und Paris* (Hoffmann & Campe, Hamburg 1971). Der Band *Sleep It Off Lady* wurde erstmals 1976 bei André Deutsch, London, publiziert. (Die darin enthaltene Geschichte »The Chevalier of the Place Blanche« wurde nicht in den vorliegenden Band aufgenommen, da es sich um die Übersetzung einer Erzählung von Edouard de Nève handelt). »Ich bespitzele eine Fremde« und »Temps Perdi« erschienen 1969 in der Anthologie ›Penguin Modern Stories‹. Die Erzählung »Kismet« wurde 1977 in ›Vogue‹ veröffentlicht, »Der Ruf des Vogels« 1978 im ›New Yorker‹ (übersetzt von Frank Auerbach für die 1983 bei Thienemann, Stuttgart, erschienene Anthologie ›Moderne Erzähler aus Großbritannien‹).

Inhalt

Rive gauche

(The Left Bank)

Übertragen

von Grete Felten und Benjamin Schwarz

Tiger sind hübscher

(Tigers Are Better-looking)

Übertragen

von Grete Felten und Benjamin Schwarz

Schlafen Sie Ihren Rausch aus, Lady

(Sleep It Off Lady)

Übertragen

von Anna und Victoria Leube

Temps Perdi

(Temps Perdi)

Übertragen

von Frank Auerbach, Gabriele Brößke

und Benjamin Schwarz

Rive gauche

Illusion

Miss Bruce lebte schon ziemlich lange im Quartier Latin. Seit sieben Jahren bewohnte sie dort ein kleines, fünf Treppen hoch gelegenes Atelier. Sie hatte Porträts gemalt, gelegentlich im Salon ausgestellt. Hin und wieder hatte sie sogar ein Bild verkauft – eine beachtliche Leistung für Montparnasse, aber immerhin möglich, denn Miss Bruce war, glaube ich, zwar kein großes Talent, aber doch talentiert genug. Viel verstehe ich allerdings nicht von diesen Dingen.

Sie war eine große magere Frau mit kräftigen Knochen und großen Händen und Füßen und galt als leuchtendes Beispiel dafür, was Charakter und Erziehung – britischer Charakter und britische Erziehung – zustande bringen können. Nach sieben Jahren Paris schien sie noch völlig unangekränkelt, ja völlig unberührt von allem Hektischen, leicht Fremdartigen oder Ungesunden. Währenddessen huldigte rings um sie alle Welt dem Kult der Schönheit und der körperlichen Liebe – sie dagegen begnügte sich damit, ihre Umgebung auf ihre gesunde, vernünftige Art zu betrachten, um dann nicht weiter daran zu denken... wie ein unerschütterlicher Fels, den die blauen Wogen ohnmächtig umspülen.

Wenn hübsche Frauen auf der Straße an ihr vorübergingen oder in Lokalen in ihrer Nähe saßen, musterte sie sie mit dem Auge des Künstlers und machte eine entsprechende kritische Bemerkung. Sie zeigte keine Spur von Neugier oder Neid. Über die anderen, die *petites femmes*, die ängstlich ihre Taschenspiegel befragten, eifrig und prüfend ihre Blicke unter schwarzen Lidschatten in die Runde schweifen ließen, meinte Miss Bruce nur: »Diese armen Dinger!« Nicht etwa streng, nein großmütig und jovial: ganz im Tone vornehmer Zurückhaltung... Diese armen kleinen Dinger!

Im Sommer trug sie stets ein tadelloses Sergekleid und im Winter ein tadelloses Tweedkostüm, dazu braune Schuhe mit flachen Absätzen und Baumwollstrümpfe. Wenn sie ausging, zog sie ein schwarzes Kleid aus Crêpe de chine an, das einigermaßen gut saß, aber nicht übertrieben hübsch war.

Miss Bruce war wirklich eine ausnehmend nette Frau.

Sie puderte sich die Nase – das war ihr Zugeständnis an Paris; im übrigen glänzte ihr wunderschön gewaschenes Gesicht in der Sonne oder im elektrischen Licht, je nachdem, wo sie gerade war, mit ein paar recht liebenswerten Sommersprossen hier und da.

Natürlich hatte sie wie die meisten englischen oder amerikanischen Künstler in Paris Vermögen – ein beträchtliches, glaube ich. Sie kannte die meisten Leute und war mit niemandem eng befreundet. Wir hatten schon zwei Jahre lang immer wieder einmal miteinander zu Mittag oder zu Abend gegessen, und doch kannte ich nur ihre Oberfläche – die kühle, vernünftige, saubere englische Oberfläche.

Nun, wir hatten uns an einem heißen, sonnigen Nachmittag verabredet, und ich war gegen drei Uhr bei ihr. Eine völlig verstörte Concierge trat mir entgegen.

Mademoiselle habe nur einen Tag im Bett gelegen, und dann seien gestern abend um acht Uhr die Schmerzen plötzlich unerträglich geworden. Die *femme de ménage*, »Mame« Pichou, die den ganzen Tag dageblieben sei, und sie selbst, die Concierge, hätten sich voller Angst miteinander beraten, dann einen Arzt geholt und sie auf dessen Rat in einem Krankenwagen ins Englische Hospital bringen lassen.

»Sie hat nichts mitgenommen«, sagte die *femme de ménage*, eine dürre, redselige Person. »Überhaupt nichts, *pauvre Mademoiselle*.« Wenn Madame – das war ich – sich die Mühe machen wolle, mit hinauf ins Atelier zu kommen – da seien die Schlüssel. So folgte ich Madame Pichou die Treppe hinauf. Ich mußte sofort zu Miss Bruce fahren und ihr ein paar Sachen bringen. Zumindest Nachthemden und Kamm und Bürste mußte sie haben.

»Die Schlüssel zu Mademoiselles Kleiderschrank«, sagte Madame Pichou beflissen und warf mir von der Seite einen recht seltsamen Blick zu, »sind in dieser kleinen Schublade. Ah, *les voilà*!«

Ich dankte ihr und gab zu erkennen, daß sie nun gehen könne. Madame Pichou war nicht gerade mein Fall, und so folgte ich ihr unerbittlich mit den Augen, während sie langsam zur Tür ging, noch einmal ein Gespräch in Gang zu bringen versuchte und sich dann widerstrebend zurückzog. Dann wandte ich mich dem Kleiderschrank zu – einem mächtigen, kompakten und gediegenen Möbelstück aus altem dunklen Holz, wie geschaffen für Miss Bruces kompakte und gediegene Jacken und Röcke. Tatsächlich war der größte Teil ihrer Möbel groß und kompakt. Sie hatte etwas in ihrem Charakter, das sie Gediegenheit und Wert höher schätzen ließ als Anmut oder Phantasie. Der große Schlüssel ließ sich nur schwer drehen, doch schließlich gelang es mir.

»Großer Gott!« rief ich laut. Dann setzte ich mich, im höchsten Grade überrascht, auf einen Stuhl und sagte: »Was für ein komisches Mädchen!«

Denn wenn man Miss Bruces Kleiderschrank öffnete, glühten Farben auf, bot sich eine wahre Orgie zarter Seidenstoffe dar... lauter Dinge, die man nicht erwartete.

Den Ehrenplatz in der Mitte nahm ein Abendkleid in einem außerordentlich schönen Goldton ein, daneben hing ein feuerfarbenes; von zwei schwarzen Kleidern war das eine mit Silber, das andere mit einer eleganten Stickerei in Blau und Smaragdgrün verziert. Da gab es ein schwarzweißkariertes mit flottem Gürtel, ein geblümtes aus Crêpe de chine – wirklich und wahrhaftig geblümt! –, dann ein Faschingskostüm, komplett mit Maske, und schließlich ein Durcheinander, ein richtiges Durcheinander aller Farben und Stoffe.

Eine Sekunde lang dachte ich an Kleptomanie, verwarf den Gedanken aber. Also Kleider für Modelle? Unsinn! Wer würde Tausende von Francs für Kleider ausgeben, die Modelle tragen sollten... Nachthemden fanden sich hier jedenfalls nicht.

Als ich zögernd nachsah, erblickte ich in der Ecke ein Kästchen ohne Deckel. Es enthielt eine schmucke kleine Sammlung kleinerer Schachteln: *Rouge Fascination; Rouge Mandarine; Rouge Andalouse;* mehrere Puderdosen; Kohle für die Augenlider und Tusche für die Wimpern – die Ausrüstung für eine künftige Manon Lescaut. Nichts fehlte, auch Parfums waren da.

Hastig schloß ich den Schrank wieder. Ich hatte nicht das Recht, nachzuforschen oder Vermutungen anzustellen. Aber ich stellte Vermutungen an. Ich wußte alles. Während ich die andere Schrankhälfte öffnete und in den Fächern nach Nachthemden suchte, sah ich alles vor mir: Miss Bruce, wie sie an einem Geschäft vorüberging, mit dem ewigen Hunger, schön zu sein, und dem Durst, geliebt zu werden, die den eigentlichen Fluch Evas ausmachen, und all das wohlverborgen unter ihrer tadellosen Kleidung, mehr oder weniger unterdrückt, mehr oder weniger nicht anerkannt.

Miss Bruce hatte ein Kleid gesehen und plötzlich gedacht: vielleicht in diesem Kleid... Und unmittelbar danach: warum nicht? Sie hatte das Geschäft betreten und mit leichtem Erröten nach dem Preis gefragt. Das war das erste Mal gewesen – ein Zufall, eine plötzliche Regung.

Das Kleid war dann wohl eine Enttäuschung gewesen, aber doch schön genug, kleidsam genug, um sie weiterzulocken. Dann mußte die Suche nach *dem* Kleid begonnen haben, dem vollkommenen Kleid, das schön war, das sie schön machte und das sie tragen konnte. Und schließlich die Suche nach einer Illusion – eine Sucht, fast ein Laster, das gestohlene Wasser und das heimlich gegessene Brot im Leben der Miss Bruce.

Herrlicher Augenblick! Wenn das neue Kleid eintraf und in lächelnder Anmut dem Seidenpapier entstieg.

›Trage mich, schenke mir Leben‹, schien es zu ihr zu sagen, ›und ich will mir verdammt Mühe geben für dich!‹ Und Miss Bruce legte – nicht ungeschickt, wozu war sie Porträtmalerin? – Puder auf, das *Rouge Fascination*, das Rouge für die Lippen, und zuletzt kam das Kleid. Dann starrte sie in den Spiegel auf ihr verwandeltes Ich. Die Nacht darauf schlief sie mit einem warmen Glühen ums Herz. Durchaus nichts Unerreichbares, Schönheit und alles, was Schönheit schenkt. Man brauchte nur die Hand auszustrecken, konnte es pakken, wenn man es wagte. Doch irgendwie wagte sie es nie, wenn der Morgen kam.

Dankbar ergriff ich einen Stoß Nachthemden und setzte mich, ziemlich elend und unentschlossen. Ich wußte, sie würde mich hassen, weil ich die Kleider gesehen hatte; »Mame« Pichou würde ihr sagen, daß ich am Kleiderschrank gewesen sei. Aber sie brauchte doch ihre Nachthemden. Ich erhob mich, schloß die Schranktüren und verspürte ein plötzliches, unerklärbares Mitleid mit den schönen Dingen darin. Ich stellte mir vor, wie sie ihre seidenen Achseln zuckten, raschelten und wisperten über die *Anglaise*, die es gewagt hatte, sie zu kaufen, um sie zu einem Leben im Dunkeln zu verurteilen... Und ich öffnete die Tür noch einmal.

Das gelbe Kleid wirkte feindselig, wie es nachlässig am Bügel hing; die schwarzen waren traurig, nur das kleine Chintzkleid lächelte fröhlich in Erwartung des geschmeidigen Körpers, der anmutigen Glieder, die ihm Leben einhauchen würden.

Als ich Miss Bruce eine Woche später besuchen durfte, lag sie sauber, ruhig und vernünftig in dem großen Krankensaal – eine Patientin mit Blinddarmentzündung. Sie flickten sie zusammen, und zwei oder drei Wochen später aßen wir zusammen in unserem Restaurant. Als wir beim Kaffee angekommen waren, sagte sie plötzlich: »Ich nehme an, Sie haben meine Kleidersammlung bemerkt? Warum sollte ich keine Kleider sammeln? Sie faszinieren mich. Die Farben und all das. Sie sind manchmal erlesen.«

»Natürlich«, fügte sie hinzu und fixierte dabei angestrengt über meinen Kopf hinweg ein Bild, das mir sehr schlecht vorkam – »natürlich würde ich mich nie derart lächerlich machen und sie anziehen... Freilich sollten sie wohl eigentlich getragen werden.«

Ein rundliches, dunkelhaariges Mädchen in unserer Nähe blickte ihrem dunkelhaarigen, rundlichen Begleiter in die Augen und zündete sich mit den leicht affektierten Bewegungen der Nichtraucherin eine Zigarette an.

»Keine üblen Hände und Arme, dieses Mädchen«, sagte Miss Bruce in ihrer überlegenen Art.

Aus einem französischen Gefängnis

Der alte Mann und der kleine Junge waren die letzten in der Menschenschlange, die darauf wartete, ihre Besuchsscheine vorzuzeigen und ins Parloir eingelassen zu werden – jene Reihe kleiner Kabinen, in denen an bestimmten Tagen Gefangene mit ihren Freunden eine Viertelstunde lang durch ein Gitter sprechen dürfen.

Der alte Mann arbeitete sich mit dem Ellbogen kraftlos, aber beharrlich nach vorn, und als der Wärter ihn grob anschrie, er solle wieder auf seinen Platz nach hinten gehen, setzte er seinen Weg dennoch fort.

Der Wärter brüllte: »Gehen Sie zurück, sage ich Ihnen. Verstehen Sie mich nicht? Sie sind kein Franzose?« Der alte Mann schüttelte den Kopf. »Das sieht man«, sagte der Wärter spöttisch. Er versetzte ihm einen Stoß, und der alte Mann wich verdutzt ein paar Schritte zurück, lehnte sich an die Wand und wartete.

Er hatte freundliche, regelmäßige Züge und einen grauen, kurzgeschnittenen Schnurrbart. Seine Kleidung war armselig, er trug keinen Hut und hatte einen roten Schal um den Hals gebunden. Über seinen Augen lag ein weißer Film, wie bei Menschen, die von Blindheit bedroht sind.

Der kleine Junge war sehr klein, seine Arme und Beine wie Streichhölzer. Er hielt die Hand des alten Mannes krampfhaft fest und blickte mit riesengroßen braunen Augen zu dem Wärter auf. Es standen mehrere Kinder in der Schlange.

Eine Frau hatte zwei mitgebracht – einen Säugling, den sie im Arm hielt, und ein anderes, das sich an ihren Rock klammerte. Die ganze Schlange schwieg eingeschüchtert. Die Frauen standen mit gesenkten Köpfen da und musterten einander verstohlen – nicht feindselig, wie das sonst unter Frauen üblich ist, sondern als ob sie Gefährtinnen wären.

Von dem Raum, in dem sie warteten, führte eine Treppe hinunter in einen sehr langen, weißgetünchten Gang, der unglaublich abschreckend und düster war, trotz der weißen Farbe. Hier und da saß ein Wärter dicht an der Wand und blickte wie eine Spinne in den Schatten – ein aufgeblähtes, haariges Insekt, aus Dunkelheit und Moderduft gezeugt.

Unter den Wartenden waren nur wenige Männer, und von den Frauen gehörten fast alle jenem Typ an, dem Not die gehörige Demut eingebleut hat; nur zwei Mädchen in der Nähe der Treppe waren geschminkt und trugen schicke Kleider in leuchtenden Farben. Sie lachten und schwatzten, und ihre Augen waren dunkel und trotzig. Eine von ihnen murmelte: »*Sale flic, va*« – als wolle sie sagen: »Laß ihn in Ruhe, du dreckiger Polyp!«, als der Wärter den alten Mann zurückgestoßen hatte.

Die Leute in der Schlange blickten erschrocken und

zugleich befriedigt; eine alte Frau mit einem Rattengesicht drückte sich an die Mauer und kicherte. Der Wärter wippte von den Fersen auf die Zehenspitzen, vor und zurück, wichtigtuerisch und voller Autorität, wie ein kleiner Gott. Da stand er, der Vertreter der Rechtlichkeit, des Gesetzes, der unerbittlichen Macht des Guten, die das Böse bestraft. Seine Stirn war niedrig und durch ständiges Stirnrunzeln gefurcht, seine Kinnbacken waren schwer und stark ausgeprägt. Ein hochgewachsener Mann mit stolzer Haltung. Er betrachtete interessiert das Mädchen, das gesprochen hatte, zwirbelte seinen Schnurrbart und drückte die Brust heraus. Die Schlange wartete geduldig.

Das Parloir glich einer Reihe Telefonzellen, die oben nicht geschlossen waren.

Auf der Plattform darüber sah man die Beine eines zweiten Wärters, der auf und ab ging und auf die Gespräche unten lauschte. Die Stimmen vereinigten sich alle in einem einzigen Ton – ein monotones unaufhörliches Summen.

Der erste Wärter sah auf seine Uhr und riß mit großem Getöse alle Türen auf. Ein Strom ziemlich verschreckt dreinblickender Menschen quoll heraus, ihr Besuch war beendet. Er winkte zu der Schlange hinüber, damit andere herkämen und die leeren Plätze einnähmen. Er rief das dunkeläugige Mädchen, das gesprochen hatte, und fixierte sie scharf, als sie vorüberging, doch sie war damit beschäftigt, in den Spiegel zu schauen, sich das Gesicht zu pudern und sich auf das Gespräch vorzubereiten.

An die gegenüberliegende Tür jeder Kabine kam ein Gefangener, der sich an das Gitter klammerte, sich angestrengt nach vorn beugte, um seinen Besucher zu sehen, und bei jedem Geräusch zusammenfuhr. Denn die Viertelstunde erschien ihm furchtbar kurz, er wartete ständig auf das Gebrüll des Wärters, der ihn wegkommandierte, und fürchtete stets, nicht rasch genug darauf zu reagieren.

Das eintönige Summen der Gespräche begann von neuem. Der Wärter auf der Galerie seufzte und gähnte dann; der Wärter draußen zwirbelte seinen Schnurrbart und starrte gegen die Wand. Dann kam ein neuer Strom mit Besuchsscheinen die Treppe herauf, und er stampfte gewichtig vorwärts, um sie in Reih und Glied zu stellen.

Wenn die Viertelstunde vorüber war, wurden die Türen wieder aufgerissen.

Als das dunkeläugige Mädchen vorüberging, fixierte sie der Wärter scharf, und sie starrte ihn ihrerseits an, trotzig und herausfordernd, ohne einen Zoll zurückzuweichen. Er zeigte den Anflug eines Lächelns und trat tatsächlich zurück, um sie vorbeizulassen.

Der alte Mann kam zuletzt, er schlurfte heran und war verstörter denn je. Am Gefängnistor mußten alle Besuchsscheine abgegeben werden, doch er trottete hinaus, ohne achtzugeben. Die wichtige Persönlichkeit, die diese Dokumente entgegennahm, brüllte: »He! Ihren Besuchsschein!« und fügte ein zynisches »Monsieur« hinzu. Der alte Mann sah erschrocken aus, seine Augen füllten sich mit Tränen, und als ihm sein Besuchsschein entrissen wurde, brach er in eine Flut von Worten aus und gestikulierte mit den Händen.

Eine Frau blieb stehen, um ihm zu erklären, daß er den Schein wiederbekäme, wenn er am nächsten Besuchstag darum bäte, aber er verstand sie nicht.

»Allons, allons«, sagte der Wärter am Tor gebieterisch. »Weitergehen. Weitergehen.«

Draußen beeilten sich die Leute, um die Straßenbahn zurück nach Paris zu erreichen.

Die beiden Mädchen schritten munter aus, mit lebhaften Gesten und Stimmen, doch der alte Mann trottete traurig dahin, den Kopf gesenkt, und sprach leise mit sich selbst. Der kleine Junge neben ihm machte winzige Trippelschritte – drei, wenn der alte Mann einen machte. Seine Mundwinkel gingen nach unten, die riesigen braunen Augen waren ernst auf eine Welt gerichtet, die er nicht begriff.

Mannequin

Zwölf Uhr. Déjeuner chez Jeanne Veron; Place Vendôme.

Anna, mit dem schwarzen, baumwollenen, unterrockartigen Gewand des dienstfreien Mannequins bekleidet, versuchte, den Weg durch dunkle Korridore und verschlungene Treppenfluchten hinab zu dem Raum im Souterrain zu finden, wo das Mittagessen serviert wurde.

Sie fror, denn sie hatte ihren Mantel vergessen, und das Gewand, das sie trug, war sehr kurz und ärmellos und bedeckte ihre rosafarbenen Strümpfe nur bis zum Knie. Das lodernde Rot ihres Haars war echt, und ihre Augen, die sehr sanft blickten, waren braun und mit einem dicken Lidstrich umrandet; ihr Gesicht war schmal und blaß hinter dem professionellen Rouge. Sie wirkte zerbrechlich wie ein zartes Kind, und ihre Arme waren so dünn, daß es einen rührte. Ihre Beine waren es, denen sie diese verwirrende, diese unglaubliche Chance verdankte.

Madame Veron, weißhaarig mit schwarzen Augen und unglaublich vornehm, die diese Beine mit einem gründlichen Blick, dem Blick des Kenners, taxiert hatte, lächelte gebieterisch und engagierte Anna für ein äußerst niedriges Gehalt. Als Anfängerin, erklärte Madame, könne sie nicht mehr erwarten. Sie werde die Jungmädchenkleider vorführen. Wieder ein Lächeln, wieder ein scharfer Blick.

Eine Assistentin führte Anna aus der Audienz und half ihr, das Kleid auszuziehen, das sie zu der Besprechung vorübergehend getragen hatte. Mädchen, die sich um eine Anstellung bewerben, tragen immer ein Modell des Hauses.

Den gestrigen Nachmittag hatte sie in einer Art Delirium verbracht, das durch das Gefühl übersteigerter Realität gemildert wurde; währenddessen hatte sie sich das notwendige Make-up gekauft. Es war ihr so aussichtslos erschienen, auf die Anzeige zu antworten.

Der Morgen war wie ein Traum gewesen. Auf der Rückseite der herrlich dekorierten Salons war sie auf unerwartete Düsternis gestoßen; der Raum, so leer er war, hatte schmutzig und melancholisch gewirkt mit seinen verwirrenden Korridoren und Treppenfluchten, ein Kaninchenbau und ein Labyrinth. Sie zweifelte, ob sie je den Weg finden würde.

In dem Ankleidezimmer der Mannequins verbrachte sie eine schüchterne Stunde mit Schminken – in dieser außerordentlichen und prägnanten Atmosphäre der Schlankheit und Schönheit; weiße Arme und von Rouge leuchtende Gesichter; heisere Stimmen und der Geruch von Kosmetika; seidene Unterwäsche. Kalte, kritische Blicke waren auf Annas Spiegelbild gerichtet. Keiner von ihnen sah sie direkt an.

...Ein deprimierender Raum, in sich abgeschlossen, kahl und kalt, ein sehr unpassendes Gewächshaus für diese Blumengeschöpfe. Schwarz gekleidete Verkäuferinnen eilten hin und her und redeten mit scharfen Stimmen, eine alte Frau umflatterte Anna hilfreich und gestaltlos, zeigte ihr, wohin sie die Kleider hängen sollte und reichte ihr den schwarzen Baumwollkittel, den Anna beim Mittagessen tragen sollte. Sie lächelte mit professioneller Mütterlichkeit, während ihre kleinen, stechenden, schwarzen Augen vom Haar der Neuen bis zu deren Knöcheln und wieder zurück wanderten.

Das war Madame Pecard, die Garderobiere.

Bevor Anna etwas sagen konnte, wurde sie von einem kleinen Jungen in Uniform zu ihrem Auftritt in einen der Salons gerufen: dort hatte sie unter den Augen einer *vendeuse* zu lernen, wie man die unschuldige und frühlingshafte Miene und Kleidung einer *jeune fille* zur Schau trägt. Hinter einem gelben Seidenschirm wurde sie in einen Ledermantel gezwängt und paradierte unter den kalten Augen eines amerikanischen Kunden vorbei. Es war die Woche, in der den wichtigen Vertretern der großen europäischen und amerikanischen Modehäuser die Frühjahrsmodelle gezeigt werden: die kritischste Woche der Saison... Der amerikanische Käufer sagte, er nähme den Mantel, jedoch mit größerem Kragen und breiteren Stulpen. Umsonst protestierte die Verkäuferin in ihrem besten Englisch mit seinem sonderbaren Chicagoer Akzent, daß das den Chic des Modells völlig ruiniere. Der Amerikaner wußte, was er wollte, und sah zu, daß er es bekam.

Die *vendeuse* seufzte, aber es lag so etwas wie Bewunderung in ihrer Stimme. Sie respektierte Amerikaner: sie waren nicht wie die Engländer, die unter dem Deckmantel belästigter Verdrießlichkeit immer ängstlich und sehr leicht um den Finger zu wickeln waren.

»Habe ich das richtig gemacht?« Hinter dem Paravent lächelte ihr eine der Verkäuferinnen ermutigend zu und nickte. Die andere zuckte mit den Schultern. Sie hatte kleine, eng beieinander liegende Augen, eine lange, dünne Nase und schmale Lippen im üblichen Braunrot. Hinter ihrem seidenen Paravant saß Anna auf einem hohen weißen Hocker. Sie fühlte, daß sie anziehend und zugleich belästigt wirkte. Das Weiß und Gold des Salons paßte zu ihrem roten Haar.

Ein kurzer Morgen. Denn der Tag eines Mannequins beginnt um zehn, und das Zurechtmachen dauert eine Stunde. Die freundliche Verkäuferin teilte bereitwillig mit, daß sie Jeannine heiße, daß sie in der Wäscheabteilung arbeite, daß sie Anna *rudement jolie* finde und daß Anna um zwölf zum Lunch gehen könne. Sie müsse den Korridor entlang und die Treppe hinauf, dann durch den großen Salon... Jeder könne ihr den Weg zeigen. Aber Anna, in dem Labyrinth verloren, war zu schüchtern, um nach dem Weg zu fragen. Außerdem bedauerte sie es nicht, ein bißchen Zeit zu haben, um sich für die Feuerprobe zu sammeln. Sie war in die Regionen der Gebrauchsgüter und Ölkleidungen gelangt: die dekorativen Salons lagen weit über ihr. Dann stieg ihr Essensgeruch – fast sichtbar, so dampfig und schwer – in die Nase, und das hohe, zischende Summen von

Stimmen ließ sie noch einmal tief einatmen. Sie stieß die Tür auf.

Sie befand sich in einem großen, sehr niedrigen Raum, der von vorn bis hinten mit langen Holztischen ohne Tischdecken vollgestellt war... Sie saß am Tisch der Mannequins und starrte auf einen plumpen, häßlichen weißen Porzellanteller, auf eine verbogene Blechgabel, ein dreckiges Messer mit Holzgriff und ein Glas, das so dick war, daß es unzerbrechlich schien.

Bei Jeanne Veron arbeiteten zwölf Mannequins: sechs saßen beim Mittagessen, die anderen führten noch vor, schön wie Göttinnen, bis sie mit ihrer Erholungs- und Mittagspause an der Reihe waren. Alle zwölf Mädchen waren ausgesprochen verschieden: jede einzelne kannte ihren Typ und hielt an ihm fest, kultivierte ihn unbeirrt in Kleidung, Auftreten, Stimme und Konversation.

Um den nackten Tisch saßen jetzt: Babette, die kesse Göre, das typische blonde Mädchen; Mona, die große und dunkle Schönheit, die *femme fatale*, die Trägerin der opulenten Abendkleider. Georgette war die *garçonne*, in Simone mit den grünen Augen erkannte Anna sofort die Katze, die von den Männern bewundert würde (was auch der Fall war), ein geschmeidiges, weißes, schnurrendes, lang-wimpriges Wesen... Eliane war der Star der Kollektion.

Eliane war einfach häßlich, und es störte nicht: kein Zweifel, daß Lilith, von der sie ganz offensichtlich abstammte, auch häßlich gewesen war. Ihr Haar war mit Henna gefärbt, ihre Augen waren klein und schwarz, ihr Teint war schlecht unter dem dicken Make-up. Ihre Hüften waren außerordentlich schmal, ihre Hände und Füße edel, jede ihrer Bewegungen war so anmutig wie die einer Blume im Wind. Ihr Gang... Dieser Gang war es, der sie zum Star machte und ihr ein Einkommen bescherte, das für Madame Verons Verhältnisse einfach sagenhaft war... Ihr Gang und ihre vertrackte Eleganz entfachten selbst in den kalten Augen der amerikanischen Kunden einen Ausdruck von Bewunderung.

Eliane war ein ruhiges Mädchen mit guten Manieren. Sie trug einen Ring mit einem wunderschönen Smaragd an einem langen schmalen Finger, und in ihren kleinen Augen lagen Klugheit und Rätselhaftigkeit.

Madame Pecard, die Garderobiere, saß am Kopf des Mannequintisches, redete laut, ohne daß ihr jemand zuhörte, und betrachtete wohlwollend ihre Herde.

An anderen Tischen saßen die Näherinnen, blaß, schwarz gekleidet – die Arbeiterinnen, heldenhaft fröhlich, aber vom Stempel der Arbeit gezeichnet, und die Verkäuferinnen. Die Mannequins mit ihren sinnlichen, aufdringlichen Reizen und ihren angemalten Gesichtern wurden heimlich beobachtet – beneidet und distanziert.

Babette, das blonde Mädchen, saß neben Anna, und nachdem sie das Gespräch mit ein paar guten alten Flüchen zur Qualität der Sardinen eröffnet hatte, teilte sie stolz mit, daß sie Englisch könne und London sehr gut kenne. Sie begann Anna die Geschichte ihrer Abenteuer in der Stadt der Kälte, der Dunkelheit und der Nebel zu erzählen... Sie hatte in der Bond Street als

Mannequin gearbeitet, und der abscheuliche Inhaber des Ladens hatte versucht, sie zu verführen, aber da sie durch und durch tugendhaft sei, habe sie gekündigt. Und ein anderer Job, wie Anna sich denken könne, war unmöglich zu finden gewesen, denn sie, Babette, sei zu klein und schmal für die angelsächsische Vorstellung eines Mannequins.

Sie unterbrach sich und rief mit lauter Stimme zu der Frau, die bediente, hinüber: »He, meine Alte, vergiß deine kleine Babette nicht...«

Gegenüber führten Simone, die Katze, und die sportliche Georgette eine leise Unterhaltung über die Langweiligkeit eines Monsieur aus ihrer Bekanntschaft. »Ich sagte zu ihm«, schloß Georgette entschieden, »nichts zu machen, mein Häschen. Du hast dich nicht genügend um mich gekümmert, Kleiner! Hättest du an meiner Stelle nicht genauso gehandelt?« Sie brach ab, als sie merkte, daß die anderen zuhörten, und lächelte Anna freundlich an.

Auch sie schien nach London zu wollen, weil dort die Bezahlung so viel besser war. Ob es schwierig sei? Mochten sie französische Mädchen? *Parisiennes?*

Nun beteiligten sich alle am Gespräch.

»Die englischen Jungs sind nett«, sagte Babette und kniff eines ihrer himmlisch unschuldigen Augen zu. »Ich hatte einen netten Typ, der mich immer ins Empire Palace zum Dinner ausgeführt hat. Ach, so ein hübscher Junge...

Es ist das schickste Restaurant in London«, fügte sie wichtigtuerisch hinzu.

Man war beim Dessert angelangt. Die anderen Tische leerten sich allmählich; die Mannequins bestellten sich alle sehr starken Kaffee, mehrere auch einen Schnaps. Nur Mona und Eliane sprachen nicht; Eliane, weil sie an etwas anderes dachte, und Mona, weil es ihr Typ, ihre Art war, arrogant zu sein.

Ihr Haar war aus der weißen, schmalen Stirn hinter die kleinen Ohren zurückgestrichen; ihre langen Ohrringe berührten fast ihre Schultern, sie nippte mit geringschätziger Miene an ihrem Kaffee. Nur einmal, als das blonde Mädchen, nachdem es sich auf einen Kampf mit der Kellnerin eingelassen und den Kürzeren gezogen hatte, für einen Augenblick aus der Fassung gebracht und still war, kniff Mona ihre Augen zusammen und zeigte ein erstaunlich grausames Lächeln.

Sobald sie ihren Kaffee getrunken hatte, stand sie auf und ging.

Anna holte eine Zigarette hervor, und Georgette, die sofort erkannte, daß hier die sportliche Note, ihr Genre angesprochen war, bat sie auch um eine und zündete sie sich mit gespielter Nachlässigkeit an. Anna reichte beflissen ihre Zigaretten herum, aber Mère Pecard erhob nachdrücklich Einspruch. Es sei gegen die Gepflogenheiten des Hauses, daß die Mannequins rauchten, schnaubte sie. Die Mädchen zündeten sich alle ihre Zigaretten an und rauchten. Mère Pecard schimpfte weiter: »Eine Caprice, Kinder. Alle Welt weiß, daß Mannequins kapriziös sind. Ist es nicht so?« Sie wandte sich an die andern im Raum.

Als sie hinausgingen, legte Babette ihren Arm um

Annas Taille und flüsterte: »Antworte Madame Pecard nicht. Wir mögen sie nicht. Wir sprechen nie mit ihr. Sie spioniert uns nach. Sie ist ein Kamel.«

An diesem Nachmittag mußte Anna eine Stunde stehen, bis ein Kleid um sie drapiert war. Sie führte dieses Kleid einer dicken Holländerin vor, die für Den Haag einkaufte, dann einer schönen Südamerikanerin, die mit Perlen behängt war, einem weißhaarigen Amerikaner, der für seine siebzehnjährige Tochter ein Abendcape suchte, und schließlich einer hakennasigen, kauzigen englischen Adeligen, die eine laute Stimme hatte und unter ihren Pelzen ein graues Jerseykleid und klobige Stiefel trug.

Der Amerikaner mochte Anna und sagte es, und Anna schenkte ihm einen flammend dankbaren Blick. Denn wenn die *vendeuse* Jeannine gleichbleibend freundlich und ermutigend gewesen war, so war die andere, Madame Tienne, gleichbleibend unfreundlich gewesen und hatte sie sogar einmal fest in den Arm gekniffen.

Etwa um fünf ließen Annas Kräfte nach. Die vier weißen und goldenen Wände schienen gegen sie vorzurükken. Sie saß auf ihrem hohen, weißen Hocker, blickte auf ein wunderschönes Nachthemd und kämpfte gegen das starke Verlangen an, wegzulaufen. Irgendwohin! Nur anziehen und irgendwohin weglaufen, weg von den erbarmungslosen Augen der Kunden und den kneifenden Fingern Irenes.

›Eines Tages tue ich es. Ich halte es nicht aus‹, sagte sie zu sich, ›ich werde es nicht aushalten können.‹ Sie hatte das absurde Verlangen, nach Luft zu schnappen.

Jeannine fand sie in diesem Zustand.

»Der Anfang ist schwer, was? ... Man fragt sich: Warum? Wozu? Es ist alles idiotisch. Wir sind alle so. Aber wir machen weiter. Ärgere dich nicht über Irene.« Sie flüsterte: »Madame Veron mag dich sehr. Ich habe gehört, wie sie es sagte.«

Um sechs Uhr stand Anna auf der Rue de la Paix; ihre Müdigkeit war vergessen, das Gefühl, daß sie nun wirklich zu der großen, verrückten Stadt gehörte, bemächtigte sich ihrer, und sie war glücklich in ihrem schöngeschnittenen Kostüm mit Hut.

Georgette ging an ihr vorbei und lächelte; Babette trug einen Pelzmantel.

Überall in der Straße kamen die Mannequins aus den Salons, verweilten einen Moment auf der Straße und ließen sie so fröhlich und bunt wie Blumenbeete werden, bevor sie schnell davongingen und die Nacht von Paris sie verschluckte.

Tee bei einem Künstler

Es war offensichtlich, daß er kein Engländer war: er war zu ausgelassen, zu schmutzig, zu offenherzig, und in seinen kleinen Augen lag so ein heiteres Verständnis für all die Sünden und Freuden des Lebens. Er trank rasch ein Glas Bier nach dem anderen, rauchte eine lange, gebogene Pfeife und strahlte zufrieden in die Welt hinein. Seine Begleiterin trug eine schwarze Jacke und einen schwarzen Rock; sie saß mit dem Rücken zu uns.

Ich sagte: »Wer ist der fröhliche Mann dort in der Ecke? Ich habe ihn noch nie gesehen.«

Mein Freund, der jeden kannte, antwortete: »Das ist Verhausen. Völlig übergeschnappt.«

»Verrückter als die meisten Leute hier?« fragte ich.

»Oh ja, richtig meschugge. Sein Atelier ist voller Bilder, die er niemandem zeigen will.«

Ich fragte: »Was denn für Bilder? Seine eigenen Bilder?«

»Ja, seine eigenen Bilder. Sie sind verdammt gut, sagt man.« ... Verhausen hatte als Rompreisträger begonnen, und sein Ruf in Holland und Deutschland war einmal bedeutend gewesen. Er war Flame. Aber nun weigerte sich der alte Knabe auszustellen und wurde fast verrückt vor Wut, wenn er gezwungen war, etwas zu verkaufen.

»Eine Marotte?«

Mein Freund sagte: »Tja, ich weiß nicht. Für eine Marotte dauert's schon ziemlich lange.«

Er begann zu lachen.

»Du kennst doch van Hoyt. Er war mit Verhausen vor Jahren in Antwerpen sehr gut bekannt. Anscheinend hat er schon damals seine Bilder versteckt... Er war der Meinung, es sei ein Sakrileg, sie zu verkaufen. Dann heiratete er eine junge, flatterhafte Frau aus Brüssel, und die hielt das nicht aus. Sie quengelte und quengelte; sie brauche viel Geld und so weiter und so weiter. Er hörte nicht einmal hin. Da gab sie das Streiten auf und verabredete sich mit einem jüdischen Kunsthändler aus Amsterdam, als Verhausen nicht da war. Es heißt, sie sei in sein Atelier eingebrochen und habe dem Händler die Bilder aus dem Fenster gereicht. Fünf der besten. Van Hoyt sagt, Verhausen habe wie ein Kind geweint, als er es erfuhr. Er saß einfach da und schluchzte. Vielleicht hat er die Frau auch geschlagen. Auf jeden Fall verließ sie ihn bald danach, und wenig später tauchte Verhausen hier am Montparnasse auf. Die Frau, die jetzt bei ihm ist, hat er in irgendeinem schrecklichen Bordell in Antwerpen aufgelesen. Sie muß gut zu ihm sein, denn er sagt, daß die Huren die einzigen Frauen sind, die eine Seele haben. Sie werden im Himmel auf den Nacken der anderen schreiten...« Und mein Freund schloß: »Ein wunderlicher alter Kauz. Aber mittlerweile ein bißchen überholt.«

Ich sagte: »Das scheint mir eine perverse Form von Geiz zu sein. Ich würde seine Bilder gern sehen, oder ist das unmöglich? Ich mag sein Gesicht.«

Mein Freund sagte unbekümmert: »Das ist, glaube ich, möglich. Manchmal zeigt er sie Leuten. Er will sie nur nicht ausstellen und verkaufen. Ich glaube, van Hoyt könnte das arrangieren.«

Verhausens Atelier lag nördlich von Montparnasse im tiefsten Quartier Latin, das schrammeliger und noch nicht so kosmopolitisch ist. Es lag in einer alten, engen Straße mit unegalen Häusern, einer schmutzigen, schönen Straße voller violetter Schatten. Ein Polizist stand müde in der Nähe des Hauses, den Ausdruck gedankenverlorener Stumpfheit im Gesicht: ein gelber Hund lag philosophisch auf dem Straßenpflaster ausgestreckt. Die *concierge* sagte gleichgültig, Monsieur Verhausens Atelier befinde sich im *quatrième à droite*. Ich quälte mich nach oben.

Ich klopfte dreimal. Drinnen hörte man leises Knistern... Und ein viertes Mal: so laut ich konnte. Die Tür öffnete sich ein wenig, und Monsieur Verhausens Kopf erschien in dem Spalt. Ich las Argwohn in seinen Augen und lächelte so entwaffnend, wie ich nur konnte. Ich sagte etwas von Monsieur van Hoyt – von Monsieurs eigener freundlicher Einladung, meiner großen Freude.

Verhausen prüfte mich weiter durch seine riesige Brille: dann lächelte er in plötzlicher Erkenntnis, gab die Tür frei, verbeugte sich tief und bat mich herein. Der Raum war groß, an allen Wänden standen auf dem

Fußboden ungerahmte Bilder, alle mit dem Rücken zur Wand. Es war viel sauberer, als ich erwartet hatte: sehr sauber, sogar Staub war gewischt worden. Auf dem Tisch lag ein weißes Tischtuch, und darauf standen blaue Tassen und Untertassen und ein Teller mit Lebkuchen, der in Scheiben geschnitten und dick mit Butter bestrichen war. Monsieur Verhausen rieb sich die Hände und sagte mit erfreuter, kindlicher Miene und in erstaunlich gutem Englisch, daß er englischen Tee bereitet habe, der schon fertig sei, weil er mich eher erwartet habe.

Wir saßen auf Stühlen und nippten feierlich den Tee.

Monsieur Verhausen sah genauso aus wie in dem Café, die blauen Augen hinter der Brille zugleich naiv und weise, die Weste mit den Erinnerungen an viele Mahlzeiten besprenkelt.

Aber ein reizender Mensch – behaglich und Behagen verbreitend. Seine langen, gebogenen Pfeifen hingen in einer Reihe an der Wand; sie ließen den ganzen Raum auf holländische Weise gemütlich erscheinen. Wir sprachen ernst über den Montparnasse.

Plötzlich sagte er: »Jetzt, wo Sie Ihre zweite Tasse Tee getrunken haben, sollen Sie meine Bilder sehen. Alle Engländer müssen erst zwei Tassen Tee getrunken haben, ehe sie sich in Kunstwerke vertiefen.«

Er war mit einer Leichtigkeit aufgesprungen, die bei einem so massigen Mann erstaunte, und mit gleicher Behendigkeit zog er eine Staffelei ans Fenster und begann, ohne jeden Kommentar Bilder daraufzustellen. Sie waren eines wie das andere farbliche Explosionen:

ich brauchte ein wenig, um mich daran zu gewöhnen. Ich glaube, sie waren zum größten Teil, jedoch nicht alle, impressionistisch. Aber was mich sofort faszinierte, war die Art, wie er die Bilder berührte – seine liebevollen, behutsamen Hände.

Nach einer Zeit schien er vergessen zu haben, daß ich da war, und sah sich die Bilder selbst an, bedacht und kritisch, den Kopf zur Seite geneigt, die Stirn gerunzelt und auf flämisch leise vor sich hinmurmelnd. Hin und wieder sagte mir eine Landschaft besonders zu: sie waren meistens nur angedeutet und grandios. Aber die Köpfe waren minuziös gemalt und ... holländisch! Unter einem Lichtstrahl verwandelte sich die Haut einer Frau, die in eine Badwanne stieg, zu Gold.

Dann holte er ein größeres Bild herbei, änderte die Position der Staffelei und drehte sich mit einem leisen Grunzen zu mir um. Ich sagte langsam: »Ich glaube, das ist ein großartiges Bild. Wirklich große Kunst!«

... Ein Mädchen, das in einem Zimmer voller Spiegel auf einem Sofa saß, hielt ein Glas mit grünem Likör in der Hand. Dunkeläugig, mit breitem Gesicht und den großen, kräftigen Gliedern einer Bäuerin, ging ihr jede Leichtigkeit oder Anmut ab.

Doch all der gefährliche Zauber des Lebens jenseits der Grenzen des Erlaubten lag in ihrer Haltung und in ihrem glühenden Blick – all seine tödliche Bitternis und Erschöpfung in ihrem starren Lächeln.

Er nahm meine Komplimente erfreut entgegen, doch mit der vollkommen flüchtigen Freude des Künstlers, dem die Meinung, die andere Leute zu seinen Bildern haben könnten, höchst gleichgültig ist. Und gerade, als ich ihm sagte, daß mich das Bild an ein Manet-Porträt erinnere, kam das Original mit einem Einkaufsnetz voller Grünkram herein. Monsieur Verhausen schrak ein wenig zusammen, als er sie sah, und rieb sich wieder die Hände – diesmal entschuldigend. Er sagte: »Das, Madame, ist meine kleine Marthe. Mademoiselle Marthe Baesen.«

Sie grüßte mich zurückhaltend und blickte mit undurchdringlichem Gesicht auf das Bild auf der Staffelei. Ich sagte zu ihr: »Ich bewundere gerade Monsieur Verhausens Arbeiten.«

Sie sagte im Ton einer Frage: »Ja, Madame?« und verließ mit ihrem Einkaufsnetz das Zimmer.

Der alte Mann sagte zu mir: »Marthe spricht nicht Englisch, und Französisch nur sehr schlecht. Sie ist eine echte Flamin. Außerdem ist sie nicht an Besucher gewöhnt.«

Ein Hauch von Feindschaft lag jetzt im Atelier. Monsieur Verhausen war nervös und seufzte unruhig. Ich fragte eher zögernd: »Monsieur Verhausen, stimmt es, daß Sie sich weigern, ihre Bilder auszustellen und zu verkaufen?«

Er sah mich über seine Brille hinweg an, und der argwöhnische Blick, der Blick eines alten Juden, wenn er sein Geld zählt, trat wieder in seine Augen.

»Weigern, Madame? Ich weigere mich gegen gar nichts. Ich bin Künstler. Aber ich habe nicht den Wunsch, meine Bilder zu verkaufen. Und da ich sie nicht verkaufen will, ist eine Ausstellung unsinnig.

Meine Bilder sind mir kostbar. So kostbar, wie sie höchstwahrscheinlich für niemanden sonst sind.«

Er kicherte vergnügt in sich hinein und fügte mit einem boshaften Glitzern in den Augen hinzu: »Wenn ich tot bin, wird Marthe versuchen, sie zu verkaufen, wahrscheinlich erfolglos. Ich bin schon heute vergessen. Dann wird sie sie verbrennen. Sie kann wertloses Zeug nicht ausstehen, die gute Marthe.«

Als er das sagte, kam Marthe in das Zimmer zurück. Ihr Gesicht war nicht gepudert, aber nahezu ohne Runzeln, ihr Blick war klar und hatte den schlauen, beschränkten Ausdruck der sparsamen Hausfrau – der Blick des engen Horizonts und schneller, harter Urteile. Ohne das Feuer, das sein Genie in ihr gesehen und für immer festgehalten hatte, war sie eine schwerfällige, sanftmütige und uninteressante Frau – jedenfalls für mich.

Sie sagte in schlechtem Französisch: »Ich habe zwei Artischocken gekauft für ...« Ich bekam nicht mit, für wieviel Sous. Er machte ein erfreutes, gieriges Gesicht.

Auf der Straße waren der gelbe Hund und der Polizist verschwunden. Das Café gegenüber war zum Leben erwacht, und sein Grammophon teilte der Welt mit, daß

Souvent femme varie
Bien fol est qui s'y fie!

Es war sonderbar, wie stark die Gestalt des Mädchens auf dem Sofa mir in Erinnerung blieb: sie verschmolz mit der anbrechenden Nacht, dem Geruch von Paris und dem lauten Geschmetter des Grammophons. Und ich fragte mich: ›Ist es möglich, daß all dieser Zauber, wie er einmal war, vergangen ist?‹

Und dann fiel mir wieder ein, wie sie mit ihren großen Händen seine Wange berührt hatte. In dieser Geste lagen Wissen und Unbeirrbarkeit, als sei sie der Geist aus einer Zeit, als es ihr Amt im Leben war, den Männern Trost zu spenden.

Tagträume

Das Haus in den Bergen war sehr neu und sehr häßlich, lang und schmal, aus rohem Holz, seltsam auf hohen Pfählen hockend, ich glaube, als Schutz gegen Termiten. Es gab sechs Zimmer mit einer Veranda, die an der ganzen Länge des Hauses entlanglief... Aber wenn man dort hinaufkam, stellte sich jedesmal dasselbe Gefühl von Erleichterung und Ruhe ein – in dem häßlichen Haus mit den ersten Anfängen eines Rosengartens, wenn man nach einer Stunde Fahrt mit dem Schiff und anderthalb Stunden zu Pferde langsam hinaufstieg...

Auf der Veranda stand auf einem Holztisch mit vier robusten Beinen ein riesiges Fernrohr aus Messing. Damit kundschaftete man die vorbeifahrenden Dampfer aus: das französische Postschiff auf seinem Weg nach Guadeloupe, das kanadische, das Königliche Postschiff, das hätte stattlich sein sollen und in Wirklichkeit das schäbigste von allen war... Oder nach einem aufregenden fremden Schiff!

Nachts betrachtete man damit die Sterne und tat so, als interessiere man sich dafür... ›Das ist die Venus.‹... ›Ach, das ist die Venus?‹... ›Und das ist das Kreuz des Südens...‹ Ein ungeladenes Gewehr lehnte in einer

Ecke; es gab dort immer viele Strohschaukelstühle und eine Segeltuchhängematte mit vielen Kissen.

Von der Veranda blickte man auf das grüne Tal, das sich zum Meer hinab erstreckte, aber von der anderen Seite des Hauses aus konnte man nur die Berge sehen, schön aber schwermütig, wie Berge immer für ein Kind sind.

Wenn man in der Hängematte lag und vorsichtig schaukelte, denn die Stricke knarrten, träumte man... Der Morgentraum war der beste – sehr früh, ehe die Sonne richtig aufgegangen war. Das Meer war dann von einem sehr zarten Blau, wie das Kleid der Jungfrau Maria, und darauf waren kleine weiße Dreiecke. Die Fischerboote.

Ein sehr kurzer Traum, der Morgentraum – meistens davon, was man mit dem endlosen blauen Tag beginnen werde. Man würde in dem Teich baden: vielleicht fände man einen Schatz... Morgans Schatz. Denn wer weiß nicht, daß Morgan, kurz bevor er ergriffen und in Kingston, Jamaika, ich glaube gehenkt wurde, seine Schätze in den Bergen von Dominica vergrub?... Ein wildromantischer Ort, Dominica. Ungezähmt und gottverlassen. Für Morgan genau der richtige Ort, um dort seinen Schatz zu vergraben.

Am Mittag war es fast unmöglich, aufs Meer zu blikken. Das Licht ließ es derartig funkeln und flimmern: man mußte die Augen fest zusammenkneifen, ehe man hinsah. Alles war still und träge und betete die Sonne an.

Auch der Mittagstraum war träge – vage, melancholisch getönt, während man in den harten, blauen blauen Himmel blickte. Unweigerlich wurde man von jemandem darin gestört, der einem zurief, man solle aus der Sonne ins Haus kommen. Man durfte nicht in der Sonne sitzen. Es war einem gesagt worden, daß man sich nicht in der Sonne aufhalten solle... Später würde man über Sommersprossen klagen.

Und so war der Spätnachmittag die beste Zeit auf der Veranda, aber dadurch gestört, daß alle anderen auch da waren...

Wie bald erhält man nicht die bittere Lehre, daß die Menschheit sich niemals damit begnügt, einfach anders zu sein als man selbst und es dabei bewenden zu lassen. Niemals. Sie muß sich energisch und erbarmungslos zwischen dich und deine Gedanken drängen – mit dem heftigen Wunsch, jeden und alles gleichzumachen.

Ich spreche mit dir; hörst du nicht? Du mußt dir abgewöhnen, nie zuzuhören. Du hast so einen geistesabwesenden Gesichtsausdruck. Versuche doch, nicht so verdöst auszusehen...

Wie grob!

Die englische Tante blickt um sich und ruft immer wieder aus: »Die Farben... Wie herrlich!... Merkwürdig, daß so wenig Menschen auf die Westindischen Inseln kommen... Dieses *Meer*... Kann es etwas Schöneres geben?«

Das Meer ist purpurrot mit einem passenden Himmel. Das karibische Meer. Das tiefste, das schönste auf der Welt...

Träge, aber taktvoll, denn sie weiß, es entzückt meinen Vater, bewundert sie die Rosen, den Hibiskus, die Kolibris. Dann beginnt sie zu nicken. Sie schläft immer in den seltsamsten Augenblicken ein. Es ist die ungewohnte Hitze.

Ich hätte Lust, sie auszulachen, aber ich bin ein artiges kleines Mädchen... Zu artig... Ich möchte wie andere Leute sein! Die merkwürdigen, unnahbaren, sonderbar grausamen anderen Leute mit ihrer Art, dir rücksichtslos weh zu tun und dich dann zu beschuldigen, du seiest dünnhäutig, übellaunig, nachtragend oder lächerlich. Alles nur, weil ein verletztes, verwirrtes kleines Mädchen sich in sein Schneckenhaus zurückgezogen hat.

Der Nachmittagstraum ist ein materialistischer Traum... Er handelt von der Zeit, wenn man drall und schön, statt blaß und mager sein wird: absolut wohlerzogen, statt ungeschickt... Wenn man rauschende Roben und Federhüte tragen und sich gemächlich und genußvoll Handschuhe überstreifen wird... Und natürlich von der Hochzeit: der dunkle Schnurrbart und die tadellos gebügelte Hose... Vage, das alles.

Auf der Veranda wird es sehr schnell dunkel. Die Sonne geht unter: sofort Nacht und Leuchtkäfer.

Eine warme, samtige, süßduftende Nacht, aber angsterregend und verwirrend, wenn man allein in der Hängematte liegt. Ann Twist, unsere Köchin, die alte Obeah-Frau hat mir erzählt: »Du darfst nicht zuviel in den Mond schaun...«

Wenn man im Mond einschläft, wird man, scheint's,

verhext... der Mond tut einem Böses an, wenn er im Schlaf auf einen scheint. Wenn man das öfter tut...

So gehe ich leise fröstelnd ins Zimmer, um mich von meinem Vater trösten zu lassen, der an der Schachaufgabe aus der *Times Weekly Edition* knobelt. Dann wird es Zeit für meine abendliche Pflicht, die Cocktails zu mixen.

Trotz meiner Verträumtheit mixe ich Cocktails sehr gut und quirle sie besser (bei uns auf den Westindischen Inseln werden die Cocktails schaumig getrunken, und das Instrument, mit dem man sie schaumig rührt, heißt Rührbesen) als irgend jemand sonst im Haus.

Mich wichtig und glücklich fühlend, messe ich Angostura und Gin mit einer unheimlichen Intuition dafür ab, wie stark ich jeden einzelnen Drink machen muß.

Hier ist also etwas, was ich tun kann... Etwas tun, sagen sie, ist angemessener als träumen...

Schon wieder die Antillen

Der Redakteur der *Dominica Herald and Leeward Islands Gazette* wohnte in einem hohen, weißen Haus mit grünen Rolläden, das auf unsern Garten blickte. Ich sah ihn oft ernst aus seinem Fenster blicken und blickte dann ernst zurück, denn ich hielt ihn für einen sehr ehrfurchtgebietenden Mann.

Er trug eine goldgerahmte Brille und immer dunkle Anzüge – die Frivolität weißen Leinens war nichts für ihn, selbst an den heißesten Tagen nicht –; der untersetzte, kleine Mann von schöner kaffeebrauner Hautfarbe war auf der ganzen Insel als Papa Dom bekannt.

Ein geborener Rebell, dieser Redakteur: ein Aufwiegler. Er haßte die Weißen, weil er nicht ganz weiß, und er haßte die Schwarzen, weil er nicht ganz schwarz war... »Farbig« nennen wir Westinder die Zwischentöne, und ich dachte oft, daß es ihn verbittere, farbig zu sein.

Er war gegen die Regierung, gegen die Briten, dagegen, daß die Insel eine Kronkolonie war, und gegen das neue Abwassersystem der Stadtverwaltung. Er war auch gegen den Mob, gegen die fröhliche und unbeschwerte Moral der Neger und gegen »die Horde Priester und Nonnen, die über unsere unglückliche Insel hergefallen ist«, gegen die Existenz des anglikanischen Bischofs und gegen den neuen Palast des katholischen Bischofs.

Er schrieb erregte Artikel gegen diesen Palast, der damals, zum Teil von Freiwilligen, errichtet wurde – bis eines Nachts sein Haus von einem lärmenden Haufen Gläubiger belagert wurde, die Steine warfen und nach seinem Blut schrien. Er zeigte sich auf seiner Veranda – zu Tode erschrocken. In der nächsten Nummer der Zeitung erschien sein ausführlicher Bericht über den »Aufstand«: seiner Meinung nach war dieser von mehreren wohlbekannten Magdalenern angeführt worden, den damals, wie stets, glühendsten Verfechtern des Christentums.

Danach aber ließ er die Kirche strikt in Ruhe, denn er sah ein, daß sie zu stark für ihn war.

Ich habe keine Ahnung, was den Streit zwischen ihm und Mr. Hugh Musgrave entfacht hat.

Mr. Hugh Musgrave war, fand ich, ein Schatz, aber jährzornig. Zwanzig Jahre Tropen und das Schwelgen in Gewürzen und Cocktails haben diese Wirkung. Knapp außerhalb der Stadt Roseau besaß er ein großes Landgut, baute Limonen und Zuckerrohr an und beschäftigte sehr viele Arbeiter, aber er war sicherlich weder grausam noch tyrannisch.

Plötzlich aber war die Fehde in vollem Gange.

In der *Dominica Herald and Leeward Islands Gazette* gab es eine Rubrik für Leserbriefe, und in dieser Rubrik machte sich Papa Dom unter den Pseudonymen

Pro Patria, Entrüstet, Freiheit und Onkel Toms Hütte Luft. Er schrieb, was er über Mr. Musgrave dachte, und Mr. Musgrave antwortete: knapp und hart, wie es sich für einen Engländer der herrschenden Klasse ziemt... Aber er antwortete.

Es war äußerst würdelos, aber die ganze Insel war hellauf begeistert. Der *Herald* hatte noch nie einen solchen Umsatz gehabt.

Dann beging Mr. Musgrave nach Papa Doms Ansicht einen besonders scheußlichen Gewaltakt. Vielleicht errichtete er einen Zaun, wo er das nicht hätte tun sollen, oder er bezahlte einen unbeliebten Aufseher zu hoch oder unterstützte die falsche Fraktion in der Stadtverwaltung... Jedenfalls schrieb Papa Dom in der nächsten Nummer der Zeitung diesen leidenschaftlichen und unvergeßlichen Brief, der folgendermaßen schloß:

»Es ist betrüblich und bedrückend, wenn man mit ansehen muß, wie eine Rasse degeneriert. Wie weit ist so ein Mensch von den Idealen wahrer Vornehmheit entfernt, deren schöne Beschreibung eines Zeitgenossen, wahrscheinlich, wenngleich nicht sicher, des Marquis von Montrose, uns durch Shakespeare, den göttlichen Dichter und Genius, überliefert wurde:

›*Er war ein edler, vorbildlicher Ritter...*‹«

Mr. Musgrave ließ sich seine Chance nicht entgehen:

»Geehrter Herr«, schrieb er,

»ich lese ihr abscheuliches Blatt nicht. Doch wurde

ich auf einen niederträchtigen Brief über mich aufmerksam gemacht, den Sie letzte Woche veröffentlicht haben. Die zitierten Zeilen stammen nicht von Shakespeare, sondern von Chaucer, obwohl man von Ihnen natürlich nicht erwarten kann, daß Sie das wissen, und lauten:

›Noch nie hatt' er was Schändliches gesagt
In seinem Leben, und sei's ihm noch so bitter –
Er war ein vorbildlicher, edler Ritter.‹

Es ist in der Tat betrüblich und bedrückend, daß die Namen berühmter Engländer von den Ignoranten einer anderen Rasse und Hautfarbe derart mißbraucht werden.«

Mr. Musgrave hatte in Wirklichkeit »verdammte Nigger« geschrieben.

Papa Dom war keineswegs am Boden zerstört. Die Woche darauf erwiderte er voll Würde:

»Meine Aufmerksamkeit wurde auf Ihren sehr bezeichnenden Brief gelenkt. Ich akzeptiere Ihre Richtigstellung, obwohl ich weiß, daß die größten Autoritäten schwerwiegende Zweifel, wirklich sehr schwerwiegende Zweifel hegen, was die Autorschaft der Verse, ja selbst aller anderen Werke des unsterblichen Schwans von Avon betrifft. Da ich aber, wenn ich schreibe, nicht Nachschlagewerke vor mir liegen habe, wie Sie das sicher tun, will ich den Punkt nicht weiter erörtern.

Das Verhalten eines englischen Gentleman, der sich

zu Gewaltakten und Schmähungen hinreißen läßt, kann man nicht edel oder vollkommen nennen. Ich kann nicht einsehen, daß es darauf ankommt, ob nun Shakespeare, Chaucer oder der Marquis von Montrose es ist, der über die Jahrhunderte hinweg die notwendige Mahnung und Rüge ausspricht.«

Ich frage mich, ob ich wohl je wieder die *Dominica Herald and Leeward Islands Gazette* lesen werde.

Hunger

Gestern abend nahm ich eine Riesendosis Valerian, um schlafen zu können. Heute morgen bin ich sehr ruhig und erholt aufgewacht, jedoch mit zitternden Händen.

Es macht nichts. Ich bin auch nicht hungrig: das ist gut so, denn es gibt für mich nicht die leiseste Aussicht auf etwas zu essen. Ich könnte mir natürlich ein Brot kaufen, aber wir leben jetzt schon sehr lange von Brot und nichts weiter. Das wird eintönig. Außerdem ist es so verdammt salzig...

Verhungern – oder vielmehr halb verhungern – Kaffee am Morgen, Brot am Mittag, ist genau wie alles andere auch. Es hat seine Vorteile, aber die stellen sich nicht sofort ein... Am Anfang ist es offen gesagt entsetzlich.

Die ersten zwölf Stunden ist man nur verwundert. Kein Geld: nichts zu essen... *Nichts!*... Das ist einfach lächerlich. Dagegen muß doch etwas zu machen sein. Voll praktischer Ideen rennt man herum und sucht nach dem erlösenden »Etwas«. Nachts träumt man lange von Eßbarem.

Am zweiten Tag hat man furchtbare Kopfschmerzen. Man ist streitsüchtig. Man zankt sich den ganzen Tag mit einem unsichtbaren skeptischen Zuhörer.

Ich sage dir, es ist nicht *meine* Schuld ... Es kam ganz plötzlich, und ich war krank. Ich hatte keine Zeit, Pläne zu machen. *Begreifst* du nicht, daß man Geld braucht, um kämpfen zu können? Schon mit hundert Francs könnte man Pläne machen.

Ich sagte *netto* ... Ein paar hundert Francs *netto*. Das Hotel ist zu bezahlen. Meine Kleider verkaufen? ... In Paris bekommt man für Damenkleider kein Geld. Ich habe mich gestern als Gouvernante beworben. Natürlich bin ich nervös und töricht. Das wärst du auch, wenn ...

Oh Gott, laß mich in Ruhe. Mir ist egal, was du denkst. Es ist mir egal.

Am dritten Tag fühlt man sich krank; am vierten fängt man sehr leicht an zu weinen ... Eine schlechte Angewohnheit ist das; sie bleibt haften.

Am fünften Tag ...

Man erwacht mit einem Gefühl von Gleichgültigkeit; man ist ruhig und fühlt sich gottähnlich. Es ist ein Zustand, den zu erreichen fromme Leute fasten.

Im Bett liegend, den Arm über die Augen gelegt, verachte ich zutiefst meine vergeblichen Anstrengungen der letzten zwei Jahre. Worüber um alles auf der Welt habe ich so ein Gewese gemacht? Sowieso, was soll das Ganze? Frauen sind immer lächerlich, wenn sie sich abmühen.

Es ist, als hänge man über einem Abgrund. Man klammert sich ans teure Leben, während die Leute einem auf die Finger treten.

Und Frauen treten nicht nur: sie trampeln.

Primitive Geschöpfe, die meisten Frauen.

Aber ich habe mich festgeklammert und gewaltige Anstrengungen gemacht, mich wieder hochzuziehen. Dreimal habe ich... zu Auswegen gegriffen. Hat sie Mittel? *Mittel?* Sie hat Mittel. Ich habe als Mannequin gearbeitet. Ich habe als... nein: nicht, was du denkst...

Nichts hat genutzt, gar nichts.

Nun, man ist dem Untergang geweiht.

Einmal am Boden, erhebt man sich nie wieder. *Hat* jemand – hat *irgend* jemand, frage ich mich, sich jemals wieder erhoben... wenn er einmal am Boden war?

Alle paar Monate kommt unausweichlich eine Krise. Jede Krise findet einen schwächer vor.

Wenn ich Russin wäre, hätte ich längst das Schicksal angenommen; wäre ich Französin, hätte ich längst schon den Hinterausgang entdeckt und wäre entwischt. Das soll keine Nichtachtung der Franzosen sein. Sie sind logisch. Wäre ich... VERNÜNFTIG, dann wäre ich Mannequin geblieben, mit allen Konsequenzen. Aber so habe ich mich, nicht sehr geschickt, weiter durchgeschlagen. Fast gegen meinen eigenen Willen. Gehöre ich nicht zum Land der aussichtslosen Unternehmungen... England...

Wenn ich ein Glas Wein hätte, würde ich darauf trinken: der beste aller Trinksprüche:

Auf eine aussichtslose Sache: auf alle aussichtslosen Dinge...

Oh! Die Erlösung, sich fallen zu lassen: wohlig in den Abgrund zu stürzen...

Schließlich gar nicht so übel hier. Eines Tages wird man sich zweifellos daran gewöhnen. Viel lustiges Volk hier...

Keine Mühen mehr.

Mit Erinnerungen läßt man den fünften Tag verstreichen.

Die beste Möglichkeit ist, ihn über irgendeinem Buch zu verträumen, wie zum Beispiel... *Ein Hauch* oder... oh, wiederum *Ein Hauch*...

Vor allem *Ein Hauch*, erster Band... Da gibt es Wörter und Sätze, über denen man stundenlang träumen kann...

Zum Glück haben wir beide Bände: zu zerfleddert, als daß man sie verkaufen könnte.

Ich mag sie am liebsten, bevor sie allzu unmoralisch wird.

Es ist einem so, als wären die Nerven straff gespannt. Wie Geigensaiten. Alles – wunderschöne Worte oder der Klang einer Ziehharmonika von der Straße, selbst miserables Klavierspiel – kann einen zum Weinen bringen. Nicht Hunger oder Traurigkeit. Nein!

Die ungeheure Schönheit des Lebens.

Ich habe nie länger als fünf Tage ohne Essen zugebracht, darum kann ich Sie nicht weiter belustigen.

La grosse Fifi

»Das Meer«, sagte Mark Olsen, »hat heute morgen genau die Farbe von Recketts Blau.«
zu betrachten.

»Ich mag es so«, stellte sie fest, »und ich wünschte, Sie gingen nicht so schnell. Ich kann diese Rennerei nicht leiden, und der Weg hier ist bestimmt nicht zum Rennen da.«

»Entschuldigung«, sagte Mark, »nur eine schlechte Angewohnheit.«

Sie gingen schweigend weiter, und Mark dachte, das Mädchen sei zwar komisch, aber ein bißchen besser kennenlernen würde er es doch ganz gern. Schade, daß Peggy sie anscheinend nicht mochte – Frauen waren schon ein ziemliches Kreuz mit ihren Sympathien und Antipathien.

»Hier ist mein Hotel«, sagte das komische Mädchen. »Sieht es nicht gräßlich aus?«

»Wissen Sie«, sagte Mark ernst zu ihr, »Sie sollten hier wirklich nicht bleiben. Es ist ein schreckliches Haus. Unsere *patronne* sagt, es habe einen üblen Ruf – jemand ist erstochen worden oder so etwas, und der *patron* ist ins Gefängnis gekommen.«

»Was Sie nicht sagen!« spottete Roseau.

»Ich meine es ernst. In der Pension wird ein Zimmer frei.«

»Hasse Pensionen.«

»Na, dann ziehen Sie doch woanders hin, ins St. Paul oder Juan les Pins – Peggy sagte gestern...«

»Lieber Himmel!« sagte Roseau ziemlich ungeduldig, »mein Hotel ist in Ordnung. Ich ziehe aus, wenn ich fertig bin, wenn ich eine Arbeit beendet habe, über der ich gerade sitze. Ich denke, ich fahre nach Paris zurück – die Riviera wird mir allmählich langweilig, sie ist zu ordentlich. Kommen Sie auf einen Apéritif mit herein?«

Ihre Frage klang so gleichgültig, daß Mark, obwohl pikiert, die Einladung annahm, obschon das Restaurant dieses Hotels ihn regelrecht bedrückte. Es war so dunkel, so düster, so voller merkwürdig, sehr merkwürdig aussehender Franzosen, die selbst für Franzosen ungewöhnlich laut redeten. Ein schwacher Knoblauchgeruch hing in der Luft.

»Nehmen Sie einen Deloso«, sagte Roseau. »Er schmeckt nach Anis«, fügte sie erklärend hinzu, als sie seinen verständnislosen Blick sah. »Er hat's in sich.«

»Danke«, sagte Mark. Er legte seine Skizzen vorsichtig auf den Tisch, und während er über Roseaus Kopf hinwegblickte, wurden seine Augen groß und starr. Er sagte: »Ach du lieber Gott! Was ist das denn?«

»Das ist Fifi«, antwortete Roseau mit leiser Stimme, und ihre Züge entspannten sich zum erstenmal zu einem Lächeln.

»Fifi! Natürlich – was denn sonst – lieber Himmel! – Fifi!« Seine Stimme klang ehrfurchtsvoll. »Sie ist – sie ist ungeheuerlich, wie?«

»Sie ist reizend«, sagte Roseau unvermutet.

Fifi war nicht ungeheuerlich, es sei denn im übertragenen Sinn, aber sie war korpulent, fest geschnürt – ihr Bauch sorgfältig so hergerichtet, daß er wie eine Fortsetzung der Brust wirkte. Ihr großer Hut saß verwegen auf der Seite, ihr Rouge war grell und die Lider ihrer vorstehenden Augen waren leuchtend blau geschminkt. Sie trug sehr lange silberne Ohrringe; trotzdem wirkte ihr Gesicht riesig – weiträumig, und ihre Stimme klang heiser, obwohl sie nur Vichywasser in ihrem Glas hatte.

Ihre kleinen molligen Hände waren mit Ringen bedeckt, ihre kleinen fleischigen Füße steckten in Lackschuhen mit sehr hohen Absätzen.

Fifi gab wirklich keine Rätsel auf – ihre Lebensaufgabe war nicht zu verkennen. Bei ihr saß ein junger Mann von etwa vierundzwanzig. Er wäre ein hübscher junger Mann gewesen, wenn er sein Gesicht nicht dick mit weißem Puder bedeckt und sein Haar in einer großen Tolle über der Stirn getragen hätte.

»Sie erinnert mich«, sagte Mark flüsternd, »an Max Beerbohms Bildnis jener Halbweltdame, die den Kopf Edwards VII. auf einer Münze betrachtet – Sie kennen doch das: ›Ah! Na, für mich bleibt er immer Tam-Tam.‹«

»Ja«, sagte Roseau, »sie ist wirklich edwardianisch, nicht wahr?« Aus irgendeinem unerklärlichen Grund mißfielen ihr diese Spötteleien über Fifi, sie ärgerte sich mehr darüber, als sie sich sonst über die meisten Spottreden ärgerte. Schließlich sah doch diese Frau so gutmütig aus, ein richtig guter Kerl, und sie lachte so lustig.

Sie sagte: »Haben Sie noch nicht bemerkt, wie viele hier unten sind? Damen aus der Zeit Edwards, meine ich – ganze Schwärme in Nizza, Unmengen in Monte Carlo! ... Neulich im Casino sah ich...«

»Wer ist der Herr?« fragte Mark, der sich nicht ablenken ließ. »Ihr Sohn?«

»Ihr Sohn?« sagte Roseau. »Lieber Himmel, nein! Das ist ihr Gigolo.«

»Ihr – was sagten Sie?«

»Ihr Gigolo«, erklärte Roseau ungerührt. »Wissen Sie nicht, was ein Gigolo ist? Die gibt es auch in London, das kann ich Ihnen sagen. Sie hält ihn aus – er ist ihr Geliebter, ich weiß das alles, weil ihr Zimmer neben meinem liegt.«

»Oh!« murmelte Mark. Er schlürfte hastig seinen Apéritif.

»Jedenfalls mag ich Ihren Namen«, sagte er, indem er abrupt das Thema wechselte – »er paßt zu Ihnen.«

»Ja, er paßt zu mir – er bedeutet Schilfrohr«, sagte Roseau. Sie lächelte seltsam – ein kleines schiefes Lächeln. Mark war sich nicht ganz sicher, ob es ihm gefiel. »Ein vom Winde geschütteltes Rohr. Das ist mein Sinnspruch, es ist – gehen Sie schon? Ja, ich komme bald einmal zum Tee, auf Wiedersehen.«

›Er läuft weg, um seiner Frau zu erzählen, wie recht

sie hatte mit ihrem Urteil über mich‹, dachte Roseau, während sie ihm nachschaute. ›Wie komisch manche Engländer doch sind! Sie fordern dazu heraus, schokkiert zu werden, sie sehnen sich danach und hoffen darauf, aber wenn man sie wirklich schockiert – wie schokkiert sie da sind!‹

Trüber Stimmung trank sie ihren Apéritif aus. Sie wartete auf eine amerikanische Bekannte, die sie zum Essen abholen wollte. Inzwischen wurden die Stimmen Fifis und des Gigolos lauter.

»Ich sage dir«, erklärte der Gigolo, »ich muß heute nachmittag nach Nizza. Es ist notwendig – ich muß unbedingt hin.«

Er sagte das im Ton einer Entschuldigung, aber mürrisch und mit einer Spur Grobheit. Das Männchen, das an seinen Fesseln zerrt.

»Aber, mon chéri«, bettelte Fifi, »kann ich nicht mitkommen? Wir trinken hinterher Tee im Negresco.«

Der Gigolo schwieg verdrossen. Offensichtlich lockte ihn das Negresco mit Fifi nicht.

Sie gab sofort nach.

»Marie!« rief sie, »bedienen Sie Monsieur sofort. Monsieur muß den Ein-Uhr-Dreißig nach Nizza erreichen... Zum Abendessen bist du doch wieder hier, mon Pierrot?« bat sie mit heiserer Stimme.

»Ich denke – ich werd's versuchen«, antwortete der Gigolo hochmütig, indem er seinen Sieg ausnützte, wie jeder General das sollte – und im gleichen Augenblick betrat Roseaus amerikanische Bekannte das Restaurant.

Sie aßen zu Mittag auf der Terrasse einer Villa, die auf das ruhig lächelnde Meer hinunterblickte.

»Dieses Blau, dieses Blau«, seufzte Miß Ward, denn so hieß die Amerikanerin, »ich sage immer, dieses Blau ist wunderbar. Es dringt einem bis tief in die Seele – finden Sie nicht auch, Mr. Wheeler?«

Mr. Wheeler richtete seine Hornbrille ernst auf das Blau.

»Sehr schön«, sagte er knapp.

›Ich bin überzeugt‹, dachte Roseau, ›er fragt sich gerade, zu welchem Preis man es verkaufen könnte – auf Flaschen gezogen.‹

Sie ertappte sich dabei, wie sie sich eine zugkräftige Reklame ausdachte: ›Versuchen Sie unser Flaschenblau gegen Seelenschmerz.‹

Dann nahm sie sich zusammen und wandte sich an Mr. Leroy, den vierten in der Runde, dessen Laune sich zusehends verschlechterte.

Monsieur Leroy war der Typ, den die Franzosen *un joli garçon* nennen – man konnte ihn tatsächlich einen sehr hübschen Jungen nennen –, hochgewachsen, breitschultrig, braungebrannt, und so sauber wie nur ein Angelsachse. Doch ganze drei Viertelstunden von vieren hatten zwei Wesen weiblichen Geschlechts nicht die leiseste Notiz von ihm genommen. Monsieur Leroy war verblüfft, er konnte das nicht glauben. Jetzt wurde er allmählich ärgerlich.

Dennoch reagierte er sofort auf Roseaus Versuch, ihn an der Unterhaltung zu beteiligen.

»Oh, Madame«, sagte er, »ich finde, heftige Gemütsbewegung entschuldigt alles – man ist für den Moment wahnsinnig.«

»Na also«, sagte Roseau triumphierend, denn der Streit war darum gegangen, ob irgend etwas die Verletzung bestimmter Regeln entschuldigen könne.

»Das ist alles Unsinn«, sagte Mr. Wheeler.

»Aber gerissene Geschäfte entschuldigen Sie?« fragte Roseau hartnäckig.

»Geschäfte«, sagte Mr. Wheeler, als spräche er zu einem leicht schwachsinnigen Kind, »sind etwas ganz anderes, Miss... äh...«

»Das denken Sie«, widersprach Roseau, »weil das Ihre Art von Gefühl ist.«

Mr. Wheeler gab sie auf.

»Maurice«, sagte Miss Ward, die friedliebend war, zu dem jungen Franzosen, »holen Sie doch das Grammophon, seien Sie so nett!«

Das Grammophon wurde geholt, und die Klänge von *Lady be good* fluteten ins Blau hinaus.

Das Hotel kam Roseau an diesem Abend scheußlich vor, voller Herren mit Mützen und laut lachender Frauen. Im Essen waren große Stücke Knoblauch, der Wein war sauer... Sie fühlte sich sehr müde, zerschlagen, alles tat ihr weh, und dabei war ihr so flau, als sei sie in einem zähen Kampf besiegt worden.

›O Gott, ich fange an zu denken, laß mich nicht denken‹, betete sie.

Zwei Wochen lang hatte sie verzweifelt alles Denken von sich ferngehalten. Sie trank noch ein Glas Wein, sah zu Fifi hinüber, die allein an ihrem mit einem Mimosenstrauß geschmückten Tisch saß und die vorstehenden Augen nicht von der Tür wandte; dann sah Roseau wieder weg, als jage der Anblick ihr Angst ein. Nachdem sie ihre Mahlzeit beendet hatte, ging sie sofort hinauf in ihr Schlafzimmer, nahm drei Kachets Veronal, zog sich aus, legte sich hin und zog sich das Laken über den Kopf.

Plötzlich stand sie auf, stolperte gegen den Tisch, sagte »Verdammt«, machte das Licht an und begann sich wieder anzuziehen, aber leise, leise. Hinaus durch die Hintertür. Und warum zog sie sich eigentlich an? Egal, jetzt war es geschehen. Und wer zum Teufel klopfte da?

Es war Fifi. Großartig, in ein durchsichtiges leuchtend rosenfarbenes Nachthemd gehüllt, das mit gelber Spitze besetzt war. Darüber hatte sie hastig einen schmutzigen Morgenrock geworfen, dessen Ärmel sie sich um den Hals geknotet hatte.

Sie starrte Roseau an, ein drolliges Staunen in den Augen.

»Ich hoffe, ich störe Sie nicht, Madame«, sagte sie höflich. »Aber ich hörte Sie – *enfin* – ich fürchtete, Ihnen sei nicht gut. Mein Zimmer ist gleich nebenan.«

»Ach?« sagte Roseau mit schwacher Stimme. Ihr war schwindlig. und sie hielt sich an der Tischkante fest.

»Sie haben doch gewiß nicht vor, jetzt auszugehen«, bemerkte Fifi. »Ich glaube, es ist fast Mitternacht, und Sie sehen nicht wohl aus, Madame.«

Sie sprach sanft, in überredendem Ton, und legte ihre

Hand auf Roseaus Arm. Roseau brach tränenüberströmt auf dem Bett zusammen.

»*Ma petite*«, sagte Fifi entschlossen. »Sie sind im Bett besser aufgehoben, glauben Sie mir. Wo ist Ihre *chemise de nuit*? Ah!«

Sie nahm das Nachthemd vom Stuhl am Bett, warf rasch einen abschätzenden Blick auf die Spitze daran und faßte dann mit fester Hand nach Roseaus Rock, um ihr beim Ausziehen zu helfen.

»*Là*«, sagte sie und klopfte das Kissen zurecht, »und hier ist Ihr Taschentuch.«

Sie war nicht entsetzt, geringschätzig oder neugierig. Sie war ermutigend.

»Weinen tut gut«, bemerkte sie nach einer Pause. »Aber nicht zuviel. Kann ich Ihnen irgend etwas bringen, meine Kleine? Ein bißchen heiße Milch mit Rum?«

»Nein, nein«, sagte Roseau und klammerte sich an den Flanellärmel, »gehen Sie nicht fort – lassen Sie mich nicht – allein –«

Sie sprach englisch, aber Fifi ging sofort auf ihre Bitten ein und antwortete:

»*Pauvre chou – va*«, beugte sich herab und küßte sie.

Roseau schien das der gütigste, der verständnisvollste Kuß zu sein, den sie je bekommen hatte, und getröstet sah sie zu, wie Fifi sich ans Fußende des Bettes setzte und ihren Flanellmorgenrock enger um sich zog. Verschwommen stellte sie sich vor, sie sei wieder ein Kind, und dies sei eine große, schutzgewährende Person, die dort sitzenbleiben würde, bis sie eingeschlafen sei.

Das Bett knarrte laut unter Fifis Gewicht.

»Verfluchtes Bett«, murmelte sie. »Alles in diesem Haus ist kaputt, und dabei verlangen sie Preise! Es ist eine Schande...«

»Ich bin sehr unglücklich«, sagte Roseau auf Französisch mit schwacher, müder Stimme. Ihre geschwollenen Augenlider waren halb geschlossen.

»Und denken Sie denn, ich hätte das nicht gemerkt?« sagte Fifi ernst und legte ihre mollige Hand auf Roseaus Knie. »Denken Sie, ich wüßte nicht, wann eine Frau unglücklich ist? – Ich – Außerdem ist es bei Ihnen leicht zu erkennen. Sie blicken *avec les yeux d'une biche* – Es ist natürlich ein Mann, der Sie unglücklich macht?«

»Ja«, sagte Roseau. Fifi konnte sie alles sagen – Fifi war so gütig wie Gott.

»Ah, *le salaud*! Ah, *le monstre*!« Das sagte sie ganz mechanisch, ohne echten Zorn. »Männer taugen nichts. Aber warum hat er Sie unglücklich gemacht? Ist er vielleicht eifersüchtig?«

»O nein!« sagte Roseau.

»Dann ist er vielleicht *méchant* – es gibt solche Männer – oder vielleicht will er Sie loswerden.«

»Ja«, sagte Roseau. »Er will – mich loswerden.«

»Ah!« sagte Fifi weise. Sie rückte näher. *»Mon enfant«*, sagte sie heiser, »tun Sie's zuerst. Setzen Sie ihn vor die Tür mit einem *coup de pied quelque part*.«

»Aber ich habe keine Tür«, sagte Roseau auf Englisch und begann hysterisch zu lachen. »Ich habe keine Spur von einer Tür – keine Tür, kein Haus, keine Freunde, kein Geld, kein gar nichts.«

»Comment?« sagte Fifi mißtrauisch. Sie mochte es nicht, wenn jemand in ihrer Gegenwart fremdländisch redete.

»Und wenn ich's tu – was dann?« fragte Roseau.

»Was dann?« kreischte Fifi. »Sie fragen noch, was dann – wo Sie doch hübsch sind. Wenn ich an Ihrer Stelle wäre, würde ich nicht fragen: ›Was dann‹, das kann ich Ihnen sagen – ich würde mir einen netten Kerl suchen – und zwar schnell.«

»Oh!« sagte Roseau. Sie begann schläfrig zu werden.

»Un clou chasse l'autre«, bemerkte Fifi ziemlich düster. »Ja, so ist das Leben – ein Nagel treibt den anderen heraus.«

Sie stand auf.

»Das sagt man so.« Ihre Augen blickten traurig. »Aber wenn es einen erwischt hat, ist es gar nicht so leicht. Nein, ich bete meinen Pierrot an. Ich bete dieses Kind an – ich würde ihm meinen letzten Sou geben – und wie kann er mich lieben? Ich bin alt, ich bin häßlich. Oh, ich weiß. *Regarde-moi ces yeux là!«* Sie deutete auf die dunklen Ringe unter ihren Augen – *»Et ça!«* Sie berührte ihren ungeheuren Busen. »Pierrot, der nur schlanke Frauen liebt. *Que voulez-vous?«*

Fifis Achselzucken war herrlich!

»Ich liebe ihn – ich ertrage alles. Aber was für ein Leben! Was für ein Leben! ... Und Sie, meine Kleine, ein bißchen Courage – wir werden einen netten Kerl für Sie finden, einen ...«

Sie hielt inne, als sie sah, daß Roseau fast eingeschlafen war. »*Alors* – ich gehe jetzt – schlafen Sie wohl.«

Am nächsten Morgen erwachte Roseau mit trockenem Mund und schwerem Kopf vom Geräusch lauter Stimmen im Nebenzimmer.

Fifi stritt, schalt, weinte zuletzt – der Gigolo, der offenbar eben erst zurückgekommen war, protestierte, wurde grob.

»*Menteur, menteur,* du bist bei einer Frau gewesen!«

»Ich sage dir, nein. Du setzt dir alles mögliche in den Kopf.«

Schluchzen, Küsse, eine Versöhnung.

»O Gott, o Gott!« sagte Roseau. Sie zog sich das schützende Laken über den Kopf und dachte: ›Ich muß weg von hier.‹

Doch als eine Stunde später die dicke Dame klopfte und eintrat, war sie gepudert, heiter und frisch – fast ein wenig förmlich.

»Ich hoffe, Sie haben die Nacht gut geschlafen, Madame; Sie fühlen sich doch hoffentlich heute morgen besser? Kann ich irgend etwas für Sie tun?«

»Ja, sich hinsetzen und mit mir reden«, sagte Roseau. »Ich stehe heute morgen nicht auf.«

»Da tun Sie recht«, antwortete Fifi. »Das hilft einem wieder auf, ein Tag im Bett.« Sie ließ sich schwerfällig nieder und strahlte. »Und dann müssen Sie sich ein bißchen amüsieren«, riet sie. »Sich zerstreuen. Wenn Sie wollen, zeige ich Ihnen alle Lokale, in denen man sich in Nizza amüsieren kann.«

Doch Roseau, die den »netten Kerl« in Fifis Augen lauern sah, wechselte das Thema. Sie sagte, sie hätte gern etwas zum Lesen.

»Ich leihe Ihnen ein Buch«, sagte Fifi sofort. »Ich habe viele Bücher.«

Sie ging in ihr Zimmer und kam mit einem dünnen Bändchen wieder.

»O, Gedichte!« sagte Roseau, die sich einen guten Kriminalroman erhofft hatte. Sie fühlte sich nicht in der Stimmung für französische Gedichte.

»Ich liebe Gedichte leidenschaftlich«, sagte Fifi gefühlvoll. »Außerdem ist das hier sehr schön. Französisch macht Ihnen doch keine Schwierigkeiten? Dann hören Sie zu.

Sie begann zu lesen:

Dans le chemin libre de mes années
Je marchais fière et je me suis arrêtée...

Du hast meine Fesseln mit seidenen Schnüren gebunden.

Que j'oublie les mots qui ne disent pas mon amour,
Les gestes qui ne doivent pas t'enclacer,
Que l'horizon se ferme à ton sourire...

Mais je t'en conjure, ô Sylvius, comme la plus humble des choses qui ont une place dans ta maison – garde-moi.

Mit anderen Worten: du wirst doch kein Lump sein – jetzt. Oder? Oder doch? Ich tu alles, was du willst, nur sei gut zu mir, ja? Ja?

Französisch klang das freilich besser.

»Nun«, las Fifi,

Wandere ich ohne Mühen, denn ich habe mein Leben in die Hände meines Geliebten gelegt...

Chante, chante ma vie, aux mains de mon amant!

Und so weiter, und so weiter.

Roseau fand es schrecklich, dieses Wrack von einem Weib alles, was sie selbst empfand und dachte, laut aussprechen zu hören. Schrecklich.

Sylvius, que feras-tu à travers les jours de cet être
que t'abandonne sa faiblesse?
Il peut vivre d'un sourire, mourir d'une parole.
Sylvius, qu'en feras-tu?

»Haben Sie denn keine Kriminalromane?« unterbrach Roseau sie plötzlich. Sie hatte das Gefühl, es nicht länger ertragen zu können.

Fifi war überrascht, aber entgegenkommend. Ja – sie hatte Arsène Lupin, einiges von Gaston Leroux; sie hatte auch »Sherlock Olmes«.

Roseau wählte *Le Fantôme de l'Opéra* und starrte, als Fifi das Zimmer verlassen hatte, lange immer auf dieselbe Seite:

Sylvius, qu'en feras tu?

Plötzlich begann sie zu lachen, und sie lachte lange und sehr laut für ihre Verhältnisse, die sie eine zarte Stimme und kaum je ein Lächeln hatte.

Am gleichen Nachmittag traf Roseau Sylvius, alias Gigolo, im Garten des Hotels.

Sie hatte beschlossen, ihn zu verachten. Gab es eine Entschuldigung für den Gigolo? Nein – überhaupt keine.

Da hatte er nun seine Mätresse in Cannes und seine Mätresse in Nizza. Und Fifi auf der Folterbank. Fifi, die stöhnend einen Tausender hervorholte, wenn der Gigolo die Schraube anzog. Abscheulicher Gigolo!

Sie warf ihm einen finsteren Blick zu, während sie sich angestrengt ein abfälliges Wort für die Farbe seines Gesichtspuders zurechtlegte. Doch an diesem Nachmittag war sein Gesicht ungepudert, und widerstrebend mußte sie erkennen, daß der Kerl schön war. Nichts von blonder Bestie war an dem Gigolo – er war dunkel, schlank, schön wie ein antiker Gott. Und wie sanft seine Augen waren, wie süß sein Mund...

Abscheulicher, abscheulicher Gigolo!

Er drängte sich nicht auf, doch ziemlich erstaunt über ihre kühle Abfertigung ging er weg und murmelte höflich: *Alors, Madame.*

Eine Woche darauf verschwand er.

In zehn Tagen alterte Fifi um zehn Jahre, und sie kam nun nicht mehr zu Roseau ins Zimmer, um ihr Rum und heiße Milch anstelle von Veronal anzuraten. Doch mit erhobenem Kopf stellte sie sich einer feindseligen und hohnlächelnden Welt.

»Haben Sie irgendeine Nachricht von Monsieur Rivière?« fragte die *patronne* des Hotels mit einem kleinen grausamen Frauenlächeln.

»O ja, es geht ihm sehr gut«, antwortete Fifi dann

hochmütig, obwohl sie ganz genau wußte, daß die *patronne* ihre Briefe bereits sorgfältig durchgesehen hatte. »Seiner Großmutter geht es leider viel schlechter, der armen Frau.«

Denn der Gigolo hatte die Krankheit seiner Großmutter zum Vorwand für seine überstürzte Abreise genommen.

Eines Tages schickte Fifi mit der Post einen riesigen Blumenkranz ab – anscheinend hatte die Großmutter des Gigolos das Zeitliche gesegnet.

Dann Schweigen. Kein Dank für die Blumen.

Fifis Lachen wurde lauter und rauher, und statt Vichy trank sie Champagner.

Sie saß nicht mehr allein am Tisch – irgendwie gelang es ihr, Männer um sich zu sammeln –, und wenn sie wie ein großes Schiff mit vollen Segeln in den Raum rauschte, folgten ihr drei, vier oder fünf im Kielwasser, und die ganze Gesellschaft machte schrecklichen Lärm.

»Diese gräßliche Person!« sagte Peggy Olsen eines Abends. »Wie kommt sie denn bloß zu all diesen Männern?«

Mark lachte und sagte: »Nimm dich in acht, sie ist 'ne Freundin von Roseau.«

»Oh! Wirklich?« sagte Mrs. Olsen. Sie mochte Roseau nicht und fand, daß dieses Hotel mit seiner Kundschaft aus Chauffeuren – und Schlimmerem – weit unter dem lag, womit eine englische Dame sich abgeben sollte.

Diesen Abend war sie hier, weil ihr Mann darauf bestanden hatte.

»Das Mädchen ist einsam – komm doch, Peggy, sei kein solcher Spielverderber.«

Also war Peggy mitgegangen, die Zunge wohlgeschärft und bereit, Streit anzufangen.

»Die gute Dame muß sehr reich sein«, bemerkte sie. »Bestimmt ist sie sehr spendabel.«

»Oh, sie ist nicht die Gastgeberin«, sagte Roseau mit einem absurden Drang, den »Triumph« ihrer Freundin allen ganz deutlich zu machen. »Der Mann mit dem Bart zahlt alles, da bin ich sicher. Er verehrt Fifi.«

»Erstaunlich!« sagte Mrs. Olsen eisig.

Roseau dachte: ›Du höhnisches Biest, du kleines höhnisches Biest. Fifi ist fünfzigmal soviel wert wie du!‹ – aber sie sagte nichts und begnügte sich mit jenem schiefen Lächeln, bei dem die Leute dachten: ›Die ist aber komisch.‹

Das elektrische Licht ging aus.

Das magere, umsichtige, müde aussehende Dienstmädchen brachte Kerzen. Der lange, farblose Raum sah in dem flackernden Licht gespenstisch aus – man hatte den seltsam deutlichen Eindruck von etwas Unheimlichem und Gefährlichem –, all die schweren Kinnbakken und die dunklen, dicht beieinanderstehenden Augen, die groben Hände, die lauten, streitsüchtigen Stimmen. Auch Fifi erschien unheimlich mit ihrem kraftvollen Haar und der ruinierten Kehle.

»Wissen Sie«, sagte Roseau plötzlich, »Sie haben recht, mein Hotel ist ein seltsames Haus.«

»Seltsam trifft es genau«, sagte Mark Olson. »Sie sollten wirklich nicht hierbleiben.«

»Nein, ich werde abreisen. Ich war einfach nur zu faul zum Umziehen, und mein Zimmer ist ganz reizend. Genau vor dem Fenster steht ein großer Mimosenbaum. Aber ich reise ab.«

Als das elektrische Licht wieder anging, unterhielten sie sich über die Preise verschiedener Hotels.

Doch als Roseau am nächsten Morgen im Bett lag und den Blick auf dem Mimosenbaum ruhen ließ, dachte sie darüber nach, wie sehr ihr Fifi fehlen werde.

Es war lächerlich, absurd, aber so war es. Allein der Klang dieser heiseren Stimme brachte ihr jedesmal Trost, gab ihr das Gefühl, behütet und gestärkt zu sein.

›Ich muß übergeschnappt sein‹, überlegte Roseau. ›Das sieht mir wieder ähnlich – mich für so eine zu begeistern – ich muß übergeschnappt sein. Nein, ich bin ein solcher Feigling, habe eine so tödliche Angst vor dem Leben, daß ich mich an irgend jemanden klammern muß – und sei's Fifi ...‹

Tödliche Angst vor dem Leben hatte Roseau, weil sie über einem dunklen, schrecklichen Abgrund hing – dem Abgrund des Verlustes jeder Selbstbeherrschung.

›Fifi‹, sagte sich Roseau, ›ist ein guter Kamerad. Sie heitert mich auf. Andererseits ist sie eine abstoßende alte Hure, und ich dürfte nicht mit ihr herumlaufen. Wenn ich das tue, rutsche ich wieder nur eine Stufe weiter nach unten.‹

Fifi klopfte. Sie strahlte, sie platzte geradezu vor irgendwelchen frohen Nachrichten.

»Pierrot kommt wieder«, verkündete sie.

»Oh!« sagte Roseau interessiert.

»Ja, ich hole ihn heute nachmittag in Nizza ab.«

»Das freut mich aber!« sagte Roseau.

Es war unmöglich, sich neben dieser strahlenden Masse nicht zu freuen. Fifi trug ein neues schwarzes Kleid mit Spitze an Hals und Handgelenken und einen neuen Hut – einen kleinen.

»Mein Hut?« fragte sie ängstlich. »Sehe ich lächerlich darin aus? Ist er zu klein? Macht er mich alt?«

»Nein«, sagte Roseau, die sie prüfend ansah, »er gefällt mir, aber ziehen Sie den kleinen Schleier herunter.«

Fifi gehorchte. »Ach ja«, seufzte sie, ich war schon immer häßlich. Als ich noch klein war, nannte mich meine Schwester immer Teufelspuppe. Ja – das sind so die Komplimente, die ich stets zu hören bekomme. Jetzt – o je! Sind Sie sicher, daß ich mich mit dem Hut nicht lächerlich mache?«

»Nein, nein«, sagte Roseau. »Sie sehen sehr nett aus.«

Das Essen am Abend war ein Triumph für Fifi – der Champagner floß reichlich –, drei Flaschen wurden geleert. Ein riesiger Strauß Mimosen und Nelken versteckte beinahe den Tisch vor fremden Blicken. Die *patronne* sah verstohlen hinüber, nicht ohne Neid; der *patron* schmunzelte, und der Gigolo schien zufrieden und umgänglich.

Roseau trank ihren Kaffee und rauchte eine Zigarette an dem festlichen Tisch, lehnte es aber ab, die beiden nach Nizza zu begleiten. Sie wollten in eine *boîte de nuit*, »alles aufs eleganteste.«

»Ah ba!« sagte Fifi mit gutmütigem Spott, »sie ist drollig, die Kleine. Sie möchte sich immer wie ein Mäuschen in eine Ecke verkriechen.«

›Niemand‹, dachte Roseau, als sie um vier Uhr morgens wach wurde, ›könnte Fifi vorwerfen, ein Mäuschen zu sein.‹ Fifi war alles andere als ein Mäuschen.

»Ich mache mit ihm einen Ausflug nach Monte Carlo«, verkündete die Dame am nächsten Morgen. Sie sprach es Monte Carl' aus.

»Monte Carlo – warum?«

»Er möchte gern hin. Ah! La la – das wird mich allerhand kosten!« Sie ließ ein leises bedauerndes Schnalzen hören. »Und Pierrot, der den Kellnern immer so große Trinkgelder gibt – wenn er so genau wie ich wüßte, was für *salauds* diese *garçons de café* sind –«

»Na, ich wünsche viel Spaß«, sagte Roseau lachend. »Amüsieren Sie sich gut.«

Am nächsten Morgen ging sie schon früh aus dem Hotel und kehrte erst zum Abendessen wieder zurück – spät und in Gedanken versunken.

Als sie zu essen begann, bemerkte sie, daß ein paar Männer im Restaurant laut Italienisch schnatterten – aber die schnatterten ja immer.

Der *patron* war nicht da – die *patronne* machte ein unnahbares Gesicht und redete rasch auf ihr Zimmermädchen ein.

Doch das Dienstmädchen sah merkwürdig aus, dachte Roseau, erschrocken und zugleich so, als platze sie vor wichtigen Neuigkeiten. Als sie in die Küche trat, rief sie der Köchin mit schriller Stimme zu: »Es steht im

Eclaireur. Haben Sie es gesehen?« Roseau schälte ihren Apfel fertig. Dann rief sie die *patronne* herbei – sie fühlte sich geradezu gedrängt, sie zu rufen.

»Was ist los, Madame? Ist etwas passiert?«

Die *patronne* zögerte.

»Madame Carly – Madame Fifi – hatte einen Unfall«, antwortete sie kurz.

»Einen Unfall? Einen Autounfall? Oh, doch hoffentlich nichts Ernstes.«

»Es ist ernst genug – *assez grave*«, gab die *patronne* ausweichend zur Antwort.

Roseau stellte weiter keine Fragen. Sie griff zum *Eclaireur de Nice*, der auf dem Tisch lag, und blätterte ihn durch. Sie suchte nach dem »Tödlichen Autounfall«. Da fand sie die Schlagzeile:

SCHON WIEDER EIN EIFERSUCHTSDRAMA

»Madame Francine Carly, 48 Jahre alt, wohnhaft 7 rue Notre Dame des Pleurs, Marseille, wurde in der vergangenen Nacht im Hotel – in Monte Carlo von ihrem Geliebten Pierre Rivière, 24 Jahre alt, wohnhaft rue Madame Tours, erstochen. Auf Befragen der Polizei erklärte Rivière, er habe in Notwehr gehandelt; seine Geliebte, die sehr eifersüchtig gewesen sei, habe ihn mit einem Messer angegriffen und gedroht, ihm die Augen auszustechen, als er sie von seiner bevorstehenden Verheiratung in Kenntnis setzte. Als der Hotelbesitzer, der von den Schreien der Frau herbeigerufen worden war, in Begleitung zweier Polizisten das Zimmer betrat, fand er Madame Carly bewußtlos und infolge ihrer Wunden an der Kehle blutüberstömt vor. Sie wurde ins Krankenhaus gebracht, wo sie starb, ohne das Bewußtsein wiedererlangt zu haben.

Der Täter wurde verhaftet und in Polizeigewahrsam genommen.«

Roseau starrte lange auf die Zeitung.

›Ich muß weg aus diesem Hotel‹, war ihr einziger Gedanke, und in dieser Nacht schlief sie fest und fürchtete sich nicht vor Gespenstern.

Eine schreckliche, schmutzige Geschichte. Arme Fifi! Fast haßte sie sich, weil sie so wenig Bedauern verspürte.

Doch am nächsten Morgen schlug sie während des Packens das dünne abgegriffene Gedichtbändchen auf, das noch immer auf dem Tisch lag, und suchte die Verse, die Fifi vorgelesen hatte:

Maintenant je puis marcher légère,
J'ai mis toute ma vie aux mains de mon amant.
Chante, chante ma vie aux mains de mon amant.

Plötzlich begann Roseau zu weinen.

»Arme Fifi! Arme Fifi!«

In dem unordentlichen Zimmer, mitten beim Kofferpacken, weinte sie bitterlich, herzzerreißend.

Bis es ihr schien, als sähe sie in dem gelben, ins Zimmer flutende Sonnenlicht die heitere und kindliche Seele ihrer Freundin, befreit von ihrem fetten Leib, voll gutmütigen Spotts über diese sentimentalen Tränen.

»Na, schön!« sagte Roseau.

Sie trocknete sich die Augen und packte weiter.

Vienne

Komisch, wie es entglitten ist – Wien. Alles weg, bis auf ein paar Schnappschüsse.

Kein einziger Freund, kein einziges schönes Kleid – nichts übrig von Wien.

Heiße Sonne, mein schwarzes Kleid, ein Hut mit Rosen, Musik, viel Musik –

Die kleine Tänzerin im Parisien mit den Beinen eines Kirchner-Mädchens und einem kleinen Faunsgesicht.

So vollkommen war dieses Mädchen, daß es einen ergriff, daß es einen schmerzte, daß etwas so Schönes jemals alt werden oder sterben oder häßliche Dinge tun könne.

Ein zerbrechlicher Kinderleib, eine Flocke von schwarzem Rock, der weit über dem Knie endete. Silberne Träger über dem wunderschönen Rücken, die herrlichen Beine in schwarzen Seidenstrümpfen und kleinen Satinschuhen, kurzes Haar, freches Gesichtchen.

Ich war fasziniert von ihr. Vier, fünf Fuß hoch konnte sie springen und lautlos wieder herunterkommen auf den Holzboden. Ihr Partner, ein unansehnlicher Mensch in schlechtsitzenden Hosen konnte sie mit einer Hand hochheben, sie in die Luft werfen – sie fangen, sie hin und her schaukeln, als wäre sie eine Blume.

Am Schluß schnitt sie die Grimasse einer entzückenden kleinen Göre.

Die widerlichen Menschen, dachte ich immer. Ich sah die Menschen anders hinterher – weil ich ausnahmsweise einmal der reinen, innerlich brennenden Schönheit begegnet war, denn hier war »es« – das Licht, das Feuer in ihrem Tanz.

Pierre (ein verdammt guter Kenner) war von ihr hingerissen. André ebenfalls, wenn auch vorsichtig, denn er fürchtete, sie sei zu kostspielig.

Alle französischen Offiziere begehrten sie – Nacht für Nacht war das Lokal überfüllt.

Schließlich verschwand sie. Ging nach Budapest zurück, wo wir später von ihr hörten.

Mit einem Friseur verheiratet. Seltsam.

Schöne Frauen, jede Menge. Wie schön die Frauen hier sind. Herrliches Essen. Die Armut war vorbei, die Furcht davor – verlor sich.

»Ich nenne sie Kriegsmaterial«, sagte Colonel Ishima und kicherte.

Er meinte die Frauen, die Wienerinnen. Aber als ich ihn nach den Geishas fragte – ich dachte, es könnte amüsant sein, sozusagen aus erster Hand etwas über die Geishas zu erfahren, Europäer sind in dieser Angelegenheit so furchtbar widersprüchlich –, da preßte er seinen Mund zusammen und machte ein geziertes Gesicht.

»Wir sprechen nicht über diese Leute – diese unanständigen Leute.«

Doch nachdem er argwöhnisch einen Teller Nierchen gemustert und gefragt hatte, was das sei, fügte er hinzu:

»Während des Krieges waren die Geishas gute Leute – patriotische Leute. Die Geishas haben Nippon gute Dienste geleistet.«

Er meinte den Russisch-Japanischen Krieg. Man dachte unwillkürlich an stämmige, blonde russische Offiziere und schrägäugige Mädchen wie exotische Puppen, die ihnen den Dolch unter die fünfte Rippe stießen oder ihnen die Papiere stahlen, wenn sie schliefen...

Alle vierzehn Tage bewirteten die japanischen Offiziere ihren Anhang feierlich im Hotel Sacher, und als Gegenleistung lud man sie einzeln einen nach dem anderen ein, denn als Masse waren sie wirklich ziemlich erdrückend.

Natürlich, so war es – die Japaner mußten einen Anhang haben. Erstens konnte nicht einer von ihnen die drei notwendigen Sprachen, Englisch, Deutsch und Französisch ordentlich sprechen. Das bedeutete endloses Übersetzen und Diskutieren. Und sie hatten furchtbare Angst, nicht so taktvoll aufzutreten, wie eine asiatische Macht das eigentlich sollte, oder mit der Minderheit zu stimmen, statt mit der Mehrheit, was für sie in Tokio das Ende bedeutet hätte.

So hatte Ishima seinen Sekretär und vertrauten Berater (das war Pierre), und Hato hatte seinen, und Matsjijiri hatte seinen, ganz zu schweigen von drei Tip-Mädchen, einem ungarischen Dolmetscher und verschiedenen anderen Schmarotzern.

Alle vierzehn Tage veranstalteten sie für den ganzen Haufen ein Abendessen. Es begann mit Kaviar und endete mit Tokaier, wozu Hato Liebeslieder sang, was das Komischste war, was ich je gehört habe.

Er hatte nur ein Auge, der Ärmste; das andere war ihm im Russisch-Japanischen Krieg abhandengekommen. Er sang mit hoher Meckerstimme, wobei er sich fest auf einen Fuß stemmte und vor und zurück wippte.

Er war sehr *vieux jeu, arrière*, ein Samurai oder so etwas Ähnliches; er trug einen Kimono, wann immer sich nur die Gelegenheit dazu bot, und er liebte es, feierliche Erklärungen an seine Delegation zu richten. Er nannte sie: *Ordres du jour*.

Eine richtete er an die Tip-Mädchen zum Thema ›Die Verlockungen Wiens‹, und sie begann folgendermaßen:

»Vous êtes jeunes, vous êtes femmes, vous êtes faibles. Pour l'honneur du Nippon« etc., etc.

Aufgrund irgendeines Irrtums wurde diese *ordre du jour* feierlich einem alten, schnauzbärtigen französischen General überreicht, während die Kommission gerade tagte, um über ein paar kleinere Einzelheiten des Schicksals des eroberten Landes zu entscheiden. Er öffnete sie und las: *»Vous êtes jeunes, vous êtes femmes, vous êtes faibles.«*

»Merde, allors!« sagte der General, *»qu'est-ce que c'est que ça?«*

Hato war eine wahre Wonne. Er verachtete die Europäer von Herzen. Das taten sie alle, nur gegenüber Deutschland machten sie eine Ausnahme – denn die Japaner hielten viel von der deutschen Wehrmacht und von der deutschen Art, Frauen im Zaum zu halten. Das bekamen sie sofort mit. Es gab nicht viel, was sie nicht mitbekamen.

Aber sie sprudelten alle über vor Taktgefühl, und sofort nach seiner Bemerkung über das Kriegsmaterial machte mir Ishima viele blumige Komplimente. Er hoffe, sagte er, mich eines Tages in Japan wiederzusehen. Gott bewahre!

Nach dem Abendessen gingen wir ins Tabarin. Mit Stiefelknopfaugen starrte er hochmütig auf ein sehr hübsches, kleines Mädchen, ein Mädchen wie eine Wachspuppe, das ziellos umherschlenderte und ihn sehr mitleidheischend und flehentlich anlächelte, als sie dachte, ich sähe nicht hin.

Ich wußte alles über sie. Sie war Ishimas Freundin gewesen, seine anerkannte Freundin – *en titre*. Sie war wirklich hübsch und jung. Das Merkwürdige ist, daß die Japaner, was europäische Frauen betrifft, so einen guten Geschmack haben, wogegen der europäische Geschmack, was japanische Frauen angeht, schlicht schauderhaft ist, jedenfalls sagen das die Japaner.

Nun, und Ishima hatte sich von ihr getrennt, weil sie ihm treu war. Merkwürdiger Grund.

Es passierte folgendermaßen: Er hatte Besuch von einem Freund aus Japan – einem richtigen Prinzen, der für einfachen, gekochten Fisch schwärmte und ihn auf einfache und wirkungsvolle Art und Weise verzehrte, indem er ihn mit der einen Hand am Schwanz in die Höhe hielt und mit der anderen energisch seine Gabel handhabte. Ishima offerierte ihm mit fernöstlicher Gastfreundlichkeit alles, was er besaß – seine Suite im Sacher und die Dienste seiner kleinen Freundin. Aber weil die kleine Freundin vielleicht dachte, sie könne so ihren Wert steigern, widersetzte sie sich – sie widersetzte sich heftig, machte eine regelrechte Szene, und Ishima, der eher bekümmert als wütend war, traf sich nie wieder mit ihr.

Er kam einfach nicht darüber weg.

Pierre erzählte mir, Ishima habe eines Tages nach langem Nachdenken gefragt: »War sie verrückt, das arme Mädchen, oder hätten andere dasselbe getan?«

Pierre antwortete vorsichtig, daß es darauf ankomme. Die Temperamentvollen hätten alle einen ziemlichen Wirbel gemacht, und sei es auch nur aus Stolz, und die Wienerinnen hätten fast so viel Temperament wie die Französinnen, die Ungarinnen sogar noch mehr. Andererseits die Deutschen – *enfin*, es komme darauf an.

Ishima dachte lange nach. Dann schüttelte er den Kopf und sagte: *»Tiens, tiens, c'est bizarre!«* ...

An diese Geschichte dachte ich an diesem Abend und verabscheute ihn. Er sah einem Affen so ähnlich, obendrein einem fetten Affen, was noch schlimmer war...

Andererseits gab es Kashua, der einem Affen noch ähnlicher sah, aber ein netter Kerl war und ein anderes bedauerliches Stück Kriegsmaterial gerettet hatte, das ohne einen Pfennig in der Tasche von einem italienischen Offizier sitzengelassen worden war. Kashua schenkte ihr nicht nur eine sagenhafte Summe in Yen, er zahlte auch sechs Monate lang ihre Ausgaben in einem Sanatorium – sie hatte die Schwindsucht.

Da hat man es! Wie soll man da urteilen!

Kashua kam grinsend und sich verbeugend an den Tisch und setzte sich zu uns. Er zeigte mir Photographien von seiner Frau – sie sah bezaubernd aus – und seinen drei Töchtern. Ihre Namen bedeuteten: Frühes Aufstehen, Ordnung und Morgensonne. Und er hatte jeder eine Schreibmaschine als Geschenk gekauft.

Dann, mit Tränen in den Augen und vor Stolz bebender Stimme – sein kleiner Sohn.

»Ich finde ihre Frau sehr schön«, sagte ich zu ihm.

Er sagte, während er bescheiden grinste: »Überhaupt nicht, überhaupt nicht.«

»Und ich bin sicher, sie wird sehr glücklich sein, wenn Sie nach Japan zurückkehren«, sagte ich.

»Sehr glücklich, sehr glücklich«, sagte er. »Madame Kashua ist eine sehr glückliche Frau, eine vom Glück sehr verwöhnte Frau.«

Ich sagte: »Das kann ich mir denken.«

Nun ja, Kashua ist ein netter Mensch, und so nehme ich an, sie ist es auch.

Aber ich glaube, meine Abneigung gegen die Wiener Nachtlokale setzte in dem Moment ein.

Wir fanden bald eine Wohnung – das oberste Stockwerk von General von Markens Haus in der Rasumofskygasse, und André zog eine Zeitlang mit ein.

Er war klein, seine Beine waren zu kurz, aber er gab sich die größte Mühe, seine Anzüge so schneidern zu lassen, daß sie das verbargen.

Ich meine, die Taille seines Jacketts war sehr hoch, fast unter den Armen, die Brust gepolstert, hohe Absätze an den Schuhen.

Aufgrund all dieser Mühen war, was Tillie seine »Silhouette« nannte, nicht unattraktiv.

Man erkannte den Franzosen, den Pariser in ihm schon von weitem. Massen von Haar, das er sich jede Woche ondulieren ließ, ziemlich ehrliche blaue Augen, Nase und Mund eines Satyrs.

Genau das war André, ein Satyr – vierundzwanzig Jahre alt.

Er wurde völlig steif, wenn er eine schöne Frau sah, genau wie diese Hunde – heißen sie nicht Vorstehhunde? –, wenn sie ein Kaninchen sehen. Seine Nase ging dann nach unten, über seinen Mund hinweg.

Am allerkomischsten war es, ihn im Tabarin zu beobachten, wenn dort eine besonders gute Tänzerin auftrat.

Er verbrachte dann Stunden dort, seine ganze Freizeit, glaube ich, um sie mit Blicken zu verfolgen, zu ergründen.

Als wir eines Tages in der Kärntnerstraße spazierengingen, sahen wir die ganze Prozedur – die Verfolgungsjagd, das Hutlüpfen, die Abfuhr. Er bekam oft einen Korb.

Er war so durch und durch offen und unverklemmt, daß er nicht abstoßend war.

Er lebte für die Frauen; sein Vater war für die Frauen gestorben, und dasselbe würde ihm blühen. *Voilà tout*.

Als ich nach Wien kam, war eine kleine Tänzerin namens Lysyl seine Freundin.

Lysyl und Ossi nannte sich ihre Nummer – ein Apachentanz.

Sie hatte einen wundervoll graziösen Körper und das Gesicht einer plumpen Bäuerin – und André schwankte zwischen der Überzeugung, sie sei nicht »chic« genug, und wirklicher Hochachtung vor besagter Grazie – er lehnte sich aus der Loge heraus, wenn sie tanzte, und atmete schwer, während ihm die starren Augen aus dem Kopf traten.

Eines Abends gingen wir mit ihm in irgendein schwach besuchtes Varieté, um sie uns anzusehen, und nach ihrem Auftritt kam sie zu uns in die Loge – natürlich sehr auf gutes Benehmen bedacht.

An dem Abend gefiel sie mir plötzlich – ihre Grazie und ihre Kleinkinderstimme, die sagte: »Ach, meine Blumen – André, André. Ich hab' meine Blumen vergessen» - und so wies ich André zurecht, als er sich zu entschuldigen begann, vermutlich, weil er meinte, mich mit ihr zu beschmutzen, und ich sagte ihm, natürlich könne er sie zum Abendessen mitbringen.

Wir quetschten uns zusammen in eine dieser Wiener Droschken mit zwei Pferden, die wie der Teufel fahren. Sie saß in ihrem weiten Mantel und dem kleinen Hut darin und drückte ihre Blumen an sich – im Dunkeln konnte man ihr häßliches Gesicht nicht sehen.

An dem Abend war sie wirklich bezaubernd.

Am nächsten Morgen aber, als sie kam, um sich vor dem Weggehen zu verabschieden, war von dem Zauber keine Spur mehr zu erkennen.

Sie steckte eine halbe Schachtel meiner Zigaretten ein und fragte mich durch Zeichen, wieviel mein Kleid gekostet habe, während ihre kleinen, listigen Augen sagten: ›Warum ist diese Frau nett zu mir?‹

Zu allem Unglück begegnete sie auch noch Blanca von Marken auf der Treppe.

Eine Stunde darauf erschien Madame von Marken bei mir, um sich zu beschweren.

Blanca sei eine *jeune fille*. Sicher verstünde ich... würde ihr verzeihen, aber in Wien sei man altmodisch...

Natürlich verstand ich, und entgegen all meinem Gefühl für Fairneß und Logik entschuldigte ich mich und sagte, ich sei ganz ihrer Meinung.

Denn weiß Gott, wenn es eine Heuchelei gibt, die ich mehr als jede andere verabscheue, dann ist es das Märchen von der »guten« und der »schlechten« Frau.

Auch André entschuldigte sich, aber ich bin sicher, er hatte nicht das Gefühl, es gebreche an Logik.

Und so kroch er mit Hingabe vor mir am Boden herum und kam sich dabei ritterlich und als Beschützer der Unschuld vor. Oh Gott!

»Vous savez, mon vieux, je n'ai pas pensé – une jeune fille!«

Da ich aber kein Don Quixote bin, unternahm ich nicht einmal den Versuch, Lysyl zu beschützen.

Ich dachte, sie könne selbst auf sich achtgeben.

Aber obgleich sie es als Tänzerin zu etwas brachte und »mondäne Tänzerin« wurde – ich glaube, so nennen sie das –, war André mit ihr fertig.

Der Machtspruch war gefällt.

Elle n'a pas de chic.

Weil ich Blanca und Madame von Marken mochte, versuchte ich sogar, den Schrecken wiedergutzumachen, der ihrer Tugend versetzt worden war, und hängte Franz Joseph und alle Vorfahren in den Salon.

Ich hatte sie abgenommen, um dem Zimmer seine düstere Atmosphäre von Staubwedel und Schondeckchen zu nehmen – doch sah ich, daß das die arme schöne Dame verletzte, und so kamen sie wieder an die Wände, und ich wohnte fortan in meinem Schlafzimmer, das reizend war.

Sehr groß, gebohnerter Fußboden, viele Fenster, niedrige Tischchen zum Kaffeetrinken – ein paar schöne böhmische Gläser.

Ich verbrachte auch viel Zeit im Prater.

Unmengen Flieder, lila und weiß –

Heute noch verbinde ich mit Flieder stets Wien.

Das Hotel Radetzky lag mit dem Auto ungefähr zwanzig Minuten bis eine halbe Stunde von Wien entfernt – richtig auf dem Lande.

Das ist einer der Reize des Ortes – keine Vororte.

Es war nicht gerade komfortabel; im ganzen Haus gab es kein Badezimmer, aber aus irgendeinem Grund war es aufregend und flott, und sie kassierten dementsprechend enorme Preise.

Alle Männer, die mit Wechselgeschäften Geld machten, kamen dorthin, um es auszugeben, und brachten ihre momentanen Freundinnen mit.

All die schönen Frauen mit zweifelhaften Ehemännern oder ohne Ehemänner oder mit Ehemännern, die im Gefängnis saßen (viele Männer kamen ins Gefängnis – das wundert mich nicht. Jeden Tag neue Gesetze über Wechselgeschäfte und Goldschmuggel.)

Wirklich alle.

Sehr vulgär natürlich, aber ganz Wien war vulgär.

Die Aristokraten waren weg.

Die saßen ziemlich hungrig zu Hause, während ihre Frauen Wäsche wuschen.

Die häßlichen.

Die hübschen versuchten, als mondäne Tänzerinnen unterzukommen.

Auch völlig in Ordnung – vielleicht.

Nur Vorurteil, pummelige Hände und dicke Fesseln zu bemerken – halte die Augen auf das hübsche Gesicht geheftet.

Ebenfalls Vorurteil, hinter den Verbeugungen und dem Lächeln der Männer die schiere Brutalität zu sehen.

Ebenfalls Vorurteil, sie beim Essen oder bei der Benutzung eines Zahnstochers zu beobachten.

Auch dumm – viel besser ist es, nicht hinzusehen.

Die Mädchen waren gut gekleidet, nicht das geringste bißchen geschminkt – das wirkte nach Paris seltsam.

Prächtiger blauer Himmel und grüne Bäume und eine gute Kapelle.

Und Hitze, Hitze.

Ich war verrückt vor Lebensfreude in jenem Sommer 1921.

Ich trug wunderschöne mit Rüschen besetzte Musselinkleider und Schlapphüte – oder ein Bauernkleidchen ohne Hut.

Ja, und Tillie war die Königin des Radetzky. Durch sie (sagte sie zu André) hatten wir es kennengelernt.

Tillie hatte wundervolle Augen, graublau – Haar, das sie wie Gaby Deslys aussehen ließ, und eine anmutige Figur.

Und damit ließ sie einen ihren schrecklichen Teint, ihre vier Goldzähne und die riesigen Füße völlig vergessen.

Das hört sich unmöglich an für einen Ort, an dem der Konkurrenzkampf, um es milde auszudrücken, heftig war, aber es stimmt wirklich.

Jedesmal, wenn man Tillie sah, dachte man – »Meine Güte, ist die schön.« Inmitten all der anderen drehte sich jeder nach ihr um, um ihr prachtvolles Haar zu betrachten.

Und hinter ihr her spazierte André, endlich gefangen, am Schlafittchen gepackt, *par la peau*, wie die Franzosen sagen.

Von seiner ganzen Prahlerei keine Spur mehr – er beobachtete sie, wie ein Hund seinen Herrn beobachtet, und wenn er mit ihr sprach, hatte er die Stimme eines kleinen Jungen.

Sie flirtete währenddessen hemmungslos mit irgend

jemand anderem (die Hälfte der Männer dort waren ehemalige Liebhaber von ihr, so daß das Ganze eine erregende Auffrischung alter Bekanntschaften darstellte), und André saß elend daneben und war den Tränen nahe.

Eines Abends flossen sie tatsächlich, als ich ihm den Arm tätschelte und sagte: »Armer alter André – Kopf hoch.«

»Une grue«, sagte Pierre grob. »André ist ein Dummkopf – und Frances, laß das Mädchen doch in Ruhe –«

Aber ich ließ sie nicht gleich in Ruhe, zu interessiert, der Komödie beizuwohnen.

Am folgenden Samstagabend aßen wir im Radetzky mit einem deutschen Bekannten von Pierre zu Abend.

Außerordentlich gutaussehend, aber da er Preuße war, natürlich ein Vieh.

»Donner-r-r-wetter-r-r-«, schnauzte er die Kellner an, und die armen Leute sprangen und rannten.

Aber vielleicht betone ich seine Rohheit zu stark, denn er hatte etwas getan, was zu verabscheuen ich immer noch Engländerin genug bin: er hatte sich mit großer Ausführlichkeit und Offenheit über Tillie ausgelassen – er hatte mal eine Liebesaffäre mit ihr.

Gerade als wir über etwas anderes sprachen, tauchten sie und André auf.

André kam direkt auf unseren Tisch zu und fragte, ob sie sich zu uns setzen dürften.

Unmöglich, nein zu sagen, ohne verletzend zu sein, dennoch war Pierre sehr unfreundlich, und der andere küßte ihr die Hand mit einem hämischen Grinsen, das das ganze Geheimnis offenbarte.

Was Tillie anging, sie benahm sich perfekt – keine Bewegung, kein Flattern eines Augenlids verriet sie – obwohl es, da sie sich ja als Mondäne gab, unangenehm gewesen sein muß, diesem Feind in aller Öffentlichkeit feindlich zu begegnen.

Ebensowenig ließ sie es zu, daß dieser Umstand auch nur im entferntesten ihren kleinen Plan für diesen Abend durchkreuzte – gut erdacht und gut ausgeführt.

Sie besaß eine schöne Perlenkette, die sie immer trug, und an diesem Abend lenkte sie die Unterhaltung gezielt auf Perlen.

Ich konnte nicht viel »mitlenken« oder auf Deutsch viel mitreden. Ich bekam alles in allem die Bedeutung der Dinge mit, und hin und wieder dolmetschte Pierre.

Ihre Perlen (erzählte uns Tillie) seien alles, was sie von ihren wunderschönen Juwelen übrig behalten habe (›*wunderschön!*‹).

Wirklich alles, was zwischen ihr und bitterster Armut liege, alles, aber auch alles –

»Ach« – tönte die Musik in einem traurigen Echo...

Sie war an diesem Abend niedergeschlagen, matt, die Augen nahezu schwarz, die Stimme sanft und bebend.

Nach dem Essen fragte sie mich charmant, ob ich etwas gegen »einen kleinen Spaziergang« hätte – es sei so heiß – man musiziere nicht gut.

Ich war einverstanden – es war heiß –, und Tillie ging in ihr Zimmer hinauf, und als sie wieder herunterkam, hatte sie sich einen Schal fest um den Hals gewickelt.

Wir gingen los. Ich, Pierre und der Leutnant – seinen Namen habe ich vollkommen vergessen – gingen zusammen, André und Tillie ein kleines Stück voraus.

Pechschwarz war es im Wald rund um das Hotel – so dunkel, daß ich mich nach einer Weile ängstigte und vorschlug, zurückzugehen.

Wir riefen die anderen, keine Antwort, zu weit voraus.

Wir waren zurück, saßen gemütlich in der Halle und tranken Likör (allein, denn alle anderen hatten sich nach dem Essen in der Bar zum Tanzen versammelt), da kam André völlig außer Atem und aufgeregt hereingestürzt.

»Die Perlen, Tillies Perlen, verloren – *Bon Dieu de bon Dieu* – Sie sind ihr runtergefallen –«

Er sprach mit mir, dem einzigen mitleidigen Zuhörer.

Dann kam Tillie herein. Alles Ergreifende war weg. Sie sah häßlich und gefährlich aus mit ihrer vorgeschobenen Unterlippe.

Ein Wortschwall auf Deutsch zu Pierre, der zuhörte und in zurückhaltendem Ton erklärte: »Sie sagt, André habe sie im Wald geküßt und sei grob geworden, und der Verschluß der Perlen sei nicht zuverlässig gewesen. Es sei Andrés Schuld, sagt sie, und er müsse dafür aufkommen.«

Der andere lachte. Plötzlich drehte sie sich wie eine Furie zu ihm um.

»Mein lieber Herr...« Ich verstand die Worte nicht, doch ihren Tonfall.

»Kümmern Sie sich um Ihre eigenen Angelegenheiten, wenn Sie wissen, was gut für Sie ist.«

Inzwischen war Pierre, der gewöhnlich instinktiv handelt, während andere Leute reden, fortgegangen und mit zwei Laternen und einem sehr vernünftigen Vorschlag wiedergekommen.

Wir vier sollten gleich noch einmal denselben Weg gehen, und uns dabei fest an den Händen halten, damit kein Fingerbreit Boden ausgelassen würde.

Es war zu dunkel, als daß ein anderer die Kette aufgehoben haben könnte.

Tillie schien zu meinem Erstaunen nicht sehr begeistert zu sein.

Doch wir machten uns in einer langen Reihe, suchend nach vorn gebeugt, auf den Weg. André hatte die eine Laterne in der Hand, Pierre die andere.

Zuerst suchte ich ganz ernsthaft und strengte meine Augen an. Dann machte André mit seiner Laterne eine plötzliche Bewegung, und ich sah Tillies Gesicht. Sie lächelte, ich hätte schwören können – sie suchte bestimmt nicht den Boden ab.

Ich sah Pierre an – auch er suchte sehr nachlässig; der andere tat nicht einmal so, als gucke er nach.

In dem Moment mochte ich André – ich fühlte Mitleid mit ihm, fühlte mich ihm verwandt.

Er und ich hatten als einzige von der Gesellschaft die Geschichte geschluckt; wir waren die Dummköpfe.

Ich hätte ihm die Hand schütteln und sagen mögen: »Sei mir gegrüßt, Bruder Fußabtreter, in einer Welt voller Stiefel.«

Aber ich war zu sicher, das Lächeln gesehen zu haben, als daß ich weitersuchen konnte.

Danach wandte ich meine ganze Aufmerksamkeit dem Spielchen zu, das der Deutsche mit meiner Hand veranstaltete.

Er hatte mein Handgelenk gepackt – meinen Arm – ich zog ihn weg –

Wieder meine Hand, mit verschränkten Fingern.

Sehr kühl und ruhig war seine – und ein winziger Puls schlug irgendwo.

Ein Streit. Hier sind wir nicht langgekommen, sagte Tillie gerade.

Aber das Ganze war inzwischen für alle, außer für den treuen André, zur Farce geworden.

Wir gingen zurück, doch ehe wir wieder in Hörweite der Musik aus dem Hotel gekommen waren, hatte er sie mit vielen Versprechungen getröstet.

Und er hielt sie auch. Er stellte sich taub gegen alle Andeutungen, daß alles nur ein Trick sei oder sein könnte.

Als wir nach Budapest fuhren, kam Tillie mit. Und später nach Berlin ebenfalls.

Sie verließ ihn erst, als sie es so einrichten konnte, wobei sie jeden Sou mitnahm, den er besaß, und einen großen Diamanten, den er gekauft hatte.

Von diesem Nachspiel hörten wir erst später.

Armer André! Hoffen wir, er ist dafür entschädigt worden, daß er ein einziges Mal vergessen hat, daß »Fressen oder gefressen werden« das unerbittliche Gesetz des Lebens ist.

Das nächste Mädchen wird vielleicht sanft und unschuldig sein. Dann ist er mit Fressen an der Reihe.

Abscheuliche Welt.

Simone und Germaine, zwei der Tipp-Mädchen bei der Delegation, hatten einen *succès fou*. Simone zumindest verdiente ihn.

Sie war auf Engländer, Amerikaner und Franzosen spezialisiert.

Germaine dagegen hatte viele Anhänger unter den Italienern und Griechen, und sogar einen vereinzelten Armenier, der ihr (erzählte sie) fünfzigtausend Francs für eine Nacht geboten hatte.

Simone war entsetzlich eingebildet.

Einmal erzählte sie mir, Captain La Croix habe sie die Quintessenz aus französischem Charme, flämischer Schönheit und ägyptischem Mysterium genannt. (Sie war in Kairo geboren, französische Mutter, belgischer Vater.)

Beide Mädchen sahen mich ein wenig lauernd an, aber sie waren zu bemüht, es sich mit Pierre nicht zu verderben, als daß sie anders als höflich gewesen wären. Ich hatte bemerkt, daß die Leute zunehmend ehrerbietiger zu Pierre und folglich auch zu mir wurden. Ich hatte bemerkt, daß er offensichtlich Geld hatte – viel – sehr viel. Er hatte es mit Wechselgeschäften verdient, erklärte er mir.

Eines Tages im Frühling 1921 dann zogen wir aus der Wohnung in der Rasumofskygasse in eine Suite im Imperial.

Wir entließen die Köchin, und D., zu meinem Zimmermädchen befördert, kam mit.

Schön, viel Geld zu haben – schön, schön. Herrlich, ein Auto zu haben, einen Chauffeur, Ringe, und so viele Kleider, wie man mag.

Gut, wenn man Geld, viel Geld hat. Alle Blumen, die ich wollte. Alle Komplimente, die ich wollte. Alles, alles.

Oh, großer Gott Geld – du machst alles möglich, was schön ist im Leben. Jugend und Schönheit, den Neid der Frauen und die Liebe der Männer.

Selbst den Luxus einer Seele, eines Charakters und eigener Gedanken schenkst du, nur du. In den Spiegel zu schauen und zu denken: Ich habe alles, was ich wollte.

Ich habe hoch gesetzt, als ich heiratete, und habe gewonnen.

In Wirklichkeit war ich gar nicht so begeistert, aber es war ungeheuer angenehm.

Geld ausgeben, Geld ausgeben. Und es war ständig mehr da.

Eines Tages hatte ich eine schlimme Vorahnung.

Pierre gab speziell für die japanischen Offiziere, Shogun, Hato, Ishima und Co., ein Mittagessen.

Wir speisten in einem separaten Zimmer, womit mein Ärger begann, denn ich bevorzugte das Restaurant, besonders bei einem Essen mit den Japanern, die mich deprimierten.

Es war ziemlich kalt und dunkel, und das Essen schien nicht enden zu wollen.

Shogun, der enorme Mengen aß, erzählte uns in den Pausen eine lange Geschichte von einem Offizier in Japan, der Harakiri beging, weil sein Telefon während einer Truppenübung nicht richtig funktionierte.

Einen armseligen Grund nenne ich das, aber Shogun schien ihn für einen Helden zu halten.

Ich entfloh nach oben, sobald ich konnte.

Plötzlich war ich wie Napoleons Mutter: »Vorausgesetzt, es hält an.«

Und wenn nicht? Nun ja, dieser Gedanke war, wie die berühmte »kalte Hand, die mein Herz packt«.

Und obendrein ein schreckliches Gefühl – das kann ich Ihnen sagen.

So verdammt genau wußte ich, daß ich mit Mut oder Würde niemals mehr arm sein könnte.

Ich stellte eine kleine Rechnung auf; als ich unsere Ausgaben in Francs – in Pfund – übertrug, war ich entsetzt. (Als wir nach Wien kamen, war der Franc dreizehn Kronen wert – mittlerweile stand er bei ungefähr sechzig.)

Bei erstbester Gelegenheit überfiel ich Pierre damit.

Zuerst lachte er, dann wurde er ärgerlich.

Frances, ich sage dir, es ist alles in Ordnung. Wieviel verdiene ich? Sehr viel.

Wieviel genau? Kann ich nicht sagen. Wie? Du würdest es nicht verstehen.

Hab keine Angst, es – bringt Unglück. Du würdest mir nur meine Glückssträhne verderben.

Ich hielt den Mund. Ich weiß so gut, daß schlimme Vorahnungen und Ängste Unglück bringen.

»Mach dir keine Sorgen«, sagte Pierre, »bald lande ich den großen Coup, dann sind wir reich, reich.«

Wir aßen in einem kleinen Winkel des Restaurants zu Mittag.

Am selben Tisch hatte sich einige Tage zuvor ein vierundzwanzigjähriges russisches Mädchen erschossen.

Von ihrem letzten Geld leistete sie sich ein bescheidenes Mahl, und dann peng! Aus –

Und ich beschloß, wenn es jemals so weit käme, würde ich es auch so machen.

Um nicht mehr arm zu sein. Nein, nein und nochmals nein.

So verdammt leicht, so was zu planen – und im letzten Moment hat man immer – Angst. Oder betrügt sich mit falschen Hoffnungen.

Ich kann immer noch dies und jenes tun. Ich kann mich immer noch an dies und jenes klammern.

Soundso wird mir helfen.

Wie du kämpfst! Schlau und gut am Anfang, dann immer ungestümer – schließlich hysterisch.

Ich kann nicht untergehen, ich will nicht untergehen. Helft mir, helft mir!

Nur ruhig – ich muß geschickt zu Werke gehen. Soundso wird helfen.

Aber Soundso zeigt dir sein weltmännisches Lächeln.

Du wirst nervös. Er versteht nicht, ich werde ihn –

Aber Soundsos Augen werden kalt. Du flehst.

Kannst du mir nicht helfen, möchtest du nicht, bitte? Es ist nur dies und das –

Soundso wird unbehaglich zumute; er wird störrisch.

Kein Zweck.

Ich darf nicht weinen, ich will nicht weinen.

Und diesmal weinst du nicht. Es gelingt dir, den Kopf oben zu behalten, ein Lächeln auf dem Gesicht.

Soundso ist über die Maßen erleichtert. So erleichtert, daß er sofort eine kleine Hilfe, die reiner Hohn ist, und ein Kompliment als Trost anbietet.

Im Taxi weinst du immer noch nicht.

Du hast an jemand anderen gedacht.

Aber nach der fünften oder sechsten Enttäuschung weinst du schon leichter.

Nach der zehnten gibst du's auf. Du bist gebrochen – keine Nerven mehr.

Und jeder hergelaufene Trottel kann seinen billigen kleinen Triumph über dich feiern – sein kleines, spießbürgerliches Urteil über dich fällen.

Kann nichts für sie tun. Kein Zweck.

C'est rien – c'est une femme qui se noie!

Aber zwei, drei Jahre später. Sei gegrüßt, du kleines russisches Mädchen, das genug Schneid hatte und genug Wissen um die Welt, um aufzuhören, als die gute Zeit vorüber war.

Am Tag vor unserer Abreise nach Budapest war es in Wien gewitterig und kühler.

Ich hatte fast zwei Stunden in einem Massagesalon zugebracht, von dem mir das russische Mädchen erzählt hatte.

Das russische Mädchen war mir als Ersatz für Tillie vorgestellt worden. Sie hatte zwei Vorzüge: einen Gatten und ein paar oberflächliche Französischkenntnisse.

Wir hatten Abend für Abend in der Bar vom Radetzky zusammengesessen. (Pierre versammelte immer scharenweise Leute um sich.) Der amüsanteste Mensch der ganzen Gesellschaft war eine alte Dame von über siebzig, die eine hellgelbe Perücke trug. Sie war einmal Schauspielerin gewesen und hatte immer noch jede Menge Temperament.

Da saß sie Abend für Abend, trank Punsch und sang von »Liebe und Frauen« so gut wie nur eine.

Ich kam aus dem Salon und spazierte die Straße entlang – Gesicht wie das einer Puppe – nicht eine Falte, nicht ein Schatten, die Augen schöner als die einer Puppe. Hatte ich nicht irgendein Zeug hineingetropft, das die Pupillen groß und schwarz werden ließ?

Höchst zufrieden mit allem war ich an diesem Nachmittag – mit dem Massagesalon, mit der Kürze meines Kleides, mit dem Leben im allgemeinen.

Urplötzlich kam der Gegenschlag, als ich mich gerade zum Essen niedersetzte. Ich war allein an dem Abend – die schlimme Vorahnung, die düstere Stimmung in vollem Gange.

Ein Herr mit einem Zahnstocher sah mich zärtlich an (in den Pausen ernster Ausgrabungstätigkeit), ich heftete die Augen auf meinen Teller.

Oh, abscheuliche Einsamkeit – zwei Stunden dazusitzen und sich massieren zu lassen, stundenlang dazustehen und ein Kleid auszusuchen.

Und alles, um die Augen eines Herrn mit Zahnstocher zu erfreuen.

(Der, da er mich unzugänglich fand, seine Aufmerksamkeit bereits auf etwas anderes gerichtet hatte.)

Ich hasse ihn mehr denn je.

Franzi ist im Foyer. Der Herr hat ihm aufgetragen, mit dem Wagen vorzufahren und mich zu einer Spazierfahrt abzuholen.

Der nette Franzi.

Ich steige ein – fahr zu, Franzi. »Schnell – eine andere Platz, niet Prater, niet Weg zum Baden – niet Wiener Wald.«

Das ist mein Deutsch nach zwei Jahren! Ich meine, fahr schnell. Fahr woandershin, nicht zum Prater, nicht in Richtung Baden –

Ja, an diesem Abend unternahm mein Schutzengel, der arme Kerl, einen letzten, rasenden Versuch. Ich hatte noch nie so klar meine Fehler und Fehlschläge und meine ungeheure Nutzlosigkeit erkannt. Noch nie hatte ich ein so heftiges Verlangen, meine Koffer zu packen und einfach abzuhauen.

Abhauen – ein anderes Leben, andere Leute.

Arbeiten.

Nach England gehen – ganz anders sein.

Selbst in dem Moment klar und nüchtern das Wissen, daß ich nicht aufrichtig war.

Daß ich nicht arbeiten wollte.

Oder häßliche Kleider tragen.

Daß ich zehn Jahre so gelebt hatte – und daß ich mich, außer durch ein Wunder, nicht ändern könnte.

»Will mich nicht ändern«, trotzig.

Ich habe Schuldgefühle. Oh ja, Schuldgefühle – immer wieder.

Niemand hat mehr.

»Lügnerin, Lügnerin«, kreischte der Engel, »pack deine Koffer und hau ab.«

Armer Engel – es war hoffnungslos. Du hattest keine Chance an jenem wunderbaren Abend in Wien.

Vor allem, weil es mitten drin einen fürchterlichen Bums gab.

In seinem Eifer, einen anderen Weg zu finden, war Franzi eine Straße entlanggefahren, die seit hundert Jahren nicht mehr repariert worden war. Und wir fuhren genau über einen Stein, der so groß war, daß ich, alles andere als schwer, gut drei Fuß hoch in die Luft flog. Zum Glück landete ich wieder in dem Wagen.

Franzi hat angehalten und sieht erschrocken nach hinten. Ich sage ihm, er soll nach Hause fahren.

Es ist nicht meine Schuld.

Die Männer haben mich ruiniert – indem sie stets meinen Geist verachteten und nur auf meinen Körper blickten. Die Frauen haben mich mit ihren sinnlosen Grausamkeiten und Dummheiten ruiniert. Kann ich was dafür, daß ich meine einzige Waffe gebraucht habe?

Ja, meine einzige.

Alles andere sind Lügen – Lügen –

Gott, wie ich die meisten Frauen hier hasse, ihr falsches Lächeln, ihre hemmungslosen Eifersüchte aufeinander, ihre Verschlagenheit – wie Tiere.

Sie sind wahrscheinlich Tiere. Man sehe sich alle

die weisen Männer an, die so denken oder gedacht haben.

Selbst Jesus Christus war zu ihnen freundlich, aber kühl, und gab den Rat, so wenig wie möglich mit ihnen zu tun zu haben.

Außerdem, wenn ich nach London zurückginge –

Wozu gehe ich zurück, zu wem?

Wie einsam ich bin – wie einsam ich bin.

Tränen.

Selbstmitleid, sagt das kleine Ding in meinem Hirn teilnahmslos, ist das lächerlichste und sinnloseste aller Gefühle. Geh zu Bett, du Frau.

Ich krieche hinein und bin getröstet. Wie ich für schöne Bettücher schwärme; wie gut das Kopfkissen duftet.

Ich bin wirklich ungeheuer glücklich – warum war ich nur plötzlich so niedergeschlagen?

Morgen sehe ich Budapest.

Lächerliche Idee, nach London zu gehen. Was sollte ich denn in London –

Adieu Wien, der Flieder, die Lichter, die vom Kahlenberg herunterscheinen, die alte Dame mit der gelben Perücke und ihren Liedern über Frauen.

Werde ich mal so wie diese alte Dame sein? Und in den Massagesalon rennen, weil ich das morsche Gemäuer stützen lassen muß? Möglicherweise, wahrscheinlich.

Wunderschönes Wien. Dich niemals wiederzusehen.

Schöne Leinentücher.

Schlafen.

Ja, wir haben alle unsere Illusionen. Es wäre weiß Gott schwer, ohne sie in den Spiegel zu schauen.

Ich – daß mein Leben zwischen siebzehn und zweiundzwanzig an meiner verdammten Schwäche schuld ist, und Simone – daß sie die schönsten Beine von Paris hat. Gute Frauen, weil sie nicht wirklich boshaft sind, schlechte, weil sie nicht wirklich älter werden oder der neueste Liebhaber kälter wird.

Ich kann mir Budapest im Winter nicht vorstellen. Kann's mir nicht anders als im heißen Sommer vorstellen.

Hitze und ein ständiger Geruch, ein alles durchziehender Geruch – in den Hotels, auf den Straßen, am Fluß, selbst außerhalb der Stadt bildete ich mir ein, ich röche ihn.

Die Ungarn erzählten uns, es sei die sauberste Stadt Europas gewesen, bis die Bolschewiken sie verdreckt hätten – die Bolschewiken und »die verfluchten, die grauenhaften Rumänen«.

Es wurde nun allmählich gesäubert – sehr allmählich, möchte ich sagen.

Haughton bellte stets laut (er bellte wirklich) über die genauen Gründe, warum es schon immer die interessanteste Stadt Europas war und es immer noch sei, mit Ausnahme von Petersburg vor dem Krieg. *»Les femmes ici ont du chien«* – so erklärten die französischen Offiziere die Angelegenheit.

Ganz egal, ich mochte es – ich mochte es lieber als Wien.

Haughton wohnte im selben Hotel wie wir. Wir nahmen die Mahlzeiten zusammen ein, und jeden Abend trommelten wir eine Gesellschaft zusammen, mit der wir ins Orpheum oder in eines der Tanzlokale gingen. Er brachte gewöhnlich einen glatzköpfigen Italiener mit freundlichen braunen Augen, der Seemann war, und eine Polin mit ihrem Mann mit.

Haughton war in der Kommission, weil er Russisch, Deutsch, Französisch, Italienisch und sogar ein bißchen Ungarisch sprach. Ein prächtiger Kerl!

Er hatte jahrelang in Rußland gelebt, als Hauslehrer oder so etwas Ähnliches eines der Großherzöge, und ich bewunderte seinen Geschmack, wenn es um Frauen ging. Er mochte sie schlank, zart, anmutig, parfümiert, lasterhaft, geschminkt, bezaubernd – und er war von der ersten bis zur letzten Minute reizend zu ihnen – wirklich unenglisch, obwohl er in seinem Äußeren ganz englisch geblieben war.

Manchmal aber zerstörte er diese wunderbaren Abende, wenn wir außerhalb von Buda speisten, mit seinen unaufhörlichen, nicht sehr geistreichen Zynismen.

»Ha, ha ha? Großer Gott! Ja. Verdammt schöne Frau. Was?«

Wenn die Zigeuner ihre verrücktesten und bedrücktesten Sachen spielten – bellte er dennoch glücklich weiter...

Budapest sieht von weitem unwirklich schön aus. Ich erinnere mich an den Mond, der wie ein weißer Vogel am Nachmittagshimmel hing; die graugrünen Stämme der Ahornbäume, die entsetzlichen Schlaglöcher in der Straße.

»Nicht zu schnell, Franzi; fahr nicht zu schnell!«...

Dann in die Stadt und ihre lebhaften Gerüche zurück, zu den Wehklagen der Zigeunerkapellen, der kleinen Tänzerin im Orpheum – wie hieß sie noch?... Ilonka – hübscher Name, klingt wie ein Stein, den man in tiefes Wasser wirft. Sie kam lächelnd und still – sie sprach weder Französisch noch Deutsch – und setzte sich zu uns, wenn ihr Auftritt vorbei war.

»Furchtbar eintönig, dieses Zigeunergedudel, was?« sagte Haughton dann und zappelte nervös herum.

Es war eintönig, nehme ich an. Es hörte sich an wie endlose Variationen und Umkehrungen ein und desselben Akkords – unmelodisch, kläglich, schwermütig; der Wind über der Ebene, der hungrige Schrei des menschlichen Herzens und so weiter... Naja...

In Unserem Zimmer stand ein hartes, elegantes, kleines Sofa, mit gelbgestreifter Seide bezogen – himmelblaue Kissen. Ich verbrachte lange Nachmittage auf diesem Sofa, eingetaucht in einen friedlichen Traum von Mutterschaft.

Ich hatte das gelassene Gefühl von Macht, wenn ich in diesem dunklen, kühlen Raum lag, so als könne ich unabweislich und unfehlbar alles zu mir heranziehen, was ich mir je im Leben gewünscht hatte – als wäre ich auf geheimnisvolle Weise unwiderstehlich, ein Magnet, eine *femme sacré*.

Man kann völlig entrückt... verzückt... sozusagen

abwesend sein, wenn man ein Kind erwartet, und man ist unendlich froh darüber.

Eines Nachmittags sagte Pierre: »Wenn jemand von der Allgemeinen Verkehrsbank kommt, mußt du sagen, ich bin nicht da und du weißt nicht, wann ich wiederkomme.«

Jemand kam von der Bank – ein fetter, kleiner Mann, der sich nicht abweisen ließ und in schlechtem Französisch unverschämt wurde. Er wolle Monsieur sprechen. Er müsse Monsieur sprechen. Madame könne nicht sagen, wann Monsieur wieder da sei. *»Très bien – très bien.«* Er werde zu Monsieurs Dienststelle gehen, um Erkundigungen einzuziehen.

Er zog ab. Sein Rücken wirkte eckig, rachsüchtig – unheildrohend – das ist das Wort. Ich glaube, als ich auf den Rücken dieses Mannes blickte, erriet ich alles, sah ich alles voraus.

Ich fiel über Pierre her, sobald er nach Hause kam. Ich meine, ich fragte ihn – aber er war so ausweichend, daß ich eine Attacke daraus machte. Ausflüchte haben mich schon immer geärgert.

»Sag's mir doch, um Himmels willen, hast du große Verluste gemacht, oder was? Das hast du. Ich weiß, daß es so ist – du mußt es mir sagen.«

Er sagte: »Meine Liebe, laß mich in Frieden, ich werd's schon schaffen, wenn du mich in Ruhe läßt – aber ich möchte nicht darüber reden... Haughton hat uns ins Ritz zum Essen eingeladen... *Et qu'importent les jours pourvu que les nuits soient belles?«*

Er machte eine große, theatralische Gebärde.

Ich ließ ihn in Frieden, aus Schwäche, nehme ich an. Aber man gewöhnt sich an Sicherheit und daran, seinen Mann für einen Großverdiener, einen Zauberkünstler zu halten, der unglaubliche und geheimnisvolle Kunststücke mit Yen, mit Liren, mir Francs und Sterling vollführt... Wechselgeschäfte in Zürich...

Ich ließ ihn in Ruhe – aber ich war beunruhigt. Ich ertappte Haughton dabei, wie er mich ansah, als täte ich ihm sehr leid... Ich ihm leidtun. Haughton!

Zehn Tage, nachdem der Mann von der Bank da gewesen war, ging ich um halb sieben hinauf in mein Schlafzimmer, um mir ein anderes Kleid anzuziehen, und fand Pierre, wie er zusammengekrümmt auf dem gelbgestreiften Sofa saß und auf den Revolver in seiner Hand starrte.

Ich habe Revolver schon immer gehaßt, diese kleinen, bösartigen, schwarzen Dinger. Allein der Anblick eines Revolvers oder eines Gewehrs schmerzt mich tief im Kopf; nicht weil sie gefährlich sind – ich habe nichts gegen Messer –, sondern weil der Knall eines Schusses meinen Ohren weh tut.

Ich sagte: »Oh Pierre, leg dieses Ding weg! Wie entsetzlich rücksichtslos von dir, mich zu erschrecken!«

Dumm, genau in dem Augenblick zu weinen, in dem man die Ruhe behalten sollte.

Er schwieg ziemlich mürrisch.

Nun, ich zerrte die Wahrheit aus ihm heraus. Er erzählte mir, während er unablässig mit einem Fuß wakkelte und ziemlich wie ein Schuljunge dreinsah, daß er

Geld verloren habe – das Geld anderer Leute – das Geld der Kommission – Ishima habe ihn im Stich gelassen...

Es folgte die komplizierte Geschichte von Yen – von Francs – von Kronen. Er unterbrach sich und sagte: »Du verstehst doch nichts von Geld. Welchen Zweck hat es also, von mir Erklärungen zu verlangen? Ich bin fertig, sag ich dir, habe alles versucht... kein Zweck! Ich kann jetzt jeden Augenblick verhaftet werden.«

Ich war ruhig, gefaßt, barst vor nüchternen Überlegungen. Ich glaube, Menschen, die schwer verwundet sind, müssen so sein, bevor die Wunde zu schmerzen beginnt... Also, wie stoppt man am besten die Blutung?... Verband... Unmöglich, daß dieser und kein anderer der Schuß ist, der einen töten wird...

Ich saß neben ihm auf dem Sofa und sagte: »Sag mir, wieviel du brauchst, um die Sache in Ordnung zu bringen. So viel versteh ich allemal.«

Er sagte es mir, und Totenstille trat ein.

»Laß mich allein«, sagte er. »Laß mich mir eine Kugel in den Kopf schießen. Glaubst du, ich will in Budapest ins Gefängnis kommen? Ich habe keine Chance!«

Ich erklärte, immer noch ruhig und verständig, daß er sich nicht umbringen und mich allein lassen dürfe – daß ich Angst hätte – daß ich nicht sterben wolle – daß ich schon irgendwie das Geld auftreiben werde, um seine Schulden zu bezahlen.

Die ganze Zeit, während ich sprach, hielt er den Blick auf die Tür geheftet, als erwarte er, daß sie plötzlich brutal geöffnet werde. Dann wiederholte er, als hätte ich nichts gesagt: »Ich bin *fichu*... Geh und laß mich auf die einzige Weise, die mir offensteht, aus der Geschichte herauskommen... Ich habe viertausend Francs in bar für dich aufgehoben... Und deine Ringe... Haughton wird dir helfen... Ich bin *fichu*...«

Mein Mund wurde hart: »Das bist du nicht. Warum kannst du nicht kämpfen wie ein Mann?«

»Ich warte nicht hier, bis ich verhaftet werde«, erwiderte er trotzig, »die kriegen mich nicht, die kriegen mich nicht, das sag ich dir.«

Der Plan, nach London zu fahren und dort Geld zu leihen, war in meinem Kopf bereits fertig. Man denkt manchmal schnell.

»Dann laß uns nicht warten. Pierre, du kannst doch nicht so gemein sein und mich allein lassen?«

»Mon petit«, sagte er, »wenn ich nicht so ein verdammter Feigling wäre, hätte ich es schon längst hinter mich gebracht. Ich sage dir, ich habe recht – ich bin fertig. Rette dich... Mich kannst du nicht retten!«

Er lachte mit Tränen in den Augen. »Meine arme Francine, warte ein bißchen...«

»Komm, laß uns weggehen«, sagte ich, »und red nicht davon, dich umzubringen. Wenn du dich tötest – weißt du, was dann mit mir geschieht?«

Wir blickten starr einander an.

»Du weißt es verdammt gut«, sagte ich.

Er senkte den Blick und murmelte: »In Ordnung – in Ordnung!... Nur vergiß nicht, ich habe dich gewarnt, ich hab's dir gesagt. Es wird die Hölle... Eines Tages wirst du mir vorwerfen, daß ich nicht rasch ausgestiegen bin und dir überlassen habe, dich zu retten.«

Er begann, rastlos im Zimmer hin und her zu gehen.

Wir kamen überein, daß wir früh am nächsten Morgen abreisen könnten. Schlicht abhauen. Einfach so. Wir machten Pläne – plötzlich sprachen wir im Flüsterton...

An dem Abend aßen wir oben, ich erinnere mich noch – Paprika, Wildente, zwei Flaschen Pommery.

»*Allons*, Francine, Kopf hoch! *Au mauvais jeu il faut faire bonne mine.*«

Wegen dieser plötzlichen, vollkommenen Stimmungswechsel habe ich ihn immer geliebt. Kein Engländer könnte sich so plötzlich ändern – so vollkommen. Ich streckte die Hand aus, und als ich ihn berührte, verließen mich mein Mut, meine Ruhe, meine Gleichgültigkeit, und ich empfand so etwas wie eine vage und konfuse Angst.

Schrecklich, das Gefühl, von nun an bis in alle Ewigkeit den riesigen Apparat von Gesetz, Ordnung und Ehrbarkeit gegen sich zu haben. Schrecklich, das sichere Gefühl, daß man nicht stark genug ist, dagegen anzukommen.

»*Au mauvais jeu bonne mine.*« ... Eine gute Pokermiene, nennt man das nicht so? ... Die Fähigkeit, sich nicht nervös machen zu lassen, wenn alles schiefgeht...

Als wir die zweite Flasche Pommery öffneten, war ich aufrichtig davon überzeugt, auserwählt zu sein – eine Feder auf dem Meer des Schicksals und so weiter. Und welchen Sinn hatte es schon, sich Sorgen zu machen – so oder so?...

Als ich ein viertes Glas trank und hoffte, damit das

tröstliche Gefühl der Verantwortungslosigkeit zu steigern, klopfte Haughton und trat ein.

Es gab in dieser Nacht einen Augenblick, da war ich nahe daran, mich Haughton anzuvertrauen.

Pierre war telefonieren und den Chauffeur suchen gegangen, und ich habe diese großen Männer mit den etwas harten blauen Augen schon immer gemocht. Ich vertraue ihnen instinktiv – wahrscheinlich zu Unrecht. Ich öffnete den Mund und wollte gerade sagen: »Haughton, so und so liegen die Dinge... ich ängstige mich zu Tode, wirklich... Was soll ich tun?«

Und während ich noch zögerte, kam Pierre zurück.

Um eins begannen wir so leise wie möglich zu packen. Wir beschlossen, nur einen Koffer mitzunehmen.

Ich erinnere mich noch an den Tisch, voller Zigarettenstummel und Trinkgläser, die zwei leeren Champagnerflaschen und das kleine gelbe Sofa, das ziemlich erstaunt und mißbilligend zusah.

Am Morgen um halb sieben verließen wir das Hotel.

Die Fahrt nach Prag war wie ein Traum. Kein Alptraum; Weglaufen kann anregend sein, aber endlos wie gewisse Träume, und unwirklich.

Während ich mich ankleidete und fertig packte, hatten meine Hände vor Angst und Kälte gezittert, aber ehe wir Budapest hinter uns ließen, war das Gefühl, gehetzt zu werden, verschwunden.

Kein Zweifel, an einem frischen, blauen Morgen wegzulaufen, kann sehr anregend sein.

Ich tätschelte die vibrierende Flanke des Wagens, starrte auf Franzis teilnahmslosen Rücken, fragte mich, ob er etwas errate, kam zu dem Schluß, daß er das wahrscheinlich tue, und sang: »Mit ihrem roten Chapeau.«

Wenn man das ehrbare Leben hinter sich läßt, kann man's ruhig mit einem Lied auf den Lippen tun.

Das Land erstreckte sich flach in eine unendliche, melancholische Ferne, aber es erschien mir sonnenbeschienen und voller Verheißungen, wie der Schauplatz eines Märchens.

Gegen Mittag fuhren wir durch eine kleine *plage* an der Donau; es muß Balaton gewesen sein. Dort liefen in Scharen Männer und Mädchen in kurzen Badeanzügen herum. Wie hübsch ihre braunen Beine und Arme aussahen und das Haar der Mädchen im grellen Sonnenlicht.

Pierre rief: »Hungrig?«

Ich sagte: »Ja.«

Aber ich wurde wieder unruhig, als wir zum Mittagessen in irgendeinem kleinen Dorf hielten, dessen unaussprechlichen Namen ich nie erfahren sollte.

Durch die offene Tür des Restaurants sah das Dorf im Sonnenlicht freudlos und von Schwermut erfüllt aus; ganze Herden von Gänsen, unzählige stolze Gänse watschelten herum; einige alte Frauen saßen auf einer langen, niedrigen Steinbank unter einer Linde, auf einer anderen Bank zwei oder drei alte Männer. Die alten Frauen sahen wirklich angsterregend aus. Ihre braunen, strengen Gesichter schienen aus irgendwelchem harten Holz geschnitzt zu sein, die Runzeln tief gekerbt. Sie trugen ungeheure dunkle Röcke, hatten sich Taschentücher um die Köpfe gebunden und saßen vollkommen still, beinahe reglos da. Wie mitleidlos sie wohl wären, diese Alten, zu einem Sünder ihres eigenen Geschlechts – zum Beispiel einer Diebin –, wie grausam würden sie sie bestrafen. Brrrr! Besser nicht an so etwas denken.

Pierre sagte: »Was für ein Leben sie haben müssen, diese Leute!«

Ich pflichtete bei: »Furchtbar!«, wandte die Augen von der Steinbank, trank meinen grauenhaften Kaffee und ging hinaus. Dort war ein Mädchen, eine Magd aus dem Gasthaus vielleicht oder eine Gänsemagd, die zur Hintertür rein und raus ging und Kübel und Eimer schleppte. Sie trug ein weißes Mieder, das so dünn war, daß man deutlich die Form ihrer Brüste sehen konnte, und einen dunklen Rock; ihre Füße waren nackt, ihr Kopf war klein und saß auf einem sehr langen Hals, und ihre Augen waren schräggestellt wie Ishimas – ich beobachtete sie mit dem allergrößten Vergnügen, weil sie so schlank und jung und fein gezeichnet war. Und weil ich mir vorstellte, daß, als sie mich ansah, in ihren Augen der Ausdruck von etwas Stolzem, Wildem lag – einer jungen Löwin vielleicht –, statt der gewöhnlichen dummen Feindseligkeit, mit der Frauen einander ansehen.

Ich sagte zu Pierre: »Oh, ich finde wirklich, Ungarn können sehr schön sein; sie sind den Österreichern glatt überlegen.«

Er erwiderte so gleichgültig: »Ein anderer Typ«, daß ich mich zu streiten begann.

»Die Österreicher tischen einem ständig ihren morschen alten Charme auf, von dem jeder redet. Solche Leute sind mir zuwider. Und sie sind fett und weibisch und *rusé* und alles übrige.«

»Oh!« sagte Pierre. »Aber wenn du glaubst, die Ungarn sind nicht *rusé*, meine Liebe, tsö! – sie sind die hinterlistigsten von allen, abgesehen von den Polen.«

Ich gab nicht nach: »Aber anders ... Sieh dir doch das Mädchen dort an; ist sie nicht entzückend, entzükkend?«

»Un beau corps«, entschied Pierre. »Komm, Francine, laß uns weiterfahren, wenn du bereit bist.«

Ich hörte die Besorgnis aus seiner Stimme und stieg ein wenig mürrisch ein. Ein Knirschen der Reifen ... und wir hatten sie hinter uns gelassen, die Gänsemagd aus einem Märchen, vor dem Hintergrund aus blauen Fernen, die in der Hitze flirren.

Ich begann, mir meine triumphale Rückkehr nach Ungarn auszumalen, mit Geld, um Pierres Schulden zu bezahlen. Ich sah mich am Kopf eines langen Tisches sitzen und mit der starren Miene einer geborenen Geschäftsfrau an alle Betroffenen kleine Bündel Geldnoten verteilen: »Würden Sie bitte hier unterschreiben?«

Dann muß ich geschlafen haben, und als ich aufwachte, hatte ich das Gefühl, wir seien schon tagelang auf der Flucht und ich könne mich keiner Zeit erinnern, da ich nicht leicht verkrampft und etwas schwindlig dagesessen und die Landschaft hätte vorüberfliegen sehen, den Wind im Gesicht.

Pierre drehte sich um und fragte, ob ich müde oder ob mir kalt sei.

»Nein, mir geht's gut... Willst du jetzt fahren? Gut, aber fahr nicht zu schnell... brich uns nach all dem nicht noch die Hälse.«

Das flache Land lag jetzt hinter uns, und auf einer Seite der Straße war ein steiler Abhang. Die Dunkelheit kroch heran, der Wind war kalt. Nun war ich absolut sicher, daß alles nur ein Traum sei und ich in Ruhe den Moment des Erwachens abwarten könne.

Wir flitzten geräuschlos wie Gespenster zwischen zwei Reihen dunkler Bäume hindurch. Ich richtete die Augen angestrengt in das angsterregende Geheimnis des nächtlichen Waldes, dann schlief ich wieder ein, und als ich erwachte, hatten wir angehalten.

»Was ist los?«

»Die Grenze... bleib ruhig...«

Eine unerwartete Aufregung an der Grenze. Dort gab es eine Wachstation. Eine Reihe von Männern mit Gewehren um ein Holzfeuer, ein Streit, der sehr laut und kehlig wurde. Unsere Pässe wurden hervorgeholt: »Kommission... Kurier.«

»Was ist los, Pierre?«

Er stieg ohne zu antworten aus und folgte einem der Männer in einen Unterstand.

Es war schrecklich, stundenlang, wie es schien, dort in der Nacht zu warten, und mit geschlossenen Augen fragte ich mich, wie es wohl im Gefängnis sei.

Dann tauchte Pierre, immer noch diskutierend, wieder auf und stieg neben mir ein.

Er murmelte: *»Je m'en fiche, mon vieux«* und rief dem Fahrer etwas zu.

Der Wagen machte einen Satz nach vorn wie ein Pferd, dem man die Sporen gibt. Einen erregenden Augenblick lang stellte ich mir vor, daß auf uns geschossen würde, und mein Nackenhaar kräuselte sich. Aber als ich über die Schulter zurückblickte, sah ich im Licht des Feuers den Pulk der Männer uns nachgaffen, als könnten sie sich keinen Reim drauf machen.

»Angst?«

»Nein, nur davor, daß wir zurückgeschickt würden. Was war denn los? Hatten sie den Befehl, uns aufzuhalten?«

»Nein, aber keiner soll durchfahren. Die Grenze ist geschlossen, irgendwas ist passiert.«

Ich sagte: »Ich möchte bloß wissen, was das sein kann«, ohne das geringste Interesse.

»Na«, sagte Pierre, »hier ist die Tschechoslowakei, und adieu, Ungarn!«

»Adieu, Ungarn!« Tränen standen in meinen Augen, denn ich fühlte mich so erschöpft, zum Sterben elend.

»Du bist furchtbar müde, nicht wahr, Frances?«

»Ein bißchen. Ich würde mich gern ausruhen. Laß uns bald anhalten. Wo wollen wir übernachten?«

»In Preßburg. Wir sind fast da.«

Ich kuschelte mich in eine Ecke des Wagens und schloß die Augen.

Es war spät, als wir im jüdischen Viertel der Stadt ein Zimmer fanden. Alle guten Hotels waren belegt; und im härtesten, schmalsten Bett, das ich je gesehen hatte, legte ich mich nieder und schlief auf der Stelle ein.

Am nächsten Morgen war etwas von der Heiterkeit zurückgekehrt. Wir gingen aus, frühstücken und Landkarten kaufen. Wir hatten beschlossen, nach Prag zu fahren, dort den Wagen zu verkaufen und dann...

»Ich will nach Warschau«, verkündete Pierre.

Ich sagte erschrocken: »Warschau? Aber mein Lieber...«

Der Kaffee war gut, die Brötchen waren frisch; etwas in der Luft dieser sauberen, so deutsch wirkenden kleinen Stadt hatte mir mein Selbstvertrauen wiedergegeben.

Ich begann zu streiten: »Wir müssen nach London...« in London...«

»Mon petit«, sagte Pierre und zündete sich die Pfeife an, »ich glaube nicht, daß deine Freunde uns helfen werden. Ich weiß, wie naiv du bist. Warte nur, du wirst schon sehen, was deine famosen Freunde wert sind. Die legen dich rein von A bis Z. Laß uns nach Warschau fahren. Ich glaube, dort kann ich etwas in die Wege leiten; Francine, tu ein einziges Mal, was ich sage.«

Ich erklärte ihm halsstarrig, daß ich die Polen nicht leiden könne. Er zuckte die Schultern.

Wir fanden den Wagen und Franzi am Hotel warten.

»Weiter geht's«, sagte Pierre munter, *»en route!* Hier ist die Brandy-Flasche.«

Die Straße war weitaus besser, aber ich hatte nicht

das ermunternde Gefühl von Geschwindigkeit, davon, daß wir uns aus dem Staub machten. Wir schienen vielmehr langsam und qualvoll wie Ameisen über ein flaches, graues und bedrohliches Land dahinzukriechen. Ich stellte mir vor, daß sich diese trostlose Ebene Meile um Meile immer weiter bis in den Norden Rußlands erstrecke, und erschauerte.

Im stillen wiederholte ich mir immer wieder: »Ich will nicht in Polen begraben werden... Ich will nicht... Ich habe keine Lust... Ich will nicht...«

Der Wind war kalt; es fing an, ununterbrochen zu nieseln.

»Pierre, ich bin sicher, wir sind von der Straße abgekommen. Die Frau hat uns was Falsches gesagt. Das hier ist nur ein Feldweg.«

So war es. Und mit dem Zurückfahren wurde Zeit vergeudet. Pierre fluchte unterdessen heftig. Er geriet in eine Art Fieber vor lauter Ungeduld, endlich nach Prag zu gelangen.

Die Wände des Schlafzimmers, in dem wir diese Nacht schliefen, waren mit grausigen Bildern österreichischer Soldaten bedeckt, die verzweifelte Tschechoslowaken in die Gefangenschaft schleppten. Unten im Restaurant saß ein hübsches Mädchen, das ein schwarzes, leuchtend rot gefüttertes Cape trug und mit zwei flegelhaften jungen Männern redete. Sie rauchte mit schönen Bewegungen der Hände und Arme eine Zigarette nach der anderen und beobachtete uns mit hellblauen, neugierigen Augen.

Wir tranken einen süßlichen Stillwein zum Essen. Er stieg mir in den Kopf, und wieder konnte ich mir sagen, mein ganzes Leben sei ein Traum. Schließlich war es ziemlich egal, wohin wir fuhren. Warschau, London... London, Warschau...Worte! Ganz ohne die ungeheure Bedeutung, die ich ihnen verliehen hatte.

Es regnete noch immer, als wir endlich in Prag ankamen. Wir machten wieder die langweilige Runde durch die Hotels; sie waren alle voll, nur in den Badezimmern des Hotels du Passage gab es noch Betten; es dauerte eine Stunde, bis wir in einem kleinen Hotel in einer dunklen, engen Straße ein Zimmer fanden.

Pierre fing an, über die plötzliche Rückkehr König Karls nach Ungarn zu reden. Wir hatten die Neuigkeit im Passage gehört.

Das war natürlich die Aufregung an der Grenze gewesen.

Ich sagte gleichgültig – ich legte mich gerade hin –: »Ja, wahrscheinlich.«

Karl – die Kaiserin Zita – die Alliierten – die Kommission – die Weißen – die Roten – Pierre selbst... Schatten! Marionetten, die auf einer schlecht beleuchteten Bühne herumgestikulierten und mich von der einzigen Wirklichkeit im Leben ablenkten... der schrecklichen Last, die mich niederbeugte... der Übelkeit, die mich kalt werden ließ und immer größer wurde, um mein Gehirn zu umnebeln.

Pierre riet mir, starken Kaffee zu trinken. Er klingelte, und ein kleiner, dicker Kellner erschien und sah mich mit dieser eigentümlichen Mischung aus Unverschämtheit, Verachtung, Gemeinheit und Rührseligkeit an, wie man sie nur bei Kellnern deutscher Herkunft findet.

Dann verschwand er, um den Kaffee zu holen.

Es war ein merkwürdiges Haus, das Hotel, ein Gewirr aus Gängen und so weiter. Ich lag da und fragte mich gedankenverloren, warum Prag mich an Hexen erinnere... Ich hatte ein Buch gelesen, als ich klein war – *Die Hexe von Prag*. Nein. Es erinnerte mich auch sonst an Hexen. Etwas Dunkles, Geheimnisvolles, Grausames.

»Ich finde Prag merkwürdig«, sagte ich zu Pierre. »Was ist das für eine Glocke, die nebenan ständig läutet?«

»Ein Cabaret, ein Kino vielleicht... Hör zu, Frances, diese Angelegenheit mit König Karl ist einfach ein riesengroßer Glücksfall für uns. Niemand wird sich jetzt im Augenblick um mich Gedanken machen. Ishima wird viel zuviel damit beschäftigt sein, mit der Mehrheit zu stimmen... Verdammter kleiner Japaner!«

»Wahrscheinlich«, stimmte ich zu.

Er fragte, ob ich mich krank fühle, schlug vor, einen Arzt zu rufen.

»Einen tschechischen Arzt, mein Gott!«

Ich zog mir die Bettücher über den Kopf. Ich wolle nichts anderes, als in Ruhe gelassen werden, sagte ich ihm.

»Francine«, sagte er sanft, »spiel nicht das kleine dumme Mädchen. Die Ärzte sind gut hier, wenn du einen brauchst.«

Er legte die Wolldecke über mich: »Ruh dich ein bißchen aus, ich gehe inzwischen und kümmere mich um den Wagen. Dann essen wir im Passage und suchen uns hinterher ein Tanzlokal. Ja?«

Ich kam unter den Bettüchern vor, um ihn anzulächeln, denn seine Stimme klang so bekümmert, armer Pierre.

Abends gegen sechs fühlte ich mich plötzlich besser und begann, mich anzukleiden.

Da ich beim Mittagessen bemerkt hatte, daß es offenbar der große Chic in Prag war, Tiefschwarz zu tragen, wühlte ich im Koffer nach etwas Ähnlichem, puderte mich sorgfältig, schminkte mir den Mund und malte mir einen Schönheitsfleck unter das linke Auge.

Ich betrachtete mir das Ergebnis, als Pierre hereinkam.

»Meine schöne Francine, warte mal! Ich habe hier etwas, was dich noch eleganter macht... einfach chic...«

Er griff in die Tasche, nahm eine längliche Schachtel heraus und reichte sie mir.

»Pierre!«

»Hübsch, he?«

»Wo hast du die her?«

Er gab keine Antwort.

Ich blickte von den Perlen in sein dunkles, belustigtes Gesicht, dann errötete ich – wurde übers ganze Gesicht bis zum Hals hinunter furchtbar rot. Ich machte die Schachtel zu, gab sie ihm zurück und sagte: »Wieviel Geld haben wir jetzt noch?« Und er antwortete, ohne mich anzusehen: »Nicht viel; das Schlimmste ist diese Kriegsangst. Die Tschechoslowakei macht mobil. Es wird gar nicht so leicht sein, den Wagen zu verkaufen. Und wir müssen ihn verkaufen, sonst kommen wir nicht weiter. Aber mach dir nichts daraus, Francine.«

Ich sagte: »Mach dir nichts draus!« Ich nahm die Schachtel, öffnete sie und hängte mir die Perlen um den Hals. »Wenn wir schon aufs Ganze gehen, dann aber gründlich. Komm.«

Man erlebt natürlich Gegenreaktionen.

Schwer, aufs Ganze zu gehen und das ehrbare Leben mit einem Lied auf den Lippen hinter sich zu lassen, wenn man morgens um vier wach liegt – und grübelt.

»Francine, nicht weinen... was ist los?«

»Nichts... Oh! Laß mich doch in Ruhe...«

Als er mich zu trösten versuchte, drehte ich mich weg. Er war plötzlich zu einem dunklen Unbekannten geworden, der mich über den Rand des Abgrunds zog...

Es regnete die ganze folgende Woche, und ich verbrachte die meiste Zeit in dem Hotelzimmer und starrte die Tapete an. Gegen Abend fühlte ich mich stets besser und begann dann, mit außerordentlicher Klarheit über unser zukünftiges Leben in London oder Paris nachzudenken – über unglückliche Spekulationsgeschäfte und Perlen – über ein Pokergesicht und die Affäre um König Karl...

Eines Tages, am Ende unserer zweiten Woche in Prag, kam Pierre mit zwei Fahrkarten heim, die er auf das

Bett warf: »Da, bitte, nach Lüttich, nach London... Ich habe den Wagen verkauft und nicht viel dafür bekommen; ich kann dir sagen...«

An dem Abend brauchte ich eine Stunde, um mich zum Abendessen umzuziehen. Und es war ein sehr fröhliches Essen.

»Sieht der Dirigent nicht wie ein Pinguin aus?«

»Ja, bitte ihn doch, den Gaukler-Walzer zu spielen.«

»Diesen alten Walzer?«

»Ja, ich mag ihn... bitte ihn... Hör mal, Pierre, haben wir den Wagen noch?«

»Bis morgen.«

»Ach, geh doch zur Garage und hole ihn. Ich hätte Lust, heute abend wie der Teufel damit herumzufahren... Du nicht auch?«

Er zuckte die Achseln: »Warum nicht?«

Noch einmal und zum letzten Mal flogen wir zwischen zwei Reihen dunkler Bäume dahin, deren Wipfel in dem starken Wind wie verrückt tanzten.

»Schneller! Schneller! Bring das verdammte Ding auf Trab!«

Wir fuhren hundert.

Ich dachte: er hat begriffen – und begann mir den Baum auszusuchen, an dem wir zerschellen würden, und schrie vor Lachen über das alte Weib namens Schicksal, denn jetzt würde ich ihm entwischen.

»Fahr zu!... Fahr zu!...«

Wir fuhren langsamer.

Wir waren wieder vor dem Hotel.

»Du bist betrunken, Frances«, sagte Pierre streng.

Ich stieg aus, stolperte, lachte töricht – sagte: »Adieu! Armer alter Wagen« – und raffte die letzten Reste meiner Würde zusammen, um ins Hotel zu gehen...

Die Devise hieß: »Nach London!«

Tiger sind hübscher

Bis September, Petronella

Eine Drehorgel spielte an der Ecke des Torrington Square. Sie spielte *Destiny* und *La Paloma* und *Le rêve passe*, lauter Melodien, die ich mochte, und der Wind war warm und mild, nicht tückisch wie sonst meist in London. Ich packte das gestreifte Kleid ein, das Estelle mir hatte aussuchen helfen, dazu das billige weiße, das so gut saß, und meine beste Unterwäsche; ich fühlte mich sehr glücklich beim Packen. Ein bißchen Abwechslung, denn dieser Sommer hatte mir nicht allzuviel Glück gebracht.

Ich redete mir immer ein, die Farbe des Teppichs oder irgend etwas sonst in meinem Zimmer deprimierten mich, aber es lag nicht daran. Und es hatte auch nichts mit Geld zu tun. Ich verdiente fast fünf Pfund die Woche – sehr gut für meine Verhältnisse und nicht zu vergleichen mit damals, als ich anfing und überall herumlief, um Arbeit zu finden. Hausieren verboten, keine Mannequins, war an manchen Türen zu lesen, und da stand man dann mit kalten, klammen Händen und hatte Angst, auf die Klingel zu drücken. Aber das lag nun hinter mir; diese Mutlosigkeit hatte nichts mit Geld zu tun.

Ich wünschte mir oft, wie Estelle zu sein, die junge Französin, die in dem großen Zimmer im Erdgeschoß wohnte. Bei ihr lief alles nach Plan, sie spazierte so bewundernswert über das dünne Seil und wußte nicht einmal, daß sie darauf herumspazierte. Ich mußte an die Gespräche denken, die wir miteinander geführt hatten, an ihre Kleider und ihre Parfums und an die Art, wie sie sich frisierte, und daß ihr Zimmer, wenn ich sie besuchte, gar nicht wie ein Pensionszimmer im Bloomsbury wirkte – und wenn es um Pensionszimmer im Bloomsbury geht, da weiß ich wirklich, wovon ich rede. Nein, es war wie ein Zimmer aus einem dieser langen gefühlvollen Romane von sechshundertfünfzig kleingedruckten Seiten, die aus dem Französischen oder Deutschen oder Ungarischen oder was weiß ich woher übersetzt sind – jedenfalls findet sich die Stimmung, die ich meine, nur in wenigen englischen Romanen. Und man liest eine Seite daraus oder auch nur einen einzigen Satz und verschlingt dann das ganze Buch und läuft noch wochenlang, monatelang – vielleicht das ganze Leben, wer weiß? – wie im Traum umher, umgeben von den sechshundertfünfzig Seiten, den Häusern, den Straßen, dem Schnee, dem Fluß, den Rosen, den Mädchen, der Sonne, den Toiletten der Damen und den Stimmen der Herren, den alten, bösen, hartherzigen Frauen und den alten, traurigen Frauen, der Walzermusik, allem. Was nicht darin ist, das tut man hinterher selbst dazu, denn es lebt, dieses Buch, und es wächst in deinem Kopf. ›Das Haus, in dem ich das Buch las‹, denkt man, oder ›diese Farbe erinnert mich an das Buch.‹

Damals, nachdem Estelle weggegangen war und mir gesagt hatte, sie gehe nach Paris und sei nicht sicher, ob sie zurückkomme, geriet ich in eine Pechsträhne. Ein paar von den Leuten, denen ich Modell gesessen hatte, gingen im Juni aus London weg, aber anstatt mich um neue Arbeit zu kümmern, machte ich lange Spaziergänge, kreuz und quer, immer denselben Weg – Euston Road, Hampstead Road, Camden Town –, obwohl ich diese Straßen haßte, die wie ein grauer Alptraum in der Sonne lagen. Man sah so viele alte Frauen oder Frauen, die alt wirkten, wenn sie das Gemüse auf dem Camden Town-Markt inspizierten, wenn sie einen voller Haß oder auch nur leer anstarrten, als hätten sie deine Sprache vergessen und sprächen eine andere. ›Mein Gott‹, dachte ich dann, ›ich hoffe nur, ich werde nicht so alt. Und jedenfalls will ich mein Haar nie grau werden lassen, wie alt ich auch werden mag. Ich werde es schwarz färben, rot, jede beliebige Farbe, aber ich will es nie grau werden lassen. Grau ist mir allzu verhaßt.‹ Als ich von einem dieser Spaziergänge zurückkehrte, kam mir plötzlich wie eine Offenbarung der Gedanke, daß ich mir jederzeit das Leben nehmen und Schluß machen könne, wann es mir paßte. Von da an kam ich besser zurecht.

Als Marston schrieb und ich dem Vermieter sagte, daß ich für vierzehn Tage wegginge, meinte er: »Da erwartet die Damen ja eine lustige Zeit, wie? – eine lustige Zeit für die Mädchen? Wurde aber auch Zeit.«

Marston sagte: »Du wirkst ja recht munter, meine Liebe. Ich hätte dich kaum erkannt.«

Ich blickte den Bahnsteig entlang, aber Julian war nicht mitgekommen, mich abzuholen. Nur Marston war da, sein langes weißes Gesicht und seine blaßblauen Augen, die lächelten.

»Was für ein Riesenkoffer«, sagte er. »Ich habe mein Motorrad hier, aber das lasse ich wohl besser stehen. Wir nehmen ein Taxi.«

Es wurde schon dunkel, als wir das Häuschen erreichten, das ganz allein auf einem Hang lag. Nahe der Veranda standen mitten in einem Feld zwei Ulmen, aber das Land sah kahl aus mit seinen niedrigen, grasbewachsenen Hügeln.

Als wir den Weg durch den Garten hinaufgingen, konnte ich Julian lachen und ein Mädchen sprechen hören; ihre Stimme war sehr hoch und aufgeregt, doch als wir ins Zimmer traten, setzte sie eine gelassene, hochmütige Miene auf. Ihr Kleid war rot, und sie trug mehrere Armbänder aus buntem Glas, die klirrten, wenn sie sich bewegte.

Marston sagte: »Das ist Frankie. Den großen Julian kennst du natürlich schon.«

Nun, ich kannte Frankie Morell vom Sehen, aber da sie nichts davon sagte, tat ich es auch nicht. Wir lächelten uns falsch und wachsam an.

Der Tisch war für vier Leute gedeckt. Das Zimmer wirkte gemütlich, es gab aber keine Blumen darin. Ich hatte erwartet, daß es voller Blumen wäre. Immerhin standen in meinem Schlafzimmer ein paar Geißblattzweige in einem grünen Krug, und Marston, der auf der Schwelle stand, sagte: »Ich bin heute früh kilometerweit gelaufen, um dir die Zweige zu holen. Als ich sie pflückte, habe ich ununterbrochen an dich gedacht.

Beeil dich«, sagte er. »Wir haben alle großen Hunger.«

Wir aßen Schinken und Salat und tranken Birnenwein. Er stieg mir ein wenig in den Kopf. Julian sprach von seiner Arbeit, die ihm anscheinend nicht gefiel. Er war Musikkritiker an einer Tageszeitung. »Es ist skandalös. Man ist gezwungen, die guten Leute herunterzumachen und die schlechten zu loben.«

»Gezwungen?« fragte Marston.

»Na ja, sie geben einem sehr deutliche Hinweise.«

»Ich bringe die Teller weg«, sagte Frankie zu mir. »Sie können morgen anfangen. Von den Frauen hier im Ort macht keine einen Finger für uns krumm. Wir sind erst vierzehn Tage hier, aber sie haben sich in einen Haß hineingesteigert, man möchte es nicht glauben. Julian sagt, ihm wird ganz schwach, wenn er daran denkt. Warum daran denken, frage ich?«

Als sie wiederkam, drehte sie das Licht aus. Unten war es sehr still. Die beiden Bäume draußen bewegten sich nicht, und auch der Mond stand still.

Julian lag auf dem Sofa, und ich betrachtete sein Gesicht und sein Haar, als Marston mich in die Arme nahm und küßte. Doch ich sah weiter zu Julian hin und hörte zu, wie er vor sich hinpfiff – aufhörte, lachte, wieder anfing.

»Was war das für eine Melodie?« fragte ich, und Frankie antwortete gönnerhaft: »Tristan, das Duett aus dem zweiten Akt.«

»Diese Oper habe ich nie gesehen.«

Ich war überhaupt noch nie in der Oper gewesen. Trotzdem konnte ich mir alles vorstellen. Ich sah mich in einer Loge sitzen, in einem graublauen Kleid und silbernen Schuhen, und als das Licht anging, fragten alle: ›Wer ist das wunderschöne Mädchen in der Loge dort?‹ Aber das muß bald geschehen, sonst ist es zu spät.

Marston drückte mir die Hand. »Sehr schön, deine Darbietung, Julian«, sagte er, »großartig. Aber jetzt entschuldigt mich, meine Lieben, ich muß euch verlassen. Alle diese Gefühle –«

Julian machte wieder Licht, nahm ein Buch aus dem Regal und begann zu lesen.

Frankie hauchte auf die Nägel der einen Hand und polierte sie an der anderen. Sie hatte hübsche Nägel – natürlich bekam man damals eine Maniküre für nur einen Schilling –, aber ihre Hände waren groß und zu weiß für ihr Gesicht. »Ich habe Sie bestimmt schon im Apple Tree gesehen.« Der Apple Tree war ein Nachtklub in der Greek Street.

»O ja, oft.«

»Aber Sie haben sich das Haar schneiden lassen. Ich wollte mir meine auch abschneiden lassen, aber Julian war dagegen. Er hat mich gebeten, es nicht zu tun. Nicht wahr, Julian?«

Julian antwortete nicht.

»Er sagte, er würde seine Kraft verlieren, wenn ich mir das Haar abschneiden ließe.«

Julian blätterte um und las weiter.

»Hier ist es nicht übel, was?« sagte Frankie. »Nicht

so eine Hütte, wo man mit dem Kopf an die Decke stößt und vier Meilen im Dunkeln zur Toilette gehen muß. Es sind noch zwei Schlafzimmer da außer dem, das Marston Ihnen zugedacht hat. Kommen Sie, schauen Sie sie sich einmal an. Wenn Sie wollen, können Sie auch umziehen. Julian bringen wir von seinem Buch jetzt doch nicht weg. Es handelt von der biologischen Unterlegenheit der Frau. Nicht wahr, Julian, das hast du mir doch selbst gesagt?«

»Ach, geh doch endlich«, sagte Julian.

Schließlich saßen wir in ihrem Zimmer, und sie holte ein paar Porträtstudien und Ganzaufnahmen hervor, Photographien.

»Gefallen sie Ihnen? Kennen Sie den Mann hier? Er sagt, ich sei das beste Modell, das er je hatte. Er sagt, ich sei weit und breit das beste Modell in London.«

»Wunderschön. Herrliche Photographien.«

Doch Frankie, die auf dem großen Bett saß, sagte: »Sind die Menschen nicht ekelhaft? Julian sagt, ich dächte nie. Er täuscht sich, ich denke manchmal sehr viel. Neulich erst habe ich mir lange den Kopf darüber zerbrochen, wer schlimmer ist – die Männer oder die Frauen.«

»Und?«

»Die Frauen sind schlimmer.«

Sie hatte langes, glattes schwarzes Haar, das aus der Stirn gekämmt war und ihr weich fast bis zur Taille herabfiel, und eine glatte, klare kleine Stimme und eine glatte, hochmütige Miene.

»Die zertrampeln einem das Gesicht, wenn man

sich's gefallen läßt. Und kreischen vor Lachen über den Schaden. Aber ich werde mir's nicht gefallen lassen – o nein ... Marston spricht immerzu von Ihnen«, sagte sie. »Er mag Sie sehr gern, der arme alte Marston. Erinnern Sie sich an das Bild, wenn man in sein Atelier kommt – gleich am Eingang? Wie nennt er das doch gleich?«

»Die Apotheose der Lust.«

»Ja, die Apotheose der Lust. Aus irgendeinem Grund muß ich lachen, wenn ich daran denke. Armer, alter Andy Marston ... Aber eigentlich weiß ich nicht, warum ich ›armer alter Andy Marston‹ sage. Er wird immer Geld in der Tasche haben. Seine Familie ist sehr reich, wissen Sie?«

»Mir wird kalt, wenn ich an ihn denke.«

Ich dachte: ›Warum habe ich das gesagt?‹ Denn ich habe Marston gern.

»Aha, so stehen Sie zu ihm?« Sie schien erfreut, als habe sie etwas gehört, was sie hatte hören wollen, etwas, worauf sie gewartet hatte.

»Bist du müde?« fragte Marston.

Ich blickte aus dem Schlafzimmerfenster auf ein paar Schafe hinunter, die auf dem Feld mit den Ulmen grasten.

»Ein bißchen«, sagte ich. »Ein bißchen sehr.«

Seine Mundwinkel senkten sich enttäuscht.

»Oh, Marston, ich danke dir, daß du mich hergeholt hast. Es ist so herrlich, aus London rauszukommen; es ist wie ein Traum.«

»Ein Traum, du lieber Himmel! Aber wenn es schon

um Träume geht, warum sollten sie nicht angenehm sein?«

Er setzte sich aufs Fensterbrett.

»Der große Julian ist nicht so übel, was?«

»Warum nennst du ihn den großen Julian? Als ob du dich über ihn lustig machtest.«

»Mich über ihn lustig machen? Gott behüte, ich mache mich doch nicht lustig über ihn. Er *ist* der große Julian. Er wird eines Tages sehr bedeutend werden, soweit ein englischer Musiker bedeutend sein kann. Aber er ist entsetzlich eingebildet. Natürlich nicht über seine Musik – auf seinen persönlichen Charme bildet er sich was ein. Ich verstehe nicht, wieso. Eigentlich ist er ein ganz gewöhnlicher Typ. Diese Nase, dieser Mund und diese Stimme – das begegnet einem doch überall. Du magst ihn gar nicht sehr, nicht wahr?«

»So?«

»Natürlich magst du ihn nicht. Hast du vergessen, wie ärgerlich du warst, als ich dir sagte, er müsse eine Frau erst einmal *sehen*, ehe er sich einverstanden erklären könne, sie zwei Wochen lang um sich zu haben? Das hat dich doch ziemlich aufgeregt, dachte ich. Sag bloß nicht, das war nur eine momentane Aufwallung, du armseliges Ding von einer Frau – Frau, Frau in einem Land, in dem die Frauen bestenfalls geduldet sind! Was soll nur aus dir werden, Miss Petronella Gray, die in einem Pensionszimmer am Torrington Square wohnt, ohne Geld, ohne Herkunft und ohne Grips? ... Ist Petronella dein richtiger Name?«

»Ja.«

»Du machst mir Sorgen, egal, wie du heißt. Gray ist doch sicher nicht dein richtiger Name.«

Ich dachte: ›Was macht das schon? Wenn du wüßtest, wie schauderhaft mein Zuhause war, würdest du dich nicht darüber wundern, daß ich meinen Namen ändern und alles vergessen wollte, was damit zusammenhing.‹

Ich sagte, ohne ihn anzusehen: »Ich heiße nach meiner Großmutter – Julia Petronella.«

»Oh, du hast eine Großmutter, tatsächlich? Na, so was! Jetzt setz um Himmels willen nicht so ein Gesicht auf. Hör auf meinen Rat, schaff dir ein dickes Fell an und schärfe deine Krallen, bevor es zu spät ist. *Bevor es zu spät ist*, merke dir das. Sonst wird es dir verdammt dreckig gehen im Leben.«

»So, daß ich mir den Tod wünsche?«

Er machte ein erschrockenes Gesicht. »Warum sagst du das?«

»Es fiel mir so ein. Ich hab' nur Spaß gemacht.«

Als er nicht antwortete, sagte ich: »Also, gute Nacht. Schlafe tief und gesund.«

»Ich kann nicht schlafen«, sagte er. »Ich werde den beiden wohl noch eine ganze Weile zuhören müssen. Wenn sie verliebt sind, machen sie Krach, und wenn sie sich streiten, ist es noch schlimmer. Sie geht mit einem Taschenmesser auf ihn los. Wohlgemerkt, sie macht das nur, weil er es mag, aber ihre Gutmütigkeit ist nur vorgetäuscht. In Wirklichkeit ist sie eine Kanaille. Mach deine Tür zu, dann hörst du nichts. Wirst du morgen traurig sein?«

»Natürlich nicht.«

»Dann mach nicht ein Gesicht wie sieben Tage Regenwetter«, sagte er und ging hinaus.

So reden sie immer. ›Du machst ein Gesicht wie sieben Tage Regenwetter‹, sagen sie; ›du wirkst ja recht munter, ich erkenne dich kaum wieder‹, sagen sie. ›*Mach ein fröhliches Gesicht*‹, sagen sie. ›Meine liebe Petronella, ich habe ganz was Neues mit dir vor. Ich werde dich draußen in der farbenprächtigen Natur malen. Kannst du also morgen nachmittag irgend etwas Fröhliches anziehen? Keines von diesen langweiligen Dingern, die du sonst immer trägst. Fröhlich – du weißt doch, was das heißt? Denk darüber nach, es ist sehr wichtig.‹

Was einem doch alles einfällt...

Als ich einmal allein in einem vollgestopften Atelier war, ging ich zu einem Gipsabguß – einem Männerkopf, einem dieser griechischen Köpfe – und küßte ihn, weil er so schön war. Sein Mund fühlte sich warm an, nicht kalt. Er lächelte. Als ich ihn küßte, wurde es totenstill im Zimmer, und ich fürchtete mich. Eines Tages erzählte ich es Estelle. ›Klingt das nicht verrückt?‹ Sie lachte nicht. Sie sagte: ›Wer hat nicht schon ein Bild oder eine Photographie geküßt und sich plötzlich gefürchtet?‹

Die Melodie, die Julian gepfiffen hatte, quälte mich. Sie und die blinden Augen des Gipsabgusses und die Art, wie die Sonne an schönen Tagen auf mein schwarzes Eisenbett am Torrington Square schien. Die Stäbe der Bettstelle grinsen mich an. Manchmal zähle ich die

Knöpfe an der Kommode dreimal hintereinander. ›Eines von diesen langweiligen Dingern ...‹

Ich begann, im Geist mit Julian zu reden. War es Julian? ›Ich bin nicht so. Ich bin ganz und gar nicht so. Sie versuchen alle, mich so weit zu bringen, aber ich bin nicht so.‹

Nach einer Weile nahm ich Bleistift und Papier und schrieb: »Ich liebe Julian. Julian, einmal habe ich dich geküßt, aber du wußtest es nicht.«

Ich faltete das Papier mehrere Male zusammen und versteckte es unter ein paar Kleidern in meinem Koffer. Dann ging ich zu Bett und schlief sofort ein.

Wo unser Weg in die Hauptstraße einmündete, standen ein paar kleine Häuser. Auf dem Rückweg von unserem Spaziergang am nächsten Vormittag kamen Marston und ich an zwei Frauen vorbei, die in ihren Gärten voller Lupinen und Mohnblumen standen. Sie sahen uns mürrisch an, als hätten sie etwas gegen uns. Als Marston »Guten Morgen« sagte, antworteten sie nicht.

»Unfreundliches, selbstgerechtes Pack«, murmelte er, »aber so sind sie eben.«

Das Gras um unser Haus war hoch und stellenweise niedergetreten. Blumen gab es da nicht.

»Sie sind wieder da«, sagte Marston. »Da ist das Motorrad.«

Sie traten auf die Veranda heraus, sehr adrett: Frankie in ihrem roten Kleid, das Haar mit einem rotblauen Tuch hochgebunden, Julian trug ein braunes Jackett über einem blauen Hemd und eine schäbige graue

Hose, wie Marston sie auch hatte. Sehr fröhlich, dachte ich. *(Fröhlich – weißt du, was das heißt?)*

»Was ist denn mit dir los, Marston?« sagte Julian. »Du siehst ja zum Fürchten aus.«

»Sie sehen wirklich ein bißchen verstimmt aus«, sagte Frankie. »Was ist passiert? Erzählen Sie.«

»Erzähl ihr nichts«, sagte Marston. »Ich werde mich auch umziehen. Warum soll ich der einzige in dieser glänzenden Versammlung sein, der ein zerrissenes Hemd und fleckige Hosen anhat? Wartet nur, bis ihr seht, was ich vorzuweisen habe – aber ich meine nicht das, was ihr denkt.«

»Laß uns das Essen fertig machen«, sagte Frankie zu mir.

Der Küchentisch lag voller Sachen, die sie von Cheltenham mitgebracht hatten, und in der Ecke waren in einem Eimer Wasser mehrere Flaschen Weißwein kaltgestellt.

»Was haben Sie mit Marston gemacht?«

»Nichts. Was um Himmels willen meinen Sie?«

Nichts war passiert. Wir saßen unter einem Baum, schauten auf ein Kornfeld, und Marston legte seinen Kopf in meinen Schoß, und dann kam ein Mann vorbei und brüllte uns an. Ich sagte: ›Was glauben Sie eigentlich, was wir mit Ihrem Getreide machen? Dürfen wir uns nicht mal Ihr Korn anschauen?‹ Aber Marston murmelte nur: ›Es tut mir furchtbar leid, es tut mir furchtbar leid‹, und so weiter. Und dann gingen wir in der Sonne die Hauptstraße entlang und redeten nicht viel, weil ich ihn verachtete.

»Es ist nichts passiert«, sagte ich.

»Na schön, schade, daß Julian heute schlecht gelaunt ist. Aber beachten Sie ihn gar nicht. Fangen Sie keinen Streit an, egal, was Sie tun; lenken Sie einfach ein.«

»Schauen Sie, was für ein herrliches Steak ich mitgebracht habe«, sagte sie. »Marston sagt, er kann außer kaltem Schinken kein Fleisch anfassen, ich bitte Sie, und er ist derjenige, der hier kocht. Kalter Schinken und Risotto, Risotto und kalter Schinken. Und Curry-Eier. Was anderes haben wir noch nicht gegessen, seit wir hier sind.«

Als wir mit dem Essen hereinkamen, hatten sie schon eine Flasche Wein ausgetrunken. Julian sagte: »Auf die verfluchten Spießbürger, die ich heute vormittag gesehen habe. Mögen sie blühen und gedeihen und Sprößlinge hervorbringen, genau wie sie selber, nur noch viel, viel schlimmer, wenn wir alle schon längst in unseren Schandgräbern liegen.«

Marston trug jetzt einen schwarzseidenen Pyjama mit einem Muster aus roten und grünen Drachen. Sein langer dünner Hals und sein trauriges Gesicht wirkten höchst seltsam über dieser Aufmachung. Frankie und ich tauschten einen Blick und kicherten. Julian sah mich mit gerunzelter Stirn an.

Marston ging hinüber zum Spiegel. »Mach dir nichts draus«, sagte er leise zu seinem Spiegelbild, »mach dir nichts draus, mach dir nichts draus.«

»Schon wieder Schinken und Salat«, sagte Frankie. »Aber ich habe ein paar Pflaumen besorgt.«

Der Tisch stand dicht am Fenster. Ein heißes, blendendes Licht schien uns in die Augen. Wir versuchten, die Jalousien herunterzulassen, aber eine blieb hängen, und wir aßen in dem grellen Licht weiter.

Dann fing Frankie wieder von dem Steak an. »Heute abend müssen Sie mal einen Happen probieren, Marston.«

»Das wäre nicht mein erster Versuch«, sagte Marston. »Man hat mich früher schon einmal überredet, Rindfleisch zu kosten.«

»Oh, das haben Sie mir nie erzählt. Hat's geschmeckt?«

»Ich dachte, es würde wie Schweiß schmecken«, sagte Marston, »und das tat es auch.«

Frankie sah verärgert aus. »Der Kummer mit euch ist, daß ihr es auch anderen Leuten verekeln wollt, bloß weil ihr euch selber nichts draus macht. Wenn Sie's nicht mögen, könnten Sie's doch damit gut sein lassen, aber Sie geben keine *Ruhe*, bis Sie auch allen anderen den Geschmack verdorben haben.«

»Oh Gott, saufen wir uns einfach einen an«, sagte Julian. »In der Küche sind massenweise Weinflaschen. Kaltgestellt, hoffentlich.«

»Wir holen sie schon«, sagte Frankie, »wir holen sie schon.«

Frankie saß auf dem Küchentisch. »Ich glaube, Julian ist auf Streit aus. Lassen Sie ihn sich ein bißchen beruhigen... Sie wollen sich Marston vom Leibe halten, nicht wahr? Und ihm gefällt das gar nicht, er ist ganz verzweifelt. Sie müssen mit diesen Leuten vorsichtig sein, die können hart sein wie Stahl.«

Weit in der Ferne bellte ein Hund, krähte ein Hahn, sägte jemand Holz. Ich hörte kaum, was sie sagte, weil es wieder über mich kam, dieses Glücksgefühl, dieses Gefühl, wie ein Fisch im Wasser zu sein, so daß ich mich gar nicht erinnern konnte, jemals unglücklich gewesen zu sein.

Frankie begann eine lange Geschichte von einem Mann namens Petersen, der ein Stück über nordische Götter und Göttinnen und Yggdrasil geschrieben hatte.

»Ich dachte, Yggdrasil wäre ein Mädchen, aber anscheinend ist es ein Baum.«

Marston und Julian und die ganze Clique hatten sich Petersens angenommen, sagte sie. Sie fragten ihn aus und machten ihn betrunken. Dann zog er sich immer die Kleider aus und tanzte herum, und wenn er es nicht tat, fragte bestimmt jemand: »Was ist denn los? Warum tanzen Sie nicht?« Doch als er wirklich unerquicklich wurde, ließen sie ihn fallen wie eine heiße Kartoffel. Er verschwand einfach.

»Ich traf einen alten Freund, der ihn kannte, und fragte ihn, was passiert sei. Er sagte: ›Ein riesiger Schlund hat Petersen verschlungen...‹ Schlund, was für ein Ausdruck! Da muß ich an Julians Mutter denken, die könnte man vielleicht als Schlund bezeichnen. Na, ich werd' mal jetzt lieber die Flaschen hier reintragen.«

Wir nahmen die vier Flaschen aus dem Eimer und gingen wieder ins Wohnzimmer. Es war noch immer heiß, und das Licht blendete, aber nicht mehr so schlimm wie vorher.

»Jetzt bin ich an der Reihe, eine Rede zu halten«, sagte Marston. »Aber ihr müßt trinken, ihr hübschen Geschöpfe, trinkt.« Er füllte unsere Gläser, und ich trank meines schnell aus. Er füllte es wieder.

»Meine Rede«, sagte er, »meine Rede... laßt uns auf den Nachmittag trinken, die beste Tageszeit. Der grausame Morgen ist vorbei, die schreckliche, ungewisse, einsame Nacht liegt noch vor uns. Ich trinke auf den herzzerreißenden Nachmittag... Ich werde jetzt ein Gedicht deklamieren. Es ist banal und abgenutzt, wie so vieles andere, aber trotzdem schön. *C'est bien la pire peine de ne savoir pourquoi –«*

Er brach ab und begann zu weinen. Wir sahen ihn alle an. Keiner lachte; keiner wußte, was er sagen sollte. Ich fühlte mich von dem grellen Licht eingeschlossen.

Marston putzte sich die Nase, wischte sich die Augen und nuschelte weiter: *»Pourquoi, sans amour et sans haine, Mon cœur a tant de peine...«*

»›Sans amour‹, das stimmt«, sagte Julian und starrte mich an. Ich erwiderte seinen Blick.

»Doch die Liebe, ach, die wollt'st du nicht, mein Herz«, fuhr Marston fort, *»Soviel wir baten, zahlten, dich im Mörser mahlten – denn du konntest nicht, mein Herz.«*

»Das Motorrad war eigentlich unser Glück«, sagte Frankie. »Julian hatte einen Streit mit einem Mann aus dem Bus, der gerade ankam. Ich dachte, er bekäme einen Anfall.«

»Streit?« sagte Julian. »Ich streite nie. Ich habe zuviel Angst.«

Er starrte mich noch immer an.

»Also – jedenfalls bist du sehr ausfallend geworden.«

»Ich werde auch nie ausfallend«, sagte Julian. »Ich habe viel zuviel Angst, um ausfallend zu werden. Ich leide schweigend.«

»Das würde ich an Ihrer Stelle nicht tun«, sagte ich. Der Wein machte mich schwindlig, und auch das grelle Licht und die Art, wie er mich ansah.

»Was führt dieses junge Geschöpf hier im Schilde?« sagte er. »Ich werde nicht recht klug aus ihr.«

»Verfluchte ehrenwerte Spießbürger können das nie.«

»Haha«, sagte Frankie. »Das saß, Julian. Du hast es immer mit den Spießern, aber weißt du, *du* bist selbst ein Spießer, ganz gleich, was du sagst, und egal, was du tust, und du wirst ein Spießer bleiben, bis du stirbst, wie auch immer du sterben magst. Und deshalb entgeht dir ziemlich viel, ob du es glaubst oder nicht.«

»Meng du dich hier nicht ein, Phönizierin«, sagte Julian. »Du hast hier nichts zu sagen. Verzieh dich unter den Tisch, denn da habe ich dich am liebsten.«

Frankie kroch unter den Tisch. Sie fuhr ab und zu mit dem Kopf heraus und tat, als wolle sie ihn in die Beine beißen, und er fing dann jedesmal an zu zittern und zu schreien.

»Ach, komm wieder raus«, sagte er schließlich. »Es ist zu heiß für solche Späße.«

Frankie kroch wieder heraus, sehr zufrieden mit

sich, stellte sich vor den Spiegel und ordnete das Tuch um ihr Haar. »Bin ich wirklich wie eine Phönizierin?«

»Natürlich. Eine Phönizierin aus Cornwall in England. Direkte Linie, würde ich sagen.«

»Und was ist sie?« sagte Frankie. Ihre Augen sahen plötzlich ganz anders aus, wie Schlangenaugen. Wir alle sahen ganz anders aus – es ist komisch, was der Alkohol zuwege bringt.

»Das ist auch ganz leicht zu sehen«, sagte Julian.

»Na schön, warum sagen Sie's dann nicht frei heraus?« fragte ich. »Oder haben Sie Angst?«

»Manchmal fehlen einem die Worte.«

Marston fuchtelte mit den Armen herum. »Julian, laß das sein. Ich will das nicht.«

»Du Dummkopf«, sagte Julian. »Du Dummkopf, siehst du denn nicht, daß sie fünftklassig ist? Siehst du das denn nicht?

Sie miese Kreuzung aus Kellnerin und Ballettratte«, sagte er. »Sie Spinnenweib«, sagte er. »Seit Wochen lachen Sie über ihn«, sagte er, »verspotten ihn, machen sich über ihn lustig. Halten ihn von der Arbeit ab – den besten Maler auf dieser mistigen Insel, den einzigen meiner Meinung nach. Und wenn ich versuche, ihn von Ihnen zu trennen, dann müssen Sie ihm natürlich hierher nachkommen.«

»Das stimmt überhaupt nicht«, sagte Marston. »Du bist ungerecht zu dem Mädchen. Du verstehst sie überhaupt nicht.«

»Ihr ist es doch egal«, sagte Julian. »Schau sie an – das blöde Ding kann sich ja vor Lachen nicht halten.«

»Na, was bleibt einem denn weiter übrig, wenn man es mit einer Clique zu tun hat, die sich gegenseitig in den Himmel hebt?« sagte ich.

»Du läßt dich von deiner Eifersucht hinreißen«, sagte Marston.

»Eifersucht?« sagte Julian. »Eifersucht!« Er war nicht wiederzuerkennen. Seine schönen Augen waren zu kleinen, häßlichen Löchern geworden, durch die man ins Nichts blickte.

»Eifersüchtig worauf?« kreischte er. »Weißt du nicht, daß sie gestern abend zu Frankie gesagt hat, sie könne dich nicht leiden und gebe sich nur mit dir ab, weil sie Geld brauche? Was hältst du davon? Öffnet dir das die Augen?«

»Also, *Julian*!« Frankies Stimme war genauso hoch und laut wie seine. »Du hattest kein Recht, ihm das wiederzusagen. Du hast mir versprochen, nichts zu sagen, und außerdem hast du übertrieben. Da redest du immer davon, wie minderwertig die Frauen sind, und dabei wirst du deiner gräßlichen Mutter immer ähnlicher.«

»Das stimmt«, sagte Marston jetzt ganz ruhig. »Julian, das stimmt wirklich.«

»Wißt ihr, was eigentlich dahintersteckt?« fragte Frankie mit einer Kopfbewegung zu Julian hin. »Er will nicht, daß ich mit ihm wieder nach London gehe. Ich soll mich von seiner abscheulichen Mutter begönnern und erziehen lassen, in ihrem trostlosen Haus in dieser trostlosen Gegend, damit die dann sagen kann, ich wäre ein hoffnungsloser Fall. War sie nicht großartig, eine wahre Heilige, daß sie es versucht hat? Aber dieses Mädchen ist wirklich *ganz unmöglich*. Glaubst du, dieser Trick wäre mir neu? Der ist so alt wie die Berge.

Du bist gemein«, sagte sie zu Julian, »und im Grunde verabscheust du die Mädchen. Bilde dir nur nicht ein, daß ich dich nicht durchschaue. Du möchtest mich unterkriegen. Aber das wird dir nicht gelingen. Wenn du denkst, du wärest der einzige Mann auf der Welt, der mich gern hat, oder ich wäre eine gottverdammte Närrin, dann irrt ihr euch gewaltig, du und deine Mutter.«

Sie zog eine Haarnadel aus dem Haar, bog sie so, daß sie wie ein Kneifer aussah, und fuhr mit gezierter Stimme fort: »Verstöhe ich Sü rüchtig, sagten Sü, daß *main* Sohn –« sie setzte sich den Kneifer auf die Nase und blickte säuerlich darüber hinweg – »mit einer *einzigen* Verbindung –«

»Verdammt noch mal«, sagte Julian, »verdammt, verdammt noch mal.«

»Jetzt geht's los«, sagte Marston gelassen. »Es ist ein Fehler, an einem heißen Nachmittag zu trinken. Gleich zückt sie das Taschenmesser... Geh nicht weg. Bleib hier und schau dir den Spaß an. Ich setze jederzeit auf Frankie.«

Aber ich ging in mein Schlafzimmer und machte die Tür zu. Ich hörte, wie sie sich zankten und Marston sehr kühl und überlegen ab und zu ein Wort dazwischenwarf. Dann nichts mehr. Sie waren auf die Veranda hinausgegangen.

Ich nahm den Brief, den ich geschrieben hatte, und

zerriß ihn sehr sorgfältig in vier Stücke. Ich spuckte auf jedes Stück. Ich öffnete die Tür – kein Laut war von ihnen zu hören. Ich ging mit den Papierfetzen in die Toilette, warf sie hinein und zog. Als ich das Wasser rauschen hörte, war mir besser.

Die Küchentür stand offen, und ich sah, daß von dort ein anderer Weg auf die Hauptstraße führte.

Und da lief ich nun, immer weiter, den Blick auf den Boden geheftet, und dachte an gar nichts. Lange lief ich so und schaute nicht auf, obwohl ich an mehreren Leuten vorüberkam. Schließlich gelangte ich zu einem Wegweiser. Ich war auf der Straße nach Cirencester. Irgend etwas an dem Wort ›Meilen‹ ließ mich ganz müde werden.

Ein kleines Stück weiter war die Mauer neben der Straße niedrig. Es war dieselbe Mauer, auf der ich am Vormittag mit Marston gesessen hatte. Er hatte gesagt: ›Meinst du, daß wir hier ausruhen können, oder werden sich sogar die Steine gegen uns erheben?‹ Ich blickte mich um, sah aber niemanden, und so kletterte ich hinüber und setzte mich in den Schatten. Es war eine hübsche Landschaft, nur kahl. Das weiße, grelle Licht war noch immer am Himmel.

Nahebei gurrte eine Taube. ›Gurre nur zu, Taube‹, dachte ich. ›Es hat keinen Sinn, keinen Sinn, aber gurre nur, gurre nur zu.‹

Nach einer Weile verging das benommene Gefühl, als hätte mich jemand auf den Kopf geschlagen. Ich dachte: ›Cirencester – und dann ein Zug nach London. Nichts ist einfacher.‹

Dann merkte ich, daß ich neben allem anderen auch meine Handtasche und mein Geld im Schlafzimmer in dem Haus zurückgelassen hatte, aber die Vorstellung, dorthin zurücklaufen zu müssen, machte mich so müde, daß ich kaum einen Fuß vor den anderen setzen konnte.

Ich stieg über die Mauer. Ein Wagen, der die Straße entlangkam, bremste und hielt, und der Mann, der am Steuer saß, sagte: »Kann ich Sie mitnehmen?«

Ich trat an den Wagen.

»Wo möchten Sie denn hin?«

»Ich möchte nach London.«

»Nach London? Na, so weit kann ich Sie nicht bringen, aber ich kann Sie nach Cirencester mitnehmen, dort erreichen Sie einen Zug, wenn Sie wollen.«

Ich sagte eifrig: »Ja – aber ich muß erst noch einmal dorthin, wo ich gewohnt habe. Es ist nicht weit.«

»Dazu habe ich keine Zeit. Ich habe eine Verabredung. Ich bin schon spät dran und darf sie nicht versäumen. Ich will Ihnen etwas sagen – kommen Sie mit. Wenn Sie warten wollen, bis ich fertig bin, kann ich Sie dorthin fahren, wo Sie Ihre Sachen holen wollen.«

Ich stieg ein. Kaum hatte ich ihn berührt, fühlte ich mich getröstet. Manche Männer sind so.

»Na, Sie machen ja ein Gesicht wie sieben Tage Regenwetter.«

Wieder mußte ich lachen.

»So ist's schon besser. Es hat keinen Sinn, wenn man den Kopf hängen läßt.

Jetzt sind wir bald in Cirencester«, sagte er nach einer Weile. »Ich muß mit einer Menge Leute sprechen. Es ist Markttag heute, und ich bin Landwirt. Ich fahre Sie zu einem netten ruhigen Lokal, wo Sie eine Tasse Tee trinken können, während Sie auf mich warten.«

Er fuhr zu einem Pub in einer schmalen Straße. »Hier rein.« Ich folgte ihm in das Gastzimmer.

»Guten Tag, Mrs. Strickland. Schönes Wetter heute, was? Könnten Sie meiner Freundin eine Tasse Tee bringen, solange ich fort bin, und es ihr ein bißchen gemütlich machen? Sie ist sehr erschöpft.«

»Aber natürlich«, sagte Mrs. Strickland, indem sie mich rasch von oben bis unten musterte. »Ich nehme an, die junge Dame möchte sich auch ein bißchen frisch machen, nicht wahr?« Sie war dunkel und nett hergerichtet, aber ihre Stimme klang blechern.

»Oh, sehr gerne.«

Ich sah auf mein zerknittertes weißes Kleid. Ich fuhr mir mit der Hand über das Gesicht, denn ich wußte, wo ich es beim Liegen gegen den Boden gedrückt hatte, mußte ein roter Fleck sein.

»Bis dann«, sagte der Bauer.

In der Damentoilette waren die Hähne glänzend poliert, und der rot und schwarz geflieste Boden war sauber. Ich wusch mir die Hände, versuchte mein Kleid glattzustreichen und puderte mir das Gesicht – Poudre Nildé basanée –, ohne jedoch in den Spiegel zu schauen.

In einem kleinen, dunklen, stickigen Zimmer wurden mir Tee und Gebäck serviert. Es gab da drei Bilder von Lady Hamilton, Reklameschilder für Johnny Walker, Porzellanhunde mit Matrosenmützen und zwei Kalender. Auf einem war der 9. Januar, aber der andere stimmte – 28. Juli 1914...

»So, da wäre ich wieder.« Er ließ sich gewichtig neben mir nieder. »Hat Mrs. Strickland Sie gut versorgt?«

»Sehr gut.«

»Oh, sie ist in Ordnung, eine nette Frau. Sie kennt mich schon lange. Sie natürlich nicht, oder? Aber alles muß einmal anfangen.«

Dann sagte er, er habe diesen Nachmittag gar keine schlechten Geschäfte gemacht, und streckte seine Beine aus; er sah glücklich und zufrieden aus, als könnte nun nichts mehr schiefgehen.

»Woran dachten Sie gerade, als ich hereinkam? Sie sind so zusammengefahren.«

»Ich habe über die Zeit nachgedacht.«

»Über die Zeit? Ach, da machen Sie sich keine Gedanken. Zeit haben wir reichlich.«

Er holte ein großes Silberetui aus der Tasche, nahm eine Zigarre heraus und zündete sie an, langsam und gemächlich. »Reichlich Zeit«, sagte er. »Es ist dunkel hier drinnen, wie? Sie wohnen also in London, ja?«

»Ja.«

»Ich hab' mir schon oft gedacht, ich hätte gern ein nettes Mädchen in London.«

Seine Augen ruhten auf Lady Hamilton, und ich wußte, er stellte sich ein wirklich hübsches Mädchen vor – lauter Rundungen, Löckchen, Herz und zurückgezogene Krallen. Er schluckte und legte seine Hand auf meine. »Ich hätte gern das Gefühl, wenn ich in die Stadt fahre, daß ich da eine Freundin hätte, die ich besuchen und mit der ich meinen Spaß haben könnte. Sie verstehen. Und sie könnte auch ihren Spaß mit mir haben. Weiß Gott, das könnte sie. Ich weiß, was Frauen gern haben.«

»Wirklich?«

»Ja, freilich. Sie wollen ein bißchen Liebe, das mögen sie, ist's nicht so? Ein bißchen Liebe. Das mögen alle Frauen. Manchmal mögen sie es herausgeputzt – und manchmal ganz schlicht, das kommt ganz darauf an. Das muß man wissen, und ich weiß es. Ich weiß es eben.«

»Sie brauchen nichts mehr zu lernen, nein?«

»Auf dem Gebiet nicht. Und sie mögen hübsche Kleider und Parfumfläschchen und Armbänder mit blauen Steinen darin. Ich weiß das. Na, wie steht's?« fragte er wie im Scherz.

Ich sah von ihm weg auf den Kalender und gab keine Antwort; aus meinem Gesicht konnte er nichts lesen.

»Wie steht's?« wiederholte er.

»Es ist nett von Ihnen, daß Sie mich wiedersehen möchten – sehr galant.«

Er lachte. »Sie meinen, ich bin galant, ja? Na, vielleicht – vielleicht auch nicht. Fragen ist ja nicht verboten, nicht wahr? Ich wollte Sie nicht beleidigen – und Sie sind hoffentlich nicht gekränkt. Ist schon in Ordnung. Wir fahren Ihre Sachen holen und dann zum Zug – aber ehe wir aufbrechen, wollen wir noch was Gutes trinken. Das wird Ihnen nicht schaden. Nur wenn es schlecht ist, schadet es einem, wenn es gut ist, nicht. Das haben Sie noch nicht rausgefunden, aber das kommt noch. Mrs. Strickland hat ein paar feine Sachen, kann ich Ihnen sagen – gut genug für mich, und ich nehme nur das Beste.«

Wir tranken also eine Flasche Cliquot in der Bar.

Er sagte: »Das belebt, was?«

Das stimmte. Als wir gingen, fühlte ich mich nicht mehr müde, nicht einmal mehr traurig.

»Also«, sagte er, als wir einstiegen, »jetzt müssen Sie mir sagen, wo ich hinfahren soll. Und könnten Sie nicht vielleicht ein Liedchen singen?«

»Das war sehr hübsch«, sagte er, als ich zu Ende gesungen hatte. »Sie haben wirklich eine sehr hübsche Stimme. Singen Sie noch etwas.«

Aber wir näherten uns schon dem Haus, und ich brachte das nächste Lied nicht zu Ende, weil ich ängstlich war und fürchtete, ich könnte ihm nicht die richtige Stelle sagen, wo er abbiegen mußte.

Am Eingang des Weges dachte ich: »Der Champagner hat mir gutgetan.«

Er stieg aus dem Wagen und folgte mir. Als wir ans Gartentor gelangten, blieb er wortlos neben mir stehen.

Sie waren auf der Veranda. Wir konnten ihre Stimmen deutlich hören.

»Hör zu, du blödes Ding«, sagte Julian, »hör zu, du Schwachkopf. Was ich gestern gesagt habe, hat nichts zu tun mit dem, was ich heute sage oder morgen sagen werde. Wieso denn auch?«

»Das denkst du«, sagte Frankie trotzig. »Da bin ich

anderer Meinung. Es hat vielleicht doch etwas damit zu tun, ob dir's recht ist oder nicht.«

»Ach, hört doch auf zu streiten, ihr beiden«, sagte Marston. »Du hast gut reden, Julian, aber ich mache mir Sorgen um das Mädchen. Ich bin für sie verantwortlich. Sie sah so verdammt elend aus. Angenommen, sie hat sich umgebracht. Für mich wäre das gräßlich. Außerdem würde man mich wahrscheinlich mit Spott und Vorwürfen überschütten – wie gewöhnlich. Und du, der an allem schuld ist, wirst ungestraft davonkommen – auch wie gewöhnlich.«

»Sind das Ihre Freunde?« fragte der Bauer.

»Na ja, in gewisser Weise sind es schon meine Freunde... Ich muß hineingehen und meine Sachen holen. Ich werde nicht lange brauchen.«

Julian sagte: »Ich glaube, Marston, ich glaube fast, ich höre da unten eine Frau herumpiepsen. Du kannst deine Ängste vergessen. Sie ist nicht die Sorte, die sich das Leben nimmt. Ich hab' dir's doch gesagt.«

»Wer ist das?« sagte der Bauer.

»Das ist Mr. Oaks, einer von meinen Gastgebern.«

»Ach, ja? Seine Stimme gefällt mir nicht. Sie gefallen mir alle nicht, nach dem, was ich höre. Soll ich mit hineinkommen?«

»Nein, bleiben Sie. Ich bin gleich wieder da.«

Ich ging durch die Küche in mein Zimmer und versuchte, ganz leise zu sein. Ich zog mir mein dunkles Kleid an und begann dann, meine Sachen in den Koffer zu werfen. Bei alldem beeilte ich mich so sehr wie möglich, doch ehe ich fertig war, kam Marston herein, der noch immer seinen schwarzen Pyjama anhatte, auf dem die Drachen herumkrochen.

»Mit wem hast du draußen gesprochen?«

»Ach, das ist ein Mann, den ich getroffen habe. Er fährt mich nach Cirencester, dort erreiche ich den Zug nach London.«

»Du bist nicht eingeschnappt, oder?«

»Nicht im geringsten. Warum sollte ich?«

»Na ja, der große Julian kann so schwierig sein«, murmelte er. »Aber glaube nicht, daß ich mich nicht für dich eingesetzt habe – das habe ich nämlich getan. Ich habe zu ihm gesagt: ›Du glaubst, du kannst unverschämt sein zu einem Mädchen, das ich hierherhole, aber was ist mit deiner gräßlichen Frankie, die du mir Tag für Tag und Woche für Woche zumutest, und ich verliere kein einziges Wort darüber? Ich bin noch nicht mal grob zu ihr –‹ Worüber lächelst du?«

»Über die Idee, daß du zu Frankie grob sein könntest.«

»Schreckliches kleines Biest!« sagte Marston erregt, »diese unbeschreibliche Kanaille! Aber der Tag wird kommen, wo Julian ihr auf die Schliche kommt und dann bei mir um Mitleid winselt. Aber das wird er bei mir nicht finden. Nach alldem... Kopf hoch«, sagte er. »Die Welt ist groß. Es gibt immer Hoffnung.«

»Natürlich.« Aber plötzlich sah ich die langen mürrischen Gesichter der Frauen über ihren Lupinen und Mohnblumen und mein Zimmer am Torrington Square und die Eisenstäbe an meinem Bett vor mir, und ich dachte: ›Für mich nicht.‹

»Vielleicht ist das alles notwendig«, sagte er wie zu sich selbst. »Man muß sich eine völlig neue Wertskala errichten, wenn man etwas taugen soll.«

Ich sagte: »Meinst du, ich könnte durch das Fenster hinaussteigen? Ich möchte ihnen nicht begegnen.«

»Ich komme mit dir an den Wagen. Was ist das für ein Mann?«

»Ach, er ist ein bißchen wie der Mann von heute morgen, und er sagt, deine Stimme gefällt ihm nicht.«

»Dann komme ich lieber nicht mit, glaube ich. Steig durchs Fenster, ich reiche dir deinen Koffer hinaus.«

Er beugte sich hinaus und sagte: »Bis September, Petronella. Im September komme ich wieder.«

Ich sah zu ihm hinauf. »In Ordnung. Immer die alte Adresse.«

Der Landwirt sagte: »Ich wollte Ihnen schon nachkommen. Gut, daß Sie diese Clique los sind – diese Art Leute habe ich nie leiden können. Gibt viel zu viele davon.«

»Die sind schon in Ordnung.«

»Na, nun singen Sie noch ein bißchen«, sagte er, und ich sang *Mr. Brown, Mr. Brown, Had a violin, Went around, went around, With his violin.* Ich sang den ganzen Weg bis Cirencester.

Auf dem Bahnhof gab er mir meine Fahrkarte und eine Schachtel Pralinen.

»Die habe ich heute nachmittag für Sie gekauft und dann vergessen. Beeilen Sie sich lieber – es ist nicht viel Zeit.

Leben Sie wohl«, sagte er. »So drückt man sich in Norfolk aus, wo ich herstamme.«

»Auf Wiedersehen.«

»Nein, sagen Sie ›Leben Sie wohl‹.«

»Leben Sie wohl.«

Der Zug fuhr ab.

›Der gefällt mir‹, dachte ich, ›mein Erster-Klasse-Waggon‹, und betrachtete mich lange im Spiegel – zum erstenmal, seit es passiert war.

»Mach dir nichts draus«, sagte ich und erinnerte mich an Marston, wie er gesagt hatte: ›Mach dir nichts draus, mach dir nichts draus‹.

›Laß den Kopf nicht hängen, Kind‹, sagte ich zu mir. ›*Mach ein fröhliches Gesicht.*‹

»Kopf hoch«, sagte ich und gab mir einen Kuß auf das kühle Glas. Ich stand mit der Stirn an den Spiegel gelehnt und beobachtete, wie mein Gesicht allmählich verschwamm, dann drehte ich mich um, weil ich das Gefühl hatte, daß mich jemand anstarrte, aber es war nur das Mädchen auf dem Deckel der Bonbonniere. Es hatte schräge grüne Augen, die zu dicht beieinanderstanden, und ein weißes eckiges Spießergesicht, das nicht zu den schräggeneigten Augen paßte. »Wetten, daß du auch so eine elende, ehrenwerte, höhnische Kanaille sein könntest mit diesem Gesicht, wenn du Gelegenheit dazu hättest«, sagte ich zu ihr.

Der Zug lief kurz vor zehn in Paddington ein. Ich stand kaum auf dem Bahnsteig, da fiel mir die Bonbonniere ein, aber ich kehrte nicht um, sie zu holen. ›Irgend jemand wird sich um dich kümmern, du elende, höhnische, blöde, schmallippige Kanaille‹, dachte ich.

London riecht immer gleich. ›Muffig‹, denkt man, ›aber ich bin doch froh, daß ich wieder da bin.‹ Und für ein Weilchen hebt es die Stimmung. ›Hinter der nächsten Ecke kann alles mögliche passieren‹, denkt man. Doch lange schon, ehe du um die nächste Ecke biegst, läßt der Schwung nach.

Ich beschloß, mit meinem Koffer ein Stück zu gehen und mich müde zu machen, damit ich dann vielleicht schlafen könnte. Aber schon an der Ecke Marylebone und Edgware Road war mein Arm lahm, und ich setzte den Koffer ab und winkte einem Taxi, das am Bordstein stand.

»Bedaure, Miss«, sagte der Fahrer, »der Herr hier war zuerst da.«

Der junge Mann lächelte. »Schon in Ordnung. Nehmen Sie es.«

›Nehmen Sie es‹, sagte er. Der andere hatte gesagt: ›Kann ich Sie mitnehmen?‹

»Ich kann das nächste nehmen. Ich hab's nicht eilig.«

»Ich auch nicht.«

Der Taxifahrer machte eine ungeduldige Handbewegung.

»Also, überlegen wir nicht länger«, sagte der junge Mann, »sonst verlieren wir unsere Taxe. Steigen Sie ein – ich setze Sie einfach dort ab, wo Sie hinwollen.«

»Fahren Sie die Edgware Road entlang«, sagte er zu dem Fahrer. »Ich sage Ihnen gleich, wohin.«

Das Taxi fuhr los.

»Wohin?«

»Torrington Square.«

Das Haus würde mich erwarten. ›Wenn ich an Estelles Tür vorbeigehe‹ dachte ich, ›wird es nicht mehr nach Parfum duften.‹ Dann war ich in meinem kleinen Zimmer im obersten Stockwerk und lauschte der Kirchenuhr, die alle Viertelstunden schlug. ›Da erwartet die Damen eine lustige Zeit. Eine lustige Zeit für die Mädchen...‹

Ich sagte: »Warten Sie einen Augenblick. Ich möchte nicht zum Torrington Square.«

»Oh, Sie wollen nicht zum Torrington Square?« Er schien amüsiert und auf der Hut, aber mehr auf der Hut als amüsiert.

»Es ist so ein herrlicher Abend, so warm. Ich möchte noch nicht nach Hause. Ich glaube, ich setze mich ein bißchen in den Hyde Park.«

»Nicht zum Torrington Square«, rief er durch das Fenster.

Das Taxi hielt.

»Verdammt nochmal, was soll denn das?«

Der Fahrer stieg aus und öffnete die Wagentür.

»Also, wo soll ich denn nun hinfahren? Das ist das dritte Mal, daß Sie Ihre Meinung ändern, seit Sie mich rangewinkt haben.«

»Sie fahren, wohin ich will, verdammt noch mal.«

»Na, und wohin wollen Sie, verdammt noch mal?«

»Fahren Sie zum Marble Arch.«

»'yde Park«, sagte der Fahrer, musterte uns von oben

bis unten und grinste breit. Dann setzte er sich wieder hinters Steuer.

»Manche Leute sind nicht zu ertragen, stimmt's?« sagte der junge Mann.

Als das Taxi am Ende der Park Lane hielt, stiegen wir beide aus, ohne ein Wort zu sagen. Der Fahrer musterte uns noch einmal spöttisch von oben bis unten, ehe er weiterfuhr.

»Was wollen Sie denn im Hyde Park? Sich die Bäume anschauen?«

Er nahm meinen Koffer und ging neben mir her.

»Ja, ich möchte mir die Bäume anschauen und nicht wieder dorthin gehen, wo ich wohne. Nie wieder.«

›Ich habe noch nirgendwo gewohnt, wo es mir gefallen hat‹, dachte ich, ›niemals‹.

»Das klingt ja richtig verzweifelt. Na, sehen wir einmal, ob wir ein einsames Plätzchen finden.«

»Der Stuhl da drüben genügt«, sagte ich. Er stand unter einem Baum, niemand war in der Nähe. Nicht, daß die Leute störten, denn inzwischen war es dunkel, und da machen sie einem nie so viel Angst.

Ich schloß die Augen, um die Bäume besser zu hören und zu riechen. Ich bildete mir ein, auch Wasser zu riechen. Der Serpentine – ich wußte gar nicht, daß wir so weit gegangen waren.

Er sagte: »Ich kann Sie nicht alleinlassen, wenn Sie in dieser herrlichen Nacht so traurig sind – in dieser Nacht der Liebe und der Sterne.« Er ließ einen lauten Schluckauf hören, dann noch einmal. »So geht's mir immer, wenn ich Wachteln esse.«

»Mir geht's so, wenn ich zuviel getrunken habe.«

»Wirklich?« Er zog sich einen Stuhl heran und setzte sich neben mich. »Ich kann Sie nicht alleinlassen, solange ich nicht weiß, wo Sie mit diesem Riesenkoffer und diesem verzweifelten Gesicht hingehen.«

Ich erzählte ihm, ich sei eben von einem Wochenende auf dem Lande zurückgekehrt, und er erzählte mir, er wohne nicht in London, sein Name sei Melville, und er habe diesen Abend nichts vor.

»Hat Sie jemand versetzt?«

»Oh, das ist nicht wichtig – nicht halb so wichtig wie das verzweifelte Gesicht. Ich habe es gleich bemerkt, als ich Sie sah.«

»Das ist keine Verzweiflung, das ist Hunger«, sagte ich absichtlich keß. »Sehen Sie denn nicht, wenn jemand hungrig ist?«

»Na, dann los! Gehen wir was essen. Aber wo?« Er sah mich unsicher an. »Wo?«

»Wir könnten in den Apple Tree gehen. Es ist natürlich ein bißchen früh, aber vielleicht bekämen wir geräucherten Fisch oder Eier und Speck oder Wurst und Kartoffelbrei.«

»Apple Tree? Davon habe ich schon gehört. Könnten wir da hingehen?« sagte er und musterte mich noch immer.

»Natürlich könnten wir das. Sie kämen als mein Gast mit hinein. Ich bin Mitglied. Ich war eines der ersten Mitglieder«, prahlte ich.

Ich hatte den richtigen Punkt berührt – selbst seine Hand auf meinem Arm fühlte sich jetzt anders an. *Im-*

mer muß man erst den richtigen Punkt berühren, ehe der spöttische Blick aus ihren Augen verschwindet und der spöttische Klang aus ihrer Stimme. Vergiß das nicht – es ist sehr wichtig.

»Viele hübsche Mädchen im Apple Tree, was?« sagte er.

»Da kann ich nichts versprechen. Es ist eine schlechte Jahreszeit für den Apple Tree, das Singen und das Geld.«

»Also – wovon sprechen Sie jetzt?«

»Ein Bekannter von mir sagt das immer.«

»Aber Sie werden ja da sein.« Er zog seinen Stuhl näher heran und sah sich vorsichtig um, ehe er mich küßte. »Und Sie sind ein ungeheuer hübsches Mädchen, nicht wahr?... Der Apple Tree, das Singen und das Geld. Das gefällt mir.«

»Besser als ›Nacht der Liebe, Nacht der Sterne‹?«

»Oh, das liegt in einer ganz anderen Straße.«

Ich dachte: ›Was weißt du, was in welcher Straße liegt? Woher wissen Sie, wer fünftklassig und wer erstklassig ist und wo die Spinne wohnt, die alles verschlingt?‹

»Ihnen ist es im Grunde gleich, wohin wir gehen, nicht wahr?« sagte er.

»Mir ist es vollkommen gleich.«

Er nahm seinen Arm weg. »Es ist doch seltsam, wie wir uns begegnet sind, nicht?«

»Das finde ich nicht. Ich finde es gar nicht seltsam.«

Nach einem Schweigen: »Ich war ein bißchen schwer von Begriff, was?» sagte er.

»Ja, das waren Sie. Kommen Sie, gehen wir zum Apple Tree, dem Singen und dem Geld.«

»Ach, zum Teufel mit dem Apple Tree. Ich weiß etwas Besseres.«

›Man hat mich früher schon einmal überredet, es zu kosten‹, sagte Marston. ›Es schmeckt genau, wie ich es mir vorgestellt hatte.‹

Und alles war genauso, wie ich es erwartet hatte. Die wissenden Blicke der Kellner, das Gefühl des eiskalten Weinglases in der Hand, die roten Plüschsessel, das Essen, das man gar nicht merkt, der Spiegel im goldenen Rahmen, das Bett im Nebenzimmer, das immer so aussieht, als ob sich unter seinem auffälligen Weiß Schmutz verberge...

Doch Marston hätte sagen sollen: ›Es schmeckt nach nichts, meine Liebe, es schmeckt nach nichts...‹

Als wir wieder auf den Leicester Square traten, hatte ich Marston vergessen und dachte nur daran, wie Estelle und ich immer, wenn wir nichts Besseres zu tun hatten, ins Corner House oder in irgendein billiges Restaurant in Soho gingen und dort zu Abend aßen. Sie war so ernst, wenn es ums Essen ging. ›Einmal am Tag muß man eine ordentliche Mahlzeit haben‹, sagte sie immer, ›das ist *notwendig*.‹ Gewöhnlich aßen wir Kalbsschnitzel mit Bratkartoffeln und Rosenkohl, und dann Karamelcreme oder Kompott. Und sie schien jetzt neben mir herzugehen, in ihrem blauen Kostüm und der weißen Bluse, und ihre hohen Absätze klapperten. Doch als wir beim Hippodrom um die Ecke bogen, verschwand sie. Ich dachte: ›Ich werde sie nie wiedersehen – das weiß ich.‹

Im Taxi sagte er: »Im Adressenmerken bin ich gut, was?«

»Das stimmt.«

Um mich wach zu halten, fing ich an zu singen: »Mr. Brown, Mr. Brown, Had a violin...«

»Bist du vom Theater?«

»War ich mal. Ich begann meine glänzende und erfolgreiche Laufbahn wie so viele andere in der Tanztruppe. Aber ich hatte keinen Erfolg.«

»Wie schade! Warum denn nicht?«

»Weil ich ›epigrammatisch‹ nicht aussprechen konnte.«

Er lachte – lachte diesmal wirklich von Herzen.

»Der Regisseur hatte den verrückten Einfall, mich aus meiner Unbedeutendheit emporzuziehen und mir eine Zeile Text zu geben. Der Satz hieß: ›Oh, Lottie, Lottie, sei doch nicht so epigrammatisch!‹ Ich übte und übte, aber als es dann soweit war, brachte ich kein Wort heraus.«

Am Ende der Charing Cross Road mußte das Taxi halten. Wir lachten beide so sehr, daß die Leute sich umdrehten und uns anstarrten.

»Das war einer der schrecklichsten Augenblicke in meinem Leben, und ich werde ihn nie vergessen. Da war der Regisseur, der mir mit übertriebenen Mundbewegungen aus den Kulissen soufflierte – er war gleichzeitig der Souffleur und spielte auch selbst eine kleine Rolle, den Anwalt der Familie –, und da stand er nun, ganz in Gala mit graugestreifter Hose und schwarzem Cutaway, Zylinder und silbergrauem Bakkenbart, und hier stand ich, in einem gelben Kleid, mit großem Strohhut und einem grünen Sonnenschirm vor dem entzückenden Hintergrund eines englischen Schlosses mit Park – Sie wissen schon, halb Ruine und halb nicht – und eines ganzen Chors von Lakaien und Zofen, und mein Kopf war vollkommen leer.«

Das Taxi fuhr wieder an. »Und, was geschah?«

»Nichts. Nach einer Sekunde spielten die Schauspieler einfach weiter. Ich erinnere mich noch an die nächste Zeile. Sie hieß: ›Sie gehen nach Ascot? Nun, sind Sie erst einmal dort, müßte ich mich doch sehr täuschen, wenn Sie nicht in der Königsloge landeten.‹«

»Aber die Zuschauer?«

»Ach, die Zuschauer wunderten sich nicht; wissen Sie, die hatten ja gar nicht damit gerechnet, daß ich etwas sagen würde. Ah, da wären wir.«

Ich gab ihm meinen Hausschlüssel, und er schloß auf. »Ein enormer Schlüssel«, sagte er. »Wie der Schlüssel zu einem Gefängnis.«

Alles schlief schon, und in der Diele war nicht der leiseste Hauch von Estelles Parfum.

»Wir müssen uns wiedersehen«, sagte er. »Bitte. Könntest du mir schreiben, nach –« Er unterbrach sich. »Nein, ich werde dir schreiben. Wenn du je – Ich schreibe dir auf jeden Fall.«

Ich sagte: »Weißt du, was ich haben möchte? Ich möchte ein goldenes Armband mit blauen Steinen darin. Nicht zu blau – lieber das dunklere Blau.«

»Oh, gut.« Jetzt war er wieder auf der Hut. »Ich werde tun, was ich kann, aber ich bin kein Plutokrat, weißt du.«

»Wage bloß nicht, ohne das Armband wiederzukommen. Aber ich werde für ein paar Wochen wegfahren. Im September bin ich wieder hier.«

»Schön, im September sehen wir uns wieder, Petronella«, sagte er vergnügt; er hatte es eilig wegzukommen. »Und du warst so lieb zu mir.«

»Das Vergnügen war ganz meinerseits.«

Er schüttelte den Kopf. »Lottie, Lottie, sei doch nicht so epigrammatisch!«

Ich dachte: ›Ich glaube, er könnte ganz nett sein, wenn man ihn erst richtig kennt. Eigentlich – vielleicht ...‹, während ich hörte, wie er auf der anderen Seite der Tür Gute Nacht klopfte. Ich klopfte zweimal zurück und begann die Treppe hinaufzusteigen. An der Tür zu Estelles Zimmer vorbei, ohne etwas zu empfinden, als ich vorbeiging, denn sie war ja fort, und ich wußte, daß sie niemals wiederkäme.

In meinem Zimmer stand ich und sah zum Fenster hinaus, mir fiel mein gelbes Kleid wieder ein, die verschwommene Masse der Zuschauer und ganz deutlich das Gesicht eines einzigen Mannes in der ersten Reihe, und wie ich blitzschnell dachte: ›Hilf mir, sag mir, was ich vergessen habe.‹ Doch obwohl es so ausgesehen hatte, als blicke er mir direkt in die Augen, und obwohl ich überzeugt war, daß er genau wisse, was ich dachte, hatte er mir nicht geholfen. Er hatte nur gelächelt. Er hatte mich im Stich gelassen in einem Augenblick, der mir wie eine Ewigkeit vorkam, während ich dastand, bis ich durch die schreckliche Leere in meinem Kopf eine hohe, schrille Cockneystimme sagen hörte: ›Sie gehen nach Ascot‹, und ich den Regisseur zu mir hin die Stirn runzeln und den Kopf schütteln sah.

›Lieber Gott, muß ich dämlich ausgesehen haben‹, dachte ich, lachte und fühlte, wie mir die Tränen die Wangen hinunterliefen.

›Was für eine Verschwendung frommer Tränen!‹ hatten die anderen Mädchen gesagt, als ich an dem Abend in der Garderobe weinte. Und ich hörte mich mit lauter, affektierter Stimme sagen: ›Oh, diese Verschwendung, diese Verschwendung, diese Verschwendung!‹

Aber das dauerte nicht lange.

›Wie spät ist es?‹ dachte ich, und weil ich nicht mehr müde war, setzte ich mich auf den Stuhl am Fenster und wartete auf das Schlagen der Kirchturmuhr.

Der Tag, an dem sie die Bücher verbrannten

Mein Freund Eddie war ein kleiner, schmächtiger Junge. Man konnte die blauen Adern in seinen Handgelenken und Schläfen sehen. Die Leute sagten, er habe die Schwindsucht und werde nicht lange leben. Ich liebte ihn, aber manchmal verachtete ich ihn auch.

Sein Vater, Mr. Sawyer, war ein merkwürdiger Mensch. Niemand wußte, was er überhaupt in unserem Teil der Welt zu schaffen hatte. Er war weder Pflanzer noch Arzt, weder Rechtsanwalt noch Bankier. Er hatte keinen Laden. Er war kein Lehrer oder Regierungsbeamter. Er war – und das ist der springende Punkt – kein Gentleman. Es gab bei uns mehrere zugereiste Romantiker, die sich in den Mond auf den Karibischen Inseln verliebt hatten – sie alle waren Gentlemen und völlig anders als Mr. Sawyer, dem das »H« in seinem Wesen völlig abging. Außerdem verabscheute er den Mond und alles andere an der Karibik, und er machte keinen Hehl daraus.

Er war Vertreter einer kleinen Dampfschiffahrtsgesellschaft, die damals Venezuela und Trinidad mit den kleineren Inseln verband, aber er konnte nicht viel damit verdienen. Er müsse ein privates Einkommen haben, entschieden die Leute, aber sie kamen nie dahinter, warum er sich ausgerechnet an einem Ort, den er nicht mochte, niedergelassen und eine Farbige geheiratet hatte. Wohlgemerkt, eine sittsame, geachtete, wohlerzogene Farbige.

Mr. Sawyer mußte einmal sehr hübsch gewesen sein, aber wie's halt so geht, war das lange her.

Wenn Mr. Sawyer betrunken war – das passierte oft –, war er sehr grob zu ihr. Sie widersprach ihm nie.

»Seht nur, wie das Niggerweib sich aufspielt«, sagte er dann; und sie lächelte, als wüßte sie, sie müsse den Witz eigentlich verstehen, könne es aber nicht. »Du verdammter, großäugiger, finsterer Mischling, du riechst nicht richtig«, sagte er; und sie antwortete nie, nicht einmal im Flüsterton: »Für mich riechst du auch nicht richtig.«

Man erzählte sich, sie hätten es einmal gewagt, eine Dinnerparty zu geben, und als das Dienstmädchen, Mildred, den Kaffee hineinbrachte, habe Mr. Sawyer seine Frau an den Haaren gezogen. »Keine Perücke, sehen Sie«, habe er gebrüllt. Selbst da, ob man's glauben soll oder nicht, hatte Mrs. Sawyer gelacht und versucht, so zu tun, als sei das alles ein Witz, einer der geheimnisvollen, obskuren, unantastbaren englischen Witze.

Aber Mildred erzählte den anderen Dienstmädchen in der Stadt, daß die Augen ihrer Herrin böse wie die einer Hexe gewesen seien, und daß sie hinterher einige der Haare, die er ihr ausgerissen hatte, aufgehoben und in einen Briefumschlag gesteckt habe, und daß Mr.

Sawyer sich vorsehen sollte (Haar ist »obeah« genau wie Hände).

Natürlich wurde Mrs. Sawyer auch in manchem entschädigt. Sie wohnten in einem sehr bequemen Haus in der Hill Street. Der Garten war groß, und sie besaßen einen herrlichen Mangobaum, der reichlich Früchte trug. Die Früchte waren klein, rund, sehr süß und saftig – von schöner, rotgelber Farbe, wenn sie reif waren. Vielleicht sei das eine der Entschädigungen, dachte ich immer.

Mr. Sawyer hatte an die Rückseite dieses Hauses ein Zimmer angebaut. Drinnen war es nicht gestrichen, und das Holz roch sehr süß. Bücherregale füllten die Wände. Jedesmal, wenn der Dampfer der Königlichen Post ankam, brachte er ein Paket für ihn mit, und nach und nach füllten sich die leeren Fächer.

Einmal ging ich mit Eddie hin, um mir *Die arabischen Nächte* zu leihen. Es war an einem Samstagnachmittag, einem dieser heißen, stillen Nachmittage, bei denen man das Gefühl hat, alles ist schlafen gegangen, selbst das Wasser in den Dachrinnen. Aber Mrs. Sawyer schlief nicht. Sie steckte den Kopf zur Tür herein und sah uns an, und ich merkte, daß sie dieses Zimmer und die Bücher haßte.

Eddie war es mit seinen blaßblauen Augen und dem strohblonden Haar – das lebende Abbild seines Vaters, doch oft so still wie seine Mutter –, der mich zum ersten Mal mit Zweifeln gegenüber der »Heimat«, also England, infizierte. Er war immer so still, wenn andere, die es nie gesehen hatten – keiner von uns hatte es jemals gesehen –, von den Herrlichkeiten dort redeten und dabei ausgiebig mit den Händen herumfuchtelten –: London, die schönen, rosawangigen Damen, die Theater, die Läden, der Nebel, die glühenden Kohlenfeuer im Winter, die exotischen Speisen (Breitlinge, die man beim Klang von Violinen verzehrte), Erdbeeren und Sahne –, wobei das Wort »Erdbeeren« stets guttural und heiser artikuliert wurde, wovon wir uns vorstellten, es sei die richtige englische Aussprache.

»Ich mag keine Erdbeeren«, sagte Eddie eines Tages.

»Du *magst keine* Erdbeeren?«

»Nein, und ich mag auch keine Narzissen. Dad erzählt andauernd davon. Er sagt, sie stellen die Blumen hier einfach in den Schatten, und ich wette, das ist eine Lüge.«

Wir waren alle viel zu empört, als daß wir gesagt hätten: »Du weißt doch gar nichts darüber.« Wir waren so empört, daß den Rest des Tages keiner mehr mit ihm sprach. Aber ich für meinen Teil bewunderte ihn. Ich hatte es ebenfalls satt, Gedichte zum Lob der Narzissen auswendig zu lernen und aufzusagen, und meine Beziehungen zu den wenigen »echten« englischen Jungen und Mädchen, die ich kannte, waren heikel. Ich hatte entdeckt, daß, wenn ich mich als Engländerin bezeichnete, sie mich arrogant zurechtwiesen: »Du bist keine Engländerin, du bist eine widerliche Kolonistin.«

»Ach, ich möchte ja gar nicht so gern Engländerin sein«, sagte ich dann. »Es ist viel komischer, Französin oder Spanierin oder irgend so etwas zu sein – und tatsächlich bin ich das ja auch ein bißchen.« Dann war ich einfach zum Totlachen komisch, richtig lächerlich. Nicht nur eine widerliche Kolonistin, sondern auch noch lächerlich. Bei Kopf gewinne ich, bei Wappen verlierst du – das war das Englische. Ich hatte über all das nachgedacht, tüchtig nachgedacht, aber ich hatte nie gewagt, jemandem zu erzählen, was ich dachte, und mir wurde klar, daß Eddie sehr mutig gewesen war.

Aber er war mutig, und stärker als man dachte. Nie machte ihm zum Beispiel die Hitze was aus; irgendeine Kühle in seiner hellen Haut wehrte sich dagegen. In der Sonne wurde er weder rot noch braun, er bekam auch nicht viele Sommersprossen.

Heiße Tage machten ihn offenbar besonders unternehmend. »Jetzt rennen wir zweimal um den Rasen, und dann kannst du so tun, als verdurstest du in der Wüste und ich bin ein Araberhäuptling, der dir Wasser bringt.«

»Du mußt langsam trinken«, sagte er dann, »denn wenn du sehr durstig bist und schnell trinkst, stirbst du.«

So erfuhr ich die Sinnlichkeit des langsamen Trinkens, wenn man sehr durstig ist – kleines Schlückchen auf kleines Schlückchen, bis das Glas mit der blaßroten, geeisten Coca-Cola leer war.

Kurz nach meinem zwölften Geburtstag starb Mr. Sawyer plötzlich, und als Eddies engste Freundin ging ich in meinem neuen weißen Kleid zu der Beerdigung. Mein glattes Haar war am Abend zuvor mit Zuckerwasser befeuchtet und zu festen, kleinen Zöpfen geflochten worden, damit es zu dem Anlaß lockig wäre.

Als alles vorüber war, sagte jeder, wie hübsch Mrs. Sawyer ausgesehen habe, als sie wie eine Königin hinter dem Sarg hergegangen sei und sich im richtigen Moment die Augen aus dem Kopf geheult habe, und war Eddie nicht ein komischer Junge? Er hatte überhaupt nicht geweint.

Danach nahmen Eddie und ich das Zimmer mit den Büchern in Besitz. Kein anderer kam je hinein, nur Mildred morgens zum Fegen und Staubwischen, und allmählich verblaßte der Geist Mr. Sawyers, der Mrs. Sawyer an den Haaren zog, obwohl das ein bißchen dauerte. Die Jalousien waren immer halb heruntergelassen, und wenn man aus der Sonne hereinkam, war es, als steige man in einen Teich mit braungrünem Wasser. Das Zimmer war leer, bis auf die Bücherregale, einen Schreibtisch mit grünem Friesbelag und einen Schaukelstuhl aus Korb.

»Mein Zimmer«, nannte Eddie es. »Meine Bücher«, sagte er, »meine Bücher.«

Ich weiß nicht, wie lange das währte. Ich weiß nicht, ob es Wochen nach Mr. Sawyers Tod war oder Monate danach, daß ich mich und Eddie in diesem Zimmer sehe. Aber da sind wir, und unerwarteterweise auch Mrs. Sawyer und Mildred. Mrs. Sawyers Mund zusammengekniffen, die Augen vergnügt. Sie nimmt alle Bücher aus den Regalen und stapelt sie zu zwei Haufen. Die dicken, fettglänzenden – die schönen, erklärt Mildred mit Flüsterstimme – liegen auf einem Haufen. Die *Encyclopaedia Britannica, Britische Blumen, Vögel und Säugetiere*, verschiedene Geschichtswerke, Bücher mit

Landkarten, Froudes *English in the West Indies* und so weiter – sie sollen verkauft werden. Die unbedeutenden Bücher, die mit Papierumschlägen oder beschädigten Ecken oder fehlenden Seiten, liegen auf dem anderen Haufen. Sie sollen verbrannt werden – ja, verbrannt.

Mildreds Gesichtsausdruck war merkwürdig, als sie das sagte – teils ungeheuer erfreut, teils erschrocken, ja angstvoll. Und was Mrs. Sawyer betrifft – also, ich kannte schlechte Laune (ich hatte sie oft erlebt), ich kannte Wut, aber das hier war Haß. Ich erkannte den Unterschied sofort und starrte sie neugierig an. Ich rückte näher an sie heran, so daß ich die Titel der Bücher lesen konnte, die sie gerade in der Hand hatte.

Es war das Regal mit den Gedichten. *Gedichte*, Lord Byron, *Poetische Werke*, Milton, und so weiter. Schwupp schwupp schwupp – wurde alles auf den Haufen geworfen, der verkauft werden sollte. Aber ein Buch von Christina Rosetti, obwohl ebenfalls in Leder gebunden, wanderte auf den Haufen, der verbrannt werden sollte, und an dem Flackern in Mrs. Sawyers Augen erkannte ich, daß schlimmer als Männer, die Bücher schrieben, Frauen waren, die Bücher schrieben – unendlich viel schlimmer. Männer konnte man gnädig erschießen; Frauen mußten gefoltert werden.

Mrs. Sawyer schien nicht zu bemerken, daß wir dawaren, aber sie atmete frei und leicht, und ihre Hände arbeiteten rhythmisch: rausnehmen, werfen, rausnehmen, werfen. Und sie sah schön aus – schön wie der Himmel draußen, der sehr dunkelblau war, oder wie der Mangobaum, lange Zweige braun und golden.

Als Eddie »Nein« sagte, blickte sie ihn nicht einmal an.

»Nein«, sagte er noch einmal mit hoher Stimme. »Dieses nicht. Ich lese es gerade.«

Sie lachte, und er kreischte: »Jetzt muß ich auch dich hassen. Jetzt hasse ich auch dich.«

Er riß ihr das Buch aus der Hand und versetzte ihr einen heftigen Stoß. Sie fiel in den Schaukelstuhl.

Nun, ich wollte bei all dem nicht untätig sein, und so schnappte ich mir ein Buch von dem verfemten Haufen und tauchte unter Mildreds ausgestrecktem Arm durch.

Dann waren wir beide im Garten. Wir liefen den Weg entlang, der rechts und links von Croton gesäumt war. Wir stürmten den Weg entlang, obwohl sie uns nicht nachliefen und wir Mildred lachen hörten – kjah, kjah, kjah, kjah. Beim Laufen steckte ich das Buch, das ich ergriffen hatte, in das lose Oberteil meines braunen Leinenkleides. Es fühlte sich warm und lebendig an.

Als wir auf die Straße kamen, gingen wir ruhig weiter, denn wir fürchteten uns vor dem Spott der schwarzen Kinder. Ich fühlte mich sehr glücklich, weil ich dieses Buch gerettet hatte, und es war mein Buch, und ich würde es von Anfang bis zu dem triumphierenden Wort »Ende« lesen. Aber mir war beklommen zumute, wenn ich an Mrs. Sawyer dachte.

»Was wird sie tun?« fragte ich.

»Nichts«, sagte Eddie. »Mir bestimmt nicht.«

Er war weiß wie ein Gespenst in seinem Matrosenanzug, geradezu blauweiß in der untergehenden Sonne, und das höhnische Grinsen seines Vaters saß ihm festgeschraubt im Gesicht.

»Aber sie wird deiner Mutter alle möglichen Lügen über dich erzählen«, sagte er. »Sie ist eine furchtbare Lügnerin. Sie kann sich keine Geschichte ausdenken, um ihr Leben zu retten, aber sich Lügen über Leute ausdenken kann sie prima.«

»Meine Mutter wird sie gar nicht beachten«, sagte ich. Aber ich war mir überhaupt nicht sicher.

»Warum nicht? Weil sie... weil sie nicht weiß ist?«

Also, die Antwort darauf wußte ich. Immer wenn das Thema aufkam – die Verwandtschaftsverhältnisse der Leute, und ob sie nun einen Tropfen farbiges Blut in den Adern hätten oder nicht –, wurde mein Vater ungeduldig und fuhr dazwischen. »Wer ist schon weiß?« sagte er dann. »Verdammt wenige.«

Und so sagte *ich*: »Wer ist schon weiß? Verdammt wenige.«

»Scher dich zum Teufel«, sagte Eddie. »Sie ist hübscher als deine Mutter. Wenn sie schläft, lächelt ihr Mund, und sie hat gebogene Wimpern und Massen und Massen und *Massen* Haar.«

»Ja«, sagte ich ehrlich, »sie ist hübscher als meine Mutter.«

Es gab an diesem Abend einen roten Sonnenuntergang, einen riesigen, traurigen, erschreckenden Sonnenuntergang.

»Komm, gehen wir zurück«, sagte ich. »Wenn du sicher bist, daß sie nicht ärgerlich auf dich ist, laß uns zurückgehen. Es wird bald dunkel.«

An seiner Gartenpforte bat er mich, nicht wegzugehen. »Geh noch nicht. Geh noch nicht.«

Wir setzten uns unter den Mangobaum, und ich hielt seine Hand, als er zu weinen begann. Tropfen fielen auf meine Hand wie das Wasser aus der Traufleiste am Regenfilter bei uns im Hof. Dann fing ich auch zu weinen an, und als ich meine eigenen Tränen auf der Hand spürte, dachte ich: ›Vielleicht sind wir jetzt verheiratet.‹

›Ja, sicher sind wir jetzt verheiratet‹, dachte ich. Aber ich sagte nichts. Ich sagte kein Wort, bis ich sicher war, daß er nicht mehr weinte. Dann fragte ich: »Wie heißt dein Buch?«

»*Kim*«, sagte er. »Aber es ist zerrissen. Es fängt erst auf Seite zwanzig an. Und wie heißt deines?«

»Ich weiß nicht; es ist zu dunkel, man kann's nicht sehen«, sagte ich.

Als ich nach Hause kam, lief ich in mein Schlafzimmer und schloß die Tür ab, denn ich wußte, dieses Buch war die allerwichtigste Sache, die mir je begegnet war, und ich wollte nicht, daß jemand dabei wäre, wenn ich es betrachtete.

Aber ich war furchtbar enttäuscht, denn es war auf Französisch und schien langweilig zu sein. *Fort comme la mort* hieß es...

Nennt es meinetwegen Jazz

Eines schönen Sonntagmorgens im Juli hab ich Ärger mit meinem Hauswirt in Notting Hall, weil er eine Monatsmiete im voraus will. Er sagt mir das jetzt, wo ich doch schon seit dem Winter dort wohn und jede Woche pünktlich bezahl. Ich hab keine Arbeit zur Zeit, und wenn ich das Geld geb, das er verlangt, ist nicht mehr viel übrig. So weiger ich mich. Der Mann am frühen Morgen schon betrunken, und er schimpft auf mich – alles Geschwätz, er kann mich nicht erschrecken. Aber seine Frau ist böse – sie kommt jetzt in mein Zimmer und sagt, sie muß Geld haben. Als ich nein sag, sie gibt meinem Koffer einen Tritt, und er platzt auf. Mein bestes Kleid fällt raus, und sie lacht und gibt noch einen Tritt. Sie sagt, Monat im voraus ist üblich, und wenn ich nicht zahlen kann, ich muß was anderes finden.

Red mir nicht von London. Viele Leute dort haben Herz wie Stein. Irgendeine Beschwerde – die Antwort ist immer »Beweise«. Aber wenn niemand da, zu sehen und für mich zu zeugen, woher dann Beweise? So pack ich und geh weg, ich denk, lieber nicht einlassen mit dieser Frau. Sie zu gerissen, und Satan lügt auch nicht schlimmer.

Ich lauf herum, bis in der Nähe ein Lokal offen ist, wo ich Kaffee und ein Sandwich krieg. Dort fang ich an zu reden mit einem Mann an meinem Tisch. Er redet schon früher mit mir, ich kenn ihn, aber weiß nicht seinen Namen.

Nach einer Weile fragt er: »Was ist los? Irgendwas nicht in Ordnung?«, und als ich ihm von meinem Kummer erzähl, sagt er, ich kann leere Wohnung von ihm haben, bis ich hab Zeit mich umzuschauen.

Dieser Mann ist überhaupt nicht wie die meisten englischen Leute. Er sieht sehr schnell, und er entscheidet sehr schnell. Englische Leute brauchen lange Zeit zum Entscheiden – du dreiviertel tot, ehe sie Urteil haben über dich. Auch außerdem spricht er sehr sachlich, als ob alles ist gar nicht so wichtig. Er spricht, als ob er genau weiß, was das ist, so zu leben wie ich – darum ich nehm an und geh hin.

Er sagt mir, jemand wohnt bis letzte Woche in der Wohnung, so find ich alles in Ordnung, und er sagt mir, wie ich dort hinkomm – drei Viertelstunden von Victoria-Bahnhof, einen steilen Berg hinauf, dann nach links, und ich kann nicht verfehlen das Haus. Er gibt mir die Schlüssel und einen Umschlag mit einer Telefonnummer auf der Rückseite. Darunter ist geschrieben: »Abends nach 6 Uhr nach Mr. Sims fragen.«

Im Zug an dem Abend ich denk, ich bin glücklich, denn in London rumlaufen an einem Sonntag und nicht wissen wohin – das macht dich fertig.

Ich find das Haus, und das Schlafzimmer in der unteren Wohnung ist hübsch möbliert – zwei Spiegel,

Schrank, Kommode, Bettwäsche, alles. Es riecht nach Jasminparfum, aber es riecht auch sehr feucht.

Ich öffne die Tür gegenüber, und da ist ein Tisch, zwei Stühle, ein Gaskocher und ein Schrank, aber dieses Zimmer so groß, es sieht leer aus. Als ich die Jalousie hochzieh, seh ich Tapete abgehen und Pilze wachsen an den Wänden – nicht zu beschreiben, so etwas.

Das Badezimmer dasselbe, alle Hähne rostig. Ich laß die beiden anderen Zimmer und mach das Bett zurecht. Dann lausch ich, aber ich hör nicht einen Laut... Niemand kommt, niemand geht aus diesem Haus. Ich lieg lange wach, dann beschließ ich, nicht zu bleiben, und am Morgen will ich mich schnell fertig machen, ehe ich änder meine Meinung. Ich will mein bestes Kleid anziehen, aber es ist komisch – als ich das Kleid in die Hand nehm und daran denk, wie meine Hauswirtin es tritt, ich wein. Ich wein und kann nicht aufhören. Als ich aufhör, fühl ich mich müde bis auf die Knochen, müde wie eine alte Frau. Ich möchte mich nicht mehr rühren – ich muß mich zwingen dazu. Aber schließlich geh ich auf den Korridor, und da ist eine Postkarte für mich. »Bleiben Sie, solange Sie wollen. Ich komme bald einmal vorbei – wahrscheinlich am Freitag. Keine Sorge.« Sie ist nicht unterschrieben, aber ich bin nicht mehr so traurig und denk: »Schön, ich wart hier, bis er kommt. Vielleicht weiß er eine Arbeit für mich.«

In dem Haus wohnt sonst niemand, nur ein Ehepaar im oberen Stockwerk – ruhige Leute, und sie stören mich nicht. Ich kann kein böses Wort über sie sagen.

Wie ich die Dame das erste Mal treff, macht sie gerade die Haustür auf, und sie sieht mich sehr neugierig an. Aber beim nächsten Mal lächelt sie ein bißchen, und ich lächle zurück – einmal spricht sie mich an. Sie sagt mir, das Haus sehr alt, hundertfünfzig Jahre alt, und sie und ihr Mann wohnen da schon lange Zeit. »Wertvoller Besitz«, sagt sie, »man hätte ihn erhalten können, aber natürlich wird nichts getan.« Dann sagt sie mir, was der jetzige Besitzer ist – wenn er der Besitzer ist –, also der muß mit den Ortsbehörden verhandeln, und die machen ihm Schwierigkeiten, glaubt sie. »Diese Leute sind fest entschlossen, all die schönen alten Häuser niederzureißen – es ist eine Schande.«

Ich stimme zu, viele Sachen eine Schande. Aber was soll man machen? Was soll man machen? Ich sag, das Haus hat einen eleganten Stil, die anderen Häuser in der Straße sehen daneben aus wie billiger Schund, und das scheint ihr zu gefallen. Es ist aber auch wahr. Traurig, das Haus, wie verloren hier, besonders nachts. Aber es hat Stil. Der zweite Stock verschlossen, und meine Wohnung – nun, einmal geh ich in die zwei leeren Zimmer, dann nie wieder.

Unten war der Keller, überall alte Bretter und zerbrochene Möbel – eines Tages seh ich eine große Ratte dort. Es war kein Haus für allein darin sein, kann ich Ihnen sagen, und ich gewöhn mir an, die meisten Abende eine Flasche Wein zu kaufen, denn ich mag kein Whisky, und der Rum hier nicht gut. Der *schmeckt* noch nicht einmal wie Rum. Man fragt sich, wie die das machen.

Wenn ich ein Glas oder zwei trink, kann ich singen,

und wenn ich sing, geht all der Jammer aus meinem Herzen. Manchmal erfind ich Lieder, aber am nächsten Morgen weiß ich sie nicht mehr, drum sing ich andermal die alten, zum Beispiel *Tantalizing* oder *Don't Trouble Me Now*.

Ich denk immer, ich geh, aber ich geh nicht. Stattdessen wart ich auf den Abend und auf den Wein und sonst nichts. Überall wo ich sonst wohn – also, mir ist alles gleich, aber dies Haus hier ist anders – leer und kein Lärm und voll mit Schatten, daß man sich manchmal fragt, was machen all die Schatten in einem leeren Zimmer.

Ich eß in der Küche, dann mach ich alles schön sauber und nehm ein Bad zum Abkühlen. Danach stütz ich die Ellbogen auf das Fensterbrett und schau in den Garten. Rote und blaue Blumen vermischt mit Unkraut, und fünf, sechs Apfelbäume sind da. Aber das Obst fällt runter und liegt im Gras; so sauer, daß keiner will's haben. Weiter hinten bei der Mauer steht ein größerer Baum – dieser Garten nimmt wahrhaftig viel Platz weg, vielleicht das der Grund, warum sie das Haus abreißen wollen.

Nicht viel Regen den ganzen Sommer, aber auch nicht viel Sonnenschein. Eher grelles Licht. Das Gras wird braun und trocken, das Unkraut wächst hoch, das Laub an den Bäumen hängt schlaff. Nur die roten Blumen – die Mohnblumen – halten dieses Licht aus, alles andere wirkt müde.

Ich mach mir keine Sorgen um Geld, aber der Wein und immer die Schillinge für die Gasautomaten – es wird schnell weniger; drum geb ich nicht viel aus für Essen. Abends geh ich draußen spazieren – nicht bei den Apfelbäumen, mehr nach der Straße zu – da ist's nicht so einsam.

Hier ist keine Mauer, und ich seh, wie die Frau von nebenan über die Hecke herschaut zu mir. Zuerst sag ich guten Abend, aber die dreht den Kopf weg, drum ich sag dann nichts mehr. Ein Mann ist oft bei ihr, er trägt einen Strohhut mit einem schwarzen Band und eine goldene Brille. Sein Anzug hängt an ihm, als wär er zu groß. Das ist ihr Mann, scheint's, und er starrt mich an noch schlimmer als die Frau – er starrt, als ob ich bin ein wildes Tier, freigelassen. Einmal lach ich ihm ins Gesicht, weil warum müssen diese Leute so sein? Ich stör sie doch nicht. Zuletzt komm ich so weit, daß ich sie anschau kein einziges Mal. Ich hab genug andere Sorgen.

Nur um Ihnen zu zeigen, wie mir zumute war. Ich weiß nicht mehr genau. Aber ich glaub, 's ist der zweite Samstag, seit ich komm, als ich steh am Fenster, grad ehe ich meinen Wein holen geh, da fühl ich eine Hand auf meiner Schulter, und es ist Mr. Sims. Er muß sehr leise gehen, weil ich nichts merk, bis er mich anfaßt.

Er sagt hallo, dann sagt er, ich bin schrecklich mager geworden, esse ich denn überhaupt manchmal. Ich sag, natürlich eß ich, aber er spricht weiter, es steht mir überhaupt nicht, so mager zu sein, und er wird was zu essen kaufen im Dorf. (Das sind so seine Reden. Hier gibt's kein Dorf. So schnell kommt man nicht raus aus London.)

Mir scheint, er sieht selber nicht sehr gut aus, aber ich sag nur, bringen Sie lieber was zu trinken, weil ich nicht hungrig bin.

Er kommt wieder mit drei Flaschen – Wermut, Gin und Rotwein. Dann fragt er, ob der kleine Teufel, der zuletzt hier war, alle Gläser zerschmeißt, und ich sag ihm, sie zerschmeißt ein paar, ich find die Stücke. Aber nicht alle. »Streiten Sie mit ihr, eh?«

Er lacht, und keine Antwort. Er schenkt dann ein und sagt: »Jetzt essen Sie diese Sandwiches hier.«

Wenn manche Männer dasind, macht man sich nicht so viel Sorgen. Das sind Männer, da macht man alles, was sie sagen, blindlings, weil sie dir die Sorgen vom Herzen nehmen und dir ein Gefühl der Sicherheit geben. Nicht daß sie was sagen oder tun, 's ist ein Gefühl, das sie dir geben. Also red ich nicht ernst mit ihm – ich möcht den Abend nicht verderben. Aber ich frag nach dem Haus und warum es so leer ist, und er sagt:

»Hat die alte Flunder oben Klatschgeschichten erzählt?«

Ich sag ihm: »Sie glaubt, man macht Ihnen Schwierigkeiten.«

»Es war ein verdammt schlechter Kauf«, sagt er und spricht davon, er will das Mietshaus verkaufen oder so was. Ich hör nicht viel zu.

Dann standen wir am Fenster, und die Sonne tief. Kein grelles Licht mehr. Er legt seine Hand über meine Augen. »Zu groß – viel zu groß für dein Gesicht«, sagt er und küßt mich, wie man küßt ein kleines Kind.

Als er seine Hand wegnimmt, seh ich, er schaut in den

Garten hinaus, sagt: »Es packt einen. Mein Gott, wirklich.«

Ich weiß sehr gut, er meint nicht mich, also frag ich ihn: »Warum dann verkaufen? Wenn Sie es mögen, behalten Sie es.«

»Was verkaufen?« sagt er. »Ich spreche nicht von diesem verdammten Haus.«

Ich frag ihn, von was er spricht. »Geld«, sagt er. »Geld. Davon spreche ich. Wie man zu Geld kommt.«

»Ich mach mir nicht soviel aus Geld. Es mag mich nicht, und wenn schon?« Ich mach bloß Spaß, aber er dreht sich um, ganz blaß, und sagt mir, ich bin dumm. Er sagt mir, ich werd herumgestoßen werden mein ganzes Leben und sterben wie ein Hund, nur schlimmer, denn einen Hund würden sie umbringen, aber mich werden sie leben lassen, bis ich nur noch eine Karikatur bin von mir selber. So sagt er: »Karikatur von dir selber.« Er sagt, ich werd verfluchen den Tag, an dem ich geboren bin, und alles und jeden in dieser verfluchten Welt, eh es aus ist mit mir.

Ich sag ihm: »Nein, so was werd ich nie denken«, und er lächelt, wenn man das lächeln nennen kann, und sagt, er ist froh, wenn ich zufrieden bin mit meinem Schicksal. »Ich bin enttäuschst von dir, Selina. Ich dachte, du hättest mehr Mut.«

»Wenn ich zufrieden, ist es in Ordnung«, antwort ich ihm, »ich seh hier drüben nicht viel Leute zufrieden ausschauen.« Wir stehen da und starren uns an, da läutet die Türglocke. »Das ist ein Freund von mir«, sagt er. »Ich mach ihm auf.«

Der Freund, der ist schick angezogen, gestreifte Hose und schwarze Jacke, und er hat eine Aktentasche. Sieht sehr gewöhnlich aus, hat aber so eine weiche Stimme.

»Maurice, das ist Selina Davis«, sagt Mr. Sims, und Maurice lächelt sehr freundlich, aber das bedeutet nicht viel, dann schaut er auf die Uhr und sagt, jetzt müssen sie gehen.

An der Tür sagt Mr. Sims zu mir, er kommt nächste Woche wieder, und ich antwort grad heraus: »Nächste Woche bin ich nicht hier, denn ich such eine Arbeit, und hier ich werd keine finden.«

»Darüber will ich ja gerade reden. Gib noch eine Woche zu, Selina.«

Ich sag: »Vielleicht bleib ich noch ein paar Tage. Dann geh ich. Vielleicht geh ich schon eher.«

»O nein, du gehst nicht«, sagt er.

Sie sind schnell am Tor und fahren in einem gelben Wagen weg. Dann fühl ich Augen auf mich gerichtet, und es ist die Frau und der Mann im Garten nebenan, und sie gucken herüber. Der Mann sagt irgendwas, und sie sieht mich so böse an, so voll Haß, daß ich schnell die Haustür zumach.

Ich will kein Wein mehr. Ich will früh ins Bett, weil ich denken muß. Ich muß über Geld nachdenken. Stimmt, ich mach mir nicht viel draus. Sogar wenn mir jemand mein Erspartes stiehlt – das passiert gleich, nachdem ich zieh in das Haus in Notting Hall – ich vergeß es bald wieder. Um die dreißig Pfund stehlen sie. Ich heb es auf, eingerollt in ein Paar Strümpfe, aber eines Tages geh ich an die Schublade – kein Geld da. Schließlich muß ich es der Polizei sagen. Sie fragen mich, wieviel genau, und ich sage, um die dreißig Pfund, ich zähle nicht in der letzten Zeit. »Sie wissen nicht, wieviel?« sagen sie. »Wann haben Sie es zuletzt gezählt? Erinnern Sie sich noch? War es vor oder nach dem Umzug?«

Ich werd konfus, und ich sag immer nur: »Ich weiß nicht mehr«, dabei weiß ich genau, ich sah es zwei Tage vorher. Sie glauben mir nicht, und als ein Polizist ins Haus kommt, hör ich, daß die Hauswirtin sagt: »Sie hatte bestimmt kein Geld, als sie hierherkam. Sie konnte keine Monatsmiete für ihr Zimmer im voraus zahlen, obwohl das bei uns so üblich ist. Diese Leute lügen furchtbar«, sagt sie, und ich denk, ›furchtbar lügen tust du, weil als ich kam, du mir gesagt hast, wöchentlich oder monatlich, wie Sie wollen.‹ Von da an spricht sie nicht mehr mit mir, und vielleicht hat sie's genommen. Ich weiß nur, daß ich von meinem Ersparten nie einen Pfennig wiederseh, ich weiß nur, daß sie behaupten, ich hab nie welches gehabt, aber wo's nun einmal weg ist, hat's keinen Sinn zu lamentieren. Dann ich muß denken an meinen Vater, weil mein Vater ein weißer Mann ist und ich sehr viel an ihn denk. Wenn ich ihn sehen könnte nur ein einziges Mal, ich nämlich zu klein, als er noch daheim, kann mich nicht erinnern. Meine Mutter ist eine hellhäutige Farbige, heller als ich, man sagt, und sie bleibt auch nicht lange bei mir. Sie hat eine Gelegenheit zu gehen nach Venezuela, als ich drei, vier Jahre alt bin, und sie kommt nie wieder zurück. Sie schickt Geld statt dessen. Meine Großmutter sorgt für mich. Sie ist ganz dunkel und was wir nennen *»Landei«*, aber für mich die Allerbeste.

Sie spart alles Geld, das meine Mutter schickt, sie behält keinen Pfennig für sich selber – auf die Weise komm ich nach England. Ich hab ein bißchen spät angefangen, regelmäßig in die Schule zu gehen, war schon fast zwölf Jahre, aber ich kann sehr schön nähen – hervorragend – so ich denk, ich bekomm eine gute Stellung – in London vielleicht.

Aber hier sagen mir alle, dieses feine Nähen mit der Hand, es dauert zu lange. Zeitverschwendung – zu langsam. Sie wollen jemanden für schnelle Arbeit und zum Teufel mit den kleinen Stichen. Alles in allem schaut es gar nicht so gut aus für mich, muß ich sagen, und ich wünsch, ich könnt meinen Vater finden. Ich hab seinen Namen – Davis. Aber meine Großmutter sagt mir: »Jedes Wort, das aus dem Mund von diesem Mann kommt, ist eine verdammte Lüge. Er ist bestimmt ein erstklassiger Lügner, aber sonst nicht erste Klasse.« Also hab ich vielleicht gar nicht seinen richtigen Namen.

Das letzte, was ich seh, ehe ich das Licht ausmach, ist die Postkarte auf dem Frisiertisch. »Keine Sorge.«

Keine Sorge! Der nächste Tag ist Sonntag, und am Montag die Leute von nebenan beschweren sich meinetwegen bei der Polizei. An dem Abend steht die Frau an der Hecke, und wie ich an ihr vorbeigeh, sie sagt mit ganz süßer Stimme: »*Müssen* Sie denn hierbleiben? *Können* Sie nicht weggehen?« Ich antwort nicht. Ich geh hinaus auf die Straße, will sie los sein. Aber sie läuft drinnen im Haus ans Fenster, sie sieht mich immer noch. Da fang ich an zu singen, damit sie versteht, ich hab keine Angst vor ihr. Der Mann ruft heraus: »Wenn Sie nicht aufhören zu lärmen, lasse ich die Polizei kommen.» Ich antwort ihnen ganz kurz. Ich sag: »Gehn Sie zum Teufel und nehmen Sie Ihre Frau mit.« Und ich sing noch lauter.

Die Polizei kommt ganz schnell – zwei Mann. Vielleicht nur um die Ecke. Von der Polizei und wie sie sich benehmen, ich kann nur sagen, es kommt ganz darauf an, mit wem sie's zu tun haben. Freiwillig laß ich mich bestimmt nicht mit der Polizei ein. Nein.

Ein Mann sagt, Sie können hier nicht so stören. Aber der andere stellt eine Menge Fragen. Wie ist mein Name? Bin ich Mieter von einer Wohnung in Nr. 17? Wie lange ich da schon wohn? Letzte Anschrift und so weiter. Ich werd ärgerlich, weil er so fragt, und ich sag ihm: »Ich komm hierher, weil jemand stiehlt mein Erspartes. Warum suchen Sie nicht lieber mein Geld, statt mich anbrüllen. Ich arbeit schwer für mein Geld. Ihr macht alle kein Finger krumm, es wiederzufinden.«

»Wovon spricht sie da?« sagt der erste, und der andere sagt zu mir: »Sie dürfen hier nicht so lärmen. Gehen Sie nach Hause. Sie haben getrunken.«

Ich seh, wie die Frau mich ansieht und lächelt, und andere Leute an ihren Fenstern, und ich werd so wütend, ich brüll die auch an. Ich sage: »Es ist durchaus mein gutes Recht, auf der Straße zu gehen wie andere Leute auch, und es ist durchaus mein gutes Recht, die

Polizei zu fragen, warum sie noch nicht mal sucht nach meinem Geld, wenn es verschwindet. Ihr sucht bloß nicht, weil's ein verdammter englischer Dieb genommen hat«, sag ich. Das Ende vom Lied ist, daß ich vor den Friedensrichter muß, und er verurteilt mich zu fünf Pfund wegen Trunkenheit und Ruhestörung, und er gibt mir zwei Wochen Frist zum Bezahlen.

Als ich heimkomm vom Gericht, geh ich in der Küche auf und ab, auf und ab und warte bis sechs, weil ich keine fünf Pfund mehr hab, und ich weiß nicht, was ich tun soll. Ich telefoniere um sechs, und eine Frau antwortet mir sehr kurz und scharf, dann kommt Mr. Sims und scheint auch nicht erfreut, als ich ihm erzähl, was passiert. »Ach Gott«, sagt er, und ich sag, es tut mir leid. »Kein Grund zur Verzweiflung«, sagt er, »ich zahle die Strafe. Aber schau mal, ich glaub nicht...« Dann er unterbricht sich und spricht mit eine andere Person im Zimmer. Dann sagt er: »Bleib vielleicht besser nicht in Nr. 17. Ich denk, ich kann was anderes arrangieren. Ich besuch dich Mittwoch – spätestens Samstag. Jetzt benimm dich gut bis dahin.« Und er hängt auf, eh ich antworten kann, daß ich nicht warten will bis Mittwoch, schon gar nicht bis Samstag. Ich möcht heraus aus dem Haus ganz rasch und ohne Verzögerung. Erst denk ich, ich ruf nochmal an, dann denk ich lieber nicht, weil er klingt ärgerlich.

Ich mach mich fertig, aber Mittwoch er kommt nicht und Samstag er kommt nicht. Die ganze Woche ich bleib in der Wohnung. Nur einmal ich geh raus und bestell Brot, Milch und Eier für vor die Tür, und kommt mir so vor, als ob ich eine Menge Polizisten treff. Sie sehn mich nicht an, aber sie sehn mich doch. Ich will nicht trinken – die ganze Zeit lausch ich nur, lausch und denk immerzu, wie kann ich fort, ehe ich weiß, ob meine Strafe ist bezahlt? Ich sag mir, die Polizei läßt mich wissen, ganz bestimmt. Aber ich trau denen nicht. Was liegt ihnen dran? Nichts, sag ich. Niemand liegt was dran. Einen Nachmittag klopf ich an die Wohnungstür von der alten Dame oben, weil mir einfällt, vielleicht gibt sie mir guten Rat. Ich hör sie umhergehen und reden, aber sie antwortet nicht, und ich versuch nie wieder.

So vergehen fast zwei Wochen, dann telefonier ich. Die Frau ist am Apparat und sie sagt: »Mr. Sims ist zur Zeit nicht in London.« Ich frag: »Wann kommt er zurück – es ist dringend«, und sie hängt auf. Das überrascht mich nicht. Ganz und gar nicht. Ich wußte, so würde es kommen. Trotzdem hab ich plötzlich wie Blei in den Gliedern. In der Nähe der Telefonzelle ist eine Apotheke, ich frag nach etwas zum Schlafen, der Tag ist schlimm genug, aber dann noch die ganze Nacht wachliegen – o nein! Er gibt mir eine kleine Flasche mit dem Aufdruck *»Nur ein bis zwei Tabletten«*, und ich nehm drei, wenn ich zu Bett geh, weil ich immer mehr das Gefühl hab, schlafen ist besser als alles andere auf der Welt. Aber ich lieg da, die Augen weit offen wie immer, so ich nehm noch drei dazu. Ich weiß dann erst wieder, das Zimmer ist voll Sonne, es muß also später Nachmittag sein, aber das Licht ist noch an. Alles dreht sich in meinem Kopf, und ich kann überhaupt kaum denken.

Zuerst frag ich mich, wie ich hierherkomm. Dann fällt's mir ein, aber in Bildern – die Hauswirtin tritt gegen mein Kleid, ich lös meine Fahrkarte am Victoria-Bahnhof, Mr. Sims sagt mir, ich soll die Sandwiches essen, aber an nichts kann ich mich deutlich erinnern, und mir ist sehr schwindlig und übel. Ich hol die Milch und die Eier von der Tür, geh in die Küche und versuch zu essen, aber das Schlucken fällt mir schwer.

Wie ich die Sachen wegräum, seh ich die Flaschen – ganz hintergeschoben im untersten Schrankfach.

Es ist noch eine Menge drin, und ich bin froh, kann ich Ihnen sagen. Weil ich's nicht ertragen kann, wie mir zumute ist. Nicht mehr länger. Ich mixe einen Gin mit Wermut und trink ihn schnell, dann ich mix noch einen und trink ihn langsam am Fenster. Der Garten sieht anders aus, ich hab ihn so noch nie gesehen. Ich weiß recht gut, was ich tun muß, aber jetzt es ist zu spät – morgen. Ich trink noch ein Glas, diesmal Wein, und dann kommt mir ein Lied in den Kopf, ich sing es und ich tanz es, und je mehr ich sing, desto mehr glaub ich, das ist die beste Melodie, die mir jemals eingefallen ist in meinem ganzen Leben.

Das Licht vom Sonnenuntergang kommt wie lauter Gold durchs Fenster. Meine Schuhe machen Lärm auf den Dielen. So zieh ich sie aus, auch die Strümpfe, und tanz immer weiter, aber das Zimmer drückt auf mich, ich kann nicht atmen, und ich geh hinaus und sing immer noch. Vielleicht tanz ich auch ein bißchen. Ich denk überhaupt nicht an diese Frau, bis ich sie sagen hör: »Henry, schau dir das an.« Ich dreh mich um und ich seh sie am Fenster. »O ja, ich wollte mit Ihnen sprechen«, sag ich. »Wozu Polizei holen und mich in schlimme Lage bringen? Sagen Sie mir das.«

»Und sagen Sie mir, was Sie überhaupt hier zu suchen haben«, sagt sie. »Hier wohnen anständige Leute.«

Dann der Mann kommt dazu. »Also jetzt, junge Frau, ziehen Sie ab. Sie sollten sich schämen, sich so aufzuführen.«

»'s ist eine Schande«, sagte er zu seiner Frau, aber so laut, daß ich's hör, und sie spricht auch laut – diesmal. »Die anderen Huren, die dieser Lump hierhergebracht hat, waren doch wenigstens *Weiße*«, sagt sie.

»Sie eine verdammte Lügnerin, elende«, sag ich. »Haufen solche Mädchen schon in Ihrem Land. Zahllos wie Sand am Meer. Brauch ich nicht erst herzukommen.«

»Eine tolle Nummer sind Sie bestimmt nicht auf dem Gebiet.« Ihre Stimme wieder zuckersüß. »Und von Ihrem Freund Mr. Sims werden Sie nicht mehr viel zu sehen bekommen. Der hat selber Schwierigkeiten. Versuchen Sie's woanders. Suchen Sie sich jemand anders. Wenn Sie können, heißt das.« Wie sie das sagt, mein Arm bewegt sich von selbst. Ich heb einen Stein auf und bumm! durchs Fenster. Nicht das, wo sie stehen, das daneben, das ist aus buntem Glas, grün und rot und gelb.

So überrascht gucken ich seh noch keine Frau. Ihr Mund klappt auf vor lauter Überraschung. Ich fang an zu lachen, lauter und lauter – ich lach wie meine Großmutter, Hände in den Hüften, Kopf im Nacken. (Wenn sie so lacht, hört man sie bis ans Ende unserer Straße.) Zuletzt sag ich: »Also, entschuldigen Sie. Ein Unfall. Morgen früh laß ich es in Ordnung bringen.« »Dieses Glas ist unersetzlich«, sagt der Mann. »Unersetzlich.« »So ein Glück«, sag ich, »diese Farben, sie kommen mir vor wie seekrank. Ich kauf Ihnen ein besseres Fensterglas.«

Er droht mir mit der Faust. »Diesmal kommen Sie nicht mit einer Geldstrafe davon«, sagt er. Dann ziehen sie die Vorhänge zu. Ich ruf ihnen nach. »Sie laufen fort. Immer Sie laufen fort. Schon solang ich hier bin, Sie sind hinter mir her, weil ich's Ihnen nicht zurückgebe. Sie sind unverschämt.« Ich versuch zu singen *Don't trouble me now.*

Laß mich jetzt in Frieden
Du ohne Ehre
Folg nicht meiner Spur
Du ohne Scham.

Aber meine Stimme klingt nicht richtig, ich geh also wieder hinein und trink noch ein Glas Wein – immer noch möcht ich lachen, und immer noch denk ich an meine Großmutter, denn das ist eins von ihren Liedern.

Es ist über einen Mann, dem seine *doudou* den Abschied gibt, als sie einen reichen Mann findet, und er fährt mit Schiff nach Panama. Haufen Leute sterben dort am Fieber, als sie den Panamakanal machen, vor so langer Zeit. Aber er stirbt nicht. Er kommt zurück mit Dollars, und das Mädchen trifft ihn am Pier, schön gekleidet und lächelnd. Dann er singt zu ihr »Du ohne Ehre, du ohne Scham«. Es klingt auch gut im Patois von Martinique: *»Sans honte.«*

Hinterher frag ich mich: »Warum mach ich das? Ich bin doch gar nicht so. Aber wenn sie einen immer wieder ungerecht behandeln, dann kommt der Tag, wo man platzt, und so kommt's.«

Auch außerdem Mr. Sims kann mir jetzt nicht mehr sagen, ich hab keinen Mut. Ich mach mir nichts draus, ich schlaf schnell ein, und ich bin froh, daß ich das häßliche Fenster von der Frau zerbrochen habe. Aber mein Lied, das ist *sofort* weg und kommt nicht wieder. Schade.

Am nächsten Morgen weckt mich Läuten an der Tür. Die Leute von oben kommen nicht runter, und die Klingel schrillt wie verrückt. Ich geh also nachsehen, und da steht ein Polizist draußen und eine Polizistin. Wie ich die Tür aufmach, stellt die Frau ihren Fuß dazwischen. Sie hat Sandalen an und dicke Strümpfe, und nie seh ich einen Fuß so groß und häßlich. Er sieht aus, als will er die ganze Welt zertrampeln. Dann kommt sie rein hinter dem Fuß, und ihr Gesicht auch nicht sehr hübsch. Der Polizist sagt mir, meine Strafe ist nicht bezahlt, und Leute beschweren sich sehr über mich, also sie werden mich wieder vor den Richter führen. Er zeigt mir ein Papier, und ich schau es an, les es aber nicht. Die Frau stößt mich ins Schlafzimmer und sagt, ich soll mich schnell anziehen, aber ich starr sie nur an, weil ich denk, vielleicht ich wach bald auf. Dann frag ich sie, was ich anziehen soll. Sie sagt, sie nimmt an, ich hab Kleider angehabt gestern. Oder nicht? »Ist doch egal, ziehen Sie irgendwas an«, sagt sie. Aber ich nehm saubere Unterwäsche und Strümpfe und meine Schuhe mit hohen Absätzen, und ich kämm mein Haar. Ich fang an, meine Nägel zu feilen, weil ich denk, sie zu lang für das Gericht, aber sie wird wütend. »Gehen Sie jetzt freiwillig mit oder nicht«, sagt sie. Ich geh also mit, und wir steigen draußen in einen Wagen.

Ich wart eine lange Zeit in einem Zimmer voll Polizisten. Sie kommen rein, sie gehen raus, sie telefonieren, sie sprechen leise miteinander. Dann komm ich dran, und das erste, was ich seh im Gerichtssaal, ist ein Mann mit finsteren schwarzen Augenbrauen. Er sitzt unterhalb von dem Richter, er schwarz angezogen und so schön, ich kann keinen Blick von ihm wenden. Wie er das sieht, schaut er noch finsterer als zuvor.

Zuerst kommt ein Polizist zu bezeugen, ich mach Störung, und dann kommt der alte Herr von nebenan. Er wiederholt den Satz über nichts als die Wahrheit, so wahr mir Gott helfe. Dann sagt er, ich mach schrecklichen Lärm in der Nacht und benutz abscheuliche Ausdrücke und tanz auf obszöne Weise. Er sagt, wie sie wollen die Vorhänge zuziehen, weil seine Frau solche Angst vor mir, werf ich Steine und zerbrech ein wertvolles Fenster aus buntem Glas. Er sagt, seine Frau schwer verwundet, wenn ich sie getroffen hätt, und auch so ist sie in schrecklich nervösem Zustand, und der Doktor ist bei ihr. Ich denk: ›Glaub mir, wenn ich auf deine Frau ziel, treff ich sie auch – soviel steht fest.‹ »Wir haben sie nicht provoziert«, sagt er. »In keiner

Weise.« Dann eine andere Frau vom Haus gegenüber sagt, das ist wahr. Sie hat überhaupt keine Provokation gehört, und sie schwört, sie ziehen die Vorhänge zu, aber ich beleidig sie immer weiter und sag schmutzige Ausdrücke, und sie hat das alles gesehen und gehört.

Der Richter ist ein kleiner Mann mit einer leisen Stimme, aber ich bin jetzt sehr mißtrauisch bei solchen leisen Stimmen. Er fragt mich, warum ich nicht meine Strafe zahl, und ich sag, weil ich das Geld nicht hab. Es kommt mir vor, sie wollen mich über Mr. Sims ausfragen – sie lauschen so ganz aufmerksam. Aber sie werden nichts herauskriegen von mir. Er fragt, wie lange ich die Wohnung schon hab, und ich sag, ich weiß nicht mehr. Ich weiß, sie wollen mir eine Falle stellen wie bei meinem Gesparten, ich werd also nicht antworten. Zuletzt fragt er, ob ich was zu sagen hab, weil es ja so nicht weitergehen kann, daß ich immerzu stör. Ich denk: »Ich stör euch nur, weil ich kein Geld hab, das ist alles.« Ich möcht widersprechen und ihm sagen, wie sie stehlen mir all mein Gespartes, drum kann ich meinem Hauswirt nichts geben, wenn er die Monatsmiete will. Ich möcht ihm sagen, die Frau nebenan provoziert mich schon lange und beschimpft mich, aber die hat eine zuckersüße Stimme und niemand hört's – drum zerbrech ich ihr Fenster, aber schließlich ich bin doch bereit, ein neues zu kaufen. Ich möcht sagen, ich mach weiter nichts als singen in dem alten Garten, und ich möcht das anständig und ruhig sagen. Aber ich hör mich laut sprechen, und ich seh meine Hände herumfahren in der Luft. Auch außerdem hat es keinen

Zweck, sie glauben mir doch nicht, so ich red nicht zu Ende. Ich hör auf, und ich spür die Tränen auf meinem Gesicht. »Beweisen Sie es.« Das werden sie sagen und weiter nichts. Sie flüstern, sie flüstern. Sie nicken, sie nicken.

Dann bin ich gleich wieder in einem Wagen mit einer anderen Polizistin, sehr elegant angezogen. Nicht in Uniform. Ich frag sie, wo bringt sie mich hin, und sie sagt: »Holloway«, einfach nur: »Holloway«.

Ich faß nach ihrer Hand, weil ich Angst hab. Aber sie nimmt sie weg. Kalt und glatt schlüpft ihre Hand weg, und ihr Gesicht ist Porzellangesicht – glatt wie eine Puppe, und ich denke: »Das ist das letzte Mal, ich bitte jemanden um etwas. So wahr mir Gott helfe.«

Der Wagen kommt zu einer schwarzen Burg, und kleine häßliche Straßen sind rings herum. Ein Lastwagen blockiert gerade das Burgtor. Als er vorbei ist, fahren wir durch, und ich bin im Gefängnis. Zuerst steh ich in einer Reihe mit anderen, die darauf warten, ihre Handtaschen und was ihnen gehört abzugeben an eine Frau hinter einem Schalter wie in einem Postamt. Das Mädchen vor mir holt eine hübsche Puderdose heraus, sieht mir wie Gold aus, einen passenden Lippenstift und eine Brieftasche voll Scheine. Die Frau behält das Geld, aber sie gibt den Puder und den Lippenstift zurück, und sie lächelt ein bißchen. Ich hab zwei Pfund sieben Schilling und Sixpense einzeln. Sie nimmt mein Portemonnaie, dann sie wirft mir meine Puderdose (eine billige), meinen Kamm und mein Taschentuch hin, als wär alles schmutzig in meiner Tasche. Da denk ich: ›Auch hier, auch hier.‹ Aber ich sag mir: ›Mädchen, wie soll's denn anders sein? Sie alle so. Alle.‹

Manches, was dann passiert, weiß ich nicht mehr, oder ich denk vielleicht nicht mehr dran. Mir scheint, zuerst probieren sie einem Angst zu machen. Aber bei mir haben sie da kein Glück, weil mir ist jetzt alles egal, als wär mein Herz hart wie ein Stein und ganz ohne Gefühl.

Dann steh ich oben auf einer Treppe mit einer Menge Frauen und Mädchen. Als wir runtergehen, seh ich das Geländer auf einer Seite sehr niedrig, sehr leicht zu springen, und weit unten ist der graue steinerne Gang, als ob er auf einen wartet.

Als ich das denk, tritt eine Uniformfrau rasch neben mich und packt mich am Arm. Sie sagt: »O nein, das gibt's nicht.«

Ich hab nur das Geländer bemerkt, sehr niedrig, weiter gar nichts – aber was hat's für Sinn, das zu sagen.

Eine andere lange Schlange wartet auf den Doktor. Es geht langsam vorwärts, und meine Beine furchtbar müde. Das Mädchen vor mir ist sehr jung und weint und weint. »Ich hab Angst«, sagt sie immer wieder. Sie hat Glück eigentlich – denn ich, ich werd nie wieder weinen. Alles jetzt hart und ausgetrocknet in mir. Das und noch viel mehr. Schließlich sag ich, sie soll aufhören, weil sie tut grad das, was diese Leute möchten.

Sie hört auf zu weinen und fängt eine lange Geschichte an, aber wie sie noch spricht, ist ihre Stimme ganz weit weg, und auf einmal kann ich ihr Gesicht nicht mehr deutlich sehen.

Dann sitz ich auf einem Stuhl, und eine von diesen Uniformfrauen drückt mir den Kopf zwischen meine Knie, aber laß sie stoßen – alles geht von mir, trotzdem.

Sie stecken mich ins Krankenhaus, weil der Doktor sagt, ich bin krank. Ich hab Zelle für mich allein und ist alles in Ordnung, nur ich kann nicht schlafen. Was andere sagen, man kann's nicht aushalten, das macht mir nichts aus.

Wenn sie die Tür hinter mir zuschlagen, denk ich: ›Ihr schließt mich ein, aber schließt alle anderen verdammten Teufel *aus*. Jetzt könn sie nicht an mich ran.‹

Zuerst ist es mir lästig, wenn sie mich die ganze Nacht durch angucken. Sie machen dafür ein kleines Fenster in der Tür auf. Aber ich gewöhn mich dran und gewöhn mich an das Nachthemd, das sie mir geben. Ist sehr dick und mir scheint auch nicht sehr sauber – aber was schert mich das? Nur das Essen bring ich nicht runter – vor allem nicht den Haferbrei. Die Frau fragt spöttisch: »Hungerstreik?« Aber später kann ich das meiste davon übriglassen, und sie sagt nichts.

Eines Tages kommt ein hübsches Mädchen mit Büchern, und sie gibt mir zwei, aber ich will nicht so viel lesen. Außerdem ist das eine über einen Mord und das andere über ein Gespenst, und ich denk, es ist überhaupt nicht so, wie diese Bücher sagen.

Ich hab gar keinen Wunsch jetzt. Es hat keinen Sinn. Wenn sie mich in Frieden lassen und ruhig, weiter will ich nichts. Das Fenster ist vergittert, aber nicht klein, so daß ich einen kleinen dünnen Baum durch das Gitter sehen kann, und den schau ich gern an.

Nach einer Woche sagen sie, es geht mir besser und ich kann hinausgehen, Bewegung machen mit den anderen. Wir gehen immer rund um einen Hof in der Burg – es ist schönes Wetter, und der Himmel ist ähnlich wie blaßblau, aber der Hof ist ein furchtbar trauriger Ort. Die Sonne fällt herein und stirbt hier. Ich werd müde vom Gehen in hohen Absätzen und bin froh, als es vorbei ist.

Wir können reden, und eines Tages kommt eine alte Frau zu mir und fragt mich nach Kippen. Ich versteh nicht, und sie fängt an wie sehr ärgerlich auf mich einzumurmeln. Eine andere Frau sagt mir, sie meint Zigarettenstummel, und ich sag, ich rauch nicht. Aber die alte Frau sieht immer noch wütend aus, und als wir hineingehen, gibt sie mir einen Stoß, und ich fall beinah hin. Ich bin froh, wenn ich wegkomm von diesen Leuten und die Tür zuschlagen hör, und zieh meine Schuh aus.

Manchmal denk ich: ›Ich bin hier, weil ich singen wollte‹, und ich muß lachen. Aber ein kleiner Spiegel ist in meiner Zelle, und ich seh mich drin und bin wie wer anderes. Wie eine seltsam neue Person. Mr. Sims sagt mir, ich bin zu dünn, aber was sagt er jetzt zu dieser Person im Spiegel? Also lach ich nicht wieder.

Gewöhnlich denk ich überhaupt nicht. Alle Sachen und alle Menschen scheinen klein und ganz weit weg, das ist der einzige Kummer.

Der Doktor kommt zweimal mich besuchen. Er sagt nicht viel, und ich sag gar nichts, weil eine Uniformfrau immer dabei ist. Sie sieht aus, als ob sie denkt: ›Jetzt geht das Lügen los.‹ Ich red also lieber nicht. Dann sie können mir bestimmt keine Falle stellen. Vielleicht ich noch immer da oder an einem schlimmeren Ort. Aber eines Tages passiert das.

Wir gehen im Hof immer rundherum, und ich hör eine Frau singen – die Stimme kommt von hoch oben, von so einem kleinen vergitterten Fenster. Zuerst ich glaub's gar nicht. Warum soll hier jemand singen? Niemand will im Gefängnis singen, niemand will irgendwas tun. Es gibt keinen Grund, und man hat keine Hoffnung. Ich denk, ich muß schlafen, träumen, aber ich bin doch richtig wach, und ich seh, die anderen lauschen auch alle. Eine Krankenschwester ist bei uns am Nachmittag, keine Polizistin. Sie bleibt stehen und guckt hinauf zu dem Fenster.

Sie ist ein bißchen heiser, die Stimme, und manchmal ein bißchen rauh, als ob die alten dunklen Mauern selber klagen, weil sie sehen zuviel Elend – zuviel. Aber sie fällt nicht herunter in den Hof und stirbt; mir scheint, die könnt leicht über die Gefängnistore springen und weit fortreisen, und niemand könnt sie aufhalten. Ich hör nicht die Worte – nur die Musik. Sie singt eine Strophe und fängt eine andere an, dann plötzlich hört sie auf. Alle fangen wieder an zu laufen, und niemand sagt ein einziges Wort. Aber als wir hineingehen, frag ich die Frau vor mir, wer da sang. »Das ist das Hollowaylied«, sagt sie. »Kennst du das noch nicht? Sie hat aus den Strafzellen gesungen, und sie sagt den Mädchen, Kopf hoch und nie aufgeben.« Dann muß ich hinüber zum Krankenhausblock, und sie geht anderswohin, so sprechen wir nicht wieder miteinander. Als ich zurück bin in meiner Zelle, kann ich nicht einfach warten auf die Nacht. Ich geh auf und ab und ich denk. ›Eines Tages hör ich dieses Lied auf Trompeten gespielt und diese Mauern werden fallen und liegenbleiben.‹ Ich wünsch so sehr hinauszukommen, daß ich an die Tür hämmern könnte, denn ich weiß jetzt, daß alles passieren kann, und ich möcht nicht hier eingesperrt sein und es versäumen.

Dann hab ich Hunger. Ich eß alles, was sie bringen, und am Morgen bin ich immer noch so hungrig, daß ich den Haferbrei eß. Das nächste Mal, als der Doktor kommt, sagt er, ich schein viel besser. Dann sag ich ein bißchen, was wirklich passiert in dem Haus. Nicht viel. Sehr vorsichtig.

Er guckt mich scharf an und irgendwie überrascht. An der Tür droht er mit dem Finger und sagt: »Ich will Sie aber hier nicht wiedersehen!«

Am Abend sagt mir die Frau, ich komm raus, aber sie ist so empört darüber, daß ich keine Fragen stell. Sehr früh, noch eh's hell wird, knallt sie die Tür auf und brüllt mich an, ich soll schneller machen. Als wir gehen die Gänge lang, seh ich das Mädchen, das mir die Bücher brachte. Sie steht in einer Reihe mit den anderen, die machen Freiübungen. Auf, nieder, auf, nieder, auf. Wir gehen ganz dicht an ihr vorbei, und ich merk, sie ist ganz blaß und müde. Es ist Wahnsinn, es ist alles Wahnsinn. Das mit Auf-und-Nieder und auch alles andere. Als sie mir mein Geld geben, fällt mir ein, ich vergesse mein Puder in der Zelle, so frag ich, ob ich es mir holen kann. Sie hätten sollen sehen das Gesicht von der Polizistin, als sie mich weiterscheucht.

Es steht kein Personenwagen da, es ist ein Lieferwagen, und durch die Fenster man kann nicht hinaussehen. Als er das dritte Mal hält, steig ich mit einer anderen aus, ein junges Mädchen, und es ist dasselbe Gerichtsgebäude wie vorher.

Wir zwei warten in einem kleinen Zimmer, kein anderer da, und nach einer Weile sagt das Mädchen: »Was zum Kuckuck machen die bloß? Ich will nicht den ganzen Tag hier warten.« Sie geht zur Klingel und hält den Finger draufgepreßt. Als ich sie anschau, sagt sie: »Na ja, wozu sind sie denn *da*?« Das Gesicht von dem Mädchen ist hart wie ein Brett – sie könnte mit vielen die Gesichter tauschen, und du würdest keinen Unterschied merken. Aber freilich sie hat Erfolg. Ein Polizist kommt herein, er lacht über das ganze Gesicht, und wir gehen in den Gerichtssaal. Derselbe Richter, derselbe finstere Mann sitzt darunter, und als ich hör, meine Strafe ist bezahlt, möcht ich wissen, wer sie bezahlt hat, aber er schreit mich an. »Ruhe.«

Ich denk, ich werd nie halbwegs verstehen, was passiert, aber sie sagen mir, ich kann gehen, und das versteh ich. Der Richter fragt, ob ich aus der Gegend fortziehen werd, und ich sag ja, dann ich bin wieder draußen auf der Straße, und es ist immer noch schönes Wetter, und ich hab immer noch das Gefühl, ich träum.

Als ich zu dem Haus komm, seh ich zwei Männer im Garten reden. Die Haustür und die Wohnungstür sind beide offen. Ich geh hinein, und das Schlafzimmer ist leer, nur das grelle Licht strömt herein, denn sie nehmen die Jalousien weg. Als ich mich noch wunder, wo mein Koffer und die Kleider sind, die ich im Schrank gelassen, da klopft es und es ist die alte Dame von oben, und sie hat meinen gepackten Koffer und meinen Mantel über dem Arm. Sie sagt, sie sieht mich reinkommen. »Ich habe für Sie die Sachen aufgehoben.« Ich will mich bedanken, aber sie dreht sich um und geht weg. Sie machen das gern hier, und besser man erwartet nicht zuviel. Auch außerdem wett ich, sie sagen ihr, ich bin eine schreckliche Person.

Ich geh in die Küche, aber als ich seh, sie sägen den großen Baum im Garten ab, bleib ich nicht, um das anzuschauen.

Am Bahnhof wart ich auf den Zug, und eine Frau fragt, ob mir nicht gut ist. »Sie sehen so erschöpft aus«, sagt sie. »Kommen Sie von weit her?« Ich möcht antworten: ›Ich komme so weit her, ich verlier mich selber auf der Reise.‹ Aber ich sag ihr: »Doch, ich fühl mich ganz wohl. Nur die Hitze vertrag ich nicht.« Sie sagt, sie kann sie auch nicht vertragen, und wir reden vom Wetter, bis der Zug kommt.

Ich hab keine Angst mehr vor ihnen – was können sie mir schließlich noch tun? Ich weiß, was ich sagen muß, und alles läuft ab wie ein Uhrwerk.

Ich find ein Zimmer am Victoria-Bahnhof, wo die Hauswirtin ein Pfund im voraus nimmt, und am nächsten Tag find ich eine Arbeit in der Küche von einem Privathotel nicht weit weg. Aber ich bleib dort nicht lang. Ich hör von einer anderen Stelle in einem großen

Geschäft – Änderungen an Damenkleidern, und ich krieg sie. Ich lüg und sag denen, ich arbeit in sehr teurem New Yorker Geschäft. Ich sprech sicher und mach glattes Gesicht, und sie prüfen nie nach. Ich find eine Freundin dort – Clarice – sehr helle Farbige, sehr elegant, sie hat viel mit den Kunden zu tun, und manche lacht sie hinter ihrem Rücken aus. Aber ich sag, es ist nicht ihre Schuld, wenn das Kleid nicht paßt. Sonderanfertigung für nur eine Person – das ist sehr teuer in London. Also es heißt die ganze Zeit, wegnehmen oder herauslassen. Clarice hat zwei Zimmer nicht weit vom Geschäft. Sie möbliert sie selbst nach und nach, und sie gibt manchmal Parties Samstag abends. Dort passiert's daß ich das Hollowaylied zu pfeifen beginn. Ein Mann kommt zu mir und sagt: »Das würde ich gern noch einmal hören.« Also pfeif ich wieder (ich sing jetzt nie mehr), und er sagt: »Nicht schlecht.« Clarice hat ein altes Klavier, das jemand bei ihr abgestellt hat, und er spielt die Melodie und verjazzt sie. Ich sag: »Nein, nicht so«, aber die anderen sagen alle, großartig, wie er es macht. Na, ich denk nicht mehr dran, bis ich einen Brief von ihm krieg, wo er sagt, er hat das Lied verkauft, und weil ich viel dabei geholfen hab, legt er mit Dank fünf Pfund bei.

Ich les den Brief, und ich könnt weinen. Denn schließlich, dieses Lied war alles, was ich hatte. Ich gehör nirgends richtig hin, und ich hab kein Geld, mich irgendwo einzukaufen. Ich will's auch gar nicht.

Aber als das Mädchen singt, singt sie mir zu, und sie singt für mich. Ich war dort, weil es mir *bestimmt* war, dort zu sein. Es war mir *bestimmt*, es zu hören – das *weiß* ich.

Jetzt hab ich sie es falsch spielen lassen, und es wird mich verlassen wie alle die anderen Lieder – wie alles. Gar nichts bleibt übrig für mich.

Doch dann ich sag mir, das ist alles Dummheit. Wenn sie's auch auf Trompeten blasen, wenn sie's auch genau richtig spielen, wie ich's wollte – keine Mauern würden so bald fallen. ›Nennt es meinetwegen Jazz‹, denk ich, und meinetwegen sollen sie's falsch spielen. Das ändert nichts an dem Lied, das ich gehört hab.

Ich kauf mir ein altrosa Kleid von dem Geld.

Tiger sind hübscher

»Mein Lieber, mon cher, My Dear, Amigo«, begann der Brief.

»Ich gehe. Ich hatte es schon eine ganze Weile vor, das weißt Du sicher, aber ich habe nur auf den Moment gewartet, bis ich den Mut hatte, wieder in die kalte Welt hinauszutreten. Hatte keine Lust auf eine Abschiedsszene.

Von vielem anderen abgesehen, worauf ich *besser* nicht eingehe, kannst Du Dir gar nicht vorstellen, wie mich all das verlogene Geschwätz über den Kommunismus anekelt – und übrigens auch das verlogene Geschwätz der anderen Meute. Ihr seid doch alle völlig gleich, wie ihr euch auch nennt – unberührbar. Unentbehrlich, so heißt die Losung, und ihr würdet euch zu Tode grämen, wenn ihr niemanden hättet, auf den ihr herabschauen und schimpfen könntet. Ich hatte allmählich das Gefühl, von einem Rudel furchtsamer Tiger umgeben zu sein, die nur darauf warten zu springen, wenn jemand in Schwierigkeiten ist oder kein Geld hat. *Aber Tiger sind hübscher, nicht wahr?*

Ich nehme den Omnibus nach Plymouth. Ich habe meine Pläne.

Ich bin mit großen Hoffnungen nach London gekommen, aber es kam für mich dabei nur ein gebrochenes Bein heraus und so viel Hohn, daß es mir für die nächsten dreißig Jahre reicht, falls ich so lange lebe, was Gott verhüten möge.

Denk nicht, daß ich vergessen werde, wie lieb Du nach meinem Unfall zu mir warst – daß ich bei Dir wohnen durfte und so weiter. Aber *assez* bedeutet genug.

Ich habe die Milch im Kühlschrank getrunken. Ich hatte Durst nach der Party gestern abend, wenn Du das als Party bezeichnest – ich würde es eher eine Totenwache nennen. Außerdem weiß ich ja, wie zuwider Dir das Zeug ist (Freud! Tja – ja – ja!!). So wirst Du also Deinen Tee »ohne« trinken müssen, mein Lieber.

Leb wohl. Ich schreibe Dir, wenn die Zeiten besser sind. Hans«

Dann kam ein Postskriptum:

»Schreib heute nur ja einen tollen Artikel, Du zahme graue Mähre.«

Mr. Severn seufzte. Er hatte immer gewußt, daß Hans früher oder später verschwinden würde, weshalb also dieser Geschmack im Mund, als hätte er Staub gegessen?

Einen tollen Artikel.

Die Kapelle in den Embankment Gardens spielte. Es ist wieder einmal das gleiche alte Lied. Der gleiche alte zärtliche Refrain. *Als die Wagen in Sicht kamen, jubel-*

ten ein paar Leute aus der Menge ihnen zu, und ein dikker Mann sagte, er könne nichts sehen, und war drauf und dran, auf einen Laternenmast zu klettern. Die Gestalten im Wagen verbeugten sich von rechts nach links – Opfer verneigten sich vor Geopferten. Das unblutige Opfer wurde zur Schau gestellt, die Erinnerung daran, daß irgendwo die Sonne scheint, selbst wenn sie nicht auf jeden scheint.

»Wie 'ne Wachsfigur sah der aus, was?« sagte eine Frau hochbefriedigt...

Nein, so ging es nicht.

Er blickte aus dem Fenster auf die Plakate der Lunch Edition vor dem Zeitungsladen gegenüber. »JUBILÄUMSBILDER – BILDER – BILDER« und »NEUE HITZEWELLE«.

In der Wohnung über dem Laden lebte eine schlampige Frau in mittleren Jahren. Ihr Fenster mit den Spitzengardinen, die normalerweise nicht unfreundlich wirkten, verstärkten heute noch das Gefühl, verlassen zu sein. Die gleiche Wirkung hatten die Worte »BILDER – BILDER – BILDER«.

Um sechs Uhr war der Fußboden mit Zeitungen und zerknüllten, verworfenen Anfängen des Artikels bedeckt, den er jede Woche für eine australische Zeitung schrieb.

Er fand nicht den richtigen Schwung. Der Schwung, darauf kommt's an, wie jeder weiß – anders ausgedrückt: der Satzrhythmus. Hatte er ihn einmal, dann konnte er weitermachen, wie ein dahintrottender alter Gaul, und alles sagen, was allen gefiel.

›Die zahme graue Mähre‹, dachte er. Dann hob er eine von den Zeitungen auf und begann, die Annoncen zu zählen – Statistik war ihm zum Tick geworden. Zwei Mittel gegen Verstopfung, drei gegen Blähungen und Leibschmerzen, drei Gesichtscremes, eine Nährcreme, eine Kreuzfahrt nach Marokko. Am Ende der Privatanzeigen in Kleindruck: *Denn siehe, des Herrn Tag kommt grausam, zornig, grimmig, das Land zu zerstören und die Sünder daraus zu vertilgen.* Wer zahlt bloß dafür, daß diese Sachen reingesetzt werden, wer zahlt dafür?

›Diese dauernde, versteckte Drohung‹, dachte er. ›Alles gründet sich darauf. Ekelhaft. Was werden sie sagen? Und unten am Ende der Seite siehst du, was mit dir passiert, wenn du dich nicht fügen lernst. Du wirst erschlagen und nicht verschont. Drohungen und Spott, Spott und Drohungen...‹ Und Verzweiflung, Verlassenheit und zerknüllte Zeitungen im Zimmer.

Der einzige erlaubte Trost war das Geld, mit dem man sich die warme Glut des Drinks vor dem Essen, das Jubiläumsgelächter danach erkaufen konnte. Jubilieren – Jubiläum – Jubel... Wörter schwirrten ihm im Kopf herum, aber er konnte sie nicht dazu bringen, Form anzunehmen.

»Wenn du nicht willst, dann laß es bleiben, verdammt noch mal«, sagte er zu seiner Schreibmaschine, ehe er die Treppe hinuntereilte und dabei die Stufen zählte.

Nach zwei doppelten Whiskys in seiner Stammkneipe begann die Zeit, die sich den ganzen Tag so traurig hingeschleppt hatte, sich schneller zu bewegen, begann sie zu galoppieren.

Um halb zwölf Uhr spazierte Mr. Severn zwischen zwei jungen Frauen die Wardour Street auf und ab. Was man so macht, wenn man enttäuscht worden ist.

Eine von ihnen kannte er ziemlich gut – die dickere von beiden. Sie war oft in der Kneipe, und er unterhielt sich gern mit ihr, und manchmal lud er sie zu einem Drink ein, weil sie gutmütig war und ihn nie aufregte. Das war ihr Geheimnis. Wenn es gerecht zuginge, würde das auf ihrem Grabstein stehen: »Ich habe nie jemanden aufgeregt – jedenfalls nicht mit Absicht.« Natürlich war sie gerade deshalb ein Versager. Aber man konnte sich nett mit ihr unterhalten, und gewöhnlich war sie auch nett anzusehen. Sie hieß Maidie – Maidie Richards.

Das andere Mädchen hatte er noch nie gesehen. Sie war sehr jung und frisch, hatte ein wahrhaft prachtvolles Lächeln und einen Akzent, den er nicht recht unterbringen konnte. Sie hieß Heather Soundso. Im Kneipenlärm dachte er, sie hätte Hedda gesagt. »Was für ein ungewöhnlicher Name!« hatte er bemerkt. »Ich sagte Heather, nicht Hedda. Hedda! So möchte ich auf den Tod nicht heißen.« Sie war aufgeweckt, gescheit, selbstbewußt – nichts war nachlässig an ihr. Von ihr stammte die Idee, noch ein letztes Glas zu trinken.

Die Mädchen stritten sich. Beide hatten sich bei Mr. Severn eingehängt und stritten sich über ihn hinweg. Sie gelangten zur Shaftesbury Avenue, kehrten um und gingen wieder zurück.

»Ich sage dir, das Lokal ist in dieser Straße«, sagte Heather. »Das ›Jim-Jam‹ – hast du denn noch nie davon gehört?«

»Wissen Sie es genau?« fragte Mr. Severn.

»Natürlich weiß ich's genau. Es ist auf der linken Seite. Wir haben's irgendwie übersehen.«

»Also, ich hab's satt, hin und her zu gehen und zu suchen«, sagte Maidie. »Es ist sowieso ein übles Loch. Ich hab' keine besondere Lust hinzugehen, und Sie?«

»Nicht besonders«, sagte Mr. Severn.

»Hier ist es«, sagte Heather. »Wir sind zweimal daran vorbeigegangen. Es heißt jetzt anders, darum.«

Sie stiegen eine enge Steintreppe hinauf, und auf dem ersten Treppenabsatz kam ein Mann mit einem gelben Gesicht hinter einem Vorhang hervor und starrte sie an. Heather lächelte. »Guten Abend, Mr. Johnson. Ich habe zwei Freunde mitgebracht.«

»Drei Personen? Das macht fünfzehn Schilling.«

»Ich dachte, der Eintritt kostet eine halbe Krone«, sagte Maidie so streitlustig, daß Mr. Johnson sie überrascht ansah und erklärte: »Wir haben heute Galaabend.«

»Das Orchester spielt aber trotzdem miserabel«, bemerkte Maidie, als sie eintraten.

Eine ältliche Frau mit Nickelbrille bediente an der Bar. Der Mulatte am Saxophon beugte sich vor und legte los.

»Sie spielen so miserabel«, sagte Maidie, als die drei an einem Tisch an der Wand Platz genommen hatten, »man könnte meinen, sie machen es mit Absicht.«

»Hör doch auf zu meckern«, sagte Heather. »Andere Leute sind nicht deiner Meinung. Das Lokal ist jeden Abend gerappelt voll. Außerdem – warum sollen sie denn gut spielen. Was macht das schon aus?«

»Ah-ha«, sagte Mr. Severn.

»Es macht überhaupt nichts aus, wenn Sie mich fragen. Das ist alles nur Gerede.«

»Ganz recht. Alles nur Illusion«, stimmte Mr. Severn bei. »Eine Flasche Ginger-Ale«, sagte er zu dem Kellner.

Heather sagte: »Wir müssen eine Flasche Whisky bestellen. Das ist Ihnen doch recht, mein Lieber?«

»Keine Sorge, Kind, keine Sorge«, sagte Mr. Severn. »Ich hab nur einen kleinen Witz gemacht... eine Flasche Whisky«, sagte er zum Kellner.

»Würden Sie bitte gleich zahlen?« fragte der Kellner, als er die Flasche brachte.

»Ist der aber teuer!« sagte Maidie und schaute den Kellner böse an. »Na, macht nichts, wenn ich hiervon ein paar Schlucke intus habe, müßten meine Sorgen eigentlich vergessen sein.«

Heather kniff den Mund zusammen. »Nur ganz wenig für mich.«

»Na, er wird auf jeden Fall getrunken«, sagte Mr. Severn. »Spielen Sie *Dinah*«, rief er dem Orchester zu.

Der Saxophonspieler sah zu ihm hin und kicherte. Sonst nahm niemand Notiz von ihm.

»Setzen Sie sich doch und trinken Sie ein Glas mit uns, ja?« Heather hielt Mr. Johnson am Ärmel fest, als er am Tisch vorbeiging, aber er antwortete hochmütig:

»Bedaure, ich kann leider im Augenblick nicht«, und ging weiter.

»Die Leute sind komisch mit dem Alkohol«, bemerkte Maidie. »Erst tun sie alles, daß man ihn bestellt, und dann lachen sie einen heimlich aus, weil man ihn bestellt hat. Andererseits, wenn man versucht, sich ums Bestellen zu drücken, werden sie verdammt grob. Verdammt grob können die werden. Ich bin da neulich in einem Lokal gewesen, wo eine Kapelle spielte, ›Café International‹ heißt es. Ich bestellte einen Whisky und trank ihn ein bißchen schnell, weil ich Durst hatte und mich erschöpft fühlte und so. Dann dachte ich, ich wollte ein bißchen der Musik zuhören – sie spielen dort gar nicht so schlecht, es sollen Ungarn sein – und da kam ein Kellner vorbei und schrie: ›Letzte Bestellungen‹. ›Kann ich ein Glas Wasser haben?‹ sagte ich. ›Ich bin nicht dazu da, Ihnen Wasser zu servieren‹, sagte er. ›Das hier ist kein Lokal, in dem man Wasser trinkt‹, sagte er, genau mit diesen Worten. Und laut! Alle Leute starrten mich an.«

»Na, was hast du sonst erwartet?« sagte Heather. »Wasser zu bestellen! Du bist nicht recht bei Trost. Mir nichts mehr, danke.« Sie legte die Hand über das Glas.

»Trauen Sie mir nicht?« sagte Mr. Severn mit einem lüsternen Seitenblick.

»Ich traue niemandem. Und warum? Weil ich nicht übers Ohr gehauen werden will, darum.«

»Eine ganz Schlaue ist sie«, sagte Maidie.

»Ich will lieber schlau sein als so ein verdammter Einfaltspinsel wie du«, gab Heather zurück. »Sie haben doch nichts dagegen, wenn ich da drüben mit ein paar Freunden spreche, nicht wahr, mein Lieber?«

›Wunderbar.‹ Mr. Severn sah ihr nach, wie sie den Raum durchquerte. ›Wunderbar. Überlegen, gewandt und mit einem Tropfen Negerblut in den Adern, wenn mich nicht alles täuscht. Genau mein Typ. Eine von denen, auf die ich fliege. Wie kommt es, daß sie nicht so ganz – nun, warum?‹ Er nahm einen gelben Bleistift aus der Tasche und begann, auf dem Tischtuch herumzuzeichnen.

Bilder, Bilder Bilder... Gesichter, Gesichter, Gesichter... Wie Hyänen, wie Schweine, wie Ziegenböcke, wie Affen, wie Papageien. Aber keine Tiger, denn Tiger sind hübscher, nicht wahr? Wie Hans sagt.

Maidie sagte eben: »Die haben eine schrecklich nette Damentoilette hier. Ich habe ein bißchen mit der Toilettenfrau geplaudert; sie ist eine gute Bekannte von mir. Das Fenster war offen, und die Straße sah so kühl und friedlich aus. Deshalb war ich so lange weg.«

»London wird immer übergeschnappter, finden Sie nicht?« sagte Mr. Severn mit schwerer Stimme. »Sehen Sie dieses große Weib da drüben, die in dem rückenfreien Abendkleid? Freilich, ich habe meine eigene Theorie über rückenfreie Abendkleider, aber jetzt ist nicht der richtige Augenblick, sie Ihnen vorzutragen. Also, diese Zuckerpuppe muß morgen früh um Viertel nach neun in Brixton sein und Klavierstunde geben. Und ihr größter Wunsch ist eine Stelle als Stewardeß auf einem Dampfer nach Südafrika.«

»Na, und was ist dagegen einzuwenden?« fragte Maidie.

»Nichts – ich dachte nur eben, da ginge ein bißchen viel durcheinander. Schon gut. Und sehen Sie das Pärchen da drüben an der Bar? Das wunderschöne dunkelbraune Paar. Also, ich bin da rübergegangen, um mal was anderes zu trinken, und kam ins Gespräch mit ihnen. Mit dem Mann hab ich mich gleich angefreundet, deshalb lud ich sie ein, mich einmal zu besuchen. Als ich ihnen meine Adresse gab, sagte das Mädchen sofort: ›Ist das Mayfair?‹ ›Lieber Himmel, nein; es ist im dunkelsten schmutzigsten Bloomsbury.‹ ›Ich bin nicht nach London gekommen, um in die Slums zu gehen‹, sagte sie im perfektesten britischen Tonfall: hoch, scharf, klar und vernichtend. Dann drehte sie mir den Rücken zu und zog den Mann fort ans andere Ende der Bar.«

»Mädchen haben in solchen Sachen immer die bessere Nase«, bestätigte Maidie.

»Wenn es um die richtige Wohnlage geht?« sagte Mr. Severn. »Ja, das stimmt wohl. Aber manche Männer sind auch nicht so langsam. Ja, ja, Tiger sind eben hübscher, nicht wahr?«

»Sie sind mit dem Whisky nicht gerade zimperlich umgegangen, mein Lieber, was?« sagte Maidie ziemlich beunruhigt. »Was soll denn das mit diesen Tigern?«

Mr. Severn wandte sich wieder mit lauter Stimme an die Kapelle. »Spielt doch *Dinah*. Ich hasse den verdammten Schlager, den Sie da spielen. Außerdem ist es immer derselbe. Mir können Sie nichts vormachen.

Spielen Sie *Dinah, schöner ist keine*, das ist ein guter alter Schlager.«

»Ich würde nicht so laut schreien«, sagte Maidie. »Das mögen die hier nicht, wenn jemand schreit. Sehen Sie nicht, wie Johnson zu Ihnen herschaut?«

»Lassen Sie ihn doch herschauen.«

»Oh, halten Sie doch den Mund. Jetzt schickt er den Kellner her.«

»Unanständige Bilder auf den Tischtüchern sind hier verboten«, sagte der Kellner, als er an den Tisch trat.

»Scheren Sie sich zum Teufel«, sagte Mr. Severn. »Was denn für unanständige Bilder?«

Maidie stieß ihn in die Seite und schüttelte heftig den Kopf.

Der Kellner nahm das Tischtuch weg und brachte ein frisches. Er verzog den Mund, während er es auflegte, und sah Mr. Severn streng an. »Zeichnungen jeder Art sind hier auf Tischtüchern verboten«, sagte er.

»Ich werde zeichnen, soviel ich will«, sagte Mr. Severn trotzig. Und kaum hatte er das gesagt, da packten ihn schon zwei Männer und schoben ihn auf die Tür zu.

»Lassen Sie ihn in Ruhe«, sagte Maidie. »Er hat überhaupt nichts gemacht. Ihr seid alle miteinander Feiglinge.«

»Sachte, sachte«, sagte Mr. Johnson, der zu schwitzen begann. »Warum denn so grob? Ich sag doch immer, ihr sollt das in aller Ruhe machen.«

Als Mr. Severn an der Bar vorbeigezerrt wurde, sah er Heather, die ihre Augen vor Abscheu zusammenkniff; ihr rundliches Gesicht zog sich, schien's, zu seiner doppelten Länge auseinander. Er schnitt ihr eine häßliche Grimasse.

»Mein Gott«, sagte sie und sah weg, »mein Gott!«

Nur vier Mann stießen sie die Treppe hinunter, aber als sie draußen auf der Straße standen, schienen es eher vierzehn zu sein, und alle brüllten und grölten sie. ›Wer sind bloß alle diese Leute?‹ dachte Mr. Severn. Dann schlug ihn jemand. Der Mann, der ihn geschlagen hatte, sah genauso aus wie der Kellner, der das Tischtuch gewechselt hatte. Mr. Severn schlug zurück, so fest er konnte, und der Kellner – wenn es der Kellner war – taumelte gegen die Wand und kippte langsam um. ›Ich habe ihn zusammengeschlagen‹, dachte Mr. Severn. ›Zusammengeschlagen.‹

»Hussa-ho!« schrie er mit heller Stimme. »Was gilt die zahme graue Mähre?«

Der Kellner stand auf, zögerte, überlegte sich's nochmal, drehte sich um und schlug statt dessen Maidie.

»Halt die Klappe, du verdammte Schlampe«, sagte jemand, als sie zu schimpfen begann, und gab ihr einen Tritt. Drei Mann packten Mr. Severn, stießen ihn vom Trottoir und schmissen ihn mitten auf die Wardour Street. Da lag er, ihm war übel, und er hörte Maidie, die ihren Gefühlen freien Lauf ließ.

»Haha!« höhnte die Menge rings um. »Buh!« Dann trat sie beflissen und respektvoll zurück, um zwei Polizisten durchzulassen.

»Ihr riesigen Nullen«, schrie Maidie trotzig. »Ihr verdammten Flaschen. Ich habe überhaupt nichts gemacht. Der Mann dort hat mich niedergeschlagen. Was zahlt euch Johnson pro Woche dafür?«

Mr. Severn stand auf, ihm war immer noch sehr übel. Er hörte eine Stimme: »Das is er. Das is der Kerl. Der hat mit allem angefangen.« Zwei Polizisten nahmen ihn bei den Armen und schoben ihn vorwärts. Maidie, ebenfalls zwischen zwei Polizisten, ging weinend voran. Als sie über den Picadilly Circus kamen, der leer und verlassen dalag, jammerte sie: »Ich hab meinen Schuh verloren. Ich muß stehenbleiben und ihn aufheben. Ohne den Schuh kann ich nicht laufen.«

Der ältere Polizist schien sie weiterziehen zu wollen, aber der jüngere blieb stehen, hob den Schuh auf und gab ihn ihr mit einem Grinsen.

›Warum heult sie bloß?‹ dachte Mr. Severn. Er rief: »Hoi, Maidie, Kopf hoch. Kopf hoch, Maidie.«

»Lassen Sie das«, sagte einer von den Polizisten.

Doch als sie auf der Polizeiwache ankamen, stellte er zu seiner Freude fest, daß sie aufgehört hatte zu flennen. Sie puderte sich ihr Gesicht und begann mit dem Wachtmeister zu streiten, der hinter dem Schreibtisch saß.

»Sie wollen einen Arzt, ja?« sagte der Wachtmeister.

»Allerdings. Es ist eine Schande, eine wirkliche Schande.«

»Und brauchen Sie auch einen Arzt?« fragte der Wachtmeister kühl und höflich, indem er Mr. Severn ansah.

»Warum nicht?« erwiderte Mr. Severn.

Maidie puderte noch einmal ihr Gesicht und rief:

»Gott schütze Irland. Zum Teufel mit allen dreckigen Kriechern und Miesmachern und sonst dergleichen. Das hat mein Vater immer gesagt«, rief sie über die Schulter zurück, als sie abgeführt wurde.

Kaum war Mr. Severn in eine Zelle gesperrt worden, legte er sich auf die Pritsche und schlief ein. Als sie ihn weckten, um ihn dem Arzt vorzuführen, war er stocknüchtern.

»Wie spät ist es?« fragte der Arzt. Dabei hing die Uhr über seinem Kopf, dieser Trottel!

Mr. Severn antwortete kalt: »Ein Viertel nach vier.«

»Gehen Sie geradeaus. Machen Sie die Augen zu und stehen Sie auf einem Bein«, kommandierte der Arzt, und der Polizist, der der Vorführung beiwohnte, grinste unbeteiligt wie ein Schuljunge, wenn der Lehrer sich einen unbeliebten Mitschüler vornimmt.

Als Mr. Severn wieder in seiner Zelle war, konnte er nicht mehr einschlafen. Er legte sich hin, starrte auf die Klobrille und dachte an das blaue Auge, das er am Morgen haben würde. Wörter und Sätze ohne Sinn wirbelten ihm qualvoll im Kopf herum.

Er las die Inschriften auf den schmierigen Wänden. »Verlaß dich drauf, deine Sünden wirst du büßen. B. Lewis.« »Anne ist ein tolles Mädchen, so eins gibt's nicht gleich wieder, und das darf meinetwegen jeder wissen. (gez.) Charlie S.« Ein anderer hatte hingeschrieben »Gott, errette mich; ich gehe zugrunde.« Und darunter: »SOS SOS SOS (gez.) G. R.«

›Das paßt‹, dachte Mr. Severn, nahm seinen Bleistift

aus der Tasche, schrieb »SOS SOS SOS (gez.) N. S.« und das Datum darunter.

Dann legte er sich mit dem Gesicht zur Wand und sah in Höhe seiner Augen die Worte »Beim Warten bin ich gestorben«.

Als er im Gefängniswagen saß, hörte er, ehe er losfuhr, jemanden *The Londonderry Air* pfeifen und ein Mädchen mit den Polizisten sprechen und herumwitzeln. Sie hatte eine tiefe, sanfte Stimme. Ihm fiel sofort das richtige Adjektiv ein – die Stimme war ›sexy‹.

›Sex, sexy‹, dachte er. ›Ein lächerliches Wort! Was für eine Entlarvung!‹

›Was wir brauchen‹, stellte er fest, ›ist ein funkelnagelneuer Wortschatz, Wörter, die etwas bedeuten. Das einzige Wort, das heute etwas bedeutet, ist Tod – und dann muß es mein Tod sein. Dein Tod bedeutet nicht viel.‹

Das Mädchen sagte: »Ach, wenn ich ein Vogel wär' und Flügel hätte, könnte ich wegfliegen, stimmt's?«

»Und vielleicht abgeschossen werden«, sagte der Polizist.

›Das muß ein Traum sein‹, dachte Mr. Severn. Er horchte auf Maidies Stimme, aber es war kein Ton von ihr zu hören. Dann fuhr der Wagen los.

Der Weg zur Bow Street kam ihm lang vor. Als sie aus dem Wagen stiegen, sah er Maidie, die den Eindruck machte, als habe sie die ganze Nacht weinend verbracht. Sie führte ihre Hand zum Haar, als wolle sie sich entschuldigen.

»Sie haben mir die Handtasche weggenommen. Es ist furchtbar.«

›Ich wünschte, es wäre Heather gewesen‹, dachte Mr. Severn. Er versuchte, freundlich zu lächeln.

»Jetzt wird es bald vorbei sein, wir brauchen uns nur schuldig zu bekennen.«

Und es war sehr schnell vorbei. Der Richter sah sie kaum an, belegte sie jedoch aus Gründen, die nur ihm bekannt waren, mit einer Geldstrafe von je dreißig Schillingen, was zur Folge hatte, daß er einen Freund anrufen, sich das Geld durch einen Extraboten schicken lassen und unendlich lange warten mußte.

Es war halb eins, als sie auf der Bow Street standen. Maidie stand unschlüssig da und sah in dem gelblich-fahlen Licht schlimmer aus denn je. Mr. Severn hielt ein Taxi an und bot ihr an, sie nach Hause zu bringen. Es war das mindeste, was er tun konnte, sagte er sich. Und auch das Äußerste.

»Oh, Ihr armes Auge!« sagte Maidie. »Tut es weh?«

»Im Augenblick überhaupt nicht. Ich fühle mich erstaunlich gut. Es muß guter Whisky gewesen sein.«

Sie starrte in den zerbrochenen Spiegel aus ihrer Handtasche.

»Und sehe ich nicht auch schlimm aus? Aber es hat keinen Zweck; wenn ich so aussehe wie jetzt, kann ich mit meinem Gesicht gar nichts machen.«

»Es tut mir leid.«

»Na ja«, sagte sie, »ich fühlte mich ziemlich mies, nachdem der Kerl mich niedergeschlagen und getreten hatte, und später wegen der Art, wie der Doktor mich nach meinem Alter fragte. ›Diese Frau ist sehr betrunken‹, hat er gesagt. Aber ich war nicht betrunken, oder?... Na, und als ich wieder in die Zelle kam, war das erste, was ich sah, mein eigener Name an der Wand. Lieber Himmel, bin ich erschrocken! Gladys Reilly – so heiße ich nämlich richtig. Maidie Richards, so nenne ich mich nur. Da starrte es mir ins Gesicht. ›Gladys Reilly, 15. Oktober 1934...‹ Außerdem hasse ich es, eingesperrt zu werden. Immer wenn ich an alle die Leute denke, die sie jahrelang einsperren, läuft mir's kalt den Rücken runter.«

»Ja«, sagte Mr. Severn. »Mir auch.« *Beim Warten bin ich gestorben.*

»Lieber möchte ich sofort sterben, Sie auch?«

»Ja.«

»Ich konnte nicht schlafen und mußte immer wieder daran denken, wie der Doktor sagte: ›Wie alt sind Sie?‹ Und die Polizisten drumherum haben gelacht, als wäre das ein Witz. Wieso war das so ein Witz? Aber bei denen gibt's nicht viel zu lachen, nicht wahr? Als ich dann wieder in die Zelle kam, konnte ich nicht aufhören zu weinen. Und als ich aufwachte, hatte ich meine Tasche nicht bei mir. Die Wärterin hat mir einen Kamm geliehen. Die war gar nicht so übel. Aber ich hab' die Nase voll bis obenhin...

Sie erinnern sich an das Zimmer, in dem ich wartete, während Sie um Geld telefonierten?« sagte sie. »Da saß so ein hübsches Mädchen drin.«

»Tatsächlich?«

»Ja, ein ganz dunkles Mädchen. Fast wie Dolores del Rio, nur jünger. Aber es sind nicht die Hübschen, die vorankommen in der Welt – o nein, im Gegenteil. Zum Beispiel dieses Mädchen. Sie hätte nicht hübscher sein können – wunderschön war sie. Und sie war ungeheuer schick angezogen, mit einer schwarzen Jacke und einem schwarzen Rock und einer schönen, sauberen weißen Bluse und einem kleinen weißen Hut und hübschen Strümpfen und Schuhen. Aber sie hatte Angst. Sie hatte solche Angst, daß sie am ganzen Körper zitterte. Irgendwie sah man gleich, daß sie's nicht durchstehen wird. Nein, das Hübschsein hilft nichts ... Und da war noch eine andere, mit mächtigen behaarten Beinen, ohne Strümpfe, nur in Sandalen. Ich finde wirklich, wenn jemand so behaarte Beine hat, sollte er Strümpfe tragen, finden Sie nicht auch? Oder irgendwas dagegen tun. Aber nein, die lachte nur und machte Witze, und man sah gleich, ihr kann passieren, was will, sie wird's immer schaffen. Ein rotes, breites Gesicht hatte sie, und dann diese behaarten Beine. Aber das war ihr ganz egal.«

»Vielleicht muß man schlau sein«, meinte Mr. Severn, »wie Ihre Freundin Heather.«

»Ach, die – nein, die wird es auch nicht schaffen. Sie ist zu ehrgeizig, sie will zuviel. Sie ist so scharf, daß sie sich selber schneidet, könnte man sagen ... Nein, das Hübschsein macht es nicht und das Schlausein auch nicht. Man muß – sich anpassen können, das ist es. Und es nützt nichts, wenn man sich das nur *wünscht*, man muß gleich angepaßt geboren sein.«

»Sehr richtig«, sagte Mr. Severn. Angepaßt an den fahlen Himmel, an die häßlichen Häuser, die grinsenden Polizisten, die Plakate in den Schaufenstern.

»Und jung muß man auch sein. Man muß jung sein, um an so einer Sache seinen Spaß zu haben – jünger als wir«, sagte Maidie, als das Taxi hielt.

Mr. Severn starrte sie an – zu verblüfft, um ärgerlich zu sein.

»Also, auf Wiedersehen.«

»Auf Wiedersehen«, sagte Mr. Severn, sah sie böse an und ignorierte ihre ausgestreckte Hand. ›Wir‹ – wahrhaftig!

Zweihundertsechsundneunzig Schritte die Coptic Street entlang. Einhundertzwanzig um die Ecke. Vierzig Stufen hinauf in seine Wohnung. Ein Dutzend drinnen. Er hörte auf zu zählen.

Sein Wohnzimmer sah nett aus, dachte er, trotz des vielen zusammengeknüllten Papiers. Es war gerade eine günstige Tageszeit, mit genau dem richtigen Licht, in dem alle nicht zueinander passenden Farben und Formen ein Ganzes wurden – die gelblich-weiße Ziegelmauer mit einigen von den Museumstauben darauf, die silbrige Dachrinne, die Schornsteine in allen nur denkbaren phantastischen Formen: rund, viereckig, zugespitzt und der seltsame mit dem geheimnisvollen Loch in der Mitte, durch das der graue, stählerne Himmel einen ansah, die einsamen Bäume – alles eingefaßt von den Vorhängen aus silberfarbenem Wachstuch (ein Einfall von Hans), und mit einer Kopfdrehung erblickte er die

Holzschnitte aus Amsterdam, die mit Chintz bezogenen Sessel, die Schale mit welkenden Blumen in dem langen Spiegel.

Ein alter Herr mit Filzhut und Spazierstock ging am Fenster vorbei. Er blieb stehen, legte Hut und Mantel ab und balancierte den Stock auf der Nasenspitze, während er vorwärts und rückwärts ging und erwartungsvoll nach oben sah. Nichts geschah. Niemandem war er einen Penny wert. Er setzte seinen Hut auf, zog den Mantel wieder an, faßte den Stock, wie es sich gehörte, und verschwand um die Ecke. Und mit ihm verschwanden auch die quälenden Sätze – ›Wer zahlt? Würden Sie bitte gleich bezahlen? Sie haben doch nichts dagegen, wenn ich Sie verlasse, mein Lieber? Beim Warten bin ich gestorben. Beim Warten bin ich gestorben. (Oder hieß es, beim Hassen bin ich gestorben?) Das hat mein Vater immer gesagt. Bilder, Bilder, Bilder. Man muß jung sein. Aber Tiger sind hübscher, nicht wahr? SOS SOS SOS. Wenn ich ein Vogel wär' und Flügel hätte, könnte ich wegfliegen, nicht wahr? Und vielleicht abgeschossen werden dabei. Aber Tiger sind hübscher, nicht wahr? Man muß jünger sein als wir ...‹ Andere Sätze, glatt und verbindlich, traten an ihre Stelle.

Der Schwung, darauf kommt's an, der Satzrhythmus. Jetzt hatte er ihn.

Er betrachtete sich sein Auge im Spiegel, dann setzte er sich an die Schreibmaschine und tippte ruhig und sicher »JUBILÄUM ...«

Außerhalb der Maschine

Die große Klinik in der Nähe von Versailles wurde streng nach englischem Muster geführt, und so wurden die Patienten auf der allgemeinen Frauenstation um sechs Uhr morgens geweckt. Sie bekamen Tee und Butterbrot. Dann lagen sie da und warteten, während die Schwestern Schüsseln und Seife herbeibrachten. Wenn sie sich gewaschen hatten, lagen sie wieder da und warteten.

Fünfzehn Betten standen in dem hohen, schmalen Raum. Die Wände waren grau gestrichen. Die Fenster waren lang, aber so hoch oben, daß man nur die allerobersten Äste der Bäume im Garten draußen sehen konnte. Der Himmel war farblos hinter dem Fensterglas.

Um halb elf Uhr kam die Oberin in Begleitung einer Schwester zur Inspektion in den Saal, sie durchschritt ihn wie eine königliche Hoheit, die ein öffentliches Gebäude einweiht. Sie blieb gelegentlich stehen, besah sich hier eine Fieberkurve, sprach dort ein paar Worte. Die junge Frau im vorletzten Bett auf der linken Seite war ein Neuzugang. »Best, Inez«, stand auf der Tafel.

»Sie sind gestern abend gekommen, nicht wahr?«

»Ja.«

»Mit allem zufrieden?«

»O ja.«

»Können Sie nicht ohne all die Sachen da auskommen, solange Sie hier sind?« fragte die Oberin mit einem Blick auf Rouge, Puder, Lippenstift und Handspiegel auf dem Nachttisch.

»Das ist nur, damit ich nicht gar so gräßlich aussehe – weil ich mich dann immer viel schlechter fühle.«

Doch die Oberin schüttelte den Kopf und ging weiter, ohne zu lächeln, und Inez zog sich die Decke bis ans Kinn hinauf, denn sie fühlte sich plötzlich schwach und verwirrt. *Mir ist kalt, ich bin müde.*

»Hat Ihnen schon mal jemand gesagt, daß Sie Raquel Meller sehr ähnlich sehen?« sagte die alte Dame im Bett nebenan. Sie hatte sich aufgesetzt und in einen schwarzen Schal gehüllt, der mit rosa und gelben Blumen bestickt war.

»Ja? Oh, finden Sie das wirklich?«

»Doch, sehr ähnlich.«

»Meinen Sie?« sagte Inez.

Die Melodie von *La Violetera*, Raquel Mellers Lied, kam ihr in den Sinn. Sie fühlte sich zufriedener – dann ganz glücklich und fast froh. ›Warum soll ich denn so verdammt traurig sein?‹ dachte sie. ›Es ist lächerlich. Sobald ich hier rauskomme, könnte mir doch etwas Erfreuliches zustoßen.‹

Und es war gar nicht so schlecht, dazuliegen und sich bedienen zu lassen. Nur wenn man sich bewegte, bekam man Angst, weil man sich gar nicht vorstellen konnte, daß man sich jemals wieder würde bewegen können, ohne sich dabei wehzutun.

Sie blickte auf die Bettenreihe gegenüber und seufzte. »Es ist komisch hier, nicht wahr?«

»Oh, morgen werden Sie darüber schon anders denken«, sagte die alte Dame. Sie sprach das Englische etwas zögernd – zwar ohne Akzent, aber so, als sei ihre Zunge eine andere Sprache gewöhnt.

Die beiden unterhielten sich ziemlich viel an jenem Tag, immer wieder.

»... Und woher sollte ich wissen«, klagte Inez, »daß zu allem anderen mein Magen derart kaputtgehen würde? Und natürlich mußte das im falschen Augenblick passieren.«

›Jetzt halt den Mund‹, sagte sie zu sich selbst. ›Halt den Mund. Sage nicht: »Gerade, wo ich überhaupt kein Geld habe.« Verrate dich nicht. Was bist du doch für ein dummes Ding!‹ Aber sie konnte die Flut der Worte nicht aufhalten.

Von Zeit zu Zeit schnalzte die alte Dame mitleidig mit der Zunge oder sagte: »Armes Kind«. Sie hatte ein breites, sanftes Gesicht. Ihr Haar war schwarz – sicherlich gefärbt, dachte Inez. Sie trug zwei Ringe mit farbigen Steinen am dritten Finger ihrer linken Hand und einen – einen dicken Goldring mit einer undeutlichen Gravierung – am kleinen Finger. Anscheinend war irgend etwas mit ihrem Knie nicht in Ordnung, sie hatte schon verschiedene andere Krankenhäuser ausprobiert.

»Die französischen Krankenhäuser sind etwas lässiger, aber es war ein großes Glück, daß ich hier untergekommen bin; die Klinik hat einen sehr guten Ruf. Es geht nichts über die englische Krankenpflege. Und wenn man bedenkt, was einem geboten wird, ist es fast geschenkt. Eine englische Oberin, ein englischer Arzt im Hause, mehrere Schwestern sind Engländerinnen. Ich glaube, die Privatzimmer sind *außerordentlich* luxuriös, aber die sind natürlich sehr teuer.«

Sie hieß Tavernier. England hatte sie als junges Mädchen verlassen und war nie wieder hingekommen. Sie war zweimal verheiratet gewesen. Ihr erster Gatte war ein schlechter Mann, ihr zweiter Gatte war ein guter Mann gewesen. Ganz einfach. Ihr zweiter Gatte war ein guter Mann, der ihr ein bißchen Geld hinterlassen hatte.

Als sie von ihrem ersten Mann sprach, hörte man, daß sie ihn nach all den Jahren noch immer haßte. Wenn sie von dem guten Mann sprach, stiegen ihr die Tränen in die Augen. Sie sagte, sie seien vollkommen glücklich, restlos glücklich gewesen, nie ein unfreundliches Wort, und die Tränen stiegen ihr in die Augen.

›Arme alte Närrin‹, dachte Inez, ›sie hat sich selber eingeredet, daß das wahr ist.‹

Madame Tavernier sagte mit leiser Stimme: »Wissen Sie, was er mir in seinem letzten Brief geschrieben hat? ›Du bist mein alles.‹ Ja, das hat er im letzten Brief geschrieben, den ich von ihm bekam.«

›Arme alte Närrin‹, dachte Inez wieder.

Madame Tavernier wischte sich die Augen. Ihr Gesicht sah sanft und friedlich aus, als wiederhole sie sich ständig: ›Niemand kann behaupten, das sei nicht wahr, denn ich habe den Brief und kann ihn vorzeigen.‹

Die dicke blonde Frau im Bett gegenüber plauderte ebenfalls mit ihrer Nachbarin. Sie waren beide Blondinen, sehr sauber und von einer aggressiven Ehrbarkeit. Irgendwie paßten sie so gut in diese Umgebung, daß dadurch alle anderen zweifelhaft und nicht hergehörig erschienen. Die Dicke sprach vom Wetter, und die Antworten ihrer Nachbarin waren wie ein Echo. »Heiß... o ja, sehr heiß... heißer als gestern... ja, viel heißer... Ich wünschte, das Wetter schlüge um... ja, das wünschte ich auch, aber es besteht keine Aussicht... nein, wohl nicht... oh, ich glaube kaum...«

Unter dem Deckmantel dieser nichtssagenden Konversation warf die blone Frau scharfe, schlaue und neugierige Blicke auf Inez. ›Eine Engländerin? Na, was für eine Sorte von Engländerin wohl? Zu welcher von den sieben Abteilungen, neunundsechzig Unterabteilungen und tausendunddrei Unter-Unterabteilungen gehörst du? *(Ist ja doch alles eine Sauce, verdammt noch mal.)* Meine Welt ist eine gediegene, anständige Welt. Wenn du nicht Farbe bekennst oder wenn du mich durcheinanderbringst, indem du aus einer Kategorie in die andere springst, kann ich höchst unangenehm werden, und Gerissenheit und Erfindungskraft gehen mir durchaus nicht ab, wenn ich unangenehm sein will. Unterschätze mich nicht. Ich habe schon bei vielen deiner Art die Maschine in Gang gesetzt und sie zermalmt. Viele deiner Art...‹

Madame Tavernier bewegte sich unruhig in ihrem

Bett, als spüre sie, daß hier zwei Individuen aufeinanderprallten – Blicke, die mitten in der Luft aufeinandertrafen, Funken, die zu sprühen begannen...

»Die beiden Damen dort drüben sind Engländerinnen«, flüsterte sie.

»Oh, tatsächlich?«

»Und auch die in dem Bett auf der anderen Seite von Ihnen.«

»Die verschlafene, mit der sie so viele Geschichten machen?«

»Sie ist Tänzerin – ein *Girl*, wissen Sie. Eins von den Yetta-Kauffmann-Girls. Sie hatte eine Blinddarmoperation.«

»Oh, wirklich?«

»Die mit der spanischen Wand um ihr Bett ist sehr krank«, plapperte Madame Tavernier weiter. »Man rechnet nicht damit, daß sie – Und die dort –«

Nach einer Weile unterbrach Inez sie. »Anscheinend haben sie alle Engländerinnen in diese Ecke hier gelegt, nicht wahr? Ich wollte, sie hätten uns ein bißchen durcheinandergemischt.«

»Das machen sie nie«, antwortete Madame Tavernier. »Ich habe das schon oft festgestellt.«

»Das ist ein Fehler«, sagte Inez. »Engländer sind gewöhnlich zu Fremden netter als zu ihren Landsleuten.«

Nach einer Pause fragte Madame Tavernier höflich: »Sind Sie viel gereist?«

»Oh, ein bißchen.«

»Und gefällt es Ihnen hier?«

»Ja, Paris gefällt mir am allerbesten.«

»Sie fühlen sich anscheinend hier zu Hause«, sagte Madame Tavernier. Ihre Stimme klang ironisch. »Wie so viele Leute. Hier gibt es für jeden Geschmack etwas.«

»Nein, ich fühle mich nicht besonders heimisch hier. Das ist nicht der Grund, warum ich Paris gern habe.«

Sie wandte sich ab und schloß die Augen. Sie wußte, daß jetzt die Schmerzen wiederkommen würden. Und natürlich kamen sie auch. Man gab ihr eine Spritze, und sie schlief ein.

Als sie am nächsten Morgen aufwachte, war sie wie betäubt. Sie lag da und beobachtete, wie zwei Schwestern herumhantierten, sehr forsch und eifrig und schweigsam. Sie sagten nicht einmal: »Beeilen Sie sich« oder »Sachte, sachte« oder »Trinken Sie das aus.«

Sie bewegten sich sicher und rasch. Sie taten alles völlig unpersönlich. Sie waren wie Teile einer Maschine, dachte sie, die reibungslos funktioniert. Die Frauen in den Betten bewegten sich wie Puppen auf und ab und hinein und hinaus. Auch sie waren Teile einer Maschine. Sie waren stark und selbstsicher, weil sie schon ihr ganzes Leben lang zu der Maschine gehörten und reibungslos funktionierten, hinein und hinaus, ganz wie man es ihnen vorschrieb. Selbst wenn die Maschine außer Kontrolle geriet, wenn sie verrückt wurde, würden sie alle noch immer funktionieren, rein und raus, wie man es ihnen vorschrieb, reibungslos sich drehend, schneller und schneller, bis zur Vernichtung.

Sie lag ganz still, damit niemand merkte, daß sie sich

fürchtete. Weil sie nicht zur Maschine gehörte, konnten sie jederzeit mit einer riesigen Eisenzange kommen, sie packen und auf den Kehrrichthaufen werfen, und da würde sie dann liegen und verfaulen. ›Nutzlos, die da‹, würden sie sagen und sie wegwerfen, ehe sie erklären konnte: ›Es ist nicht so, wie Sie denken, ganz und gar nicht. Es ist nicht, wie die sagen. Wartet ein wenig und laßt mich's erklären. Ihr müßt zuhören, es ist sehr wichtig.‹

Doch am Abend fühlte sie sich besser.

Das Mädchen im Bett zu ihrer Rechten hatte sich aufgesetzt und sagte, sie wolle einer Freundin im Theater schreiben.

»Auf französisch«, sagte sie. »Kann jemand den Brief für mich schreiben? Ich kann nämlich nicht Französisch.«

»Ich werde ihn für Sie schreiben«, erbot sich Madame Tavernier.

»›Liebe Lili ... L-i-l-i. Liebe Lili ...‹, also schreiben Sie: ›Mir geht's schon wieder ganz gut. Komm mich am Montag oder Donnerstag besuchen. Zwischen zwei und vier. Und wenn du kommst, bringst du mir etwas Briefpapier und ein paar Marken mit? Ich hoffe, es dauert nicht mehr lange, bis ich hier rauskomme. Darüber reden wir am Montag. Vergiß die Briefmarken nicht. Sag den anderen, daß sie mich besuchen können, und sag ihnen, wie sie herkommen. Herzlichste Grüße von Deiner Freundin und so weiter, Pat.‹ Geben Sie's mir, ich will unterschreiben ... Danke.«

Die Stimme des Mädchens hatte zwei Tonlagen. Die eine war klar und hell, die andere rauh und mitleidlos.

»Ihnen scheint es ja miserabel zu gehen, Sie da im nächsten Bett«, sagte sie.

»Mir geht's jetzt schon besser.«

»Sind Sie schon lange in Paris?«

»Ich lebe hier.«

»Ach, dann werden ja Ihre Freunde kommen und Sie aufheitern.«

»Ich glaube nicht. Ich erwarte niemanden.«

Das Mädchen machte große Augen. Sie war nur wenig über zwanzig, und ihre klaren blauen Augen standen ein wenig schräg. Sie sah aus, als wäre sie, wenn sie aufstünde, klein und stämmig und hätte die Beine einer Tänzerin. Untersetzt, wie ein kleines Pony.

O Gott, gib, daß sie weiter über sich spricht und mich nicht anschaut oder sich Gedanken über mich macht oder so etwas.

»Dieses französische Mädchen, diese Freundin von mir, die ist wahnsinnig komisch«, sagte Pat. »Aber sie ist auch furchtbar gefällig. Wenn ich sage ›Komm mit Briefmarken‹, dann erscheint sie mit Briefmarken. Deshalb schreibe ich ihr und nicht jemandem aus unserer Truppe. Unsere Truppe, die würden kommen oder auch nicht. Sie wissen schon. Aber sie ist furchtbar komisch, wirklich... Sie sieht wirklich nicht übel aus, aber wie sie geht, das ist zu komisch. Sie ist eine *femme nue*, und man hat ihr den entsprechenden Gang beigebracht. Ohne Schuhe geht das ja, aber mit Schuhen ist das – also... Sie werden's ja sehen, wenn sie herkommt.

Sie kriegen auch nur halb soviel bezahlt wie wir. Jedenfalls ist sie ein furchtbar gefälliges Wesen; sie ist ein liebes Kind, das arme Ding.«

Eine Schwester brachte das Abendbrot herein.

»Die Mädchen sind nett, und die Schauspieler sind nett«, fuhr Pat fort, »aber die Bühnenarbeiter hassen uns. Ist das nicht komisch? Wissen Sie, einer von ihnen hat versucht, ein Mädchen aus unserer Truppe zu küssen, und sie hat ihm eine Ohrfeige gegeben. Er sah ziemlich überrascht aus, sagte sie. Und was glauben Sie, was er dann gemacht hat? Er hat sie auch geohrfeigt! Na, und wissen Sie, was wir dann gemacht haben? Wir haben zum Theaterdirektor gesagt: ›Wenn der Mann nicht entlassen wird, machen wir nicht weiter.‹ Sie haben eine Vorstellung ohne uns versucht, und dann haben sie nachgegeben. Die Hauptdarsteller, deren Auftritte ruiniert waren, haben einen Mordskrach gemacht. Die französischen Mädchen können unsere Arbeit nicht übernehmen, weil sie nicht im selben Rhythmus bleiben können. Allein sind sie in Ordnung – manchmal sehr gut, aber von der Arbeit in der Truppe verstehen sie nichts... Und jetzt, du lieber Gott, jetzt haben die Bühnenarbeiter einen ganz schönen Haß auf uns. Wir müssen zu zweit auf die Toilette gehen. Aber trotzdem, die Mädchen und die Schauspieler sind furchtbar nett; nur die Bühnenarbeiter haben einen Haß auf uns.«

Die dicke Frau gegenüber – sie hieß Mrs. Wilson – hörte das alles mit an, erst mißtrauisch, dann zustimmend. Ja, das ist zulässig; das hat seinen Sinn. Hübsches englisches Ballettmädchen – aus dem Norden – sehr selbständig, mit einem glücklichen Temperament und fröhlichen, schalkhaften Augen. Schon eingestuft. Alles in Ordnung.

Pat aß fertig und schlief dann ganz plötzlich wieder ein, wie ein Kind.

»Ein keckes Ding, nicht wahr?« sagte Madame Tavernier. Ihre Augen waren halb geschlossen, die Mundwinkel nach unten gezogen.

Das Licht, das durchs Fenster kam, wechselte von düsterem Gelb zu Violett, von Violett zu Grau, von Grau zu Schwarz. Dann war es dunkel bis auf die nackten rotgefärbten Birnen den ganzen Saal entlang. Inez legte ihren Arm um den Kopf und drehte ihr Gesicht zum Kissen.

»Gute Nacht«, sagte die alte Dame. Und nach einer langen Pause: »Weinen Sie nicht, weinen Sie nicht.«

Inez flüsterte: »Sie töten einen so langsam...«

Der Saal war ein langer, grauer Fluß; die Betten waren Schiffe im Nebel...

Der nächste Tag war ein Sonntag. Selbst durch diese Fensterscheiben sah der Himmel blau aus, und die Sonne zeichnete Muster auf den glattgebohnerten Boden. Die Patienten bekamen ihr Frühstück eine halbe Stunde später – um sieben anstatt um halb sieben.

»Für Sie heute nur Milch«, sagte die Schwester. Inez wollte fragen, warum; dann fiel ihr ein, daß ihre Operation auf Montag angesetzt war. *Denk noch nicht dran. Es ist noch viel Zeit bis dahin.*

Nach dem Mittagessen erklärte die Oberin, ein englischer Geistlicher werden den Saal besuchen und, wenn niemand etwas dagegen habe, einen kurzen Gottesdienst abhalten. Niemand hatte etwas dagegen, und nach einer Weile kam der Pfarrer durch eine Tür, aus der man ihn nicht erwartet hatte, und sah aus, als sei ihm sehr kalt, als sei ihm noch nie in seinem Leben warm gewesen. Er hatte graues Haar und ein scheues, verschlossenes Gesicht.

Er stand am Ende des Saales, und die Patienten wandten die Köpfe und sahen ihn an. Die spanische Wand um das Bett auf der anderen Seite war weggenommen worden, und die gelbgesichtige, zusammengeschrumpfte Frau, die dort lag, drehte den Kopf und schaute wie die anderen.

Der Geistliche sprach ein Gebet, und die meisten Patientinnen sagten »Amen«. (›Amen‹, sagten sie. ›Wir hören zu‹, sagten sie... Ich bin arm verstört unglücklich tröste mich ich sterbe mache mir Mut natürlich zeige ich nicht daß ich weiß ich liege im Sterben aber ich weiß ich weiß Sprich nicht vom Leben wie es ist denn es geht mich jetzt nichts mehr an Sag etwas mach schon sag etwas denn ich kann die verdammten Frauenstimmen nicht mehr hören Jesus wie ich die Frauen hasse Sag etwas Komisches worüber ich lachen kann aber alles was du sagst wird ja komisch sein du alter Mummelgreis du Trotzdem sag irgendwas... ›Wir hören zu‹, sagten sie ›wir hören zu...‹) Doch der Pfarrer war entschlossen, sich an das Leben, wie es ist, zu halten, denn seine Ansprache war eine Warnung vor denjenigen Lastern, die unsere Nächsten gegen uns aufbringen und unsere Lage nur noch verschlimmern könnten. Selbstmitleid zum Beispiel. Wohin führt einen das? Ah, wohin? Zynismus. So billig... Aufbegehren. So zwecklos... »Laßt uns immer daran denken«, schloß er, »Gott ist ein gerechter Gott, und der Mensch, den er nach seinem Bilde schuf, ist auch gerecht. Im großen und ganzen. Und deshalb, liebe Schwestern, laßt uns versuchen, ein nützliches Leben zu führen, ein Leben, rechtschaffen und gottesfürchtig in dem Stand, in den uns zu berufen es Ihm gefallen hat. Amen.«

Er sprach noch ein Gebet und ging dann herum und drückte Hände. »Wie geht es, wie geht es, wie geht es?« Alle beiden Reihen entlang. Schließlich verschwand er.

Als er weg war, herrschte ein paar Sekunden Schweigen im Krankensaal, dann seufzte jemand.

Madame Tavernier bemerkte: »Der arme kleine Mann, er war so nervös.«

»Na, jedenfalls hat's nicht lange gedauert«, sagte Pat. »Rein und raus wie der Geisterkönig...«

Sie fing an zu singen:

Oh, verliebt scheint er nicht grad' zu sein,
Doch ist manch Buch viel besser als sein Schein.

Dann sang sie den *Scheich von Arabien*. Sie schlang sich ein Handtuch als Turban um den Kopf und fing von vorne an: »Über die Wüste wild und frei... Jetzt den Refrain, Mädels, alle zusammen. Ich bin der Scheich von Arabien...«

Alle sahen zu Pat hin und lachten; das kleine gelbe Gesicht der Sterbenden war verzerrt vor Lachen.

›Bis morgen ist noch sehr viel Zeit‹, dachte Inez. ›Ich brauche mir jetzt noch keine Gedanken zu machen.‹

»Ich bin der Scheich von Arabien ...« Jemand sang es auf französisch – *»Je cherche Antinéa«*. Das war eine merkwürdige Übersetzung – bezeichnend, wenn man's recht überlegte.

Pat schrie: »Hört euch das an. Erkennt das jemand? Alt, aber gut. »›Wer klopft da an meine Tür?« sagte die schöne junge Dame ...‹«

Die hochgewachsene englische Schwester kam herein. Sie hatte ein schmales Gesicht, kleine tiefliegende Augen von ungewöhnlicher rotbrauner Farbe und einen großen Mund. Ihre blassen Lippen lagen entspannt aufeinander, als wäre sie sehr gutmütig oder vielleicht sehr beherrscht. Sie lächelte milde und sagte: »Na, Pat, jetzt müssen Sie aber damit aufhören«, rückte dann die spanische Wand um das Bett auf der anderen Seite und zog die Jalousie am Fenster am Ende des Saales herunter.

Es war wirklich sehr heiß, und nachdem sie weggegangen war, lagen die meisten Frauen wie bewußtlos da, nur Pat plauderte immer weiter. Der Klang ihrer Stimme schien sie selber anzuregen. Dabei wurde sie immer lebhafter, als ob sich jemand mit ihr stritte.

Sie sprach von Liebe und vom Unterschied zwischen Schönheit und Dreck. Der eigentliche Unterschied bestehe in Pfund und Schilling, sagte sie. Wo Geld sei, da sei auch Schönheit; wo nicht – sage einer, was er wolle –, da bleibe eben nur Dreck – und Dummheit obendrein.

›Die wird sich bestimmt durchsetzen‹, dachte Inez. Sie lag mit geschlossenen Augen da und versuchte, sich Bäume und ruhiges Wasser vorzustellen. Aber die Bilder glitten allzuschnell vorüber, so daß sie verzerrt und bösartig aussahen.

In dieser Nacht waren sie alle wach im Krankensaal. Jemand stöhnte. Die Schwester eilte mit einer Bettschüssel umher und murrte dabei leise vor sich hin.

2

Um neun Uhr am Montagmorgen sagte die große englische Schwester: »Alles in Ordnung mit Ihnen. Ich gebe Ihnen jetzt eine Morphiumspritze.«

Danach hatte Inez nicht weniger Angst, ihr war nur viel dumpfer.

»Hoffentlich sind Sie mit dabei«, sagte sie schläfrig. Doch im Operationssaal war eine andere Schwester. Sie trug eine Maske und sah zum Fürchten aus, dachte Inez – wie ein Folterknecht.

In der Luft schwebend, was nach dem Morphium ganz leicht und natürlich war – *Natürlich, das habe ich doch immer schon gekonnt. Wieso hatte ich das vergessen? Wie dumm von mir!* –, sah sie sich selber den Raum durchqueren, während ihr Tränen über die Wangen strömten und sie von der entsetzlichen Fremden gestützt wurde.

»Jetzt seien Sie doch nicht albern«, sagte die Schwester gereizt.

Inez setzte sich auf die Kante der Liege, jetzt

schwebte sie nicht, war nicht gespalten. Sie war eins – und schwer wie Blei.

›Was weißt du schon, warum ich weine‹, dachte sie.

Sie versuchte, den Himmel anzuschauen, aber es lag ein Nebel vor ihren Augen, und sie konnte ihn nicht sehen. Sie fühlte, wie die Hände fest gegen ihre Schultern drückten.

»Nein, nein, nein, lassen Sie sie los«, sagte jemand auf französisch.

Der englische Arzt war nicht da – nur dieser Mann, der ebenfalls eine Maske trug.

»Die sind so dumm«, sagte Inez mit hoher, klagender Stimme. »Es ist schrecklich. O, was wird nur geschehen, was wird nur geschehen?«

»Haben Sie keine Angst«, sagte der Arzt. Seine braunen Augen blickten freundlich. »N'ayez pas peur, n'ayez pas peur.«

»Also gut«, sagte Inez und legte sich hin.

Die Stimme des englischen Arztes sagte: »Jetzt tief einatmen. Zählen Sie langsam. Eins – zwei – drei – vier – fünf – sechs ...«

3

»Geht es Ihnen heute besser?« fragte die alte Dame.

»Ja, viel besser.«

Die Jalousie hinter ihrem Bett war heruntergelassen. Sie klapperte ein bißchen. Sie war schläfrig; ihr war, als könnte sie wochenlang schlafen.

»Hallo«, sagte Pat, »wieder lebendig?«

»Mir geht's schon viel besser.«

»Es ging Ihnen furchtbar schlecht«, sagte Pat. »Am Montag waren Sie ganz schlimm daran, nicht wahr?«

»Ja, das war ich wohl.«

Die spanische Wand, die drei Tage lang um ihr Bett aufgebaut war, hatte sie sogar von ihrem Handspiegel getrennt; jetzt nahm sie ihn und betrachtete sich, als betrachte sie eine Fremde. Sie hatte dagelegen und nichts gesehen als lauter Bilder von früher, alle unheimlich, alle viel zu bunt, alle verzerrt. Sie hatte nichts gehört als die zusammenhanglosen, endlosen Gespräche in ihrem Kopf.

›Ich sehe anders aus‹, dachte sie und starrte ängstlich auf ihr mageres graues Gesicht und die Höhlen unter den Augen. Das war von großer Bedeutung; ihr wichtigster Besitz war bedroht.

›Ich muß ausruhen‹, dachte sie. ›Ruhen, mir keine Sorgen machen.‹

Sie fuhr mit der Puderquaste über das Gesicht und legte ein wenig Rouge auf.

Pat beobachtete sie. »Wissen Sie, was ich festgestellt habe? Wer elend aussieht, sollte sein Gesicht nicht herrichten. Man sieht nur noch schlimmer aus, wenn man darunter nicht in Ordnung ist – viel älter. Meine Freundin Lili war am Montag hier. Sie hätten sehen sollen, wie hübsch die aussah. Das muß man zugeben, herrichten können sich diese Pariser Mädchen...«

Bla, bla, bla...

»Sogar wenn nicht viel dahinter ist – und Sie können mir glauben, oft ist nicht viel mit ihnen los –, bringen sie's doch fertig, gut auszusehen. Ich meine, man sieht in London hübschere Mädchen, aber ich finde eben ...«

Die spanische Wand um das Bett gegenüber war weggenommen worden. Das Bett war leer. Inez sah hinüber und sagte nichts. Madame Tavernier, die den Blick auffing, sagte ebenfalls nichts, aber einen Augenblick lang stand Furcht in ihren Augen.

4

Am nächsten Tag brachte die Stationsschwester ein paar englische Romane.

»Sie werden sehen, das beruhigt sie«, sagte sie mit einem Zwinkern in den Augen. Eine prächtige Schwester war das; sie verstand ihre Arbeit. Was man eine geborene Krankenschwester nennt.

Eine geborene Krankenschwester, wie man so sagt. Oder man konnte eine geborene Köchin sein, oder ein geborener Clown oder ein geborener Dummkopf, ein geborenes dies, ein geborenes das...

»Was gibt's jetzt zu lachen?« fragte Pat mißtrauisch.

»Oh, nichts. Ich dachte nur gerade, wie schwer es ist, an den freien Willen zu glauben.«

»Sie werden schon wissen, wovon Sie reden, nehme ich an«, antwortete Pat kalt. Aus irgendeinem Grund war sie jetzt ablehnend. Nicht daß es wichtig gewesen wäre...

›Alles wird in Ordnung kommen; ich brauche mich nicht zu sorgen‹, versicherte sich Inez. ›Es ist noch massenhaft Zeit.‹

Und bald glaubte sie auch daran. Während sie dalag, umsorgt wurde und gehorsam im Morgengrauen erwachte, fühlte sie sich allmählich wie ein Kind, so, als werde die Zukunft sicherlich angenehm sein, wenn man sich's auch nicht vorstellen konnte. Es war, als hätte sie schon immer hier gelegen und ihr ganzes Leben lang jedermann im Saal gekannt – Madame Tavernier, ihren Schal, ihre Ringe, ihre Häkelarbeit und ihre Reisebücher, Pat und ihren Liedervorrat, die beiden blonden, dicken Frauen, die immer so scheinheilige Gesichter machten, wenn sie sich wuschen.

Der Raum war breit und die Betten standen weit auseinander, aber inzwischen wußte sie auch manches von den anderen. Da war ein geheimnisvolles Mädchen mit langen Zöpfen und mürrischem Gesicht, das der Schwester frühmorgens manchmal beim Bettenmachen half – geheimnisvoll, weil ihr überhaupt nichts zu fehlen schien. Eigentlich hätte sie hübsch sein können, aber sie ließ immer den Kopf hängen, und wenn man ihr zufällig in die Augen sah, fing sie an zu blinzeln und schaute weg. Und dann war da die mit den luxuriösen Pyjamas, die mit dem Strickzeug, die andere unentwegte Leserin – sie zu beobachten war manchmal ein beklemmendes Spiel –, die mit den vielen Besuchern, die Häßliche, die fast wie ein Affe aussah und den ganzen Tag an etwas nähte, das wie ein rosa Crêpe-de-Chine-Hemd aussah.

Aber sie hatte schwere Träume, und wenn ein Buch zu Boden fiel oder eine Tür zuschlug, machte ihr Herz einen Satz – ein schmerzliches Echo. Und sie stellte fest, daß ihr manche von den Romanen nicht gefielen, die die Schwester brachte. Eines Tages stieg ihr beim Lesen vor Ärger die Röte ins Gesicht. *Also – so ist es ganz und gar nicht. Lieber Gott, wie diese Leute lügen! Und niemand geht hin und sagt es ihnen. Pah, Judas! Hält das für Wahrheit! Mir kannst du nichts erzählen.*

Sie blickte zur Seite. Pat, die sie anstarrte, lachte, zog die Augenbrauen hoch und tippte sich an die Stirn. Inez lachte zurück, tippte sich auch an die Stirn und war im nächsten Augenblick wieder friedlich in ihre Lektüre vertieft.

So vergingen die Tage, doch wenn die Nacht kam, vergrub sie sich tief in die Erde zum Schlafen. ›Nie wieder aufwachen, nie wieder aufwachen‹, riet ihr ihr kluges Herz. Doch immer kam der Morgen, kamen die Blechschüsseln, der Seifengeruch, der lange, sonnenhelle, eintönige Tag.

Schließlich hatte sie sich so weit erholt, daß sie allein in den Waschraum gehen konnte. Der Hinweg war einfach, aber auf dem Rückweg gaben die Beine unter ihr nach, und sie mußte sich mit der Hand an der Wand des Ganges stützen. Um die Mitte ihres Körpers spürte sie ein Gewicht, das sie zu Boden zog.

Sie gelangte wieder in ihr Bett. Dunkelheit, Stille, Geborgenheit – trotzdem, es war Zeit, den Dingen ins Auge zu sehen, sie fein säuberlich zu ordnen. ›Erstens, mir geht es viel schlechter, als ich erwartet hatte; zweitens, ich muß morgen die Oberin fragen, ob ich noch eine Woche länger bleiben kann; sie werden nicht verlangen, daß ich im voraus bezahle; drittens, sobald ich weiß, daß mir hier noch eine Woche sicher ist, muß ich anfangen, Briefe zu schreiben, und versuchen, mir Geld zu beschaffen. Fünfzig Francs, wenn ich hinauskomme! Was ist das schon, wenn einem so zumute ist?‹

In dieser Nacht lag sie lange wach und machte Pläne. Doch am nächsten Morgen, als die Oberin die Runde machte, bekam sie Angst vor einer Ablehnung. ›Morgen frage ich sie bestimmt.‹ Aber der nächste Tag verging, und sie sagte nichts.

Sie aß und schlief und las beruhigende englische Romane, die von achtbaren und geachteten Leuten handelten, und sie sagte kein Wort und schrieb auch keinen Brief. Jeder Vorwand war gut genug: ›Sie scheint heute keine gute Laune zu haben... Oh, der Doktor kommt mit; ich glaube, der mag mich nicht besonders. (Nun, ich mag dich auch nicht besonders, du alter Gockel; deine Augen stehen zu dicht beisammen.) Heute ist Freitag, nicht mein Glückstag... Ich schreibe, wenn ich einen klareren Kopf habe...‹

Ein langer brauner Gang, in dem es nach Terpentin roch, führte vom Krankensaal zum Waschraum. Da standen an den weißgetünchten Wänden zu beiden Seiten Waschbecken aufgereiht, und ganz hinten waren drei Klosetts und zwei Bäder.

Inez trat an eines der Waschbecken. Sie hatte eine Toilettentasche bei sich und nahm Seife, Zahnbürste, Zahnpaste und Wasserstoffsuperoxyd heraus.

Verstohlen öffnete jemand die Tür, zögerte einen Augenblick, ging dann an ihr vorbei und beugte sich über ein Waschbecken ganz hinten. Es war das mürrische Mädchen, die mit den langen Zöpfen. Sie hatte einen blauen Kimono an.

›Sie sieht wirklich aus, als habe sie alles satt‹, dachte Inez.

Das Mädchen beugte sich über das Becken, beide Hände auf den Rand gestützt. Muß sie sich übergeben? Dann kam ein langer zitternder Seufzer, und sie öffnete den Waschbeutel.

Inez wandte sich wortlos ab und begann, sich die Zähne zu putzen.

Wieder ging die Tür auf, eine Schwester kam herein und sah sich im Waschraum um. Es war merkwürdig zu beobachten, wie der Ausdruck ihres vollen rosigen Gesichtes sich in wenigen Augenblicken von Gleichgültigkeit zu Neugier, zu Überraschung, zu empörtem Zorn verwandelte.

Dann rannte sie durch den Raum und schrie: »Lassen Sie das. Kommen Sie, Mrs. Murphy. Geben Sie es her.«

Inez sah zu, wie sie miteinander rangen. Ein Metallgegenstand fiel zu Boden. Mrs. Murphy wand sich wie eine Schlange.

»Kommen Sie her, helfen Sie mir, oder können Sie nicht? Halten Sie ihr die Arme fest«, sagte die Schwester keuchend.

»Oh, lassen Sie mich, lassen Sie mich«, jammerte Mrs. Murphy. »Lassen Sie mich um Himmels willen in Ruhe. Was verstehen denn Sie schon davon?«

»Gehen Sie die Schwester rufen. Sie ist im Saal.«

›Sie meint mich‹, dachte Inez.

»Oh, lassen Sie mich, lassen Sie mich. Oh, bitte, bitte, bitte, bitte, bitte«, schluchzte Mrs. Murphy.

»Was hat sie denn gemacht?« fragte Inez. »Warum lassen Sie sie nicht gehen?«

Während sie noch sprach, stürzten zwei andere Schwestern zur Tür herein und warfen sich auf Mrs. Murphy, die mit offenem Mund und zurückgeworfenem Kopf laut zu schreien begann.

Inez tappte von einem Waschbecken zum anderen und kam so bis zur Tür. Dann hielt sie sich am Türpfosten fest, dann an der Wand des Ganges. Sie erreichte ihr Bett und legte sich zitternd hin.

»Was ist los? Was ist passiert?« fragte Pat aufgeregt.

»Ich weiß nicht.«

»War es die Murphy? Sie sind doch in Ordnung, ja? Wir haben uns gefragt, ob es die Murphy wäre oder...«

›»Oder Sie«, meint sie‹, dachte Inez. ›»Oder Sie«...‹.

Den ganzen Abend lang redeten Pat und die blonde Frau, Mrs. Wilson, die sich angefreundet hatten, aufgeregt miteinander. Anscheinend wußten sie genau Bescheid über Mrs. Murphy. Sie wußten, daß sie denselben Versuch schon einmal gemacht hatte. Ganz plötzlich, wie durch einen Zauber, schienen sie alles über sie zu wissen. Und was das doch für ein Unterfangen war, sich selbst umzubringen! Wäre es ein Mann gewesen, nun, vielleicht hätte er einem ein bißchen leid getan. Vielleicht hätte man gesagt: ›Der arme Teufel mag viel durchgemacht haben.‹ Aber eine Frau!

»Eine verheiratete Frau mit zwei süßen kleinen Kinderchen!«

»Das dumme Ding«, sagte Pat. »Lieber Gott, was soll man bloß mit so einem dummen Ding anfangen?«

Mrs. Wilson, die schon länger in der Klinik lag, erklärte, daß unmittelbar vor dem Krankensaal ein Medizinschrank stünde.

»Er muß offen gewesen sein«, sagte sie. »In *dem* Fall wird jemand Schwierigkeiten kriegen. Vielleicht hat sich die Murphy den Schlüssel verschafft. Dort könnte sie an die Morphiumtabletten herangekommen sein.«

Doch Pat war der Meinung – und sie sagte, sie wisse es genau, eine Schwester habe es ihr gesagt –, daß Mrs. Murphy die Spritze und die Tabletten schon seit Wochen versteckt gehalten habe, schon die ganze Zeit, die sie in der Klinik war.

»Sie ist eine von diesen idiotischen Neurasthenikerinnen oder Neurotikerinnen, oder wie die Leute heißen. Sie sagt, sie hat Angst vorm Leben, was sagen Sie dazu. Deshalb ist sie hier. Zur Beobachtung. Und da sieht man wieder, wie raffiniert die sind, daß sie es fertigbrachte, die Sachen zu verstecken...«

»Mir tut ihr Mann so furchtbar leid«, sagte Mrs. Wilson. »Und die Kinder. Wie traurig. Die armen Kleinen, die armen süßen kleinen Kerlchen... Müßte man eine Frau wie die nicht hängen?«

Selbst als das Licht gelöscht war, sprachen sie noch.

»Was hat sie denn überhaupt für einen Grund, neurasthenisch und neurotisch zu sein?« fragte Pat. »Wenn sie doch einen grundguten Mann und kleine Kinder hat, warum muß sie da neurasthenisch und neurotisch sein?«

Stein und Eisen waren ihre Stimmen. Die eine Stein, die andere Eisen...

Inez unterbrach das Zwiegespräch mit zitternder Stimme. »Oh, sie ist neurasthenisch, und man hat sie in diese Klinik geschickt, damit sie hier geheilt wird? Das war allerdings ein großartiger Gedanke. Genau das richtige gegen Neurasthenie! Wer hat sich das ausgedacht? Der grundgute und liebevolle Mann vermutlich.«

Pat sagte: »Du lieber Himmel! Sie gehen mir auf die Nerven. Hören Sie doch auf, immer anders sein zu wollen als alle anderen!«

»Wer ist das – alle anderen?«

Niemand antwortete ihr.

›Was für eine Saubande‹, dachte sie, aber keine Zorneshitze kam, sie zu wärmen und zu trösten. Sie war durchschaut – von Pat. *Warum soll man sich um so ein Mädchen kümmern? Sie ist ein ausgemachter Dummkopf. Aber nicht, wenn es darum geht, Leute zu durchschauen, nicht, wenn es darum geht, zu erkennen, wer erledigt ist. Mich friert, ich bin müde, ich bin müde, mich friert.*

Am nächsten Morgen erschien Mrs. Murphy rechtzeitig, um beim Bettenmachen zu helfen. Wie gewöhnlich lief sie mit gesenktem Kopf, niedergeschlagenen Augen und gebeugtem Rücken herum. Sie ging ganz langsam auf der gegenüberliegenden Seite des Krankensaals entlang, und alle starrten sie mit harten neugierigen Augen an.

»Was murmeln Sie da vor sich hin, Inez?« sagte Pat mit scharfer Stimme.

Mrs. Murphy und die Schwester erreichten das Ende der gegenüberliegenden Reihe. Dann begannen sie mit der anderen Reihe. Langsam kamen sie näher.

›Halt den Mund, es geht dich nichts an‹, sagte sich Inez, aber ihre kalten Hände ballten sich unter der Decke zur Faust.

Die Schwester sagte: »Pat, Sie fühlen sich doch wohl genug, um ein bißchen zu helfen, ja? Ich bin gleich wieder da.«

›Dumme Ziege‹, dachte Inez. ›Sie hätte nicht weggehen dürfen. Aber sie wissen nie, was passieren kann. Doch, sie wissen es. Die Maschine arbeitet reibungslos, das ist alles.‹

Schweigend begannen Pat und Mrs. Murphy, die Laken und Kissen zu ziehen, glattzustreichen und zurechtzuklopfen.

»Hallo, Pat«, sagte Mrs. Murphy schließlich mit leiser Stimme.

Pat preßte mit selbstgerecht angeekelter Miene die Lippen zusammen.

Sie stopften das Laken am Fußende unter die Matratze. Sie glätteten es am Kopfende. Sie begannen, die Kissen aufzuschütteln.

Mrs. Murphys Gesicht verzog sich, und sie begann zu weinen. »O Gott«, sagte sie, »sie lassen mich nicht fort. Sie lassen mich nicht.«

Pat sagte: »Heulen Sie nicht mein Kissen voll. Leute wie Sie machen mich krank«, und Mrs. Wilson lachte wie ein wieherndes Pferd.

Die Stimme und das Lachen glichen einander so, daß

sie ein und demselben Menschen hätten gehören können. *Schmierig und kalt, albern und brutal, blechern und gemein; alles unaussprechlich abscheulich.*

»Also, zum Teufel mit euch, ihr zwei Kanaillen«, platzte Inez heraus. »Eine Schwermütige so zu behandeln! Was wißt ihr denn schon von ihr?... Kopf hoch, Mrs. Murphy, und geben Sie's ihnen! Das wird Ihnen verdammt guttun.«

Mrs. Murphy stürzte schluchzend aus dem Zimmer.

»Wer hat denn mit Ihnen gesprochen?« sagte Pat.

Mit Genugtuung hörte Inez, wie ihr die Worte voll und rund von den Lippen gingen – was sie genau von ihnen hielt, ganz genau, was sie für welche waren, auch ganz genau, was hoffentlich mit ihnen passieren würde.

»Widerlich«, sagte Mrs. Wilson. »Ich habe es Ihnen ja *gesagt*«, fügte sie triumphierend hinzu. »Ich wußte es, ich wußte von Anfang an, was die für eine ist.«

In diesem Augenblick ging die Tür auf, und der Arzt kam herein, nicht wie gewöhnlich in Begleitung der Oberin, sondern mit der großen Stationsschwester.

Gerade rief Inez noch einmal demonstrativ: »Hol euch doch alle...« – »Die Schwester nicht«, flüsterte sie in ihr Kissen, »sie meine ich nicht.«

Mrs. Wilson verkündete mit lauter, klarer Stimme: »Ich finde, Leute, die schmutzige Ausdrücke gebrauchen, dürften nicht mit anständigen Menschen zusammensein. Ich finde, es ist eine Schande, daß gewissen Frauen erlaubt wird, überhaupt mit Damen zusammenzusein – eine Schande. Das dürfte nicht erlaubt sein.«

Der Arzt blinzelte, aber das lange schmale Gesicht der Schwester war ausdruckslos. Die beiden machten ihren Rundgang, betrachteten sich hier die Fieberkurven, sprachen dort ein paar Worte. Best, Inez...

Der Doktor fragte: »Tut das weh?«

»Nein.«

»Wenn ich hier drücke, tut Ihnen das weh?«

»Nein.«

Sie waren sehr groß, dünn und weit weg. Sie wandten die Köpfe ein wenig, und sie konnte nicht hören, was sie sagten. Und als sie ansetzte: »Ich wollte fragen...«, sah sie, daß auch die anderen sie nicht hören konnten, und schwieg still.

5

»Sie können sich nach dem Mittagessen im Waschraum anziehen«, sagte die Schwester am nächsten Morgen.

»Oh, ja?«

Sie hatte keinen Grund, überrascht zu sein. Sie hatte eine so lange Galgenfrist gehabt, und nun war die Zeit um, und sie würde gehen müssen. Sie hatte keinen Grund, überrascht zu sein.

Inez sagte: »Wäre es möglich, noch zwei oder drei Tage zu bleiben? Ich wollte noch einige Dinge in die Wege leiten. Es wäre bequemer für mich. Es war dumm, daß ich nicht schon eher etwas gesagt habe.«

Die hochgezogenen Augenbrauen der Schwester waren sehr dünn – wie zwei schmale Mondsicheln.

Sie sagte: »Es tut mir leid, aber ich fürchte, das ist nicht möglich. Warum haben Sie nicht eher gefragt? Ich sagte dem Doktor gestern, daß ich Sie noch ziemlich schwach finde. Aber wir erwarten heute abend vier Patientinnen und morgen nachmittag noch einige. Leider wird das Haus sehr voll sein, und er meint, Ihnen ginge es wieder gut genug, daß Sie gehen könnten. Sie müssen noch Ruhe halten, wenn Sie nach Hause kommen. So wenig Bewegung wie möglich.«

»Ja, natürlich«, sagte Inez; aber sie dachte: ›Nein, diesmal schaffe ich's nicht, diesmal bin ich erledigt.‹ *Wir haben uns gefragt, ob es die Murphy wäre – oder Sie...* ›Tja, wir sind's beide.‹

Dann entspannte sie sich, lag da und dachte an gar nichts, denn in der Verzweiflung ist Frieden, genauso wie im Frieden Verzweiflung ist. Alles in ihrem Körper entspannte sich. Sie machte keine Pläne mehr, sie lag einfach nur da.

Sie aßen ihr Mittagessen – Roastbeef, Kartoffeln und Bohnen und dann einen Milchpudding. Ganz wie in England. Inez aß mit Genuß, dann legte sie sich zurück, den Arm über den Augen. Sie wußte, daß Pat sie beobachtete, aber sie lag still, friedlich, und dachte an nichts.

»Hier sind Ihre Sachen«, sagte die Schwester. »Wollen Sie sich jetzt anziehen?«

»Ja ja.«

»Ich fürchte, Sie fühlen sich noch nicht sehr unternehmungslustig. Na, ehe Sie gehen, trinken Sie noch eine Tasse Tee, nicht? Und wenn Sie nach Hause kommen, müssen Sie sich sofort ins Bett legen.«

›Nach Hause – wohin?‹ dachte Inez. ›Warum müßt ihr eigentlich immer voraussetzen, daß jeder ein Zuhause hat?‹

»O ja«, sagte sie, »das werde ich tun.«

Und die ganze Zeit, während sie sich anzog, sah sie die Straße vor sich, die Omnibusse und Taxen, die auf sie zukamen, die Menschen, die sie anstießen. Sie hörte ihre Stimmen, sah ihre Augen ... Wenn du fällst, stehst du nie wieder auf; dafür sorgen die schon ...

Sie lehnte sich an die Wand und dachte an Mrs. Murphys Stimme, als sie sagte: »Bitte, bitte, bitte, bitte, bitte.«

Nach einer Weile wischte sie sich die Tränen vom Gesicht. Sie legte keinen Puder auf, und als sie wieder in den Saal kam, vermochte sie nur das Bett zu sehen, auf das sie sich legen würde, um zu warten, bis sie mit der Zange kamen und sie hinauswarfen.

»Möchten Sie einen Augenblick herüberkommen?«

Am Kopfende jedes Bettes stand ein Stuhl. Sie setzte sich darauf und betrachtete die fächerförmigen Fältchen unter den kleinen, dunklen, melancholischen Augen Madame Taverniers, die dicken blauen Adern auf ihren Händen und das Muster auf dem goldenen Ring – zwei Rosen, deren Blütenblätter einander berührten. Sie las einen Satz in dem Buch, das aufgeschlagen auf dem Bett lag: *»De là-haut le paysage qu'on découvre est d'une indiscriptible beauté ...«*

Madame Tavernier sagte: »Das ist ein reizendes Kleid, und Sie sehen sehr nett aus – wirklich sehr nett.«

»Mein Gott«, sagte Inez. »Das ist komisch.«

Madame Tavernier flüsterte: »Pst, hören Sie zu! Drehen Sie den Stuhl um. Ich möchte mit Ihnen reden.«

Inez drehte den Stuhl so, daß sie mit dem Rücken zum Raum saß.

Madame Tavernier holte ein Taschentuch unter ihrem Kopfkissen hervor – ein weißes, altmodisches Taschentuch, nicht klein, aus sehr feinem Leinen, mit Spitze eingefaßt. Sie legte es Inez in die Hand. »Hier«, sagte sie. »Pst... hier!«

Inez nahm das Taschentuch. Es duftete nach Vanille. Sie spürte die Scheine darin.

»Geben Sie acht. Lassen Sie's die anderen nicht sehen. Lassen Sie sie nicht merken, daß Sie weinen...« Sie flüsterte: »Sie dürfen sich um diese Leute nicht kümmern; die wissen nichts vom Leben. Kümmern Sie sich nicht um sie. So viele Leute wissen überhaupt nichts vom Leben... so viele... und manchmal frage ich mich, ob das nicht noch schlimmer wird anstatt besser.« Sie seufzte. »Sie hatten kein Geld, nicht wahr?«

Inez schüttelte den Kopf.

»Ich dachte mir's. Das hier genügt für eine Woche, vielleicht für zwei. Wenn Sie achtgeben.«

»Ja, ja«, sagte Inez. »Jetzt wird alles gutgehen.«

Sie hörte auf zu weinen. Sie fühlte sich müde, beruhigt und ziemlich beschämt. Noch nie hatte sie von einer Frau Geld genommen. Sie mochte Frauen nicht, hatte sie sich immer gesagt, sie traute ihnen nicht.

Madame Tavernier redete immer weiter. »Das ist eine ganze Menge Geld, wenn Sie es sorgsam einteilen«, meinte sie. Aber so sagte sie es nicht.

»Danke«, sagte Inez. »Oh, ich danke Ihnen.«

»Sie möchten doch noch eine Tasse Tee, bevor Sie gehen, nicht wahr?« sagte die Schwester.

Inez trank den Tee, ging in den Waschraum und richtete sich das Gesicht her. Dann ging sie wieder ans Bett der alten Dame.

»Wollen Sie mir einen Kuß geben?« sagte Madame Tavernier.

Ihre gepuderte Haut war weich und schlaff wie alter Gummi; sie duftete wie ihr Taschentuch nach Vanille. Als Inez sagte: »Ich werde Ihre Freundlichkeit nie vergessen, für mich sieht jetzt alles so anders aus«, schloß sie die Augen, als wolle sie sagen: ›Schon gut, schon gut, schon gut.‹

›Ich nehme ein Taxi zum Bahnhof‹, beschloß Inez.

Doch im Taxi kam sie von dem Gedanken nicht los, was Madame Tavernier wohl sagen würde, wenn sie plötzlich gefragt würde, wie es ist, alt zu sein – vielleicht würde sie antworten: ›Manchmal ist es friedlich‹ – und sie mußte an den goldenen Ring mit den zwei eingravierten Rosen denken. Doch stärker als alles war der Wunsch, wieder im Krankensaal im Bett zu liegen und sich die Bettdecke über den Kopf zu ziehen. Denn man kann nicht sterben und wieder lebendig werden für ein paar hundert Francs. Dazu gehört mehr. Mehr vielleicht, als je ein Mensch zu geben bereit ist.

Lotus

»Garland sagt, sie ist eine Hure.«

»Eine Hure! Meine liebe Christine, hast du sie gesehen? Schließlich hat alles seine Grenzen.«

»Was, rund um die Portobello Road? Das bezweifle ich doch sehr.«

»Unsinn«, sagte Ronnie. »Sie schreibt einen Roman. Ja, liebes Kind –«, er riß die Augen weit auf und zog die Mundwinkel nach unten, »er handelt von einem Mädchen, das verführt wird –.«

»Na, wenn schon.«

»In einem Heuschober.« Ronnie brüllte vor Lachen.

»Vielleicht haben wir ein bißchen Glück; sie könnte ja heute abend mal schneller blau sein als sonst und gar nicht mehr aufkreuzen.«

»Nicht aufkreuzen? Wetten, daß sie kommt?«

Christine sagte: »Ich verstehe nicht, warum du sie überhaupt hergebeten hast.«

»Na ja, sie hat sich neulich ein Buch geborgt und gesagt, sie wolle heraufkommen und es zurückbringen. Was konnte ich da machen?«

Während sie noch stritten, klopfte es an der Tür, und er rief: »Herein ... Christine, das ist Mrs. Heath. Lotus Heath.«

»Guten Abend«, sagte Lotus mit heiserer Stimme. »Wie geht es Ihnen? Recht gut, hoffentlich... Guten Abend, Mr. Miles. Ich bringe Ihnen Ihr Buch wieder. *Groß*artig.«

Sie war mittleren Alters, klein und korpulent. Ihre vollen Arme waren nackt, die Fingernägel leuchtend rot lackiert. Sie hatte den Mund ungeschickt in der Farbe der Fingernägel geschminkt, aber ihr Gesicht war sehr blaß. Ihr schwarzes Kleid war vorn grau von Puder.

»Wie diese Fenster klappern!« sagte Christine. »Geradezu hysterisch, finde ich.« Sie klemmte ein Stück Zeitung zwischen die Fensterrahmen und setzte sich auf den Diwan. Lotus rückte sofort an ihre Seite und beugte sich vor.

»Sie mögen mich doch, meine Liebe, nicht wahr? Sagen Sie, daß Sie mich mögen.«

»Natürlich mag ich Sie.«

»Ich finde es so nett von Ihnen, mich hier heraufzubitten«, sagte Lotus. Ihre traurigen Augen, die sehr weit auseinanderstanden, schweiften ziellos durchs Zimmer, das gelb gestrichen und mit Dampfer-Plakaten dekoriert war – ›Marokko, Land der Sonne‹, ›Lockendes Bali‹. »Ich hab's allmählich satt, kann ich Ihnen sagen, Abend für Abend allein da unten zu sitzen. Und Tag für Tag ja schließlich auch.«

Christine bemerkte steif: »Das ist hier eine schrecklich deprimierende Gegend von London, finde ich.«

Ihre Nüstern weiteten sich. Dann preßte sie die Arme dicht an ihren Körper, rückte ein Stück weg und zündete sich eine Zigarette an; sie atmete den Rauch tief ein.

»Aber Sie haben es doch sehr hübsch hier oben, nicht wahr? Ist das eine Photographie von Ihrem Vater dort auf dem Kamin? Sie sehen ihm ähnlich.«

Ronnie sah seine Frau an und hustete. »Na, wie geht's mit der Dichtkunst?« fragte er und lächelte schlau bei dem Wort »Dichtkunst«, als hätte er einen unanständigen Witz gemacht. »Und der Roman, wie geht's damit voran?«

»Nicht allzu schnell«, sagte Lotus und schaute auf die Whiskykaraffe. Ronnie erhob sich als guter Gastgeber. Sie nahm das Glas, das er ihr reichte, verdrehte die Augen, leerte es mit einem Schluck und sah ihm geistesabwesend zu, während er es wieder füllte.

»Aber es ist wunderbar, wie es mir zuströmt«, sagte sie. »Es wird ein langes Buch. Ich will alles darin unterbringen – das ganze verdammte Zeug. Ich will ein Buch schreiben, wie noch niemand eins geschrieben hat.«

»Sie haben ganz recht, Mrs. Heath, machen Sie das Buch nur lang«, riet ihr Ronnie.

Seine höflich interessierte Miene ärgerte Christine. ›Will er witzig sein?‹ dachte sie, und es prickelte sie vor Gereiztheit am ganzen Körper. Sie stand auf und murmelte: »Ich guck mal nach, ob noch Whisky da ist. Wir werden ihn sicher brauchen.«

»Das Schreckliche ist«, sagte Lotus, als Christine hinausging, »wenn einem die richtigen Worte nicht einfallen. Das ist eine Qual – man hat die Sache, aber nicht die richtigen Wörter.«

Auch im Schlafzimmer nebenan konnte Christine noch den eintönigen Singsang hören, die Stimme einer Frau, die oft mit sich selber spricht. ›Mir dieses gräßliche alte Stück aufzuhalsen!‹ dachte sie. ›Ronnie muß verrückt sein.

Dieses Haus geht mir auf die Nerven‹, dachte sie. Die Haustür war zartblau gestrichen. Rechter Hand fanden sich vier kleine Messingschilder und Klingelknöpfe – Mr. und Mrs. Garland, Mr. und Mrs. Miles, Mrs. Spencer, Miss Reid – und darunter war eine schmutzige Visitenkarte mit Heftzwecken angebracht: Mrs. Lotus Heath. Ein gemalter Finger zeigte nach unten.

Christine puderte sich das Gesicht und zog sorgfältig die Lippen nach. Was mochte die verrückte Person bloß alles erzählen?

»Ist es wirklich so hoffnungslos?« sagte sie, als sie die Tür zum Wohnzimmer öffnete. Lotus weinte.

»Sehr gut.« Ronnie sah verlegen aus und scharrte mit den Füßen. »Wirklich sehr gut, aber ein bißchen traurig. Wirklich ein bißchen sehr traurig, finden Sie nicht auch?«

Christine lachte leise.

»Das meinte mein Freund auch«, sagte Lotus, ohne auf ihre Gastgeberin zu achten. »›Was du auch tust, sei nicht trübsinnig‹, sagte er, ›das geht den Leuten auf die Nerven. Und schreib nicht über Sachen, über die du Bescheid weißt, weil du da in Rage kommst und zuviel sagst, und das können sie auch wieder nicht vertragen. Erfinde; laß deine Phantasie spielen.‹ Und wie steht's nun mit meinem Buch? Das ist nicht traurig, nicht wahr? Und ich lasse meine Phantasie spielen. Trotzdem wünschte ich, ich könnte ein paar Sachen niederschreiben, die mir passiert sind, einfach so hinschreiben, ob sie nun traurig sind oder nicht. Ich habe ja auch meinen Spaß gehabt, das kann ich Ihnen sagen.«

Ronnie sah zu Christine hin, aber sie gab seinen Blick nicht zurück, sondern schaute weg und schob die Karaffe über den Tisch.

»Trinken Sie doch noch ein Glas, ehe Sie weitererzählen. Bitte. Dazu ist der Whisky doch da. Trinken Sie ihn mit Verstand, es ist nämlich leider keiner mehr in der Küche, und die Kneipe hat schon zu.«

»Sie denkt, ich trinke zuviel von Ihrem Whisky«, sagte Lotus zu Ronnie.

»Nein, das denkt sie bestimmt nicht.«

»Also – denken Sie's bitte nicht, liebe – wie heißen Sie doch? – Christine. Ich habe unten eine Flasche Portwein, ich gehe gleich hinunter und hole sie.«

»O ja«, sagte Christine, »wir wollen's uns recht gemütlich machen.«

»Ja, gut, meine Liebe. Also, wie ich gerade zu Mr. Miles sagte: das Beste, was ich je geschrieben habe, waren Gedichte. Der Roman ist mir verdammt schnuppe, unter uns gesagt. Den schreibe ich nur, um ein bißchen Geld zu verdienen. Im Grunde interessiere ich mich nur für Gedichte. Trotzdem, was ich für ein Gedächtnis habe, das werden Sie nicht glauben. Können Sie sich vorstellen, daß ich mich an Sachen erinnere, die jemand vor wer weiß wie langer Zeit zu mir gesagt hat? Wenn ich mir Mühe gebe, höre ich die Worte, und ich erinnere mich sogar an die Stimme, die sie gesprochen hat. Es ist wunderbar, mein Gedächtnis. Natürlich gelingt's mir jetzt nicht mehr so gut wie früher, aber es ist nun mal so, kein Mensch bleibt ewig jung.«

»Nein, ist das nicht ein Jammer?« sagte Christine, ohne sich an jemand Bestimmten zu wenden. »Die meisten Leute leben immer noch weiter, wenn sie schon längst tot sein sollten, nicht wahr? Vor allem Frauen.«

»Sie ist sarkastisch, nicht wahr? Ein niedliches kleines Ding, aber sarkastisch.« Lotus stand auf, schwankte und hielt sich am Kamin fest. »Sind Sie Mutter, Kindchen?«

»Meinen Sie mich?«

»Nein, ich sehe es, Sie sind's nicht – und Sie werden es nie sein, soweit es an Ihnen liegt. Sie sind zu raffiniert, nicht? Na, jedenfalls habe ich gerade ein Gedicht beendet. Ich schrieb es, während mir die Tränen über das Gesicht liefen, und was Besseres habe ich nie geschrieben. Es war, als ob mir jemand die ganze Zeit ins Ohr sagte: ›Schreib es, schreib es.‹ Gerade so. Es handelt von einer Frau, und sie steht vor Gericht und hört, wie der Richter ihren Sohn zum Tode verurteilt. ›Du mußt sterben‹, sagt er. ›Nein, nein, nein‹, sagt die Frau, ›er ist zu jung.‹ Aber der alte Richter bleibt dabei. ›... bis du stirbst‹, sagt er. Und, verstehen Sie –« sie erhob ihre Stimme – »er lebt gar nicht wirklich. Er ist eine Puppe, so ein Ding, wie es die Bauchredner haben, er ist gar nicht *wirklich*. Und niemand weiß das. Aber sie weiß es. Und deshalb sagt sie – warten Sie, ich sage es Ihnen auf.«

Sie ging in die Mitte des Zimmers und stellte sich ganz gerade hin, den Kopf zurückgeworfen und die Füße zusammen. Dann verschränkte sie die Hände lokker auf dem Rücken und sagte mit hoher gekünstelter Stimme: »Die Mutter des Verbrechers.«

Christine fing an zu lachen. »Das ist zu komisch. Sie dürfen mich nicht für unhöflich halten, ich kann einfach nicht anders. Wenn jemand was deklamiert, muß ich mich immer schlecht benehmen.« Sie ging ans Grammophon und kramte in den Platten. »Tanzen Sie uns lieber etwas vor. Sie tanzen bestimmt wunderbar. Hier ist genau das richtige – *Just One More Chance*. Das ist doch recht, oder?«

»Kümmern Sie sich nicht um sie«, sagte Ronnie. »Sagen Sie's auf.«

»Nein, ich mag nicht. Was hat es für einen Sinn, wenn Ihre Frau sich nichts aus Gedichten macht?«

»O, sie ist nur ein albernes kleines Ding.«

»Sag mir, worüber du lachst, und ich sage dir, wer du bist«, sagte Lotus. »Die meisten Leute lachen, wenn man unglücklich ist – das reizt sie zum Lachen. Ich bin alt genug, um das zu wissen – und vielleicht erlebe ich auch noch, wie ihnen das Lachen vergeht.«

»Kümmern Sie sich nicht um sie«, wiederholte Ronnie. »Sie ist nun mal so.« Er nickte zu Christine hin, die ihm den Rücken zukehrte; seine Stimme war zärtlich und stolz. »Erst heute morgen hat sie mir gesagt, daß sie nichts davon halte, um anderer Leute willen sentimental zu werden. Nicht wahr, Christine?«

»Das habe ich absolut nicht gesagt.« Christine drehte

sich um, blutrot im Gesicht. »Ich sagte, ich hätte Gefühlsduseleien satt – das habe ich gesagt. Und ich sagte, es widere mich an, Leute bemitleiden zu müssen, die nur kriegen, was sie verdient haben. Wenn es jemandem miserabel geht, dann kann man wetten, daß er selber dran schuld ist.«

»Nur weiter«, sagte Lotus. »Sie reden wie eine dumme Gans, meine Liebe. Sie haben in Ihrem ganzen Leben nie etwas gefühlt, sonst könnten Sie nicht so reden. Ein verkümmertes Herz, das ist Ihre Schwierigkeit. Und wenn Ihr Vater Pfarrer wäre – deshalb haben Sie doch ein verkümmertes Herz.« Sie stand immer noch mitten im Zimmer, die Hände auf dem Rücken. »Sagen Sie's ihr, Mr. Dingsbums. Sagen Sie die Wahrheit, nur heraus damit! Los, sagen Sie Ihrer kleinen Freundin, daß sie redet wie eine dumme Gans.«

»Na, na, na, na, was ist denn jetzt los?« Ronnie wurde es unbehaglich. Er langte nach der Karaffe und ließ die letzten Tropfen in sein Glas rinnen. »Immer, wenn man wirklich dringend was zu trinken braucht, ist nichts mehr da. Haben Sie das auch schon gemerkt? Was ist mit dem Portwein?«

Die zwei Frauen starrten einander an. Keine antwortete ihm.

»Wie wär's mit dem Portwein, Mrs. Heath? Nehmen wir uns doch den Portwein vor, den Sie uns versprochen haben.«

»Ach ja, der Portwein«, sagte Lotus, »der Portwein. Ja klar, ich hole ihn.«

Kaum war sie weg, begann Christine wütend im

Zimmer auf und ab zu gehen. »Was fällt dir eigentlich ein? Warum redest du diesem gräßlichen Weibsbild auch noch zu? ›Ihre kleine Freundin‹, hast du das gehört? Glaubt sie, ich bin deine Konkubine, oder was ist? Macht es dir Spaß, wenn sie mich beleidigt?«

»Ach, sei nicht albern, sie wollte dich doch nicht beleidigen«, begütigte Ronnie. »Sie ist blau – das ist alles. Ich finde sie verdammt komisch. Sie ist das komischste Relikt aus vergangenen Zeiten, das mir seit langer Zeit über den Weg gelaufen ist.«

Christine redete weiter, als habe sie ihn nicht gehört. »Dieses verdammte schmierige Drecksviertel hier und mein elendes Leben darin! Und jetzt mußt du auch noch dieses Weibsstück herschaffen, das nach Whisky stinkt und nach allem möglichen, wovon man lieber nicht spricht, damit sie mir was *erzählt*. Sie mir! Aber es gibt Grenzen, wie du selbst gesagt hast, es gibt Grenzen... Man sollte sie noch nicht mal mit der Feuerzange anrühren.«

»Hör mal, gib acht«, sagte Ronnie. »Sie kommt schon wieder. Sie wird dich hören.«

»Soll sie mich doch hören«, sagt Christine.

Sie ging hinaus auf den Treppenabsatz und blieb da stehen. Als sie Lotus' Kopf auftauchen sah, sagte sie mit klarer, heller Stimme: »Ich kann mit diesem Weib wirklich nicht länger im gleichen Zimmer bleiben. Diese Mischung aus Whisky und Muffigkeit ist wirklich zu gräßlich.«

Sie ging ins Schlafzimmer, setzte sich aufs Bett und fing an zu lachen. Bald lachte sie so unbändig, daß sie den Handrücken auf den Mund pressen mußte, um nicht zuviel Lärm zu machen.

»Hallo«, sagte Ronnie, »da sind Sie ja wieder.«

»Ich kann den Portwein nicht finden.«

»Schon gut. Machen Sie sich deswegen keine Gedanken.«

»Ich hatte wirklich welchen.«

»Schon recht... Meine Frau fühlt sich nicht ganz wohl. Sic mußte sich zu Bett legen.«

»Ich merke, wenn ich nicht erwünscht bin, Mr. Miles«, sagte Lotus. »Aber lassen Sie uns nur noch ein Glas trinken. Wetten, daß Sie irgendwo noch was versteckt haben.«

Es fand sich noch etwas Sherry im Schrank.

»Heißen Dank.«

»Wollen Sie sich nicht setzen?«

»Nein, ich will gleich wieder gehen. Aber bringen Sic mich doch hinunter. Es ist so dunkel, und ich weiß nicht, wo die Schalter sind.«

»Gewiß, gewiß.«

Er ging voraus, machte auf jedem Treppenabsatz das Licht an, und sie folgte ihm, wobei sie sich am Geländer festhielt.

Draußen hatte der Regen aufgehört, aber es ging noch ein heftiger, eiskalter Wind.

»Helfen Sie mir diese verdammte Treppe hinunter, ja? Mir geht's nicht allzu gut.«

Er schob die Hand unter ihren Arm, und sie stiegen die Kellertreppe hinunter. Sie holte den Schlüssel aus ihrer Handtasche und schloß die Tür zur Souterrainwohnung auf.

»Kommen Sie eine Minute herein. Ich habe ein hübsches Feuer brennen.«

Das Zimmer war klein und mit Möbeln vollgestopft. Vier Stühle mit Rokokobeinen, Sessel, aus denen die Polsterfüllung quoll, Stöße alter Zeitschriften, Photographien von Lotus, stets in raffinierten Abendkleidern, lächelnd und leblos.

Ronnie stand da und wippte von den Fersen auf die Zehen und wieder zurück. Die Photographien gefielen ihm. ›Muß ein hübsches Mädchen gewesen sein vor zwanzig Jahren‹, dachte er, und wie als Antwort darauf sagte Lotus mit weinerlicher Stimme: »Ich hatte alles, lieber Gott, wirklich alles. Augen, Haar, Zähne, Figur, das ganze verdammte Zeug. Und was hat es genützt?«

Das Fenster war geschlossen, und ein brauner Vorhang davorgezogen. Das Zimmer war von dem sauren Geruch der drei Abfallkübel erfüllt, die draußen im Hof standen.

»Was zahlen Sie für diese Wohnung?« fragte Ronnie und strich sich das Kinn.

»Dreißig Schilling die Woche, unmöbliert.«

»Wissen Sie, daß dieser Frau vier Häuser hier in der Straße gehören? Und jedes Stockwerk vermietet, Kellergeschoß und alles. Aber da haben Sie's – Geld bringt Geld, und hat man keins, kann man lange darauf warten. Ja, Geld bringt Geld.«

»Soll es«, sagte Lotus. »Mich schert das einen Dreck.«

»Na na, reden Sie doch nicht so.«

»Einen Dreck schert mich das. Sie können es ruhig weitersagen. Einen Dreck. Darauf war ich nie aus. Dinge, die Sie interessieren, kümmern mich nicht.«

›Verrücktes, armes altes Luder‹, dachte er und sagte: »Na, dann kann ich ja wieder gehen, wenn alles hier in Ordnung ist.«

»Wissen Sie – dieser Portwein. Ich hatte wirklich welchen. Ich hätte Ihnen nicht gesagt, ich habe welchen, wenn ich keinen gehabt hätte. So eine bin ich wirklich nicht. Sie glauben mir doch, ja?«

»Aber natürlich.« Er klopfte ihr auf die Schulter. »Machen Sie sich wegen so einer Kleinigkeit keine Gedanken.«

»Als ich herunterkam, war er fort. Und mir braucht niemand erst zu sagen, wo er hin ist.«

»Ah?«

»Manche Leute sind Halunken; manche Leute sind wirklich Halunken. Er nimmt alles, was er erwischen kann. Kommt mich nie besuchen, außer wenn es was zu schnappen gibt.« Sie stützte die Ellbogen auf die Knie, legte den Kopf in die Hände und begann zu weinen. »Ich habe genug. Ich habe genug, kann ich Ihnen sagen. Was die Leute für Sachen sagen! Mein Gott, was die für Sachen sagen ...«

»Oh, lassen Sie sich doch von denen nicht unterkriegen«, sagte Ronnie. »Das nützt doch nichts. Es wird auch wieder besser.«

Sie antwortete nicht und sah ihn auch nicht an. Er zögerte verlegen. »Na, ich muß jetzt aber fort, leider

Gottes. Wiedersehen. Denken Sie dran – es wird auch wieder besser.«

Sobald er oben ankam, rief Christine aus dem Schlafzimmer, und als er hineinging, sagte sie ihm, sie müßten hier weg, es sei zwecklos, immer nur zu sagen, er könne sich keine bessere Wohnung leisten – er müsse sich eben eine leisten.

Ronnie dachte, im Grunde habe sie recht, aber sie redete und redete, und nach einer Weile ging ihm das auf die Nerven. Er verzog sich also wieder ins Wohnzimmer, sah eine Liste gebrauchter Schallplatten durch, die ein Geschäft in der Nähe anbot, und unterstrich die Titel, die ihn interessierten. *I'm a Dreamer, Aren't We All? I've Got You Under My Skin* – die ganz bestimmt, er unterstrich sie zweimal. Dann nahm er die Gläser und stellte sie in die Küche, wo sie die Putzfrau am nächsten Morgen abwaschen würde.

Er öffnete das Fenster und sah hinaus auf die nasse Straße. »I've got you under my skin«, summte er leise vor sich hin.

Die Straße war dunkel wie eine Dorfgasse und wurde von gestutzten Bäumen gesäumt. Sie glänzte – ziemlich niederträchtig, fand er.

»Deep in the heart of me«, summte er. Dann fröstelte ihn – ein sehr kalter Wind für diese Jahreszeit –, er wandte sich vom Fenster ab und schrieb einen Zettel für die Putzfrau: »Mrs. Bryan. Bitte rufen Sie mich sofort an, wenn Sie kommen.« Er unterstrich ›sofort‹ und lehnte den Zettel gegen eine der schmutzigen Schüsseln. In diesem Augenblick hörte er ein merkwürdiges quiekendes Geräusch. Er sah wieder zum Fenster hinaus. Eine weiße Gestalt lief die Straße entlang, in der Dunkelheit sah sie sehr klein und seltsam aus.

»Aber sie hat ja gar nichts an«, sagte er laut und reckte sich neugierig aus dem Fenster.

Eine Polizeipfeife ertönte. Das Quieken hielt noch immer an, und über ihm ging das Garlandsche Fenster auf.

Zwei Polizisten brachten Lotus zurück, die sich halb führen, halb schleppen ließ. Einer von ihnen hatte seine Pelerine um sie geschlagen, die ihr bis zu den Knien herabhing. Darunter bewegten sich unsicher ihre Beine. Das Trio ging die Kellertreppe hinunter.

Christine war in die Küche gekommen und sah ihm über die Schulter. »Lieber Gott«, sagte sie. »Ja ja, auch eine Medhode, Aufsehen zu erregen, wenn sonst nichts hilft.«

Es klingelte.

»Das ist einer von den Polizisten«, sagte Ronnie.

»Wozu muß er bei uns läuten? Wir wissen doch nichts von ihr. Warum läutet er nicht bei jemand anderem?«

Es klingelte wieder.

»Ich geh' am besten mal runter«, sagte Ronnie.

»Wissen Sie etwas über Mrs. Heath, Mrs. Lotus Heath im Souterrain?« fragte der Polizist.

»Ich kenne sie vom Sehen«, antwortete Ronnie vorsichtig.

»Sie ist etwas durcheinander«, sagte der Polizist.

»Ach je!«

»Sie ist umgekippt, eiskalt«, fuhr der Polizist in vertraulichem Ton fort. »Und wenn Sie mich fragen – es sieht aus, als käme das nicht bloß vom Alkohol.«

Ronnie sagte erschrocken – warum, wußte er selbst nicht – »Stirbt sie?«

»Sterben? Nein!« sagte der Polizist, und als er ›Nein‹, sagte, wurde der Tod undenkbar, zur Ausgeburt einer Hysterie, etwas, das einfach nicht passierte. Einem normalen Menschen jedenfalls nicht. »Sie wird's überstehen. Gleich kommt ein Krankenwagen. Wissen Sie etwas über die Person?«

»Nichts«, sagte Ronnie, »nichts.«

»Aha?« Der Polizist schrieb in sein Notizbuch. »Was meinen Sie, gibt es sonst jemanden im Haus, der uns irgendwelche Auskünfte geben könnte?« Er leuchtete die Messingschilder am Türpfosten an. »Mr. Garland?«

»Mr. Garland nicht«, antwortete Ronnie rasch. »Bestimmt nicht. Mit den Garlands steht sie gar nicht gut, das weiß ich genau. Sie hat mit niemandem viel zu tun.«

»Vielen Dank«, sagte der Polizist. Klang das ironisch?

Er drückte auf Miss Reids Klingel, und als keine Antwort kam, sah er mit düsterer Miene nach oben. Aber Albion Crescent, Nummer 6 blieb stumm. Alle hatten das Licht gelöscht und die Fenster geschlossen.

»Wissen Sie –« begann Ronnie.

»Ja, ich weiß«, sagte der Polizist.

Als Ronnie wieder heraufkam, lag Christine im Bett.

»Na, was war nun eigentlich los?«

»Anscheinend hat sie schlapp gemacht. Sie holen einen Krankenwagen.«

»Wirklich? Armes Ding.« (Sie sagte zwar ›armes Ding‹, aber das hatte nichts zu bedeuten.) »Ich fand, sie sah gräßlich aus, du nicht? Dieses totenblasse Gesicht, und die Lippen hatten eine komische Farbe, nachdem der Lippenstift weggewischt war. Hast du das bemerkt?«

Unten hielt ein Wagen, und Ronnie sah die Prozession die Kellertreppe heraufkommen; alle sahen sehr ernst und wichtig aus. Und sie machten das auch ganz tadellos, wie sie die Bahre in den Krankenwagen schoben. Er wußte, daß die Garlands vom Fenster im obersten Stockwerk zusahen und Mrs. Spencer vom Stockwerk unter ihm. Miss Reids Stockwerk lag im Dunkeln, da sie für ein paar Tage verreist war.

›Komisch, wie mich heute nacht vor dieser Straße graust‹, dachte er. ›»Es geht jemand über mein Grab« – so heißt es doch, wenn man eine Gänsehaut bekommt.‹

Er mußte einfach bewundern, wie Christine die ganze abscheuliche Geschichte einfach nicht zur Kenntnis nahm, mit geschlossenen Augen dalag, sich die Steppdecke bis unters Kinn hochgezogen hatte und ein wenig lächelte. Sie sah sehr hübsch aus, warm und glücklich wie ein Kind, wenn man ihm ein Bonbon zum Lutschen gegeben hat. Und friedlich.

Ein entzückendes Kind. So entzückend, daß er ihr sagen mußte, wie entzückend sie war, und sie zu küssen begann.

Ein festes Haus

»Was passiert jetzt?« sagte Miss Spearman laut. Sie war sehr schwerhörig.

»Ein bißchen stiller«, schrie Teresa.

Miss Spearman legte die Hände an ihre Ohren und schüttelte den Kopf. Sie hatte nicht verstanden.

»Tja, meine Liebe«, sagte sie. Ihre Arme waren dünn wie Trommelstöcke, ihre Brust war flach, ihr Haar weich wie ein Katzenfell. »Es ist vorüber. Tja, meine Liebe.«

»Zigarette?« fragte Teresa.

Aber als sie ihr Zigarettenetui öffnete, war es leer. Und zwar, weil der Tabakhändler an der Ecke sich am Abend zuvor geweigert hatte, ihr welche zu verkaufen. Immer wies er weibliche Kunden ab, wenn Knappheit herrschte – und richtig erfreut war er, wenn er das tun konnte. Sie fragte sich, was der alte Zausel wohl sagen würde, wenn er wüßte, daß sie ihn ziemlich gern hatte. Sein offener Haß und seine Verachtung waren eine Wohltat gegenüber den versteckten Haßbezeugungen, die zwischen den Zeilen der Zeitung oder den Deckeln der Bücher hervorzischten oder aus verschlagen lächelnden Augen lugten. Eine Frau? Ja, eine Frau. Eine Frau muß, eine Frau soll oder eine Frau will...

Auch Miss Spearman regte sich über etwas auf.

»Ich habe mein Hörgerät oben gelassen. Sowas Dummes! Meinen Sie nicht, es lohnt sich, es zu holen?«

»Nein, lassen Sie. Besser nicht«, sagte Teresa. Wirklich besser nicht, dachte sie, während sich die Stille und Leere nach und nach mit Satzbruchstücken füllte, mit Zahlenreihen, die sie zu addieren, subtrahieren und multiplizieren gezwungen war – und mit dem Geräusch des ersten Kreischens und Krachens. Unter ihrer Schädeldecke, die sich sowieso sehr dünn anfühlte, begann es zu rattern und zu beben.

Miss Spearman sagte, diesmal flüsternd: »Genau über uns diesmal, nicht wahr? Vielleicht sind's unsere.«

Unsere? Vielleicht, mag sein...

Dicht an die Kellerwand gepreßt, lauschten sie dem unerbittlichen Dröhnen der Flugzeuge. Und über ihnen wartete das Haus, dessen lange, düstere Gänge voller Echos, Schatten, Geknarre waren – Ratten vielleicht. Aber der Platz draußen war ruhig und teilnahmslos, die Bäume sauberer als auf einem Londoner Platz, und sie rochen auch nicht genauso.

»Ist was?« fragte Miss Spearman.

»Weg, glaube ich«, sagte Teresa und machte Zeichen.

Sie erinnerte sich, wie sie vor langer Zeit in einem Keller, der diesem ganz ähnlich war, Verstecken gespielt hatte. Merkwürdig, dieses Versteckspielen. Es fing immer gut an. Man suchte sich seine Seite aus (Du kommst zu mir, du kommst zu mir), dann plötzlich, mittendrin, passierte etwas. Alles verwandelte sich und wurde schrecklich und bedeutungslos. Aber trotzdem ging es weiter. Du verstecktest dich oder ranntest mit rotem Gesicht herum und tatest so, als wüßtest du, worum das Ganze ging. Die Jungen spielten sich auf, wurden grob; die Mädchen trotteten herum, machten alles nach, versuchten mitzuhalten, doch mit versteckten Blicken zur Seite und plötzlichen Kicheranfällen, die oft in Tränen endeten.

»Also«, sagte Miss Spearman mürrisch, »worauf warten die denn noch? Warum beeilen sie sich nicht mit der Entwarnung?«

Teresa lächelte und zuckte die Schultern. ›Sie sind weg‹, dachte sie beruhigt. ›Nach Hause geflogen, um sich ihre Orden anstecken zu lassen, um sich etwas zu essen zu holen.‹ Sie hatte sich an den Keller gewöhnt, jetzt wollte sie ihn nicht verlassen. Warum diesen guten, diesen vollkommen sicheren, fensterlosen Keller verlassen, der dem anderen von vor langer Zeit so ähnlich war?

›Nichts ändert sich sehr‹, dachte sie, während sie sich an die gebellten Befehle erinnerte, die im nächsten Moment widerrufen wurden – Linksrum. Nein, rechtsrum. Nein, so wie du eben warst, dummer Esel – das obligatorische Grinsen, die idiotischen, immer und immer wiederholten Witze, über die man zu lachen hatte, zuerst widerwillig, dann so hysterisch, daß einem die Kiefer wehtaten, und die endlosen Streitereien darüber, ob die Mädchen Messer an der Seite tragen dürften oder nicht. ›Oh, die Mädchen dürfen keine Messer haben.‹ ›Warum denn nicht?‹ ›Na, weil sie keine Offiziere sind. Die Mädchen sind bloß einfache Matrosen.‹ ›Ja, aber einfache Matrosen haben doch Messer‹, sagte Norman, der Sanfte, der die Mädchen mochte, argwöhntest du. ›Das ist ja das Großartige, wenn man einfacher Matrose ist.‹ Schließlich kam man überein, daß die Anführerin der Mädchen ein Messer tragen dürfe, die anderen dürften Stöcke haben. Der schlimmste Teil dieses gräßlichen Spiels kam, wenn die wilde Aufregung vorbei und der Schaden angerichtet war. Dann konnten sich die Jungen zu einem Pulk zusammenschließen, und einer würde bestimmt sagen: ›Es war die Schuld der Mädchen. Sie haben damit angefangen; Sie haben uns aufgehetzt. Sie waren viel schlimmer als wir.‹

»Na«, sagte sie, »habe ich's nicht gesagt? Das wird für heute morgen alles sein.«

Miss Spearman antwortete nicht. Sie starrte geradeaus, angestrengt, horchend.

»Die Entwarnung«, sagte Teresa behutsam. Jetzt konnte sie wieder denken, sie konnte sich sagen: ›Schrei nicht. Schlage die richtige Lautstärke an, und sie wird dich hören.‹

»Ah!« sagte Miss Spearman. »Kein schwerer Angriff.« Ihr Gesichtsausdruck veränderte sich, wurde gehässig. »Sie sind nervös, was? Sehen Sie nur, wie Ihre Hand zittert.«

»Es ist so kalt hier unten.«

»Dann kommen Sie. Wir machen uns was zum Aufwärmen.«

Sie kletterten die steile Steintreppe hoch und gingen am Messinggong in der Diele, dem Messingtablett für

Visitenkarten, dem blinden, vor Alter boshaften Spiegel vorbei in die Küche.

2

Die Küche war ein großer, gemütlicher Raum. Die Besitzerin des Hauses war, als die Angriffe begannen, in ein Hotel im Lake District gezogen. (›Die Leute sagten, das hätte sie nicht tun sollen – es sei ein schlechtes Beispiel. Aber wenn sie erst mal so alt sind, was kann man da erwarten?‹ ›Man kann das Getöse, das diese Teufel machen, nicht ertragen, wenn man so alt ist wie sie‹, sagte ich.) Und Miss Spearman, die wie eine ehemalige Kammerzofe oder vielleicht wie eine Wirtschafterin oder wie eine arme Verwandte oder eine nur halbwegs anerkannte Verwandte aussah – es trieben sich sicher eine ganze Menge nur halbwegs anerkannter Verwandter rum, selbst auf dieser heiligen und gesegneten Insel –, wurde als Verwalterin eingesetzt und vermietete Zimmer an ausgewählte Gäste.

Sie machte den Kamin an, während sie über Luftangriffe, Fallschirmbomben und Blutbäder redete.

»Wirklich, es war keine Glasscheibe auf dem Platz mehr heil. Alles kaputt, von St. Agnes bis zum Teeladen. Das *war* eine Nacht.«

Sie ging in die Anrichte und kam mit Tee und Butterbroten auf einem schwarzen Lacktablett zurück.

»Meinen trinke ich später; ich mag ihn stark. Ich muß mal eben nachsehen, ob es meiner blinden alten Dame gut geht.« Sie sprach die Worte ›alte Dame‹ auf eine gönnerhafte, mitleidige und spöttische Art aus. »Und außerdem hat Olly Pearce in Nummer Sieben vielleicht die Nachrichten gehört.«

Nahe am Kamin befanden sich zwei rote Plüschsessel, ein Flickenteppich, ein Kalender mit einem Katzenbild, ein runder Tisch mit einem wollenen Untersetzer in der Mitte, ein großer schwarzer Schrank und, an den Wänden, ein paar Stiche von Soldaten in voller Montur – Fähnrich des Dragoner-Garderegiments Seiner Majestät, Hauptmann des 78. Infanterieregiments – Gegenstücke der Bilder in Captain Ropers Schlafzimmer oben, von denen Teresa sich immer vortellte, sie blickten beifällig auf ihn herunter, während er schlief. ›Schlaf weiter, Kumpel‹, sagten sie. ›Schnarch schön, Kamerad.‹

Captain Roper, ihr Mituntermieter, war zu einem Lehrgang weg. Und das war auch sehr gut so, denn er hatte sich inzwischen von ihr abgewandt, und sie wußte auch genau, warum.

Am Abend ihres Einzugs waren sie zusammen ins nächstgelegene Kino gegangen. Am zweiten Abend hatten sie es sich nach dem Essen am Kamin bequem gemacht – er in dem großen Sessel, sie in dem kleineren –, und er hatte eine halbe Flasche Whisky hervorgeholt.

»Möchten Sie ein Schlückchen?«

»Felduniform läßt einem Männerkörper keine Gerechtigkeit widerfahren«, sagte er nach dem zweiten Whisky, und seinem tat sie das wahrscheinlich auch nicht an. Er hatte ein kleines, hübsches, arrogantes, altersloses Gesicht und einen arroganten kleinen Schnurrbart.

Er hatte ihr gesagt, seiner Meinung nach werde nach diesem Krieg alles sehr schwierig sein – schlimmer als nach dem letzten, der schon schlimm genug war. 1920 war er in Mexiko gewesen, aber 1921 war er wieder in London. Total auf dem Hund. ›Futsch war alles, außer meinem Anzug. Und 1914...‹

›Aber 1914 müssen Sie blutjung gewesen sein‹, hatte Teresa geschmeichelt.

Captain Roper zwinkerte. ›Tja, das war ich wirklich. Doch ich erinnere mich...‹

Ja, vor dem Krieg 1914 müssen die Zeiten golden gewesen sein.

Teresa hörte nicht weiter zu. Als sie dem, was er sagte, wieder lauschte, war er nicht mehr im Jahr 1914; er war im Jahr 1924 und gab Unterricht in Mah-Jongg, um Leib und Seele zusammenzuhalten.

›Und ich hatte auch ein paar sehr interessante Schüler. Eine der schönsten Frauen, die ich je gesehen habe, lehrte ich Mah-Jongg. Ein reizendes junges Geschöpf – dunkel, sehr lebhaft. Natürlich wurde es ihr bald langweilig. Die Punktzählung – zu kompliziert.‹ Seine harten, oberflächlichen, sentimentalen Augen blickten an ihr vorbei. Vielleicht sah er eine sonnige Straße und saubere Stufen hinauf zu einer frisch gestrichenen Tür, und Blumenkästen in den Fenstern und das hübsche, unerreichbare junge Geschöpf drinnen im Zimmer. ›Ich kann mich nicht mehr an ihren Namen erinnern. Ein Doppelname. Er liegt mir auf der Zunge.‹

Doppelnamen schossen Teresa durch den Kopf.

›Ah, ich weiß ihn wieder‹, sagte Captain Roper. ›Barton-Lumley.‹

›Barton-Lumley?‹

›Ja, Mrs. Barton-Lumley. Es wurde ihr langweilig‹, murmelte er, und nach einer Pause: ›Sie ist gestorben.‹

Da hatte Teresa laut gelacht. Einer dieser schrecklichen Lachanfälle, die sie jetzt immer in den unerwartetsten Augenblicken überfielen. Er kam aus ihrem tiefsten Inneren – ein richtiger Teufel von einem Lachanfall. Jedesmal, wenn das passierte, dachte sie: ›Wer lacht da?‹ Sie ordnete ihr Gesicht und versuchte so zu tun, als hätte sie husten müssen.

›Oh, wie traurig! Hübsche Menschen sollten nicht sterben; sie sollten behütet und beschützt und am Leben erhalten werden, egal, wer auch sonst stirbt. Es gibt so wenige davon.‹

Aber es nützte nichts. Er sah sie mißtrauisch an – und er hörte nicht auf, sie mißtrauisch anzusehen.

›Nein‹, dachte sie gerade, als Miss Spearman zurückkam, ›den Rest der Geschichte werde ich nie erfahren – was 1925 oder 1938, 1927 oder 1931 geschah...‹

»Norton Street«, sagte Miss Spearman, während sie sich ihren Tee eingoß, »und Bailey sollen sie auch getroffen haben.«

»Ziemlich nahe. Das muß der erste Knall gewesen sein.«

»Ja. Olly sagt, sie hat gehört, daß fünfzehn Leute umgekommen sind, aber der alte Jimmy sagt, dreißig. Wenn's die Norton Street war, können wir heute nachmittag hingehen und es uns mal ansehen. Jetzt hinzugehen, hat keinen Zweck, meinen Sie nicht auch? Na, Ihnen scheint's ja schon besser zu gehen«, fuhr sie fort. »Im Keller haben Sie sehr schlecht ausgesehen, ich fand, weiß wie eine – so weiß wie ein Laken. Sie dürfen sich von ihren Nerven nicht unterkriegen lassen, wissen Sie. Das geht nicht. Denken Sie an was anderes. Sie brauchen ein bißchen Aufmunterung.«

Sie ging durch das Zimmer und öffnete einen Schrank, der mit Kleidern, Unterwäsche, Sandalen, Büstenhaltern, Kimonos vollgestopft war – gebrauchte Damenkleidung, Miss Spearmans Nebenerwerb.

»Wie wär's hiermit? Drei Schilling Sixpence.«

Sie hielt einen breitkrempigen braunen Filzhut in die Höhe, an dem ein langer Schleier hing.

»Würde ich damit nicht komisch aussehen?« fragte Teresa. »Naja, ich meine, ein bißchen komisch?«

»Ja, vielleicht ist er nicht ganz Ihr Stil«, pflichtete Miss Spearman bei. Sie trug jetzt ihr Hörgerät, und es schien tadellos zu funktionieren. »Na, wie wär's mit diesem Kostüm? Ich hab's erst gestern bekommen. Sehr fesche Frau ist das – trägt verdammt hübsche Kleider. Sie möchte zwei Pfund dafür. Ist frisch gereinigt. Ich überlasse es Ihnen für dreißig Schilling.«

»Aber diesen Grünton mag ich nicht. Ich mag Grün überhaupt nicht. Es ist nicht meine Glücksfarbe.«

»Was?« fragte Miss Spearman. »Ich kann sie nicht verstehen. Nehmen Sie es mit in Ihr Zimmer und probieren Sie's an. Ein Pfund für Sie – das ist doch wirklich geschenkt.«

»Na schön«, sagte Teresa unentschlossen. Sie nahm das häßliche Ding und hängte es über die Rückenlehne ihres Stuhls. Sie dachte: ›Ja, es wird darauf hinauslaufen, daß ich's kaufe, und schließlich werde ich sogar darin herumlaufen, Gott steh mir bei.‹

Dann erkannte sie in dem Schrank ihr eigenes schwarzes Kleid wieder. Es hing gleich neben einer formlosen roten Jacke. Selbst ein abgelegter Gegenstand, starrte es so unglücklich, so drohend auf sie zurück, daß sie die Augen abwandte.

»Trinken Sie noch eine Tasse«, sagte Miss Spearman. »Ich sehe, Sie betrachten sich Ihr altes Schwarzes. Ich hoffe, ich werd's diese Woche los. Aber viel können Sie nicht erwarten.«

»Nein, wahrscheinlich nicht.«

»Schwarz ist zu deprimierend. Zwölf Schilling sechs könnte ich vielleicht kriegen.«

»Tja, es hat mich eine ganze Menge gekostet, wissen Sie?«

»Ja, ich weiß, es ist gut geschnitten, aber es ist trotzdem ein deprimierendes Kleid. Wären Ihnen zehn Schilling recht?«

»Wenn das alles ist, was ich dafür kriege...«

Miss Spearman entspannte sich.

»Ulkig, wie müde diese Luftangriffe einen machen, finden Sie nicht auch?« sagte sie und seufzte. »Man spürt's erst hinterher, finde ich immer. Ja, erst hinterher spürt man's.«

»Bleiben Sie sitzen. Ich wasche die Tassen ab«, sagte Teresa.

Aber die Anrichte war wie der Keller – düster und trostlos, mit nur einem einzigen kleinen Fenster hoch oben, das die Spüle erhellte, den rostigen Gasherd, die dummen mondgesichtigen Teller im Ständer, die fröhlichen Tassen, die schwermütigen Kochtöpfe an den Haken. Sie war froh, als sie wieder in der Küche war, wo Miss Spearman mit sich ein Selbstgespräch über die Putzfrau führte.

»Ich bin sicher, Nelly kommt nicht. Ich bin sicher, sie nimmt diesen Angriff zum Vorwand. Das macht sie immer. Sehr ärgerlich. Dabei kommen sie nie auch nur in die Nähe der Gegend, in der sie wohnt.«

»Ich weiß nicht, worauf diese Arbeiterklasse hinauswill. Haben Sie das auch schon beobachtet?« sagte sie. »Und dieses Haus ist mir ohne jede Hilfe zuviel, mit Offizieren oder ohne.«

»Und«, fuhr sie fort, »ich tu's aus Liebe, wie man sagen könnte. Wie wollen die denn zu Rande kommen, wenn Leute wie ich tot und nicht mehr da sind? Sie werden schnell herausfinden, wie das ist.« Etwas in ihrer trauervoll jammerigen Stimme ließ einen sehen, wie all die Häuser schmutziger, schäbiger und stiller wurden. »Was soll denn werden, wenn alles, was noch da ist, in Schutt und Asche fällt?« klagte sie. »Was erwarten sie, wo dann die Menschen wohnen? In unterirdischen Höhlen oder in Betonkasernen oder was?«

»Einige werden's tun«, sagte Teresa, »und einige, wie man sagt, werden's nicht.«

Keine Sorge, alles wird irgendwo weiterleben – die gebohnerten Fußböden, die Vasen voller Rosen, das duftende Haar, die lackierten Nägel. Einiges wird untergehen, aber anderes wird oben schwimmen. Verlaß dich auf Bibi...

Sie legte die Hand über die schmerzenden Augen, und während sie der lauten Uhr lauschte, dachte sie über die andere Uhr nach, die so langsam tickte, und die Uhr auf dem Tisch tickte so schnell. Aber dieselben Sekunden; zumindest sagte man, dieselben Sekunden. Nicht daß sie ein Wort von dem, was man so sagte, geglaubt hätte.

»Ich weiß, daß sie nicht kommt. Schon anderthalb Stunden Verspätung. Der ganze Kummer ist, daß sie Dinge versprechen, die sie gar nicht halten wollen. Das ist sehr unenglisch, sehr. Und außerdem wollte sie mir heute die Karten legen. Das kann sie wunderbar, möchte ich sagen.«

Sie schloß und öffnete die Hände in ihrem Schoß. Sie waren sehr rot und rauh, die Knöchel geschwollen – das einzige Plumpe an ihr.

»Miss Spearman, ich bewundere Sie so.«

«Wirklich?«

»Ja, und ich beneide Sie.«

»Mich beneiden?« sagte Miss Spearman glücklich. Sie blickte in den kleinen Spiegel über dem Kamin. »Ich bringe mein Haar oder mein Gesicht nie mit was anderem als Regenwasser in Berührung. Aus der Tonne draußen. Weiches Wasser – das ist das Geheimnis.«

Teresa sagte: »Ja, Ihr Äußeres, natürlich. Aber was ich sagen wollte, ist, daß ich Sie bewundere, weil Sie immer so ruhig sind, so selbstsicher, und weil...«

Draußen war ein flirrender, strahlendheller Tag, der Himmel blaugepustet. Ein herzloser Vorfrühlingstag – herb wie eine unreife Stachelbeere. Ein kaltes, gelbes Licht lag auf dem gepflasterten Garten und den sauberen, leeren Blumenbeeten und der hohen Mauer, auf der eine rötlichgelbe Katze saß und auf die Vögel starrte. Ihre zierlichen Pfotenabdrücke waren in der feuchten Gartenerde zu sehen.

»Ich fühle mich so wohl«, sagte Teresa, »nur ein bißchen müde. Daran sieht man, daß es mir besser geht – wenn ich mich so früh am Morgen, vor Tagesanbruch wohlfühle. Fast wohlfühle.«

»Sind Sie krank gewesen?« fragte Miss Sperman neugierig. »Viele Menschen fühlen sich schlecht heutzutage, viele Menschen. Diese herzlosen, jungen Menschen natürlich nicht.«

Teresa sagte: »Finden Sie junge Menschen herzlos? Sind alte Leute nicht herzlos? Und Menschen, die alt werden – sind sie nicht auch herzlos?«

»Ich sehe an Ihren Augen, daß Sie krank waren.«

»Ach, nicht schwer«, sagte Teresa.

Aber anstatt den Kopf wegzuwenden, sah sie Miss Sperman gerade ins Gesicht – gerade in ein hartes, helles Funkeln, hart und hell wie der Tag draußen. Aber hinter diesem Funkeln lag doch sicher etwas Unbestimmtes, Träumerisches, Sanftes? Gewöhnlich wurden Zartheit und Weichheit, falls sie es gab, so ausgestellt, daß jeder sie sah; aber versteckt – welche Kontinente aus Mißtrauen, welche Eismeere des Schweigens. Reise in arktische Regionen...

Sie dachte: ›Soll ich ihr an diesem frischen, neuen Morgen davon erzählen?‹

3

Aber dann war Nachmittag – ein heißer Nachmittag. Wissen Sie, manchmal gibt es einen Nachmittag, da denkt man: ›Ich möchte mich ausruhen; ich möchte tief und lange schlafen.‹ Deshalb nahm ich zwei Tabletten, und dann nochmal zwei. Dann trank ich etwas Whisky, und alles erschien ganz heiter. Nun, mein Schatz, nun wird der Geier Hoffnung wegfliegen und an jemand anderem fressen müssen. Ich dachte: ›Hierfür muß ich mein schönes Kleid anziehen.‹ Und so ging ich nach oben, zog mir mein blaues Kleid an und puderte mein Gesicht. Ich beeilte mich nicht, aber als ich wieder nach unten kam, hatten sich die Zeiger der Uhr überhaupt nicht weiterbewegt. Was beweist, daß stimmt, was man sagt: ›Die Zeit ist für Sklaven da.‹ Dann wußte ich, daß ich's tun muß, und schluckte mit dem Whisky alle Tabletten in der Flasche. Sieben Gran jede – sie waren stark. Und ich sah, daß ein paar auf den Boden gefallen waren. ›Die muß ich auch noch nehmen‹, dachte ich. Aber bevor ich sie nehmen konnte, wußte ich von nichts mehr.

Als ich aufwachte, war das erste, was ich sah, das blaue Kleid auf dem Stuhl. Und der Arzt war da. ›Was tun Sie denn hier?‹ fragte ich, und er antwortete: ›Heute ist der Nachmittag, an dem ich Sie immer besuche.‹ So wußte ich, es ist Dienstag. Eine ganze Nacht und ein

Tag weg, und ich werde nie erfahren, was passiert ist. Und auch hinterher erinnere ich mich nicht daran. Ich hatte natürlich Träume. Aber waren das Träume?...

Sie sagte: »Ich mochte das Haus auf den ersten Blick. Und Sie kamen mir genau richtig vor, als Sie die Tür aufmachten. Nicht die Sorte Mensch, die immer gleich furchtbar aufgeregt ist, wie ich.«

»Es ist ein schönes, altes Haus«, sagte Miss Spearman. »Fest«.

»Ja, schön und fest«, sagte Teresa.

Aber woher weißt du das? Das andere war auch fest. Wenn man auf es zukam, wurde der Fluß, der bis dahin schmal war, breit wie eine Allee, schnurgerade, mit Weiden an beiden Ufern. Das Wasser war mit toten Blättern bedeckt. Das Paddel machte nicht das geringste Geräusch, die toten Blätter bremsten den Kahn. Um die Ecke lag das Haus – Türmchen und Giebel und Balkone und grüne Fensterläden, alles durcheinander. Es wirkte leer und verfallen. Die Planken des Bootsstegs waren zerbrochen und verfault. Zwei Statuen standen einander gegenüber – der Herr trug einen Dreispitz, Kniehosen und Schwalbenschwanz, während die Dame eine üppige Brust sehen ließ. Sie hielt ihre Gewänder mit einer Hand zusammen, während die andere erhoben war, als lausche sie. Der Rasen war dunkelgrün und weich, und in der Mitte stand eine Zeder. Das Schaukelpferd darunter war weiß mit roten Tupfen. Es war nichts zu hören. Und ich wußte, wenn ich an den Statuen vorbeigehen und den Baum berühren und in das Haus gehen könnte, ginge es mir wieder gut. Aber sie würden sie nicht zulassen, diese einfachen Dinge, die einen wieder gesund machen.

Wieviel soll ich ihr erzählen? Soll ich ihr erzählen, daß ich trotz allem, was sie unternahmen, dann doch starb? Soll ich ihr erzählen, wie es sich anfühlt, tot zu sein? Man ist nicht traurig, es ist ganz anders. Es ist, als sei man nichts, fühle nichts. Man fühlt keine Kränkungen, man würde auch Liebkosungen nicht fühlen, wenn jemand da wäre, der einen liebkoste. Es ist so – es ist, als ginge man im Nebel eine Straße entlang und weiß, daß man alles hinter sich gelassen hat. Aber man möchte nicht zurück; man muß weitergehen. Es gibt Momente, da weiß man, wohin man geht, aber dann vergißt man es, geht weiter und quält sich, weil man versucht, sich zu erinnern, denn es ist sehr wichtig. Wenn man losgeht, sieht man sich oft um, um sie dabei zu ertappen, wie sie im hellen Licht außerhalb des Nebels lachen oder Gesichter schneiden. Später tut man das nicht mehr; es kümmert einen nicht mehr. Und wenn sie lachen sollten, bis ihre Münder sich am Hinterkopf träfen und ihre Köpfe herunterfielen wie ekelhafte überreife Früchte – was sie zweifellos eines Tages tun werden –, man würde sich nicht umdrehen, um das schreckliche, doch komische Schauspiel zu sehen...

»Ja, ich war krank«, sagte sie. »Ich war in den Ferien. Ich habe gar nicht weit von hier gewohnt und sah ihre Anzeige in der Lokalzeitung.«

Miss Spearman sagte: »Normalerweise vermiete ich meine Zimmer an Offiziere. Aber wir hatten zufällig eine Flaute.«

Teresa lächelte. »Glück für mich.«

Wieviel habe ich ihr erzählt? Was habe ich gesagt? ...

Nicht allzuviel, denn Miss Spearman schien nicht im geringsten überrascht zu sein.

»Ruhig?« sagte sie. »Natürlich ist es besser, wenn man ruhig ist. Ich halte nichts von Hysterie. Jedenfalls nicht bei Frauen. Ein Mann kommt manchmal mit Hysterie durch, aber eine Frau nicht. Und dann darf man natürlich nicht zuviel allein sein. Das mögen die Leute nicht. Was sie nicht alles sagen, wenn man allein ist! Man braucht eine ganze Menge Geld, um damit durchzukommen. Und halten Sie mit ihren Freunden Verbindung. Schreiben sie Briefe. Und herzhaft zu lachen hilft natürlich immer.«

»Wie hilft's am besten – mit oder über?«

»Ich kann Ihnen nicht ganz folgen«, sagte Miss Spearman. »Und dann ein bißchen Klatsch.«

.... Menschen sehen. Briefe schreiben. Schließe dich dem edlen und tapferen Heer der Hexenjäger an – beiderlei Geschlechts, für alle Altersstufen geeignet –, das so gierig irgendeinen armen Teufel aufspürt, die Schnauzen an der Erde. Sieh nur, wie der hexenjagende, hexenstechende Ahn aus diesen dicht beieinanderstehenden nordischen, babyblauen Augen hervorlugt.

Aber erzählen Sie mir auch das wahre Geheimnis, wie man es schafft, genau wie die anderen zu sein? Erzählen Sie's mir, denn ich bin sicher, Sie kennen es. Wenn es heißt, taub zu sein, dann will ich taub sein. Und wenn es heißt, blind zu sein, dann will ich blind sein. Ich fürchte mich vor diesem Weg, Miss Spearman

– dem Weg, der in Wahnsinn und Tod führt, sagt man. Aber das ist nicht wahr. Er führt darüber hinaus. Doch es ist schrecklich, ihn zu gehen, und ich bin nicht stark genug; laßt es jemand anderen versuchen. Ich möchte zurückgehen. Sagen Sie mir, wie man zurückkehrt; sagen Sie mir, was ich tun soll, und ich werde es tun.

»Und dann«, sagte Miss Spearman, »ist da noch etwas...«

Teresa lehnte sich begierig vor.

«Olly Pearce«, sagte Miss Spearman mit leiser, geheimnisvoller Stimme, »ist ein Medium.«

»Ein was?... Oh, ich verstehe.«

»Wir veranstalten Sitzungen, manchmal bei ihr, manchmal hier, manchmal bei Mrs. Davis. Ich habe Botschaften empfangen, und ich höre sie nachts, kurz vor dem Einschlafen. Besonders, seit ich so schwerhörig bin. Es beginnt immer mit einem Summen und Schwirren in meinem Kopf.«

»Ja, genauso beginnt es, nicht wahr?« sagte Teresa und starrte sie an.

»War das nicht die Klingel?« Miss Spearman saß sehr aufrecht da. »Das ist Nelly, diese Schlampe. Entschuldigen Sie den Ausdruck. Aber sie ist zwei Stunden zu spät.«

Sie ging in die Diele hinaus, dann war Nelly zu hören, die lautstark erklärte, diskutierte und schließlich aggressiv wurde. Und Miss Spearmans schrille Antworten, die auf einem hohen, piepsigen Ton endeten.

Sie kam mit einem triumphierenden Gesicht in die Küche zurück.

»Also, was wollen Sie unternehmen, während Ihr Zimmer saubergemacht wird? Warum machen Sie nicht einen kleinen Spaziergang zur Norton Street und sehen sich an, was es da zu sehen gibt?«

»Nein, ich glaube, das möchte ich nicht«, sagte Teresa. In der Norton Street würde eine Puppe, eine Schneiderpuppe ausdruckslos starren, ein Zigarettenplakat, ungerührt, im Winde flatternd, würde lächeln, nicken, schüchtern mit dem Finger winken. Die Aufschrift würde lauten: ›Achtung! Kein Durchgang!‹

Sie hörte Nelly draußen wütend Kohle in einen Eimer schaufeln.

»Na, dieses alte Aas!« sagte Nelly. »Dieses verdammte alte…»

Das Radio nebenan begann herausfordernd zu singen: ›Now's the time for Paradise, Paradise for two…‹

4

»Gewöhnlich halte ich es verschlossen«, sagte Miss Spearman. »Aber jeden Dienstag öffne ich es, lüfte und zünde ein Feuer an.«

›Und heute ist natürlich Dienstag‹, dachte Teresa. ›Immer Dienstag…‹

»Captain Roper setzt sich manchmal hier rein«, sagte Miss Spearman, »warum also Sie nicht?«

Sie ging durch die weiß gestrichene Tür voran in ein anderes Zimmer – einen langen, schmalen, traurigen Raum. Goldbrokatvorhänge versperrten den Blick zum Platz, aber die Fenster zum Garten standen offen. Es brannte ein frisch entzündetes Feuer, keine Staubhüllen – alles war wie aus dem Ei gepellt.

»Sind sie nicht schön?« sagte Miss Spearman und zeigte auf eine Vitrine mit ausgestopften Vögeln, die mit einer sorgfältigen schräggeneigten Handschrift sauber etikettiert waren. In der Ecke steckte eine Karte in derselben Handschrift: ›Ich glaube an die Auferstehung der Toten.‹ Ein fanatischer Vogelliebhaber? Ein Scherz? Oder hatte Miss Spearman die Karte gefunden und sie dort hingesteckt, um diese löbliche Empfindung zu bewahren?

Teresa trat näher und sah sich die Vögel an, die wieder auferstehen sollten – Silberreiher, Kiebitz, Haubentaucher, Indischer Fasanenhahn, Wildente und, in einer Ecke, vier Kolibris. Vier Kolibris mit stechenden Glasaugen.

»Na, nun seid ihr erwachsen, nicht wahr?« sagte sie zu ihnen. »Und bekommt eure Rache.«

Miss Spearman sprach über die Bilder, die in weißen oder ausgeblichenen Goldrahmen die Wände bedeckten. Bilder von blauen Meeren – aber nicht zu blau, kein vulgäres, tropisches Blau – von weißen Mauern – aber nicht zu weiß – von Schatten – aber nicht zu schwarz. Bilder von Herren mit gepudertem Haar und Damen mit Löckchen, die auf lange, anmutige Nacken herabfielen, die Münder traurig, geduldig, lächelnd, je nachdem. Eine hatte eine Violine in der Hand, eine andere ein Buch.

Es gab einen Spiegel in einem silbergrünen Rahmen und gläserne Briefbeschwerer, in denen Rosen, Nelken und Veilchen zu sehen waren. Es gab weiße Jadevasen, und die Glasuntersetzer von Woolworth, auf denen sie standen, waren so ergreifend wie Miss Spearmans rote Hände oder das Make-up, das eine alternde Frau benutzt. (›Muß das Beste aus dem armen alten Gesicht machen.‹)

›Vielleicht gibt es hier eine Spieldose‹, dachte Teresa. ›Vielleicht spielt sie »Pink and blue, pink and blue, Do you know what love can do? Love can kill...«‹

Aber es gab keine Spieldose, statt dessen gab es japanische Windglöckchen aus Glas, wiederum von Woolworth, die über der Tür zum Garten hingen.

»Sie sagen, Sie sind müde«, sagte Miss Spearman. »Warum legen Sie sich da nicht hin und ruhen ein wenig aus? Machen ein kleines Nickerchen. Das Sofa ist recht bequem.« Und ließ sie allein.

Sie erkannte jetzt einen der Herren wieder – den mit den graublauen Augen – auch die Dame mit der Violine. Porträts von ihnen hingen in ihrem Zimmer, aber hier hingen sie gerade, ohne daß die Schnur zu sehen war, und ohne den unpassenden Text dazwischen – ›Der Herr ist mein Hirte, mir wird nichts mangeln.‹

Sie setzte sich auf einen vergoldeten Stuhl und entdeckte, daß hinter einem rotgoldenen Paravent, dem einzigen protzigen Gegenstand im Zimmer, ein kleines Bücherregal stand. Und die richtigen Bücher waren darin – *Das Herz von Rom*, *Wanda*, *Alles für den Zaren*, *Wie ein Traum wenn man erwacht*, *Von einer Generation zur nächsten*. ›Ja, das ist das Paradies‹, dachte sie und beugte sich vor, um die Bücher zu berühren. Aber gleich neben der unschuldigen *Wanda* stand eine Warnung – *Keine Orchideen für Miss Blandish.* ›Ich wette, das hat der alte Cap Roper hingestellt. Nicht daß ich irgend etwas gegen das Buch hätte. Im Gegenteil, habe ich nicht vor Ewigkeiten mal ein Pfund gewonnen, als ich wettete, es sei von einem Engländer geschrieben, wobei ich nur nach inneren Beweisen urteilte und die Fachleute beschämte?‹

Sie begann, in dem Zimmer ruhelos hin und her zu gehen, und dachte: ›Nein, wenn ich hier schliefe, würde ich träumen. Ich würde von riesenhaften Kolibris träumen, von Kellern, Blumen unter Glas, Herren mit graublauen Augen, Damen mit weichen Schultern, denen der stille Wiesengrund und die grünen Gewässer, der sanfte Tod, das ehrenhafte Grab nie fehlen werden – all das, und auch der Himmel nicht –, denen nie, nie das Überlegenheitsgefühl abgehen wird, nicht die disziplinierte Reaktion, nicht die geeignete Art, die kalte Schulter zu zeigen, nicht das Herz wie Stein und nicht das überraschend dicke Handgelenk. Auch nicht das beste Stück der Herde, das geopfert werden muß.‹

›Ich muß einen anderen Platz zum Schlafen finden‹, dachte sie.

Und da machte Miss Spearman die Tür auf und rief: »Fertig.«

5

Im Eßzimmer waren die Vitrinen ringsum an den Wänden mit Schäfern und Schäferinnen, Mandarinen und chinesischen Porträtfigürchen angefüllt.

»Meine Schwester hat mir gestern ein paar frische Eier gebracht. Ich tue mein Bestes für Sie.«

»Das tun Sie wirklich.«

Es lagen zwei Zeitungen neben dem Teller, eine davon unbekannt, und als Miss Spearman hereinkam, um den Tisch abzuräumen, zögerte sie.

»Haben Sie mal in die Zeitung da geschaut? Sehr gut, finde ich.«

»Ja, wirklich sehr.«

Aber Miss Spearman war mit dieser Antwort offenbar nicht zufrieden, oder sie hatte sie nicht gehört.

»Sehen Sie«, sagte sie, griff nach der Zeitung und deutete auf einen Artikel, der mit zwei roten Strichen angezeichnet war, »es ist alles ganz simpel und einfach – jedenfalls am Anfang. Viele Leute wollen einfach nicht glauben, daß sie tot sind, schreibt er. Er schreibt, es ist recht amüsant, wenn man das Wort benutzen darf.«

»Wenn man das Wort benutzen darf.«

»Natürlich wird es später komplizierter.«

»Es wird später immer komplizierter, finden Sie nicht?« sagte Teresa.

»Wir wollen versuchen, heute abend eine Sitzung zu veranstalten«, sagte Miss Spearman. »Wir erzielen immer sehr gute Ergebnisse nach einem Angriff. Man lernt, diesen Dingen gegenüber keinen Zweifel zu haben. Hätten Sie Lust mitzumachen? Wir sind Olly Pearce, Mrs. Davis, ich und die Dame, die das Wollgeschäft in der Modder Street hat.«

»Nein«, sagte Teresa, »nein. Tut mit leid, ich kann nicht.«

»Ich werde darüber nachdenken«, sagte sie und lachte unschlüssig. »Wie mit dem grünen Kostüm. Ich werde darüber nachdenken.«

Obwohl Miss Spearman ihr Hörgerät trug, machte sie ein so verblüfftes Gesicht, daß Teresa wiederholte: »Nein. Noch nicht.«

»Natürlich«, sagte Miss Spearman steif, »man darf Menschen nicht zwingen; sie müssen freiwillig kommen. Ganz wie Sie wollen.«

Ihre Freundlichkeit schien davonzuschweben, während sie das Geschirr aufs Tablett stellte, und sie knallte die Tür so heftig zu, daß die Bilder an den Wänden und die Figürchen in den Vitrinen zitterten.

Aber dann trat Stille ein und kittete den Riß. Olly Pearces kleine Nichte stand in einem blauen Overall im Vorgarten von Nummer Sieben. Sie strich sich das Haar aus der Stirn, streckte sich, gähnte. Auch sie war müde. Die rötlichgelbe Katze tanzte draußen im kalten Wind – drei Schrittchen in die eine Richtung, drei Schrittchen in die andere, zurück und Sprung.

Teresa legte sich auf das Sofa und schloß die Augen. Das Krachen in ihrem Kopf wurde leiser. Es ging davon auf seine Reise, auf seine Wanderungen, auf immer und ewig, Welt ohne Ende.

»Mein Nickerchen«, dachte sie. »Endlich. Mein Schläfchen.«

Das Rauschen des Flusses

Die Glühbirne hing an einem kurzen Kabel von der Mitte der Decke herab, und es war nicht hell genug zum Lesen, deshalb lagen sie im Bett und redeten miteinander. Die Nachtluft blähte die Gardinen auf und kam mild und feucht durch das offene Fenster.

»Aber wovor hast du denn Angst? Was meinst du mit Angst?«

Sie sagte: »Mit Angst meine ich, wenn man zum Beispiel schlucken möchte und kann nicht.«

»Die ganze Zeit?«

»Fast die ganze Zeit.«

»Wirklich, mein Schatz. Du bist verrückt.«

»Ja, ich weiß.«

Nicht, was das betrifft, dachte sie, nicht, was das betrifft.

»Es ist nur so eine Stimmung«, sagte sie. »Das gibt sich wieder.«

»Du bist so inkonsequent. Du hast dir diese Gegend ausgesucht und wolltest hierher; ich dachte, es gefiele dir hier.«

»Das tut es ja. Mir gefällt das Moor und die Einsamkeit und alles drumherum, besonders die Einsamkeit.

Ich wünschte nur, es würde hin und wieder aufhören zu regnen.«

»Einsamkeit ist ja sehr schön«, sagte er, »aber dazu gehört schönes Wetter.«

»Vielleicht ist es morgen schön.«

Wenn ich es nur in Worte fassen könnte, würde sich's vielleicht geben, dachte sie. Manchmal ist man imstande, es in Worte zu fassen – beinahe – und es auf diese Weise abzuschütteln – beinahe. Manchmal kann man sich sagen, ich werde zugeben, daß ich heute Angst hatte. Ich hatte Angst vor den glatten, schmeichlerischen Gesichtern, den Rattengesichtern, vor der Art, wie sic im Kino gelacht haben. Ich habe Angst vor Rolltreppen und Puppenaugen. Aber es gibt keine Worte für diese Angst. Die Worte sind noch nicht erfunden worden.

Sie sagte: »Mir wird's wieder gefallen, wenn der Regen aufhört.«

»Gerade eben hat es dir nicht gefallen, nicht wahr? Unten am Fluß?«

»Weißt du«, sagte sie, »nein. Nicht sehr.«

»Es war heute abend ein bißchen gespenstisch da unten. Was kann man erwarten? Such dir eine Gegend nie bei schönem Wetter aus. (Auch etwas anderes nicht, dachte er.) Es stehen zuviele Kiefern da«, sagte er. »Sie schließen einen ein.«

»Ja.«

Aber es waren nicht die schwarzen Kiefern, dachte sie, oder der Himmel ohne Sterne oder der blasse, gehetzte Mond oder die düsteren Berge mit den platten

Kuppen oder der Felsenturm und die großen Steine. Es war der Fluß.

»Der Fluß ist sehr still«, hatte sie gesagt. »Liegt das daran, daß er so viel Wasser führt?«

»Man gewöhnt sich vermutlich an das Rauschen. Laß uns hineingehen und im Schlafzimmer Feuer machen. Ich wünschte, wir hätten was zu trinken. Ich gäbe sonstwas für einen Drink, du nicht auch?«

»Wir können etwas Kaffee trinken.«

Als sie zurückgingen, hatte er den Blick ständig dem Fluß zugewandt.

»Merkwürdig metallen wirkt er in diesem Licht. Gar nicht wie Wasser.«

»Er sieht glatt aus, als wäre er gefroren. Und viel breiter.«

»Gefroren – nein. Auf unheimliche Art sehr lebendig. Flatterndes Haar«, hatte er gesagt, als spräche er mit sich selbst. So hatte er es auch empfunden. Sie lag da und erinnerte sich, wie sich der braune, schnellfließende Fluß mit seiner aufgewühlten Oberfläche im Mondlicht verändert hatte. Die Dinge sind mächtiger als der Mensch. Daran habe ich immer geglaubt. (Du bist nicht meine Tochter, wenn du vor einem Pferd Angst hast. Du bist nicht meine Tochter, wenn du davor Angst hast, seekrank zu werden. Du bist nicht meine Tochter, wenn du vor der Form eines Berges Angst hast oder vor dem Mond, wenn er untergeht. Eigentlich bist du gar nicht meine Tochter.)

»Er ist jetzt nicht still, nicht wahr?« sagte sie. »Der Fluß, meine ich.«

»Nein, er tost bis hier herauf.« Er gähnte. »Ich lege noch ein Scheit aufs Feuer. Es war sehr nett von Ransom, daß er uns die Kohle und das Holz gelassen hat. Er hat uns so einen Luxus gar nicht versprochen, als wir das Haus nahmen. Er ist kein schlechter Kerl, was?«

»Er hat ein gutes Herz. Und er muß sich schließlich mit dem Klima hier auskennen.«

»Also, mir gefällt's«, sagte er, als er ins Bett zurückkam, »trotz des Regens. Laß uns hier glücklich sein.«

»Ja.«

Das ist das zweite Mal. Er hat es schon einmal gesagt. Er hatte es am Tag ihrer Ankunft gesagt. Auch da hatte sie nicht gleich ›Ja‹ geantwortet, weil eine Angst, die auf sie gewartet hatte, über sie gekommen war und sie berührt hatte, und es hatte mehrere Sekunden gedauert, bis sie sprechen konnte.

»Es muß ein Otter gewesen sein, was wir heute abend gesehen haben«, sagte er, »viel zu groß für eine Wasserratte. Ich muß es Ransom erzählen. Es wird ihn außerordentlich freuen.«

»Warum?«

»Oh, sie sind ziemlich selten in dieser Gegend.«

»Die armen Kerle, ich wette, denen geht's miserabel, wenn sie selten sind. Was wird er machen? Eine Jagd veranstalten? Vielleicht nicht, wir finden doch beide, daß er ein weiches Herz hat. Das hier ist ein Vogelschutzgebiet, wußtest du das? Hier gibt's alles mögliche. Ich muß ihm von dem mit der gelben Brust erzählen. Vielleicht weiß er, was das war.«

Am Morgen hatte sie ihn an der Fensterscheibe rauf

und runter flattern sehen – ein gelber Blitz im Regen. ›Oh, was für ein schöner Vogel.‹ Die Angst ist gelb. Du bist gelb. Er hat einen breiten gelben Streifen. Sie haben völlig recht, die Angst ist gelb. ›Ist er nicht hübsch? Und ist er nicht hartnäckig? Er will unbedingt rein...‹

»Ich knipse das Licht aus«, sagte er. »Es ist unnütz. Das Feuer ist besser.«

Er machte ein Streichholz an, um sich noch eine Zigarette anzuzünden, und als es aufflammte, sah sie die tiefen Höhlen unter seinen Augen, die Haut, die sich straff über seine Wangenknochen spannte, und seinen schmalen Nasenrücken. Er lächelte, als wisse er, was sie gerade dachte.

»Gibt es irgend etwas, wovor du dich nicht fürchtest, wenn du diese Stimmungen hast?«

»Dich«, sagte sie. Das Streichholz ging aus. Was auch geschehen ist, dachte sie. Egal, was du getan hast. Egal, was ich getan habe. Du nie. Hast du gehört?

»Gut«. Er lachte. »Das ist ein Trost.«

»Morgen wird's schön, du wirst sehen. Wir werden glücklich sein.«

»Verlaß dich nicht auf unser Glück. Du solltest es mittlerweile besser wissen«, murmelte er. »Aber du bist die Sorte, die's nie besser weiß. Leider gehören wir beide zu denen, die's nie besser wissen.«

»Bist du müde? Du hörst dich müde an.«

»Ja.« Er seufzte und drehte sich weg. »Ziemlich.« Als sie sagte: »Ich muß Licht machen, ich möchte ein paar Aspirin nehmen«, antwortete er nicht, und sie langte mit dem Arm über ihn hinweg und fand den Schalter für die schwache Glühbirne. Er schlief. Die brennende Zigarette war auf das Laken gefallen.

»Gut, daß ich das bemerkt habe«, sagte sie laut. Sie drückte die Zigarette aus und warf sie aus dem Fenster, fand das Aspirin, leerte den Aschenbecher und schob so den Augenblick hinaus, da sie sich wieder hinlegen und gerade ausstrecken und lauschen und die Augen zumachen mußte, nur um zu fühlen, wie sie wieder aufklappten.

›Schlaf nicht ein‹, dachte sie, als sie so dalag. ›Bleib wach und tröste mich. Ich habe Angst. Es gibt hier etwas, vor dem man Angst haben muß, ich sage es dir. Warum fühlst du das nicht? Als du an dem ersten Tag sagtest, laß uns glücklich sein, da tropfte es irgendwo aus einem Hahn in ein volles Becken, das ergab eine fröhliche, schauerliche Melodie. Hast du sie nicht gehört? Ich hörte sie. Dreh dich nicht weg und seufze und schlafe. Bleibe wach und tröste mich.‹

Niemand wird dich trösten, sagte sie sich, du solltest es besser wissen. Reiß dich zusammen. Es gab eine Zeit, da hattest du keine Angst. Gab es sie? Wann? Wann war das? Natürlich gab es sie. Komm. Reiß dich zusammen, reiß dich auseinander. Es gab eine Zeit. Es gab eine Zeit. Außerdem werde ich gleich schlafen. Es gibt immer den Schlaf, und morgen wird's schön sein.

›Ich wußte, daß es heute schön sein würde‹, dachte sie, als sie die Sonne durch die dünnen Gardinen scheinen sah. ›Der erste schöne Tag, den wir haben.‹

»Bist du wach?« sagte sie. »Heute ist ein schöner

Tag. Ich hatte so einen ulkigen Traum«, sagte sie, während sie noch immer in das Sonnenlicht starrte. »Ich träumte ich liefe durch einen Wald und die Bäume ächzten und dann träumte ich vom Wind in den Telegraphenleitungen, naja, ungefähr so, nur sehr laut. Ich kann es noch hören – wirklich ich schwöre ich denke mir das nicht aus. Ich hab's noch immer im Ohr und es ist ganz anders als alles andere nur daß es ein bißchen wie der Wind in den Telegraphenleitungen ist.«

»Es ist ein herrlicher Tag«, sagte sie und berührte seine Hand.

›Mein Schatz, du bist kalt. Ich hole die eine Wärmflasche und etwas Tee. Ich hole es dir, denn ich fühle mich heute morgen sehr tatkräftig, bleib du ausnahmsweise mal liegen!‹

»Warum antwortest du nicht?«, sagte sie, während sie sich aufsetzte und ihn ansah. »Du machst mir Angst«, sagte sie lauter. »Du machst mir Angst. Wach auf«, sagte sie und schüttelte ihn. Kaum berührte sie ihn, da schwoll ihr das Herz, bis es ihr an die Kehle reichte. Es schwoll und trieb spitze Krallen hervor, und die Krallen packten sie und drangen tief in sie ein. »O Gott«, sagte sie, stand auf, zog die Gardinen auf und sah sein Gesicht in der Sonne. »O Gott«, sagte sie, als sie in sein Gesicht im Sonnenlicht starrte und am Bett niederkniete, seine Hand in den ihren, und nicht mehr sprach und nicht mehr dachte.

Der Arzt sagte: »Sie haben nichts gehört in der Nacht?«

»Ich dachte, es wäre ein Traum.«

»Ach, Sie dachten, es wäre ein Traum. Ich verstehe. Um wieviel Uhr sind sie aufgewacht?«

»Ich weiß nicht. Wir hatten die Uhr im anderen Zimmer, weil sie so laut tickte. Ungefähr um halb neun oder neun, nehme ich an.«

»Sie wußten natürlich, was passiert war.«

»Ich war nicht sicher. Zuerst war ich nicht sicher.«

»Aber was haben Sie gemacht? Es war nach zehn, als Sie anriefen. Was haben Sie denn gemacht?«

Kein Wort des Trostes. Argwöhnisch. Er hat kleine Augen und buschige Augenbrauen und macht ein argwöhnisches Gesicht.

Sie sagte: »Ich zog mir einen Mantel an und ging zu Mr. Ransom, dort gibt's ein Telefon. Ich bin den ganzen Weg gerannt, aber er kam mir lang vor.«

»Aber dafür hätten Sie eigentlich höchstens zehn Minuten gebraucht.«

»Ja, aber er kam mir sehr lang vor. Ich lief, aber ich kam nicht vorwärts. Als ich ankam, war niemand da, und das Zimmer, in dem das Telefon steht, war verschlossen. Die Haustür ist immer offen, aber er schließt das Zimmer ab, wenn er weggeht. Ich ging wieder auf die Straße, aber auch da war niemand. Niemand im Haus und niemand auf der Straße und niemand am Berghang. Viele Laken und Männerhemden hingen flatternd auf einer Leine. Und die Sonne war natürlich da. Es war unser erster Tag. Der erste schöne Tag, den wir hatten.«

Sie sah dem Arzt ins Gesicht, hielt inne und fuhr mit veränderter Stimme fort:

»Ich ging eine Weile auf und ab. Ich wußte nicht, was ich tun sollte. Dann dachte ich, ich könnte die Tür vielleicht aufbrechen. Ich versuchte es und schaffte es. Ein Brett zerbrach, und ich gelangte hinein. Aber es dauerte lange, bis jemand antwortete.«

Sie dachte, ja, natürlich wußte ich es. Ich kam so spät, weil ich noch dableiben und lauschen mußte. Und dann hörte ich es. Es wurde lauter und kam näher, und dann war es bei mir im Zimmer. Ich hörte das Rauschen des Flusses.

Ich hörte das Rauschen des Flusses.

Schlafen Sie Ihren Rausch aus, Lady

Pioniere, o Pioniere

Die beiden Mädchen gingen die glühendheiße Market Street entlang, da stieß Irene ihre Schwester an und sagte: »Sieh mal!«

Sie waren nicht weit vom Markt entfernt, sie konnten den Fisch noch riechen.

Rosalie wandte sich um. Die wenigen weißen Frauen, die sie sah, trugen Sonnenschirme. Die schwarzen Frauen waren barfuß und trugen gestreifte Turbane in lebhaften Farben und Kleider mit hoher Taille. Es war noch im neunzehnten Jahrhundert, im November 1899.

»Da kommt sie«, sagte Irene.

Und da war Mrs. Menzies, die in ihr Haus auf dem Morne ritt, um das Wochenende in einer kühleren Umgebung zu verbringen.

»Guten Morgen«, sagte Rosalie, aber Mrs. Menzies erwiderte den Gruß nicht. Sie ritt vorbei, klipp-klopp, klipp-klopp, in ihrem warmen dunklen Reitkleid, das sie zehn Jahre zuvor aus England mitgebracht hatte, und balancierte dabei ein großes, in Flanell gewickeltes Paket, von dem es herabtropfte, auf den Knien.

»Das ist Stangeneis. Sie mag ihre Getränke kalt«, sagte Rosalie.

»Warum kann sie es sich nicht raufbringen lassen wie alle anderen auch? Die Schwarzen machen sich über sie lustig. Sie sollte sich schämen.«

»Ich seh' nicht ein, warum«, sagte Rosalie trotzig.

»Ach du, du magst verrückte Leute«, spottete Irene. »Du magst Jimmy Longa, und du magst die alte Mama Menzies. Du hast auch Ramage gern gemocht, den widerlichen, fürchterlichen, schrecklichen Ramage.«

Rosalie sagte: »Gestern hast du seinetwegen geweint.«

»Gestern zählt nicht. Mutter sagt, gestern waren wir alle hysterisch.«

Unterdessen waren sie fast zu Hause angelangt, deshalb sagte Rosalie nichts mehr. Aber sie streckte die Zunge heraus, als sie die Treppe zu der langen kühlen Galerie hinaufgingen.

Ihr Vater, Doktor Cox, saß in einem Lehnstuhl neben einem dreibeinigen Tisch.

Auf dem Tisch lagen seine Pfeife, seine Tabaksdose und seine Brille. Außerdem die Wochenausgabe der *Times*, das *Cornhill Magazine*, die *Lancet* und eine westindische Zeitung, die *Dominica Herald and Leeward Islands Gazette*.

Er durfte nicht angesprochen werden, das sahen sie sofort, obwohl die eine erst elf und die andere neun war.

»Mausetot«, murmelte er, als sie an ihm vorbei in das nächste Zimmer gingen, das so gemütlich war mit all seinen Schaukelstühlen, dem Mahagonitisch, den Palmblattfächern, dem Tigerfell, den Familienphotographien, Ansichten von Bettws-y-Coed und dem großen Gemälde mit verwundeten Soldaten im Schnee: Napoleons Rückzug aus Moskau.

Der Doktor hatte seine Töchter nicht bemerkt, denn auch er dachte an Mr. Ramage. Er hatte den Mann gemocht, sich für ihn eingesetzt, seine offenkundige Verschrobenheit immer mit einem Scherz abgetan und rundweg abgestritten, daß er unzurechnungsfähig sei. Ganz falsch. Ramage war wahrscheinlich geisteskrank gewesen, und jetzt war er mausetot. Da war nichts zu machen.

Ramage war zwei Jahre zuvor auf der Insel aufgetaucht, ein gutaussehender Mann in Tropenkleidung – weißer Anzug, roter Leibgurt und Tropenhelm. Nach einer Weile war er es leid, ständig eine bewundernde Schar kleiner Negerjungen im Schlepptau zu haben, und er trug nicht mehr den roten Leibgurt und den Tropenhelm, behielt jedoch stur seine weißen Anzüge bei, obwohl die meisten Männer dunkle Hosen trugen, selbst wenn 32 Grad im Schatten waren.

Miss Lambton, die mit demselben Schiff wie er von Barbados gekommen war, berichtete, er sei ganz gewiß ein Gentleman und auch ein König unter den Männern, wenn es nach seinem Aussehen ging. Aber er war sehr ungesellig. Er lehnte alle Einladungen zu Tanzabenden, zu Tennisspielen und zu Picknicks bei Mondschein ab. Er ging nie in die Kirche und ließ sich auch im Club nicht sehen. Er schien jedoch Doktor Cox zu mögen und kam einmal zu ihnen zum Abendessen. Und Rosalie, die damals sieben Jahre alt war, verliebte sich in ihn.

Obwohl die Kinder nicht viel reden sollten, wenn Gäste dawaren, und gewöhnlich überhaupt nicht unten bleiben durften, machte sie sich nach dem Essen an ihn heran und sagte: »Singen Sie etwas.« (Besucher, die zum Abendessen kamen, sangen hinterher oft etwas vor, das wußte sie genau.)

»Ich kann nicht singen«, sagte Ramage.

»Doch, Sie können.« Der mißbilligende Blick ihrer Mutter brachte sie dazu, erst recht zu insistieren. »Sie können es. Sie können es.«

Er lachte und hob sie auf seine Knie. Den Kopf an seine Brust gelehnt, lauschte sie seinem sanften Brummgesang: »Mäh, mäh, schwarzes Schaf, hast du für mich Woll'? Ja, Sir, ja, Sir, drei Eimer voll.«

Dann hörte man das Neun-Uhr-Böllern vom Fort, und die Mädchen in ihren adretten, gestärkten weißen Kleidern mußten brav Gutenacht sagen und hinauf ins Bett gehen.

Mrs. Cox spielte lustlos eine Partie Whist mit einem Strohmann und zog sich dann ebenfalls zurück. Bei einem Whisky mit Soda erklärte Ramage, er sei mit der Absicht auf die Insel gekommen, ein Anwesen zu kaufen. »Klein und so abgelegen wie möglich.«

»Das dürfte hier nicht schwierig sein.«

»Hör' ich nicht zum erstenmal«, sagte Ramage.

»Haben Sie's schon auf einer der anderen Inseln versucht?«

»Ich bin zuerst nach Barbados gegangen.«

»Klein-England«, sagte der Doktor. »Und?«

»Man hat mir erzählt, daß es verschiedene Grundstücke an dieser neuen Imperial Road gibt, die man hier gebaut hat.«

»Die ist nicht von Dauer«, sagte Doktor Cox. »Nichts ist von Dauer auf dieser Insel. Sie werden sehen, dabei kommt nichts heraus.«

Ramage machte ein verblüfftes Gesicht.

»Es kommt ganz darauf an, wofür Sie das Anwesen haben wollen«, sagte der Doktor, ohne sich auf Erklärungen einzulassen. »Sind Sie darauf aus, Ihr Kapital gut anzulegen, oder was wollen Sie?«

»Ruhe«, sagte Ramage. »Auf Ruhe bin ich aus.«

»Dafür müssen Sie bezahlen«, sagte der Doktor.

»Welchen Preis?« fragte Ramage lächelnd. Er schlug ein Bein über das andere. Sein nackter Knöchel war behaart und dünn, seine Hände waren für einen so kräftigen Mann auffallend lang und schlank.

»Sie werden sehr allein sein.«

»Das ist mir recht«, sagte Ramage.

»Und wenn das Grundstück weit weg von der Straße liegt, müssen Sie die Bäume fällen, die Baumstümpfe verbrennen und ganz von vorn anfangen.«

»Gibt es denn nicht ein Haus, das nicht allzuweit entfernt ist von der Straße?« fragte Ramage.

Der Doktor antwortete ziemlich vage: »Vielleicht gelingt es Ihnen, an eines der älteren Anwesen heranzukommen.«

Er dachte an den jungen Errington und an den jungen Kellaway, die Grundstücke an der Imperial Road gekauft und hart gearbeitet hatten. Aber nach ein oder zwei Jahren hatten sie aufgegeben, das Land billig verkauft und waren nach England zurückgekehrt. Sie hatten die Schwermut, die Einsamkeit in den Wäldern nicht ausgehalten.

Vierzehn Tage später erfuhr Mrs. Cox von Miss Lambton, daß Mr. Ramage Spanish Castle gekauft hatte, das vorletzte der älteren Anwesen. Es war schön, warf aber kaum etwas ab – Pech, sagten die einen, die anderen meinten, es sei schlecht bewirtschaftet worden. Mr. Ramages nächster Nachbar war Mr. Eliot, dem Malgré Tout gehörte. Jetzt hieß es Twickenham.

Danach verschwand Ramage für einige Monate, und eines Nachmittags fragte Mrs. Cox beim Krocketspielen Miss Lambton, ob sie etwas von ihm gehört habe.

»Ein seltsamer Mensch«, sagte sie, »so reserviert.«

»So reserviert nun auch wieder nicht«, meinte Miss Lambton. »Er hat vor ein paar Wochen geheiratet. Er bat mich, es nicht weiterzuerzählen.«

»Unglaublich!« sagte Mrs. Cox. »Und wen?«

Dann kam die ganze Geschichte heraus. Ramage hatte eine Farbige geheiratet, die sich Isla Harrison nannte, obwohl sie keinen Anspruch auf den Namen Harrison hatte. Ihre Mutter war gestorben, und ihre Patin, die alte Miss Myra, hatte sie großgezogen, wie es in der Gegend üblich war. Miss Myra hatte einen Süßwarenladen in der Bay Street, und Isla war sehr bekannt in der Stadt – nur zu bekannt.

»Er nahm sie mit nach Trinidad«, sagte Miss Lambton mit düsterer Miene, »und als sie zurückkamen, waren sie verheiratet. Sie zogen nach Spanish Castle, und seither habe ich nichts mehr von ihnen gehört.«

»Sie ist nicht gerade das, was man ein nettes farbiges Mädchen nennt«, sagte jedermann.

Somit wurden die Ramages von den Weißen gemieden. Von allen gemieden, außer von Doktor Cox. Spanish Castle befand sich in einer Gegend, in der er einmal im Monat zu tun hatte, und als er eines Nachmittags dort vorbeikam, sah er Ramage bei seinem Briefkasten stehen, der an einen Baum genagelt und von der Straße aus zu sehen war. Der Doktor winkte. Ramage winkte ebenfalls und bedeutete ihm, er solle herkommen.

Als sie auf der Veranda Punsch tranken, kam Mrs. Ramage dazu. Sie hatte sich herausgeputzt, roch stark nach billigem Parfüm und sprach mit lauter, aggressiver Stimme. Nein, sie war ganz bestimmt kein nettes farbiges Mädchen.

Der Doktor gab sich Mühe, eine Unterhaltung zu führen – vielleicht zu sehr, denn als er das nächste Mal in Spanish Castle vorsprach, hörte er, wie jemand innen im Haus eine Tür zuschlug, und ein grinsender Junge sagte ihm, Mr. Ramage sei ausgegangen.

»Und Mrs. Ramage?«

»Die Mistress ist nicht zu Hause.«

Am Ende des Wegs, der vom Haus zur Straße führte, blickte der Doktor zurück und sah, wie sie aus einem Fenster in seine Richtung spähte.

Er schüttelte den Kopf, aber er ging nicht wieder

dorthin, und man verlor das Paar aus den Augen, aus dem Sinn.

Es war Mr. Eliot, der Besitzer von Twickenham, der die Geschichte ins Rollen brachte. Er war mit seiner Frau im Wald und besah sich ein paar junge Muskatnußbäume an der Grenze zu Ramages Grundstück. Sie hatten einen Boy dabei, der Feuer gemacht und Teewasser aufgesetzt hatte. Sie blickten hoch und sahen, wie Ramage zwischen den Bäumen auftauchte. Seine Haut war tief gebräunt, das Haar ging ihm bis auf die Schultern, der Bart bis zur Brust. Er trug Sandalen und einen Ledergürtel, an dem auf der einen Seite eine Machete hing, auf der anderen ein großer Beutel. Sonst hatte er nichts an.

»Wenn der Mann«, sagte Mr. Eliot später, »sich bei meiner Frau entschuldigt hätte, wenn er sich auch nur im geringsten der Tatsache bewußt gewesen wäre, daß er splitternackt war, hätte ich von der ganzen Sache kein Aufhebens gemacht. Man lernt weiß Gott tolerant sein in dieser elenden Gegend. Aber nicht die Spur. Er starrte sie unverwandt an und platzte dann heraus: ›Was für ein unbequemes Kleid – und so häßlich!‹ Meine Frau wurde ganz rot. Dann sagte sie: ›Mr. Ramage, das Wasser kocht gleich. Mögen Sie eine Tasse Tee?‹«

»Das war schlagfertig«, sagte der Doktor. »Was sagte er daraufhin?

»Nun, er schien ziemlich durcheinander. Er verbeugte sich tief, genauso als wenn er etwas angehabt hätte, und erklärte, er trinke nie Tee. ›Ich habe die dummme Angewohnheit, Selbstgespräche zu führen. Ich bitte um Verzeichung‹, sagte er, und weg war er. Wir gingen nach Hause, und meine Frau schloß sich im Schlafzimmer ein. Als sie wieder herauskam, wollte sie zuerst nicht mit mir sprechen, dann sagte sie, Ramage habe ganz recht, es sei mir einerlei, wie sie aussehe, deswegen sei es ihr jetzt auch einerlei. Sie sagte, ich sei gemein. Gemein! Das lass' ich mir nicht bieten«, sagte Mr. Eliot empört. »Er ist verrückt. Mit einer Machete in der Gegend herumzulaufen! Er ist gefährlich.«

»Oh, das glaub' ich nicht«, sagte Doktor Cox. »Er hat wahrscheinlich seine Sachen in der Nähe liegen lassen und wußte nicht, wie er das erklären sollte. Vielleicht ziehen wir tatsächlich zuviel an. Die Sonne kann einem guttun. Sie ist die allerbeste Medizin. Hätten Sie wie ich gesehen –«

Mr. Eliot fiel ihm auf der Stelle ins Wort. Er wußte, wenn der Doktor erst einmal anfinge, über seine unorthodoxen Methoden zu sprechen, würde es eine ganze Weile dauern.

»Davon versteh' ich nichts. Aber trotzdem will ich Ihnen sagen, mir ist die Vorstellung sehr unangenehm, daß ein nackter Mann mit einer Machete in der Nähe meines Grundstücks herumspaziert. Wirklich äußerst unangenehm. Ich muß Rücksicht auf meine Frau und meine Tochter nehmen. Es sollte etwas geschehen.«

Eliot erzählte seine Geschichte jedem, der sie hören wollte, und die Ramages wurden zum wichtigsten Gesprächsthema.

»Anscheinend«, erzählte Mrs. Cox ihrem Mann,

»trägt er immerhin normalerweise Hosen und sogar einen alten Mantel, wenn es regnet, aber einige Leute haben ihn schon nackt in einer Hängematte auf der Veranda liegen sehen. Du solltest bei ihm vorbeischauen und mit ihm reden. Man sagt«, fügte sie hinzu, »daß die beiden sich bis aufs Blut bekämpfen. Er macht sich sehr unbeliebt.«

Also machte Doktor Cox bei seinem nächsten Besuch in der Gegend in Spanish Castle halt. Als er den Weg durch den Garten zum Haus ging, fiel ihm auf, wie verwahrlost und verlassen das Grundstück aussah. Der Rasen war nicht gemäht, und die Veranda war offensichtlich seit Tagen nicht mehr gefegt worden.

Der Doktor blieb unschlüssig stehen, dann klopfte er an die Tür zum Wohnzimmer, die offenstand. »Hallo«, rief Ramage aus dem Inneren des Hauses, und dann erschien er, lächelnd. Er trug einen seiner Leinenanzüge, der sauber und gebügelt war, und Haare und Bart waren gestutzt.

»Sie sehen sehr gut aus«, sagte der Doktor.

»Ja, ich fühle mich großartig. Setzen Sie sich, ich hole Ihnen etwas zu trinken.«

Es schien niemand außer ihm im Haus zu sein.

»Die Dienstboten sind alle weggelaufen«, erklärte Ramage, als er mit dem Punsch wieder auftauchte.

»Ach du liebe Zeit, tatsächlich?«

»Ja, aber ich habe eine alte Frau im Dorf gefunden, die herkommen und kochen wird.«

»Und wie geht es Mrs. Ramage?«

In diesem Augenblick hörte man, wie etwas dumpf

auf der Hausmauer aufschlug, dann noch einmal, und dann ein drittes Mal.

»Was war das?« fragte Doktor Cox.

»Jemand hat Steine geworfen. Das kommt manchmal vor.«

»Warum um Himmels willen?«

»Ich weiß nicht. Fragen Sie die Leute.«

Dann wiederholte der Doktor, was Eliot erzählt hatte, aber ohne daß er es wollte, klang die Geschichte harmlos, ja sogar spaßig.

»Ja, es tat mir sehr leid«, sagte Ramage beiläufig. »Sie erschreckten mich genauso, wie ich sie erschreckte. Ich war nicht darauf gefaßt, irgend jemandem zu begegnen. Das war ein bißchen Pech, aber es wird nicht wieder vorkommen.«

»Es war Pech, daß es ausgerechnet Eliot war«, sagte der Doktor.

Und damit war das Gespräch zu Ende. Als er aufstand und wegging, hatte er keinen Rat gegeben, keine Warnung ausgesprochen.

»Sind Sie sicher, daß hier alles in Ordnung ist?«

»Ja, natürlich«, erwiderte Ramage.

»Das ist alles Unsinn«, sagte der Doktor abends zu seiner Frau. »Der Mann ist kerngesund, es fehlt ihm überhaupt nichts.«

»War Mrs. Ramage da?«

»Nein, sie war Gott sei Dank weg.«

»Ich habe heute morgen gehört«, sagte Mrs. Cox, »daß sie verschwunden ist. Daß man sie seit Wochen nicht mehr gesehen hat.«

Der Doktor lachte herzlich. »Warum kann man die beiden nicht in Ruhe lassen? So ein Unsinn!«

»Ja, aber merkwürdig ist es schon, oder nicht?« sagte Mrs. Cox, und sie lächelte nicht dabei.

»Alles Unsinn«, wiederholte der Doktor einige Tage später, denn die Leute, aufgehetzt von Mr. Eliot, sprachen gehässig über Mr. Ramage, und Doktor Cox konnte sie nicht daran hindern. Mrs. Ramage war nicht in Spanish Castle, und sie war auch nicht in der Stadt. Wo war sie also?

Man fragte die alte Myra aus. Sie sagte, sie habe ihre Patentochter nicht gesehen und »seit langem« auch nichts von ihr gehört. Der Polizeiinspektor bekam zwei anonyme Briefe – der Absender des ersten wußte angeblich »alles was passieren in Spanish Castle eines Nachts«; der andere behauptete, daß Zeugen Angst hätten, an die Öffentlichkeit zu treten und gegen einen Weißen auszusagen.

Die *Gazette* publizierte einen feurigen Artikel:

»›Die sogenannte ›Imperial Road‹ sollte vermögende junge Engländer dazu animieren, Grund und Boden im Landesinneren zu kaufen und nutzbar zu machen. Dieses kostspielige Experiment war nicht von Erfolg gekrönt, und einer der letzten dieser Herren Plantagenbesitzer betrachtete sich als König der Kannibaleninseln vom Augenblick seiner Ankunft an. Aus zuverlässiger Quelle wissen wir, daß er durch sein höchst exzentrisches Benehmen seinen Nachbarn außerordentlich belästigt hat. Nun aber ist die ganze Angelegenheit sehr viel ernster geworden...«

Er endete damit: »Die schwarze Bevölkerung nimmt viel hin; muß sie aber auch einen bestialischen Mord hinnehmen und die Tatsache, daß er nicht geahndet wird?«

»Sie erwarten doch nicht, daß ich all diese Lügen glaube, oder?« sagte Doktor Cox zu Mr. Eliot, und Mr. Eliot antwortete: »Dann werde ich es mir zur Aufgabe machen, die Wahrheit herauszufinden. Der Mann ist gefährlich, wie ich von Anfang an gesagt habe, und man muß entsprechend mit ihm umgehen.«

»Lieber Ramage«, schrieb Doktor Cox. »Ich muß Ihnen leider mitteilen, daß über Sie und Ihre Frau dumme und gefährliche Gerüchte verbreitet werden. Ich brauche wohl kaum zu sagen, daß niemand, der auch nur einen Funken Verstand hat, sie ernstnimmt, aber die Leute hier regen sich leicht auf und sind schnell bereit, irgendwelchen Unruhestiftern Glauben zu schenken. Daher rate ich Ihnen dringend, dem Gerede umgehend ein Ende zu bereiten und, falls notwendig, mit rechtlichen Mitteln dagegen vorzugehen.«

Aber der Doktor bekam keine Antwort auf diesen Brief, denn am nächsten Morgen wurde in der Stadt bekannt, daß es in der Nacht zuvor in Spanish Castle zu Ausschreitungen gekommen war.

Eine Gruppe junger Männer und Halbwüchsiger sowie einige Frauen waren zu Ramages Haus gegangen und hatten Steine geworfen. Es war eine mondhelle Nacht. Ramage war auf die Veranda gekommen und stand ihnen gegenüber. Er war weiß gekleidet und sah sehr groß aus, sagten sie, wie ein Zombie. Er sagte etwas, was niemand hörte; ein Mann rief »weißer Zombie« und warf einen Stein nach ihm, der ihn traf. Ramage ging ins Haus und kam mit einer Schrotflinte wieder. Über das, was danach geschehen war, gingen die Versionen weit auseinander. Er hatte geschossen und eine Frau getroffen, die vorne stand... Nein, er hatte einen kleinen Jungen ganz hinten getroffen... Er hatte überhaupt nicht geschossen, hatte es aber angedroht. Nur darin war man sich einig, daß bei dem Gedränge, als die Leute wegrannten, etliche zu Boden geworfen und verletzt worden waren, eine Frau sogar schwer.

Es ging außerdem das Gerücht, daß Männer und Halbwüchsige aus dem Dorf vorhätten, Spanish Castle niederzubrennen, und Ramage möglichst noch dazu. Danach gab es kein Zögern mehr. Am darauffolgenden Tag ging eine ganze Prozession durch den Garten bis zum Haus – der Polizeiinspektor, drei Polizisten und Doktor Cox.

»Er muß zu all dem eine Erklärung abgeben«, sagte der Inspektor.

Alle Türen und Fenster standen offen, und sie fanden Ramage und die Schrotflinte, aber sie erhielten keine Erklärung. Er war seit einigen Stunden tot.

Seine Beerdigung war ein eindrucksvolles Erlebnis. Viele kamen aus Neugier, viele, weil sie sich schuldig fühlten, obwohl es hieß, sein Tod sei »ein Unfall« gewesen. Denn hinter dem Sarg ging Mrs. Ramage, die die alte Myra schleunigst hatte kommen lassen. Sie war bei Verwandten in Guadelupe gewesen. Danach gefragt, weshalb sie sich so klammheimlich davongemacht habe – mit einem Fischerboot von der anderen Seite der Insel aus –, antwortete sie mürrisch, sie wolle nicht, daß andere sich in ihre Angelegenheiten einmischten, sie wisse, wie die Leute über alles redeten. Nein, sie hatte keine Gerüchte über ihren Mann gehört, und die *Gazette* – eine englischsprachige Zeitung – las man in Guadelupe nicht.

»Eben, eben, seit wann muß das Mädchen jedem sagen, wo sie hingeht, und haarklein erzählen, was sie macht«, schwätzte Myra nach.

Es war schönes Wetter, und auf dem Weg zum anglikanischen Friedhof hatten viele Tränen in den Augen.

Aber gleich danach richtete sich die öffentliche Meinung gegen Ramage.

»Sein Tod war eigentlich ein Glück im Unglück«, sagte eine Dame. »Er war offensichtlich verrückt, der arme Mensch – in der Sonne sitzen mit nichts auf dem Leib. Noch viel Schlimmeres hätte passieren können.«

›Heute ist Allerseelen‹, dachte Rosalie, als sie vor dem Zubettgehen am Fenster ihres Schlafzimmers stand. Sie wünschte, Mr. Ramage hätte auf dem katholischen Friedhof beerdigt werden können, wo die Kerzen den ganzen Tag brannten, fast unsichtbar im Sonnenlicht. Wenn es Nacht wurde, funkelten sie wie Glühwürmchen. Die Gräber waren mit Blumen bedeckt – die einen waren echt, andere aus rotem oder gelbem Papier oder aus Goldpapier ausgeschnitten. Manchmal lag ein Brief auf einem Grab, mit einem Stein beschwert, und die Schwarzen sagten, die Briefe seien am nächsten Morgen verschwunden. Aber wohin? Wer würde in der Nacht vor Allerseelen Briefe stehlen? Doch die Briefe waren verschwunden.

Der anglikanische Friedhof, der nicht weit weg war, am Fuß des Hügels, war verlassen und still. Die Protestanten glaubten, wenn man tot sei, sei man eben tot.

Wenn er einen Brief bekäme..., dachte sie.

»Liebster Mr. Ramage«, schrieb sie und wurde dann so traurig, daß sie zu weinen anfing.

Zwei Stunden später kam Mrs. Cox ins Zimmer und fand ihre Tochter schlafend im Bett vor; auf dem Tisch daneben lag der angefangene Brief. Mrs. Cox las ihn, runzelte die Stirn, preßte die Lippen zusammen, zerknüllte dann das Blatt und warf es aus dem Fenster.

Ein starker Wind wehte, und sie sah zu, wie das Blatt zielstrebig die Straße hinunterwirbelte. Als ob es genau wüßte, wohin es ging.

Adieu Marcus, adieu Rose

»Als ich zum erstenmal den alten Tschako trug«, sang Kapitän Cardew, »'s ist zehn, zwanzig, dreißig, vierzig, fünfzig Jahre her...«, und Phoebe fand, er habe eine wunderbare Baßstimme. Nun war er schon zum zweitenmal gekommen, um sie auf einen Spaziergang mitzunehmen, und wieder hatte er ihr eine große Pralinenschachtel mitgebracht.

Kapitän Cardew und seine Frau hatten den Winter auf Jamaika verbracht und von dort aus die kleine Insel besucht, auf der Phoebe wohnte. Sic fanden die Gegend so anziehend und unberührt, daß sie sich zum Bleiben entschlossen, und dachten sogar daran, ein Haus zu kaufen und sich dort für immer niederzulassen.

Er war nicht nur ein sehr stattlicher alter Mann, sondern auch ein Held, der tapfer in einem lange Zeit zurückliegenden Krieg gekämpft hatte, einem Krieg, von dem Phoebe glaubte, daß es ihn nur in Geschichtsbüchern gebe. Er war verwundet worden und hatte sich einer schwierigen Operation ohne Betäubungsmittel unterziehen müssen. Betäubungsmittel waren damals noch nicht erfunden. (Lieber nicht zuviel darüber nachdenken.)

Man hatte ihr deutlich zu verstehen gegeben, wie nett es von ihm sei, daß er sich mit einem kleinen Mädchen wie ihr abgab. Trotzdem mochte sie ihn, er war stets so zuvorkommend höflich zu ihr, behandelte sie, als wäre sie ein erwachsenes Mädchen. Er war ein ruhiger, gelassener Mann und wurde nur ärgerlich, wenn man ihn zu oft mit »Kapitän« ansprach. Manchmal verlor er die Beherrschung und sagte dann laut Dinge wie: »Was glauben Sie, von was ich jetzt Kapitän bin – von einem Penny a Liner*?« Was war ein Penny a Liner? Sie fand es nie heraus.

Es war schönes Wetter an dem Nachmittag, als sie aufbrachen. Phoebe trug eine weiße Bluse mit einem Matrosenkragen, einen langen, weiten weißen Rock, schwarze Strümpfe, schwarze Knöpfstiefel und einen großen, breitkrempigen weißen Hut, der sorgsam mit einem Gummiband unter ihrem Kinn befestigt war.

Als sie im Botanischen Garten angekommen waren, schlug sie vor, ihn zu einer schattigen Bank zu führen, und gemächlich gingen sie zu dem abgelegenen Teil des Gartens, von dem sie gesprochen hatte, und setzten sich unter einen großen Baum. Jenseits seines Schattens konnten sie die tanzenden gelben Flecken des Sonnenlichts sehen.

»Haben Sie etwas dagegen, wenn ich meinen Hut abnehme? Das Gummiband tut mir weh«, sagte Phoebe.

»Dann nimm ihn ab, nimm ihn doch ab«, sagte der Kapitän.

* Unübersetzbares Wortspiel: *liner* = Passagier-, Überseedampfer; *penny-a-liner:* Schreiberling, Zeilenschinder (Anm. d. Übers.).

Phoebe nahm den Hut ab und begann in einem, wie sie hoffte, erwachsenen Ton über den Verwalter, Mr. Harcourt-Smith, zu sprechen, der eigentlich erst den Garten so schön gemacht hatte, wie er nun war. Er war aus einem Ort in England namens Kew gekommen. Hatte er je davon gehört?

Ja, er hatte davon gehört. Dann fragte er: »Wie alt bist du, Phoebe?«

»Ich bin zwölf«, sagte Phoebe, »– und ein bißchen drüber.«

»Oho!« sagte der Kapitän. »Dann bist du bald alt genug, um einen Schatz zu haben!« Seine Hand, die ruhig auf der Bank gelegen hatte, bewegte sich blitzschnell auf sie zu, tauchte in ihre Bluse und schloß sich um eine sehr kleine Brust. »Ganz bestimmt alt genug«, stellte er fest.

Phoebe blieb vollkommen regungslos sitzen. ›Er macht einen Fehler, einen sehr großen Fehler‹, dachte sie. ›Wenn ich mich nicht bewege, wird er seine Hand wieder wegtun und überhaupt nicht richtig merken, was er getan hat.‹

Der Kapitän machte jedoch keinerlei Anstalten dazu. Sein Atem ging ziemlich schwer; da kam ein Paar um die Ecke geschlendert. Ruhig, ohne Hast zog er seine Hand zurück, und nach einer Weile sagte er: »Vielleicht sollten wir jetzt nach Hause gehen.«

Phoebe, die völlig aufgewühlt war, sagte nichts. Sie gingen aus dem Schatten in die Sonne, und im Gehen blickte sie zu ihm auf wie zu einem alten, doch alterslosen Gott. Er sprach von gewöhnlichen Dingen in einem gewöhnlichen Ton, und sie beschloß, niemandem zu erzählen, was geschehen war. Niemandem. Es war etwas, worüber man unmöglich reden konnte. Außerdem würde keiner so recht glauben, wie es dazu gekommen war, und ob man ihr glaubte oder nicht, ihr würde man die Schuld geben.

Wenn er derart zerstreut war – denn gewiß konnte es nichts anderes als Zerstreutheit gewesen sein –, sollten die Spaziergänge vielleicht aufhören. Sie konnte sich damit entschuldigen, daß sie Kopfweh hatte. Aber das würde man nur einmal gelten lassen. Die Spaziergänge fanden weiterhin statt. Sie gingen in den Botanischen Garten oder hinauf auf den Morne, einen Hügel, der die Stadt überragte. Es gab dort Bänke und Sitzplätze, aber nur wenige Häuser, und man begegnete kaum jemandem.

Er rührte sie nie wieder an, doch während der ganzen langen hellen Nachmittage sprach Kapitän Cardew von der Liebe, und Phoebe hörte zu, schockiert und fasziniert. Manchmal bezweifelte sie, was er sagte: Ganz gewiß war es unmöglich, ganz und gar unmöglich. Manchmal war sie drauf und dran, zu ihm zu sagen, wie ein kleines Kind: »Ich will heim«, anstatt: »Sie sollten mir so etwas nicht erzählen.« Er spürte es immer, wenn sie sich so fühlte, und wechselte dann sofort das Thema, erzählte ihr amüsante Geschichten aus seinem Leben, von der Zeit, als er als junger Offizier in Indien gewesen war.

»Das findest du heiß?« sagte er zum Beispiel. »Hier ist es nicht heiß. In Indien, da ist es heiß. Manchmal bleibt einem nur noch übrig, seine Kleider auszuziehen und dafür zu sorgen, daß der *punkah** funktioniert.

Oder er sprach über London, wie es vor langer Zeit gewesen war. Jemand – war es Byron gewesen? – hatte gesagt, daß Frauen niemals so wenig anziehend seien wie beim Essen, und es war auch heute noch unelegant, wenn sie mit herzhaftem Appetit aßen. Dieser Mann hatte staunend zugesehen, wie die ätherischen Geschöpfe geziert an ihrem Essen pickten und dann fast unberührte Teller wegtragen ließen. Einmal hatte er beobachtet, wie ein Dienstmädchen mit Speisen beladene Tabletts zu den Schlafgemächern hochtrug, und das Geheimnis war gelüftet.

Doch diese Geschichten unterbrachen nur die endlosen Vorträge über die Liebe, die verschiedenen Arten des Liebesspiels, die verschiedenen Sorten von Liebe. Er erklärte, daß die Liebe nicht freundlich und sanft sei, wie sie sie sich vorgestellt hatte, sondern gewalttätig. Gewalttätigkeit, ja sogar Grausamkeit waren ein wesentlicher Bestandteil davon. Darüber pflegte er sich auszulassen, es schien sein Lieblingsthema zu sein.

Die Spaziergänge waren schon eine Weile fortgesetzt worden, als Edith, die Frau des Kapitäns, die ziemlich viel jünger war als ihr Mann, Verdacht schöpfte und sehr sarkastische Bemerkungen zu machen begann. Eines Abends, als die ganze Gesellschaft auf den Morne gestiegen war, um den Sonnenuntergang zu betrachten, sagte Edith, nach einem langen Blick auf Phoebe, zu ih-

* eine Art Ventilator (Anm. d. Übers.)

rem Mann: »Glaubst du wirklich, daß dieser Aufwand der Mühe wert ist?« Kapitän Cardew sagte nichts. Ohne eine Miene zu verziehen, sah er zu, wie die Sonne unterging, und bemerkte dann, es sei völlig richtig, daß der einzige Weg, eine Versuchung loszuwerden, darin bestehe, ihr nachzugeben.

Phoebe hatte Edith nie besonders gemocht. Nun wurde sie ihr unsympathisch. Eines Nachmittags, als sie beide allein im Zimmer waren, sagte Edith: »Siehst du, wie weiß mein Haar wird? Daran bist du schuld.« Und als Phoebe wahrheitsgemäß entgegnete, sie sehe keine weißen Haare, warf sie ihr vor: »Was für eine schreckliche kleine Lügnerin du bist!«

Danach hatte sie wohl mit Phoebes Mutter gesprochen, einer schweigsamen, zurückhaltenden Frau, die nichts zu ihrer Tochter sagte, sie jedoch irritiert und ungläubig, ja sogar etwas argwöhnisch zu beobachten begann. Phoebe wußte, daß sie sehr bald ausgefragt werden würde, daß sie Erklärungen würde abgeben müssen.

So war sie mehr als nur ein bißchen erleichtert, als Edith Cardew ankündigte, sie hätten ihre ursprüngliche Idee, den Rest des Winters auf der Insel zu verbringen, ganz aufgegeben und würden mit dem nächsten Schiff nach England zurückkehren. Als Kapitän Cardew sich am Abend, bevor sie abfuhren, förmlich verabschiedet hatte, hatte Phoebe gelächelt und ihm die Hand gegeben, ohne sich dessen recht bewußt zu sein, daß sie ihn höchstwahrscheinlich nie wiedersehen würde.

Vor ihrem Schlafzimmerfenster war ein flaches Dach. In schönen warmen Nächten lag sie oft im Nachthemd dort draußen und sah zu den riesigen, funkelnden Sternen hinauf. Einmal hatte sie versucht, ein Gedicht über sie zu schreiben, war aber nicht über die erste Zeile hinausgekommen: »Meine Sterne. Vertraute Juwelen.« Doch in jener Nacht erkannte sie, daß sie es nie zu Ende schreiben würde. Die Sterne waren keine Juwelen. Sie waren nicht vertraut. Sie waren kalt, unendlich weit weg und über alles erhaben.

Das Dach ging auf den Hof, und sie konnte Victoria und Joseph draußen vor der Speisekammer reden und lachen hören; dann mußten sie weggegangen sein, und es war ganz still.

Sie war allein im Haus, denn sie war nicht mit den anderen gegangen, um die Cardews zum Schiff zu begleiten. Sie war sich sicher, daß ihre Mutter, nun, da sie fort waren, sie höchstwahrscheinlich nicht ausfragen würde, und begann sich dann zu überlegen, warum er so sicher hatte sein können, daß sie nicht nur nie jemandem etwas erzählen würde, sondern auch, daß sie keinerlei Versuch machen würde, ihn zum Schweigen zu bringen. Das konnte nur heißen, daß er sofort gemerkt hatte: Sie war kein braves Mädchen – das protestieren würde –, sondern ein schlimmes Mädchen – das zuhören würde. Er mußte es gewußt haben. Er wußte es. Es war so.

Es war so, und sie war darüber nicht so sehr unglücklich, sondern es war ihr eher unbehaglich, ja beklommen zumute. Es war, als trüge sie ein Kleid, das viel zu groß für sie war, ein Kleid, in dem sie völlig verschwand.

War es nicht ziemlich schwierig, ein schlimmes Mädchen zu sein? Sogar noch schwieriger, als ein braves Mädchen zu sein? Und im übrigen, sagten nicht die Nonnen, daß Keuschheit in Gedanken, Worten und Taten der kostbarste Besitz sei? Sie erinnerte sich daran, wie Schwester Sacred Heart, die ihr die zweitliebste von allen Lehrerinnen war, in ihrem schönen englischen Tonfall vorgetragen hatte:

»*So teuer ist dem Himmel heil'ge Keuschheit...*«

Wie ging es weiter? Es kam darin außerdem vor: »*tausend livrierte Engel bedienen sie...*«

›Tausend livrierte Engel‹ – jetzt nicht mehr. Der Gedanke, irgend etwas Unersetzliches verloren zu haben, machte sie traurig. Dann sagte sie sich, daß sie sich jedenfalls keine Gedanken mehr zu machen brauchte, ob sie heiraten würde oder nicht. Die älteren Mädchen, die sie kannte, sprachen viel vom Heiraten, manche von kaum etwas anderem. Und sie schienen sich ihrer Sache so sicher. Kaum hätten sie sich die Haare aufgesteckt und angefangen, zu Tanzereien zu gehen, würden sie schon einen gutaussehenden (und reichen) Mann heiraten. Dann ginge es los, das Vergnügen, erwachsen und wichtig zu sein und das zu tun, was man wollte, anstatt das, was man geheißen wurde. Und eine lange lange Zeit weitergehen.

Doch sie hatte immer bezweifelt, daß ihr das passieren würde. Selbst wenn plötzlich Scharen von reichen und gutaussehenden Männern auftauchten – würde sie eine der Auserwählten sein?

If no one ever marries me
And I don't see why they should
For nurse says I'm not pretty
And I'm seldom very good...

Genau so war es.

Immerhin hatte die Sache ihr Gutes. Sie fühlte sich jetzt sehr erfahren, sehr erwachsen, sie konnte diese kindischen Sorgen vergessen. Sie konnte kaum glauben, daß sie noch vor ein paar Wochen wie alle andern insgeheim Listen für ihre Aussteuer gemacht und die Namen ihrer drei Kinder bestimmt hatte. Jack. Marcus. Und Rose.

Und jetzt adieu Marcus. Adieu Rose. Was auf sie zukommen würde, mochte schwierig und ungewiß sein, doch es war bei weitem aufregender.

Das Fest für den Bischof

Als ich vor fünfundzwanzig Jahren Dominica verließ, gab es keine Hotels, nur eine kleine, von drei Schwestern geführte Pension. Die wenigen Leute, die länger bleiben wollten, mieteten gewöhnlich ein Haus. Daher war ich erleichtert, als ich das große kühle Zimmer im La Paz sah. Es gab ein Badezimmer und Toiletten mit Wasserspülung. Alles war in Ordnung.

Am nächsten Tag schickte mir eine alte Freundin meiner Mutter Blumen, und es kam ein Brief von Mutter Mount Calvary, die ich sehr geliebt hatte; sie war die Oberin des Klosters, in das ich zur Schule gegangen war. Sie schrieb: »Willkommen daheim in Dominica. Besuch uns heute nachmittag um vier. Wie hätte ich dich vergessen können?«

Ich bat den Chauffeur des Wagens, den wir gemietet hatten, mich zum Kloster zu fahren. Er erzählte mir, das alte Kloster, das ich gekannt hatte, sei verkauft worden, und die Nonnen lebten nun in einem viel kleineren Gebäude. Sie würden bald nach England zurückgehen und durch Nonnen eines belgischen Ordens ersetzt. »Hab' gehört, die alte Nonne sagt, sie will nich gehn, aber sie wird bald merken, daß sie muß.«

»Ist es eigentlich nicht eine Schande«, sagte ich, »sie wegzuschicken, wenn sie hier so hart gearbeitet haben, ihr ganzes Leben lang?«

Er sagte: »Sie sind sowieso zu alt zum Arbeiten.«

Mutter Mount Calvary – »Gute Mutter« hatten wir sie immer genannt – lächelte, als sie mich begrüßte, und wirkte fast genauso fröhlich, wie ich sie in Erinnerung hatte. Als sie zu lächeln aufhörte, fiel mir auf, daß ihr Gesicht sehr melancholisch und alt aussah. Wir saßen im Garten, zusammen mit zwei anderen Nonnen, die ich nicht zu kennen glaubte. Eine der beiden bemerkte, daß ich mich sehr verändert hätte.

»Sie hat sich überhaupt nicht verändert«, sagte Mutter Mount Calvary in scharfem Ton.

Als ich die Nonne wieder ansah, erkannte ich etwas an ihrem Gesichtsausdruck wieder. Sie war die kleine irische Nonne, die ich einmal gesehen hatte, wie sie ihrem Spiegelbild in einer Regentonne zulächelte. Jetzt hatte sie keine Grübchen mehr. Sie war eine furchtsame alte Dame.

Das war also das Ende der Fehde zwischen dem Kloster und der Diözese, die bei dem Fest für den neuen Bischof begonnen hatte.

Wir hatten alle für ein Geschenk für den neuen Bischof gespendet. Es war ein Lehnstuhl, den er bekommen sollte, wenn er sich die Aufführung zur Feier seines Amtsantritts ansehen würde. Wir waren aufgeregt wegen dieser Aufführung.

Der Abend der Veranstaltung kam. Wir drängten uns

in den Kulissen und hörten einem Mädchen zu, das *Partant pour la Syrie* vortrug; es war der erste Punkt auf dem Programm. Sie wirkte überhaupt nicht nervös. Ihre Stimme klang klar und sicher:

»Partant pour la Syrie le jeune et beau Dunois
Venait prier Marie de bénir ses exploits.
›Faites, Reine Immortelle‹, lui dit-il en partant,
›Que j'aime la plus belle et sois le plus vaillant.‹«

Louise war schon angezogen für ihr Lied *L'Anglaise à Paris*, eine milde Satire auf Engländerinnen in Paris und der nächste Programmpunkt, als Schwester St. Edmund hereingehastet kam und uns sagte, ohne irgendwelche Gründe anzugeben, das Programm sei geändert worden. *L'Anglaise à Paris* hatte man gestrichen, statt dessen sollte ein ausgewählter Chor *Killarney* singen.

Bestürzung, Gekicher.

»Seid nicht albern, Kinder«, sagte Schwester St. Edmund. »Singt laut und gebt euer Bestes. Ihr kennt alle den Text.«

»Das wird ihm genausowenig gefallen«, sagte Schwester Sacred Heart. Aber Schwester St. Edmund feuerte uns an:

»By Killarney's lakes and fells,
Emerald isles and winding bays...«

Von der Bühne aus konnten wir den Bischof in seinem neuen Lehnstuhl thronen sehen, Mutter Mount Calvary neben ihm. Eine zahlreiche Zuhörerschaft, bestehend aus Verwandten und Freunden, verteilte sich bis ganz hinten im Raum.

»... Beauty's home, Killarney,
Heaven's reflex, Killarney.«

Der Vorhang fiel. Jemand spielte eine Mazurka von Chopin, und alles ging mehr oder weniger glatt weiter; dann kam eine Reihe von lebenden Bildern, der wichtigste Teil des Programms.

Das erste stellte das Abendmahl mit Maria Magdalena zu Füßen Christi dar. Keiner der Apostel kam vor. Delia Paulsons Haar war genau richtig – sie spielte Maria Magdalena –, ihr Gesicht allerdings, das nicht zu sehen war, hätte überhaupt nicht zu der Rolle gepaßt. Mildred Watts war Jesus Christus. Sie war schön, genau wie Jesus. Die Nonnen hatten ihr einen kleinen Bart angeklebt, und sie sah über Marias Kopf hinweg in die Ferne. (Ich fand, Christus hätte Maria ruhig ansehen können, doch vermutlich hatten die Nonnen Mildred gesagt, sie solle es nicht tun.) Wie auch immer, Seine Hand war jedenfalls zu einer ziemlich zerstreuten Segensgeste erhoben.

Das nächste Bild zeigte den Tod der heiligen Cäcilia, der Patronin der Musik. Eine Statue von ihr stand auf dem Klavier, auf dem ich übte, und ich hatte immer das Gefühl, sie sähe mich äußerst streng an, wenn ich die Walzer von Rodolphe Berger statt meiner Tonleitern spielte. Die heilige Cäcilia lag lächelnd auf einem Sofa und hatte einen Finger über drei andere gelegt, als Symbol dafür, daß sie an die Dreieinigkeit glaubte.

So wurden weitere Bilder vorgeführt, und wir spähten zu dem Bischof hinüber, doch er applaudierte nicht. Der alte Bischof hatte immer laut in die Hände geklatscht und gelächelt, aber dieser Bischof wirkte sehr gelangweilt.

Als das Programm zu Ende war, marschierten wir auf die Bühne, um die kleine Rede zu hören, in der der Bischof seinen Dank und seine Anerkennung aussprechen würde. Es entstand eine Pause, denn aus irgendeinem Grund schien er nicht aufstehen zu können. Er legte die Hände auf die Armlehnen, blickte grimmig und versuchte es noch einmal. Vergeblich.

Bald war klar, was geschehen war; er war an dem Sessel kleben geblieben, den man zum Lackieren gegeben hatte und auf dem der Lack noch nicht ganz trocken war. Ein paar der Nonnen wirkten besorgt und eilten hin, um ihm zu helfen, aber Mutter Oberin, die immer für einen Spaß zu haben war, konnte sich ein breites Lächeln nicht verkneifen. Genau in dem Augenblick, als sie lächelte, sah der Bischof direkt zu ihr hin, ihre Blicke trafen sich, und sie unterdrückte das Lächeln, doch es war zu spät.

Bald danach kam er in die Schule und gab uns ein Diktat. Mir gefiel die purpurrote Farbe seines Käppchens, doch sein Gesicht fand ich schrecklich. Der alte Bischof hatte eine helle Stimme gehabt, seine war dumpf und dröhnend. Er diktierte: »Ich habe einen Hund. Er heißt Toby. Er kann bellen und beißen...«

So fing es an. Er versuchte die Nonnen loszuwerden, noch bevor ich die Insel verließ.

Natürlich hatte Mutter Mount Calvary Freunde, und bestimmt hatte sie sich gewehrt, aber selbst sie konnte sich nicht gegen das Alter wehren. Es war eine traurige Begegnung. Als ich die Nonnen verließ, versprach ich, sie vor ihrer Abreise noch einmal zu besuchen.

Doch ich sah sie nie wieder. Ich verbrachte eine Woche in dem am Atlantik gelegenen Teil der Insel, und als ich am Tag, bevor sie abfahren mußten, in die Stadt zurückkam, erfuhr ich, daß Mutter Mount Calvary am selben Morgen gestorben war. Ich war sehr traurig, doch ich empfand auch eine Art Triumph, denn am Ende hatte sie doch gesiegt. Sie hatte immer das getan, was sie sich vorgenommen hatte. Sie hatte sich vorgenommen, die Insel niemals zu verlassen, und das hatte sie auch nicht getan.

Hitze

Asche war gefallen. Vielleicht war sie in der Nacht zuvor gefallen, oder vielleicht fiel sie immer noch. Ich kann mich nur noch bruchstückhaft daran erinnern. Ich sah sie zwei Fuß hoch auf dem flachen Dach vor meinem Schlafzimmer liegen. Die Asche und die Stille. Niemand sprach auf der Straße, fast niemand sprach ein Wort beim Essen. Heute weiß ich, daß sie alle Angst hatten. Sie glaubten, unser Vulkan würde ausbrechen.

Unseren Vulkan nannte man den kochenden See. Und das war er auch: eine Wasserfläche, die ständig am Kochen war. Was für ein Feuer war da am Werk? Für mich war es ein geheimnisvoller Ort, den nur wenige je gesehen hatten. Auf dem Friedhof, den wir oft besuchten – denn der Tod war damals noch kein Tabu –, war nahe beim Grab meiner kleinen Schwester ein großer marmorner Gedenkstein: »Gewidmet dem Andenken an Clive ––, der bei dem heroischen Versuch, seinen Führer zu retten, im kochenden See auf Dominica ums Leben kam.« Im Alter von siebenundzwanzig Jahren. Auch daran erinnere ich mich noch.

Es handelte sich um einen jungen Engländer, der auf Besuch hier war und mit zwei Führern den kochenden

See erkunden wollte. Als sie an seinem Ufer standen und ihn betrachteten, stolperte der eine Führer, der ein gutes Stück vorausgegangen war, und stürzte. Der andere packte den Engländer bei der Hand und sagte: »Laufen Sie weg!« Damals hieß es, daß manchmal giftige Gase aus dem See aufstiegen. Nach wenigen Schritten riß sich der Engländer los, ging zurück und half dem Liegengebliebenen hoch. Dann stolperte auch er, und beide stürzten. Der andere Führer konnte noch wegrennen und berichtete als einziger Überlebender, was geschehen war.

Am Nachmittag besuchten uns zwei kleine Freunde, und zu meinem Erstaunen kamen sie beide mit großen Flaschen an. Auf beide waren sorgfältig beschriftete Etiketten geklebt: »Asche, aufgesammelt auf den Straßen von Roseau am 8. Mai 1902.« Der kleine Junge fragte mich, ob ich seine Flasche haben wolle, doch ich lehnte ab. Ich wollte die Asche nicht berühren. An den weiteren Tagesablauf erinnere ich mich nicht mehr. Ich muß schon geschlafen haben, denn in der Nacht weckte mich meine Mutter und führte mich, ohne ein Wort zu sagen, ans Fenster. Da hing eine riesige schwarze Wolke über Martinique. Ich könnte sie nie beschreiben, so groß und schwarz war sie, aber ich habe sie nie vergessen. Es gab keinen Mond, keine Sterne, doch die Ränder der Wolke waren feuerrot, und in der Mitte flackerte unaufhörlich etwas, was mir wie ein Blitz vorkam.

Meine Mutter sagte: »Nie wieder in deinem Leben wirst du so etwas sehen.« Das war alles. Dann muß ich am Fenster eingeschlafen und ins Bett getragen worden sein.

Am nächsten Morgen erfuhren wir, was geschehen war. Ich weiß nicht, ob es ein schöner oder trüber Tag war, ich weiß nur, daß keine Asche mehr fiel. Die Fischer von Roseau fuhren früh hinaus aufs Meer, wie stets in jener Zeit. Sie begegneten den Fischern von Port de France, und die wußten schon alles. Auf diese Weise erfuhren wir davon, noch bevor Kabelnachrichten, Zeitungen und der ganze Rest die Insel überschwemmten. Auf diese Weise erfuhren wir vom Ausbruch des Mont Pelée und vom Tod von vierzigtausend Menschen und daß nichts mehr übrig war von Saint-Pierre.

Sobald wieder Schiffe zwischen Dominica und Martinique verkehrten, fuhr mein Vater hin, um sich die Verwüstungen anzusehen. Er brachte ein Paar Leuchter mit, große, schwere Messingleuchter, die in einer Kirche gestanden haben mußten. Durch die Hitze waren sie zu einer seltsamen Form verbogen worden. Er hängte sie an einer Wand im Eßzimmer auf, und ich starrte sie die ganze Zeit während der Mahlzeiten an und versuchte, mir unter der Form etwas vorzustellen.

Danach begann der Klatsch zu kursieren. Das ging jahrelang, deshalb kann ich mich gut daran erinnern. Saint-Pierre, hieß es, sei eine lasterhafte Stadt gewesen. Es hatte nicht nur ein Theater gehabt, sondern auch ein Opernhaus, was vermutlich noch lasterhafter war. Ensembles aus Paris gastierten dort. Aber schlimmer noch als das war das Betragen der Frauen, die die hübschesten von ganz Westindien waren. Sie knoteten ihr

Kopftuch auf eine ganz besondere Weise, die eine Art Sprache der Liebe darstellte und die jedermann in Saint-Pierre verstand. War es auf eine bestimmte Weise geknüpft, so bedeutete dies ›Ich bin verliebt, ich bin nicht zu haben‹; knotete man es anders, so hieß es ›Du bist willkommen, ich bin noch zu haben‹. Selbst die verheirateten oder so gut wie verheirateten Frauen knüpften ihr Kopftuch so, daß man wußte: sie waren noch zu haben. Und das war noch nicht alles. Der letzte Bischof, der die Stadt besucht hatte, hatte seine Schuhe ausgezogen und sie feierlich über der Stadt ausgeschüttelt. Danach brauchte man sich natürlich nicht zu wundern.

Als ich größer war, hörte ich von einem Buch, das ein Mann namens Lafcadio Hearn über Saint-Pierre, wie es einst gewesen war, geschrieben hatte, über Ti Marie und all die anderen, aber ich machte es nie ausfindig und suchte dann auch nicht mehr danach. Eines Tages jedoch entdeckte ich einen Haufen alter, teilweise illustrierter Zeitungen und Zeitschriften: die englische Version vom Vulkanausbruch. Es stand nichts darin über das Opernhaus oder das Theater, Einrichtungen, die den Engländern als der Gipfel der Frivolität auf einer karibischen Insel erschienen sein mußten, und sehr wenig über die Stadt und ihre Einwohner. Die Artikel handelten fast ausschließlich von dem einzigen Menschen, der überlebt hatte. Es war ein Sträfling, der sich in einem unterirdischen Gefängnis befunden hatte und daher hatte entkommen können – als einziger von vierzigtausend. Nun reiste er um die Welt und trat in Varietétheatern auf. Man hatte ihm eine kleine Rede beigebracht. Er mußte ein ziemlich reicher Mann geworden sein – was fing er mit seinem Geld an? Würde er wieder heiraten? Seine Frau und seine Kinder waren bei dem Ausbruch umgekommen... Ich las das alles, und dann dachte ich, aber so war es nicht, so war es doch gar nicht.

Trübe Gewässer

An den Herausgeber
The Dominica Herald 3. März 189-

Sehr geehrter Herr,

gestern erfuhr ich von einer Geschichte, die mich entsetzte. Anscheinend ist ein englischer Handwerker namens Mr. Longa, der seit einem Jahr hier lebt, verhaftet und in polizeilichen Gewahrsam genommen worden. Mr. Longa ist Tischler. Außerdem ist er Sozialist und macht keinen Hehl aus seinen politischen Ansichten. Es versteht sich, daß eine bestimmte Gruppe von Leuten auf dieser Insel, die zu glauben scheinen, ihre Hautfarbe berechtige sie dazu, wie der liebe Herrgott aufzutreten, ihn von Anfang an nicht mochten und sein Verhalten mißbilligten. Nach kurzer Zeit wurde er aus Miss Lambtons Pension hinausgeworfen und hatte danach die größten Schwierigkeiten, eine Unterkunft zu finden. Schließlich ließ er sich in einem vorwiegend von Negern bewohnten Viertel nieder – ein weiterer Stein des Anstoßes. Ein gezielter Versuch wurde unternommen, ihn zur Abreise zu veranlassen. Als dieser fehlschlug, taten diese Leute in ihrer üblichen Scheinheiligkeit so, als ob sie ihn ignorierten, doch in Wahrheit warteten sie nur auf eine günstige Gelegenheit.

Man traf ihn an, als er mit einem der vielen herumstreunenden Kinder, die die Straßen von Roseau bevölkern, einen groben Scherz trieb, und demnächst wird er, man stelle sich vor, wegen Kindesmißhandlung und sadistischen Verhaltens vor Gericht stehen. Alles spricht dafür, daß es sich um eine abgekartete Sache handelt. Auf diese Weise wollen sie jemanden loswerden, der ihnen seit langem ein Dorn im Auge ist, und sich mit ihrer unparteiischen Rechtssprechung brüsten. Angesichts der Heuchelei dieser Leute, die es bitter verdrießt, daß sie nicht mehr so wie früher über die Körper und Seelen der Schwarzen verfügen können (die Grausamkeit der westindischen Plantagenbesitzer war sprichwörtlich), und die nun einen rechtschaffenen britischen Handwerker zum Sündenbock machen, muß jedem anständigen Menschen die Galle hochkommen. Ein Rechtsanwalt aus London, der erst seit kurzem auf der Insel lebt, hat sich bereit erklärt, die Verteidigung Mr. Longas kostenlos zu übernehmen. Nur ein einziger Gerechter unter so vielen Menschen?

Hochachtungsvoll
Angewidert

An den Herausgeber
The Dominica Herald 10. März 189-

Sehr geehrter Herr,

wer ist »Angewidert«? Wer ist die Person – vermutlich sind es mehrere – die versucht, bei jeder Gelegenheit den Rassenhaß zu schüren? Sie verbreiten sich, fast stets mit hämischer Genugtuung, über die Greuel der Sklaverei. Wer käme auf den Gedanken, wenn er sie reden hörte, daß die Engländer schon vor nahezu hundert Jahren die Sklaverei abgeschafft haben? Sie halten lange Hetzreden, doch wenn es um die Fakten geht, sind sie nicht so gesprächig. Der Sklavenhandel war ein abscheuliches Gewerbe, doch ohne die Mitwirkung und Beihilfe afrikanischer Häuptlinge hätte es ihn nicht geben können. In Afrika existiert immer noch die Sklaverei, sowohl unter Negern als auch unter Arabern, und man betrachtet sie dort als selbstverständlich. Finden diese Fakten je Erwähnung? Auf dem Schlechten wird unentwegt herumgeritten, das Gute wird lächerlich gemacht, vergessen oder geleugnet. Wer tut dies, und warum?

Hochachtungsvoll
Ian J. MacDonald

An den Herausgeber
The Dominica Herald 7. März 189-

Sehr geehrter Herr,

manchmal wird behauptet, die afrikanischen Häuptlinge hätten wahrscheinlich eine Menge mit dem Sklavenhandel zu tun gehabt, aber ich habe noch nie den Beweis dafür gehört. Mir fällt auf, daß Mr. MacDonald in seinem typischen Brief diesen Afrikanern, die möglicherweise nur in der Einbildung existieren, die ganze Schuld gibt und die Habgier weißer Händler und die abscheuliche Grausamkeit und Gleichgültigkeit weißer Plantagenbesitzer unerwähnt läßt. Die Behandlung, die man Mr. Longa hat angedeihen lassen, zeigt, daß sich ihre Erben und Nachfolger nicht allzusehr geändert haben.

Hochachtungsvoll
P. Kelly
Kelly's Universal Stores

An den Herausgeber
The Dominica Herald 24. März 189-

Sehr geehrter Herr,
ich möchte ungern Ihren Lesern den Spaß verderben, aber ich muß doch darauf hinweisen, daß es nach den englischen Gesetzen ganz und gar unzulässig ist, einen Fall zu diskutieren, der noch nicht gerichtlich entschieden ist *(sub judice)*. In diesem Lande scheint man den Brauch eher dadurch zu ehren, daß man gegen ihn verstößt, als daß man ihn befolgt.

Hochachtungsvoll
Fiat Justitia

Weitere Leserbriefe zu diesem Thema werden nicht mehr abgedruckt. *Der Herausgeber*

Am selben Tag bemerkte der Herausgeber, bekannt unter dem Namen Papa Dom, in einem Leitartikel: »Das sind trübe Gewässer – äußerst trübe Gewässer.«

*

6 Cork Street
Roseau, Dominica 24. März 189-

Liebe Caroline,

Dein Brief richtete mich wieder auf, als ich ganz deprimiert war. Ich beantworte ihn auf der Stelle, es wird mir sehr guttun, Dir etwas zu erzählen, über das ich nicht mit den Leuten hier diskutieren möchte.

Du kennst wohl nicht einen Mann namens Jimmy Longa – er kam bald nach Deiner Abreise hierher. Also, Matt erwischte ihn, als er versuchte, ein kleines Mädchen entzweizusägen – man sollte es nicht für möglich halten! –, und er wird der wichtigste Zeuge der Anklage sein. In der ganzen Stadt kursieren Klatschgeschichten, Diskussionen werden geführt, Leserbriefe geschrieben und so weiter, alles höchst unerfreulich. Ich habe Matt gebeten, sich aus der Sache herauszuhalten, denn ich bin sicher, daß es Ärger geben wird. Er sagt, warum denn, Longa ist ein Weißer, kein Schwarzer. Ich sage: »Jimmy Longa wird Ehrenmitglied der schwarzen Bevölkerung sein, noch bevor das alles vorbei ist, du wirst schon sehen. Irgendwie werden sie das hinkriegen.« Aber inzwischen will er nicht einmal mehr darüber sprechen. Ich bin sehr in Unruhe wegen Matt. Er sieht nicht sehr wohl aus und ist gar nicht mehr so wie früher. Allmählich wünschte ich, ich hätte ihn nicht dazu überredet, nach seiner Pensionierung hierherzuziehen – ein Besuch, um dem Winter zu entkommen, ist eine Sache, hier leben ist etwas ganz anderes.

Zum ersten Mal erregte Longa Ärger, als ihn Miss

Lambton vor die Tür setzte, weil er sich jeden Abend betrank. Er arbeitete als selbständiger Tischler und machte seine Arbeit recht gut, wenn er nüchtern war, und so fand er auch bald eine Wohnung und bekam eine Menge Aufträge. Er behauptet, er sei auf dem Weg nach Amerika und habe in Dominica haltgemacht, um sich ein bißchen Geld zu verdienen. Ich frage mich, wer in aller Welt ihm wohl dazu geraten hat! Er erzählte herum, er sei radikaler Sozialist – die neue Welt müsse auf der Asche der alten aufgebaut werden, so was in der Art. In der Rumbude und auch sonst überall hielt er Hetzreden, Du kannst Dir also vorstellen, daß er bei den Weißen nicht gerade beliebt war. Dann bekam er einen schlimmen Malariaanfall, und Miss Lambton, die seinetwegen ein schlechtes Gewissen hatte, besuchte ihn im Krankenhaus, um zu sehen, wie es ihm ging. Sie sagte, er habe sehr krank ausgesehen und ihr erzählt, daß er jetzt nur noch den Wunsch habe, nach England zurückzugehen, aber das Geld für die Reise nicht aufbringen könne. Sie begann, Spenden für ihn zu sammeln, und gab selbst gleich zehn Pfund, was sie sich gewiß nicht leisten konnte. Fast alle steuerten etwas bei, und es kam eine ganze Menge zusammen. Aber es gelang ihm irgendwie, Miss Lambton zu überreden, ihm das Ganze direkt auszuhändigen. Und dann verschwand er. Niemand erhob Anklage gegen ihn – er hatte es sorgfältig vermieden, irgend etwas zu versprechen oder zu unterschreiben –, außerdem fanden eine Menge Leute die Geschichte komisch. Sie sagten: »Die arme Mamie Lambton, sie ist anscheinend ganz durcheinander. Aber er ist schon eine Nummer! Die Geschichte ist einfach zum Lachen.« Auch als er wieder auftauchte, fanatischer denn je, nahm ihn niemand ernst, ganz Dominica lachte über die Geschichte. Und dann kam diese Sache.

Ich habe auch eine erfreuliche Nachricht. Weil es Matt in der Stadt so wenig gefällt, haben wir ein kleines Gut im Landesinneren gekauft, wo er sich vielleicht wohler fühlen wird. Es heißt Three Rivers – ein altes Anwesen, und wie üblich ist das Haus am Zusammenbrechen. Im Augenblick wird es instandgesetzt, aber in letzter Zeit frage ich mich, ob wir je dort wohnen werden.

Keiner zu Hause würde verstehen, warum mich das alles so bedrückt, aber Du weißt, in welcher Atmosphäre wir hier manchmal leben, und deshalb glaube ich, daß Du mich verstehst.

Ich freue mich sehr, daß es Dir gutgeht und daß Dir die Kälte nicht allzusehr zusetzt. Vielleicht ist die ganze Geschichte vorbei, wenn ich Dir das nächste Mal schreibe, und ich bin dann wieder fröhlicher.

Inzwischen sende ich Dir
meine herzlichsten Grüße
Deine Maggie.

*

Am Tag nach Jimmy Longas Prozeß stand ein langer Bericht auf der Titelseite des *Dominica Herald*. Der Reporter kommentierte zunächst die Tatsache, daß der Gerichtssaal, der gewöhnlich leer war, wenn Fälle von

Körperverletzung verhandelt wurden, überfüllt gewesen war, und schrieb dann, daß der Staatsanwalt, M. Didier aus Roseau, zuerst so nervös gewirkt habe, daß er kaum zu verstehen gewesen sei. Die Rede, die er hielt, war ganz kurz. Er sagte, es sei ein Glück, daß es einen Augenzeugen gebe, der miterlebt habe, wie das Kind, Josephine Mary Dent, genannt Jojo, attackiert worden sei, denn obwohl Mr. Longas Umtriebe in Roseau allgemein bekannt gewesen seien, habe es niemand gewagt, an die Öffentlichkeit zu treten und gegen ihn, einen Weißen, Anklage zu erheben. »Dieses Kind ist eines der vielen, die ganz auf sich allein gestellt sind und schutzlos auf den Straßen umherstreunen. Sie sind besonders gefährdet, auch wenn der Angeklagte eine Gefahr für alle Kinder darstellt.« M. Didier forderte eine hohe Strafe als Abschreckung für Leute, die möglicherweise ähnliches versuchen wollten wie der Angeklagte. Dann rief er seinen ersten Zeugen auf, Mr. Matthew Penrice.

Mr. Penrice sagte aus, er sei am Spätnachmittag des siebenundzwanzigsten Februar die Jetty Street auf dem Weg zum Club entlanggegangen, als er ein Kind schreien hörte, so als sei es in größter Not. Er näherte sich dem Haus, aus dem die Schreie kamen, als sie plötzlich verstummten – keine zornigen Stimmen, nichts als Stille. Das Haus stand ein gutes Stück abseits der leeren Straße und war von einem Zaun umgeben. Ihm kam der Gedanke, daß einem Kind, das man hier allein gelassen hatte, etwas zugestoßen sein könnte, und er klopfte, einer augenblicklichen Regung folgend, an das Holztor. Weil niemand antwortete, stieß er das Tor auf. Da hörte er einen Mann sagen: »Jetzt werde ich dich entzweisägen, so wie sie das in englischen Varietétheatern machen.« Der Hof war ziemlich groß; in einer Ecke stand ein Baum und unter dem Baum ein aufgebocktes Brett. Auf dem Brett lag ein kleines nacktes Negermädchen, dessen Kopf über das Brettende hinunterhing. Sie war still, und ihr Gesicht war beinahe grün vor Angst. Der Mann wandte Mr. Penrice den Rücken zu, und die Säge in seiner Hand berührte den Bauch des Kindes. Mr. Penrice rief: »Was zum Teufel geht hier vor?« Der Mann drehte sich um und ließ die Säge fallen, und Mr. Penrice erkannte Mr. Longa, der im übrigen nicht im Gerichtssaal zugegen war. Mr. Longa sagte: »Ich wollte ihr nicht wehtun – ich hab' nur Spaß gemacht.« Er hatte das Kind auf dem Brett festgehalten, und als er sich umdrehte, fiel es auf den Boden und blieb reglos liegen. Mr. Longa sagte noch einmal, daß er nur Spaß gemacht habe. Als der Zeuge sich dem bewußtlosen Kind näherte, sah er, daß sein Körper mit blauen Flecken bedeckt war. Er wechselte kein weiteres Wort mehr mit Mr. Longa, sondern wickelte das Kind in seine Jacke und trug es in das nahegelegene Haus von Madame Octavia Joseph. Dann ließ er den Arzt rufen, der zum Glück sofort kommen konnte. Nach dem Eintreffen des Arztes ging er zur Polizeistation und berichtete, was er gesehen hatte.

Im Kreuzverhör wurde M. Penrice vom Verteidiger gefragt, ob er immer durch die Jetty Street zum Club gehe. Er verneinte, sagte aber, er habe es wegen einer

Verabredung eilig gehabt, und der Weg über die Jetty Street sei eine Abkürzung.

Der Verteidiger fragte ihn: »Überrascht es Sie zu erfahren, daß eine Information, die von einem Mitglied Ihres Haushalts stammt, besagt, Sie hätten sich an dem betreffenden Tag sehr viel früher als sonst auf den Weg zum Club gemacht? Das Dienstmädchen erinnert sich deutlich daran, da es an diesem Tag Geburtstag hatte. Da Sie so feste Gewohnheiten haben, wunderte es sich, warum Sie an einem so heißen Tag das Haus zu Fuß verließen, fast zwei Stunden früher als sonst. Warum mußten Sie dann den Abkürzungsweg nehmen?«

M. Penrice erwiderte: »Zwei Stunden ist übertrieben. Ich bin früher als sonst aus dem Haus gegangen, um einen Spaziergang zu machen – die Hitze macht mir nichts aus –, und ich habe nicht auf die Uhrzeit geachtet, so daß ich dann so schnell wie möglich zum Club kommen wollte.«

»Als Sie den Angeklagten sagen hörten: ›wie sie es in englischen Varietétheatern machen‹, war ihm da bewußt, daß jemand zuhörte?«

»Nein, er wußte nicht, daß ich da war.«

»Dann sprach er also zu dem Kind?«

»Ja, vermutlich.«

»Wissen Sie, daß es einen beliebten Zaubertrick in den englischen Varietétheatern gibt, bei dem so getan wird, als würde ein Mädchen entzweigesägt?«

»Ja, an sich schon.«

»Und wird jemand entzweigesägt oder sonst irgendwie verletzt?«

»Natürlich nicht. Es ist ein Trick.«

»Vielleicht waren Sie zu überrascht oder schockiert, um zu erkennen, daß der Angeklagte, als er sagte: ›wie sie es in englischen Varietétheatern machen‹, in Wirklichkeit damit sagen wollte, er werde jetzt etwas tun, was nicht ernst genommen zu werden brauche. Es war nur ein Spaß.«

»Es war kein Spaß.«

»Und warum wissen Sie das so genau?«

»Als der Mann sich zu mir umdrehte, wußte ich, daß er es keineswegs im Spaß meinte.«

»Aha. Aber gibt es nicht ein gewisses Maß an Vorurteilen gegenüber Mr. Longa auf der Insel? Vielleicht sind Sie nur allzu bereit, von ihm das Schlimmste zu glauben? Waren nicht eine ganze Menge Klatschgeschichten über ihn in Umlauf?«

»Ich kenne Mr. Longa nur vom Sehen. Worüber hier geklatscht wird, interessiert mich nicht.«

»Dann haben Sie also keine – sagen wir – Vorurteile?«

»Nein, nicht im geringsten. Nicht so, wie Sie es meinen.«

»Das freut mich zu hören. Also, Sie sagen, das Kind war bewußtlos und übel zugerichtet; wäre es da nicht das Nächstliegende gewesen, es ins Krankenhaus zu bringen oder zu schicken?«

»Ans Krankenhaus habe ich gar nicht gedacht. Madame Josephs Haus ist in der Nähe, und ich wußte, das Mädchen wäre bei ihr gut aufgehoben, deshalb habe ich es dorthin gebracht und den Arzt holen lassen.«

»Mr. Penrice, hat Madame Joseph je in Ihren Diensten gestanden?«

»Ja, sie war fast fünf Jahre bei uns, mit Pausen dazwischen, als wir immer den Winter hier verbrachten, bevor wir ganz hierherzogen. Deshalb war ich mir auch so sicher, daß sie nicht nur eine freundliche, sondern auch eine vollkommen zuverlässige Frau ist.«

»Als sie von Ihnen wegging, haben Sie ihr da ein großes Geldgeschenk gemacht?«

»Nein, kein großes. Meine Frau und ich fanden, sie habe uns unschätzbare Dienste geleistet. Sie war nicht mehr bei guter Gesundheit, deshalb gaben wir ihr gern so viel, daß sie sich ein Häuschen kaufen konnte, wo sie es gemütlich hätte und versorgt wäre.«

»Sie war Ihnen sicher sehr dankbar.«

»Ich glaube, sie hat sich gefreut, ja.«

»Und sie war Ihnen so zu Dank verpflichtet, daß Sie sicher sein konnten, in einem Notfall würde sie jegliche Anweisungen ausführen, die Sie ihr geben würden?«

»Wenn Sie das meinen, so beweisen Sie damit nur, daß Sie nicht das geringste von den Leuten hier auf der Insel verstehen. Madame Joseph ist eine außerordentlich unabhängige Frau. Selbst wenn ich oder vielmehr wenn wir sie in einem Palast und nicht in einem Häuschen untergebracht hätten, hätte sie sich nicht verpflichtet gefühlt, meinen Anweisungen Folge zu leisten. Nein.«

»Und es schien Ihnen wirklich richtig, ein schwer mißhandeltes Kind der Obhut eines ehemaligen Dienstmädchens anzuvertrauen, das keine ärztliche oder krankenpflegerische Erfahrung hatte, so zuverlässig es auch sonst sein mochte?«

»Ich tat das, was ich im Interesse des Kindes für das beste hielt.«

»Sagten Sie dem Arzt, daß Sie es dorthin gebracht hätten, weil Madame Joseph eine nahe Verwandte des Kindes sei?«

»Ich tat nichts dergleichen.«

»Aber man kann etwas andeuten, ohne es tatsächlich auszusprechen, nicht wahr?«

»Ganz gewiß kann man das.«

»Ich danke Ihnen, Mr. Penrice. Sie können abtreten.«

Nach Mr. Penrice betrat Madame Octavia Joseph den Zeugenstand, eine würdevolle Frau, die klar und verständlich ihre Aussage machte und offensichtlich einen guten Eindruck beim Richter, Mr. Somers, hinterließ. Als sie sah, in welchem Zustand das kleine Mädchen war, habe sie verstanden, sagte sie, warum Mr. Penrice zur Polizei gehen wollte. »Wer das getan hatte, war ein böser Mensch.« Bald nach der Ankunft des Arztes kam das Kind wieder zu sich, begann aber sogleich zu zittern und zu schreien. Der Arzt behandelte zunächst die Prellungen und gab ihm dann ein Beruhigungsmittel, sagte, er werde am nächsten Tag vorbeikommen, niemand dürfe zu ihm gelassen werden, und man solle es erst befragen, wenn es sich wieder erholt habe. Madame Joseph hatte alles getan, um die Anweisungen des Arztes zu befolgen, und das Kind, dem es bald sehr viel besser ging, gut gepflegt. »Aber es sagt, es erinnert sich überhaupt nicht daran, daß man es attakkiert hat. Als ich meinte, es müsse versuchen, sich zu erinnern, begann es statt einer Antwort zu weinen und zu zittern, und deshalb hielt ich es für besser, wenn der Arzt mit ihm sprach.«

Der letzte Zeuge der Anklage, Dr. Trevor, sagte aus, er sei am Abend des siebenundzwanzigsten Februar zu Hause gewesen, als er eine Nachricht erhalten habe, in der er gebeten wurde, auf der Stelle in die Hill Street 11 zu kommen und ein schwer verletztes Kind zu behandeln. Er fand das Mädchen ohnmächtig vor; offenbar war es brutal geschlagen worden. Als es wieder zu Bewußtsein kam, war es so verängstigt und hysterisch, daß er ihm nach der Behandlung ein Beruhigungsmittel gab. Es war wahrscheinlich elf oder zwölf Jahre alt, konnte aber auch, da es sehr mager und unterernährt war, ein oder zwei Jahre älter sein.

Der Verteidiger fragte Dr. Trevor: »Haben Sie das Mädchen seither gesehen?«

»Ja, mehrfach.«

»Wann haben Sie sie zuletzt gesehen?«

»Gestern.«

»Und was für einen Eindruck hatten Sie?«

»Ich fand, daß ihr Zustand sich wesentlich gebessert hatte. Sie ist gut versorgt worden und befindet sich auf dem Weg der Genesung. Sie scheint schon jetzt ein ganz anderer Mensch.«

»Wenn Sie das Mädchen besuchten, haben Sie sie da je ausgehorcht oder wenigstens gefragt, wer sie attakkiert hatte?«

»Ja, nachdem ich den Eindruck gewonnen hatte, daß es ihr besser ging, befragte ich sie natürlich. Sie benahm sich immer auf die gleiche Weise. Sie sagt, sie hat es vergessen. Ich versuchte, sie zwei-, dreimal gezielter zu befragen – sie reagiert dabei nur verängstigt, hysterisch und völlig konfus.«

»War Madame Joseph dabei, wenn Sie das Mädchen befragten?«

»Beim ersten Mal war sie dabei, aber ich war oft allein mit dem Kind, und jedesmal war sein Verhalten das gleiche.«

»Ist Ihnen je der Gedanke gekommen, das Mädchen könnte aufgrund dieses Vorfalls aus dem seelischen Gleichgewicht geraten sein?«

»Nein, dafür sah ich keine Anzeichen. Sie wäre wahrscheinlich ein ganz aufgewecktes kleines Ding, vorausgesetzt, man gibt ihr eine Chance.«

»Kommt es Ihnen nicht einigermaßen seltsam vor, daß sie sich immer noch weigert, etwas über den Vorfall zu sagen, obwohl es ihr soviel besser geht?«

»Vielleicht ist es nicht so seltsam, wie Sie meinen. Manche Menschen werden nach einem schweren Schock oder nach einem großen Schrecken redselig, andere zugeknöpft, wie man mancherorts in England sagt. Mit der Zeit wird sie wahrscheinlich darüber reden, aber wann, das läßt sich unmöglich sagen.«

»Und Sie finden es nicht ungewöhnlich, daß sie so ›zugeknöpft‹ ist, wie Sie es nennen?«

»Ich habe Fälle erlebt, wo sich die Psyche nach einem erschreckenden und schlimmen Erlebnis durch das

Vergessen geschützt hat. Wenn man versucht, den Patienten mit Gewalt dazu zu bringen, daß er sich erinnert, wird er unruhig und reizbar.«

»Glauben Sie wirklich, daß diese interessante, aber reichlich komplizierte Theorie auf den Fall eines Negerkindes angewendet werden kann, das weder lesen noch schreiben kann und das erst elf oder zwölf Jahre alt ist? Ist es nicht eher wahrscheinlich, daß sie stumm bleibt, weil man sie entweder überredet oder mit Drohungen dazu gebracht hat, nichts zu sagen, wahrscheinlich beides?«

»Ich bin ganz und gar nicht der Meinung, daß Mangel an Bildung eine unkomplizierte Psyche zur Folge hat. Und ich weiß nicht, wen Sie im Auge haben, wenn Sie andeuten, sie könnte bedroht worden sein. Meine Anweisungen lauteten, daß man sie völlig in Ruhe lassen solle und niemand außer Madame Joseph bei ihr sein dürfe, deren Haus umgeben ist von neugierigen Nachbarn. Wenn irgend jemand sonst dort gewesen wäre, hätte man es mir erzählt, das können Sie mir glauben. Das Mädchen hat ganz gewiß keine Angst vor Madame Joseph, im Gegenteil, sie scheint ihr zu vertrauen, sogar an ihr zu hängen – soweit ein solches Kind überhaupt jemandem vertrauen und an jemandem hängen kann. Wenn meine Aussage Sie jedoch nicht zufriedenstellt, warum befragen Sie dann nicht das Mädchen selbst? Meiner Ansicht nach werden Sie nicht das Geringste aus ihr herausbekommen und fügen ihr möglicherweise Schaden zu, aber das müssen Sie selbst entscheiden.«

Hier griff Mr. Somers ein und sagte, das Mädchen dürfe keinesfalls von irgend jemandem befragt werden, solange der Arzt das für möglicherweise schädlich halte.

Dann fragte der Verteidiger Dr. Trevor: »Hat man Ihnen zu verstehen gegeben, das Mädchen sei deshalb zu Madame Joseph gebracht worden, weil sie eine nahe Verwandte von ihr sei?«

»Nein. Ich glaube, das hielt ich für selbstverständlich. Jedenfalls schlug ich nicht vor, sie woanders hinzubringen. Ich war der Ansicht, sie sei dort in sehr guten Händen.«

Der Verteidiger, Mr. Berkeley, sagte, sein Klient sei zu krank, um vor Gericht erscheinen zu können, er werde jedoch seine Aussage verlesen. Diese, so erklärte er, widerlege die Anklage vollständig.

Mr. Longas Aussage: »An dem betreffenden Tag fühlte ich mich nicht besonders wohl. Es war sehr heiß, und ich dachte, ich könnte eine Weile Pause machen. Aber um später vielleicht mit der Arbeit wieder weiterzumachen, wenn es kühler geworden wäre, ließ ich meine Säge im Hof liegen, zusammen mit dem Brett, das ich gerade in Arbeit hatte, um ein Bücherregal zu schreinern. Ich war sehr durstig und trank ein bißchen was, dann schlief ich ein. Ich weiß nicht, wie lang ich geschlafen hatte, als ich von lautem Geschrei geweckt wurde, das aus meinem Hof kam. Der Krach, den diese Kinder machen, ist ganz schön nervtötend, und das ist noch milde ausgedrückt. Sie klettern immer über den Zaun in den Hof, um dort zu spielen, und treiben allen möglichen Unfug. Ich hab' sie dauernd weggejagt, aber sie sind immer wiedergekommen. Sie laufen mir auf der Straße hinterher, machen sich lustig über mich und lachen, und ein paarmal haben sie mit Steinen nach mir geworfen. Ich will nicht abstreiten, daß sie mir allmählich wirklich unsympathisch geworden sind.

Als ich aufstand, war ich ein bißchen wackelig auf den Beinen und gereizt, und in meinem Hof traf ich ein kleines Mädchen an, das schreiend auf dem Boden lag. Ich fragte sie mehrere Male, was los sei, aber sie reagierte überhaupt nicht und brüllte weiter. Schließlich sagte ich zu ihr, sie solle den Mund halten und verschwinden und irgendwo anders brüllen. Sie sah mich nicht mal an, und ihr Geschrei ging mir durch und durch, da verlor ich die Nerven, hob sie hoch und legte sie auf das Brett und sagte ihr, ich würde sie jetzt entzweisägen, aber in Wirklichkeit wollte ich ihr nicht wehtun, und das sagte ich ihr auch. Mir ist nichts an ihr aufgefallen, ich fand es auch nicht seltsam, daß sie nackt war – sie laufen oft nackt herum, besonders wenn es heiß ist. Nein, ich wollte ihr wirklich nicht wehtun. Aber ich hoffte, sie würde ein bißchen erschrecken und es den andern erzählen, und dann würden sie mich vielleicht in Ruhe lassen. Diese Kinder haben mir das Leben zur Hölle gemacht, und sie sollten damit aufhören. Ich schwöre, das war alles, was ich wollte – sie erschrecken. Es war bloß ein Scherz. Als Mr. Penrice kam und mich zur Rede stellte, war ich zu verwirrt, um viel sagen zu können. Ich sagte ihm, ich hätte ihr nichts antun wollen, aber er hörte mir nicht zu, und auch nicht die Polizisten, als sie mich verhafteten. Es tut mir leid, daß ich das getan habe und daß ich sie erschreckte, aber ich hatte getrunken. Ich hatte so ziemlich die Nerven verloren und war sehr wütend. Das ist passiert, nichts weiter, und es ist die Wahrheit.«

Dieser Aussage fügte Mr. Berkeley hinzu, Mr. Longa sei mittlerweile nur zu gern bereit, die Insel zu verlassen. »Er sagt, selbst in England wäre er nicht so ungerecht behandelt worden. Was die Gerüchte über meinen Klienten angeht, so überrascht es mich, daß mein verehrter Kollege sie überhaupt erwähnt hat, denn es ist ihm nicht gelungen, auch nur einen einzigen Zeugen beizubringen, der sie hätte bestätigen können. Ohne Mr. Penrices Aussage in Zweifel ziehen zu wollen, muß ich doch darauf hinweisen, daß es nicht den geringsten Beweis dafür gibt, daß Mr. Longa derjenige war, der das Kind mißhandelt hat. Vielleicht ist es in den leeren Hof gerannt, um sich zu verstecken, oder, was wahrscheinlicher ist, der wahre Täter hat es dort hineingestoßen und ist dann verschwunden, da er sich sicher war, daß man Mr. Longa verdächtigen würde. Mr. Penrice gibt zu, daß er Mr. Longa sagen hörte: ›wie sie es in englischen Varietétheatern machen‹, bevor dieser wußte, daß irgend jemand zuhörte. Das scheint mir der schlüssige Beweis dafür, daß Mr. Longa einen Scherz machen wollte – einen groben, ja grausigen Scherz, wenn man will –, daß er es aber gewiß nicht verdient, deshalb für mehrere Jahre in ein Gefängnis gesperrt zu werden, das keinem Menschen zumutbar ist, sei er nun Engländer oder nicht.«

Mr. Berkeley beschloß seine Rede, indem er sagte, Mr. Longa sei ein sehr intelligenter Mensch, den man furchtbar allein gelassen und isoliert habe, außerdem sei er nicht gesund. Es könne kaum überraschen, daß er beim Rum seine Zuflucht gesucht habe, und man könne sich leicht vorstellen, daß er, als er so plötzlich aufgeweckt wurde, außerordentlich gereizt war und sich anders als gewöhnlich benahm.

Das Resümee. Der Richter, Mr. Somers, sagte, dies sei ein sehr beunruhigender Fall. »Es gibt keinen eindeutigen Beweis dafür, daß Mr. Longa derjenige war, der das Kind als erster mißhandelt und die zahlreichen Verletzungen verursacht hat. Er bestreitet diesen Verdacht heftig, und das Kind kann nicht befragt werden. Ich halte die Aussage, die von der Verteidigung verlesen wurde, im großen und ganzen für überzeugend. Zwei Dinge jedoch kommen mir unwahrscheinlich vor. Wie konnte der Angeklagte annehmen, daß dieses unglückselige Kind irgend etwas über englische Varietétheater oder die dort vorgeführten Zaubertricks wußte? Wieso sollte es dadurch beruhigt werden, daß er das erwähnte? Vermutlich bekam es deshalb nur noch mehr Angst. Und, was noch bedeutsamer ist: Konnte er, wenn er auch noch so betrunken war, ein schwer mißhandeltes nacktes Kind aufheben und es zu dem Brett tragen, ohne daß ihm die Spuren der Mißhandlung auffielen? Mr. Longa behauptet, ihm sei nichts aufgefallen, bevor er dann seinen barbarischen Scherz machte. Das erscheint mir unwahrscheinlich, ja unglaubhaft. Er entschuldigt sich damit, daß er sagt, er habe getrunken, aber er ist an hochprozentigen Alkohol gewöhnt, und in dem Bericht der Polizisten, die ihn festnahmen, steht nichts von einem fortgeschrittenen Grad der Trunkenheit. Ich bin nicht hier, um Spekulationen anzustellen, und ich kann weder Gerüchte noch Unterstellungen, die jeder Grundlage entbehren, als Beweise akzeptieren; ich habe meinen Posten jedoch nicht zwanzig Jahre lang innegehabt, ohne dabei zu lernen, daß es hierzulande außerordentlich schwierig ist, eindeutige Beweise zu erhalten. Oft weiß man genau, wer der Übeltäter ist, doch ist die Polizei nicht in der Lage, auch nur einen einzigen Zeugen gegen ihn beizubringen. Unglücklicherweise herrscht hier auf den Inseln ein starkes Mißtrauen sowohl gegenüber der Polizei als auch gegenüber der Justiz.«

An dieser Stelle wurde er von einem Zwischenruf unterbrochen: »Kann man das den Leuten zum Vorwurf machen?«, und es kam im Gerichtssaal zu einem Tumult. Ein paar Frauen waren in Tränen aufgelöst. Die Ordnung wurde erst dadurch wiederhergestellt, daß man drohte, den Saal räumen zu lassen.

Mr. Somers fuhr fort: »Wir können nur hoffen, daß dieses vielleicht natürliche Mißtrauen im Lauf der Zeit nachlassen wird. In Anbetracht meiner Zweifel freut es mich zu hören, daß Mr. Longa die Insel verlassen will. Ich werde dafür sorgen, daß die Kosten für seine Überfahrt nach Southampton von der Regierung übernommen werden. Bis zu seiner Abreise bleibt er in polizeilichem Gewahrsam, doch muß es ihm gestattet werden,

Besuche zu empfangen. Es muß dafür gesorgt werden, daß er Verpflegung und andere lebensnotwendige Dinge von außerhalb erhält und daß seine Gesundheit wiederhergestellt wird. Ich bin überzeugt, daß sein tüchtiger Anwalt Sorge dafür trägt, daß man meinen Anweisungen Folge leistet.«

Das Publikum verließ den Gerichtssaal in gedämpfter Stimmung und war weniger gesprächig als sonst, nur eine Gruppe von Krawallmachern beschimpfte Mr. Penrice, als er das Gebäude verließ. Er nahm keine Notiz von dieser Protestaktion, sondern stieg in seinen Einspänner und fuhr davon. Man warf ihm ein paar Steine hinterher, doch zerstreuten sich die Krawallmacher rasch, als ein Polizist einschritt.

»Ich möchte wetten, Mamie Lambton wird wieder zu einer Spendenaktion aufrufen«, sagte Matthew Penrice beim Nachhausekommen zu seiner Frau. Er fügte hinzu: »Sieh nicht so traurig drein, Maggie. Ich habe eine sehr gute Nachricht. Octavia hat mir gesagt, daß sie mit einer alten Freundin in St. Lucia korrespondiert hat, die keine Kinder hat und Jojo adoptieren möchte. Sie hält die Frau für sehr zuverlässig und sagt, es sei am besten so. Das meine ich auch. Jojo würde von dem ganzen Getratsche und den Befragungen hier verschont und könnte neu anfangen. Ich werde dafür sorgen, daß sie dorthin kommt, sobald es ihr gut genug geht. Ich kümmere mich um alles, mach dir keine Sorgen.«

*

Maggie Penrice sah zu, wie Janet, das schwarze Dienstmädchen, das Kaffeegeschirr auf ein Tablett stellte und dann das Zimmer verließ, wortlos, auf bloßen Füßen. Als sie gesagt hatte: »Was für ein köstlicher Kaffee, Janet«, hatte das Mädchen nicht geantwortet, nicht einmal gelächelt. Aber hier lächeln sie nicht, sie lachen, nur selten lächeln sie. Es sind nicht Leute, die einen anlächeln und dabei ein Messer versteckt halten. Oder doch? Auch als sie allein waren, sagte sie nichts, faltete nur den Brief immer wieder zusammen und öffnete ihn dann wieder. Sie las noch einmal den letzten Absatz.

»Ich danke Ihnen für das Geld, das Sie mir geschickt haben. Ich werde es getreulich und sorgfältig für sie aufbewahren, bis sie groß ist, und danke Ihnen von ganzem Herzen dafür, daß Sie sie mir geschickt haben. Sie würden sich freuen, wenn Sie sie sehen könnten. Sie wird richtig rund und hübsch und wacht nur noch selten schreiend auf, so wie am Anfang. Ich beschließe nun meinen Brief und beende den Erguß meines überströmenden Herzens. Ihnen und Ihrer liebenswürdigen Gattin wünsche ich Gesundheit und alles nur erdenkliche Gute. Anine Dib.«

Maggie sagte: »Dib. Was für ein komischer Name.«

»Wahrscheinlich syrisch«, sagte Matt. »Nun, damit wäre das hoffentlich erledigt, und du brauchst dir keine Sorgen mehr zu machen. So ist es am allerbesten, das findest du doch auch?«

»Vielleicht... Aber Matt, meinst du, es war vernünftig, sie so schnell wegzuschicken?«

»Je früher, desto besser, möchte ich meinen. Warum nicht?«

Der Raum befand sich auf der Rückseite des Hauses, der Straßenlärm war nicht zu hören. Im Zimmer war es heiß und stickig, und die Jalousien waren zur Hälfte herabgezogen. Sie faltete den Brief sorgfältig zusammen, steckte ihn wieder in den Umschlag und schob ihn Matt hin.

»Weil überall herumerzählt wird, daß Octavia von dir Geld bekommt und daß ihr beide das Kind nach St. Lucia geschickt habt, um zu verhindern, daß es je den Mund aufmacht. Sie sagen, du hättest es getan und es Jimmy Longa in die Schuhe geschoben. Das Ganze ist natürlich absolut lächerlich, aber du solltest die Gerüchte zum Schweigen bringen.«

»Zum Schweigen bringen? Was soll ich denn deiner Ansicht nach tun? Wie kann ich sie zum Schweigen bringen?«

»Das wäre doch bestimmt nicht so schwierig. Es ist so absurd. Wie hättest du es tun können – wie wäre das überhaupt möglich gewesen?«

»Glaubst du, diese verfluchten Lümmel interessiert es, ob es möglich ist oder nicht, oder wie und wo und wann es hätte passieren können? Sie haben einfach etwas gefunden, worüber sie sich die Mäuler zerreißen können, das ist alles. Du mußt verrückt sein, wenn du glaubst, ich werde mich mit dieser Bande anlegen. Ich habe von dieser verdammten Gegend die Nase mehr als voll. Wenn du es wirklich wissen willst, wie mir zumute ist – abhauen will ich. Nicht dieser Sturm im Wasserglas hat den Ausschlag gegeben. Ich will schon seit einer Weile weg, und das mußt du auch gewußt haben.«

»Man wird sagen, daß du davonläufst.«

»Mein Gott, kapierst du denn nicht, daß es mir scheißegal ist, was man sagen wird? Ach komm, Maggie, mach nicht so ein Gesicht. Ich weiß, wie dir zumute ist, wie sehr du die Kälte fürchtest, wieviel besser es dir hier geht, und wie schön es ist und alles – ich wünschte nur, mir ginge es ebenso, aber ich hab' das Gefühl, ich ersticke hier.«

»Ja, ich weiß. Aber ich hatte gehofft, es würde dir besser gehen, nachdem wir aus Roseau weggegangen sind.«

»Der Haß wäre genausogroß auf dem Land, nur vielleicht nicht so offenkundig. Du brauchst nicht fortzugehen, wenn du nicht willst. Ich werde weder Three Rivers noch das Haus hier verkaufen, und das Geld ist auch kein Problem, das weißt du doch, oder?«

»Aber Matt, überall begegnet man Neid, Bosheit, Haß. Du kannst nicht davor weglaufen.«

»Vielleicht, aber ich habe diese spezielle Abart hier satt.«

»Glaubst du, ich würde allein bleiben wollen, wenn du weggehst? Glaubst du das im Ernst?«

Darauf gab er keine Antwort, sondern lächelte nur und sagte: »Dann wäre das geklärt.« Er tätschelte flüchtig ihre Schulter, setzte sich dann in einen Sessel und nahm ein Buch zur Hand; aber Maggie, die ihn unruhig und verstohlen beobachtete, sah, daß er kein einziges Mal umblätterte. Plötzlich kniff sie die Augen fest zusammen und schüttelte den Kopf. Sie versuchte, gegen die überwältigende Gewißheit anzukämpfen, daß ihr der Mann, den sie vor sich hatte, vollkommen fremd war.

Erster Akt

Wir saßen am Kamin in dem kleinen Eßzimmer, als Camilla sagte: »Ich hasse meine Eltern, du deine nicht?« Hagel prasselte gegen die Fensterscheiben, vor denen die Vorhänge zugezogen waren. Über den Schnee hatte man mir alles erzählt, lange bevor ich Westindien verließ, aber der Hagel war eine Überraschung und aufregend auf seine Art. Ich dachte, man würde mich auslachen, wenn ich fragte, was das sei.

Auch vor der Tür, die auf einen Gang führte, hing ein Vorhang in dunklem Gelb, und die Klassenzimmer dahinter waren leer, denn es war die Woche nach Weihnachten, und die Mädchen, die bei ihrer Familie wohnten, und sieben Internatsschülerinnen waren für die Ferien heimgefahren.

»Und was noch schlimmer ist«, sagte Camilla, »sie hassen mich. Sie mögen meine jüngere Schwester. So was gibt's in vielen Familien, aber es wird natürlich vertuscht.«

Es war fast dunkel, und mir war fast warm, und so sagte ich: »Ich hasse meine nicht. Sie haben einen Abschiedsball für mich gegeben, bevor ich abreiste. Es war eine Kapelle da. Seltsam, ich kann mich noch genau an das Gesicht des Mannes erinnern, der das *shak-shak* spielte.«

»Wie ulkig«, sagte Camilla. Sie schien verärgert.

»Sie spielen gut. Natürlich ist es eine ganz andere Art von Musik.«

»Warum haben sie dich dann in die blöde Perse-Schule geschickt, wenn sie so an dir hängen?«

»Weil meine Tante aus England gesagt hat, es sei eine gute Schule.«

»Ist das die, die dich nicht über Weihnachten bei sich haben wollte?«

»Nun ja, es geht ihr nicht gut – sie ist krank, meine ich.«

»Das sagt *sie*. Und wie gefällt es dir jetzt hier?«

»Es gefällt mir gut, mir tun bloß die Frostbeulen an den Händen weh.«

Dann sagte sie, ich hätte massenhaft Zeit, um herauszufinden, ob es mir wirklich gefiel, denn sie fahre am nächsten Tag zu Freunden nach Thaxted. »Miss Born hat alle Romane von Charlotte M. Yonge hingestellt, damit du abends was zu lesen hast.«

»O Gott, doch nicht im Ernst?«

»Wirst schon sehen«, sagte Camilla.

Das Dienstmädchen kam, um das Licht anzuzünden, und bald würde es Zeit sein, nach oben zu gehen und sich fürs Abendessen umzuziehen. Mir schien sie eine der beeindruckendsten Frauen, die ich je gesehen hatte. Sie hatte ein langes dünnes Gesicht und war totenblaß, oder zumindest so gepudert, daß sie totenblaß wirkte. Ihr Haar, das unter dem Häubchen hervorsah, war schwarz und voll, ihre Augen waren so klein, daß ich dachte, sie sei blind, als ich sie das erstemal sah. Wenn sie sie ganz weit öffnete, waren sie jedoch unglaublich blau, kornblumenblau; nein, eher wie Funken blauen Feuers. Senkte sie dann die Lider, wurde ihr Gesicht wieder leblos und totenähnlich. Ich wurde es nie müde, diese Verwandlung zu beobachten.

Nach dem Abendessen saß ich da und las aus *The Dove in the Eagle's Nest* vor. Weder Camilla hörte zu noch Miss Rode, unsere Schulvorsteherin, eine sehr imposante Frau mittleren Alters mit einer Fülle von üppigem grauschwarzem Haar, das sie wie eine Krone frisiert trug. Sie kleidete sich in verschiedenen Abstufungen von braun, dunkelrot, rotbraun und senfgelb, und ihr Gesichtsausdruck war gelassen und freundlich.

Miss Born jedoch wandte den Blick nicht von mir. Miss Born war alt, sie trug Schwarz, sie gab keinen Unterricht. Sie repräsentierte gutes Benehmen und Bildung und war ein großer Gewinn für die Schule. »Sprich nicht mit so hoher Stimme«, sagte sie oft, »nicht so hoch. Mindestens eine Oktave tiefer«; oder: »Das genügt, das reicht, mehr kann ich heute abend wirklich nicht ertragen.«

Wir saßen vor dem Kamin, bis die Uhr neun schlug. »Gute Nacht, Miss Rode.« »Gute Nacht, liebes Kind«, sagte Miss Rode, die ihr dunkelrotes Kleid trug, was immer ein gutes Zeichen war. »Gute Nacht, Miss Born.« Miss Born neigte den Kopf ganz leicht und bemerkte, als sie hinausging: »Warum wollten Sie unbedingt, daß dieses Mädchen den Autolycus spielt? Sie ist die Tolpatschigkeit in Person.«

»Aber doch nicht in Person«, sagte Miss Rode milde.

»Dann eben im Auftreten«, sagte Miss Born, »im Auftreten.«

Camilla machte die Tür hinter uns zu, und ich hörte nichts mehr.

Die Treppe war rutschig und roch nach Bohnerwachs. Den ganzen Weg bis hinauf zum Schlafsaal dachte ich an die schwarzen Kleider von Miss Born, an ihren kleinen, drahtigen Körper. Eine Maus mit dem Kopf eines Papageis. Ich hatte gar nicht bei dem blöden *Winter's Tale* mitmachen wollen und ihnen das auch gesagt. Ich sagte jedoch nichts zu Camilla, denn ich war inzwischen fünf Monate in England und lernte allmählich, vorsichtig zu sein. Und dann waren die Schlafzimmer ungeheizt, und ich fröstelte und zitterte schon jetzt.

»Findest du's nicht furchtbar kalt, Camilla?«

»Nein, nicht besonders. Mach, daß du ins Bett kommst, dann wird dir bald warm.« Sie ging zu ihrem eigenen Zimmer, das vier Türen weiter weg lag.

Ich wußte natürlich, daß ich nicht einschlafen könnte und daß mir auch nicht warm würde, denn zu allem übrigen blies auch noch ein eisiger Wind durch das Fenster, das aus irgendeinem rätselhaften Grund oben fünfzehn Zentimeter weit offenstehen mußte.

Nicht das Fenster schließen. Dieses Fenster darf nicht geschlossen werden.

Ich lag immer noch fröstelnd wach und umklammerte meine Knöchel mit den Händen, als das Dienstmädchen – es hieß Jarvis – an die Tür klopfte. »Ich bringe Ihnen eine Wärmflasche, Miss.«

»O danke. Das ist furchtbar nett von Ihnen.«

»Es ist meine eigene«, sagte sie. Sie fragte, warum ich nicht das Fenster zumachte.

»Ich hab' gedacht, das dürften wir nicht.«

Ohne etwas zu sagen, schob sie das Fenster hoch. Ich streckte die Beine aus, legte die Wärmflasche an die Stelle, wo mir der Rücken wehtat, und bedankte mich noch einmal. Ich hoffte, sie würde gehen, aber sie blieb an der Tür stehen.

»Ich wollte Ihnen sagen, Miss, daß mir die Theateraufführung in diesem Schulhalbjahr sehr gefallen hat. Sie waren sehr gut in der Rolle von diesem Jungen.«

»Autolycus.«

»Also, an den Namen hab' ich mich nicht erinnert, aber Sie haben mir wirklich gefallen.«

»Das freut mich«, sagte ich. »Gute Nacht, Jarvis, erkälten Sie sich nicht in diesem eiskalten Zimmer.«

»Ich hab' einmal großen Erfolg bei einer Amateuraufführung gehabt«, fuhr sie verträumt fort. »Ich habe die Rolle eines blinden Mädchens gespielt.«

»Sie haben ein blindes Mädchen gespielt? Wie merkwürdig. Als ich Sie nämlich zum erstenmal sah, dachte ich –« Ich unterbrach mich. »Da dachte ich, Sie wären vermutlich eine gute Schauspielerin, weil Sie kein bißchen steif wirken.«

»Die Blumen, die ich bekam«, sagte sie. »Rosen und so. Das ist natürlich lange her, ich war noch ein junges

Mädchen, aber ich kann mich immer noch an meine Rolle erinnern, an jedes Wort davon.«

»Wie schön«, war alles, was mir einfiel. Sie löschte das Licht und machte die Tür ziemlich geräuschvoll hinter sich zu.

Sie hatte eine Blinde gespielt. Und ich hatte geglaubt, sie sei blind. Aber so etwas passierte mir nicht zum erstenmal. Ich hatte aufgehört, mir den Kopf über Spuren zu zerbrechen, die nirgendwohin führten.

Nachdem Camilla am nächsten Tag nach dem Frühstück abgereist war, brachte ich irgendwie den Vormittag herum und dachte dabei, daß ich wenigstens nicht radfahren mußte. Die Patey war nicht da.

Miss Patey hatte versucht, mir das Radfahren beizubringen. Sie schwebte immer graziös voraus, als habe sie nichts mit mir zu schaffen, und ich fuhr hinterher und schwankte dabei gefährlich von einer Seite zur andern. Einmal, als ich auf dem Weg nach Newnham in einen Graben gefallen war, drehte sie sich um und fragte in gleichgültigem Ton, ob ich mir wehgetan hätte. »O nein, Miss Patey, überhaupt nicht.« Ich kletterte aus dem Graben und hob das Fahrrad wieder auf. »Dein Strumpf ist ja zerrissen, und auf dem Knie hast du eine ganz schöne Schramme.« Sie sprach erst wieder mit mir, als wir zur Trumpington Road kamen. »Du solltest hier besser absteigen und dein Fahrrad schieben.« »Ja, Miss Patey.«

Ich humpelte die Trumpington Road entlang... vorbei am Haus von Mrs. G., einer entfernten Verwandten meines Vaters. Ich durfte sie jeden Samstagnachmittag zum Tee besuchen... Sie hieß Jeanette und war eine sehr schöne, stattliche alte Dame mit dichtem weißem Haar, riesengroßen schwarzen Augen und einem klassischen Profil. Sie trug nur zum Lesen eine Brille, und ihre Hände waren schlank und sahen durchsichtig aus. Sie sprach über das Cambridge ihrer Jugendzeit und die berühmten Männer, die sie gekannt hatte. »Der arme Darwin. Er ist durch die Labyrinthe der Schöpfung geirrt und hat dabei seinen Schöpfer verloren.« Oder: »Natürlich war Fitzgeralds Übersetzung aus dem Persischen nicht wirklich präzise...«; und das Hohelied war eine Allegorie auf Christus und Seine Kirche.

Ein anderes Mal erzählte sie mir, sie sei beinahe auf und davon gegangen (vermutlich war sie ihres zerstreuten alten Ehemannes überdrüssig geworden). Sie hatte schon gepackt und war im Begriff aufzubrechen, aber als sie ihren Hut feststeckte, sah sie im Spiegel, wie ihr der Teufel über die Schulter grinste. Sie erschrak so sehr, daß sie es sich anders überlegte.

»Und wie sah der Teufel aus?« fragte ich neugierig. Aber das erzählte sie mir nie.

Wie so viele schöne alte Frauen jener Zeit hatte sie ein ihr treu ergebenes Dienstmädchen, vor dem ich ziemlich Angst hatte: Sie sah mich so streng an, wenn sie mir die Tür öffnete, und sie lächelte nie dabei. Jetzt im nachhinein fällt mir ein, daß auch Jarvis nie lächelte.

Keines der Mädchen wollte glauben, daß ich vorher noch nie ein Fahrrad besessen hatte und daß es auf der Insel nur ganz wenige gab. »Wie bewegt man sich denn fort, wenn es keine Züge, Busse, Autos oder Fahrräder gibt?« fragten sie mich immer wieder. »Mit Pferden, Maultieren, Kutschen, Wagen, Einspännern.« Augenzwinkern, Gelächter. Heißt es »Honey don't try so hard« oder »Honey don't cry so hard«? »Woher soll ich das wissen?« »Na ja, das ist ein Niggerlied, das müßtest du eigentlich kennen.« Als ich aber merkte, daß sie zwar nie die Wahrheit glaubten, dagegen die unglaublichsten Lügengeschichten schluckten, amüsierte ich mich wiederum gar nicht schlecht.

An jenem ersten Feriennachmittag war ich zuerst den Kiesweg entlanggegangen, der das schmutziggrüne Hockeyfeld umgab, ging dann durch eine Blumenrabatte und sah in eines der düsteren Klassenzimmer. Es war ein graugelber Tag. Nicht so schlimm wie die grellweißen Tage oder die, an denen ein eisiger Wind blies. Aber immer noch schlimm genug. Der Himmel hatte die Farbe der Hoffnungslosigkeit, aber sie merken es nicht, sie sind daran gewöhnt, und sie erwarten, daß auch ich mich daran gewöhne.

Und während ich auf die leeren, gespenstisch wirkenden Schulbänke starrte, spürte ich einen Kloß in meiner Kehle – Tränen – und mein Herz als schweres, schmerzendes Gewicht. Natürlich hatten mich auch schon andere Male Vorahnungen gestreift, kalt und klamm wie die Flügel einer Fledermaus, aber nie war es so gewesen wie jetzt. Verzweiflung, graugelb wie der Himmel. Ich blieb in der Kälte vor dem Fenster stehen und dachte: ›Was soll aus mir werden? Warum bin ich überhaupt hier?‹

An einem heißen, stillen Nachmittag im Juli hatte man mir gesagt, daß ich in Begleitung meiner Tante Clare, die das vergangene halbe Jahr bei uns verbracht hatte, nach England gehen sollte. Ich sollte in Cambridge auf eine Schule namens The Perse gehen.

»Es ist sehr lieb von ihr, daß sie sich um dich kümmert.« Ich merkte, daß mein Vater mich kritisch, mißbilligend ansah. »Ich bin sicher«, sagte er, »daß es dir sehr guttun wird.«

»Das hoffe ich aufrichtig«, sagte Tante Clare, aber es klang nicht sehr überzeugt.

Diese Unterredung machte mich frösteln, und ich blieb den ganzen Abend lang stumm. (Mir fiel auf, daß auch meine Mutter nichts sagte.) Ich ging früh auf mein Zimmer und holte das Schulheft hervor, das ich »Geheime Gedichte« überschrieben hatte.

Ich gehe nach England
Was werd' ich dort finden?

»Egal was
Nicht, was ich suchte«, sagte Byron.

Nicht, was ich suchte,
nicht, was ich suche.

Danach schrieb ich lange Zeit keine Gedichte mehr.

Unglücklicherweise war es in jenem August in London grau und düster, nicht kalt, aber niemals sonnig oder klar. Meine Tante Clare, eine unermüdliche Spaziergängerin, schleppte mich zu allen Sehenswürdigkeiten, und nach einer Woche schlief ich an den unwahrscheinlichsten Orten ein: in St. Paul's, in der Westminster Abbey, bei Madame Tussaud, in der Wallace Collection, im Zoo, sogar in ein oder zwei Läden. Sie ging schnell, war dabei aber geistesabwesend, und es fiel mir nicht schwer, hinter ihr zurückzubleiben und einen Stuhl oder eine Bank zu finden, um mich niederzulassen.

»Sie kann nichts dafür«, erklärte sie einmal in meinem Beisein. »Es ist der Klimawechsel, aber es kann schon recht lästig sein.«

Ein Fehler nach dem andern.

Aber ich weiß genau, an welchem Tag ich mein Selbstvertrauen verlor und wie statt dessen eine kalte Vorsicht Besitz von mir ergriff. Das war, als sie mir das häßliche Kleid statt des hübschen weinroten kaufte.

»Es paßt hervorragend«, sagte die Verkäuferin, »und die junge Dame ist so blaß, sie braucht ein bißchen Farbe.«

Meine Tante sah auf das Preisschild. »Nein, das ist ganz und gar nicht das Richtige«, sagte sie und suchte ein langweiliges Kleid aus, das mir überhaupt nicht gefiel. Ich widersprach nicht, denn der große Laden und die Verkäuferin, die mir sehr schön vorkam, verwirrten mich. Aber es brach mir das Herz. Ich würde vor einer Menge fremder Mädchen in diesem scheußlichen Aufzug erscheinen müssen. ›Darin müssen sie mich ja unsympathisch finden.‹

Draußen auf der unwirtlichen Straße bestiegen wir den mir so verhaßten Bus (ständig war man zwischen wildfremden Menschen eingezwängt – Millionen wildfremder Menschen in dieser gräßlichen Stadt). Die Räder des Busses sagten: ›Und *wenn* ich sag', so *wird's* gemacht, fragt *sie* zurück, wie *wird's* gemacht.‹ (Man würde sich nie getrauen zu sagen, wie man es macht, man würde es nicht geradeheraus sagen, die Art, wie man es macht, ist zu gemein.)

In Cambridge weigerte ich mich, irgend etwas anderes zu sagen als »O ja, das ist wirklich sehr schön. Diese Brücke, dieses Gebäude. King's College Chapel. O ja. Sehr schön.«

»Ist das alles, was du zu King's College Chapel sagen kannst?« fragte Miss Born geringschätzig.

Insgeheim dachte ich, ein protestantischer Gottesdienst sei in King's College Chapel völlig fehl am Platz, es fehlten der Weihrauchgeruch, die prächtigen Meßgewänder und lateinischen Gebete. ›Ihr habt vergessen, daß ihr die Kirche den Katholiken gestohlen habt, aber sie hat es nicht vergessen‹, dachte ich. Zum Glück sagte ich das nicht.

»Sie haben wirklich sehr schön gesungen.«

Ich ging also neben dem Hockeyfeld auf und ab, bis ich aufgehört hatte zu weinen, und kehrte dann in das kleine Eßzimmer zurück, in dem immer ein stattliches Feuer brannte, das muß man ihnen lassen. Aber ich konnte nichts essen, und Miss Rode schickte mich ins Bett.

»Ich habe gehört«, sagte sie, »daß du unter der Kälte leidest. Du bekommst also noch ein paar Decken, und

Jarvis wird dir eine Wärmflasche und heiße Milch bringen.«

Es war warm und gemütlich im Bett, und ich versuchte, während ich so dalag, mir meine Ängste auszureden. Schließlich sind es schlimmstenfalls nur noch achtzehn Monate, sagte ich mir, und obwohl ich nicht unbedingt nach Hause zurück will, ist alles immer noch da, unverrückbar und ungefährdet, die Straße, der Sandbüchsenbaum, die steinernen Stufen, die lange Galerie mit dem runden Tisch am Ende. Aber ich stellte überrascht fest, wie zusammengestückelt, vage und lückenhaft meine Erinnerungen geworden waren. Ich hatte so vieles so rasch vergessen.

Ich erinnerte mich an die Sterne, aber nicht an den Mond. Der Mond war anders, aber auf welche Weise anders? Ich wußte es nicht. Ich erinnerte mich deutlicher an die Schatten der Bäume als an die Bäume selbst, erinnerte mich an den Klang des Regens, aber nicht an den Klang der Stimme meiner Mutter. Jedenfalls nicht richtig. Ich erinnerte mich an den Geruch von Staub und Hitze, an die Kühle der Farne, aber nicht an den Duft auch nur einer einzigen Blume. Und die Berge, die Hügel und das Meer, die waren nicht nur Tausende von Meilen entfernt, sie waren Jahre entfernt.

Ungefähr drei Tage vor dem Ende der Ferien überreichte mir Miss Rode einen Brief aus der Schweiz. »Aber ich kenne niemand in der Schweiz.«

»Mach ihn auf, und du weißt mehr«, sagte sie.

Ich ließ den Brief eine Weile unter meinem Kopfkissen liegen, weil ich dachte, ich hätte dann etwas, worauf ich mich bis zum nächsten Morgen freuen könnte, aber ich war zu neugierig und konnte nicht abwarten. Ich machte ihn auf – er war unterschrieben mit »Myrtle«. Ich war enttäuscht. Worüber in aller Welt konnte mir Myrtle, ein Mädchen, das ich kaum kannte, etwas schreiben? Doch war dies der Brief, der mein Leben verändern sollte.

Liebes Westindien,

ich habe viel an dich gedacht, seit ich in der Schweiz bin, vielleicht weil sich meine Mutter scheiden läßt. Ich begreife nun, daß wir uns in allem, worauf es ankommt, wie ein Haufen blöder Idioten angestellt haben, Du aber nicht, glaube ich. Es waren all die Sätze in Winter's Tale, *die Miss Born streichen wollte, und Du hast sie so deklamiert, als wüßtest Du, was sie bedeuten. Meine Mutter sagte, die anderen Mädchen hätten neben Dir wie Wachsfiguren ausgesehen, und als Du Deine Mütze fallen ließest, hättest Du sie so natürlich wieder aufgehoben, wie eine geborene Schauspielerin. Sie sagt, Du solltest zur Bühne gehen, warum tust Du's nicht? Mir gefällt es prima in der Schweiz. Es gibt viele Engländer hier, und meine Mutter sagt, so ein Jammer! Sie kann sehr sarkastisch sein. Laß bald von Dir hören. Ich hatte einfach das Gefühl, ich müßte Dir das schreiben.*

Viele Grüße
Myrtle

Wieder und wieder las ich den Brief, dann drehte ich mich im Bett hin und her und dachte mir eine Antwort aus. ›Liebe Myrtle, danke für den Brief. Ich wußte nicht, was die Wörter bedeuteten, mir gefiel einfach ihr Klang. Ich fand deine Mutter sehr hübsch, allerdings – ja, ein bißchen sarkastisch.‹

Dann schrieb ich den Brief an Myrtle nicht mehr in Gedanken weiter, denn plötzlich wußte ich genau, so als hätte ich eine Eingebung, was ich machen wollte. Am nächsten Tag schrieb ich an meinen Vater. Ich sagte ihm, daß ich unbedingt Schauspielerin werden und auf die Akademie der Dramatischen Künste in der Gower Street gehen wollte.

»Ich bin mir *ganz* sicher. Bitte überleg es Dir ernsthaft. Ich habe nichts gegen die Schule, und ein paar von den Lehrerinnen sind ganz nett, aber es ist wirklich Geldverschwendung, daß ich hier bin...«

Die Antwort kam und lautete ja, und ich war glücklicher als je zuvor in meinem Leben. Nichts konnte mich berühren, weder Lob noch Tadel, noch ungläubiges Lächeln. Ein neues Schulhalbjahr hatte begonnen, aber Myrtle war nicht zurückgekommen, und Camilla war immer noch in Thaxted.

»Man muß eine Aufnahmeprüfung machen«, sagten sie mir. »Du wirst sie nicht bestehen.«

»Doch, das werde ich«, aber in Wirklichkeit war ich außerordentlich aufgeregt wegen der Prüfung und überrascht, als ich sie bestand. Die Prüfer hatten so schrecklich gelangweilt gewirkt. Damals hieß die Akademie noch nicht ›Königliche‹ Akademie, und man nannte sie allgemein ›Tree's Schule‹. Vielleicht war man damals nicht so wählerisch.

Meine Tante brachte mich in einer Pension am Upper

Bedford Place unter und überließ mich meinem Schicksal; die ganze Angelegenheit gefiel ihr überhaupt nicht. Trotzdem kam sie bald nach London zurück und nahm sich eine kleine Wohnung in der Nähe der Baker Street, um selbst zu überprüfen, wie es mit mir weiterging.

»Wenn man von hinten erstochen wird, fällt man so hin, und wenn man von vorn erstochen wird, fällt man so, aber wenn man sich selber ersticht, fällt man wieder anders. Nämlich so.«

»Ist das alles, was du gelernt hast?«

»Nein.« Ich erzählte von Fechtstunden, Ballett, Sprechunterricht, Gestik. Und so weiter. »Ihr führt keine Stücke auf?« wollte sie wissen. »Doch, natürlich. Ich spielte die Celia in *Wie es euch gefällt*, und einmal haben wir *Paolo and Francesca* aufgeführt.« Und ich war Francesca in dem kleinen dunklen Wohnzimmer.

»Nun bin ich frei und froh,
Leicht wie ein Tänzer, wenn das Spiel anhebt,
Die Bande, die mich fesseln, werf' ich ab ...«

»Du wirst schon noch merken, daß einen das teuer zu stehen kommt«, sagte meine Tante.

Ich verbrachte die Ferien bei Verwandten in Yorkshire, und eines Morgens in der Frühe weckte mich mein Onkel mit einer Kabeldepesche, in der der plötzliche Tod meines Vaters mitgeteilt wurde. Ich war ganz ruhig, und er schien überrascht, aber in Wirklichkeit hatte ich es nicht begriffen, ich glaubte ihm nicht.

Harrogate war erfüllt von Musik in jenem Spätsommer. Ziehharmonikas, Harfen, Drehorgeln, Gesang. Eines Nachmittags, als ich in einer mir fremden Straße einem Mann zuhörte, der sang »Vielleicht ist's für Jahre, vielleicht ist's für immer«, brach ich in Tränen aus und konnte nicht mehr aufhören, nachdem ich einmal angefangen hatte.

Bald danach verfrachtete man mich zu Tante Clare in Wales, die verantwortlich für mich war. »Du heulst, ohne dich auch nur ein bißchen zusammenzunehmen«, sagte sie zu mir am Tag nach meiner Ankunft. ›Und du beobachtest mich, ohne dich auch nur ein bißchen zusammenzunehmen‹, dachte ich.

Unten am Garten meiner Tante floß ruhig und träge ein Fluß namens Afon vorbei. Während sie hin und her ging und auf das Wasser sah, sagte sie, sie könne meinen Kummer verstehen. Der Tod meines Vaters bedeute, daß man mich unmöglich länger an einer Theaterschule in London studieren lassen könne. »Das kommt gar nicht in Frage.« Meine Mutter hatte ihr geschrieben, sie wünsche, daß ich sofort nach Hause zurückkehrte. Ich sagte, das wolle ich nicht, »noch nicht«. »Aber du mußt.« »Nein, ich will nicht ...«

Tante Clare wechselte das Thema. »Was für ein schöner Tag. Eine richtige Gottesgabe« (in der Art redete sie immer). Während sie weitersprach, wiederholte ich im stillen: ›eine richtige Gottesgabe‹.

Schließlich fuhren wir nach London, um ein paar Sommersachen einzukaufen, und an einem Nachmittag, an dem Tante Clare Freunde besuchte, ging ich zur Agentur Blackmore am *Strand* und wurde nach einigem

Hin und Her für die Tanzgruppe eines umherreisenden Revuetheaters engagiert. Ich war überrascht, als mir Tante Clare vorwarf, ich hätte mich hinterlistig und empörend benommen. Ein hitziger Streit folgte.

Sie sagte, mein Vertrag sei angesichts meines jugendlichen Alters juristisch nicht bindend, und drohte, das Engagement zu verhindern. Ich sagte, wenn sie das tue, würde ich einen jungen Mann von der Akademie heiraten, von dem ich wußte, daß sie ihn nicht ausstehen konnte. Er war einmal zum Tee in ihrer Wohnung in Marylebone gewesen. »Vielleicht ist er schrecklich, aber er hat eine Menge Geld.« »Woher weißt du das?« fragte meine Tante in verändertem Ton, einem scharfen Ton.

»Er hat mir einen Brief seiner Vermögensverwalter gezeigt. Er ist einundzwanzig. Außerdem wissen alle an der Akademie, wer Geld hat und wer nicht. Darüber wissen sie jedenfalls Bescheid.«

»Wenn dieser junge Mann wohlhabend ist, solltest du dir deine Antwort genau überlegen.«

»Ich habe ihm die Antwort schon gegeben. Ich sagte nein. Aber wenn du dich in die Sache mit meinem Vertrag einmischst, werde ich ihn heiraten und unglücklich werden. Und das wird deine Schuld sein.«

So ging es noch eine ganze Weile. Dann sagte Tante Clare, man könne billigerweise nicht von ihr erwarten, daß sie sich mit mir weiter darüber auseinandersetze, und daß sie meiner Mutter schreiben werde. »Vielleicht sind wir schon bei den Proben, bis die Antwort kommt«, sagte ich hoffnungsvoll. Doch der Brief, den meine Mutter dann schrieb, war sehr vage. Sie billigte mein Vorhaben nicht, aber sie mißbilligte es auch nicht völlig. Es schien, als sei sie in Anbetracht ihrer Trauer um meinen Vater und der Sorgen um Geld erleichtert, daß ich mir meinen Lebensunterhalt in England selbst verdienen würde. »Was heißt hier Lebensunterhalt«, sagte meine Tante.

»Manche Leute kommen mit ihrer Gage aus. Warum nicht ich?«

Die Truppe führte ein Musical namens *Our Miss Gibbs* auf. Die Proben wurden im Nationalen Sportclub abgehalten, irgendwo in der Gegend von Leicester Square und Covent Garden. Ein großer Saal mit einer Bühne auf einer Seite. Manchmal kamen ziemlich verschüchtert wirkende Boxer vorbei – vermutlich auf dem Weg in andere Räume. Das Wetter war neblig. Zuerst war es ein schwarzer, dann ein gelber Nebel. Ich fühlte mich nicht wohl, aber ich fehlte nie bei den Proben. Einmal begleitete mich meine Tante, und die Mädchen waren so begeistert von ihr, daß ich sie in einem ganz neuen Licht sah. »Ist das deine Tante? Oh, die ist aber nett.«

Sie war eine nette Frau, das sehe ich heute ein. Es war lieb von ihr, daß sie sich um mich kümmerte, ihrem Lieblingsbruder zuliebe. Aber sie war nicht gerade gefühlvoll. Selbst ein flüchtiger Kuß auf die Wange war selten. Und ich sehnte mich nach Zuneigung und Bestätigung. Die bei weitem freundlichste Erinnerung an meine Zeit in Cambridge war die an einen Studenten, der mich mit dem Rad umgefahren hatte, als ich die

Straße überquerte. Ich war nicht verletzt, aber er half mir so behutsam hoch und entschuldigte sich so überschwenglich, daß ich noch lange an ihn dachte.

Im Gespräch mit den anderen Mädchen wurde mir klar, daß einige einen Horror hatten vor der Wintertournee in den Norden. Wir würden nach Oldham gehen, nach Bury, Leeds, Halifax, Huddersfield und so weiter. Und einer von den Jungen in der Truppe zeigte mir die selbstgemalte Skizze einer Straße in einer Stadt im Norden. Er hatte sie betitelt: ›Warum wir uns betrinken‹. Aber trotz alledem war ich glücklich und aufgeregt.

Der Mann aus der Agentur, der mich engagiert hatte, besuchte einmal eine Probe. Er kam auf mich zu und sagte leise: »Erzählen Sie den anderen Mädchen nicht, daß Sie an der Tree's Schule waren. Möglicherweise finden sie das gar nicht gut.« Ich hatte keine Ahnung, was er damit meinte. Aber ich versprach ihm: »Nein, ich werde es niemand erzählen.«

Vor der Sintflut

Als ich Daisie kennenlernte, spielte sie Lily Elsies Rolle in der englischen Bühnenfassung des *Grafen von Luxemburg* (Lily war entweder krank oder verreist). Sie war sehr schön, vielleicht das schönste Mädchen, das ich je gesehen habe. Manchmal glaube ich, daß es heutzutage zwar sehr viel mehr hübsche und attraktive Mädchen gibt, aber weniger hinreißende Schönheiten als damals.

Auch unter den Revuegirls der einzigen Pantomime am Lyceum Theatre, bei der ich je mitspielte, gab es eine Schönheit. Sie hieß Kyrle, und es amüsierte mich, wie die Kellnerinnen im Lyons auf sie reagierten. Statt des scharfen, abschätzenden, koketten Blicks, mit dem sie ein durchschnittlich hübsches Mädchen musterten, trat ein verwunderter, demütiger Ausdruck in ihr Gesicht – so wie man Prinzessin Graziosa oder das eben erwachte Dornröschen betrachten würde, begegnete man ihnen auf einem Spaziergang.

Daisie war noch größer und eindrucksvoller als Kyrle. Sie hatte dunkelrotes, zwar nur schulterlanges, doch sehr dickes naturgewelltes Haar, riesige blaue Augen und lange goldene Wimpern, die sie nie tuschte; sie tat nur ein bißchen Vaseline auf die Spitzen und auf die Lider. Manchmal, wenn sie meinte, sie sähe blaß aus, legte sie einen Hauch Rouge auf. Sie hatte klassische Züge – keine Adlernase, sondern eine griechische –, einen üppigen schönen Mund und regelmäßige weiße Zähne. Für eine Musicalsängerin und -schauspielerin war sie ziemlich groß, aber sie war schlank und hatte eine sehr gute Figur. Ich war ziemlich verwundert, als ich mit der Zeit merkte, daß sie ganz schön boshaft war, doch war ihre Bosheit, so empfand ich es stets, unschuldiger Art.

Wenn sie über andere herzog, wurde sie zunehmend ausfälliger, genau wie die Revuegirls. Sie fing verhältnismäßig harmlos an: »Natürlich ist sie eine Nutte«, und bezichtigte am Ende das Mädchen aller nur erdenklichen Laster. Vor allem schien es sie zu irritieren, wenn eine ihrer Freundinnen heiratete, besonders wenn der Mann reich oder berühmt war. »Sie ist nicht der Typ, der überhaupt heiraten sollte, wenn man bedenkt, was für ein Leben sie geführt hat, und was ihn angeht, also, jedermann weiß doch, daß er durch und durch verdorben ist. Ein schönes Paar! Gott schütze ihre Kinder – falls sie welche kriegen«, schloß sie dann fromm. Das alles hinderte sie nicht daran, die Freundin zu küssen, wenn sie ihr das nächstemal begegnete, und ganz aufrichtig, oft mit Tränen in den Augen zu sagen: »Schätzchen, ich hoffe, du wirst unendlich glücklich werden.«

Eigentlich war sie sehr großzügig und konnte spontan freundlich sein. Jedenfalls war sie freundlich zu mir, wenn auch auf ziemlich gönnerhafte Art. Obwohl ich so dünn war, trug ich lange, enganliegende Fischbeinkorsetts. Eines, das sehr teuer gewesen war, ließ meine Taille ganz schlank erscheinen, und die große Satinschleife vorn sollte für die notwendigen Kurven sorgen. Beim Anblick dieses Kleidungsstücks schüttelte sich Daisie vor Lachen, und bald hatte sie mich dazu überredet, es wegzuwerfen und einen Strumpfhalter zu tragen. Sie billigte auch nicht die Spitzen und Rüschen an meiner Unterwäsche, die, so sagte sie, nicht mehr in Mode seien. Also trug ich statt dessen nach kurzer Zeit enganliegende Schlüpfer im Directoirestil. Auf einige ihrer Vorschläge konnte ich nicht eingehen, ich fror zu sehr, doch ich kam allmählich dahinter, daß es um so besser war, je spärlicher meine Unterwäsche ausfiel. Dann überwachte sie den Kauf eines Kostüms, und derart ausgestattet wurde ich zu George Edwardes mitgenommen, dem zu jener Zeit wichtigsten Impresario.

Ich war ziemlich enttäuscht von dem »Guv'nor«, wie man ihn nannte, nachdem ich viele schlüpfrige Geschichten über ihn gehört hatte. Er war ein ruhiger Mann, der mir eine Tasse Tee und ein paar gute Ratschläge offerierte – die ich natürlich nicht befolgte. Immerhin bot er mir an, als Revuegirl bei seiner wichtigsten Truppe mitzumachen, die in allen großen Städten gastierte – Manchester, Dublin, Edinburgh, Liverpool –, und versprach, wenn alles glattginge und die Berichte über mich gut ausfielen, würde er mich in die nächste Show bei Daly's aufnehmen.

Ich war sehr zufrieden. Dieses Angebot bedeutete einen entscheidenden Schritt nach vorn, gemessen an der Arbeit für den Mann, bei dem ich bis dahin engagiert gewesen war und der alles auf die billige Tour betrieb, uns sogar auf einem Schiff, das Vieh geladen hatte, nach Irland verschickte. Wir alle waren furchtbar seekrank, und als wir in Cork von Bord marschierten, betrachtete ich die anderen Mädchen und dachte, was für ein heruntergekommener Haufen wir doch waren. Kein Wunder.

Daisie und ich lernten uns recht gut kennen, und ich war oft in ihrer Wohnung in der Nähe von Marble Arch, an die ich mich hauptsächlich erinnere wegen der künstlichen Schmetterlinge auf dem Tüll vor den Fenstern und auf den Vorhängen ihres riesigen Betts. Ihre Mutter, ein alter Drachen, konnte mich nicht leiden, so daß ich nicht behaupten kann, ich hätte jeden meiner Besuche dort sehr genossen, und ich kam mir wie ein Page vor, wenn ich hinter Daisie ein schickes Restaurant betrat und dabei die Blumen trug, die sie nach dem Auftritt bekommen hatte. »Ich glaub', ich brauch' was Kräftiges«, sagte sie immer.

Sie gab ihr Alter mit vierundzwanzig an, und viel älter kann sie nicht gewesen sein, doch sie stand schon seit Jahren auf der Bühne. Sie hatte, noch bevor sie zehn war, als Elfe in pantomimischen Märchenspielen angefangen und dann weitergemacht. Sie war in einmaligen Gastspielen aufgetreten. Eine mörderische Arbeit, sagte sie. Sie hatte Auftritte in Varietétheatern gehabt, wo sie als Gesangsstar angekündigt worden war, und sie hatte auch wirklich eine schöne Sopranstimme, frisch und überzeugend. Sie arbeitete hart an ihrer

Stimme und nahm immer noch Stunden zu der Zeit, als ich sie kannte. Ihre Lehrerin, eine Italienerin, war eine bekannte Opernsängerin gewesen und sehr gut, wie Daisie sagte.

Doch es nutzte nichts. Ihr Gesicht, ihre Stimme, nichts schien beim Publikum anzukommen. In der Bond Street pflegten sich die Leute nach ihr umzudrehen und sie bewundernd anzustarren. Auf der Bühne war sie bloß ein sehr hübsches Mädchen unter einer Menge anderer hübscher Mädchen. Lieder, die das Publikum zu Begeisterungsstürmen hinrissen, wenn Lily Elsie sie sang, bekamen nur höflichen Beifall. Das war Daisie ein Rätsel, und sie machte sich Gedanken darüber. Natürlich konnte sie nicht schauspielern, sie war immer nur Daisie, die Tochter eines Polizisten aus Manchester, und keineswegs ein Wiener Opernstar oder was immer sie darzustellen versuchte.

Als ich sie kennenlernte, machte sie sich über launenhafte Schauspielerinnen lustig und erzählte mir, daß Lily Elsie nach ihrem großen Auftritt immer ohnmächtig wurde, wenn sie von der Bühne kam. Zwei Bühnenarbeiter waren in den Kulissen postiert, um sie aufzufangen, wenn sie umsank. Sie, Daisie, hielt dies für einen Trick – alles nur vorgetäuscht und unglaublicher Blödsinn.

Doch allmählich änderte sie ihre Meinung. Sie hörte auf, über launenhafte Anwandlungen zu spotten. Im Gegenteil, sie erzählte mir, ihr selbst sei jetzt oft schwindlig und übel, und sie merke, daß die große Anspannung ihr zu schaffen mache. An einem Abend sei auch sie beinahe ohnmächtig geworden. Sie sagte dies mit gewissem Stolz, so als habe sie etwas geleistet.

Bald waren Daisies Ohnmachtsanfälle oder Beinahe-Ohnmachtsanfälle genauso eine Routineangelegenheit, wie die von Lily Elsie es gewesen waren, und leider beschränkten sie sich nicht auf die Bühne. Wenn man mit ihr diskutierte oder ihr womöglich widersprach, pflegte sie immer häufiger zu seufzen, die Hand an den Kopf zu halten und sich fallen zu lassen.

Die Schmetterlinge verschwanden (vermutlich hatte ihr jemand gesagt, das sei zu sentimental). Sie wurden durch riesige Spinnen ersetzt. Ich konnte die Dinger nicht ausstehen und betrachtete sie jedesmal nervös, wenn ich in Daisies Wohnung kam, denn ich war mir nie ganz sicher, ob sie nicht doch echt waren. Sie waren einfach zu naturgetreu, wie sie so an Lampenschirmen und Tapeten hinaufkrochen.

Eines Tages bat sie mich, sie um die Mittagszeit zu besuchen. Sie wollte mit mir reden. Über etwas Wichtiges. Ich wußte, daß zwölf Uhr für Daisie sehr früh war, war jedoch pünktlich da. Zum Ausgehen angezogen, öffnete sie mir die Tür, begrüßte mich knapp und kühl und begann dann, im Wohnzimmer auf und ab zu gehen.

Schließlich sagte sie: »Ich hab' gehört, daß du überall herumtratschst über mich und Lügen erzählst. Ich finde das ziemlich gemein, nach allem, was ich für dich getan habe.«

Ich sagte, ich würde niemals tratschen, und schon gar nicht über sie. Tratsch interessiere mich nicht. »Und wem erzähle ich angeblich Lügen und Tratschgeschichten?« Ich sprach voller Zorn, denn ich war überrascht und ziemlich verletzt. Statt einer Antwort öffnete Daisie die Augen ganz weit, stieß einen kleinen Schrei aus und stürzte zu Boden, wobei sie einen kleinen Tisch umstieß.

Ich erschrak furchtbar. Sie schien bewußtlos, und ich wußte nicht, was ich tun sollte. Ich überlegte, ob ich ihr ein Kissen unter den Kopf legen sollte, dann fiel mir ein, daß es nicht bei jeder Ohnmacht das Richtige war. Brandy? Aber ich wußte nicht, wo er stand.

Ich war immer noch wie vor den Kopf geschlagen, als die Tür aufging und ein Mann hereinkam, der mich vorwurfsvoll anstarrte. Er mußte auf Daisie gewartet haben, um sie zum Mittagessen auszuführen. Dann tauchte ihre Mutter aus der Küche auf; ein Blick auf sie, und ich wußte, daß mir ein Hagel von Schimpfworten bevorstand. Ich hatte das Gefühl, daß ich das nicht ertragen könnte, und rannte aus der Wohnung, auf die Straße hinaus. Beim Hinausgehen hörte ich den Mann flöten: »Mein armes liebes Kleines, was hat man dir getan, mein armer kleiner Schatz.«

Bald danach änderte sich mein Leben, alles änderte sich, und nie wieder sah und hörte ich etwas von Daisie.

Auf sitzende Vögel schießt man nicht

Das Gedächtnis läßt sich nicht kontrollieren. Sehr bald merkt man, daß man sich nicht mehr genau an ein Ereignis erinnert, das einmal so wichtig schien, daß man glaubte, man würde es nie vergessen. Oder daß man sich nicht mehr an das Gesicht von jemandem erinnern kann, von dem man hätte schwören können, es sei da für alle Zeiten. Andererseits behält man nebensächliche und bedeutungslose Dinge unter Umständen sein ganzes Leben lang in Erinnerung. Noch heute brauche ich nur meine Augen zu schließen, und ich sehe Victoria, wie sie auf den Stufen zur Vorratskammer Kaffee mahlt, sehe den verglasten Bücherschrank und die Bücher darin, den Pfeifenständer meines Vaters, die Blätter des Sandbüchsenbaums, die Tapete in irgendeinem schäbigen Hotelzimmer, den Friseur in Antibes. So ist mir auch in Erinnerung, wie ich die rosaseidene Mailänder Unterwäsche kaufte, ich erinnere mich an den Verkäufer und daran, wie ich mit dem Päckchen in der Hand auf die Straße trat.

Ich hatte anfangs jedermann vertraut, und nun vertraute ich niemandem mehr. Daher hatte ich nur wenige Bekannte und keine engen Freunde. Vielleicht war es eine Reaktion auf die unvermeidliche Einsamkeit meines Daseins, daß ich immer wieder gewagte, riskante, sogar skandalöse Dinge tat, ohne zu zögern oder überrascht zu sein. Gewöhnlich enttäuschten mich diese Abenteuer, und sie hinterließen keinen großen Eindruck, weder im Guten noch im Bösen, doch ich verlor nie ganz die Hoffnung auf etwas Besseres oder anderes.

Einmal, ich habe inzwischen vergessen, wo, begegnete ich einem jungen Mann, der mir zulächelte, und als wir uns eine Weile unterhalten hatten, erklärte ich mich einverstanden, in den nächsten Tagen einmal mit ihm zu Abend zu essen. Aufgeregt ging ich nach Hause, denn er gefiel mir sehr, und ich begann mir zu überlegen, was ich anziehen sollte. Ich hatte ein Kleid, das ich ganz gern mochte, einen Abendmantel, Schuhe und Strümpfe, aber ich befand, daß meine Unterwäsche für den Anlaß nicht gut genug war. Am nächsten Tag ging ich hin und kaufte die seidene Mailänder Garnitur.

Da saßen wir nun an einem Tisch und aßen zu Abend, und im Hintergrund war unübersehbar ein Schlafzimmer. Er war jünger, als ich gedacht hatte, und steifer, und eigentlich gefiel er mir doch nicht so besonders. Er musterte mich so mißtrauisch, so unsicher. Als wir mit der Suppe fertig waren und der Kellner die Teller weggetragen hatte, sagte er: »Aber Sie sind doch eine Dame, nicht wahr?«, genauso wie er hätte sagen können: »Aber Sie sind doch in Wirklichkeit eine Schlange oder ein Krokodil, nicht wahr?«

»O nein, oder es fällt jedenfalls nicht auf«, sagte ich, aber das funktionierte nicht. Mürrisch blickten wir uns über den Abgrund hinweg an, der sich zwischen uns aufgetan hatte.

Bevor ich nach England kam, hatte ich viele englische Romane gelesen, und ich bildete mir ein, ich wüßte alles über die Denkweisen und Geschmacksrichtungen verschiedener Arten von Engländern. Rasch beschloß ich, daß ich über die Jagd reden müßte, um diesen Mann zu unterhalten oder sein Interesse zu wecken.

Ich fragte ihn, ob er Westindien ein bißchen kenne. Er sagte nein, er kenne es nicht, und ich erzählte ihm eine lange Geschichte, wie ich mich als Kind einmal in den Wäldern von Dominica verirrt hätte. Das stimmte nicht. Ich war oft im Wald gewesen, aber nie allein. »Heute gibt es keine Papageien mehr«, sagte ich, »oder nur noch wenige. Früher gab es viele. Im Zoo hier ist ein Papagei aus Dominica – haben Sie ihn je gesehen? –, ein griesgrämiger Vogel, sehr alt, glaube ich. Aber es gibt immerhin noch eine Menge anderer Vögel, und man macht Jagdausflüge. Rebhühner schmecken sehr gut, aber Ringeltauben sind ziemlich bitter.«

Dann begann ich einen erfundenen Jagdausflug in Westindien zu beschreiben, und die ganze Zeit, während ich redete, dachte ich daran, wie es wirklich gewesen war. Eine alte Flinte, die in einer Zimmerecke lehnte, der runde Tisch in der Mitte, an den wir uns setzten, um Patronen zu machen, wobei wir die Schrotkügelchen einlegten und sie mit einem Stück Papier in die Hülse stopften. Pulver? Das gab es auch, denn ich erinnere mich an den Geruch. Vermutlich verließ man sich darauf, daß die Jungen vorsichtig sein würden.

Die wirkliche Jagdgesellschaft bestand aus meinen beiden Brüdern, die sich in das Gewehr teilten, ein paar Anhängseln und mir als Schlußlicht der Prozession, denn damals konnte ich es nicht ertragen, bei irgend etwas übergangen zu werden. Sobald die Schießerei losging, schlenderte ich lässig davon, und wenn ich außer Sichtweite war, rannte ich weg, so schnell ich konnte, kauerte mich hinter einen Busch und stopfte mir mit den Fingern die Ohren zu. Nicht, daß mir die Vögel leid getan hätten, aber ich haßte und fürchtete das Knallen der Schüsse. Wenn alles vorbei war, gesellte ich mich wieder ruhig zu den anderen. Ich muß mich dabei unauffällig verhalten haben, oder wahrscheinlich hielten mich meine Brüder für zu unwichtig, als daß sie sich meinetwegen Gedanken gemacht hätten, denn keiner machte je eine Bemerkung über mein seltsames Betragen oder neckte mich deshalb.

Ich erzählte immer weiter und glaubte beinahe selbst, was ich sagte, da unterbrach er mich. »Wollen Sie damit sagen, daß Ihre Brüder auf sitzende Vögel schossen?« Seine Stimme klang kühl und schockiert.

Ich starrte ihn an. Wie konnte ich diesen Mann davon überzeugen, daß ich nicht die leiseste Ahnung hatte, ob meine Brüder auf sitzende Vögel geschossen hatten oder nicht? Wie konnte ich nun erklären, was in Wirklichkeit passiert war? Würde ich es erklären, so hielte er mich für eine Lügnerin. Auch für feige, und damit hätte er recht, denn ich fürchtete mich vor vielen Dingen, nicht nur vor dem Knallen von Schüssen. Doch inzwischen war ich mir nicht mehr sicher, ob er mir überhaupt gefiel, und so verstummte ich und merkte, wie mein Gesicht starr wurde wie seines und wie das Lächeln daraus verschwand.

Es war ein höchst ungemütliches Abendessen. Wir vermieden es beide, zu dem Schlafzimmer hinüberzusehen, und als wir den letzten Bissen hinuntergeschluckt hatten, kündigte er an, er werde mich jetzt nach Hause begleiten. Ich wunderte mich über die Art, wie er dies sagte. Dann sagte ich mir, er sei wahrscheinlich neugierig, zu sehen, wo ich wohnte. Im Taxi sagte keiner von uns ein Wort, außer: »Also, gute Nacht.« »Gute Nacht.«

Mit Bedauern zog ich schließlich mein schönes rosa Unterhemd aus, aber ich tröstete mich mit dem Gedanken: An einem anderen Abend vielleicht, mit einem anderen Typ von Mann.

Ich schlief auf der Stelle ein.

Kikimora

Es läutete. Als Elsa die Tür öffnete, trat ein kleiner, hellhaariger, rundlicher junger Mann heran, verbeugte sich und sagte: »Baron Mumtael«.

»O ja, bitte kommen Sie herein«, sagte Elsa. Sie war sich bewußt, daß ihr Lächeln verlegen war und ihr Auftreten nicht sicher genug, denn sie hatte den raschen Blick, mit dem er sie von oben bis unten gemustert hatte, einschüchternd gefunden. Sie ging voraus und bat ihn, Platz zu nehmen.

»Was für einen eleganten Abendanzug Sie tragen«, sagte Baron Mumtael spöttisch.

»Ja, nicht wahr?... Oh, eigentlich finde ich ihn gar nicht elegant«, sagte Elsa zerstreut. »Ich kann mich in Anzügen nicht ausstehen«, fuhr sie fort und zog sich einen verachtungsvollen Blick aus seinen blaßblauen Augen zu.

»Der große Sessel ist natürlich der Ihres Mannes, und der kleinere ist Ihrer«, sagte der Baron, und seine Mundwinkel verzogen sich dabei nach oben. »Was für eine typische Einrichtung! Wo soll ich Platz nehmen?«

»Wo Sie wollen«, sagte Elsa. »Die ganze Einrichtung steht zu Ihrer Verfügung. Nehmen Sie, was Ihnen am meisten zusagt.« Sein kühler Blick gebot ihr jedoch Einhalt, und aufgeregt fügte sie hinzu: »Möchten Sie ... Sie nehmen doch einen Drink?«

Flaschen mit Whisky, Wermut und Soda standen auf einem roten Lacktablett. »Ich nehme einen Wermut«, sagte Baron Mumtael in bestimmtem Ton. »Kein Soda, danke. Und Sie?«

»Ich glaube, ich nehme einen Whisky«, sagte Elsa und ärgerte sich, daß ihre Hände nervös zu zittern begonnen hatten.

»Wie angenehm, Eiswürfel an einem heißen Nachmittag. Sind Sie ... Haben Sie in Amerika gelebt?«

»Nein. O nein.« Rasch stürzte sie ihren Whisky mit Soda hinunter.

»Charmant«, sagte Baron Mumtael und beobachtete sie boshaft, »charmant. Ich bin so froh, daß Sie keine Amerikanerin sind. Ich finde, manche amerikanischen Frauen sind eine Bedrohung, finden Sie nicht? Die verwöhnte Frau ist stets eine Bedrohung.«

»Und was ist mit dem verwöhnten Mann?«

»Oh, der verwöhnte Mann kann charmant sein. Wer nicht verwöhnt ist, hat keinen Charme.«

»Das sage ich auch immer«, sagte Elsa eifrig. »Wer nicht verwöhnt ist, hat keinen Charme.«

»Nein«, sagte Baron Mumtael. »Keinen. Nicht den geringsten. Was meinen Sie, kommt Ihr Mann erst später?«

»Ich glaube nicht. Ich glaube, da kommt er.«

Nach Stephens Ankunft ließ die Spannung nach. Baron Mumtael hörte auf, auf seinem Stuhl hin und her zu rutschen, und ließ sich ernsthaft über die Politik seines Heimatlandes aus, über seine Liebe zu England und seine Freude darüber, daß er endlich naturalisierter Engländer geworden war.

Elsa ging aus dem Zimmer, um die letzten Vorbereitungen für das Essen zu treffen. Es war gut, dachte sie. Er würde es würdigen müssen. Und tatsächlich sagte er, als er zum erstenmal das Wort an sie richtete, nachdem sie am Tisch Platz genommen hatten: »Ein köstliches Essen! Ich gratuliere.«

»Es kommt alles aus verschiedenen Läden in Soho«, log Elsa.

»Wirklich köstlich. Und dieses Bild hier fasziniert mich. Was soll es darstellen?«

»Das Paradies.«

Ein nackter Mann ritt in ein dunkelblaues Meer hinaus. Dazu gab es einen passenden Himmel, Palmen, in einer Ecke einen Wal und einen Schmetterling in der andern. »Gefällt es Ihnen nicht?« fragte sie.

»Tja«, sagte Baron Mumtael. »Ich finde es farbenprächtig. Ich bin mir ganz sicher, daß es von einer Frau gemalt wurde.«

»Nein, es wurde von einem Mann gemalt«, sagte Elsa. »Er sagte, er habe den Wal und den Schmetterling dazugemalt, weil im Paradies alles seinen Platz findet.«

»Tatsächlich?« sagte Baron Mumtael. »Das hätte ich nicht gedacht. Man kann nur hoffen, daß dem nicht so ist. Sagen Sie mir doch bitte, aus welchem Laden in Soho das Perlhuhn und die wirklich köstlichen sautierten Kartoffeln stammen?«

»Ich hab's vergessen«, sagte Elsa vage. »Irgendwo in der Nähe der Wardour Street oder der Greek Street. Ich hab' ein so schlechtes Ortsgedächtnis. Natürlich muß man die Kartoffeln mit Zwiebeln braten, dann bekommt man so etwas wie Pommes Lyonnaises.«

Baron Mumtael hatte sich jedoch schon wieder abgewandt und setzte sein Gespräch mit Stephen über den bevorstehenden Krieg fort. Er rechnete damit, daß es in drei Monaten soweit wäre (und damit lag er gar nicht so falsch).

Die schwarze Katze, Kikimora, die ruhig in einer Zimmerecke gesessen hatte, sprang auf seinen Schoß. Der Baron schien überrascht, streichelte das Tier vorsichtig, sprang dann auf und sagte: »Mein Gott! Sie hat mich gekratzt, und zwar ziemlich schlimm.« Und tatsächlich war Blut an dem Finger, den er in die Höhe hielt.

»Ich versteh' nicht, was über ihn gekommen ist«, sagte Elsa. »Ich hab' noch nie erlebt, daß er so etwas getan hat. Sonst ist er so friedlich. Du unartiger böser Kater.« Sie ergriff das Tier und beförderte es zur Tür hinaus. »Es tut mir schrecklich leid.«

»Elsa verwöhnt die Katze«, sagte Stephen.

»Ich glaube«, sagte Baron Mumtael, »daß man sich um meinen Finger kümmern müßte. Man kann bei den Kratzern einer Katze gar nicht vorsichtig genug sein. Wären Sie so freundlich, mir etwas zum Desinfizieren zu geben?«

»Er ist keine Katze, er ist ein Kater«, sagte Elsa.

»Tatsächlich?« sagte Baron Mumtael. »Können Sie

mir etwas zum Desinfinzieren geben? Das heißt, falls Sie etwas dahaben«, fügte er hinzu.

»Ich habe Salmiak und Wasserstoffsuperoxyd da«, sagte Elsa streitlustig, da ihr mehrere Whiskys Mut gemacht hatten. »Was ist Ihnen lieber?«

»Meine *liebe* Elsa...«, sagte Stephen.

Sie ließ sie allein und schloß sich im Badezimmer ein. Als sie zurückkam, hielt Baron Mumtael noch immer seinen Finger in die Luft und redete über Politik.

»Ich hab' auch die Watte nicht vergessen«, sagte sie.

Schließlich war der Finger desinfiziert und mit einem makellos weißen Taschentuch verbunden. »Man kann bei einer Katze gar nicht vorsichtig genug sein«, sagte Baron Mumtael immer wieder. Und Elsa holte jedesmal tief Luft und antwortete: »Er ist keine Katze, er ist ein Kater.«

»Auf Wiedersehen«, sagte Baron Mumtael beim Abschied. »Nie werde ich Ihre charmante Abendeinladung vergessen. Auch nicht Ihren eleganten Abendanzug. Es war wirklich lehrreich. Und so typisch.«

Kaum war die Tür hinter ihm zu, da sagte Elsa: »Was für ein schrecklicher Mann!«

»Das finde ich nicht«, sagte Stephen. »Ich finde, er ist ein recht netter Bursche. Es tut wohl, jemanden kennenzulernen, der nicht auf die Engländer schimpft.«

»Nicht auf die Engländer schimpft?« sagte Elsa. »Er würde nie auf die Engländer schimpfen. Es muß beruhigend sein, wenn man seine Einbürgerungsurkunde bekommen kann, nachdem man seine geistige Heimat gefunden hat.«

»Du hast nicht gerade brilliert«, sagte Stephen.

»Natürlich hab' ich brilliert. Er hat meinen Geist zum Sprühen gebracht. Er war ja so nett, nicht wahr?«

»Mir ist nicht aufgefallen, daß er nicht nett war«, sagte Stephen.

»Nein. Wie sollte es auch«, murmelte Elsa.

Sie ging in die Küche, nahm die Katze auf den Arm und begann sie zu küssen. »Mein süßer Kater. Mein süßer schwarzer Samtkater mit den scharfen Krallen. Mein Schatz, mein kleiner Kampfhahn...«

Kikimora schnurrte und leckte sogar mit seiner rauhen Zunge eine Träne von ihrem Gesicht. Aber als er sich dann sträubte und sie ihn absetzte, gähnte er ausgiebig und suchte das Weite.

Elsa ging ins Schlafzimmer, zog den Anzug aus, den sie getragen hatte, und begann ihn mit Hilfe einer Schere zu zerreißen. Stephen hörte das Geräusch und rief: »Was um Himmels willen machst du da?«

»Ich zerstöre meinen weiblichen Charme«, sagte Elsa. »Ich hielt es für das beste, es schnell und sauber zu erledigen.«

Ein Abend in der Stadt, 1925

Es hatte geregnet, und die sich auf der nassen Straße grün und rot spiegelnden Lichter erinnerten Susy an die Bücher von Francis Carco. Sie war unterwegs mit einem Mann namens Gilbert, den seine Bekannten in Montparnasse den »knickrigen Bertie« nannten.

Gilbert wies sie darauf hin, daß der Regen aufgehört hatte und die frische Luft ihnen guttun würde. Er wollte sie in ein Lokal führen, wo es, wie er sagte, sehr lustig zuging und wo man Überraschungen erleben konnte.

Sie überquerten die Seine und gingen weiter. Suzy wollte ihm gerade sagen, daß sie allmählich müde würde und ein Taxi brauchte, als er in einer ruhigen Seitenstraße auf halber Höhe stehenblieb. Sie gingen ein paar Stufen hinunter und kamen in einen langen schmalen Raum mit hohen Spiegeln an den Wänden; eine schwarz gekleidete Frau trat auf sie zu.

»Bonsoir, Madame«, sagte Gilbert in familiärem Ton. »Comment allez-vous? Ich möchte Ihnen eine Freundin vorstellen.«

»Bonsoir Madame, bonsoir Monsieur«, sagte die Frau und zeigte dabei ihre Zähne.

Sie kennt ihn überhaupt nicht, dachte Suzy. Gleich darauf verlor sie die Frau aus den Augen, und sie waren umgeben von einer Schar Mädchen in verschiedenen Stadien der Nacktheit. Sie stellten sich in zwei Reihen auf: die vorderen knieten, die hinteren standen. Ihre stachligen Wimpern standen ab. Sie öffneten den Mund und streckten den Besuchern die Zunge entgegen, nicht spöttisch, wie man hätte meinen können, sondern auffordernd.

Ich wette, gleichzeitig zischen sie uns auch aus, sagte sich Suzy.

»Such dir eine aus«, sagte Gilbert. Suzy wählte ein kleines, dunkelhaariges Mädchen, das ihr weniger beängstigend erschien als die übrigen. Gilbert wählte ein viel größeres Mädchen mit rotem Haar und einem langen Kinn. Sie hatte etwas von einem Pferd.

Die anderen verschwanden, vermutlich, um auf die nächsten Kunden zu warten.

Suzy, Gilbert und ihre Mädchen setzten sich an einen der kleinen leeren Tische am anderen Ende des Raumes. Ein uralter Kellner kam herangeschlurft und fragte, was sie trinken wollten.

»Welcher Typ von Mann nimmt eine Stelle als Kellner in so einem Lokal an?« sagte Gilbert auf Englisch, doch ohne die Stimme zu senken. Die Mädchen bestellten »deux cérises«, Suzy und Gilbert einen Pernod.

»Er wird sowieso bald tot sein«, sagte Suzy, als der Kellner fort war. »Du brauchst dich seinetwegen nicht so tugendhaft aufzuregen. Er kann ja schon kaum mehr gehen.«

»Um so besser«, sagte Gilbert.

Die Klänge eines Java drangen aus einem anderen Raum zu ihnen herüber. Die Getränke kamen, und die Mädchen begannen ein lebhaftes Gespräch, doch Gilbert antwortete nur kurz oder gar nicht, und Suzy blieb stumm, weil sie sich genierte und ihr nichts Passendes einfiel. Nachdem das eine Weile gedauert hatte, setzte das Pferd eine verdrossene Miene auf, doch das andere Mädchen wirkte besorgt – eine Gastgeberin, die befürchtete, daß die Party langweilig würde, und sich etwas einfallen lassen wollte, um sie in Schwung zu bringen.

Nach einer Weile wandte sie sich Suzy zu, schob ihren Rock hoch und küßte sie auf das Knie.

»Tu es folle«, sagte das Pferd.

»Mon amie n'aime pas ça«, sagte Gilbert.

»Ach!« sagte das Mädchen. Sie trug ein sehr kurzes weißes Hemd, weiße Kniestrümpfe und schwarze Spangenschuhe ohne Absatz. Um den Hals hatte sie ein Bronzemedaillon. Sie hatte ein ganz rundes Gesicht. Sie sah ziemlich dumm aus, aber lieb, fand Suzy und legte lächelnd ihre Hand auf die kleine rundliche Hand.

»Na, na«, sagte Gilbert. »Was soll das denn bedeuten?«

»Vermutlich«, sagte Suzy und sah ihn dabei an, »könnte sie abhauen, wenn sie es hier satt bekäme. Oder?«

»Natürlich könnte sie das«, sagte Gilbert. »Ich werd' sie fragen.«

»Mais certainement«, sagte das Mädchen. »Naturellement. Pourquoi pas?« Als niemand etwas sagte, fügte sie leise hinzu: »Seulement, seulement...«

»Seulement was?« sagte Suzy. »Seulement was?«

»Ach, halt doch bloß den Mund, Suzy«, sagte Gilbert. »Was ist los mit dir? Was sollen diese idiotischen Fragen?«

»Kommt mit rauf«, sagte das Pferd. »Kommt und seht uns bei unserem ›Kino‹ zu. Ihr werdet nicht enttäuscht sein.«

Auch sie trug ein weißes Hemd, weiße Kniestrümpfe und flache schwarze Schuhe, doch das Hemd war vorn bis zur Taille offen.

»Nein«, sagte Gilbert. »Lieber nicht.« Er sprach weiter, zu Suzy gewendet: »Das Lokal ist furchtbar heruntergekommen. Es war wirklich lustig früher, hatte Atmosphäre. Jetzt ist es vollkommen anders. Natürlich sind wir viel zu früh dran. Aber trotzdem...«

»Wir könnten euch ein paar Anregungen geben«, sagte das Pferd. »Ihr seht aus, als könntet ihr sie brauchen.«

»Los, komm, Suzy.« Er klang verärgert. »Trink aus, und dann versuchen wir's woanders.«

»Ich bin ganz dafür«, sagte Suzy, »ich glaube nämlich nicht, daß ich hier sehr gut ankomme. Eins von den Mädchen am anderen Ende des Zimmers wird jeden Augenblick rüberkommen und mir eine Ohrfeige verpassen.«

»Welche?« fragte Gilbert und drehte sich um. »Wo?«

»Die mit den tollen Brüsten«, sagte Suzy.

Ein Mädchen mit schönen Brüsten und einem sehr

schlanken Körper starrte sie mit einem außerordentlich zornigen Gesichtsausdruck an.

»Sehr reizbar«, sagte Gilbert.

»Gleich wird sie rabiat werden«, sagte Suzy.

»Ja, das seh' ich«, sagte Gilbert.

»Sie glaubt, ich bin nur zum Glotzen und zum Spotten hergekommen. Man kann es ihr nicht verübeln.«

Die Frau, die sie am Eingang begrüßt hatte, kam an ihren Tisch. »Werden Sie von irgendeinem der Mädchen belästigt?«

»Nein, warum?« sagte Suzy. »Nein, absolut nicht. Wir finden sie reizend, nicht wahr, Gilbert?«

Die Frau sah die beiden Mädchen bedeutungsvoll an und ging wieder.

»Venez donc«, sagte das Pferd. »Kommt doch mit rauf. Für euch kostet es nur dreihundert Francs. Und den Champagner.«

»Nein«, sagte Gilbert. »Bedaure, nein. Nicht heute abend«, und auf Englisch fügte er hinzu: »Das reicht jetzt wirklich. Komm, wir gehen.«

Die Mädchen begriffen, daß die Kunden nicht zufrieden waren und gehen wollten.

Die Dunkle blieb stumm. Aber das Pferd begann, schnell und ohne Pause auf sie einzureden, während Gilbert mit gequältem Lächeln zuhörte.

»Sie will natürlich, daß wir was blechen«, sagte er schließlich. »Sie hält es wohl für eine gute Idee, darauf herumzureiten, wie schwierig ihr Beruf ist. Das ewig gleiche Elend. Der Glanz ist weg, für immer weg. Traurig, nicht?« Er lachte.

Die Dunkle sprang auf und schlug mit der Faust so heftig auf den Tisch, daß ihr Glas umfiel.

»Et qu'est-ce que tu veux que ça leur fasse?« sagte sie laut. »Qu'est-ce que tu veux que ça leur fasse?«

»Ein Drama!« sagte Gilbert. »Was soll das denen schon ausmachen, hat sie gesagt.«

»Ja. Gilbert, wir können nicht einfach weggehen und den Mädchen nicht mal einen Sou geben.«

»Wir haben ihnen die Getränke spendiert«, sagte Gilbert.

»Zwei Kirschen in Brandy. Nicht gerade viel. Darf ich ihnen was geben, bitte!«

»Tja«, sagte Gilbert, »wenn ich's tu, versprichst du mir dann, daß du noch woandershin mitkommst? Wo sie's mit ein bißchen mehr Pep machen.«

»Ja«, sagte Suzy, »wenn du willst.«

»Also gut. Hier hast du's.« Er reichte ihr seine Brieftasche. »Gib jeder –« Er malte mit der Zigarette eine Zehn auf den Tisch. »Das reicht völlig.«

Er wandte sich ab, um zu dem zornigen Mädchen hinüberzusehen.

Suzy öffnete seine Brieftasche und nahm zwei Scheine heraus. Sie faltete sie sorgfältig und gab jedem der Mädchen einen.

Jede lächelte und schob den Schein oben in den Strumpf.

»Erlauben Sie?« sagte die Dunkle. Sie nahm das Medaillon ab, gab es Suzy und küßte sie herzlich. »Ich werde mich über den Besuch von jedem Freund von Ihnen freuen, der nach Paris kommt.«

Auf der einen Seite des Medaillons stand Dédé, auf der andern die Adresse.

»Alors«, sagte das Pferd munter. »Merci bien m'sieur et dame. Au 'voir. A la prochaine.«

»Wenn sie doch bloß gehen würden«, sagte Suzy.

»Allez-vous-en«, sagte Gilbert.

Niemand nahm von ihnen Notiz, als sie durch den langen Raum gingen.

»Bonsoir Madame. Bonsoir Monsieur«, sagte die Frau an der Tür.

Sie waren draußen.

»Das war ein ziemliches Fiasko«, sagte Gilbert. »Tut mir leid. Es wird nicht schwer sein, ein amüsanteres Lokal zu finden. Ich rufe ein Taxi.«

»Ja«, sagte Suzy. »Aber vielleicht sollte ich dir lieber sagen, daß ich jedem der Mädchen fünf Pfund gegeben habe.«

»Du hast *was*?« sagte Gilbert. Er öffnete seine Brieftasche und sagte nichts mehr. Sein Schweigen dauerte so lange, daß Suzy es nicht mehr aushalten konnte. Erregt sagte sie: »Warum sollten sie eigentlich nicht ein bißchen Geld kriegen? Warum sollten sie nicht ein bißchen Geld kriegen?«

»Wenn du das so siehst«, sagte Gilbert, »warum verschenkst du dann nicht dein eigenes, statt großzügig über fremdes Geld zu verfügen?«

»Ganz einfach! Weil ich keins hab'«, sagte Suzy.

»Natürlich«, sagte Gilbert. »Immer sollen andere Leute für deine ach so schönen Ideen bezahlen. Und diese ganze verdammte Scheinheiligkeit. In Wirklichkeit ist dir das doch alles völlig gleichgültig. Nachdem du den beiden Mädchen mein Geld gegeben hattest, warst du doch nur zu scharf darauf, sie loszuwerden, oder etwa nicht?«

»O nein, das war's nicht«, sagte Suzy. »Ich hielt es für besser, zu gehen, bevor du es merken konntest.«

»Was hast du geglaubt, daß ich tun würde? Eine Szene machen? Versuchen, das Geld zurückzukriegen?«

»Ich wußte nicht, was du tun würdest«, sagte Suzy. »Deshalb schien es das beste, schnell von dort wegzukommen.«

»Danke vielmals.« Er ging weiter, und zu Suzys Erleichterung sprach er immer noch in gemäßigtem Ton. »Und es zeigt, wie wenig du von diesen Dingen verstehst. Hätten die Mädchen alle ihre Nummern vorgeführt, aber auch alle, dann wären hundert Francs immer noch ein fürstliches Trinkgeld gewesen. Ein fürstliches Trinkgeld. Und du hast ihnen zehn Pfund für nichts und wieder nichts gegeben. Ich werde zum Gespött werden. Diese Geschichte am Schluß war reiner Schwindel. Es war das ›Kino‹ für die Kunden, die nicht überredet werden können, hinaufzugehen. Und du bist drauf reingefallen. Ich werde zum Gespött werden«, wiederholte er.

»Nein, ich glaube nicht, daß es ein Schwindel war«, sagte Suzy. Doch dann fiel ihr wieder ein, wie vertrauensvoll er ihr seine Brieftasche gereicht hatte, und sie bekam Schuldgefühle.

»Zehn Pfund, das ist nicht so furchtbar viel. Und du hattest ein ganzes Bündel Fünfer in deiner Brieftasche.

War es so schrecklich, was ich getan habe? Stell dir doch mal vor, wie man dich empfangen wird, wenn du das nächstemal hingehst. Der große, gutaussehende Engländer, der zehn Pfund springen läßt für nichts und wieder nichts. Zur Legende wirst du werden, nicht zum Gespött.«

Sie waren am Ende der Straße angelangt.

»Gleich hier hält ein Bus, der dich nach Montparnasse zurückbringt«, sagte Gilbert steif.

Sie warteten. Ein scharlachroter Damenhut lag im Rinnstein.

»Armer alter Hut«, sagte Suzy. »Armer, armer alter Hut. Man sollte ein Gedicht über diesen Hut schreiben.« Sie hielt immer noch Dédés Medaillon in der Hand.

»Noch eine kleine Lebensweisheit mit auf den Weg«, sagte Gilbert. »Behalt das Medaillon nicht. Ich kenne dich, du wirst es auf deinem Nachttisch liegen lassen, und wer immer dir das Frühstück bringt, wird es sehen. Lieber nicht.«

»Das ist denen doch ganz egal«, sagte Suzy.

»Das glaubst *du*. Lieber nicht. Das kannst du mir glauben.«

Suzy begann zu kichern. Sie legte das Medaillon sorgsam unter den roten Hut, streckte die Hand aus und sagte feierlich: »Ruhe in Frieden, im Namen Allahs, des Allerbarmers, des Barmherzigen.«

»Hier kommt dein Bus«, sagte Gilbert. »Er hält ganz in der Nähe vom Dôme. Ich denke, daß du dich von dort aus zurechtfinden wirst.«

»Ja, kein Problem. Au 'voir Gilbert. A la prochaine.«

»Es wird kein nächstes Mal geben«, sagte Gilbert im Weggehen.

Suzy stieg in den Bus, erleichtert, daß er halb leer war. Sie setzte sich hin und lauschte den Stimmen in ihrem Kopf, während sie über den Abend nachdachte.

›Das ewig gleiche Elend. Kein Glanz mehr. Jetzt nicht mehr. Et qu'est-ce que tu veux que ça leur fasse?‹

Die Insektenwelt

Audrey begann zu lesen. Ihr Buch hieß *Nothing So Blue*. Es spielte in den Tropen. Sie fing an mit dem Abschnitt, der die Lebensweise eines Insekts namens Jigger beschrieb.

Beinahe jedes Buch war besser als das Leben, dachte Audrey. Oder zumindest als ein Leben, wie sie es führte. Natürlich würde sich ihr Leben bald verändern, sich entfalten, ganz anders werden. Man konnte doch unmöglich weitermachen, wenn man nicht darauf hoffte! Aber für den Augenblick stand zweifellos fest, daß es angenehm war, davon loszukommen. Und Bücher vermochten sie woandershin zu versetzen.

Sie konnte sich dem geschriebenen Wort auf so natürliche Weise hingeben, wie sich ein guter Tänzer der Musik oder ein hervorragender Schwimmer dem Wasser überläßt. Das einzige Problem dabei war, daß sie anschließend, wenn sie den letzten Satz gelesen hatte, ein Gefühl der Leere und zugleich von unangenehmer Völle empfand. Genau wie bei Verdauungsstörungen. Vielleicht vergaß sie aus diesem Grund nie, daß Bücher eine Sache waren und das Leben eine andere.

Was das Leben betraf, so war Audrey praktisch veranlagt. Sie nahm alles hin, was man sie hinnehmen hieß. Und das war eine ganze Menge gewesen. Die vergangenen fünf Jahre hatte sie mit Ausnahme eines kurzen Ferienaufenthalts in London verbracht. Erst hatte es den schweren Luftangriff gegeben, dann die unbehagliche kurze Pause, dann den leichteren Angriff und nun die V-2-Raketen. Doch immer noch nahm sie hin, was man sie hinnehmen hieß, versuchte sich an all das zu erinnern, woran man sie sich erinnern hieß. Das Problem war, daß sie nicht immer all das vergessen konnte, was man sie vergessen hieß. So konnte sie zum Beispiel nicht vergessen, daß sie an ihrem nächsten Geburtstag neunundzwanzig Jahre alt wurde. Kein junges Mädchen mehr. Jedenfalls kein richtig junges Mädchen mehr. Der Krieg hatte bereits mehrere Jahre verschlungen, und wer wußte, wie lange er noch weitergehen würde. Audrey fürchtete sich vor dem Altwerden. Sie mochte alte Leute nicht und ging ihnen aus dem Weg. Mit Entsetzen stellte sie sich vor, wie sie als alte Frau sein würde. Sie hatte nie jemandem den eigentlichen und ganz speziellen Grund erzählt, weshalb sie den Krieg nicht ausstehen konnte. Sie hatte nie darüber gesprochen – nicht einmal mit ihrer Freundin Monica.

Monica, die eine Optimistin und fünf Jahre jünger als Audrey war, war sich sicher, daß der Krieg bald vorbei sein würde.

»Die Leute glauben immer, daß ein Krieg bald vorbei ist. Aber das stimmt nicht«, sagte Audrey. »Schließlich hat einer sogar hundert Jahre gedauert. Was ist damit?«

Monica sagte: »Aber das ist Hunderte von Jahren her

und war etwas ganz anderes. Hat nichts mit heute zu tun.«

Doch Audrey war sich keineswegs sicher, daß es so ganz anders war.

»Es ist, als ob ich ein Paar Zwillinge wäre«, hatte sie Monica einmal zu erklären versucht. »Kommst du dir auch manchmal so vor?« Doch es schien, als komme Monica sich nie so vor, oder falls doch, so wollte sie nicht darüber sprechen.

Aber so war es. Nur der eine Zwilling nahm die Dinge hin. Der andere fand sich nicht zurecht, fühlte sich verraten und verlassen, ein Wanderer in einem ganz dunklen Wald. Der andere erklärte ihr, daß alles, was sie so unterwürfig hinnahm, völlig verrückt und närrisch sei. Und da ließen sie selbst die Bücher im Stich, denn kein Buch – jedenfalls keines, das Audrey je gelesen hatte – lieferte auch nur den kleinsten Hinweis auf diese grundlegende Verkehrtheit oder Verrücktheit.

Erst gestern zum Beispiel war sie in *Nothing So Blue* darauf gestoßen. *Nothing So Blue* gehörte ihr, sie kaufte nämlich oft Bücher, meistens Penguin-Taschenbücher, manche aber auch bei Trödlern. Stets schrieb sie ihren Namen auf das Vorsatzblatt und versuchte, jegliche Spur eines früheren Besitzers zu tilgen. Doch bei diesem Buch war es sehr schwer gewesen. Sie hatte über eine Stunde gebraucht, um die Bleistiftnotizen auszuradieren, die sich in dem ganzen Buch gefunden hatten. Am Anfang waren sie noch harmlos: »Mit Genuß gelesen von Charles Edwin Roofe im Jahr des Heils

MCMXLII, was in anderen Worten bedeutet: vielen Dank«, dann ging es weiter mit: »Blau? Eher rosa, finde ich«, und im ganzen Buch war das Wort »blau« – das natürlich oft vorkam – unterstrichen, und am Rand stand ein Fragezeichen, ein Ausrufezeichen oder »Ha, ha«. »Ekelhaft«, hatte er auf die Seite geschrieben, die so begann: »Ich musterte sie und kam zu dem Schluß, daß sie passabel sei«. Dann kam die richtige Liebesgeschichte mit der schönen jungen Engländerin, die nach Narzissen duftete, und Mr. Roofe war wieder verfallen in sein »Ha, ha – das behaupten *Sie*!« Aber erst auf Seite 166 hatte Audrey einen Schock bekommen. Er hatte geschrieben: »Frauen sind ein unaussprechlicher Greuel« und so fest aufgedrückt, daß der Bleistift das Papier durchbohrt hatte. Sie hatte die Seite herausgerissen und sie in den Kamin geworfen. Das mußte man sich einmal vorstellen! Natürlich brannte kein Feuer, und so konnte sie die Seite wieder aufheben, sie glätten und ins Buch zurücklegen.

›Warum sollte ich mein Buch ruinieren?‹ hatte sie gedacht. Trotzdem war sie aus irgendeinem Grund schrecklich deprimiert. ›Und doch wette ich‹, sagte sie sich, ›wenn man diesem Mann begegnen würde, er wäre furchtbar normal, so wie alle andern auch.‹ Etwas an seiner kleinen, sauberen, akkuraten Handschrift brachte sie auf diesen Gedanken. Doch es waren stets die allernormalsten Dinge, die sich plötzlich umwandten und einem ein anderes Gesicht zeigten, ein furchterregendes Gesicht. Dies war der verborgene Schrecken, der Schrecken, den es angeblich gar nicht gab, der

Schrecken, der für alle anderen Schrecken verantwortlich war.

Das Buch heiterte sie auch nicht gerade auf. Es ging um dumpfe feuchte Hitze, um Vögel, die nicht sangen, Blumen, die nicht dufteten. Dann war da auch noch dieses entsetzliche Mädchen, dem der Held einfach den Hof machen mußte, obwohl er es eigentlich gar nicht wollte, und als die schöne kühle Engländerin davon erfuhr, wies sie ihn ab.

Die Eingeborenen waren ein mürrisches Volk. Sie schienen sich immer heimlich über einen lustig zu machen. Und sie waren dumm. Sie glaubten alles, was man ihnen erzählte, so daß man sie leicht gegen jemanden aufhetzen konnte. Dann wurden sie grausam – so entsetzlich grausam, es war kaum zu glauben...

Und die Insekten. Nicht nur die Ratten und die Schlangen, sondern auch giftige Spinnen, Skorpione, Hundertfüßer, Millionen von Termiten in ihren erdfarbenen Nestern, von denen meterlange, sorgsam gebaute Verbindungslinien ausgingen, die manchmal zu einem kleinen Nest führten, manchmal zu einem unberührten Teil des Baumes, von dem sie sich ernährten, und die sich manchmal einfach irgendwo verloren. Es hatte keinen Sinn, mit einem Stock in einem Nest herumzustochern. Zwar schien es verletzlich, doch diese entsetzlich weißen Insekten würden zu seiner Verteidigung ausschwärmen und es in einer Nacht wieder aufbauen. Das einzige Mittel war, sie auszuräuchern. Sie bei lebendigem Leibe zu verbrennen. Aber selbst dann entkamen einige und bauten woanders ein neues Nest.

Schließlich gab es die winzigen, kriechenden, unsichtbaren Dinger, die über einen herfielen, während man ahnungslos daherspazierte. Am schrecklichsten von allen war der Jigger.

Audrey hörte auf zu lesen. Sie hatte Kopfweh. Vielleicht deshalb, weil sie den ganzen Tag nichts gegessen hatte – falls man nicht eine Tasse Tee früh um acht als etwas zu essen betrachten wollte. Aber sie hatte selten an einem Wochentag frei, und wenn sie frei hatte, durfte kein Augenblick vergeudet werden. Daher war sie von zehn bis zwei in die Oxford Street einkaufen gegangen, ohne auf das Geheul der Sirenen zu achten, und hatte das Mittagessen ausfallen lassen. Sie hatte Strümpfe, ein Nachthemd und ein Kleid gekauft. Der Kleiderkauf war es gewesen, der sie völlig erledigt hatte. Die Verkäuferin hatte versucht, ihr ein gemustertes Kleid anzudrehen, das eine Nummer zu groß war, und als Audrey es nicht nehmen wollte, hatte sie ihr zu verstehen gegeben, daß es unpatriotisch sei, so viel Umstände zu machen wegen eines Kleides. »Aber die Farben sind so grell, und es paßt mir nicht. Es ist viel zu kurz«, hatte Audrey gesagt.

»Sie könnten leicht den Saum rauslassen.«

Audrey sagte: »Aber es ist nichts mehr drin zum Rauslassen. Ich möchte gern das Kleid da drüben anprobieren.«

»Das ist eine sehr kleine Größe.«

»Ja und? Ich bin dünn genug«, sagte Audrey trotzig. »Wieviel dünner sollte ich denn Ihrer Meinung nach sein?«

»Aber das ist ein Kleid für junge Mädchen«, sagte die Verkäuferin.

Und plötzlich hätte Audrey vor lauter Kreuzweh und allem am liebsten geweint. Beinahe hätte sie gesagt: ›Ich arbeite genauso hart wie Sie‹, aber dafür besaß sie dann doch zuviel Würde.

»Das graue sieht aus, als hätte es einen hübschen Schnitt«, sagte sie. »Es ist nicht so trist. Trist«, wiederholte sie, weil das ein passendes Wort war, und wenn die Verkäuferin nicht ganz ahnungslos war, würde sie sie dadurch einordnen können. Doch die Frau sah über ihren Kopf hinweg, nicht im geringsten beeindruckt.

»Die Kleider auf dem Gestell da drüben sind nicht Ihre Größe. Sie können eins anprobieren, wenn Sie wollen, aber es wird nichts nützen. Bei dem gemusterten Kleid könnten Sie leicht den Saum rauslassen«, wiederholte sie aufreizend.

Nach der Niederlage, die ihr die Verkäuferin beigebracht hatte – denn am Schluß hatte sie dann doch das gemusterte Kleid gekauft –, fühlte sich Audrey wie ein nasser Lumpen. Es hätte nicht genügt, wenn sie sich in der Damentoilette im fünften Stock – in der es von alten Weibern wimmeln würde – ein bißchen hergerichtet hätte, und so war sie wieder nach Hause gegangen, zurück in die Wohnung, die sie sich mit Monica teilte. Sie hatte keine Zeit gehabt, etwas zu essen, doch sie hatte das neue Kleid angezogen, und es sah sogar noch schlimmer aus als vorher im Laden. Vom Kragen bis zur Taille war es riesengroß oder vielmehr formlos. Der Rock wiederum war sehr kurz und eng, und zwei

Knöpfe gingen von selber ab; sie mußte sie erst wieder annähen.

All das hatte sie sehr ermüdet. Und sie würde zum Tee bei Roberta zu spät kommen...

›Ich wollte, ich würde hier wohnen‹, dachte sie, als sie aus der U-Bahnstation kam. Aber das dachte sie oft, wenn sie in einem anderen Teil von London war. ›Hier ist es hübscher‹, dachte sie dann, ›hier wäre ich vielleicht glücklicher.‹

Das Haus ihrer Freundin Roberta war grün gestrichen und hatte einen kleinen Garten. Audrey überkam Neid, als sie auf die Klingel drückte. Und noch mehr Neid, als Roberta in einem geblümten Morgenmantel an die Tür kam, sie in ein hübsches Wohnzimmer führte und dann in der Haltung eines Filmstars auf ihr Sofa sank. Audreys erster Gedanke war: ›Welches Recht hat eine Frau, in Kriegszeiten so herumzulümmeln, selbst wenn sie ein Baby erwartet?‹ Doch als sie die tiefen Ringe unter Robertas Augen wahrnahm, ihren ungeheuer großen, Mitleid erregenden Bauch, ihre abgearbeiteten Hände, die abgebrochenen Fingernägel, und als sie bemerkte, daß ihr Morgenmantel aus einem alten Vorhang geschneidert war (›Sie ist nicht mehr halb so hübsch, wie sie mal war, sieht viel älter aus‹), sagte sie das Übliche, herzlich und aufrichtig.

Doch sie hoffte, daß ihr Roberta, obwohl es auf der silbernen Uhr fast sechs war, Tee und Kuchen anbieten würde. Oder auch nur ein Stück Brot – selbst das würde sie hinunterschlingen.

»Warum kommst du so spät?« fragte Roberta. »Du

hast sicher schon etwas gegessen«, und sie sprach rasch weiter, bevor Audrey den Mund aufmachen konnte. »Nimm einen Schokoladekeks.«

Also aß Audrey langsam einen Schokoladekeks. Sie hatte das Gefühl, sie kenne Roberta nicht gut genug, um sagen zu können: ›Ich bin völlig ausgehungert. Ich muß unbedingt etwas essen.‹ Im übrigen war gerade das das Komische. Je ausgehungerter man war, desto unmöglicher war es, daß man sagte: ›Ich bin völlig ausgehungert!‹

»Ist das ein gutes Buch?« fragte Roberta.

»Ich hab' es mitgenommen, um es in der U-Bahn zu lesen. Es ist nicht schlecht.«

Roberta blätterte ohne großes Interesse in *Nothing So Blue* herum. Und sie sagte: »Engländer bringen immer tropische Orte durcheinander. Stell dir vor, neulich hab' ich ein Mädchen getroffen, das Moskau für die Hauptstadt von Indien hielt! Also wirklich, ich finde, es ist gefährlich, wenn man dermaßen ignorant ist, meinst du nicht?«

Roberta sprach oft in diesem Stil über »die Engländer«. Sie hatte sich das angewöhnt, glaubte Audrey, als sie vor dem Krieg zwei Jahre im Ausland gelebt hatte. Sie hatte ein halbes Jahr in New York verbracht. Dann war sie in Miami, auf Trinidad und auf den Bermudas gewesen – an lauter solchen Orten –, hatte keine Kosten gescheut, jedenfalls behauptete sie das. Sie hatte alle möglichen großartigen Ideen mitgebracht. Viel zu großartig. Kinkerlitzchen für die Küche. Eine umfangreiche Garderobe. Teures Make-up. Ließ sich Haare und Nägel jede Woche beim Friseur pflegen. Es hörte überhaupt nicht mehr auf. Jedenfalls hatte der Krieg die eine gute Seite. Er hatte all das ganz einfach abgeschafft. Ganz einfach.

»Lies mal, was er über Jiggers schreibt«, sagte Audrey.

»Meine Liebe«, sagte Roberta, »er trägt wirklich ganz schön dick auf.«

»Meinst du, daß es sowas wie Jiggers gar nicht gibt?«

»Natürlich gibt es so was«, sagte Roberta, »aber es sind einfach nur Sandflöhe. Man sollte lieber nicht barfuß gehen, wenn man sich vor ihnen fürchtet.«

Sie erklärte, was es mit Jiggers auf sich hatte. Sie hatten eklige Eigenschaften – der Mann hatte gar nicht so unrecht. Danach sprach sie eine Weile über tropische Insekten; daran schien sie sich deutlicher zu erinnern als an alles andere. Dann las sie Stellen aus *Nothing So Blue* vor und machte sich darüber lustig.

»Wenn du schon die ganze Zeit lesen mußt, brauchst du doch nicht alles zu glauben, was du liest.«

»Das tu ich auch nicht«, sagte Audrey. »Du würdest dich wundern, wenn du wüßtest, wie wenig davon ich tatsächlich glaube. Vielleicht sieht er die Dinge anders als du. Es hängt alles davon ab, wie man sie sieht. Wenn jemand ein Buch mit schrecklichen Dingen über London schreiben wollte, könnte er dann nicht so ein Buch schreiben? Ich wünschte, jemand würde es tun. Ich würde es kaufen.«

»Du Dummchen«, sagte Roberta liebevoll.

Als es Zeit zu gehen war, ging Audrey wie benommen zur U-Bahn zurück, und wie benommen saß sie im Wagen, bis ihr plötzlich zu Bewußtsein kam, daß sie über Leicester Square hinausgefahren war und nun in King's Cross umsteigen mußte. Als sie ausstieg, fühlte sie sich sehr elend, so als ob sie jeden Augenblick umfallen könnte. So viele Leute schubsten und drängelten, daß man ganz konfus wurde.

Sie versuchte an Monica zu denken, an die Heimkehr, vor allem ans Essen – herrliches heißes Essen –, aber irgend etwas war mit ihrem Kopf passiert, und sie konnte sich nicht konzentrieren. Dauernd fielen ihr die Termiten ein. Termiten, die auf einem der unterirdischen Wege entlanghasteten, und die Wege liefen irgendwo aus und führten nirgendwohin. Als sie zur Rolltreppe kam, zögerte sie, weil sie sich fürchtete, sie zu betreten. Die Leute, die sich dicht an den Seiten drängten, sahen ganz wie große Insekten aus. Nein, sie *sahen* nicht wie Insekten aus: Es waren Insekten.

Sie betrat die Rolltreppe und blieb auf der rechten Seite stehen. Heute abend rannte sie nicht hoch. Sie preßte den Arm an die Seite und spürte das Buch. Dabei fielen ihr wieder die Jiggers ein. Jiggers krochen einem unter die Haut, ohne daß man es merkte, und legten einem Eier ins Fleisch. Wenn man einfach so dahinging, wie zum Beispiel auf der Straße zu einer U-Bahnstation, fing man sich einen Jigger genauso leicht, wie man eine Zeitung kaufte oder das Radio anmachte. Und dann hatte man die Bescherung, war angesteckt – und wußte es nicht einmal.

Vor ihr stand eine ältere Frau mit an den Kopf geklatschten Haaren und schäbig aussehender Kleidung. Es war komisch, wie sehr sie solche Frauen haßte. Ältere Frauen sollten zu Hause bleiben. Sie sollten nicht herumlaufen. Ein deprimierendes Volk! Ja, sie machte sich breit, diese Frau. Stand direkt in der Mitte statt an der Seite. So daß man kaum dem Dienstmädchen, das eilig heraufgerannt kam, einen Vorwurf machen konnte, als sie sie ordentlich schubste und halblaut sagte: »So gehen Sie doch aus dem Weg!« Aber sie mußte sie zu stark geschubst haben, denn die Alte geriet ins Schwanken. Sie war drauf und dran, hinzufallen. Audrey drehte sich beinahe der Magen um, während sie die Augen schloß. Sie wollte nicht wissen, wie es aussehen würde, wollte nicht den Schrei hören.

Doch es kam kein Schrei, und als Audrey die Augen öffnete, sah sie, daß der alten Frau erstaunlicherweise nichts passiert war. Sie war bloß ein paar Stufen hinuntergestolpert und klammerte sich nun wieder am Geländer fest. Es gelang ihr sogar, lachend zu sagen: »Jetzt weiß ich, wo das ganze Rindfleisch hinkommt!« Sie war allerdings ganz weiß im Gesicht. Genau wie Audrey. Vielleicht schlug ihr immer noch das Herz bis zum Hals. Genau wie Audrey.

Selbst als sie aus der U-Bahn kam, war der Alptraum noch nicht vorbei. Auf dem Heimweg mußte sie eine kleine Straße entlanggehen, die sie nicht ausstehen konnte, und nun wurde es auch noch dunkel. Es war eine dieser Straßen, die fast immer menschenleer sind. Sie war bei den Luftangriffen stark zerbombt worden, und Audrey war sich sicher, daß es dort spukte. Unkraut und verwildert aussehende Blumen überwucherten die Skelette der Häuser, die Berge von Schutt. Manche Eingangstreppen sahen aus, als hingen sie an einem Faden, und neben einer hauste eine schwarze Katze mit grünen Augen. Audrey mochte Katzen, aber nicht diese, diese nicht. Sie war sich sicher, daß es keine richtige Katze war.

Und was wäre, wenn die Sirene losginge? ›Wenn die Sirene anfängt zu heulen, und ich bin in dieser Straße, dann heißt das, daß es aus und vorbei mit mir ist.‹ Und was wäre, wenn ein Mann mit einem seltsam ausdruckslosen Gesicht ohne Augenbrauen – so einer wie der, der neulich abends in die Damentoilette im Kino hereingekommen war und dagestanden und die Frauen grinsend angestarrt hatte, und niemand wußte, was tun, so daß alle so taten, als sei er nicht da – und vielleicht *war* er auch gar nicht da –, wenn also so ein Mann leise hinter ihr herkommen, ihre Schulter berühren, sie ansprechen würde? Sie würde sich nicht losreißen können, sie würde sich einfach hinlegen und sterben vor Angst, so sehr haßte sie diese Straße. Und sie mußte langsam gehen, denn wenn sie rannte, würde sie dem Ding, was immer es sein mochte, erst zu seiner Chance verhelfen, und es würde hinter ihr herrennen. Und doch endete die Straße schließlich, selbst wenn man langsam ging. Gleich hinter der Ecke, in einer friedlichen, gewöhnlichen Straße, wo die ganzen Schäden beseitigt worden waren, befand sich die Wohung im dritten Stock, die sie sich mit Monica teilte, die wie sie Stenotypistin in einem Büro der Regierung war.

Das Radio war auf volle Lautstärke gedreht. Der Geruch nach Kohl zog die Treppe herunter. Ausnahmsweise bereitete Monica das Essen zu. Montags, mittwochs und freitags aßen sie auswärts, dienstags, donnerstags, samstags und sonntags zu Hause. In der Regel versorgte Audrey den Haushalt und kochte, und Monica kümmerte sich um die Lebensmittelmarken, stand lange vor den Läden an und schleppte jede Woche die Wäsche in die Wäscherei und wieder zurück, weil der Lieferwagen nicht mehr vorbeikam.

»Hallo«, sagte Monica.

Audrey antwortete mit schwacher Stimme: »Hallo.«

Monica, ein hübsches dunkelhaariges Mädchen, stellte das Essen auf den Tisch und stellte sofort fest: »Du bist ein bißchen grün im Gesicht. Hast du Ginersatz getrunken?«

»Ach, sei nicht albern. Ich hab' heute nicht viel gegessen, das ist alles.«

Nach ein paar Minuten fragte Monica ungeduldig: »Warum ißt du dann jetzt nichts?«

»Ich glaube, der Hunger ist mir vergangen«, sagte Monica und schob die Wurst und den Kohl auf ihrem Teller herum.

Monica fing an, aus der Morgenzeitung vorzulesen. Ihre Stimme übertönte die Radiomusik. »Hast du diesen Artikel gelesen über das Leben der Frauen in Deutschland? Hier steht, daß es weder Parfüm noch Kölnischwasser, noch Nagellack zu kaufen gibt.«

»Das muß man sich mal vorstellen!« sagte Audrey. »Die armen Dinger!«

»Hier steht, daß Hitler als erstes Nagellack verboten hat. So hat er angefangen. Ich frag' mich, warum. Er muß doch einen Grund gehabt haben, oder?«

»Warum muß er einen Grund gehabt haben?« fragte Audrey.

»Wenn sie ein Mädchen erst einmal so weit gebracht haben, daß es denkt, es ist nicht hübsch, daß es denkt, es sieht ungepflegt aus«, sagte Monica, »dann haben sie es normalerweise da, wo sie es haben wollen – darum. Und mit Nagellack könnte es anfangen, verstehst du? Und hier steht: ›Alle alten und älteren Frauen sehen entsetzlich unglücklich aus. Sie schleichen buchstäblich nur noch herum‹, steht drin.«

»Du erstaunst mich«, sagte Audrey. »Ist es auf der Isle of Dogs etwa anders, deiner Ansicht nach?«

Sie hatte es jetzt satt, und sie wollte grob zu irgend jemandem sein. »Halt doch endlich den Mund«, sagte sie. »Das interessiert mich nicht. Warum sollte ich mich auch noch mit den Problemen deutscher Frauen herumschlagen? Als würden die der hiesigen nicht reichen! Was für ein Alptraum!«

Monica machte den Mund auf und wollte ihr eine scharfe Antwort geben; dann machte sie ihn wieder zu. Sie war eine ausgeglichene Person. Sie stellte die Teller auf ein Tablett, trug es in die Küche und begann mit dem Abwasch.

Sobald sie das Zimmer verlassen hatte, machte Audrey das Radio und das Licht aus. Beseligender Schlaf, schöner Schlaf, nie konnte sie genug davon bekommen... Sonntagmorgens, lange nachdem Monica aufgestanden war, schlief sie immer noch wie ein Stein. Einen schweren Schläfer, so hätte man sie nennen können, doch atmete sie geräuschlos und flach, und sie lag ganz still da, ohne sich hin und her zu werfen oder sich umzudrehen. Und dann *sandte sie (wer?) den sanften Schlaf vom Himmel, der in meine Seele glitt. Der in meine Seele glitt. Schlaf, das süße – was war es noch? – der Natur. Schlaf, der entwirrt, was verwirrt ist...*

Ihr kam vor, sie hätte kaum die Augen geschlossen, als sie schon wieder wach war. Monica schüttelte sie.

»Was ist los? Ist es Morgen?« fragte Audrey. »Was gibt's? Was ist los?«

»Oh, überhaupt nichts ist los«, sagte Monica sarkastisch. »Du hast bloß wie am Spieß geschrien.«

»Wirklich?« sagte Audrey interessiert. »Was hab' ich gesagt?«

»Ich weiß nicht, was du gesagt hast, und es ist mir auch egal. Aber wenn du's drauf anlegst, daß wir hier rausgeworfen werden, dann ist das die richtige Methode. Du weißt ganz genau, die Frau da unten tut alles, was sie kann, um uns loszuwerden, weil sie behauptet, daß wir zuviel Krach machen. Du hast etwas von Jiggers gesagt. Was *sind* Jiggers überhaupt?«

»Es ist ein Slangausdruck für Leute in der U-Bahn«, antwortete Audrey prompt, zu ihrer eigenen Überraschung. »Hast du das nicht gewußt?«

»Ach ja? Nein, ich hab' das Wort noch nie gehört.«

»Der Name stammt von einem tropischen Insekt, das sich einem unter der Haut einnistet, ohne daß man es merkt«, sagte Audrey. »Es legt Eier und brütet sie aus, und du merkst es nicht. Und es gibt noch eine andere Sorte von tropischen Insekten, die leben in riesengroßen Städten. Sie haben Eisenbahnen, U-Bahnen, Brükken, Soldaten, Kriege, alles, was wir auch haben. Und sie haben große Städte und kleinere Städte mit Straßen, die von einem Ort zum andern führen. Die meisten dieser Insekten sind sogenannte Arbeiter. Sie fliegen nicht, weil sie ihre Flügel verloren haben, und sie haben auch kein Geschlechtsleben. Sie sind einfach Arbeiter. Niemand weiß genau, wie das kommt, aber man glaubt, es liegt an der Nahrung. Andere Leute sagen, es liegt daran, daß sie isoliert von den anderen leben. Glaubst du mir nicht?« fragte sie und erhob dabei die Stimme. »Glaubst du, ich erzähle Lügen?«

»Natürlich glaube ich dir«, sagte Monica besänftigend, »aber ich versteh' nicht, warum du dabei schreien mußt.«

Audrey holte tief Luft. Ihre Mundwinkel zitterten. Dann sagte sie: »Hör zu, ich geh' ins Bett. Ich bin schrecklich müde. Ich nehme sechs Kopfwehtabletten und geh' dann ins Bett. Weck mich nicht auf, falls die Sirene losgeht. Weck mich nicht auf, selbst wenn eines von den Dingern ganz in die Nähe zu kommen scheint. Ich will nicht geweckt werden, egal, was passiert.«

»In Ordnung«, sagte Monica. »Wird gemacht, altes Mädchen.«

Mit geballten Fäusten stürzte Audrey auf sie los und fing wieder an zu schreien. »Verdammt noch mal, nenn mich nicht so. Verdammt sollst du sein, *nenn mich nicht so...*«

Rapunzel, Rapunzel

In den drei Wochen, die ich im Krankenhaus war, sah ich oft ein Geisterdorf, wenn ich aus dem Fenster blickte, anstatt der Londoner Platanen. Es war ein arabisches Dorf oder jedenfalls so, wie ich mir eines vorstellte, kleine weiße Häuser, die sich um einen Hügel drängten. Diese Sinnestäuschung kam und ging, und ich wartete darauf und fand mich nicht mehr zurecht, wenn ein Tag vorüberging, ohne daß ich das Dorf zu Gesicht bekam.

Eines Morgens sagte man mir, ich müsse mich auf die Entlassung vorbereiten, da es mir inzwischen so gut gehe, daß ich für kurze Zeit in ein Erholungsheim gehen könne. Ich mußte mich sehr rasch anziehen und meine Sachen packen, und weil es so pressierte und ich noch unsicher auf den Beinen war, stieg ich in den vor dem Krankenhaus wartenden Wagen, ohne eine Ahnung zu haben, wohin man mich bringen würde.

Wir fuhren ungefähr eine Dreiviertelstunde und hielten zweimal, um noch weitere Patienten mitzunehmen. Wir waren immer noch in London, aber in welchem Teil von London? Vielleicht in Norwood? Richmond? Beckenham?

Dann kamen wir zu dem Erholungsheim. Es war ein

imposantes rotes Backsteingebäude mit einem ziemlich großen Garten. Die anderen Patienten begaben sich in ein Zimmer im Erdgeschoß, und ich ging ganz allein die Treppe hinauf und hielt mich dabei am Geländer fest. Oben wurde ich von einer indischen Krankenschwester, die hübsch war, jedoch nicht lächelte, in Empfang genommen; sie führte mich in ein Krankenzimmer, half mir beim Auspacken und sorgte dafür, daß ich ins Bett kam. Es wurde viel gesprochen und gelacht, und ein Radio spielte; nach der relativen Ruhe im Krankenhaus war es verwirrend. Ich schloß die Augen, und als ich sie wieder öffnete, stand ein junger, gutaussehender Arzt neben mir. Er stellte ein paar Fragen und wollte dann wissen, wo ich zu Hause sei.

»Ich lebe jetzt in Devon.«

»Sind Sie in der letzten Zeit auf irgendwelchen Jagdbällen gewesen?«

Das kam so unerwartet, daß es zwei, drei Sekunden dauerte, bevor es mir gelang, lächelnd zu sagen, so etwas sei bestimmt sehr unterhaltsam, ich sei aber noch nie auf einem Jägerball gewesen und wisse auch nicht, wie es da zugehe. Er verlor das Interesse und ging weiter zum nächsten Bett.

Ich konnte lange Zeit nicht einschlafen, das Radio und die Gespräche gingen endlos weiter, und ich war erleichtert, als mir ganz früh am nächsten Morgen eine Krankenschwester sagte, ich würde in ein anderes Zimmer verlegt.

Die neue Station war kleiner und ruhiger. Es gab ungefähr vierzehn Patienten, aber ich war noch zu erschöpft, um irgend jemanden zur Kenntnis zu nehmen, abgesehen von meiner unmittelbaren Nachbarin, einer älteren Frau, die Stöße von Illustrierten am Fußende ihres Bettes liegen hatte. Sie war ständig in deren Lektüre vertieft und ließ den ganzen Tag das Radio laufen. In der ersten Nacht stritten wir uns; sie sagte, ich solle das Licht ausmachen und nicht jedermann am Schlafen hindern, bloß weil ich lesen wolle, und ich sagte, daß es noch nicht zehn sei und daß ihr Radio mich den ganzen Tag gestört habe, doch bald gab ich nach. Vielleicht hinderte ich die andern wirklich am Schlafen.

Jemand schnarchte; jedesmal, wenn ich glaubte, das Geräusch habe aufgehört, fing es wieder an, noch lauter als zuvor, und obwohl ich mir eine Schlaftablette hatte geben lassen, schien es Stunden zu dauern, bis sie wirkte, und als ich endlich einschlief, hatte ich einen langen, beunruhigenden Traum, an den ich mich beim Aufwachen nicht erinnern konnte. Ich wußte nur, daß ich außerordentlich froh war, wieder wach zu sein.

Als ich zu meiner Nachbarin hinübersah, war ihr schmaler Rücken mir zugewandt, und sie bürstete ihr Haar – sie hatte eine Menge Haar, lang, silberweiß, seidig. Sie bürstete es eine Weile regelmäßig, mit rhythmischen Strichen. Bestimmt hatte sie es ihr ganzes Leben lang sehr gepflegt, und nun war es immer noch in voller Pracht da, gewährte ihr Trost und gab ihr die Gewißheit, daß sie immer noch sie selbst war. Sogar als sie es zu einem lockeren Knoten aufgesteckt hatte, fiel es so hübsch um ihr Gesicht, daß es schwerfiel, sich vorzustellen, daß sie eine alte Dame war.

Ich kann nicht behaupten, daß wir uns angefreundet hätten. Sie sagte mir, sie sei Australierin und heiße Peterson, und einmal lieh sie mir eine Illustrierte.

Ich war noch nicht lange im Erholungsheim, als ich merkte, daß es mir dort nicht gefiel und daß mir um so wohler wäre, je eher ich es verlassen würde. Die Eintönigkeit des Krankenhauslebens hatte letztlich beruhigend gewirkt. Ich hatte mich schwach gefühlt, war nicht mehr verliebt ins Leben gewesen, sondern resigniert und passiv; hier hingegen war ich ängstlich und unruhig, obwohl es eigentlich ein tröstlicher Ort hätte sein sollen. Der Korridor vor der Station war mit einem dunkelroten Teppich ausgelegt, dunkelrote Vorhänge hingen vor den großen Fenstern am Ende des Gangs, und das Treppenhaus wirkte geräumig mit seinen breiten, niedrigen Stufen und dem ausladenden Eichengeländer – gerade das richtige Haus, um wieder gesund zu werden, hätte man meinen sollen. Aber mir kam es abgekapselt vor, dumpf, in seiner Schwerfälligkeit sogar bedrohlich.

Nach kurzer Zeit bestand die Oberschwester darauf, daß ich mir täglich im Garten Bewegung verschaffte, und meist ging eine andere Patientin zur selben Zeit wie ich dort spazieren. Sie hatte stets eine Papiertüte mit Fruchtbonbons bei sich und bot mir welche an, während wir uns ausführlich über ihre Gallenblasenoperation und über meinen Herzanfall unterhielten. Doch die ganze Zeit schien mir, daß hier auch die Äste der Bäume schwer und melancholisch nach unten hingen und das Gras viel dunkler sei als gewöhnliches Gras.

Etwas an der ganzen Umgebung erinnerte mich an einen friedsamen, respektablen und respektierten Bürger, der beim geringsten Anlaß jeden, den er nicht mochte oder den er mißbilligte, vergiften würde.

Keine freundlichen Damen kamen mit Wagen voller Bücher vorbei, so wie im Krankenhaus, und so fragte ich eines Tages, ob ich nicht etwas zu lesen bekommen könnte. Man sagte mir, im Erdgeschoß gebe es eine Bibliothek, »die Treppe hinunter«, sagte die Schwester, »und dann links«.

Als ich eintrat, waren die Jalousien heruntergelassen, und ich befand mich im Halbdunkel, war mir aber so sicher, nicht allein im Zimmer zu sein, daß ich an der Tür stehenblieb und nach dem Lichtschalter tastete. Der Raum war leer bis auf einen großen Tisch in der Mitte, um den Stühle mit geraden Lehnen gruppiert waren, wie für eine Mahlzeit, und ein wackliges Bücherregal am anderen Ende. Es war niemand da. Niemand? »Ach, sei doch nicht so töricht«, sagte ich laut und ging an dem Tisch vorbei. Die Bücher lehnten trostlos gegeneinander. Sie machten einen desolaten und vernachlässigten Eindruck, als habe sie jahrelang niemand angesehen oder berührt. Wären sie auf einen Haufen zum Wegwerfen gestapelt gewesen, hätten sie nicht so vorwurfsvoll gewirkt. Das meiste waren Memoiren und Beschreibungen afrikanischer Reiseabenteuer, verfaßt zu Beginn der viktorianischen Ära, alle ganz klein gedruckt. Ich sah sie mir nicht lange an, denn es war mir unangenehm, diesem Tisch, diesen Stühlen den Rücken zuzuwenden, und als ich ein abgegriffenes Tauchnitz-

Taschenbuch fand, dessen Autor ich dem Namen nach kannte, griff ich danach und eilte so schnell ich konnte aus dem Zimmer. Nichts hätte mich dazu bewegen können, es noch einmal zu betreten, und beharrlich las ich das Buch immer wieder von vorn, nahm das, was ich las, nicht auf, so daß ich mich heute weder an den Titel erinnern kann noch an das, worum es ging. Erst nach dieser Geschichte begann ich die Tage zu zählen: ›Nur noch acht, nur noch sechs.‹

Eines Morgens schaute ein adretter kleiner Mann in das Zimmer herein und fragte: »Möchte sich eine von den Damen die Haare waschen oder schneiden lassen?«

Schweigen, mit Ausnahme von ein paar entschieden vorgebrachten »Nein danke«.

Da sagte Mrs. Peterson: »Ja, ich würde mir gern das Haar schneiden lassen, wenn es möglich ist.«

»In Ordnung«, sagte der Mann, »morgen um elf.«

Als er gegangen war, sagte jemand: »Aber er ist ein Herrenfriseur.«

»Ich möchte es mir nur schneiden lassen. Ich muß aufpassen, daß die Spitzen sich nicht spalten«, sagte die Australierin.

Am nächsten Morgen erschien der Friseur mit seinen ganzen Utensilien, stellte einen Stuhl vor ein Waschbecken – es gab keinen Spiegel darüber – und forderte Mrs. Peterson lächelnd auf, Platz zu nehmen. Sie sagte etwas zu ihm, und er nickte und machte sich an die Arbeit, während alle verstohlen zusahen. Sie setzte sich wieder aufrecht hin, und behutsam trocknete er ihr das Haar. Dann nahm er es in eine Hand und holte eine große Schere hervor. Schnipp, schnapp, und die Hälfte lag auf dem Boden. Eine Frau stöhnte leise auf.

Unsicher betastete Mrs. Peterson mit der Hand ihren Hals, sagte jedoch nichts. Sie mußte gemerkt haben, daß etwas nicht stimmte, konnte aber natürlich nicht wissen, wie groß der Schaden war, und dann war das Ganze auch sehr rasch geschehen. Das übrige Haar fiel ebenfalls, und nach wenigen Minuten verschwand ihr Kopf unter dem Haartrockner, während der Friseur alles wieder in Ordnung brachte. Als Mrs. Peterson bezahlte, sagte er: »Sie werden froh sein, das ganze Gewicht los zu sein, nicht wahr, meine Liebe?« Sie antwortete nicht.

»Machen Sie's gut, meine Damen.« Er verließ das Zimmer und trug das Haar, das er sorgfältig aufgesammelt hatte, in einer Plastiktüte fort.

Er hatte das, was an Haar übriggeblieben war, nicht sehr geschickt frisiert, und ihr Gesicht wirkte groß, nackt und ziemlich reizlos. Sie schien immer noch außerordentlich erstaunt, als sie zu ihrem Bett zurückging. Dann griff sie nach ihrem Handspiegel und betrachtete sich lange Zeit. Als ich merkte, daß sie dabei immer unglücklicher aussah, flüsterte ich: »Machen Sie sich keine Sorgen, Sie werden staunen, wie schnell es wieder nachwächst.«

»Nein, dazu ist keine Zeit mehr«, sagte sie, wandte sich ab, zog das Laken hoch und lag so still da, daß ich glaubte, sie sei eingeschlafen, doch dann hörte ich sie sagen, weder zu mir noch zu irgend jemand anderem: »Niemand wird mich jetzt mehr wollen.«

In der Nacht wachte ich auf und hörte, wie sie sich heftig übergab. Eine Schwester kam an ihr Bett geeilt. Am nächsten Morgen fing es wieder an, und sie entschuldigte sich mit schwacher Stimme bei der Oberschwester, die nach ihr sah. »Es tut mir leid, daß ich Ihnen so viele Umstände mache, es tut mir so leid.«

Den ganzen Tag ging es mit Unterbrechungen weiter, das Speien, das Würgen, die dünne Kinderstimme, die sagte: »Es tut mir so leid, es tut mir so leid«, und in der Nacht stellte man einen Wandschirm um ihr Bett.

Ich lauschte nicht mehr auf die Geräusche, die hinter dem Schirm hervordrangen, denn man gewöhnt sich an alles. Doch als ich eines Morgens sah, daß man den Schirm weggenommen hatte und daß das Bett leer und frisch bezogen war, irritierte es mich, als ich eine Frau sagen hörte: »So bringen sie sie immer fort. Ganz leise. In der Nacht.«

›Die Leute sehen immer so verdammt schwarz‹, sagte ich zu mir. ›Wahrscheinlich wird sie vollkommen gesund werden, ihr Haar wird nachwachsen und bald wieder sehr hübsch aussehen.‹

Übermorgen würde ich das Erholungsheim verlassen. Warum dachte ich nicht daran, sondern an eine Geschichte, die ich vor langer Zeit in dem Blauen oder Gelben Märchenbuch (oder vielleicht in dem Dunkelroten) gelesen hatte, und an die Worte, die mir so unsinnigerweise im Kopf herumgingen: ›Rapunzel, Rapunzel, laß dein Haar herunter‹?

Wer weiß, was oben im Dachboden ist?

Sie saß in einem der Liegestühle, neben ihr andere stumme, teilnahmslose ältere Leute, die aufs Meer hinaussahen. Im Gegensatz zum Himmel war es dunkelgrau wie gewöhnlich. Doch es war ruhig, und die Wellen machten ein besänftigendes Geräusch, während sie sachte heranrollten.

Der Strand war leer bis auf einen kleinen Jungen, der für sich allein spielte, und, in einiger Entfernung, einen Mann, der einen Stock warf, den sein Hund dann fangen mußte. Immer wieder warf er den Stock, immer wieder stürzte sich der Hund bellend ins Wasser, ganz aus dem Häuschen vor Begeisterung. Eine Katze freilich würde sich bestimmt bald langweilen, selbst wenn man ihr den Trick beibringen könnte, aber Hunde waren wohl Optimisten und glaubten jedesmal, es sei das erstemal. Vielleicht waren sie aber auch einfach dumm.

»Ich hab' den Wagen«, und da war er, im Liegestuhl neben ihr.

»Das ist der Atlantik, nicht wahr?« fragte sie.

»Natürlich. Was haben Sie geglaubt?«

»Ich dachte, es könnte der Bristolkanal sein.«

»Nein, nein. Sehen Sie her.« Er holte eine Landkarte

hervor. »Das hier ist der Bristolkanal, und hier sind wir. Das ist der Atlantik.«

»Er ist ganz grau«, sagte sie.

Aber als sie eine Küstenstraße entlangfuhren, dachte sie, es sei doch eine nette kleine Stadt. Warum sollte sie nicht eines dieser gelb oder rosa, grün oder blau gestrichenen Häuschen mieten? Ferienwohnungen nannte man sie. Wie wäre es, wenn sie ungefähr eine Woche hier verbringen würde? Dann stellte sie sich die Stadt voller Menschen, Autos und Kutschen vor. Das war etwas ganz anderes.

Und im übrigen machte sie so viele Pläne.

Als sie landeinwärts fuhren, begann er zu singen. Lieder aus verschiedenen Opern, aber in einer Sprache, die sie nicht verstand. Hin und wieder hielt er inne und erklärte ihr, um was es ging. »Das singt er, als er ihr zum erstenmal begegnet. Und das singt er, als er stirbt.«

»Sie singen immer, wenn sie sterben. Und auch noch so laut«, sagte sie.

Aber er fuhr fort zu singen. Er hatte eine gute Stimme. Wie lange war es her, seit sie neben einem Mann gesessen hatte, der schnell fuhr und dabei sang? Viele Jahre. Oder war es vielleicht erst gestern gewesen, und alles, was seither geschehen war, nur ein seltsamer Traum?

Am Tag zuvor – und auch das war gestern gewesen – hatte sie in der Küche ihres Häuschens gesessen, hatte aus dem Fenster auf den trüben Himmel geblickt und der Stille gelauscht. Kein Bauernkarren fuhr vorbei.

Kein Lastwagen. Als sie ein leises Klopfen hörte, dachte sie: ›Das muß Mr. Singh sein.‹ Alle anderen im Dorf klopften, als versuchten sie, das baufällige Haus zum Einsturz zu bringen. Sie blieb ganz still sitzen und horchte. ›Er wird bestimmt denken, ich sei nicht da, und wieder weggehen.‹

Mr. Singh kam in regelmäßigen Abständen ins Dorf und verkaufte Blusen, Schals und Unterwäsche; gewöhnlich überredete er sie zum Kauf von etwas Auffälligem und Überflüssigem. Es hatte angefangen, als sie sich eines Tages noch einsamer und gelangweilter fühlte als sonst und sich nach irgendeiner Abwechslung sehnte; danach kam er ziemlich häufig.

»Es kostet fünf Pfund, aber ich lass' es Ihnen billiger. Sie bekommen auch noch eine Glücksperle dazu. Ich bin ein frommer Mann und werde für Sie beten.«

»Aber ich will es nicht, Mr. Singh.«

»Sagen Sie das nicht, sagen Sie das bloß nicht. Sie brechen mir das Herz, ja, Sie brechen mir das Herz. Sie brauchen nichts zu kaufen, sehen Sie sich's nur an«, pflegte er freundlich zu sagen.

Wie kriegt er bloß so viel in einen einzigen Koffer, fragte sie sich immer.

»Auf Wiedersehen, Mam, vielen Dank, Mam, Gott segne Sie, Mam.« Er nannte sie immer Mam oder Mum.

Ihr fiel ein, daß die Tür nicht verriegelt war. ›Er wird hereinkommen und nach mir suchen‹, dachte sie. Und sie beschloß, auf den Gang hinauszugehen, sich an dem Glasfenster in der Tür zu zeigen und ihm zu bedeuten, sie brauche nichts, und den Schlüssel umzudrehen.

Doch anstelle des weißen Turbans und des schwarzen Barts, auf die sie gefaßt gewesen war, wartete draußen geduldig ein fremder junger Mann in grauem Anzug.

»Ich bin Jan –«, sagte er lächelnd. »Ich habe Ihnen geschrieben. Erinnern Sie sich nicht? Wir sind uns letztes Jahr in London begegnet, Sie haben mir Ihre Adresse gegeben und gesagt, wenn ich je wieder nach England käme, könnte ich Sie besuchen kommen. Haben Sie meinen Brief nicht erhalten?«

Da erinnerte sie sich an den Brief aus Holland. Er war auf Englisch geschrieben, drei Seiten lang. Sie hatte über der schwierigen Handschrift gebrütet, über den Stellen, in denen Gedichte zitiert waren, die sie nicht kannte. In dem Brief stand, er werde nach London kommen, und ob er sie irgendwann am Dienstagnachmittag, den soundsovielten Mai, besuchen könne? Sie hatte erwidert, sie würde sich freuen, ihn zu sehen, und hinzugefügt: »Aber hier regnet es im Frühjahr viel.«

Dienstag – aber heute war Montag.

»Doch doch, natürlich«, sagte sie und versuchte, erfreut zu klingen. »Kommen Sie doch bitte herein. Es ist gerade die richtige Zeit für einen Drink.«

Aber er wollte nichts trinken. Das Wohnzimmer war um diese Zeit düster, und er saß mit dem Rücken zu dem bißchen Licht, das es gab, sprach gewandt und ungezwungen über sein Hotel in Exeter und wie schwierig es gewesen sei, ihr Haus zu finden. Er trug elegante Londoner Kleidung. Er entschuldigte sich für sein Englisch, doch er sprach ohne Akzent. Hin und wieder brauchte er einen Moment, um ein Wort zu finden, das war alles.

»Können Sie morgen den Tag mit mir verbringen? Wir könnten vielleicht ans Meer fahren. Hätten Sie Lust?«

»O ja. Ich bin lange nicht mehr am Meer gewesen.«

Am nächsten Morgen war er wiedergekommen, in sportlicher Kleidung und mit einem großen Blumenstrauß in der Hand.

»Was für schöne Nelken«; und sie fragte sich, ob sie eine Vase hätte, die groß genug dafür wäre.

Erst als sie neben ihm im Wagen saß, bemerkte sie, daß er älter war, als sie am Tag zuvor geglaubt hatte, und viel attraktiver.

»Sie haben geschrieben, daß es hier immer regnet, und sehen Sie mal, was für einen schönen Tag wir haben!«

»Ja, doch, tatsächlich.«

So ein schöner Tag. Der Himmel blaßblau, die Wolken leicht und weiß und unschuldig. Es kam ihr undankbar vor, sich an eisige Stürme und ewigen Nieselregen zu erinnern. Jetzt war der Wind sanft und weich – beinahe warm. ›Winde, die von Süden wehen.‹ Überall standen die Obstbäume in Blüte. Als sie an einem vorbeifuhren, sagte sie: »Kirsche oder Pflaume, ich bin mir nicht sicher.«

»Ich weiß es nicht. Ich bin kein Landmensch. Ich bin ein Stadtmensch.«

»Ja, das sieht man«, sagte sie.

Sie war überrascht, wie geborgen und glücklich sie

sich fühlte. Sehr selten fühlte sie sich geborgen oder glücklich, und wenn es jetzt auch bloß dieses Mannes wegen war, dem sie nur einmal kurz bei einem Drink begegnet war und den je wiederzusehen sie nicht erwartet hätte, warum sollte sie dieses Gefühl kaputtmachen?

Und doch war sein Gesicht so vertraut. Dann fiel ihr dieses Buch über das Leben Modiglianis und die Photographie auf dem Umschlag ein. Er sah fast genauso aus.

Als er fragte: »Sind Sie nicht allmählich müde?«, sagte sie: »Nun ja – ich freue mich auf zu Hause und auf etwas zu trinken.«

»Ja. Aber macht es Ihnen etwas aus, wenn wir über Exeter fahren? Ich könnte in meinem Hotel einen Wein holen, den Sie wahrscheinlich mögen werden.«

Er kam mit zwei Flaschen Rosé aus dem Hotel. Sie fuhren auf einer leeren Straße rasch nach Hause und sprachen wenig.

»Soll ich die Gläser holen? Eis? Oder soll ich die Flaschen eine Weile in den Kühlschrank stellen?«

»Sie sind noch ganz kalt«, sagte er. »Fühlen Sie mal.«

Sie saß da, das Gesicht dem Licht zugewandt, und er öffnete eine Flasche, zündete zwei Zigaretten an und gab ihr eine. Dann nahm er ein Buch mit holländischen Gedichten vom Tisch. »Sie lesen Holländisch?«

»Nein. Im Buch steht auch die englische Übersetzung. Ich kann Holländisch weder lesen noch sprechen.«

»Aber Sie kennen Amsterdam?«

»Ein wenig. Nicht sehr gut. Den Haag kenne ich besser. Ich erinnere mich natürlich an die Kanäle und an ein paar schöne alte Häuser. Aber das ist lange her. Ich frage mich, ob es die Häuser immer noch gibt.«

»Ja, ein paar gibt es noch. Und in einem davon wohnen mein Onkel und seine Schwester.«

»Ach wirklich?«

»Ja, und jeden Abend laden sie Freunde ein und spielen bis in die Nacht hinein Karten. Man kann sie um zwei oder drei Uhr morgens anrufen, und sie spielen immer noch.«

Sie mochte sein Gesicht, als er über diese Leute sprach. Amüsiert, aber freundlich und liebevoll. Es war nett von ihm, daß er so von ihnen dachte.

»Spielen sie um Geld oder nur zum Spaß?« fragte sie.

»Zum Spaß, nur zum Spaß. Wissen Sie«, sagte er, »ich bewundere meinen Onkel. Als ich noch ganz klein war, starb meine Mutter, und eigentlich zog er mich groß. Das war in Indonesien. Mein Vater ist Künstler. Ich habe Bilder von ihm, die ich sehr mag, und ich mag ihn. Aber er ist zu... zu weich. Das ist nicht gut.«

»Vermutlich nicht.«

»Mein Onkel ist anders.« Er holte eine Brieftasche hervor und reichte ihr eine kleine Photographie. »Das ist mein Onkel.«

Der Onkel kam ihr etwas verschlagen vor.

»Ich verstehe, was Sie meinen«, sagte sie.

»Und das ist mein Vater.«

»Sie sehen aus wie er.«

»Ja, ich weiß. Und ich habe ihn gern, ich empfinde ihm gegenüber Zuneigung, aber er kann sich nicht richtig – wie sagt man –, nicht richtig durchsetzen.«

»Ja, aber wenn sich jeder durchsetzen könnte, was wär' das für ein Durcheinander. Finden Sie nicht, daß alles ohnehin schon schlimm genug ist?«

Sorgfältig verstaute er die Photographien.

»Es tut mir leid, daß ich morgen wieder nach London zurück muß.«

»Mir auch«, sagte sie.

Dann lehnte er sich zurück und sagte plötzlich: »Sagen Sie, was gefällt Ihnen am besten an mir?«

Sie war überrascht, antwortete jedoch sofort. »Ihre Augenbrauen gefallen mir am besten.«

»Meine Augenbrauen?« sagte er.

Er schien so verblüfft, daß sie es ihm erklärte. »Sehen Sie, in einem Gesicht wie Ihrem erwartet man, oder erwarte ich jedenfalls glatte schwarze Augenbrauen, die fast wie gemalt aussehen. Aber Ihre sind buschig, und in der Sonne sind sie sehr viel heller als Ihr Haar. Das überrascht einen, und mir gefällt es sehr.«

Sie sahen sich ein paar Sekunden lang unverwandt an und begannen dann gleichzeitig zu lachen.

»Oh, ich muß so ein Photo von Ihnen haben. Ich hole meine Kamera, sie ist im Wagen.«

»Nein, photographieren Sie mich nicht. Ich mag das nicht. Ich habe es nie besonders gemocht, und jetzt ist es eine richtige Phobie. Bitte tun Sie's nicht.«

»Natürlich nicht, wenn Sie's nicht wollen. Aber ich würde trotzdem gern ein paar Bilder vom Haus machen, wenn Sie es mir erlauben.«

»Photographieren Sie alles, was Sie wollen, nur nicht mich.«

An der Tür wandte er sich um. »Wir haben uns gegenseitig erkannt, nicht wahr?«

Sie antwortete nicht. Sie dachte: Ja, ich habe Sie beinahe sofort erkannt. Aber ich hätte nie gedacht, daß Sie mich erkennen würden.

Sie saß so oft auf diesem Stuhl, blickte hinaus in den ewigen Nieselregen und horchte auf den Wind. Die ganze Nacht pfiff und winselte und stöhnte er, rüttelte an den Türen und Fenstern, bis sie aufstand und sie mit Zeitungspapier abdichtete, damit sie schlafen konnte. Den ganzen Tag drangsalierte er die Bäume. Wie sie ihn inzwischen haßte, den tyrannischen, heimtückischen Wind. Selbst wenn es nicht regnete, glänzte das Sonnenlicht nur blaß.

Doch heute war die Sonne eine richtige Sonne, und das Licht war golden. Das Gras war gelb, nicht grün. Kein Wunder, daß es ihr vorkam, als befinde sie sich in einer anderen Zeit, an einem anderen Ort, in einem anderen Land. Sie sah ihn auf dem Gelände vor dem Wohnzimmer herumspazieren und dachte: ›Was um alles in der Welt kann er hier photographieren wollen? Die Kühe jenseits der Hecke?‹

»Ich fürchte, das Gelände ist uneben und voller Löcher. Ich kann nicht viel draußen arbeiten.«

»An einem Tag wie heute gefällt es mir hier, aber an einem nassen trüben Tag ist es vielleicht etwas traurig. Aber Sie haben sicher viele Freunde.«

»Nun ja, das nicht gerade. Jedenfalls nicht im Dorf. Wissen Sie, das ist eine große Grafschaft.«

»Sie sind also ganz allein hier. Das dürfte nicht sein.«

»Doch, doch, es geht mir gut. Eine sehr nette Frau kommt ziemlich oft ins Haus, und ich habe Telephon. Außerdem bin ich gern allein. Nicht immer natürlich, aber man kann nicht alles haben.«

»Und im Winter, sind Sie im Winter allein?«

»Ich versuche, in den schlimmsten Monaten wegzufahren, und dann – es ist eben alles ein bißchen unsicher.«

»Mir ist gerade eingefallen, daß ich einen Ort in Italien kenne, der Ihnen sehr gefallen würde. Es ist ruhig und schön dort.«

»Das klingt ja ideal.«

»Und könnten Sie sich vorstellen, dorthin zu gehen?«

»Warum nicht?« sagte sie. Natürlich konnte sie es sich vorstellen.

Er sah beunruhigt aus, als er sagte: »Ich könnte nicht die ganze Zeit mit Ihnen zusammensein. Ich würde so oft wie möglich bei Ihnen sein. Aber verstehen Sie, da ist meine Arbeit. Und da ist auch noch meine Frau.«

»Natürlich.«

»Wir kommen nicht gut miteinander aus.«

»Ach, wie schade.«

»Ja, wir haben ausgemacht, daß wir zusammenbleiben, bis die Kinder größer sind. In der Zwischenzeit geht jeder seiner eigenen Wege.«

Ihr schien, als habe sie das schon einmal gehört, vor langer Zeit, als alles anders gewesen war. »Das hört sich wie eine vernünftige Regelung an«, sagte sie, »sehr fair für alle Beteiligten. Und vielleicht –«

»Sie kennen meine Frau nicht.«

»Nein.«

»Sie ist so –«. Jetzt wurde er ganz aufgeregt: »Vor ein paar Monaten war ich in New York. Ich habe ihr ein Kleid mitgebracht – ein sehr hübsches Kleid. Ich dachte, ich würde ihr damit eine Freude machen, aber es hängt in ihrem Schrank. Sie hat es kein einziges Mal angezogen.«

»Vielleicht paßt es ihr nicht«, sagte sie.

»Aber sicher paßt es ihr, aber sicher! So einen Fehler würde ich nicht machen. Sie will es nicht tragen, weil ich es gekauft habe, und so ist sie mit allem. Sie wünscht eine Trennung genausosehr wie ich, glauben Sie mir, aber wir haben uns auf diese Regelung geeinigt wegen der Kinder. Und deshalb ...«

»Ich hab' nur Spaß gemacht.«

»Aber ich meine es überhaupt nicht im Spaß. Ich meine, was ich sage.«

»Ja, und es wäre wunderbar, aber es ist ganz unmöglich, ich kann nicht.«

»Warum nicht?«

Natürlich mußte er genau wissen, warum es nicht ging, und wenn nicht, würde sie es ihm bestimmt nicht klarmachen. Das hätte sie tagelang, wochenlang deprimiert. Wie wenige Leute begriffen, wie dünn das Seil war, auf dem sie ging, oder was geschehen würde, wenn sie ausrutschte. Der Abgrund. Verzweiflung. All das.

Sie benutzte die erste Ausrede, die ihr einfiel. »So viele Umstände. Mein Paß. Außerdem kann ich Kofferpacken nicht ausstehen.«

»Ich werde Sie abholen. Ich kann im Oktober kommen. Ich kann sehr gut packen. Sie werden sehen, nichts wird schwierig sein.«

»Sie wissen nicht, wie gern ich mitkommen würde, aber wirklich, es geht einfach nicht.«

Er schwieg eine Weile, dann sagte er: »Nun, denken Sie darüber nach. Werden Sie mir schreiben, wenn Sie sich's anders überlegt haben? Sie haben ja meine Adresse.«

»Wahrscheinlich werde ich viel darüber nachdenken. Aber ich werde es mir nicht anders überlegen.«

»Das weiß man nie«, sagte er und sprach dann von anderen Dingen. Aber als er fragte, ob sie mit ihm zu Abend essen wolle, mußte sie sich entschuldigen, denn plötzlich war sie sehr müde, kaum in der Lage, sich zu bewegen, zu müde, um viel zu sagen.

»Danke, daß ich kommen durfte, und für den heutigen Tag«, sagte er an der Tür, verbeugte sich noch einmal und küßte ihr die Hand. »Ich hoffe, ich werde von Ihnen hören. Unterhalten Sie sich schön mit den Kühen vom Nachbargrundstück.«

»Wer weiß«, sagte sie.

Bevor er ins Auto stieg, winkte er und rief: »Sie werden mich wiedersehen.«

»Ja, ja, das wäre großartig. Versuchen Sie wiederzukommen.«

Sie ging zurück in die Küche und schloß die Augen. ›Warum nicht, warum eigentlich nicht? Warum sollte ich nicht dieses Haus aufgeben, das so vom Wetter abhängig ist, so schlecht gebaut, für arme Leute? Gerade vier kleine Zimmer und ein Dachboden. Wie mein Leben.‹ Sie legte die Hand an den Kopf und lachte. ›Und wer weiß, was oben im Dachboden ist? Ich jedenfalls nicht. Ich würde mich nicht trauen nachzusehen.‹

Ein kleines Haus – man erstickte darin. Sie ging zur Tür, öffnete sie und ließ sie angelehnt. Warum nicht? Warum nicht? Hatte sie vergessen, was nun ihr einziger Vorteil war? Sie konnte genau das tun, was sie wollte. Sie konnte etwas tausendmal Törichteres tun als Ferien in Italien machen – mehr war es ja nicht; niemand brauchte es zu erfahren, und niemanden würde es interessieren. Das heißt, zumindest konnte sie ohne weiteres dafür sorgen, daß niemand es erfuhr. Und ganz gewiß würde es niemanden interessieren.

Eine Stimme sagte: »Ich hoffe, ich störe nicht. Ich sah, daß Ihre Tür offenstand, und deshalb bin ich hereingekommen. Ich habe da speziell etwas für Sie.«

Hastig fuhr sie sich über die Augen. »Sie stören überhaupt nicht. Ich war beinahe eingeschlafen.« Sie freute sich richtig, Mr. Singh zu sehen. Jeder Hafen ist recht bei einem Sturm.

»Was haben Sie mir heute mitgebracht? Aber lassen Sie's mich hier drinnen ansehen.«

»Das da, hab' ich mir gedacht, wäre etwas für Sie. Schönes Material, sehr schön. Fühlen Sie mal.«

»Ja. Aber was ist das orangefarbene Ding hier?«

»Das ist ein –« Er zeigte es her. »Ein kurzes Nylonnachthemd. Es sieht aus, als sei es gut geschnitten. Keine Spitze.«

»Hübsch«, sagte sie.

Er wirkte ziemlich überrascht und hielt es ihr geschickt unters Kinn. »Die Farbe steht Ihnen sehr gut«, sagte er. »Und ich hab' das gleiche Modell noch in schwarz.«

Als er ihr sagte, was die beiden Nachthemden kosteten, gab sie ihm das Geld. Er versuchte nicht, ihr noch etwas anderes zu verkaufen, sondern machte den Koffer zu.

Sie begleitete ihn zur Tür. Ein Wind war aufgekommen, und es war kalt geworden. Morgen wird es nicht mehr schön sein, dachte sie.

»Auf Wiedersehen, Mam, vielen Dank, Mam, ich werde für Sie beten.«

»Tun Sie das«, sagte sie. Und schloß die Tür ab.

Schlafen Sie Ihren Rausch aus, Lady

An einem Oktobernachmittag trank Mrs. Baker Tee bei Miss Verney und sprach über die Bratpfannenfabrik, die mitten in dem Dorf, in dem beide lebten, errichtet werden sollte. Miss Verney hatte nicht sehr aufmerksam zugehört und sagte: »Weißt du, Letty, in letzter Zeit denke ich viel über den Tod nach. Merkwürdig – das tat ich sonst selten.«

»Nein, meine Liebe«, sagte Mrs. Baker, »das ist überhaupt nicht merkwürdig. Das ist ganz normal. Wir alten Leute sind ein bißchen wie die Kinder, wir leben gewöhnlich in der Gegenwart. Das hat die Vorsehung gnädig so eingerichtet.«

»Vielleicht«, sagte Miss Verney zweifelnd.

Mrs. Baker meinte es freundlich, als sie »wir alten Leute« sagte, doch vergaß sie dabei nicht, daß sie erst dreiundsechzig war und mit ein bißchen Glück noch viele Sommer erleben würde (nach vielen Sommern stirbt der Schwan, wie irgend jemand gesagt hatte), während Miss Verney, die bestimmt schon einiges über Siebzig war, kaum auf dergleichen hoffen konnte. Mrs. Baker umklammerte die Armlehnen ihres Sessels. ›Viele Sommer, toi, toi toi, so Gott will‹, dachte sie.

Dann stellte sie fest, daß es jetzt schon früh dunkel werde, und wie erstaunlich schnell die Zeit verfliege.

Miss Verney lauschte dem Geräusch des abfahrenden Wagens, ging zurück in ihr Wohnzimmer und sah durchs Fenster auf die flachen Felder, die Apfelbäume, den Fliederbaum, der nicht wieder blühen würde, nicht in den nächsten zehn Jahren, hatte man ihr gesagt, denn Flieder vertrage es nicht, wenn er gestutzt werde. In der Ferne gab es eine kleine Anhöhe – einen Hügel konnte man es eigentlich nicht nennen – und drei Bäume, die genau gleich aussahen und im gleichen Abstand voneinander standen, so daß sie künstlich wirkten. ›Es würde recht hübsch aussehen, wenn alles mit Schnee bedeckt wäre‹, dachte Miss Verney. ›Der Schnee – so weiß, so weich und eigentlich dann doch so langweilig. Selbst der gräßliche Schuppen würde nicht so übel aussehen.‹ Doch sie hatte beschlossen, nicht mehr an den Schuppen zu denken.

Daß er ein Schandfleck war, hatte Miss Verney schon konstatiert, als sie in das Häuschen gezogen war. Der Anstrich auf dem einst schwarzen verzinkten Eisenblech war zum großen Teil abgeblättert. Jetzt war die Farbe eher grünlich. Ein Stück vom Dach war locker und klapperte geräuschvoll bei windigem Wetter, und ein aus den Angeln gehobenes kleines Tor war gegen den Eingang gelehnt. Drinnen war es erstaunlich geräumig, im hinteren Teil nahezu dunkel. ›Was für eine Platzverschwendung‹, dachte Miss Verney. ›Das Ding muß abgerissen werden.‹ Seltsam, daß sie nicht schon früher daran gedacht hatte.

Mit Lumpen umwickelte Nägel ragten aus dem einzigen Dachbalken. Ein Blecheimer mit einem Loch stand herum, eine riesige Mülltonne. Brennesseln gediehen üppig in einer Ecke, doch es war die gegenüberliegende Seite, die sie störte. Hier lagen auf einem Haufen ein verrosteter Rasenmäher, ein alter Sessel, über den ein Teppich drapiert war, ein paar Säcke und die Reste von dem, was einmal ein Bündel Heu gewesen war. Sie stellte sich plötzlich vor, ein wildes und gefährliches Tier hause dort, und rief laut: »Komm raus, komm heraus, Shredni Vashtar, der Schöne.« Dann, ziemlich erschrocken über sich selbst, ging sie weg so schnell sie konnte.

Aber sie war nicht übermäßig beunruhigt. Der Maurer aus dem Dorf hatte ihr beim Einzug ein paar Kleinigkeiten repariert, und sie wollte mit ihm reden, wenn sie ihn das nächste Mal traf.

»Der Schuppen soll abgerissen werden?« fragte der Handwerker.

»Ja«, sagte Miss Verney. »Er ist scheußlich, und er nimmt so viel Platz weg.«

»Reichlich groß ist er ja«, sagte der Handwerker.

»Riesengroß. Wofür hat man ihn bloß benutzt?«

»Vermutlich für die Gartengeräte.«

»Es ist mir einerlei, wozu er da war«, sagte Miss Verney. »Ich will ihn aus dem Weg haben.«

Der Handwerker sagte, in der nächsten Woche werde er es nicht mehr schaffen, aber am Montag darauf werde er vorbeikommen und sehen, was er tun könne. Der Montag kam, und Miss Verney wartete, aber der

Mann kam nicht. Als das ein zweites Mal passiert war, begriff sie, daß er gar nicht vorhatte, zu kommen, und schrieb an eine Firma in der nächsten Stadt.

Ein paar Tage später klopfte ein fröhlicher junger Mann an ihre Tür, erklärte, wer er sei, und bat sie, ihm genau zu sagen, was sie wünsche. Miss Verney, der es gar nicht gutging, deutete mit dem Finger auf den Schuppen: »Das hier soll abgerissen werden. Können Sie das erledigen?«

Der junge Mann inspizierte den Schuppen, ging um ihn herum, stellte sich dann hin und betrachtete ihn.

»Ich will, daß er beseitigt wird«, sagte Miss Verney leidenschaftlich, »daß er komplett beseitigt und weggeschafft wird. Ich kann den Anblick nicht ausstehen.«

»Ein nettes Stück Arbeit«, sagte er freimütig.

Und Miss Verney begriff, was er damit sagen wollte. Lange nachdem sie gestorben und ihr Häuschen verschwunden wäre, würde der Schuppen immer noch dasein. Der Blecheimer und der verrostete Rasenmäher, die im Wind flatternden Lumpen. Das alles würde bis in alle Ewigkeit existieren.

Der junge Mann musterte sie etwas nervös und wurde geschäftsmäßig. »Ich verstehe, was Sie wollen, und natürlich können wir Ihnen einen Kostenvoranschlag machen. Aber sind Sie sich im klaren, daß Sie den Wert Ihres Hauses mindern, wenn Sie den Schuppen abreißen?«

»Warum?« fragte Miss Verney.

»Nun ja«, sagte er, » nur ganz wenige Leute würden hier ohne Wagen leben wollen. Man könnte ihn leicht zu einer Garage umbauen oder ihn sogar so benutzen, wie er ist. Natürlich können Sie entscheiden, wenn Sie den Voranschlag bekommen haben, ob Sie meinen, daß sich der Aufwand lohnt und ... der Ärger. Auf Wiedersehen.«

Als sie wieder allein war, fühlte sich Miss Verney so alt, einsam und hilflos, daß sie zu weinen begann. Kein Handwerker würde sich mit diesem Schuppen abgeben, nicht für den Preis, den sie sich leisten konnte. Aber das Weinen erleichterte sie, und bald war sie wieder ganz fröhlich. Es war lächerlich, ins Grübeln zu verfallen, sagte sie sich. Das Häuschen gefiel ihr recht gut. Eines Morgens würde sie aufwachen und wissen, was zu tun wäre, und in der Zwischenzeit würde sie das Ding nicht mehr ansehen. Sie würde einfach nicht mehr daran denken.

Doch es war erstaunlich, wie der Schuppen sie in ihren Träumen verfolgte. Eines Nachts stand sie davor und sah, wie er seine Form veränderte und zu einem sehr eleganten, glänzenden dunkelblauem Sarg wurde, der weiß ausgelegt war. Er erinnerte sie an ein Kleid, das sie einst gehabt hatte. Eine Stimme hinter ihr sagte: ›Das ist die Wäsche.‹

›Sollte ich sie dann nicht wegräumen?‹ fragte Miss Verney in ihrem Traum.

›Jetzt noch nicht. Bald‹, sagte die Stimme, so laut, daß sie aufwachte.

Sie hatte die große Mülltonne zum Eingang des Schuppens geschleppt, und weil sie ihr zu schwer war, hatte sie veranlaßt, daß sie einmal in der Woche ans Tor getragen wurde, wo die Müllabfuhr sie leerte. Jeden Morgen holte sie einen kleinen gelben Eimer unter dem Ausguß hervor und entleerte ihn rasch in der großen Mülltonne, ohne sich aufzuhalten oder sich umzusehen. Eines Morgens hatte sich jedoch der Wind gelegt, der sonst immer wehte, und sie blieb stehen und überlegte, ob ein Anstrich mit weißer Farbe dem Ganzen etwas aufhelfen würde. Gestrichen sah es womöglich noch viel schlimmer aus, und außerdem, wen konnte sie mit der Arbeit beauftragen? Da sah sie etwas, das sie für eine Katze hielt, langsam im hinteren Teil des Schuppens entlanglaufen. Die Sonne schien durch einen Spalt in der Wand. Es war eine große Ratte. Entsetzt sah sie zu, wie das Tier unter dem alten Sessel verschwand, ließ den gelben Eimer fallen, ging so rasch sie konnte die Straße hoch und klopfte an die Tür eines schäbigen, strohgedeckten Hauses.

»O Tom, in meinem Schuppen gibt es Ratten. Ich hab' gerade eine riesige gesehen. Ich habe so schrecklich Angst vor ihnen. Was soll ich bloß machen?«

Als sie Toms Hütte verließ, war sie immer noch aufgeregt, hatte sich aber etwas beruhigt. Tom hatte ihr versichert, er habe ein todsicheres Rattengift, hatte versprochen, ihr zu helfen, und seine Frau hatte ihr eine Tasse starken Tee angeboten.

Er kam am selben Tag, um das Gift zu streuen, und als er hinterher laut an ihre Tür klopfte und rief: »Alles in Ordnung?«, antwortete sie ganz fröhlich: »Ja, es geht mir gut, und danke fürs Kommen.«

Ein sonniger Tag folgte dem anderen, und sie vergaß beinahe, wie sehr die Ratte sie erschreckt hatte. »Sie ist tot oder weggelaufen«, versicherte sie sich selbst.

Als sie sie dann wieder sah, blieb sie stehen und starrte ungläubig hinüber. Das Tier lief quer durch den Schuppen, ebenso gemächlich wie beim erstenmal, und sie sah zu, unfähig, sich zu rühren. Es war eine riesige Ratte, das stand fest.

Diesmal stürzte Miss Verney nicht zu Toms Häuschen, um sich beruhigen zu lassen. Sie schaffte es bis zur Küche, immer noch mit dem leeren gelben Eimer in der Hand, warf die Tür zu und schloß sie ab. Dann machte sie alle Fenster zu und verriegelte sie. Als sie damit fertig war, zog sie die Schuhe aus, legte sich hin, zog die Decke über den Kopf und horchte auf das heftige Klopfen ihres Herzens.

Ich bin der Beherrscher all dessen, was ich seh'.
Mein Recht macht mir niemand streitig.

Genauso ging die Ratte.

Sie mußte in dem verrammelten dunklen Raum eingedämmert sein, denn auf einmal sah sie sich an einem Schreibtisch in der Sonne sitzen, wie sie Sprichwörter in ein liniertes Heft abschrieb: ›Glück und Glas, wie leicht bricht das. Müßiggang ist aller Laster Anfang. Trau schau wem‹, das Alphabet durch bis zum Z. Bei Z würde es wahrscheinlich um Zorn oder zornig gehen. Aber was würde ihnen beim X einfallen? Was war mit dem X?

Bei diesem Gedanken schlief sie vollends ein, wachte dann wieder auf, machte Licht, nahm zwei Schlaftabletten und verfiel in einen bleiernen Schlaf. Als sie dann wieder die Augen öffnete, war es Morgen, die nicht aufgezogene Uhr auf dem Nachttisch war stehengeblieben, doch an der Helligkeit konnte sie erkennen, wie spät es ungefähr war, und sie eilte in die Küche, um zu warten, bis Toms Wagen vorbeifahren würde. Die Luft war dumpf und stickig, doch sie dachte nicht im Traum daran, das Fenster zu öffnen. Als sie den Wagen kommen sah, rannte sie auf die Straße hinaus und winkte Tom, er solle anhalten. Es war, als hätte die Angst ihr Flügel verliehen, und sie bewegte sich so rasch und leichtfüßig wie früher.

»Tom, Tom.«

Er hielt an.

»O Tom, die Ratte ist immer noch da. Ich hab' sie gestern abend gesehen.«

Steif stieg er aus dem Wagen. Kein junger Mann mehr, aber doch gewiß, ganz gewiß ein freundlicher Mann? »Ich hab' soviel Zeug gestreut, daß es für ein Dutzend Ratten reicht«, sagte er. »Wir wollen mal nachsehen.«

Er ging hinüber zum Schuppen. Sie folgte in ein paar Metern Abstand und beobachtete ihn, wie er an dem alten Rasenmäher rüttelte, die Säcke hin und herkickte, auf dem Heu und den Brennesseln herumtrampelte.

»Hier ist keine Ratte«, sagte er schließlich.

»Aber es war eine da«, sagte sie.

»Hier war keine.«

»Es war eine riesengroße Ratte«, sagte sie.

Tom hatte runde braune Augen, ehrliche Augen, wie sie immer gedacht hatte. Aber nun blickten sie spöttisch, verschlagen, ja feindselig.

»Sind Sie sicher, daß es keine rosa Ratte war?«

Sie wußte, daß man im Dorf die Flaschen in ihrem Mülleimer zählte und darüber sprach. Aber Tom, den sie so nett fand?

»Ja.« Es gelang ihr, ihre Stimme unter Kontrolle zu halten. »Die Farbe ist ganz normal, aber das Tier ist sehr groß. Heißt es nicht, daß manchen Ratten heutzutage Gift nichts mehr ausmacht? Riesenratten.«

Tom lachte. »So was gibt's hier in der Gegend nicht.«

Sie sagte: »Ich habe Mr. Slade, der mir das Gras mäht, gebeten, den Schuppen auszuräumen, und er hat es mir auch versprochen, aber ich glaube, er hat's vergessen.«

»Mr. Slade hat sehr viel zu tun«, sagte Tom. »Er kann nicht grade dann den Schuppen ausräumen, wenn's Ihnen paßt. Sie müssen warten. Sie glauben doch nicht, daß er alles stehen und liegen läßt und seine Zeit verschwendet, um nach was zu suchen, was gar nicht da ist?«

»Nein«, sagte sie. »Natürlich nicht. Aber es müßte, glaube ich, gemacht werden.« (Fast hätte sie gesagt: ›Ich kann's nicht, weil ich Angst habe.‹)

»Jetzt gehen Sie wieder rein und machen sich eine schöne Tasse Tee«, sagte Tom in freundlicherem Ton. »Es gibt keine Ratte in Ihrem Schuppen.« Und er ging zu seinem Wagen zurück.

Miss Verney ließ sich schwerfällig auf dem Sessel in der Küche nieder. ›Er glaubt mir nicht. Ich kann hier nicht allein bleiben, nicht, solange dieses Ungeheuer bloß ein paar Meter weit weg ist. Ich kann es nicht.‹ Doch eine andere, kalte Stimme bohrte: ›Wohin willst du gehen? Mit welchem Geld? Bist du wirklich so ein Feigling?‹

Nach einer Weile stand Miss Verney auf. Sie rückte alles Mobiliar von den Wänden weg, so daß sie wissen würde, daß nichts in den Winkeln lauerte, und beschloß, daß die Fenster, die zum Schuppen hinausgingen, weiterhin geschlossen und verriegelt bleiben sollten. Die anderen öffnete sie, aber nur die Oberlichter. Dann machte sie ein großes Paket mit all den Lebensmitteln, die die Ratte möglicherweise riechen konnte – Käse, Schinken, Speck, kalter Braten, praktisch alles ... sie würde es später Mrs. Randolph, der Putzfrau, geben.

›Aber keine Vertraulichkeiten mehr.‹ Mrs. Randolph würde so skeptisch sein, wie Tom es gewesen war. Eine nette Frau, aber eine Klatschbase; sie würde nicht der Versuchung widerstehen können, ihren Bekannten von der höchstwahrscheinlich eingebildeten Riesenratte zu erzählen, die ihre Arbeitgeberin terrorisierte.

Am nächsten Morgen sagte Mrs. Randolph, ein streunender Hund habe die große Mülltonne umgeworfen. Sie hatte alles vom Boden im Schuppen auflesen müssen. ›Das war kein Hund‹, dachte Miss Verney, doch sie empfahl lediglich, daß man den umgekehrt aufgesetzten Deckel mit zwei Steinen beschweren könne, das werde den Hund fernhalten.

Als sie sah, wie groß die Steine waren, hätte sie beinahe laut gesagt: ›Die Ratte möcht' ich sehen, die diesen Deckel aufkriegt.‹

Miss Verney war immer nachlässig, nie besonders pingelig gewesen. Das änderte sich jetzt. Jeden Tag verbrachte sie Stunden mit Fegen, Abstauben, räumte die Schränke auf und legte neues Papier in die Schubladen. Sie stürzte sich mit der Kehrichtschaufel auf jedes Staubkörnchen. Sie versuchte sich einzureden, daß die Ratte im Schuppen bleiben würde, solange sie das Haus makellos sauberhielt, versuchte, nicht darüber nachzudenken, was sie tun würde, falls sie ihr schließlich doch begegnen sollte.

›Ich würde auf der Stelle umfallen‹, dachte sie, ›*das* würd' ich tun.‹

Danach machte sie mit neuer Energie weiter, kehrte wieder ängstlich unter dem Bett, hinter den Schränken. Hinterher fühlte sie sich immer zu müde, um etwas zu essen, schlug ein Ei in kalter Milch auf, tat ordentlich Whisky dazu und schlürfte es langsam. ›Ich brauche zur Zeit nicht viel.‹

Doch sie verrichtete die Hausarbeit immer langsamer, ihre täglichen Gänge wurden immer kürzer. Schließlich ging sie überhaupt nicht mehr aus dem Haus. ›Wozu eigentlich?‹ Da sie nie Briefe beantwortete, kamen nach einer Weile auch keine mehr, und als Tom eines Tages an die Tür klopfte, um sich zu erkundigen, wie es ihr gehe, sagte sie: »Oh, es geht mir recht ordentlich«, und lächelte.

Er schien sich unbehaglich zu fühlen und sprach weder von Ratten noch vom Ausräumen des Schuppens. Sie auch nicht.

»Ich hab' Sie in letzter Zeit gar nicht gesehen«, sagte er.

»Oh, ich geh' jetzt den anderen Weg.«

Als sie hinter ihm die Tür schloß, dachte sie: ›Und ich hab' mir eingebildet, ich fände ihn nett. Merkwürdig.‹

»Tut's weh?« fragte der Arzt.

»Es ist mehr so ein komisches Gefühl«, sagte Miss Verney.

Der Arzt sagte nichts. Er wartete.

»Es ist, als würde mein Blut in die falsche Richtung fließen. Es ist wirklich ziemlich grauenhaft. Und dann kann ich mich manchmal eine Zeitlang nicht bewegen. Ich meine, wenn ich zum Beispiel eine Tasse halte, muß ich sie absetzen, weil mein Arm ganz leblos ist.«

»Und wie lange dauert das?«

»Nicht lange. Wahrscheinlich bloß ein paar Minuten. Es kommt mir nur sehr lang vor.«

»Passiert das oft?«

»In der letzten Zeit zweimal.«

Der Arzt meinte, er wolle sie lieber untersuchen. Nach einer Weile verließ er das Zimmer und kam mit einer halbvollen Flasche Tabletten zurück. »Nehmen Sie die dreimal am Tag – vergessen Sie's nicht, es ist wichtig. Lang bevor Sie sie aufgebraucht haben, werde ich bei Ihnen vorbeischauen. Sie bekommen dann ein paar Spritzen, die vielleicht etwas nützen, aber die muß ich erst bestellen.«

Als Miss Verney ihre Sachen an sich nahm, bevor sie das Sprechzimmer verließ, fragte er beiläufig: »Haben Sie Telefon?«

»Nein«, sagte Miss Verney. »Aber meine Nachbarn haben Telefon.«

»Das haben Sie mir schon einmal gesagt. Aber diese Leute wohnen doch ziemlich weit weg von Ihnen, nicht wahr?«

»Ich werde mir ein Telefon anschaffen«, beschloß Miss Verney. »Ich kümmere mich sofort darum.«

»Das ist gut. Sie werden nicht mehr so einsam sein.«

»Vermutlich nicht.«

»Rücken Sie keine Möbel hin und her, hören Sie? Heben Sie nichts Schweres. Und – (›O Gott‹, dachte sie, ›wenn er jetzt sagt: »Trinken Sie keinen Alkohol!«? – denn das ist unmöglich!‹) – machen Sie sich keine Sorgen«, sagte er.

Als Miss Verney das Sprechzimmer verließ, fühlte sie sich erleichtert, aber müde, und sie ging ganz langsam nach Hause. Es war ein ziemlich weiter Weg, denn sie wohnte im ärmeren Teil des Dorfes, in der Nähe der sozialen Wohnsiedlung. Das hatte ihr nie etwas ausgemacht. Sie war durch hohe dichte Hecken und ein, zwei Bäume geschützt. Natürlich hatte es eine Weile gedauert, bis sie sich an das Kindergeschrei gewöhnt hatte und an die Frauen, die vor den Haustüren standen und tratschten. Am Anfang hatten sie sie neugierig und, wie ihr vorkam, etwas mißbilligend angestarrt, aber bald hatten sie herausgefunden, daß sie harmlos war.

Mit der kleinen Deena war es freilich etwas anderes.

Die meisten Jungen im Dorf hießen Jack, Willie, Stan und so weiter – die Vornamen der Mädchen waren ausgefallener. Deenas Mutter hatte alle übertrumpft und ihre Tochter Undine getauft.

Deena, wie jedermann sie nannte, war ein großes rundliches Mädchen von ungefähr zwölf Jahren mit einem hübschen, gesunden, doch etwas kuhähnlichen Gesicht. Nie machte sie bei den geräuschvollen Spielen mit, nie spielte sie Fußball mit Mülleimerdeckeln. Anscheinend verbrachte sie ihre ganze freie Zeit damit, stumm und ohne zu lächeln am Gartentor vor dem Haus ihrer Mutter zu stehen und jeden anzustarren, der vorbeiging.

Miss Verney hatte den Versuch längst aufgegeben, freundlich zu ihr zu sein. Der zynische Ausdruck in den Augen des Kindes verursachte ihr solches Unbehagen, daß sie auf die andere Straßenseite wechselte, um ihr aus dem Weg zu gehen, und manchmal war sie sogar so feige, sich zu vergewissern, daß Deena nicht da war, bevor sie aus dem Haus ging.

Jetzt sah sie besorgt die Straße entlang und war erleichtert, daß niemand zu sehen war. ›Natürlich‹, dachte sie bei sich, ›es wird kalt. Wenn der Winter kommt, bleiben sie alle im Haus.‹

Nicht, daß Deena die Kälte etwas ausgemacht hätte. Erst vor ein paar Tagen hatte Miss Verney aus dem Fenster geblickt und gesehen, wie das Mädchen, dem der eisige Wind nichts anzuhaben schien, draußen stand und auf die Haustür starrte, so als ob sie, wenn sie sich nur genügend anstrengte, durch das Holz sehen und herausfinden könnte, was in dem stillen Haus vor sich ging – was Miss Verney den ganzen Tag über trieb.

Eines Morgens, kurz nach dem Besuch beim Arzt, fühlte sich Miss Verney beim Erwachen außerordentlich wohl und glücklich. Sie war sich auch überhaupt nicht sicher, wo sie sich befand. Sie lag da und schwelgte in dem Gefühl wiedergewonnener Jugend, wiedergewonnener Gesundheit und erkannte allmählich die verschiedenen Möbelstücke wieder.

›Ach so, natürlich‹, dachte sie, als sie die Vorhänge zurückzog. ›An einem komischen Ort bin ich glücklich gelandet.‹

Der Himmel war blaßblau. Es ging kein Wind. Während sie die reglosen Bäume betrachtete, sang sie leise vor sich hin: »Der Tag aller Tage«. Sie hatte *Der Tag aller Tage* immer an ihrem Geburtstag gesungen. Zwischen zwei Jahren schwebend – dem vergangenen Jahr, dem nächsten Jahr –, hatte sie nie das Gefühl gehabt, irgendein Alter zu haben. Geburtstage waren ein Intervall, eine Ruhepause.

Erst während sie sich langsam anzog, fiel ihr auf einmal wieder die Ratte ein. Doch die Geschichte schien weit zurückzuliegen. ›Gott sei Dank habe ich niemandem sonst erzählt, wie sehr ich mich fürchtete. Sobald ich Telefon habe, bitte ich Letty Baker zum Tee. Sie wird genau das Richtig vorschlagen.‹

Aus reiner Gewohnheit frühstückte sie, fegte und staubte ab, doch sogar noch langsamer als sonst und mit langen Pausen, in denen sie sich auf den Stiel ihrer großen, altmodischen Teppichkehrmaschine stützte und zu den Bäumen hinaussah. »Leb wohl, Sommer, leb wohl«, summte sie. Doch trotz trauriger Lieder kam ihr die Gewißheit, gesund und jung zu sein, nicht abhanden.

Plötzlich bemerkte sie zu ihrer Überraschung, daß es dunkel wurde. ›Und ich hab' die Mülltonne noch nicht ausgeleert.‹

Sie ging mit dem kleinen gelben Plastikeimer zum Schuppen und sah, daß die Mülltonne nicht da war. Mrs. Randolph hatte sie wohl ausnahmsweise vergessen und vor dem Tor stehen lassen. So war es auch.

Zuerst trug sie ohne große Mühe den Deckel herein, dann kippte sie die schwere Mülltonne um und stieß sie mit dem Fuß vorwärts. Aber das ging langsam. Sie wurde ungeduldig, hob die Tonne hoch, trug sie in den Schuppen und suchte nach den Steinen, die den Hund, vielmehr die Ratte ferngehalten hatten. Auch sie waren nicht da, und sie begriff, daß Mrs. Randolph, eine kräftige junge Frau, in der Eile den Eimer mitsamt den Steinen hinausgetragen haben mußte. Wahrscheinlich lagen die Steine auf der Straße, wo die Müllmänner sie hingeworfen hatten. Sie ging nachsehen, und da waren sie.

Sie hob den ersten Stein auf und ließ ihn sofort wieder fallen, überrascht, wie schwer er war. Hob ihn dann aber wieder auf, ging schwankend zum Schuppen und lehnte sich dann außer Atem gegen die kalte Wand. Nach ein paar Minuten fiel ihr das Atmen wieder leichter, sie war nicht mehr so erschöpft und so entschlossen, sich selbst zu beweisen, daß es ihr wieder gutging, daß es sie auf die Straße trieb, wo sie den zweiten Stein aufhob.

Nach ein paar Schritten hatte sie das Gefühl, daß sie lange Zeit gegangen sei, jahrelang, hinabgezogen von einem unerträglichen Gewicht, und jetzt hatten die Kräfte sie verlassen, und sie konnte nicht mehr. Trotzdem gelangte sie bis zum Schuppen, ließ den Stein fallen und sagte: »Das wär's jetzt, das hätten wir. Nur noch den gelben Plastikeimer leeren.« Morgen würde sie die Steine wieder auf den Deckel legen. Der gelbe Eimer war leicht, voller Papier, Eierschalen und altbackenem Brot. Miss Verney hob ihn auf...

Sie saß auf dem Boden, den Rücken gegen die Mülltonne gelehnt, die Beine ausgestreckt, umgeben von zerrissenem Papier und Eierschalen. Ihr Rock war verrutscht, und auf ihrem bloßen Knie lag ein Stück trokkenes Brot. Sie fror sehr, und es war schon fast dunkel.

›Was ist passiert‹, dachte sie, ›bin ich ohnmächtig geworden oder was? Ich muß ins Haus zurück.‹

Sie versuchte aufzustehen, aber es war, als klebe sie am Boden fest. ›Langsam‹, dachte sie. ›Keine Panik. Tief atmen. Entspannen.‹ Doch als sie es erneut versuchte, waren ihre Glieder schwer wie Blei. ›Es ist ja nicht das erstemal. Gleich geht's mir wieder besser‹, sagte sie sich. Doch es wurde sehr schnell dunkel.

Ein paar Frauen gingen auf der Straße vorüber, und sie rief nach ihnen. Zuerst: »Könnten Sie bitte ... Es tut mir leid, Sie belästigen zu müssen ...«, doch ein Wind war aufgekommen und blies in ihre Richtung, und niemand hörte sie rufen. »Hilfe!« rief sie dann. Noch immer hörte niemand sie rufen.

Bis zum Hals zugeknöpft, mit Einkaufsnetzen an der Hand, den Kopf in Tücher vermummt, gingen sie vorüber, und dann war die Straße leer.

Den Rücken gegen die Mülltonne gelehnt und vor Kälte zitternd, betete sie: »Lieber Gott, laß mich nicht hier liegen. Lieber Gott, mach, daß jemand kommt. Mach, daß jemand vorbeikommt!«

Als sie die Augen öffnete, war sie nicht im geringsten überrascht, eine Gestalt zu sehen, die an ihrem Eingangstor lehnte.

»Deena! Deena!« rief sie und versuchte dabei, die hysterische Erleichterung in ihrer Stimme zu unterdrükken.

Deena kam vorsichtig näher, blieb ein paar Meter von ihr entfernt stehen und betrachtete die neben der Mülltonne liegende Miss Verney mit ausdruckslosem Gesicht.

»Hör zu, Deena«, sagte Miss Verney. »Ich glaube, mir geht's nicht gut. Sei so nett und bitte deine Mutter – deine Mami –, den Arzt anzurufen. Er wird sicher kommen. Und wenn sie mir bloß ins Haus zurück helfen könnte. Ich friere so ...«

Deena sagte: »Es hat keinen Zweck, wenn ich Mami bitte. Sie mag Sie nicht, und sie will nichts mit Ihnen zu tun haben. Sie kann hochnäsige Leute nicht ausstehen. Es weiß doch jeder, daß Sie sich einschließen, um sich zu betrinken. Man kann hören, wie Sie hin und her stolpern. ›Sie sollte mehr Wasser dazutun‹, sagt meine Mami. Schlafen Sie Ihren Rausch aus, Lady«, sagte dieses schreckliche Kind und hüpfte davon.

Miss Verney versuchte nicht, sie zurückzurufen oder mit ihr zu debattieren. Sie wußte, daß es zwecklos war. Allmählich überkam sie ein Gefühl von Betäubung und Schwäche, das stärker war als Kälte. Stärker als Furcht. Es war eine große Unlust, noch irgend etwas zu tun – es war beinahe Resignation. Selbst wenn jemand anderer käme – würde sie noch einmal um Hilfe rufen? Könnte sie es überhaupt? Sie kämpfte gegen das Gefühl der Betäubung und der Kälte an und versuchte ein letztes Mal, sich unter Aufbietung all ihrer Kräfte zu bewegen, damit wenigstens das Brot von ihrem Knie herunterfiel, denn nun begann die Furcht vor der Ratte, an die sie den ganzen Tag nicht gedacht hatte, sie wieder zu peinigen.

Es ging nicht.

Sie strengte ihre Augen an und spähte in die Ecke, aus der sie gewiß auftauchen würde – die Ecke mit dem alten Sessel und dem Teppich, die Ecke mit dem Bündel Heu. Würde das Tier sofort angreifen, oder würde es warten, bis es sicher war, daß sie sich nicht bewegen konnte? Früher oder später würde es kommen. Und so wartete Miss Verney in der Dunkelheit auf die Riesenratte.

Es war der Briefträger, der sie fand. Er brachte ein Bücherpaket für sie und ließ es wie gewöhnlich im Gang. Doch es mußte ihm einfach auffallen, daß alle Lichter an waren und alle Türen offen. Miss Verney befand sich bestimmt nicht im Haus.

»Vermutlich ist sie ausgegangen. Aber so früh und an einem so kalten Morgen?«

Beklommen sah er zurück zum Tor und bemerkte das Kleiderbündel in der Nähe des Schuppens.

Es gelang ihm, sie hochzuheben, und er führte sie zu dem Sessel in der Küche. Auf dem Tisch stand eine offene Whiskyflasche, und er versuchte, ihr etwas davon einzuflößen, doch ihre Zähne waren fest aufeinandergepreßt, und der Whisky rann ihr über das ganze Gesicht.

Ihm fiel ein, daß es in dem Haus, in dem er als nächstes etwas abzuliefern hatte, Telefon gab. Er mußte sich beeilen.

Schneller, als man geglaubt hätte – wenn man bedenkt, daß das Dorf sehr abgelegen war –, erschien der Arzt und bald danach der Krankenwagen.

Miss Verney starb am selben Abend im nächsten Krankenhaus, ohne das Bewußtsein wiedererlangt zu haben. Der Arzt sagte, sie sei an einem Schock und vor Kälte gestorben. Er habe sie wegen eines Herzleidens behandelt, sagte er.

»Sehr verbreitet heutzutage – ein Herzleiden.«

Hier habe ich früher gewohnt

Sie stand am Fluß, betrachtete die Trittsteine und erinnerte sich an jeden einzelnen. Da war der runde, wacklige Stein, der spitze, der flache in der Mitte – der Stein, auf dem man gefahrlos stehen und sich umsehen konnte. Beim nächsten mußte man achtgeben, denn wenn der Fluß angeschwollen war, überflutete das Wasser den Stein, und selbst wenn er aus dem Wasser herausragte, war er schlüpfrig. Doch danach war es ganz leicht, und bald stand sie auf der anderen Seite.

Die Straße war viel breiter als früher, aber man hatte bei den Bauarbeiten geschlampt. Die gefällten Bäume waren nicht weggeschafft worden, und das Gebüsch sah zertrampelt aus. Aber es war immer noch dieselbe Straße, und sie war außerordentlich glücklich, als sie sie entlangging.

Es war ein prächtiger Tag, ein blauer Tag. Bloß, daß der Himmel gläsern aussah, und sie konnte sich nicht erinnern, daß er früher so ausgesehen hatte. Das war das einzige Wort, das ihr dazu einfiel. Gläsern. Sie bog um die Kurve und sah, daß man das alte Pflaster herausgerissen hatte; auch hier war die Straße verbreitert worden, wirkte jedoch genauso halbfertig.

Sie kam zu den ausgetretenen Steinstufen, die zum Haus führten, und ihr Herz begann heftiger zu schlagen.

Die Schraubenpalme war verschwunden und auch die Imitation eines Sommerhauses, die *ajoupa*, doch der Gewürznelkenbaum war noch da, und oberhalb der Stufen erstreckte sich der struppige Rasen, genauso, wie sie es in Erinnerung hatte. Sie blieb stehen und sah zu dem weißgestrichenen Haus hinüber, das später dazugebaut worden war. Es war merkwürdig, einen Wagen davor stehen zu sehen.

Unter dem großen Mangobaum waren zwei Kinder, ein Junge und ein kleines Mädchen, und sie winkte ihnen und rief »Hallo«; doch sie antworteten nicht und wandten sich auch nicht um. Sehr hellhäutige Kinder, wie man sie so oft unter den Europäern antrifft, die in Westindien geboren sind: als behaupte sich das weiße Blut entgegen aller Wahrscheinlichkeit.

Sie ging auf sie zu, und das Gras sah gelb aus im heißen Sonnenlicht. Als sie ganz nahe war, rief sie noch einmal, schüchtern: »Hallo«. Und sagte dann: »Hier habe ich früher gewohnt.«

Noch immer antworteten sie nicht. Als sie zum drittenmal »Hallo« sagte, war sie unmittelbar in ihrer Nähe. Instinktiv streckte sie die Arme aus und hätte die beiden Kinder gern berührt.

Der Junge war es, der sich umwandte. Seine grauen Augen sahen direkt in ihre. Sein Ausdruck veränderte sich nicht. Er sagte: »Ist dir nicht auch aufgefallen, wie kalt es plötzlich geworden ist? Komm, wir gehen rein.«

»Ja, gehen wir rein«, sagte das Mädchen.

Ihre Arme fielen herab, und sie sah zu, wie die Kinder über das Gras zum Haus liefen. Da begriff sie zum erstenmal.

Temps Perdi

Ich bespitzele eine Fremde

»Diese unverblümten Gemeinheiten, die ich mir gefallen lassen mußte, sagte Mrs. Hudson, »lange, ehe es dafür einen Grund gab. Und diese neugierigen Fragen! Arme Laura, sie war kaum eine Woche da, und schon fingen sie an, Bemerkungen über sie zu machen. Und ich mußte doch auf Ricky Rücksicht nehmen. Sie sagten, sein Job am Flughafen der Royal Air Force sei angeblich so geheim, und er dürfe sich nicht erlauben...«

Während ihre Schwester redete, blickte Mrs. Trant durch das Fenster auf die beiden Rosenbeete im Vorgarten. Sie beruhigten sie. Sie erinnerten sie an den vergangenen Sommer, an jeden Tag in jedem Sommer. Sie gaben ihr das Gefühl, als geschähen alle diese entsetzlichen Veränderungen um sie herum nicht, oder wenn sie geschähen, sei es eigentlich vollkommen egal. Zu viert oder fünft wuchsen die kleinen feuerfarbenen Rosen an einem Zweig, jede mit einer Knospe neben sich, bereit, sie zu ersetzen. Jedesmal, wenn ein Militärlastwagen vorbeifuhr, zitterten sie. Sie fingen an zu zittern, stellte Mrs. Trant fest, ehe der Wagen zu sehen oder gar zu hören war. Trotzdem waren sie robust: vom Wind abgehärtet, der von der Ostküste herüberblies, wirkten sie, als würden sie ewig dort stehen. Gegen den blauen Himmel hoben sie sich mit ihrer grellen, trotzigen Farbe, ihrer blendenden Farbe ab. Wenn sie die Augen schloß, konnte sie die Rosen noch immer so deutlich sehen, als wären sie ihr auf die Lider photographiert.

»Selbst vor ausgesprochenen Gemeinheiten schreckten sie nicht zurück«, sagte Mrs. Hudson. »Hör dir das hier an:

›*Die Leute in dieser Stadt sind nicht so dumm, wie Sie glauben, und wenn Sie diese verrückte alte Ausländerin, diese Hexe aus Prag, von der Sie behaupten, sie ist eine Verwandte, nicht bald rausschmeißen, werden Schritte unternommen, die Ihnen nicht gefallen werden. Das hier ist eine freundliche Warnung, aber viele von uns haben ein Auge auf sie, und wenn Sie ihr zu bleiben erlauben...*

Nächstes Jahr um diese Zeit...

wird's Ihnen allen sehr viel dreckiger gehen...‹

Das war der erste«, sagte Mrs. Hudson. »Aber dann – meine Liebe, wahrhaftig! Du fragst dich: wer, in einem solchen Nest, wer bloß?«

»Ich würde wahrscheinlich raten.«

»Ja, aber das ist das Schlimmste daran. Wenn man einmal damit angefangen hat, findet man kein Ende! Es ist erstaunlich, wie wenigen man trauen kann. – Hier, ein Prachtexemplar, noch dazu auf teurem Papier.«

»›*Eine Kugel für die alten Hexen!*‹ – Eine Kugel für die alten Hexen?» wiederholte Mrs. Trant. »Was soll das heißen?«

»Auf der Rückseite ist eine Zeichnung.«

»Oh nein!«

»Oh doch! Als der kam, sagte Ricky: ›Ich will sie nicht länger hier haben. Bring ihr das bei.‹«

»Warum um Himmels willen hast du mir nicht gesagt, was vorging? Malvern liegt doch nicht am anderen Ende der Welt. Warum hast du mich im Unklaren gelassen?«

»Weil es unklar *war*. Zuerst war es unklar. Und Ricky sagte: ›Kümmere dich nicht darum. Behalte die Ruhe, und alles wird sich in Luft auflösen. Und schreib auch niemandem den ganzen Tratsch, man weiß nie, was heutzutage mit einem Brief passiert. Ich könnte dir da ein, zwei Dinge erzählen, die dich erstaunen würden!‹ Und ich habe gesagt: ›Was denn noch alles? Wir leben doch in einem freien Land, oder?‹ Und er sagte, frei wäre heutzutage nichts mehr, außer vielleicht eine Fahrkarte dritter Klasse ins Jenseits. Und was hätte man auch tun können? Bei dir konnte sie doch auch nicht bleiben. Tom kann sie nicht ausstehen. Nein, ich hielt es für das beste, ihr zu empfehlen, wieder nach London zu gehen.«

Und hatte sie nicht versucht, so nett wie möglich zu sein und mit ihr so freundlich zu reden, wie sie nur konnte?

›Laura‹, hatte sie gesagt, ›es fällt mir wirklich schwer, es dir zu sagen, aber Ricky und ich, wir meinen, du solltest besser von hier weggehen, denn es wird so viel geklatscht, und es ist ihm gegenüber wirklich nicht fair. Die schweren Luftangriffe sind vorbei, und überall um den Holland Park oder an der Finchley Road werden möblierte Zimmer angeboten. Du könntest es dir richtig nett machen. Und es gibt viele gute kleine Restaurants in der Nähe. Erinnerst du dich an das, in dem wir einmal waren? Das Essen war wunderbar. Wo die Speisekarte auf der einen Seite englisch und auf der anderen europäisch war?‹

›Was meinst du mit europäisch?‹

›Eben europäisch – oder deutsch, wenn du so willst.‹

›Natürlich meinst du deutsch. Diese deutsch-englische Haßliebe!‹ hatte sie gesagt. ›Du könntest sie die unheilvollste Liebesgeschichte aller Zeiten nennen, und du kämest der Wahrheit ziemlich nahe.‹

»Sie konnte einem schon auf die Nerven gehen«, fuhr Mrs. Hudson fort. »Sie schimpfte auf London. ›Du hast ja recht, Laura‹, sagte ich, ›du hast ja recht. Aber London ist eine riesige Stadt, und wenn sie auch viele Nachteile hat, einen Vorteil hat sie – es wimmelt von Menschen. Ein Fremder fällt da nicht auf, besonders heutzutage nicht. Aber wenn dir London nicht paßt, wie wäre es dann mit Norwich oder Colchester oder Ipswich? Nur würde ich nicht länger hierbleiben.‹ Sie fragte mich, warum. ›Warum?‹ sagte ich – ich wurde allmählich ärgerlich auf sie. So, wie sie sich immer gab, mußte sie Bescheid wissen. ›Weil irgend jemand eine Menge übler Gerüchte in die Welt gesetzt hat. Man hat herausgefunden, daß du lange im Ausland gelebt hast, und daß du, als du – Mitteleuropa verlassen mußtest, nach Frankreich gegangen bist. Sie sagen, du wärst nur gezwungenermaßen nach England zurückgekommen, und sie sind mißtrauisch. Wenn du's richtig bedenkst, kannst du es ihnen kaum verübeln.‹ ›Nein‹, sagte sie, ›das ist eines dieser schrecklichen Spiele, die sie noch spielen dürfen, um sich vom wahren Horror abzulenken.‹ So etwas gab sie öfters von sich. Ich sagte ihr rundweg: ›Tut mir leid, aber du kannst die Meinung der Leute nicht einfach ignorieren, das geht einfach nicht.‹ ›Möchtest du, daß ich sofort abreise‹, sagte sie, ›oder gibst du mir ein paar Tage Zeit zum Packen?‹ Ihr Gesicht war ganz schmal geworden. Meine Liebe, es ist schrecklich zu sehen, wie das Gesicht von jemandem schmal wird, während man ihn ansieht. Natürlich versicherte ich ihr, sie könne sich so viel Zeit zum Packen lassen wie sie wolle. Wenn es nicht wegen Ricky gewesen wäre, hätte ich sie nie gebeten abzureisen, trotz dieses Dreckskerls Fluting!«

»Mein Gott«, sagte Mrs. Trant, »hatte Fluting was damit zu tun?«

»Kann sein, kann auch nicht sein. Aber es war ihre eigene Schuld. Sie brachte alle gegen sich auf. Sie benahm sich so unklug. Dieser Streit mit Fluting hätte nicht zu passieren brauchen. Es geschah folgendermaßen: Fluting aß bei uns zu Mittag und sagte, ein paar von den Luftwaffenhelferinnen oben am Flughafen würden komisch riechen. Und er äußerte sich bissig über ihre Wäscherationierung. ›Pah!‹ sagte er. Einfach so – ›Pah!‹ Äußerst unangebracht, fand ich, besonders für einen Mann in seiner Stellung. Aber was soll man machen? Lächeln und das Thema wechseln – das ist alles, was man tun kann. Aber sie brauste auf. Sie sagte: ›Sir, die Mädchen riechen; aber Sie stinken!‹ Er traute seinen Ohren nicht: ›Wie *bitte*?‹ – du kennst ja diesen Ton an ihm. Sie sagte: ›In Anführungszeichen.‹ Wenn Blicke töten könnten... Ich dachte nur: ›Da hast du dir einen Feind gemacht, meine Kleine.‹«

»Ich nenne das sehr taktlos – und schlechtes Benehmen obendrein.«

»Ja, aber Taktlosigkeit und schlechtes Benehmen auf beiden Seiten, das mußt du zugeben. Ich sagte zu ihr: ›Es ist besser, ihnen keine Antwort zu geben. Glaub mir, es ist ein Fehler.‹ Aber sie wußte ja immer alles besser, leistete sich eine dumme Sache nach der anderen und machte sich in der ganzen Gegend Feinde... Und sie grübelte und machte sich Sorgen«, sagte Mrs. Hudson. »Der Krieg deprimierte sie schrecklich.«

»Wen nicht?«

»Ja, aber bei ihr war es anders. Man hätte glauben können, sie sei persönlich verantwortlich für den ganzen Schlamassel. Sie hatte alle möglichen verrückten Ideen, warum er angefangen hatte und was er bedeutete.«

»Der Versuch, das Meer mit einer Blechbüchse leerzuschöpfen«, sagte Mrs. Trant traurig.

»Ja, genau so. ›Es ist doch viel zu kompliziert für dich‹, sagte ich eines Tages zu ihr, als sie sich mal wieder darüber ausließ, ›ewig nach dem Warum und dem Wofür zu fragen!‹ Aber sie hatte nun mal diese verrückten Ideen, oder jemand hatte sie ihr in den Kopf gesetzt, und sie wollte versuchen, sie zu beweisen. Deshalb fing sie an, alles in ein Buch zu schreiben. Es war ganz harmlos; ich bin sicher, es war eigentlich ganz harmlos.«

»Es ist das erste Mal, daß ich was von einem Buch höre«, sagte Mrs. Trant. »Was denn für ein Buch?«

Mrs. Hudson seufzte. »Es ist so schwierig zu erklären... Erinnerst du dich an all diese Briefe, die sie schrieb, um herauszufinden, was mit ihren Freunden geschehen war? Durch das Rote Kreuz und Cook's und über Lissabon, meine Güte, was nicht noch alles!«

»Das war doch schließlich sehr verständlich.«

»Ja, sicher. Aber auf einmal hörte sie damit auf. Antwort hatte sie nie bekommen. Ich wunderte mich schon, wie sie immer weitermachen könne, Woche für Woche, Monat für Monat. Arme Laura! Aber es war merkwürdig, wie *plötzlich* sie die Hoffnung aufgab. Danach begann sie, sich zu verändern. Ihr Gesicht bekam diesen sonderbaren Ausdruck, und sie wurde sehr still. Selbst auf Rickys Versuche, sie zum Lachen zu bringen, reagierte sie nicht mehr. Eines Tages sagte er zum Spaß, die Gestapo habe ihren Schatz geschnappt, da wurde sie so blaß, daß ich dachte, sie fiele gleich in Ohnmacht. Dann fing sie an, sich stundenlang in ihrem Zimmer zu verkriechen, und Ricky ärgerte sich darüber. ›Das alte Mädchen hat überhaupt keinen Sinn für Humor, stimmt's?‹ sagte er. ›Und sie ist nicht sehr gesellig. Was in aller Welt macht sie da so allein?‹ ›Wahrscheinlich liest sie‹, sagte ich. Sie kaufte immer stapelweise Zeitungen, Tageszeitungen, Wochenblätter und so weiter. Außerdem lungerte sie stundenlang in Buchläden oder in der Bibliothek herum, und zweimal ließ sie sich auch Bücher aus London kommen. ›Sie war immer der gescheite Kopf in ihrer Familie.‹ ›Gescheit?‹ fragte er. ›So kann man's auch nennen.‹ Auf die Dauer machte er mich richtig wütend. Immerhin zahlte sie für das Zimmer und ihr Essen und sogar für das Gas. Ich sah nicht ein, daß es irgend jemanden etwas anginge, wenn sie oben in ihrem Zimmer bleiben wollte. ›Wenn du sie so wenig leiden kannst, laß es doch gut sein‹, sagte ich. Aber das war das Komische – er konnte sie nicht ausstehen, aber er konnte sie auch nicht in Ruhe lassen. ›Warum tut sie das nicht, warum tut sie jenes nicht?‹ Und ich sagte zu ihm: ›Laß ihr Zeit, Ricky. Sie ist viel unglücklicher, als sie sich anmerken läßt. Schließlich hat sie sich ein eigenes Leben aufgebaut, und es war nicht ihre Schuld, daß es in Trümmer gegangen ist. Gib ihr eine Chance!‹ Aber er hatte es auf sie abgesehen. ›Warum nistet sie sich bei uns ein? Bist du ihre einzige Kusine? Und wenn sie schon beschlossen hat, sich bei uns einzunisten, warum kann sie sich nicht wie ein normaler Mensch benehmen?‹ Ich sagte ihm, sie hätte sich nicht bei uns eingenistet – ich hätte sie eingeladen. Aber ich hielt es für ratsam, ihr einen Wink zu geben, wie er die Sache sah. Da saß sie, meine Liebe, mitten in ihren Zeitungsstapeln, schnitt Artikel aus und klebte sie in ein Schulheft. Ich fragte, was sie da mache und ob ich mal einen Blick hineinwerfen dürfe. ›Ach, ich glaube nicht, daß dich das interessiert‹, sagte sie. Aber als die Sache schließlich losging, war es natürlich genau das, was alle am meisten gegen sie aufbrachte. Hier ist es – die Polizei hat es zurückgebracht. Ricky hat gesagt, ich soll es vernichten, aber vorher wollte ich es dir noch zeigen.«

Mrs. Trant dachte: ›Erst diese widerlichen anonymen Briefe, jetzt ein lächerliches Schulheft!‹ Sie sagte: »Ich verstehe das alles nicht.«

»Es ist das, wovon ich dir erzählt habe – Schlagzeilen und Artikel und Anzeigen und Berichte von Gerichtsverhandlungen und Witze. Eine Menge Witze sind dabei. Guck mal!«

In seinem ersten Teil enthielt das Schulheft offenbar eine Sammlung von Zeitungsausschnitten, aber die letzten Seiten waren mit Lauras Handschrift angefüllt, zunächst ziemlich regelmäßig, dann allmählich immer fahriger. Die Zeilen gingen schräg nach oben, nach unten, die Buchstaben waren entweder zu groß oder zu klein.

»Sie machte es nur, um sich die Zeit zu vertreiben«, sagte Mrs. Hudson. »Da war keine böse Absicht dabei.«

»Nein, das kann ich mir auch nicht vorstellen.«

Mrs. Trant wandte sich den beschriebenen Seiten am Ende zu.

Sie sagte: »Von dieser Seite ist oben etwas abgerissen worden. Wer war das?«

»Ich weiß nicht. Die Polizei vielleicht. Scheint so, als hätten sie beim Lesen was zu lachen gehabt. Das war wohl eine der lustigsten Stellen.«

Mrs. Trant sagte: »Auf verlorenem Posten? Auf was für einem verlorenen Posten?«

»... auf verlorenem Posten. Erste Eindrücke – und danach?

Ein unversöhnlicher Himmel. Von allem und jedem etwas Menchanisches ausgehend, das mir Angst einflößte. Wenn ich mir eine Fahrkarte für die U-Bahn kaufte, in einen Bus stieg, ein Geschäft betrat, fühlte ich mich wie ein Rädchen im Getriebe, verzahnt mit vielen anderen, nicht wie ein menschliches Wesen im Umgang mit anderen menschlichen Wesen. Das Gefühl, in eine Maschinerie hineingezogen worden zu sein, die mich vernichten wollte, wurde zu einer Zwangsvorstellung.

Ich war überzeugt, daß meine Rückkehr nach England das Schlechteste gewesen war, das ich hätte tun können, daß fast alles andere dem vorzuziehen gewesen wäre. Ich war sicher, daß das Schicksal etwas Schreckliches für mich bereithielt, und sehnte mich verzweifelt danach zu entkommen. Aber ich war so kraftlos wie ein unbrauchbares, ausgeleiertes oder schlecht passendes Zahnrad. Ich sagte mir, ich würde, wenn ich London verließe, diese Zwangsvorstellung loswerden – sie war viel grauenvoller, als es sich anhört. Und so schrieb ich an den einzigen Menschen, dessen Adresse ich noch hatte, an meine Kusine Marion Hudson, in der Hoffnung, sie wäre in der Lage, mir einen Ort auf dem Land zu nennen, wo ich eine Zeitlang bleiben könnte. In ihrem Antwortbrief bot sie mir ein Zimmer in ihrem Haus an. Das war am Ende der Phase, die als ›Scheinkrieg‹ bezeichnet wurde...«

»Sie scheint an jemanden zu schreiben«, sagte Mrs. Trant. »An wen?«

»Ich habe keine Ahnung. Sie hat mir nicht viel über sich erzählt.« Mrs. Hudson fügte hinzu: »Ich war froh, sie bei mir zu haben. Sie bezahlte gut und half mir auch viel im Haus. Ja, ich war recht froh, sie bei mir zu haben – am Anfang.«

»... als ›Scheinkrieg‹ bezeichnet wurde, der nicht mehr lange dauern sollte. Als mir klar wurde, daß ich auf meine Briefe keine Antwort erhalten würde, erfaßten mich die alptraumhaften Zustände endgültig. Ich war zu elend, um die Äußerungen über das, was sich in Europa ereignete, zu ertragen – sie waren wie Schläge ins Gesicht.

Ich konnte mich nicht daran hindern, trotzige Antworten zu geben und zu sagen, daß die ewige Frage danach, wer wen im Stich gelassen hätte und wann, noch eine andere Seite habe. Das endete immer im Streit, falls man den Versuch, eine Mauer umzustoßen, indem man sich gegen sie wirft, als Streit bezeichnen kann. Ich wußte, daß ich mich unklug verhielt; deshalb versuchte ich, mich durch Schweigen zu schützen und dadurch, daß ich allen Leuten soweit wie möglich aus dem Weg ging. Ich las sehr viel, machte lange Spaziergänge, tat alle die Dinge, die man tut, wenn man sich totstellt.

Du weißt, wie Wörter, Sätze, ganze Gespräche einen manchmal verfolgen können? Also, mich begannen diese endlosen, sinnlosen Auseinandersetzungen zu verfolgen, die wir ständig hatten, als wir alle wußten, das Schlimmste käme erst noch. Die Welt beherrscht vom nordischen Typ deutscher Version – was für eine Katastrophe. Aber wenn sie von den Angelsachsen beherrscht würde, wäre das nicht auch eine Katastrophe? Dann kam man natürlich auf England und die Engländer. Hier reagierte jeder bissig, besonders Blanca. ›Ihre besondere Einstellung Frauen gegenüber.‹ ›Sie sind alle verrückt.‹ ›Das ist der Grund.‹ Und so weiter. Blancas Stimme, ihr Gesicht, die Dinge, die sie dauernd sagte, verfolgten mich. Wenn ich ein Buch ausgelesen hatte, malte ich mir ihre scharfe Kritik darüber aus. ›Wie denkst du darüber? Ist es nicht unglaublich? Habe ich es dir nicht gesagt? Wer hatte recht?‹ All das konnte ich sie sagen hören.

Und allmählich spürte ich, daß sie gar nicht so unrecht hatte. Es ist etwas Eigenartiges an der Grundeinstellung zu Frauen als Frauen. Nicht die Abneigung (oder Furcht). Die ist natürlich nicht eigenartig. Aber es wird alles als so vollkommen selbstverständlich hingenommen, und das ist mit Sicherheit eigenartig. Es hat sich festgesetzt und ist zu einer Art Grundstimmung, oder, wenn du willst, zu einem Klima geworden, und niemand stellt es in Frage, am allerwenigsten die Frauen selbst. Es gibt keine Opposition. Die Auswirkungen werden kritisiert, denn einige der Auswirkungen sind kaum eine gute Reklame fürs System; die Ursache wird kaum beim Namen genannt, und wenn, nur sehr zögernd. Die wenigen lahmen, halbherzigen Proteste kommen gewöhnlich von Männern. Die meisten Frauen scheinen sorgfältig dazu erzogen zu sein, jedes Gefühl der Unzufriedenheit an einander auszulassen, oder an den Kindern – oder an einem einzelnen Mann, der sich zufällig gerade im Nachteil befindet. Im Umgang mit dem männlichen Geschlecht insgesamt macht sich gewöhnlich ein Anflug von Unterwürfigkeit und Servilität bemerkbar, etwas Kaltes, Berechnendes, Phantasieloses.

Aber gegen den Charakter eines Landes geht niemand ungestraft vor, und Propaganda von der Wiege bis zum Grabe kann eine Menge ausrichten.

Ich vertrieb mir die Zeit damit, eine Sammlung dieser Propaganda anzulegen. Manchmal ist sie offen, manchmal verschlagen und heimtückisch, aber sie ist immer da, sie geht die ganze Zeit weiter. ›Für Blanca.‹ Das ist eine Art, wie sie es tun, selbstverständlich nicht die subtilste oder wirkungsvollste.

Titel von Büchern, die in zehn Jahren – oder zwanzig, oder vierzig, oder hundert – geschrieben werden müssen: Die Frau – ein Hindernis bei der Errichtung einer Insektenzivilisation?, Die Standardisierung der Frau, Die Mechanisierung der Frau. Frauenhaß – *gut, nenn es Frauenhaß* – Frauenhaß und britischer Humor *werden sich wie von selbst schreiben. (Aber warum hackst du auf England herum, Blanca? Es ist nicht schlimmer als einige andere Länder.)* Frauenhaß und Krieg, Das Elend der Frau und das Böse im Mann oder Die große Vergeltung, neben der alle anderen Vergeltungen lächerlich erscheinen. *Meine Titel umfassen die ganze Bandbreite vom Sublimen bis zum Lächerlichen.*

Ich hätte meine Sammlung beliebig erweitern können; Material ist in Hülle und Fülle vorhanden. Aber warum die Mühe auf mich nehmen? Das bedeutet doch wieder nur, daß ich mich gegen die Mauer werfe. Dies hier wirst du nie lesen, ich werde nicht entkommen.«

Mrs. Trant, die bei den Worten *Frauenhaß und Krieg* die Stirn gerunzelt hatte, rief ungehalten aus: »Konnte sie sich nichts anderes als Beschäftigung ausdenken – ausgerechnet in dieser Zeit?«

»Weißt du«, sagte Mrs. Hudson, »es gibt Augenblicke – lach nicht –, in denen ich einsehe, was sie sagen wollte. Alles sehr übertrieben, natürlich.«

»Unsinn«, wiederholte Mrs. Trant und betrachtete prüfend die flüchtig hingezeichneten schmalen Gesichter mit spitzen Nasen an den Rändern der letzten paar Seiten.

»Ich bin in dieser verdammten Stadt sehr unbeliebt – darüber lassen sie mich nicht im Zweifel. Eine phantastische Geschichte über mich hat die Runde gemacht, und sie haben jedes Wort gierig aufgesogen. Sie werden jetzt alles glauben, bis auf die Wahrheit.

Manchmal lungern Leute auf der Straße herum und spähen zu diesem Haus herüber. Die Platane vor meinem Fenster ist beschnitten worden, und sie kön-

nen direkt in mein Zimmer hineinsehen, oder ich bilde mir ein, sie können es. Deshalb lasse ich die Vorhänge zugezogen und lese oder schreibe meistens bei sehr schlechtem Licht. Ich nehme an, daher rühren meine gelegentlichen Schwindelanfälle.

Warum tun Leute, die sich selbst derart geschickt auf psychische Folterungen verstehen, schlicht und einfach so, als gäbe es das gar nicht? Einige ihrer aalglatten Erklärungen und Entschuldigungen sind mir sehr geläufig. Ich denke oft, daß man viele Parallelen ziehen kann zwischen ...«

Hier brach der Satz ab. Mrs. Trant schüttelte den Kopf und klappte das Heft zu. »Was für ein schwüler Nachmittag«, sagte sie. »Viel zu hell, findest du nicht auch?«

Sie blickte wieder auf die Rosen und entschied, daß ihre Farbe stechend sei. Das machte der leuchtende, wolkenlose Himmel. Vor ihm wirkten sie fremd, daher bedrohlich, und deshalb natürlich so unwirklich.

›Ist ja schön und gut zu behaupten, daß niemand Laura leiden konnte‹, dachte sie. ›Judy mochte sie gern.‹

Judy war ihre jüngste Tochter, und die hübscheste. Aber zu launisch, zu schwärmerisch und eigensinnig. Sie hatte sich Lauras wegen mit ihrem Vater angelegt. Damals war das recht unterhaltsam gewesen, aber jetzt war sie nicht mehr so sicher – ein junges Mädchen ging besser kein Risiko ein, schwamm besser mit dem Strom. Es war ein schlechtes Zeichen, wenn ein junges

Mädchen unbeliebte Leute gern hatte. Sie stellte sich vor, Judy wachse heran und werde unglücklich, und sie fühlte, wie ihr die Knie weich wurden, dann wurde sie plötzlich wütend.

Sie hatte wohl laut »Judy« gesagt, denn Mrs. Hudson bemerkte: »Du sorgst dich zu sehr um Judy. Sie wird's schon schaffen – sie ist zäh.«

›Sie ist *nicht* zäh‹, dachte Mrs. Trant. ›Sie ist das genaue Gegenteil von zäh, du sterile alte Gans.‹

Sie rückte ihren Stuhl, so daß sie die Rosenbeete nicht mehr sehen konnte, und sagte: »Also, wenn du Ricky was von diesen Wahnvorstellungen erzählt hast, wundert es mich nicht, daß es zum Krach kam.«

»Ich habe es ihm nie erzählt.«

»Und warum gab es dann diesen ganzen Ärger? Wirkte sie verrückt? Sah sie aus wie eine Verrückte?«

»Nein, nicht richtig. Nur dieser ständige Ausdruck großer Angespanntheit. Ich weiß nicht, warum man so eine Hetzjagd auf sie veranstaltet hat. Ihre ausgesprochene *Gabe*, sich Feinde zu machen, vermute ich.«

»Fluting?«

»Nicht nur Fluting. Sie war so unvorsichtig.«

– Unvorsichtig! Das verdammte Buch herumliegen zu lassen, und die Aufwartefrau, die ich damals hatte, verbreitete das Gerücht, sie versuche, Informationen an den Feind weiterzugeben. Sie setzte sich bei jedem ins Unrecht – bei jedem...

»Du kennst doch den alten Mr. Roberts nebenan – also, mit dem stritt sie herum. Du kannst dir nicht vorstellen, warum. Weil sein Hund Brontë heißt, und er ihn tritt – das heißt, er tut so, als ob er ihn tritt. ›Das hier ist Emily Brontë, beziehungsweise mein Lieblingsscheusal‹, sagt er, und dann tut er so, als träte er ihn. Es ist bloß ein Scherz. Aber Ricky hat recht: Sie hat keinen Sinn für Humor. Eines Tages schrien sie sich um die Wette über den Zaun hinweg an. ›Wirklich, Laura‹, sagte ich zu ihr, ›du machst dich ja lächerlich. Was hast du denn gegen *ihn*? Er ist ein netter alter Mann.‹ Sie warf mir einen so seltsamen Blick zu. ›Ich verstehe nicht, wie du noch atmen kannst nach einem Leben, angefüllt mit so etwas‹, sagte sie.

Jedenfalls, die Dinge entwickelten sich sehr schlecht, und als die anonymen Briefe kamen, sagte Ricky, ich sollte sehen, sie loszuwerden. ›Wann fährt sie?‹ fragte er immer wieder, und ich antwortete: ›Irgendwann nächste Woche.‹ Aber die nächste Woche kam, und sie fuhr nicht, und die Woche darauf, und sie fuhr nicht...

Ich hätte darauf bestehen sollen, daß sie fortginge, das sehe ich jetzt ein. Aber irgendwie konnte ich es nicht. Und das lag nicht an den drei Guineen, die sie jede Woche zahlte. Ich verlangte zwei, aber sie sagte, das wäre nicht genug. Drei gab sie mir, und es ist weiß Gott angenehm, ein bißchen Geld in der Tasche zu haben, ohne darum bitten zu müssen. Versteh mich recht, ich würde nicht sagen, daß Ricky kleinlich ist, aber er hat es gern, wenn man ihn bitten muß; und in meinem Alter sollte ich es nicht mehr nötig haben, um jeden Schilling betteln zu müssen, den ich ausgeben will, finde ich. Aber das war es nicht. Es ging mir fürchterlich gegen den Strich, sie fortzujagen, als sie so elend aussah. Keine neunzig Pfund wog sie, als sie uns verließ. Sogar der Apothekergehilfe guckte erstaunt.

An dem Tag dann, als ich ihr wieder einmal einen Wink geben wollte, sagte sie: ›Ich habe angefangen zu packen.‹ Und alle ihre Sachen waren auf den Boden gestapelt. So eine Menge Plunder, um damit in der Welt herumzureisen – Bücher und Fotos und alte Kleider, Schals und all das, und Rollen farbigen Baumwollgarns.«

Ein Stück Kork mit einem darauf gezeichneten Gesicht, eine Ansichtskarte von der Wundertätigen Jungfrau in der Kirche von St. Julien-le-Pauvre, ein Tintenfaß aus Porzellan mit Veilchenmuster, ein nie benutzter Federkiel, ein Ingwertöpfchen, eine Schachtel alte Briefe, ein Fuchspelz ohne Futter, Seidenschals, jeder mit einer eigenen Geschichte – der rote, der blaue, der braune, der purpurne –, die grüne Schachtel, die ich mein Schmuckkästchen nenne, ein kleiner goldener Schlüssel, der zu dem Kästchen paßt (ich werde mein Herz darin einschließen und den Schlüssel fortwerfen), das Armband aus Florenz, das ich mir kaufte, weil es aussah wie ein buntes Glasfenster, der Ring, den er mir schenkte, das alte geblümte Nähkästchen mit den Garnrollen – farbiges Seiden- und Baumwollgarn – und meiner wirklich scharfen Schere, das lederne Zigarettenetui mit einem Photo darin… Und schließlich der blaue Umschlag, auf den er mit Rotstift ›Hör zu, hör zu‹ geschrieben hatte…

»Als ich Ricky sagte: ›Sie reist ab, sie packt gerade ihre Sachen‹, sagte er: ›Gott sei Dank, das ist die beste

Nachricht, die ich seit langem gehört habe.‹ Aber in der nächsten Nacht passierte es dann. Wir waren unten in der Küche. Der schlimmste Luftangriff, den wir hatten – und keine Spur von Laura. Ich fragte: ›Meinst du, sie schläft?‹ ›Wie sollte jemand dabei weiterschlafen können? Sie wird schon kommen, wenn sie fertig ist. Ich nehme an, der Reißverschluß an ihrem roten Sirenengewand klemmt‹, sagte Ricky, und ich mußte lachen... Weißt du, er war wirklich ekelhaft zu ihr. ›Wozu muß die Alte im Bad immer so ein Chaos machen?‹ fragte er, und ich sagte: ›Sei fair, Ricky, sie muß sich waschen dürfen, egal, wie alt sie ist. Wenn sie es nicht täte, wär's nur ein anderer Grund zur Klage gegen sie‹... Sie hatte einige gute Kleider, als sie ankam, und sie bemühte sich, immer möglichst vorteilhaft auszusehen. ›Diese Flüchtlinge!‹ sagte er, ›immer feingemacht, aber keine feste Bleibe.‹ Später schien sie sich den Teufel darum zu scheren, wie sie aussah, und nun beschwerte er sich darüber. Sie alterte auch ziemlich. ›Ricky‹, sagte ich, ›wenn du alles dransetzt, um Leute fertigzumachen, kannst du ihnen dann nicht die Schuld geben, wenn sie auch so aussehen.‹ Manchmal frage ich mich, ob sie nicht ein bißchen recht hatte – ob sich nicht eine ganz niederträchtige Gesinnung breitgemacht hat.«

»Die hat es doch schon immer gegeben«, sagte Mrs. Trant.

»Ja, aber jetzt ist es schlimmer, viel schlimmer... Na schön, als der Angriff etwas nachließ, rannte ich nach oben. Sie rauchte und ließ den Plattenspieler laufen, den sie sich gekauft hatte, und als ich reinkam, war die

Platte gerade zu Ende, und sie ließ sie von neuem laufen. ›Laura‹, sagte ich, ›ist das der richtige Moment, sich mit *Musik* zu amüsieren? Und deine Verdunkelung ist schauderhaft.‹ Während ich sie in Ordnung brachte, hörte ich, wie der Luftschutzwart an die Tür hämmerte und rief, bei uns wäre Licht zu sehen. ›Das habe ich mir gedacht‹, sagte sie, ›die Roboter des Universums sind gelandet‹, und murmelte noch etwas von *R. U. R.* Dann ging sie zum Treppenabsatz und rief zum Luftschutzwart hinunter: ›Das Gesetz? Das Gesetz! Und was ist mit den Propheten? Warum vergeßt ihr immer die Propheten?‹ Mittendrin kam die Entwarnung. Ricky sagte zu mir: ›Jetzt reicht's. Sie ist total übergeschnappt, und ich lasse mir das keinen Tag länger gefallen. Sie *muß* weg.‹ Ich beschloß, gar nicht mehr ins Bett zu gehen, sondern meine Einkäufe einmal in der Frühe zu erledigen, und kaum war ich beim Metzger, da wußte ich, daß es bereits die Runde gemacht hatte – ich merkte es an der Art, wie die Leute mich ansahen. Eine Frau – ich konnte nicht sehen, wer – sagte: ›Dieses Ungeheuer sollte erschossen werden.‹ Und jemand anderes sagte: ›Ja, und die, die es in Schutz nehmen, sollten ebenfalls erschossen werden. Es ist eine Schande. Erschießen ist noch zu gut für sie.‹ Ich gab ihnen keinerlei Grund zur Genugtuung, das kann ich dir sagen. Ich stand da, mit hocherhobenem Kopf, als hätte ich kein Wort gehört. Aber als ich hierher zurückkam, war die Polizei da. Sie hatten auf einen Vorwand gewartet – daran gab es keinen Zweifel. Sie sagten, es wäre wegen des Lichts, aber sie hatten einen Durchsuchungsbefehl dabei und durchwühlten ihr Zimmer. Sie nahmen das Buch und alle ihre Briefe mit. Und um die Mittagszeit rief Fluting an und sagte zu Ricky, in der Stadt herrsche so eine feindliche Stimmung, daß irgend etwas unternommen werden müßte, um sie sofort wegzubringen... Ich weiß nicht, wie ich es schaffte, so ruhig zu bleiben. Aber ich bin auch älter geworden, findest du nicht? Wundert es dich?... Als die Polizei weg war, ging sie nach oben und schloß sich in ihr Zimmer ein, und da blieb sie. Ich klopfte und rief, aber sie gab keinen Laut von sich. Als Fluting angerufen hatte, wollte Ricky die Tür aufbrechen. Ich habe ihn noch nie in so einer Verfassung gesehen – meine Liebe, grün vor Wut. Ich sagte nein, wir sollten Dr. Pratt holen, er würde schon wissen, was zu tun wäre.«

»Und Dr. Pratt sagte tatsächlich, sie wäre verrückt? Wie grauenvoll!«

»Nein, das tat er nicht, nicht direkt. Sie machte ihm sofort die Tür auf, und als er runterkam, sprach Ricky davon, sie für geisteskrank erklären zu lassen. ›Das werde ich absolut nicht tun‹, sagte Pratt. ›Das passiert in letzter Zeit zu oft, und mir gefällt das nicht.‹«

»Pratt ist ein altmodischer Mensch, stimmt's?«

»Ja, und widerspenstig wie der Teufel. Versuche mal, ihn zu etwas zu drängen, und er tut garantiert genau das Gegenteil. Und ich hatte den starken Eindruck, daß ihn noch jemand beeinflussen wollte – Fluting wahrscheinlich. ›Ihr ist übel mitgespielt worden‹, sagte er, ›nach allem, was ich höre.‹ ›Tja‹, sagte Ricky, ›warum kann sie nicht irgendwoanders hingehen, wo ihr nicht übel mitgespielt wird? Ich will sie hier nicht.‹ Pratt sagte, er wisse, daß die Polizei nicht auf einer Anzeige bestehen würde. ›Sie hätten auch gar keinen Grund dazu‹, sagte ich, ›außer wegen des Lichts – und weiß Gott, das war nur ein *schwacher Schimmer*.‹ Und er lächelte mir zu. Aber er sagte, es wäre Laura zu raten, daß sie die Stadt verließe. Ob es denn keinen Freund gebe, wo sie hingehen und bleiben könne? Denn es wäre besser, wenn sie nicht allein wäre. Wir sagten, es gäbe wohl keinen – ich erinnerte mich an das, was du mir von Tom erzählt hattest –, und wir gingen alle hoch in ihr Zimmer. Pratt fragte sie, ob sie bereit wäre, zur Erholung in ein Sanatorium zu gehen, und sie sagte: ›Warum nicht?‹ Ricky schrie sie an: ›Hau ab in dein Sanatorium, aber dalli. Da gehörst du schon lange hin.‹ ›Sie sind unmenschlich‹, sagte Pratt. Ricky sagte: ›Wird die verfluchte alte Närrin dann Ruhe geben?‹ Pratt sagte ihm, dafür garantiere er.«

»Unmenschlich«, sagte Mrs. Trant. »Das ist das Wort, das mir die ganze Zeit immer wieder in den Sinn kommt – unmenschlich, unmenschlich.«

Ihre Schwester fuhr fort: »Und sie benahm sich völlig normal, bis zum letzten Moment. Das Taxi wartete, und sie kam nicht runter, deshalb dachte ich, wir gingen sie holen. ›Na, komm, altes Mädchen‹, sagte Ricky. ›Heute ist Umzugstag.‹ Er legte ihr die Hand um den Arm und zog daran. Das war ein Fehler – das hätte er nicht tun sollen. In dem Moment, als er sie berührte, fing sie an, aus vollem Halse zu schreien. Und zu fluchen – meine Güte, es war schrecklich. Nun wurde auch er ausfallend. Er schleifte sie weg, und sie klammerte sich am Geländer fest und kreischte und fluchte. Er schlug sie und trat nach ihr, und sie hörte nicht auf zu fluchen – oh, ich habe *nie* solche Flüche gehört. Und ich wollte sagen: ›Untersteht euch alle beide, euch so aufzuführen‹, stattdessen aber merkte ich, daß ich lachte. Und als ich ihm ins Gesicht sah und ihr ins Gesicht sah und mich selber lachen hörte, dachte ich: ›Irgendwas ist furchtbar schiefgelaufen. Ich glaube, wir sind alle vom Teufel besessen ...‹ Sobald wir im Garten waren, ließ Ricky sie los; er schämte sich ein bißchen, würde ich sagen. Sie stand ruhig da, blickte sich um, und dann – stell dir vor! – begann sie, von den Rosen zu reden, und das mit ganz natürlicher Stimme. ›Wie wundervoll sie sind!‹ ›Nicht wahr‹, sagte ich, obwohl ich am ganzen Körper zitterte. ›Sie waren noch nicht da‹, sagte sie, ›als ich das letzte Mal spazierenging.‹ Ich sagte: ›Sie blühen so schnell auf, so unerwartet. Steck dir doch eine ins Knopfloch.‹ ›Nein, laß sie am Leben‹, sagte sie. ›Man vergißt die Rosen leicht – das ist immer ein Fehler.‹ Sie stand da und starrte sie an, als hätte sie noch nie Rosen gesehen, und redete weiter – irgend etwas darüber, daß sie es nicht tun könnten, daß es nicht geschehen würde. ›Nicht, solange es Rosen gibt‹, sagte sie zwei- oder dreimal. Die arme Laura war ziemlich verrückt, wie du siehst, ganz gleich welcher Meinung Pratt auch war. ›Das Taxi wartet, Liebes‹, sagte ich, und sie stieg ohne jedes weitere Getue ein.«

»Ist es das?« sagte Mrs. Trant.

Das Foto auf dem Umschlag eines Prospektes zeigte

ein großes, häßliches Haus mit kleinen Fenstern, die in den beiden oberen Stockwerken vergittert waren. Der Garten wirkte so abweisend wie das Haus und war von einer hohen Mauer umgeben.

»Es gefällt mir nicht.«

»Was hätte ich tun sollen, meine Liebe? Das Sanatorium, das Pratt vorschlug, war viel zu teuer. Sie hat kaum noch Geld, verstehst du. Mir war überhaupt nicht klar, wie wenig sie noch hat. Ich wage nicht daran zu denken, was passiert, wenn es alle ist. Dann stieß Ricky auf dieses Haus in der Nähe von Newcastle. Ich zeigte ihr den Prospekt. Ich fragte sie, ob es ihr etwas ausmachen würde, dorthin zu gehen, und sie sagte: ›Nein.‹ ›Dir ist doch klar, daß du Ruhe brauchst?‹ fragte ich. ›Ja‹, sagte sie, ›das ist mir klar.‹ Sie kann dort jederzeit weg, wenn sie will.«

»Glaubst du, das kann sie?«

»Ich nehme es jedenfalls an. Ich muß sagen, der Arzt dort scheint nicht – ich weiß, ich sollte hinfahren und sie besuchen, aber es graut mir so davor. Ich schiebe es immer weiter vor mir her. Natürlich gibt es dort einen Golfplatz. Keinen großartigen Garten, aber einen Golfplatz. Sie können Golf spielen, sobald es ihnen besser geht.«

»Aber spielt sie denn Golf?« sagte Mrs. Trant.

»Wollen's hoffen«, sagte Mrs. Hudson, »wollen's hoffen...«

Temps Perdi

»Rolvenden« ist ein vierschrötiges rotes Backsteinhaus, das zusammen mit zwei anderen am äußersten Rand eines recht ansehnlichen Dorfes an der Ostküste steht. Es gehört einem der Lehrer eines kleinen Internats, das aus Gründen der Sicherheit nach Gloucestershire verlegt wurde. In dem Haus gibt es nichts, von dem man sagen könnte, es sei häßlich; anderseits gibt es auch nichts, von dem man sagen könnte, es sei schön, gefühlsbetont, spontan oder großzügig. Alles ist karg, gedämpft, still und abweisend, jedenfalls könnte man das meinen – eine Rasenfläche, ein großer Gemüsegarten, eine leere Garage und, als ich damals ankam, ein paar letzte traurige Blumen. Von der Haustür führt ein Kiesweg, einst von Lavendel gesäumt, zu einer grüngestrichenen Pforte.

Die beiden anderen Häuser wurden von der Armee übernommen. Das gegenüber steht auf einem großen Grundstück, und ich höre nie einen Laut von dort. Aber von dem auf der anderen Seite hört man oft das Geklapper von schlechtgelaunt abwaschenden Männern. Wie sie die Sachen herumschmeißen! Dies ist die Zeit, wo alles kaputtgemacht und eingesackt wird.

Irgendein armer Teufel – oder reicher Teufel oder dummer Teufel – hatte sich mit dem Haus große Mühe gegeben. Es hat vier Bäder – rosa, schwarz, grün und blau. Aber es liegt Tücke in der Art, wie die Männer dort abwaschen, und so wird nicht viel übrigbleiben von den rosa, schwarzen, grünen und blauen Badezimmern, wenn die Soldaten wieder weg sind.

Aber warum froh sein? Vor allem, warum traurig sein? Der Tod bringt sein eigenes Narkotikum mit, jedenfalls heißt es so...

Hinter der Gartenmauer liegen Äcker und eine Reihe kleiner Häuser. Auch von dort nie ein Laut. Zuerst dachte ich, dort lebe keine Menschenseele, aber später hörte ich es anders.

Um »Rolvenden« gerecht zu werden, muß ich sagen, daß es sich sehr verändert hat, seit ich darin wohne, und um mir gegenüber ehrlich zu sein, muß ich hinzufügen, daß ich sofort wußte, wir würden uns nicht vertragen, und erklärte, daß ich dort nicht allein leben wolle – besonders im Oktober, November, Dezember und Januar. Aber es gibt Zeiten, da ist man hilflos. Aber das wissen nur die Hilflosen – und warum den Bekehrten predigen?

Vor ein paar Tagen oder Wochen – ich habe es vergessen – begann es zu schneien. Seit der Zeit bin ich recht glücklich. Ja, seit der Schnee zu fallen begann, bin ich viel glücklicher, obwohl ich mir nicht die Mühe mache, einen Blick darauf zu werfen. Warum ihn mir ansehen, wenn ich mich so gut des ersten Mals erinnere, als ich welchen sah? Er war besser damals – er war ein Wunder, die einzige Sache, die mich in England nicht enttäuscht hat. (Wenn ich daran denke, wie ich ihn jedesmal einfach anfassen und schmecken mußte, wenn er fiel...)

Als ich jetzt am Morgen zur Garage gehe, um Kohlen zu holen, sehe ich die schwarzen Stämme der Bäume im Garten und die dünnen, spitzigen Zweige, dann eile ich hinein, um Feuer zu machen und mir mein Schinkenbrot umd die Tasse Kaffee-Extrakt zuzubereiten. Danach kann ich lange daliegen und mir das nichtssagende Wohnzimmer und die langen Reihen seltsamer Bücher ansehen, ohne wütend oder ängstlich oder hoffnungsvoll zu sein. Ich nehme mich jetzt vor Büchern fast ebenso in acht wir vor Menschen. Auch sie sind imstande, dich zu verletzen, dich in die Hölle der Vergessenheit zu stoßen. Sie können Lügen erzählen – und was für vulgäre, triviale Lügen –, und wenn so viele dasselbe sagen, können sie dich niederschreien und dich dahin bringen, daß du zweifelst, nicht nur an deinem Gedächtnis, sondern auch an deinem Verstand. Ich habe allerdings eines oder zwei entdeckt, die sind ganz anders. Hören Sie zu: ›... um die Versetzung der Seelen der Toten auf das Weiße Eiland in der soeben geschilderten Art durchzuführen. Das Weiße Eiland wird gelegentlich auch Brea oder Britannia genannt. Bezieht sich das etwa auf das Weiße Albion oder auf die Kalkklippen an der englischen Küste? Es wäre eine sehr komische Vorstellung, wenn England als Land der Toten ausersehen war... als Hölle. In dieser Form, um die

Wahrheit zu sagen, ist England so manchem Fremden erschienen.‹ (So manchem Fremden...)

Ich bin auch dahintergekommen, wie man's warm hält. Man hängt eine Decke vor die Tür, die die Zugluft aus dem Schlüsselloch und den Ritzen abhält, und ein Polster vervollständigt die Angelegenheit. Und jetzt weiß ich auch, wie man die Kissen aufeinanderstapelt, so daß ich vor dem Kamin auf dem Boden sitzen kann, ohne nach hinten wegzurutschen. Die kompakten, unbequemen Stühle tun ein übriges. Ich lerne, wie man dich benutzt, mein Feind.

Das Klavier ist verstimmt. Es gibt krächzende, zerschmetterte, gespenstische Töne von sich, es klagt wie ein verwundetes Tier, wenn ich *»Mama, I want to make rhythm, I want to make music«* darauf spiele und *»Time on my hands«*, dann zurückgehe zu *»Si j'avais su – évidemment«* und noch weiter zurück zu dem Walzer von Nina Rodriguez, dem nie vergessenen, vor so langer Zeit gehörten.

Von Nina hieß es, sie sei zwölf, aber wahrscheinlich war sie sechzehn oder siebzehn. Sie trat in einem Zirkus aus Havanna auf, der über die kleineren karibischen Inseln tingelte. Das war die allererste Theatervorstellung, die ich sah. Das Zirkuszelt erschien mir so riesig wie eine Kathedrale, und das Trapez unsagbar hoch und zerbrechlich. Es wurde mit grellen Karbidlampen beleuchtet.

Die Familie Rodriguez waren die Stars. Mr. Rodriguez, stämmig und düster, trug immer ein hellblaues Trikot; Madame Rodriguez, blaß, traurig und bekümmert unter ihrer Schminke, trug ein rotes oder rosafarbenes, und die reizende Nina – ›Das einzige Mädchen, das ohne Netz arbeitet‹ – trug ein schwarzes. Ein schwarzes Trikot, passend zu ihren schwarzen Augen. Und ihr hingen die goldenen Locken den Rücken herab. Wir reckten unsere Hälse, um sie zu sehen, einen schwarzgoldenen Schmetterling, der in einem Spinnennetz gefangen war, in dem Netz hin und her pendelte, wie durch ein Wunder entkam und wieder zur Erde herabstieg, wo sie zwei kleine angedeutete Hüpfer machte, lächelte und uns Kußhändchen zuwarf.

Die bleiche Madame Rodriguez arbeitete an einem höheren Trapez. Das Netz wurde mit viel Tamtam hereingetragen, und ein gewaltiger Trommelwirbel erklang, wenn es gefährlich wurde, aber es war nicht das gleiche, und von ihrem Walzer habe ich keinen Ton in Erinnerung behalten.

Ich war in der Küche und machte mir gerade ein Schinkenbrot, als die Kohle kam. Ich hatte mich schon gesorgt – in der Garage war nur noch so wenig, und die ganze Kohle aus dem Verschlag vor der Küche war verschwunden. Die Leute aus den Häuschen am Feldweg hatten das meiste genommen – erst heimlich, wenn ich nicht zu Hause war; als sie sich eine Meinung über mich gebildet hatten, offen.

Das Klappern der Kohle auf Zinkblech. Dann sagte eine Männerstimme: »Das ist das Badezimmer.«

»Und was ist dabei? Warum siehst du dir das an? Sitzt da 'ne Frau in dem Dreckloch?« fragte eine zweite Stimme.

»Warum meinst du, ich würd' sie mir ansehen, wenn sie da säße?« fragte die erste Stimme, tief gekränkt. »Warum denkst du, ich würd' mir 'ne doofe, doofe Kuh in 'nem doofen, doofen, doofen Dreckloch ansehen?«

Ich trat aus der Küche und warf ihnen einen unfreundlichen Blick zu. Gegen diese Leute kommt man absolut nicht an ... Sie blickten hämisch zu mir zurück.

»Sie hätten die Kohle nicht in den Verschlag schütten sollen«, sagte ich mit der Stimme einer alten Klafte. »Sie hätten mich fragen sollen. Sie sollten sie in die Garage tun. Jedes Stück wird mir da gestohlen. Der Verschlag war voll, als ich kam, und jetzt ist alles weg, weil's hier in der Gegend 'ne Menge Diebe gibt, und gemeine Diebe obendrein. Hier gibt's gemeinere Diebe als überall, wo ich sonst in meinem ganzen Leben gewesen bin.«

»Ä-hä?« sagte der eine.

»Es sollte 'n Vorhängeschloß dran sein«, sagte der zweite, hilfsbereit. »Was kann man erwarten, wenn kein Vorhängeschloß dran ist?«

Beide trugen die hiesige Maskierung – beige wie üblich.

»Zum Teufel mit Ihnen«, sagte ich.

Der erste antwortete freundlich: »Ja, es ist sehr kalt heute, nicht wahr, Miss?«

Der zweite sagte: »Sehr kaltes Wetter, Madame«, während er dem ersten zuzwinkerte.

Sie gingen hinaus, und ich lief hinter ihnen her. Ihnen mußte eiskalt sein. Sollte ich sie rufen und zu einer

Tasse Kaffee-Extrakt hereinbitten? Sie würden das Haus vielleicht wärmer machen.

Aber noch ehe sie zu der Gartenpforte gelangt waren – »Rolvenden« ist darauf gemalt –, sah ich, daß sie sich vor Lachen schüttelten. Lautloses, unterdrücktes Lachen – nie, selbst nicht bei ihnen, ein kräftiges, herzhaftes Gebrüll oder Fluchen, nur dieses lautlose, hinterhältige, zaghafte Lachen. Ich kann mir denken, was sie über mich gesagt hätten, wenn ich sie hereingebeten hätte.

Das ist eine Übertreibung. Sie denken oder sagen nichts, von dem ich mir vorstellen könnte, sie dächten oder sagten es. Sprich für dich selbst, und keine Unwahrheiten. Es gibt genug Unwahrheiten; es ist genug Schaden angerichtet worden.

Den ganzen Rest des Nachmittags trug ich eimerweise Kohlen aus dem Verschlag vor der Küche in die Garage, die man verschließen kann, und das Haus sah mir hochmütig zu, denn es sah mich, wie ich wirklich bin. Und ein oder zweimal sah auch ich es an und dachte, daß auch ich es sähe, wie es wirklich ist. Aber es wird mich sicher unterkriegen, denn es hat eine wichtige Eigenschaft – es ist sehr raffiniert. Es weiß, wie es seinen Haß unter der Maske eines Heuchlers verstecken muß – natürlich wiederum einer beigefarbenen Maske –, denn hier ist alles beige, was beige sein kann: Anstrich, Teppiche, Vorhänge, Möbelbezüge, Bettdecken. Alles trägt diese nichtssagende Maske – das Dorf, die Leute, der Himmel, selbst die Bäume sind dem nicht entkommen.

Aber ehe ich den Verschlag zur Hälfte geleert hatte, war ich so müde, als wäre ich fünfzig Meilen zu Fuß gelaufen – müde und vollkommen verzweifelt. Dieses Bad wird jetzt immer ein Loch für mich sein, und ein Dreckloch obendrein. Ich war zu müde, um zu essen, aber ich ging mit einer Bierflasche voll heißem Wasser ins Bett, um mich warmzuhalten.

Alle Betten hier sind kalt, schmal und hart. Es gibt drei Schlafzimmer. Photographien griechischer Tempel – ich nehme an, es sind Tempel, jedenfalls Säulen – schmücken die Wände dieses Schlafzimmers. Es enthält eine billige Frisiertoilette mit einer Glasplatte, die nicht liegenbleiben will, einen zur Frisiertoilette passenden Kleiderschrank und einen Stuhl. Auch hier habe ich Kissen auf die Fensterbänke gelegt, weil ich mich noch erinnere, wie gut sie in Wien die Kälte abgehalten haben. Langsam werde ich ruhiger, und dann ganz ruhig. Ich weiß, das zweite Stadium der Einsamkeit ist vorüber, und das Schlimmste liegt hinter mir.

Ich schaue auf die Kissen und erinnere mich an die Haufen gelbweißen Schnees und an eine Statue des Heiligen Geistes. »Wolken aus Stein!« hatte André gesagt. »Sehr deutsch! Wie die Eingeweide eines Puters.« Ein andermal sagte er: »Die Beine sind der edelste, schönste, harmonischste und interessanteste Teil des menschlichen Körpers.« Ich sagte nein, der Meinung sei ich nicht. Wir saßen an einem Tisch im Parisien und stritten uns, vor uns flaschenweise deutscher Sekt. Aber es war nicht *chic*, ihn zu trinken. Hin und wieder schäumte man sein Glas mit einem dieser hölzernen

Bestecke auf, die es dafür gab, und dann tat man so, als nippe man daran. Ich sehe uns noch dort sitzen, und ich sehe meinen Astrachanmantel und das Kleid, das ich anhatte, aber ich bin es nicht selbst, die darin steckt. Alles ist deutlich abgebildet, klar, scharf umrissen – ein bißchen kleiner als im Leben vielleicht, und die Stimmen kommen von ziemlich weit her, aber sehr deutlich. »Rolvenden« ist es, das hinter mir im Nebel liegt.

Im Schlafzimmer der Wohnung in der Rasumofskygasse gab es niedrige Kaffeetischchen, böhmisches Glas, ein großes Bild von Franz Joseph und rechts und links kleinere Bilder von General und Madame von Marken. Pierre kam herein und sagte »Bravo«, als er mich in meinem neuen schwarzen Kleid sah. Der Geruch von Flieder lag in der Luft, wenn man auf die Straße kam, von Flieder, Kloake und Vergangenheit. Ja, das ist es, wonach Wien damals roch...

Schwerttanz und Liebestanz

Alle vierzehn Tage bewirtete die japanische Kommission ihr Gefolge im Hotel Sacher. Die Japaner waren von ihrem Gefolge sehr abhängig, denn nicht einer von ihnen sprach alle drei notwendigen Sprachen – Französisch, Englisch, Deutsch. Andauernd gab es Streitigkeiten über die genaue Übersetzung von Dokumenten. Sie fürchteten, nicht so taktvoll zu sein, wie es die Repräsentanten einer asiatischen Macht eigentlich sein sollten, oder mit der Minderheit statt mit der Mehrheit zu stimmen – das hätte für sie in Tokio das Ende bedeutet. Und so hatte Colonel Hato seinen Sekretär und vertraulichen Berater – das war André –, und Lieutenant-Colonel Matsu hatte seinen – das war Pierre. Dann gab es noch vier Offiziere (zunächst – ihre Zahl nahm später sprunghaft zu), einen Marineattaché, die Stenotypistinnen, die von Matsu in Paris sorgfältig ausgewählt worden waren und allesamt sehr willig schienen, obwohl sie Pierres Meinung nach durchaus nicht alle tüchtig waren, einen ungarischen Dolmetscher und verschiedene andere Schmarotzer.

Am Ende des langen, ausführlichen Essens verabschiedeten sich meistens einige der Gäste, und wir übrigen gingen nach nebenan in Matsus Wohnzimmer – hohe Fenster mit Seidenvorhängen, vergoldete Möbel, glänzende Spiegel. Dann kamen Tokaier und Kümmel auf den Tisch, und die japanische Maske fiel. Es wurden Photographien hervorgeholt und herumgereicht.

»Das ist Madame Yoshi.«

»Wie schön sie ist! Sie trägt europäische Kleider.«

»Oh, sieht sie nicht heiter und glücklich aus?«

»Natürlich ist sie heiter«, sagte Captain Yoshi – ziemlich mürrisch, schien mir – »Madame ist eine überaus glückliche Frau. Madame Yoshi *weiß*, daß sie eine überaus glückliche Frau ist.«

Matsus Photographien zeigten seinen kleinen Sohn und seine drei Töchter, deren Namen Frühes Aufstehen, Ordnung und Morgensonne bedeuteten. Für jede hatte er eine Schreibmaschine als Geschenk gekauft. Er hat uns nie gesagt, wie sein Sohn hieß oder welches Geschenk für ihn bestimmt war. Zu heilig?

Captain Oyazu besaß keine Photographien, aber er konnte im Handumdrehen die Abendzeitung in einen Frosch verwandeln, der aussah, als könne er jeden Augenblick loshopsen, und er lächelte erfreut und kindlich, wenn man sein Werk bewunderte.

An diesem speziellen Abend verabschiedeten sich Colonel Hato und Oyazu nach dem ersten Glas Tokaier, und kaum waren sie gegangen, begann Yoshi zu tanzen.

Yoshi war der größte, hübscheste und bestangezogene der japanischen Offiziere, und er sprach Französisch und Deutsch besser als alle anderen. Zuerst tanzte er den Schwerttanz, wobei er Regenschirme statt Schwertern benutzte, und danach etwas, was ich für einen Liebestanz hielt, denn er schlurfte mit rechtwinklig nach außen gedrehten Füßen und einem senkrecht nach oben zeigenden Regenschirm an uns vorbei und sah die anwesenden Frauen aus seinen Schlitzaugen sehr spöttisch an.

Aber Simone, die die hübscheste von den Tipp-Mädchen und erst achtzehn Jahre alt war, ging auf diese Herausforderung sofort ein. Sie tanzte ihm gegenüber mit auf die Hüften gestemmten Händen, lachte und ahmte jeden Schritt, den er machte, genau nach, und nach einer Weile wichen Anspannung und spöttische Herausforderung aus seinem Gesicht. Er zog Simone an sich und begann einen linkischen Foxtrott. André spielte für sie *Dardanella* auf dem Klavier.

Als *Dardanella* vorüber war, erklärte Matsu: »Ich werde Ihnen jetzt ein japanisches Lied vorspielen.«

Er spielte es mit einem Finger, indem er die Töne sorgsam und zart mit trauriger, versunkener, eifriger Miene anschlug.

Er sagte – er war derjenige, der Englisch sprach –: »Das ist ein Schlaflied.«

Matsu war vierzehn Tage in London gewesen und war einen ganzen Tag lang im Inner Circle herumgeirrt. »Als ich rauskam, war es stockdunkel und sehr kalt. Ich bekam Angst und wurde traurig.« (Er war im November in London.)

Nach dem Schlaflied ging er zu einer langen, monotonen Folge von Tönen über, als versuche er, ein schwarzweißes Muster aus den Tasten zu bilden. Irgendwo war Musik in ihm – er berührte das Klavier so behutsam.

Yoshi und Simone saßen an einem Tisch im hinteren Teil des Raumes. Die anderen tratschten über Hato. Über ihn war immer eine neue Geschichte im Schwange. Er war der, der Weiße nicht ausstehen konnte und das auch sagte, wobei er die Meinung vertrat, daß der Umgang mit ihnen Japan nichts als Unglück bringen werde. Er war derjenige, der sich im Schutze seines Schlafzimmers, wie André erzählte, sogleich seiner europäischen Kleider entledigte, weil sie ihn sich unrein fühlen ließen, und sich unter Seufzern der Erleichterung einen Kimono und Pantoffeln anzog.

Er war klein und schmächtig, viel älter als alle anderen. Wirklich sehr alt, schien uns, richtig gaga. Er hatte nur ein Auge – das andere hatte er im Russisch-Japanischen Krieg verloren, und es war auch nicht durch ein Glasauge ersetzt worden. Bei gesellschaftlichen Anlässen saß er kerzengerade da, sagte kein Wort und starrte in die Ferne.

»Woran mag er nur denken, André?«

André sagte: »Von dem armen Kerl wird angenommen, daß er Französisch spricht. Aber er kann's nicht. Ich würde sagen, das gibt ihm genug zu denken.«

Aber auch er liebte die Musik. Sein Lieblingslied war *Marjolaine. »Encore ›Marjolaine‹«*, rief er. *(Si gracile, si fragile...) »Encore, encore ›Marjolaine‹.«*

Als sie Hato durchgehechelt hatten, begann Odette, eine andere von den Stenotypistinnen, uns zu erzählen, was sie von Wiener Kleidern halte. Sie sagte, sie seien hübsch, hätten aber keinen richtigen Chic. »Als ich letzten Monat auf Urlaub nach Paris fuhr, sagte Maman zu mir: ›Du siehst wie eine kleine Provinzlerin aus.‹ Maman ist neununddreißig, aber man würde meinen, fünfundzwanzig. Sie weinte wie eine Magdalene, als ich wegfuhr –«

André unterbrach: »Mein Gott, was ist denn da drüben los?«

Yoshi lag auf dem Toden, der Tisch und die Weinflasche waren umgekippt. Er stand auf und klopfte sich ab, ohne jedoch zu lächeln oder uns anzusehen. André lief hin und hob den Tisch und die Weinflasche auf. Simone sagte: »Oh, entschuldigen Sie bitte. Ich bin so ungeschickt. Das bin ich schon immer gewesen. Sie haben keine Ahnung – der Ärger, den ich immer bekomme, weil...«

Bald danach sagten wir gute Nacht und standen auf der nach Flieder duftenden Straße. Als wir um die erste Ecke gebogen waren, begann Simone zu lachen. Sie hatte es sich artig verkniffen, aber nun mußte es heraus.

»Wie ist das denn passiert, Simone?« fragte André schließlich.

Simone sagte: »Ich weiß auch nicht, wie's passiert ist. Er übte, wie man einen Handkuß gibt, und ich hatte genug davon und versuchte, die Hand wegzuziehen. Er machte weiter, krachte auf den Tisch, und unten lag er. Ich nehme an, er hatte zuviel getrunken. Oh, das Gesicht, als er hinfiel! Sind sie nicht komisch? Und diese Tänze mit den Regenschirmen!«

Und wieder lachte sie los.

Pierre sagte: »Ich hoffe nur, er ist nicht böse auf dich, Simone. Ich möchte um nichts auf der Welt mit jemandem tauschen, auf den ein Japaner böse ist.«

»Der doch nicht«, sagte Simone. »Er ist mir bestimmt nicht böse, der arme Kerl.«

Niemand von uns hatte an dem Abend Lust, eine Taxe nach Hause zu nehmen. Vielleicht schien der Mond. Vielleicht waren die Straßen hinreißender oder menschenleerer als sonst. Und dann war da dieser Geruch von Flieder und Vergangenheit. Wien roch noch immer sehr stark nach Vergangenheit. Wir spazierten durch die Straßen und hielten uns dabei ziemlich dicht beisammen.

»Also«, sagte ich, »er sah aus, als hätte er dir alle seine Geheimnisse erzählt.«

»Hat er auch«, sagte Simone, »hat er auch. Weißt du,

was er gesagt hat? Er hat mir gesagt, wie sehr er die Deutschen bewundert. Er sagte, sie hätten bald die beste Armee in Europa, und sie würden Europa in ein paar Jahren beherrschen.«

»Und für die Franzosen keine Blumen?« fragte André und lachte. »Wenn man bedenkt, wie ich schwitze, wenn ich ihre idiotischen Ideen in diplomatische Wendungen übersetze!«

Simone erwiderte ernst: »Doch, er hat etwas über die Franzosen gesagt. Er sagte, die Franzosen liebten die Frauen zu sehr. Er sagte, nur die Deutschen wüßten, wie man Frauen behandelt. Die Deutschen und die Engländer denken gleich über die Frauen, sagte er, aber die Franzosen denken anders. Er sagte, Engländer und Franzosen hielten es nicht noch ein Jahr zusammen aus, und sie seien bereits dabei, sich zu entzweien.«

Pierre sagte: »Oh, hat er das schon rausgefunden? Gibt nicht viel, was die nicht rausfinden.«

Wir gingen weiter.

Odette sagte mit trotziger Stimme: »Ich bin bestimmt nicht anglophil, ich nicht. Warum hören sich eigentlich alle ihre Lieder wie Choräle an?«

»Ich mag sie«, sagte Simone heiter. »O ja, ich mag ein paar von den Jungs. Ihre Sachen sind so chic, und sie können sehr nett sein. Ich mag sie. Ich mag alles – jeden.« Sie breitete ihre Arme aus.

›Und dann wachst du auf‹, dachte ich.

»Welch schöner Enthusiasmus, Simone!« sagte André.

Odette sagte: »Es stimmt, daß die Engländer komische Vorstellungen haben. Neulich sprach ich mit Captain... Ihr wißt schon, der... der mit der langen Nase und dem Monokel. Er sagte: ›Ich habe eben eine unglaublich schöne Frau gesehen...‹ Dann unterbrach er sich und wurde puterrot. Ich tat aus Bosheit, als hätte ich ihn nicht verstanden, und ließ es ihn wiederholen. ›Ich habe eben in der Kärntnerstraße‹, sagte er, ›eine recht attraktive *Person* gesehen.‹ Warum wurde er nur so rot, als er das Wort Frau aussprach? Ist es im Englischen ein Schimpfwort?«

»Weil er ein Dummkopf ist«, sagte Pierre, »und du bist auch ein kleiner Dummkopf, Odette.«

»Trotzdem«, sagte André, »ist etwas dran. ›*Ma femme*‹, sagt man. ›*Meine Frau*‹, sagt man. Aber was würde passieren, wenn man sagte: ›Darf ich Ihnen *my woman* vorstellen, Mrs. Colonel?‹«

»Das kommt auf die Mrs. Colonel an, aber ich würde es nicht riskieren«, sagte ich.

»Auch ich habe die Wörter durcheinander gebracht, als ich Englisch lernte«, bemerkte André. »Daher weiß ich, daß der Unterschied sehr wichtig ist. Auch bei *lady* und *girl*. Sehr kompliziert.«

Natürlich wußten wir alle, daß es eine Menge hinterhältige Witze, Mißdeutungen, Karikaturen und so weiter über die Briten in Wien gab. Es war nicht ganz und gar ihre Schuld – sie waren ernstlich benachteiligt. Liebesgeschichten mit Wienerinnen wurden zutiefst mißbilligt; wenn es also zu welchen kam, wurden sie unter der Hand fortgesetzt und oft brutal beendet. Andererseits wurden »intime Freundschaften« mit jungen

Männern stillschweigend geduldet – selbst mit den Jungs, die man in einem Café stark geschminkt und in Abendkleidern antreffen konnte. Aber alle sagten, die in Berlin müsse man erst mal sehen, Wien sei gar nicht ihr eigentliches Pflaster.

André sagte: »Ich wette, wenn sie in Tokio wüßten, was Yoshi Simone erzählt hat, gäbe es Ärger. Sie sind nicht gestattet, diese vertraulichen Mitteilungen.«

»Es braucht gar nicht Tokio zu sein«, sagte Pierre. »Ihr müßt es bloß Hato sagen. Dann müßte Yoshi Harakiri begehen. Hato verabscheut ihn.«

»Wäre das nicht eine Feder, die sich Hato an den Hut stecken würde?« fragte ich.

Und wir wußten alle, keiner von uns würde Hato diese Feder liefern. Er haßte uns, also haßten wir ihn – ganz einfach.

Wir waren fast bei dem Hotel angekommen, in dem die Mädchen wohnten.

»Hat er das wirklich gesagt, Simone?« fragte André. »Daß sich die Engländer und Franzosen entzweien und das über den nächsten Krieg?«

»Ja, ich schwör's dir«, sagte Simone, »er hat es gesagt. Er sagte, er gebe der Sache zehn bis fünfzehn Jahre, dann werde Deutschland wahrscheinlich Europa beherrschen. Er sagte, es werde so kommen, weil die Engländer und die Franzosen einander nicht trauen und nicht zusammenhalten, und das wäre die einzige Möglichkeit, die Sache vielleicht aufzuhalten.«

»Zehn bis fünfzehn Jahre sind eine lange Zeit«, sagte Odette.

»Und Japan?« sagte Pierre. »Und das schöne Nippon? Banzai Nippon?«

»Über Japan hat er nichts gesagt«, antwortete Simone. »daran erinnere ich mich ganz genau. Nicht ein Wort über Nippon.«

Wir sagten den Mädchen gute Nacht. Eine Weile sprachen wir nicht. Dann sagte André: »Diese Japaner. Man kann sie einfach nicht ernst nehmen. Was können sie schon darüber wissen?«

Ja, ich kann mich an alle meine Kleider erinnern, außer an das eine auf dem Stuhl neben mir, das ich trug, als ich gestern auf den Klippen spazierenging. Gestern – wann war gestern?

Ich hatte ein gestreifes Taftkleid, in dessen enger Taille Samtblumen steckten. (Und die Taille saß an der Taille, ohne Rücksicht darauf, wie die englische Mode damals war.) Ich hatte ein weißes Satinkleid, sehr flott und angenehm, das hübscheste von allen, dabei das billigste. Um den Hals war es mit bunten Steinen besetzt, was wie eine Halskette aussah. Ich hatte ein schwarzes Satinkleid mit drei grüngepaspelten Volants, handgenäht. Zu diesem Kleid hatte ich zwei Schärpen, jede so kunstvoll wie ein japanischer *obi*. Die eine war schwarz mit eingesetzten Fischbeinstäbchen, so daß sie meine Taille sehr schmal erscheinen ließ; die andere war grün, passend zur Paspelung der Volants. Ich hatte ein weißes Musselinkleid, das sich waschen ließ wie ein Fetzen, und auch ein blaues, das ganz genauso gearbeitet war. Das waren meine Lieblingskleider. Sie ließen sich waschen und bügeln wie billige Fähnchen und waren hinterher immer wieder taufrisch. Ich hatte ein Dirndl und ein kariertes Kleid. Ich hatte ein Kleid aus blauem Serge, dessen Mieder sich eng anschmiegte, dessen Rock aber weit und füllig war. Die Ärmel fielen locker, waren in fröhlichen Farben bestickt und endeten in einer Quaste. Ich hatte ein klassisches englisches *tailleur*, aber ich habe es nie gemocht. Ich hatte ein blaugelbes Kleid, das ich trug, wenn ich mich hinlegen wollte, wenn ich müde war. Es war lang und weit, Kragen und Ärmel blau gepaspelt. Es war wie Kornfelder und Himmel, und wenn man es ansah, war man heiter, fühlte man sich frei. Und jetzt, da ich an es denke, fühle ich mich wieder frei und weiß, daß niemand mich daran hindern kann zu denken, an meine Kleider, an Spiegel und Bilder; an Steine und Wolken und Berge und an die Tage, die um die nächste Ecke auf einen warten, um von neuem gelebt zu werden. Ich fahre auf dem Inner Circle immer rund herum, aber im Gegensatz zu Matsu fahre ich mit dem Wissen, daß es dunkel und kalt sein wird, wenn ich rauskomme, daß es November ist, und daß ich eine Wilde sein werde – eine echte Karibin.

Aber die Kariben wohnen unter anderen Himmeln, an einem anderen Meer. »Sie laufen weg und verstecken sich, wenn sie jemanden sehen«, sagte Nicholas. Vielleicht tue ich das auch.

Karibenviertel

Nicholas war Aufseher von Temps Perdi, einem Landgut in der Nähe des Karibenviertels. Temps Perdi ist Kreolen-Patois und bedeutet nicht, dichterisch verklärt: verlorene oder vergessene Zeit, sondern ganz nüchtern: verschwendete Zeit, vergebliche Mühe. Es gibt Orte, von denen man annimmt, sie seien dem Menschen feindlich gesinnt und wüßten, wie sie sich zu wehren hätten. Als ich noch ein Kind war, hieß es immer, diese Insel sei so ein Ort. Es geht einem gut, und dann kommt ein Hurrikan oder eine Getreidekrankheit, gegen die niemand etwas vermag, und schon steht man da – noch mehr westindische Ruinen und vergebliche Mühen. Das ist nun schon mehr als dreihundert Jahre so – ja, es ist länger als dreihundert Jahre her, sagt man, daß jemand »Temps Perdi« in einen Baum hier in der Nähe schnitzte.

Das Gutshaus stand schon so lange leer, daß ein Hundertfüßler aus einem Buch fiel, als ich es aufschlug. Alles war verwildert, aber an den Gartenmauern aus Feldstein wuchs immer noch Hibiskus, und Schmetterlinge paarten sich über der dornigen Bougainvillea. Jeden Morgen stellte Myra, Nicholas' Tochter, kleine Tonschalen mit frischen Blumen an der niedrigen Zwischenmauer auf, die die Veranda vom Wohnzimmer trennte. Von der Veranda konnten wir Guadeloupe, Les Saintes und Marie-Galante sehen; Sonne auf dunklen Bäumen...

Aber die Weißzedern am Ende des Gartens – die niedrigsten etwa achtzig Fuß hoch – hatten ihre Blätter abgeworfen und waren mit Blüten bedeckt, weißen, ganz schwach rosa gefärbten Blüten, die so leicht und zart waren, daß sie beim ersten starken Wind abfielen und schon im Fallen fortgeblasen wurden. Es gab ein berühmtes kreolisches Lied über die Weißzedernblüten, aber ich kann mich nicht mehr daran erinnern. »Heute hier und morgen weg« – so ähnlich muß es gegangen sein.

»Im Karibenviertel gibt's nichts zu sehen«, beharrte Nicholas. Er hatte ein hübsches Negergesicht, einen ungeheuren Brustkasten und eine tiefe, dröhnende Stimme.

»Diese Leute«, sagte er, »wohnen nicht mal nahe beisammen. Ihre Häuser stehen weit voneinander entfernt und ganz versteckt im Busch. Es gibt nichts zu sehen in Salybia. Außerdem geht die neue Straße nur bis zum Fluß. Dann muß man zu Pferd weiter. Dazu braucht man sicher ein paar Stunden.«

»Aber kann man das nicht organisieren? Können wir nicht die Pferde bekommen?«

»O ja, das läßt sich organisieren«, sagte Nicholas mißbilligend.

Aber ich war nicht so leicht abzuspeisen. Wegen eines Buches, das ich einmal gelesen, und Bildern, die ich mal gesehen hatte, war ich schon mein ganzes Leben lang neugierig auf diese Menschen.

Wenn von den Kariben die Rede ist, was nicht oft geschieht, behängt man sie mit dem Adjektiv »dekadent«, obwohl so oder so niemand viel über sie weiß oder nun jemals noch wissen wird. Es gibt nur noch ein paar hundert auf den Westindischen Inseln oder auf der ganzen Welt, und sie bewohnen den Teil dieser Insel, der Salybia heißt. Sie haben sich mit den Negern nicht sehr stark vermischt und haben immer noch glattes schwarzes Haar, kleine schräggestellte Augen, hohe Wangenknochen, kupferfarbene Haut. Sie machen Körbe, die schön geflochten, leicht und wasserdicht, rot und braun oder schwarz und weiß gefärbt sind. Die größten dienen auf der Insel als Truhenersatz, die kleinsten würden gerade eben einem Babyschuh Platz bieten. Manchmal sind die Körbe so gemacht, daß sie ineinanderpassen wie chinesische Schachteln.

Niemand sonst schien das Karibenviertel besuchen zu wollen, niemand schien auch nur auf den weiten Ritt in der Sonne erpicht zu sein, an dessen Ende es nicht viel zu sehen gäbe.

»Es heißt, sie hätten zwei Sprachen. Die Frauen haben eine Sprache, die die Männer nicht verstehen. So heißt es.«

»So heißt es doch, oder?«

»Also, wir werden Nicholas fragen... Nicholas, stimmt es, daß die Karibenfrauen eine Geheimsprache haben?«

Nicholas sagte grinsend, er meine, er habe schon mal so was gehört. Ja, ihm sei so, als habe er das gehört.

Von der Furcht gequält, ich hätte mir das enggedruckte Buch, die bunten Illustrationen, über denen ich als Kind gehockt hatte, nur eingebildet, holte ich die Sondernummer der *L'Illustration* vom 23. November 1935 zum *Tricentenaire des Antilles Françaises* hervor und zeigte den »*Homme Caraibe Dessiné d'après natur par le Père Plumier«* herum. Frühes 18. Jahrhundert wahrscheinlich. Bogen und Pfeile in seiner Rechten, eine Keule in der Linken, ein gewaltiger, muskulöser Körper und ein merkwürdiges, kleines, weibisches Gesicht. Das lange schwarze Haar war sorgfältig in der Mitte gescheitelt und hing glatt auf die Schultern herab. Aber die schräggestellten Augen, die ihm aus den Höhlen traten, blickten wild und furchtsam. Er war mehr der erschrockene als der erschreckende Wilde.

»Wir hatten einen ganz ähnlichen Stich – vielleicht war es derselbe – zu Hause im Eßzimmer.«

»Sehr anziehend ist er nicht.«

»Jeder pflegte das zu sagen.«

Und er sah auch immer so traurig aus, fand ich, wenn sie über ihn lachten. Mit seinen wilden, gespannten Augen und seinem nutzlosen Pfeil und Bogen.

»Der Ur-Westindier, nicht wahr?«

»Oh nein, das ist ein Karibe. Die Ureinwohner Westindiens wurden von den Spaniern umgebracht oder nach Hispaniola-Haiti deportiert. Jedenfalls die meisten Männer. Die Spanier sagten ihnen, sie kämen in den Himmel. Das taten sie auch. Waren das nicht Einfaltspinsel? Dann kamen die Kariben, die Kannibalen, vom südamerikanischen Festland und töteten die wenigen Männer, die noch übrig waren.«

Aber in dem Buch, das ein Engländer um 1880 geschrieben hat, steht, einige der Frauen, die sowohl die Spanier als auch die Kariben überlebten, – man war damals noch nicht so gründlich wie heute –, hätten an der alten Sprache und den Traditionen festgehalten und sie von der Mutter an die Tochter weitergegeben. Diese Sprache wurde vor den Eroberern geheimgehalten, aber der Autor des Buches behauptet, sie gelernt zu haben. Er schreibt, sie sei mongolischen und nicht südamerikanischen Ursprungs. Er schreibt, diese Tatsache beweise endgültig, daß es Verbindungen zwischen China und jenem Kontinent gegeben habe, den man heute als die Neue Welt kennt. Aber er hatte viel Phantasie, dieser Mann. Gab es nicht ein Kapitel über den vergrabenen Karibenschatz in La Soufrière, St. Lucia – einem der Höllenrachen, sagt man –, und andere über den Schlangengott und über Atlantis? Oh ja, er hatte viel Phantasie.

An dem Tag, als wir uns zum Karibenviertel aufmachten, trieb der Wind schwere, leuchtende Wolken über den Himmel und malträtierte am Berghang gegenüber der Veranda die kümmerlichen, krummen Kokospalmen, die so anders waren als die geraden, gesunden, grünglänzenden Kokospalmen um die nächste Straßenecke – gefügige, in Reihen gepflanzte Bäume, die Kopra lieferten. Wir kamen pünktlich zu der Stelle, wo die Pferde auf uns warten sollten, aber es gab ein langes Warten, bis sie endlich aufkreuzten, und so ging der kleine Charlie, sechzehn Jahr alt und unser Reiseführer, schon weiter. Er hatte sich mit weißem Hemd, weißen Shorts und Socken schön herausgeputzt, trug aber häßliche, schwere, schwarze Stiefel, die bei jedem Schritt, den er tat, knarrten. Wo der breite Fluß am flachsten war, führten Trittsteine hinüber. Auf einem davon ließen Charlies gräßliche Stiefel ihn im Stich, und ich dachte schon, er fiele ins Wasser, aber es gelang ihm, sich zu fangen. Als er auf der anderen Seite ankam, war es eine Erleichterung zu sehen, wie er sich hinsetzte, Stiefel und Socken auszog und sich um den Hals hängte, ehe er weiterwanderte.

Schließlich kamen die Pferde. Sie waren so mager, daß man jeden Knochen an ihnen sah, und sie hatten den grämlichen, störrischen Ausdruck, der der Überlebenspreis in einer feindlichen Umwelt ist. Neger lieben es, immer in Schwung zu sein, und hassen alles Altmodische, und Pferde sind heutzutage ausgesprochen altmodisch.

Als wir jedoch aufstiegen, ruckten sie ungestüm die Hälse und bewegten sich klip-klop ohne Zögern in den klaren, seichten Fluß. Ich hatte das herrliche Geräusch von Pferdehufen im Wasser vergessen, das ich so viele abscheuliche Jahre nicht mehr gehört hatte.

Dann stemmten und plagten sie sich mit uns weiter zu einem breiten, grasbewachsenen Weg. Dort stand ein Flamboyantbaum mit einigen geöffneten Blüten. Im nächsten Monat, dachte ich, wird er mit Blüten bedeckt sein; im nächsten Monat werden alle Flamboyantbäume – die Feuerbäume – mit Blüten bedeckt sein, und die Immortellen werden blühen, aber ich werde nicht mehr hier sein und sie sehen. Ich werde dann auf der Rückreise nach England sein, dachte ich, und mir wurde schwindlig und übel. Es gab viele Leguane an diesem Weg. Ich schloß die Augen und sah eine der Illustrationen aus dem Buch über die Kariben lebendig und in allen Einzelheiten vor mir. Ein braunhäutiges Mädchen, mit Blumen bekränzt, einen Papagei auf der Schulter, heißt die Spanier, die seit langem geweissagten Götter, willkommen. Hinter ihr drängt sich die übrige Bevölkerung, die Früchte und Blumen als Geschenke herbeibringt, einige jedoch machen finstere und argwöhnische Gesichter – und wie recht sie hatten!

Inmitten dieses Traums, durch ein ödes, dürres, von Eidechsen wimmelndes Land reitend, das anders und weit weg von der Insel war, die ich kannte, war ich dennoch empfänglich für die Meinung von Fremden und fürchtete feindselige Kritik. Aber nein, das Land fand Anklang – mehr oder weniger. »Diese schöne, offene, parkähnliche Landschaft. Und welch *außergewöhnliches* Grün!«

Der Weg war allmählich angestiegen, und als wir um den Vorsprung eines Berges bogen, kam uns, von einem schwarzen Polizisten begleitet, Charlie lächelnd entgegen. Ein offizieller Willkomm in Salybia?... Unter uns sahen wir kleine Lichtungen zwischen den niedrigen Bäumen – niedrig für diese Weltgegend – und den von schmalen Pfaden durchzogenen Busch. Aber keine Menschenseele. (›Diese Menschen wohnen sehr weit auseinander und völlig versteckt im Busch. Diese Menschen verstecken sich, wenn sie jemanden sehen.‹)

»Das ist das Haus des Königs«, verkündete der Polizist, und ich dachte: ›So, gibt's hier immer noch einen König?‹

Hinter einer weiteren Wegkurve sahen wir unter uns

die große Lichtung, auf der das Polizeirevier zusammen mit fünf oder sechs anderen Häusern stand, von denen eines eine katholische Kirche war.

In dem Revier standen die Gewehre in einer Reihe, Bajonette und alles. Der Raum war groß, fast kühl. Alles sah neu und sauber aus, und es gab eine Rundbank draußen um die Palme.

»Wir hatten Ärger hier«, erzählte uns unser Polizist. »Sie brannten das vorige Revier nieder, und sie brannten zwanzig Fuß von diesem ab, während es noch im Bau war.«

»Warum denn?«

»Nun ja, offenbar dachten sie, sie bekämen ein Krankenhaus. Sie hatten die Regierung um ein Krankenhaus gebeten. Eine Petition, verstehen Sie. Und als sie dahinterkamen, daß die Regierung ihnen ein Polizeirevier und kein Krankenhaus schenkte, gab's Scherereien.«

»Ernste Scherereien?«

»Recht ernst. Sie brannten das erste Revier nieder, und von diesem brannten sie zwanzig Fuß ab.«

»Ja, aber ich meine, wurde jemand verletzt?«

»Oh nein, nur zwei oder drei Kariben«, sagte er. »Zwei, drei Kariben wurden getötet.« Man hätte meinen können, ein Engländer spräche.

»Wir haben hier ein bildhübsches Karibenmädchen«, sagte er, »in dem Haus dort drüben – dem mit dem roten Dach. Alle gehen zu ihr und photographieren sie. Sie und ihre Mutter werden sehr ärgerlich sein, wenn Sie nicht hingehen. Sie müssen ihr natürlich ein kleines

Geschenk machen. Sie ist sehr schön, aber sie kann nicht laufen. Es ist ein Jammer, wirklich.«

Wenn man hineinkam, war es wie alle ihre Häuser. Ein kleiner Raum, sauber, die Wände mit Bildern bedeckt, die aus Zeitungen ausgeschnitten waren, und bunten Kärtchen von der heiligen Jungfrau, Heiligen und Engeln, Stern des Meeres, Zuflucht der Elenden, Hoffnung der Kranken, noch einmal Stern des Meeres, Jesus, Maria und Joseph...

Das Mädchen erschien in der Tür zu dem dunklen, kleinen Schlafzimmer, nahm einen Moment lang eine dramatische Pose ein und schleppte sich dann über die Dielen in die Sonne hinaus, um sich photographieren zu lassen, wobei sie mit ihren unnützen Beinen mit verzweifelter, mutiger Grazie fertig wurde; sie hatte weiße, schöne Zähne. Da saß sie nun in der Sonne, ihre braunen Augen auf uns gerichtet, die länglichen, braunen Augen der Kreolen, nicht die kleinen, schwarzen, schräggestellten Augen reinrassiger Kariben. Und ihr Haar, das ihr bis zur Taille ging und jeden Farbton von Dunkelbraun bis zu Kupferrot und wieder zurück durchlief, war auch nicht das Haar einer Karibin. Sie saß lächelnd da, und ein Sortiment grellbunter Madonnen und Heiliger blickte von den Wänden auf sie herab und lächelte ebenfalls. Sie hatte ein Adlerprofil, stolze Gesichtszüge. Ihre Haut war in der Sonne von schöner Farbe.

Wir machten ein paar Photographien, dann fragte Charlie, ob er die übrigen machen dürfe. Wir hörten seine herablassende Stimme: »Würdest du mir das Profil zuwenden? Würdest du mir bitte wieder das Gesicht zuwenden? Für dieses Photo bitte *nicht* lächeln.« (›Diese Menschen sind ganz primitiv – völlig unzivilisiert.‹)

Ihre Mutter, die wir eine Chinesin aussah, erzählte uns, in ihrer Jugend sei sie auf Martinique bei einer französischen Familie in Diensten gewesen, die sie dann nach Paris mitgenommen habe.

»Ich komm hier zurück«, sagte sie, »weil ich will mein Mutter sehen, bevor sie stirbt. Ich liebte mein Mutter. Jetzt ich muß bleiben, weil ich bin alt, ich bin alt, und wer will mich mitnehmen?

Sie so ist seit sie vier«, sagte sie und zeigte auf ihre Tochter.

»Hélas!« sagte sie und fuchtelte mit den Händen herum. Sie hatte magere, schöne Hände. *»Hélas, hélas!«*

Aber das Mädchen, das in der Sonne saß, um sich photographieren zu lassen, lächelte uns zufrieden an, schob eine Haarsträhne von der Schulter nach hinten und lächelte wieder. Und alle Madonnen und Heiligen an den Wänden lächelten uns gleichfalls zu.

Die Nacht in Temps Perdi ist mit Gezwitscher und Geflatter angefüllt. Die Leuchtkäfer sind unterwegs – hier nennt man sie *labelles*. Und nachts, wenn du eingesperrt unter einem Moskitonetz liegst, denkst du: ›Jetzt bin ich wieder zu Hause, wo die Erde manchmal rot und manchmal schwarz ist. Hier herum ist sie okkerfarben – wie Karibenhaut. In manchem Licht wie

Blut, in anderem einfach schön, wie eine Ansichtskarte, die jemand mit einem Kindermalkasten und ohne Phantasie bunt angemalt hat.‹

Nachts ist es, da du dich alter Ängste, alter Hoffnungen bewußt wirst, da du dich deines Elends bewußt wirst, wenn du dich unter dem Moskitonetz von einer Seite auf die andere drehst wie ein Gefangener in einer Zelle voll kleiner Gucklöcher. Dann denkst du an jene Pflanze mit den dicken, fleischigen, von Dornen eingefaßten Blättern, auf die irgendein Neger, der genau weiß, wo's heute langgeht, immer und immer wieder »Girls muck, girls muck« (Mädchen sind Scheiße) und andere einsilbige und elementare Wahrheiten geschrieben hat. Als ich klein war, zeichneten wir von Pfeilen durchbohrte Herzen und »Z liebt A« auf solche Blätter. Es läuft wahrscheinlich alles aufs selbe hinaus.

Aber wenn du ein gutes Schlückchen Rum getrunken hast, erschreckt dich nichts mehr; du kennst das Losungswort und das Sesam-öffne-dich. Du trinkst noch einen Schluck; da verstehst du alles – die Sonne, das flammende Leuchten, das Mädchen, das über den Fußboden kroch (denn es konnte nicht laufen), um sich photographieren zu lassen. Und das Lied von den Weißzedern. ›*Ma belle ka di maman-li* –‹ (Viele ihrer Lieder fangen so an: ›Mein schönes Mädchen sagte zu seiner Mutter‹). ›Warum halten sich die Blüten nur einen Tag?‹ fragt das Mädchen. ›Das ist sehr traurig. Warum?‹ Die Mutter sagt: ›Ein Tag und tausend Jahre sind dasselbe für den Bon Dieu.‹ Ich wollte, es fiele mir wieder alles ein, aber es ist sinnlos zu versuchen, es herauszubekommen, denn niemand singt mehr diese alten Lieder.

Es hatte manchmal einen angenehmen Klang, das Patois. Und die Worte gehen mir nicht mehr aus dem Sinn, Temps Perdi.

Ehe ich »Rolvenden« verlasse, werde ich sie aufschreiben – auf einen Spiegel vielleicht. Mag sein, daß sie jemand sieht, der von den Tagen weiß, die um die Ecke darauf warten, von neuem gelebt zu werden, und der auch weiß, daß du sie dir nicht aussuchst. Sie suchen sich selbst aus.

Kismet

Auf Tournee bekamen die Hauptdarsteller immer die besten Garderoben, während die Truppe sich mit den unbequemsten und kältesten begnügen mußte. In der Regel wurde die Pause damit verbracht, daß man sich schmutzige Geschichten erzählte, Parodien auf beliebte Schlager sang, Witze über ein altes schwarzes Sofa beim Londoner Agenten machte, das natürlich als die Besetzungscouch bekannt war, und kreischend lachte.

Die Garderobiere schwirrte bereitwillig herum, um Getränke zu holen, normalerweise Guiness; Gin und Whisky waren Geburtstagen und großen Anlässen vorbehalten, wie damals, als wir alle auf den Sieger des Grand National gewettet hatten.

Eines der Mädchen war mit dem Mann, dem das Pferd gehörte, eng befreundet. Sie gab uns den Tip. »Mein kleiner Lambie sagt, es ist 'ne todsichere Sache, über die äußerstes Stillschweigen bewahrt wird. Da habt ihr eure Chance!«

Das Theater in einer nordenglischen Stadt, in dem wir die Woche gastierten, war nagelneu, und wir hatten einen warmen Raum mit viel Platz. In der Pause konnten wir uns um ein warmes Feuer setzen, etwas, woran wir natürlich nicht gewöhnt waren, und fast jede von uns war mit Nähen beschäftigt, als ein Mädchen namens Gaby sagte: »Habt ihr schon die Sache mit China Gordon gehört? Sie ist tot – und du schuldest mir 'n Schilling, Billie.«

»Warum denn?« fragte Billie. »Wofür?« Billie war das Mädchen, mit dem ich mir in dieser Woche das Zimmer teilte.

»Weil du mit mir um 'n Schilling gewettet hast, daß das Rosa auf ihren Wangen Schminke wäre. ›Bloom of Roses‹, hast du gesagt, und ich wettete, daß es natürlich wär'. Sie starb an Schwindsucht, und alle Schwindsüchtigen haben diese runden rosa Flecken auf den Wangenknochen. Anscheinend ging's ihr plötzlich schlechter, und irgendein Mann schickte sie in ein Sanatorium in die Schweiz. Sehr teuer. Aber sie ist trotzdem gestorben.« Billie gab ihr den Schilling.

»Du scheinst ja alles darüber zu wissen.«

»Ja, ich hab's heute morgen gehört. Ich will nicht sagen, China wär' nicht hübsch gewesen, denn das war sie, aber mehr wie eine von diesen lebensechten Statuen, wie sie in Rathäusern rumstehen, meint ihr nicht auch? Und die meisten Männer mochten sie nicht, wozu also das Ganze?«

China war die jüngste der drei Geschwister Gordon. Sie waren bei uns in der Tanzgruppe gewesen, und alle drei waren sie hübsch. Aber China war wirklich ein bezauberndes Mädchen. Einer ihrer größten Reize war ihre Haut, durchscheinend und samten zugleich. Irgend jemand gab ihr mal den Namen Dresden China

(Dresdener Porzellan), und bald war sie allgemein als China bekannt.

Die Gordon-Schwestern wurden von Verehrern oft gebeten, nach der Vorstellung mit ihnen zu Abend zu essen, und die anderen Mädchen waren sehr neidisch auf sie, besonders auf die stille China. Und so herrschte eitel Freude, als Molina, die älteste, eine ihrer Einladungen las und plötzlich zu lachen begann: »Hört euch den Kerl hier an. ›PS. Aber bring um Gottes willen China nicht mit!‹«

Nach einer Tournee hatte George Edwardes sich die Schwestern geschnappt, von dem es hieß, er hätte im ganzen Land Kundschafter, die nach schönen Mädchen Ausschau hielten.

»China war wirklich sehr dumm«, sagte Gaby.

»Reden wir nicht mehr über sie«, sagte Billie. »Sie ist tot, das arme Mädchen.«

»Wieso armes Mädchen? Verdammt glückliches Mädchen, wenn ihr mich fragt.« Das kam von Yetta.

Yettta war groß und mager. Sie trug immer ein breites schwarzes Samtband um den Hals und ein Schönheitspflaster. Vor langer Zeit war sie wohl mal sehr attraktiv gewesen, aber mittlerweile war sie weit über dreißig, weit über vierzig – keiner wußte es. Sie war die, die Whisky statt Guiness trank, alleine lebte und mit allen anderen sehr wenig zu tun hatte. Sie war die Geliebte eines bekannten Schauspieler-Agenten gewesen und im Londoner Westend aufgetreten – Kleinstrollen in konventionellen Stücken. Allen war klar, daß nach all dem in der Tanztruppe eines Tourneetheaters aber das kleine Wohnzimmer war geheizt, man sah ein blaues Flämmchen vom Gaslicht, auf dem Tisch standen zwei Gläser Milch und Teller, und eine zugedeckte Schüssel neben dem Kamin.

»Zum Glück habe ich keinen Hunger«, sagte Billie, als sie den Deckel hochhob. »Und du?«

»Nein.«

Es war zwar spät, aber wir waren noch nicht müde, und weil das Schlafzimmer eiskalt sein würde, setzten wir uns hin, schlürften die Milch und sprachen leise miteinander, um die Wirtin nicht zu wecken. Sie war gar nicht so übel, obwohl es zum Abendbrot immer nur lauwarme gekochte Zwiebeln gab.

Billie sagte: »Es ist albern von Yetta, daß sie in ihrem Alter trinkt, aber sie hat völlig recht. Auf die nächste Tournee komme ich auch nicht mit, wenn ich nur irgend kann. Ich höre in London auf. Außerdem möchte mein Mann, daß ich ein Baby bekomme.«

»Oh Billie, du bist verheiratet, das hast du mir gar nicht erzählt, magst du ihn, ist er nett?«

»Im Gedränge würde man ihn nicht bemerken«, sagte Billie. »Aber er ist nicht der wahre Grund. Ich werde einfach zu schlecht bezahlt für das, was ich mache. Schließlich bin ich für zwei Hauptrollen die Zweitbesetzung. Wenn sie meinen, sie können weiter so knauserig sein, haben sie sich geschnitten. Dann gehe ich.«

»Ach Billie, du könntest doch mit Leichtigkeit was anderes kriegen. Du hast ein hübsches Gesicht, und deine Stimme ist nicht schlecht. Ich habe gehört, wie

Royce sagte, du wärst eine erstklassige Tänzerin. Er wirft sonst nicht so mit Komplimenten herum, habe ich recht?«

»Begreifst du nicht, daß das genau der Grund ist weshalb sie mich mein ganzes Leben als verdammte Zweitbesetzung behalten wollen? Sie wissen, daß ich jeden Abend übernehmen könnte und die Vorstellung nicht platzen lassen würde. Ich bin nützlich für sie. Aber wenn ich so würde, wie die arme alte Yetta, gäben sie mir verdammt schnell 'n Tritt.«

»Warum versuchst du's nicht bei einer anderen Direktion, wenn du mit der nicht zu Rande kommst?«

»Weil ich einen Vertrag unterschrieben habe. Ohne triftigen Grund kann ich nicht weg. Wenn sie sauer auf mich wären, würde ich sicher nicht sehr leicht wieder Arbeit finden, diese Leute klucken doch alle zusammen, verstehst du?«

»Billie, das würden sie nicht tun.«

»Du meinst, sie täten es nicht, wenn ihnen danach ist? Oh Norry, was bist du für ein sentimentales Mädchen. Es ist ein Jammer, wirklich. *Aber«*, sagte sie, »ich könnte einen absolut triftigen Grund haben, und sie könnten nichts dagegen tun. Wenn ich alles hinter mir hätte, würden sie sich nicht mehr an mich erinnern.«

»Wenn du was hinter dir hättest?«

»Das Baby, natürlich.«

»Billie, sag bloß, du erwartest ein Baby.«

»Natürlich nicht, das meine ich doch nicht, aber was könnte mich hindern, ihnen aus London zu schreiben, daß ich ein Baby erwarte? Was könnten sie dagegen tun?« Sie starrte in das Feuer. »Erinnerst du dich an die Wahrsagerin, die in Blackburn in die Garderobe kam?«

»Ja, ich erinnere mich an sie. Sie hat sich lange meine Hand angesehen und mir gesagt, es werde eine große Veränderung in meinem Leben geben.«

»Das heißt doch gar nichts. Das sagen sie immer, wenn ihnen nichts anderes einfällt. Aber bei mir meinte sie's ernst. Sie sagte, ich bekäme zwei Kinder, einen Jungen und ein Mädchen.«

»Aber Billie, es ist nicht die Wahrsagerin. Ich habe schon die ganze Tournee über das Gefühl, daß etwas geschehen wird, was mein Leben verändert. Ich weiß es, es ist Kismet.«

»Kismet ist nur ein anderes Wort für Glück oder Pech.«

»Nein, das ist es nicht. Es bedeutet, daß man nicht viel mit dem zu tun hat, was geschieht oder was aus einem wird. Nicht sehr viel. Wenn einem etwas bestimmt ist, dann passiert's auch.«

»So einen Quatsch habe ich noch nie gehört. Man hat verteufelt viel mit dem zu tun, was einem geschieht.«

»Das *denkt* man nur. Das meint man.«

»Hört sich an wie eine von diesen spleenigen Modereligionen«, sagte Billie. »Ich an deiner Stelle würde diesen Modereligionen aus dem Weg gehen. Sie sind alle dasselbe. Wenn sie dich in ihre Gewalt zu bringen versuchen, erzählen sie dir nur die Hälfte. Wenn du hinter die andere Hälfte kommst, was du natürlich tust, wünschst du dir, du hättest nie was damit zu tun gehabt. Du glaubst das doch alles nicht, oder?«

»Ich habe nicht gesagt, ich glaube daran, aber manchmal bin ich doch neugierig. Ich bin sicher, daß das, was mir passiert, nichts ist, was ich geplant habe oder mir auch nur wünsche, aber es geschieht trotzdem.«

»Ach, red nicht weiter«, sagte Billie. »Egal, was dir passiert, in hundert Jahren wird's genau das gleiche sein.«

Nach der Tournee sah ich Billie über ein Jahr nicht. Ich hatte mich von der Truppe getrennt, wohnte in London und dachte kaum an Billie, aber sie hatte mir eine Adresse irgendwo in der Nähe vom Belsize Park angegeben, und als ich eines Tages in diese Gegend kam, wollte ich mal sehen, ob sie vielleicht dawäre.

Auf mein Klopfen kam sie an die Tür. Dicker und mit etwas Starrem und Gesetztem in Gesicht und Figur, an das ich mich nicht erinnern konnte. »Hallo, Norry, wo kommst du denn her? Komm rein, so eine Überraschung!«

Wir gingen in ein Wohnzimmer, das denen auf Tournee ziemlich ähnlich sah. Aus dem Nebenzimmer hörte ich ein Baby schreien.

»Setz dich, ich bin gleich wieder da. Ich muß nach Seiner Majestät sehen.«

Auf dem Kaminsims standen zwei Kerzenleuchter. Ich dachte gerade, daß sie mir sehr gefielen, da rief sie: »Komm her und sieh ihn dir mal an.«

Er war ein normales Baby, genau wie andere Babies auch. Ich sagte: »Sind sie nicht süß, wenn sie lachen und glucksen und mit den Armen in der Luft herumrudern?« Aber sie konnte an überhaupt nichts anderes mehr denken. Sie erzählte mir, wie wunderbar er sei, wenn er plötzlich wieder einschlafe, und bereits wieder im Wohnzimmer, redete sie immer noch davon, wie süß er rieche, wenn er gerade gebadet worden sein. »Dann sehen sie dich an, grapschen nach dir, und das Herz fließt dir über.«

»Mir gefallen deine Kerzenleuchter so«, sagte ich, um das Thema zu wechseln.

»Ja, Fred hat sie gemacht, er ist sehr geschickt in solchen Dingen.«

»Sie sind hübsch«, sagte ich. »Ich nehme an, wenn das Baby größer ist, gehst du wieder ans Theater zurück? Das hast du doch vorgehabt, oder?«

»Ach, ich weiß nicht, ich hab' jetzt gar keine Zeit, über all das nachzudenken. Die Wahrsagerin hat mir doch einen Jungen und ein Mädchen geweissagt. Ich hätte nichts dagegen, noch ein kleines Mädchen zu bekommen. Ich hätte sogar sehr gern ein kleines Mädchen.«

»Du scheinst ja völlig versessen drauf zu sein«, sagte ich.

»Alles schön und gut, aber ich kann dir sagen, eines kann ein Baby bestimmt. Du hörst auf, dich zu fragen, warum du überhaupt lebst. Du weißt doch, wie deprimiert man manchmal ist und denkt, wofür zum Teufel und warum das alles, und so weiter? Mit einem Baby hörst du auf, so zu denken. Ich jedenfalls habe damit aufgehört.«

»Das können auch andere Dinge, nicht bloß Babies.«

»Ja, aber es ist nicht dasselbe, ganz und gar nicht dasselbe. Weil du dann nie ganz sicher bist, verstehst du? Bei einem Baby bist du vollkommen sicher. Fred ist viel weg, und ich *hasse* es einfach, allein zu sein, aber ein Baby ist ganz schön lange da.«

Als sie das sagte, begann ich, über das Alleinsein nachzudenken. Manchmal frage ich mich, ob noch jemand auf der Welt so allein ist wie ich jetzt, da ich noch nicht einmal eine andere Stimme höre, es sei denn die meiner Zimmerwirtin: ›Regnet wieder‹ oder ›Vielleicht kriegen wir heute ein bißchen Sonne.‹

Unglücklich? Ich war noch nie in meinem Leben so glücklich. Aber ein Tag kann lang sein, wenn man auf die Nacht wartet, und eine Woche kann ewig dauern. Ich habe eigentlich keine Angst. Dazu gibt's keinen Grund. Keinen. Mehr ein Gefühl der Leere. Vielleicht wäre es gut, wenn ich darüber spräche, und wenn's nur etwas wäre.

Aber als ich das gerade überlegte, begann Billie zu gähnen. Sie gähnte und gähnte und schien nicht aufhören zu können. »Ach, entschuldige, Norry, aber ich bekomme halt nicht viel Schlaf, weißt du. Ich mache uns Tee.«

Während wir Tee tranken, verlor ich die Lust, ihr irgend etwas zu erzählen. Billie vor allem. Denn ein sentimentaler Gedanke bleibt ein sentimentaler Gedanke, wenn's je einen gegeben hat.

Bald darauf sagte ich: »Tja, ich muß jetzt gehen. War schön, dich zu sehen, wir müssen mal irgendwann bald danach. Liliane, die letzte Überlebende, schrieb, daß sie nach London kommen wolle, und hier traf ich sie wieder und erfuhr mehr von ihr.

Sie war ein seltsames Mädchen, entzog sich scheu jedem Versuch, ihr zu helfen, und bestand darauf, daß es ihre und niemandes anderen Angelegenheit sei, was sie tat. Ich kenne keinen Menschen, der seine Beziehungen zu anderen Leuten so formell hielt wie sie. Sie sagte niemals: »Ich komme morgen nachmittag«, sondern: »Ich werde morgen um dreiviertel vier bei dir sein und um halb sechs gehen.« Und so war es dann auch. Sie hatte Arbeit gefunden, sagte sie mir, und irgend etwas an ihrer Stimme verriet mir, daß es kein gutbezahlter Posten war oder zumindest keiner, den sie mochte, oder über den sie sprechen wollte.

Sie wohnte in einem kleinen möblierten Zimmer hinter Hampstead. In einer Ecke stand ein silbernes Teeservice, das sie aus Westindien mitgebracht hatte. Zu meiner Überraschung hatte sie auch ein Porträt von Old Lockhart, ihrem und meinem Urgroßvater, der Ende des achtzehnten Jahrhunderts nach Westindien gegangen war. Er starrte so ausdruckslos wie immer aus dem Bild. Es war unmöglich zu erkennen, ob er ein schlechter Mann oder ein in Verruf geratener guter Mann gewesen war oder jemand, der tat, was alle anderen taten, ohne viel darüber nachzudenken. Die spanische Urgroßmutter, auf die ich immer so neugierig war, war nicht dabei. Liliane sprach nicht viel über ihre Vergangenheit oder über Westindien, aber sie sprach viel von ihrer Liebe zu England, zu London und zur königlichen Familie. Jemand sagte einmal über sie: »Ich kann einfach nicht ernst bleiben, wenn ich mit dieser alten Trantüte spreche.«

»Hab Geduld mit ihr – sie ist ein lebender Anachronismus«, sagte ich.

»Aber ein verdammt langweiliger.«

Unter dieser Oberfläche konnte sie fröhlich und voll Leben sein und geradezu wahnsinnig großzügig, wo sie doch so wenig Geld hatte. Seit ich auf dem Land lebte, pflegte sie mir zu sagen, daß *sie* jetzt die Londonerin sei und ich die Besucherin und ihr Gast. Als Gastgeberin müsse sie mich bei all unseren Ausflügen freihalten. Es bedurfte einiger Überzeugungskraft, ihr klarzumachen, daß ich das keineswegs so sähe. Eines Tages erzählte sie mir, daß sie eines ihrer Gedichte verkauft habe. »Dorinda gehört mir nicht mehr«, wie sie sich ausdrückte. »Ich habe Dorinda verkauft.« Also schreibt sie noch immer Gedichte, dachte ich. Sie schenkte mir eine Abschrift des Gedichts:

Ich heiße Dorinda und lebe so heiter
In einer Hütte mit Blumen,
Von einem Schilling – nichts weiter.
Der weiße Mann schuf mich,
Doch mein Lachen wie Glocken
Wird nie er ergründen,
Wird er nie mir entlocken.
Ich heiße Dorinda und lebe so heiter
In einer Hütte mit Blumen,

Von einem Schilling – nichts weiter.
Der schwarze Mann schuf mich,
Doch mein Herz, schwarz wie die Nacht,
Wird nie er ergründen,
Und hat's doch gemacht.

Als wir uns besser kannten, zeigte sie mir andere Gedichte. Ich fragte mich oft, wann sie sie schriebe. Nachdem sie müde aus dem Büro in ihr kleines Wohn-Schlaf-Zimmer zurückgekommen war? Oder sonntags – ging sie da in Hampstead Heath spazieren zu der Melodie von *Trinidad Selina?*

Seht sie gehen – seid still, bleibt stehen!
Seht sie tanzen: auf Wolken und Luft...

Ich war mir sicher, daß einige ihrer Lieder sich verkaufen ließen, und ich wußte, wie dringend sie Geld brauchte, aber ich wußte nicht, wie ich es anstellen sollte, sie zu verkaufen. Selbst wenn – im glücklichsten Fall – jemandem der Text gefiele, würde man nicht die falsche Musik dazu schreiben und alles verderben? Liliane machte mir auch nicht gerade Mut. Sie schien nicht den geringsten Wunsch zu haben, mit den Gedichten Geld zu verdienen, vielmehr stand sie dem Gedanken ziemlich feindselig gegenüber. Es war, als wolle sie sie für sich behalten und beschützen, und ich verstand das viel zu gut, um mit ihr darüber zu streiten.

Danach war ich längere Zeit nicht in London. Dann hörte ich von einem Freund, daß es ihr überhaupt nicht gut gehe. Ich hatte das schon bemerkt, als ich sie das letzte Mal sah. Alle Leichtigkeit und aller Stolz waren aus ihrem Gang geschwunden – wie schön war sie einhergegangen, als sie frisch in London angekommen war! –, und sie lächelte kaum noch, was schade war, denn ihre weißen, ebenmäßigen Zähne waren das Schönste an ihr.

Als ich sie das letzte Mal sah, zeigte sie mir ein Gedicht. »Das hier ist anders«, sagte sie. Es war ein trauriges Lied von einem Mann, der seine Liebste tötet, ihre Leiche in den Wäldern von Dominica versteckt und nach England entkommt, bevor man sie vermißt. Aber er kann sie nicht vergessen.

Der Teufel führte mir die Hand,
daß ich sie schlug und tötete.
Der Kummer trieb mich aus dem Land.
Im Dunkel von Dominica
liegt sie, von mir verlassen,
und ich bin einsam hier im Schnee…
Ach, könnt ich wieder bei ihr sein,
wo Berge sie verborgen halten.
Ich hör den Vogel nach mir schrein,
der in den Bergen pfeift – –

Sie sagte: »Der pfeifende Vogel – du erinnerst dich doch. Der Einsiedlervogel? Meine Mutter nannte ihn den *siffleur de montagne, le solitaire*. Ich nehme an, es gibt heute keine mehr.«

»Vielleicht ein paar«.

»Und was ist mit den Papageien? Früher war der

Wald voll von Papageien, grünen und grauen. Heute gibt's keinen einzigen mehr.«

»Papageien«, sagte ich, »das ist was anderes. Die bringen Geld. Aber wer würde schon einen Einsiedler kaufen? Er würde wahrscheinlich eingehen.«

»Nicht sofort«, sagte Liliane.

Nachdem ich lange über sie nachgedacht hatte, schrieb ich ihr und bat sie, Urlaub zu nehmen, und legte etwas Geld als Zuschuß bei. Sie antwortete kühl, schickte das Geld zurück und fügte hinzu, ich müsse wissen, daß sie London nicht verlassen wolle und keinen Urlaub brauche. Ich entschloß mich, sie nächstesmal, wenn ich sie sähe, zu überreden, trotzdem Urlaub zu machen.

Dann erfuhr ich, daß sie eines Morgens, nachdem sie aufgestanden war, ihr übliches lauwarmes Bad genommen und sich angezogen hatte, um zu ihrer offenbar schrecklichen Arbeit zu gehen, umgefallen sei. Die Vermieterin hörte das Geräusch und lief in ihr Zimmer. Sie war tot.

Letztlich hatte ich wenig von Liliane gesehen. Sie mochte andere Freunde haben, ein anderes Leben, von dem ich nichts wußte. Doch habe ich nie eine Spur davon bemerkt.

»Weh den Besiegten«, sagt man. Aber muß es so viel Weh sein und so lange dauern? Wie dem auch sei, nicht Don, nicht Monica, nicht Evelina und auch nicht Liliane werden sich an diesen verwickelten Überlegungen beteiligen können. Denn das ist eine verworrene Sache, was immer auch die Besserwisser sagen.

JEAN RHYS WERKE
DRITTER BAND
Erzählungen

ISBN 3 8077 0215 6

Satz: Max Vornehm, München
Druck und Bindung:
Druck- und Verlagsgesellschaft mbH Darmstadt
Printed in Germany